The Best of Writers and Company

Eleanor Wachtel

인터뷰, 당신과 나의 희곡

: 세계적인 작가 15인을 만나다

엘리너 와크텔 지음
허진 옮김

xbooks

샌드라 라비노비치와 메리 스틴슨에게

목차

일러두기

1 이 책은 Eleanor Wachtel, *The Best of Writers & Company*, Biblioasis Windsor, 2016를 완역한 것입니다.
2 외래어 표기는 원칙적으로 국립국어원의 〈외래어 표기법〉을 따랐습니다.
3 본문의 모든 주는 옮긴이의 것입니다.
4 본문에서 언급된 책들의 서지정보는 〈참고문헌〉에 있습니다. 찾아보기 쉽도록 본문에 언급된 순으로 정리했습니다.

서문에 부쳐

엘리너 와크텔

내가 1975년 말 밴쿠버로 이사를 왔을 때 CBC 라디오의 아침 지역 방송에 일자리가 있다는 이야기를 들었다. 카메라 뒤에서는 프로듀서 일이었는데, 총괄 프로듀서를 만나 보니 이미 자리가 찼다고 했다. 그는 내게 프리랜서 일이라면 있다고 말했다. 대신 일반적인 정규 스튜디오 진행자가 할 수 없는, 약간 특이한 — 기발하다고 표현했던 것 같다 — 일을 해야 했다.

내가 아이디어 목록을 만들어 가자, 프로듀서가 그중 여섯 개를 지웠다. 나는 가정용 휴대용 녹음기를 가지고 가서 아트 갤러리에서 공연 중인 멕시코 마임 배우를 인터뷰했다. 그다음에는 제재소에서 쓰는 수화를 연구하는 UBC 사회학자와 이야기를 나누었다. 과도한 소음 때문에 일꾼들은 정교한 의사소통 체계를 개발해야 했고, 농담도 수화로 했다.

확실히 나는 라디오라는 매체를 이해하지 못했다.

세 번째 시도는 조금 더 성공적이었는데, 바이올리니스트인 남편 해리 애더스킨을 평생 따라다니다가 일흔두 살의 나이에 피아노 독주로 데뷔하는 프랜시스 애더스킨과의 인터뷰였다. 프랜시스는 무척 상냥하고 매력적이었고 말을 잘했다. 그 결과 나는 신중하게 공들여 만든 대본을 들고 라디오 생방송에 데뷔하게 되었고, 진행자와 인터뷰를 하면서 내가 만든 테이프 클립을 소개하기로 했다. 나는 말하는 방식 그대로 기록하는 법을 익혔기 때문에 내가 할 말이 눈앞에 있어 안심할 수 있었다. 나는 "테이프 토크"라고 부르던 이 꼭지와 짧은 다큐멘터리를 많이 만들었고, 6년 동안 아침 프로그램 연극 비평가로서 지난밤에 본 연극에 대해 아침 방송을 했다. 연극이 끝나면 집으로 돌아와서 잠을 쫓기 위해 뭔가를 먹은 다음 타자기 앞에 앉아서 짧은 희곡 — 진행자와 나의 대화 — 을 썼다. 나는 대본을 가지고 갔다. 소개와 질문은 진행자의 대사, 대답은 내 대사였다. 내가 대사를 하는 동안 진행자가 신문을 읽었던 기억이 난다. 내 말이 끝나면 그녀가 고개를 들고 다음 질문을 던졌다.

라디오 방송 프리랜서 일의 정점은 밴쿠버 플레이하우스에서 테네시 윌리엄스의 희곡 「붉은 악마 배터리 사인」을 공연 중이던 1980년에 네트워크 CBC 프로그램 「선데이 모닝」에서 한 테네시 윌리엄스와의 인터뷰였다. 흰 양복 차림의 윌리엄스는 우리가 함께한 시간 내내 거의 눈을 감고 있었다. 나중에 테네시 윌리엄스는 지루하면 눈을 감는다는 글을 읽었다. 그는 딱 두 번 생기를 찾았다. 돈이 많은지 물었을 때, 그리고 『욕망이라는 이름의 전차』에 나오는 블랑시의 유명한 대사 "나는 항상 낯선 이의 친절에 의존해 왔어요"를 잘못 인용했을 때였다. 나는 "의지해 왔어요"라고 말했지만 물론 "의존해 왔어요"의 무게감이 더 적절했다. 윌리엄스는 "그러니까요"라는 말로 문장을 끝내는 틱이 있었는데, 나는 우리의 대화를 「선데이 모닝」 미니 다큐멘터리에 맞게 편집하느라 얼마나 돌려 보았던지, 몇 주 동안 그 말을 따라하고 있었다.

캐나다 서해안 지역에서 내 문학 경력의 또 다른 축은 잡지 『북스 인 캐나다』*Books In Canada*에 브리티시콜롬비아 작가들 —— 빌 비셋과 오드리 토머스부터 필리스 웹과 잭 하진스까지 —— 의 긴 소개 기사를 쓰는 것이었다. 나는 엘리자베스 스마트나 캐럴 실즈처럼 브리티시콜롬비아 출신이 아닌 작가도 몇 명 끼워 넣었다. 나는 직접 사진을 찍었고 『북스 인 캐나다』보다 더 상업적인 『파이낸셜 포스트 매거진』, 『홈메이커스』, 『시티 우먼』 등에 실을 더 개인적인 스타일의 글을 쓰기도 했다.

그러나 80년대 중반쯤 되자 나는 CBC 프리랜서에게는 —— 생물학이 아니라 —— 지리가 숙명임을 깨달았다. 지역 방송에서 일하면 전국 방송보다 돈을 덜 받을 뿐 아니라 (그 이후 바뀌었다) "지역에서" 예술계에 의미 있는 일을 할 기회 자체가 점점 말라가고 있었다. 1987년 후반에 나는 토론토에서 3시간짜리 CBC 주말 옴니버스 예술 프로그램 「스테이트 오브 아츠」의 '문학 평론가'로 1년 계약을 했다. 이 프로그램은 1년 후 일일 예술 프로그램 「디 아츠 투나잇」으로 바뀌었고, 나는 작가-진행자로 계속 일하면서 테이프 토크와 「디 아츠 리포트」라는 (40초짜리 클립을 포함한) 1분 20초짜리 코너 ─ 예술 저널리즘의 하이쿠 ─ 를 만들었다.

나는 여전히 잡지 특집 기사를 가끔 썼지만 라디오의 리듬이, 그 직접성이 정말 매력적이었다. 가끔 「디 아츠 투나잇」의 진행자 실라 로저스의 빈자리를 채워 달라는 부탁도 받았다. 서면이나 테이프 클립용으로 인터뷰를 할 때면 마이크를 게스트에게 향하고 나는 벽지 속으로 사라졌다. 나는 상대방을 격려하면서 붙임성을 발휘했지만 존재감은 부족했다. 이제 진행자로서 듣는 사람의 귀에 쏙쏙 들어가도록 반응하는 법을 배워야 했다.

어느 날 부서장과 점심 식사를 할 때 그가 내게 이상적인 일이 무엇이냐고 물었다. 나는 주 1회짜리 프로그램을 진행하는 것이라고, 그러면 일일 프로그램보다 훨씬 심도 깊을 것이라고 말했다. 그는 미소를 지었다. 가능성이 별로 없다는 뜻이었다. 당시 나는 어느 브리티시콜롬비아 대학의 논픽션 창작 테뉴어 트랙[1] 조교수직을, 또 온타리오의 문학 분야 공무원직을 제안받은 상태였지만 그는 이 사실을 몰랐다. 그러나 라디오 일이 불안정하지만 더 재미있었기 때문에 나는 하던 일을 계속하는 쪽을 선택했다. 그때로부터 25년도 넘게 지났다니 믿기 어렵다. 몇 달 후, 주간 도서 프로그램 진행자 자리가 비자 나는 그 자리를 맡아 새로운 프로그램을 만들어 달라는 요청을 받았다.

25년 전의 세상은 약간 다른 모습이었다. 1990년에 독일이 통일되었다. 유고슬라비아 공산 정권이 붕괴했다. 남아프리카공화국에서는 아파르트헤이트 폐지가 시작되었고, 넬슨 만델라가 마침내 감옥에서 풀려났다. 점차 고조되던 페르시아만의 위기는 곧 전쟁으로 이어졌다. 그리고 최초의 인터넷 서버 — 월드 와이드 웹의 기초 — 가 만들어졌다.

25년 전, 나는 CBC 라디오 마이크 앞에 앉아서 「라이터스 & 컴퍼니」라는 새 프로그램의 청취자들을 환영하고 있었다. 형식은 지금과 약간 달랐지만 맨 처음부터 지금까지 변하지 않은 것은 전 세계의 뛰어난 작가들 — 기성 작가든 신진 작가

---

1 연구 성과 및 강의 실적에 따라 종신재직권(테뉴어) 심사를 받을 수 있는 교수직.

든——의 삶과 작품에 파고들고 싶다는 욕구였다.

바로 그 첫 번째 시즌 방송에 나온 작가들을 지금 돌이켜보면 정말 놀랍다. 몇 명만 들자면, 캐나다 작가 앨리스 먼로, 모데카이 리클러, 로힌턴 미스트리, 마거릿 애트우드, 캐럴 실즈, 영국 작가 퍼넬러피 라이블리, 앤절라 카터, 윌리엄 보이드, 피터 애크로이드, 빅토리아 글렌디닝, A. S. 바이엇, 페이 웰던, 미국 작가 마크 헬프린, 에이미 헴펠, 조지 플림턴, 캘빈 트릴린, 고든 리시, 세인트루시아 작가 데릭 월컷, 이스라엘 작가 아모스 오즈, 인도 작가 비크람 세스, 케냐 작가 응구기 와 티옹오, 남아프리카공화국 작가 J. M. 쿳시와 네이딘 고디머가 있었다. 몇 명만 들자면 말이다.

몇몇 작가는 나중에 노벨 문학상을 받았고, 많은 작가들이 새 작품을 들고 우리 프로그램을 다시 찾아 주었다. 25년이라는 시간은 나에게 말하자면 내부에서부터 커리어를 쌓을 기회를 주었다. 그 세월 동안 인터뷰 하나하나가 특별하고 기억에 남는 즐거움을 주었다.

나는 많은 작가를 인터뷰했지만, 나를 인터뷰한 작가는 마이클 온다치밖에 없다. 그는 처음부터 「라이터스 & 컴퍼니」와 나의 중요한 친구였다. 내가 토론토로 처음 이사했을 때 마이클은 나를 파티에 초대하여 환영받는 느낌을 받게 해주었다.

방송한 지 겨우 몇 년밖에 지나지 않았을 때 그는 내 인터뷰를 책으로 내야 한다며 캐나다 크노프 출판사의 루이즈 데니스를 추천해 주었다. 그렇게 해서 『라이터스 & 컴퍼니』(1993)와 『작가라는 사람』(1996)이 나왔다. 2000년에 프로그램이 10주년을 맞이하자 마이클은 축하 행사에 참여하기로 했다. 패널에 적힌 그의 이름 덕분에 우리는 국제적인 작가들을 유혹할 수 있었다. 프로그램이 20주년을 맞이하자 한 동료가 무대에서 나를 인터뷰하자고 제안했고, 나는 머뭇거리다가 인터뷰어가 마이클 온다치라면 하겠다고 말했다. 나는 안심이라고 생각했지만 그는 너무 재미있는 사람이었기에 나는 눈 깜짝할 새에 토론토 공공 도서관 블루마 아펠Bluma Appel 살롱의 450석이 넘는 자리를 꽉 채운 청중 앞에 서 있었다.

마이클은 인터뷰를 이렇게 시작했다.

온다치 그동안 당신은 작가만이 아니라 캐나다 독자들에게도 절대 없어서는 안 될 라디오의 전설이 되었습니다. 당신은 20년 넘게 작가들을 다그쳐 왔는데요, 그래서 입장을 바꿔 인터뷰를 하니 정말 재미있군요. 당신이 늘 그러듯이 처음으로 돌아가 봅시다. 가장 오래된 기억은 무엇입니까?

와크텔 가장 오래된 기억이라. 저는 몬트리올에서 자랐는데,

한두 살까지는 모데카이 리클러가 설명한 바 있는 세인트어바인 스트리트 지역에서 살았습니다. 실제 세인트어바인 스트리트 ─ 모데카이 리클러가 자란 곳이지요 ─ 는 아니었지만 그 근처였어요. 아주 긴 복도를 기어가던 기억이 납니다. 저는 그곳을 어떻게 설명해야 할지 정말 전혀 몰랐어요. 그런데 역시 몬트리올에서 자란 콘트랄토 모린 포레스터가 인터뷰에서 "열차 아파트"라고 말했을 때, '이거구나' 하고 깨달았습니다. 옛날 기차처럼 기다란 복도 양옆으로 방들이 있었지요. 복도 끝은 아마 부엌이었을 텐데, 기어갈 때는 아주 멀어 보였어요. 제 목표는 찬장 맨 아래 칸에서 솥과 팬을 꺼내는 것이었습니다. 북처럼 가지고 놀려고 했지요. 우리 집에는 장난감이 별로 없었어요. 전부 두 살 반도 되기 전의 일이 분명합니다. 두 살 반 때 중산층이 되기를 갈망하는 사람들이 모여 사는 다른 동네로 온 가족이 이사를 갔으니까요.

마이클은 온갖 질문을 던졌다. 어린 시절의 독서 경험과 몬트리올 생활 중 문학과 관련된 부분부터 특히 어떤 영향을 받았고 어쩌다가 라디오에서 일하게 되었는지까지 말이다. 그런 다음 「라이터스 & 컴퍼니」 이야기로 넘어갔다.

온다치 처음 「라이터스 & 컴퍼니」를 준비할 때 어떤 생각이었고, 그 생각이 어떻게 변했습니까? 처음부터 이런 결과물이 나오리라 생각했습니까?

와크텔 처음에는 프로그램 회당 한 명 이상의 인터뷰를 하고 공연적인 요소 — 연극적인 특징이나 낭독 — 를 넣어서 잡지에 가까운 형식을 갖추려고 했습니다. 처음으로 프로그램을 인터뷰로 채운 것은 네이딘 고디머와 대화를 나눴을 때 같은데, "오늘은 네이딘 고디머와 함께하는 특별 프로그램입니다"라고 소개했던 기억이 나요. 그 인터뷰가 특별했던 건 제가 네이딘 고디머를 정말 존경했기 때문이기도 하지만, 처음으로 프로그램 전체를 한 사람에게 할애했기 때문이기도 합니다. 인터뷰를 시작하기 전에 정말 제일 떨렸던 기억이 납니다. 직접 대면하는 인터뷰가 아니었어요. 고디머는 요하네스버그에, 저는 토론토에 있었지요. 게다가 어딘가에서 고디머가 날카로운 혀를 가졌다는 글을 읽은 적이 있었기 때문에 스튜디오에 혼자 앉아 있는데 속이 울렁거렸습니다. 하지만 첫 번째 질문을 하고 고디머의 너그러운 대답을 듣자 괜찮을 것임을 깨달았습니다.

온다치 아주 엄격한 규칙을 내세운 작가들도 만났다고 알고 있는데요.

와크텔 한 명 있었어요. 저는 J. M. 쿳시가 정말 멋진 소설 『철의 시대』 — 정말 대단하다고 생각합니다 — 를 가지고 토론토 국제작가축제에 참가했을 때 그와 처음으로 인터뷰를 했습니다. 쿳시는 인터뷰 일정을 딱 두 개만 잡았는데, 하나는 제가 하는 라디오 프로그램이었고 또 하나는 『더 글로브 & 메일』이었지요. 쿳시가 저를 알았던 것은 아니고, 공영 라디오라서 그랬던 것 같습니다.

그래서 쿳시가 스튜디오로 왔고, 인터뷰를 시작하기 직전에 작은 공책을 꺼냈습니다. 스프링에 연필이 끼워져 있고 종이가 아주 얇았는데, 저는 그가 종이를 팔락팔락 넘기기에 대화 상대가 누구인지 확인하려고 일정표에서 제 이름을 찾는 줄 알았지요. 하지만 쿳시는 이렇게 말했습니다. "질문을 좀 적어도 될까요?" 저는 괜찮다고 말했습니다. 다행히도 생방송이 아니었어요. 제가 질문을 하면 쿳시가 받아 적었고, 긴 침묵이 흐른 다음 눈을 마주치지도 않은 채 대답을 했습니다. 쿳시는 질문을 잠시 분석했지만 그런 다음 확실하게 대답했습니다. 그런 식으로 주고받으면서 인터뷰를 계속했지요. 질문, 침묵, 대답, 질문, 침묵, 대답. 20분쯤 지났을 때 그가 "목소리가 안 나오네요"라고 말했지만 지금의 저처럼 그냥 평범한 목소리였습니다. 그래서 제가 "물을 좀 드시죠"라고 말했지요. 쿳시가 물을 마셨고, 우리는 인터뷰를 계속했습니다. 끝날 때쯤 되자 쿳시는 긴장이 완전히 풀려서 스튜디오에 앉아서 저와 마음 편하게 한담을 나누었지요. 그게 1991년의 일이군요.

2000년에 저는 남아프리카공화국에 가서 특별 시리즈를 제작했습니다. 특별 시리즈의 장점은 고국에서는 유명하지만 다른 지역에서는 꼭 그렇다고 할 수 없는 많은 사람들과 이야기를 나눌 수 있다는 것입니다. 하지만 저는 이왕 남아프리카공화국에 갔으니 네이딘 고디머와 J. M. 쿳시를 만나고 싶었습니다. 쿳시가 『추락』으로 부커 상 ─ 두 번째였지요 ─ 을 수상한 직후였어요. 상을 받으러 런던에 가지도 않았고 수상과 관련해서 어떤 인터뷰도 하지 않았지만요. 그래서 우리 프로듀서 ─ 샌드라 라비노비치와 함께 특별 시리즈를 만들었지요 ─ 가 쿳시에게 연락을 해서 제가 케이프타운에 갈 예정인데 그를 정말 만나고 싶다고 말을 전했습니다. 쿳시는 이렇게 말했습니다. "인터뷰는 정말 하고 싶지 않지만, 우리가 마지막으로 만났을 때의 기억이 좋았으니 생각해 보겠습니다. 하지만 질문을 미리 확인하고 싶고, 제 자신이나 제 작품, 남아프리카공화국에 대한 이야기는 하지 않겠습니다." 정말 예외적인 요청이었지요. 아시다시피 제가 좀 끈질기기 때문에 우리는 여러 가지 질문을 보냈습니다. 하지만 세 가지 금지된 주제에 좀 가까웠는지 쿳시가 질문지를 돌려보내면서 안 될 것 같다고 말했지요. 하지만 저는 정말 결연했습니다. 게다가 쿳시의 낭독은 정말 아름다운데, 『추락』의 일부를 낭독하기로 했었거든요. 바로 그때 쿳시가 베케트와 도스토옙스키 비평을 많이 썼다는 사실이 떠올랐고, 그가 비평을 썼던 작가와 사람에게 초점을 맞추면 괜찮겠다고 생각했습니다. 쿳시도 동의했지요. 그래서 참 이상한 인터뷰가 되었습니다. 쿳시는 자전소설을 몇 권 썼기 때문에 그의 배경에 대해 약간 파고들 수 있었습니다. 제가 직접적으로 물어볼 수는 없었지만 언어, 아프리칸스어와 영어를 쓰면서 자란 것, 문화, 뭐 그런 것에 대해서 이야기했습니다. 쿳시는 또—정말 매력적이게도—제가 질문을 하면 처음 듣는다는 듯이 대답을 했어요. "아, 좋은 질문이군요!"라는 말까지는 하지 않았지만 흥미롭다는 듯이 대답했습니다. 제가 그의 대답에 대한 후속 조사도 조금 했고요.

온다치 사실 정말 좋은 인터뷰였습니다. 아주 흥미롭고 진실했지요.

와크텔 당신이 그걸 발표했잖아요—

온다치 우리가 잡지 『브릭』*Brick*에 실었지요, 맞습니다. 정말 대단한 인터뷰였어요, 쿳시는 아주 구체적인 것들에 대해서 이야기하고 정말 신중했으니까요. 성서에 대해서 묻자 그는 "신약 성서 말입니까, 구약 성서 말입니까?"라고 말했지요.

와크텔 제 친구 하나가 방송을 좀 늦게 틀었다고 해요. 저는 시작 부분에서 무슨 일이 있었는지, 어떤 주제가 금지되었는지 알렸습니다. 하지만 앞부분을 놓친 제 친구가 인터뷰를 듣고, 듣고, 아무리 들어도 쿳시의 삶이나 그의 작품, 『추락』, 남아프리카공화국에 대한 이야기가 전혀 나오지 않았지요. 친구가 저에게 전화를 걸어서 이렇게 말했습니다. "어떻게 된 거야? 벽돌이라도 맞았어?"

온다치 「라이터스 & 컴퍼니」가 최근에 하고 있는 ── 음, 최근만은 아니군요 ── 정말 대단한 일은 당신이 다른 나라로 가서 작가들을 인터뷰하는 것입니다. 인도, 중국, 러시아, 터키, 중동, 뉴질랜드, 칠레에 다녀왔지요. 왜 그런 프로그램을 기획했습니까? 또 본인이 생각하기에 가장 뛰어났던 시리즈는 무엇입니까?

와크텔 다른 나라에 가서 인터뷰를 하자는 아이디어가 어디서 나왔는지 정확히 기억나지 않아요. 저는 아직 불가능할 때부터, 자금이 생기기 전부터 그런 시리즈를 하고 싶었습니다. 90년대 초·중반에 아프리카 망명 작가 시리즈를 만들었지만 실제로 다른 곳에 가지는 않고 스튜디오를 통해서 했었지요. 아일랜드 작가들과도 스튜디오를 통해서 인터뷰했던 기억이 나는데, 인터뷰가 끝난 후 어느 작가가 "당신이 여기 없어서 참 아쉽군요, 같이 나가서 맥주라도 한잔하면 좋을 텐데요"라고 말했을 때는 정말 아쉬웠습니다.

　그러다가 마침내 1998년에 인도 독립 50주년을 기념하는 첫 시리즈를 제작하러 인도에 갔습니다. 실제로는 1997년이 50주년이었지만 인도에서 약간 늦게 기념했지요. 제가 말한 것처럼 다른 나라에 갔을 때의 아주 큰 장점은 외국에 별로 알려지지 않은 작가들과 이야기를 나눌 수 있다는 것입니다. 살만 루슈디와 아룬다티 로이, 아니타 데사이는 이미 인터뷰를 했었지요. 하지만 50주년과 같은 기념행사를 이용하면 일종의 시너지가 생길 수 있습니다. 사회적·정치적 문제를 대화에 끌어들이고 작가들의 집에서 인터뷰를 할 수 있지요. 예를 들어 인도에서 네루의 조카이자 인디라 간디의 사촌인 나얀타라 사갈을 인터뷰했던 기억이 납니다. 그녀는 네라둔에, 히말라야 구릉에 살지요. 그녀의 집에 가서 벽에 걸린 가족사진을 보고, 인도 독립을 위해서 싸우던 시절에 자란 이야기를 듣자 정말 기뻤습니다.

같은 시리즈에서 남부 벵갈루루에 사는 샤시 데슈판데라는 작가도 만났는데, 정말 더웠기 때문에 특히 기억이 납니다. 당시 저는 조그마한 미니디스크 플레이어와 마이크 하나로 인터뷰를 했어요. 거리에 공사 중인 곳이 있어서 너무 시끄러웠기 때문에 제가 도착하기 전에 그녀가 창문을 전부 닫아 두었지요. 게다가 저는 인터뷰를 할 때 너무 시끄러울 것 같아서 선풍기를 꺼 달라고 했어요. 우리 두 사람은 거기 앉아서 땀을 억수같이 흘리면서 옷을 하나씩 벗기 시작했고, 제 손가락 사이에서 마이크가 계속 미끄러졌습니다. 그 자리에 없었던 사람이야 모르겠지만, 정말 기억에 남는 인터뷰였지요.

온다치 특히 잘 빠져나가는 작가가 있었습니까?

와크텔 제가 인터뷰하고 싶은 작가 목록에 아주아주 오랫동안 남아 있던 사람들은 있었습니다. 필립 로스도 그중 하나인데요, 사실 인터뷰가 예정되었다가 취소되었지요. 그게 18년 전이었어요. 몇 년 전에 필립 로스가 다시 인터뷰에 동의했다가 또 다시 취소했습니다. 결국 저는 작년에 그와 인터뷰를 했지요. 그러니 필립 로스나 조앤 디디온 같은 작가들과 인터뷰를 하려면 프로그램이 20년 정도는 가야 하나 봐요. 저는 오랫동안 필립 로스의 작품을 훌륭하다고 생각해 왔고, 정말 좋은 기회였습니다. 뉴욕 어퍼웨스트사이드에 있는 그의 아파트에서 인터뷰를 했는데, 정말 대단했어요. 제가 정말 놀란 것은, 그의 인터뷰를 좀 읽었는데 ─ 면도칼처럼 날카로운 혀라든가 그런 말은 없었습니다 ─ 인터뷰어가 아는 사람일 때도 인터뷰라는 환경에서는 호전적인 것 같았습니다. 그래서 저는 필립 로스를 만나러 가면서 조금 겁이 났는데, 실제로 만나 보니 정말 예의 바르고 인내심이 많은 사람이었습니다. 사실 물어볼 계획에도 없던 질문까지 했지요. 이를테면 이런 식이었어요….

와크텔 인생을 다시 살 수 있다면 무엇을 하고 싶습니까?

로스 작가가 되고 싶지는 않을 것 같군요. 물론 힘든 직업이 많지요. 작가도 그중 하나입니다. 새 책을 시작할 때마다 아마추어로 돌아가기 때문에 정말 기진맥진이에요. 물론 글이야 써 봤지만 그 책을 쓴 건 아니니까요. 그러니 처음부터 다시 시작해야 하고, 보통 처음 6개월은 극도로 괴롭고 진이 빠집니다. 모든 게 엉망이지요. 글도 엉망입니다. 상상력이 부족해요. 내가 도대체 뭘 하는지 모르겠고 어디로 가는지도 모르겠어요. 책을 한 권 끝내면 처음부터 다시 시작해서 다른 아이디어를 내야 하는데, 그것 역시 기진맥진한 일입니다. 그러니 제가 다시 작가를 선택하지는 않을 것 같군요.

와크텔 여러 가지 만족스러운 면이 있지만….

로스 네, 여러 가지 만족스러운 면이 있지만요.

와크텔 성공도 하셨는데도요?

로스 네, 저는 어지간한 성공을 거두었지요. 하지만 저뿐 아니라 제 자식이 같은 일을 하기도 바라지 않을 겁니다. 요구하는 게 너무 많아요. 작가는 혼자입니다. 자신만이 그 일을 할 수 있지요. 아무도 도울 수 없어요. 자기 안에서 이걸 끌어내야 합니다. 저는 그게 무척 힘들어요. 분명히 유창한 작가, 새가 노래하듯 글을 쓰는 작가도 있겠지만요.

와크텔 그런 작가는 만나 본 적이 없네요.

로스 그런가요? 체호프는 그랬을지도 몰라요. 아무튼 저는 아닙니다. 의사가 됐으면 잘했을 거라고, 환자들과의 접촉을 즐기고 일 자체에서 만족을 얻었을 거라는 생각이 종종 듭니다. 문제는 다음 생에서도 의대 예과 과정을 해낼 수 있을 것 같지 않다는 거죠. 못 끝낼 거예요.

온다치 라디오 인터뷰를 들으니 지면으로 읽었을 때보다 훨씬 좋아할 만한 사람이군요. 맞아요. 얼마 안 되는 인쇄 매체 인터뷰를 읽었을 때는 좋아하기 힘든 인물이었습니다.

와크텔 필립 로스의 말에 대해서 어떻게 생각하시죠?

온다치 조금도 믿지 않습니다. 믿으세요?

와크텔 작가가 되고 싶지 않다는 말이요? 다음 생에서 작가가 되고 싶지 않다는 필립 로스의 말을 안 믿으세요?

온다치 필립 로스는 강박적인 작가 같습니다. 예순 살에 은퇴를 하고 골프를 칠 것 같지는 않군요.

와크텔 음, 필립 로스는 현재 74세입니다. 맞아요. 로스는 2년마다 책을 발표하고 있습니다. [사실 필립 로스는 2012년에 79세의 나이로 은퇴를 선언했다.]

온다치 당신과 필립 로스의 인터뷰에서 마음에 들었던 것은 조용함과 친밀함입니다. 실제로 로스가 아버지에 대해 이야기하는 부분이 있어요. 당신이 아버지에 대해서 질문을 하자 로스는 그런 질문을 한 번도 받은 적 없는 사람처럼 "흐음"이라고 하는데, 정말 정말 아름답습니다. 당신의 인터뷰에는 뭔가 특별한 것이 있어요. 당신은 작가의 삶에서 어떤 측면과 그것이 작품에 끼친 영향의 연결고리를 찾아냅니다. 그러므로 당신은 전기적인 세부사항에 대해서 묻는 것이 아니라 작가에게 중요한, 따라서 그 작품에 중요한 감정적 상태에 대해서 이야기합니다. 그렇기 때문에 당신이 필립 로스나 메이비스 갤런트 같은 작가들과 30년 전에 나온 책에 대해서 이야기를 할 때가 정말 좋습니다. 사실 『굿바이, 콜럼버스』와 『포트노이의 불평』에 대해서 이야기할 때 로스는 정말 멋지고 아주 솔직하고 직실적입니다. 말하자면 이제 자기 삶의 맥락에서 그 작품들이 어디에 놓여 있는지 알아낸 것이지요. 하지만 새로 나온 책에 대해서는 본인도 아직 잘 모릅니다. 이제부터 누구든 인터뷰를 하려면 정말 20년은 기다리는 게 좋겠군요.

～

메이비스 갤런트는 필립 로스와 무척 달랐다. 1992년에 처음 인터뷰를 했을 때 메이비스는 재치와 관찰력이 넘쳤지만 어딘가 위협적이었고 내 질문에 이의를 제기했다.

다른 인터뷰에서 사랑에 대해 묻자 — 한 등장인물이 사랑을 피아노 음계 연습에 비교했다 — 메이비스는 이렇게 말했다. "엘리너, 내가 그렇게 생각하느냐고 묻는 건가요? 당신이 부끄럽군요." TV 스태프들 앞이었고, 다들 이 말에 움찔했다. 하지만 나는 그때에도 메이비스가 계속 이야기를 이어 가면서 질문에 대해서, (『다리를 건너며』*Across the Bridge*, 1993에 실린) 그 단편에 대해서 설명하리라는 것을 알았다.

메이비스와의 대화는 질문을 던진 다음 몸을 웅크리고 머리를 감싸는 것이 아니라 질문을 던진 다음 뒤로 물러나 기다리는 것이었다. 그녀는 대답이 준비되어 있었다. 내가 2008년에 85세의 메이비스 갤런트를 인터뷰하러 파리에 갔을 때 그녀는 언제나처럼 재빠르고 대화에 몰입했을 뿐 아니라 열정적이었다. 기억은 그녀의 글처럼 놀라운 정확성을 자랑했고, 메이비스는 지금은 사라진 『몬트리올 스탠더드』에서 기자로 일했던 시절로 돌아가 세세한 부분까지 자세히 설명했다.

갤런트는 50년도 더 전부터, 프랑스에 도착한 날부터 일기를 썼다. 당시 그녀는 일기를 읽으면서 발췌하여 출판할 부분을 찾고 있었다. 나는 그런 자료를 돌아보면 어떤 느낌이냐고 물었다. 그러자 갤런트는 1962년 크리스마스 날에 대한 기나긴 설명을 시작했다.

행복한 시절은 아니었다. 메이비스는 얼마 전에 결혼한 절친한 기자의 초대를 받아 독일에 갔다. 친구는 남편과 함께 집을 샀는데, 메이비스에게 남편도 소개하고 새 집도 보여 주고 싶어했다. 당시 메이비스는 앓고 난 참이었다. 그러니 옷도 좀 사고 한 번도 안 가 본 곳에 놀러 가는 것이 더없이 좋은 생각 같았다. 하지만 여행은 재난이었다. 친구의 어머니는 메이비스를 보자마자 싫어했다. 친구 남편의 가족은 외국인을 환영하지 않았다. 메이비스는 크리스마스이브에 혼자 남았다. 친구는 남편의 가족을 만나러 갔고 친구의 어머니는 메이비스를 내버려 두고 자정 미사에 참석했다.

그래서 메이비스는 바깥이 새까맣고 크고 그림 같은 창문이 있는 낯선 집에 혼자 남았다. 그녀는 이렇게 말했다. "커튼을 칠 수가 없었어요, 온갖 유령이 보였지요. 무서웠어요. 죽을 만큼 무서웠죠. 커다란 양치기 개 두 마리가 으르렁거렸어요."(그녀가 으르렁거린다.) 새장이 열려 있어서 앵무새 두 마리가 통통 뛰어나와 퍼드덕거렸다(날개가 다듬어져 있었다). "저는 겁에 질렸어요. 『더 글로브 & 메일』의 헤드라인이 눈앞에 어른거렸지요. '캐나다 작가가 개와 앵무새, 칼을 든 남자에게 습격받아 사망하다!'"

결국 메이비스는 방으로 들어가서 문을 잠근 다음 제일 빠른 비행기를 예약하려고 공항에 전화를 걸었지만 크리스마스 연휴 동안 영업하지 않는다는 자동 응답 안내만 흘러나왔다. 메이비스는 이야기를 끝내면서 "이 이야기는 쓰지 마세요"라고 말했다. 똑같은 일이 계속 반복되었다. 그녀는 다른 이야기를 할 때도, "아시겠지만 그냥 이야기하는 거예요"라고 덧붙였다. 나중에 메이비스는 생각을 바꿔서 — 그래서 독자들이 이 이야기를 읽고 있는 것인데 — 그때 그 친구와 어머니는 세상을 떠났을 것 같고 친구 남편은 상관없다는 결론을 내렸다.

메이비스 갤런트에 대해 조사하다 보니 캐나다 단편소설의 두 거장인 메이비스 갤런트와 앨리스 먼로에 대한 두 가지 진영 또는 관점이 있다는 느낌이 들기 시작했다. 비틀스냐 롤링스톤스냐, 프랑수아 트뤼포냐 장 뤼크 고다르냐처럼 한쪽이 다른 쪽을 이겨야 한다는 듯이 말이다. 왜 그래야 하는지 모르겠지만, 너무 어리석다는 생각이 들었다. 이처럼 비범한 재능을 가진 사람들을 만들어 내고 그 혜택을 받는 나라에 살고 있다니 얼마나 운이 좋은가 말이다.

나는 항상 이야기를 사랑했고 — 엉뚱한 곳으로 빠질수록 더 좋았다 — 내가 읽은 이야기뿐 아니라 작가들이 자신에 대해서 하는 이야기가 정말 좋았다. 작가가 자신의 삶을 어떻게 보는지, 그러한 삶이 작품과 어떻게 교차하는지도 알 수 있었지만 대체로 작가들의 솔직함과 상상력이 독특하게 어우러질 때 감탄했다.

캐럴 실즈가 — 아무리 아파도 — 절대 현실에서 도망치기 위해서 소설을 읽지 않는다고, 그녀에게 독서란 꼭 필요한 자기 삶의 확장이라고 말했던 기억이 난다. 캐럴은 독서란 옆에 없는 사람과의 대화라는 성 아우구스티누스의 말을 인용했다.

어떤 의미에서 내 일은 중국식 표현인 쌍희雙喜, 즉 이중의 행복과 같다. 책을 통해 옆에 없는 이와 대화를 나누고, 옆에 있는 작가와도 대화를 나눈다는 점에서 말이다.

그렇게 해서… 나는 여기 토론토의 스튜디오에서 헤드폰을 쓰고 앉아 런던이나 뉴욕, 베를린의 스튜디오와 연결되기를 기다린다. 또는 축제의 무대에서, 다른 나라 작가의 집에서, 기대를 잔뜩 안고 말이다. 나는 조사를 했고 책도 읽었다. 벼락치기로 시험을 준비한 기분이다. 바로 꺼낼 수 있도록 머리 제일 꼭대기에 작가에 대한 정보와 미리 준비한 질문 수십 가지를 밀어 넣었다. 준비한 질문은 지도와 같지만 경로도 목적지도 확실하지 않다. 사실 가장 좋은 부분은 작가가 말을 잠시 멈추고 생각에 잠길 때, 예상하지도 못한 놀라운 일이 벌어질 때이다. 자, 이제 시작한다.

Jonathan Franzen

Edwidge Danticat

Orhan Pamuk

Aleksandar Hemon

Anne Carson

Doris Lessing

Hilary Mantel

W. G. Sebald

Alice Munro

J. M. Coetzee

Yiyun Li

Seamus Heaney

Toni Morrison

Mavis Gallant

Zadie Smith

조너선 프랜즌

Jonathan Franzen

"위대한 미국 소설가" 조너선 프랜즌의 획기적인 소설 『인생수정』은 2001년 전미도서상을 수상했고 전 세계에서 3백만 부 이상 팔렸다. 『인생 수정』은 출판이 되기도 전에 대성공을 거두었고, 잡지들은 프랜즌과의 첫 인터뷰를 탐냈다. 프랜즌은 책이 가판대에 진열되기도 전에 해외 판매와 영화 판권으로 백만 달러 넘는 수익을 얻었다.

다음 소설 『자유』(2010)는 더 큰 소동을 빚었다. 프랜즌은 『인생 수정』 출간 십 년 만에 『타임』지 표지를 장식한 작가가 되었고, 서평가들은 그의 책을 톨스토이의 『전쟁과 평화』와 비교하며 "완벽한 천재의 작품", "세기의 소설"이라고 칭했다. 『자유』는 베스트셀러였을 뿐 아니라 『뉴욕 타임스』가 "걸작"이라고 선언하면서 너무나 많은 주목을 받아 역풍을 일으켰고, 일부 기자들은 작가를 겨냥해 무책임한 논평을 열심히 쏟아냈다. 아이러니한 것은 조너선 프랜즌이 『하퍼스 매거진』에 기고한 글에서 미국 사회소설의 죽음과 소설가의 지위 하락을 한탄하고 ─ 그의 표현을 따르자면 ─ "나의 문화 참여적 소설이 내가 일으키고자 했던 문화에 참여하지 못했다"는 절망을 토로한 것으로 유명하다는 사실이다.

프랜즌은 희망과 열정을 가득 안고 문학 경력을 시작했다. 미국 중서부에서 자란 그는 1981년에 동부의 명문 스와스모어 칼리지를 졸업했다. 글쓰기에 전념하던 그는 스물아홉 살에 첫 소설 『스물일곱 번째 도시』(1988)를 발표했다. 4년 후 프랜즌은 역시 야심찬 소설 『강진동』(1992)을 내놓았다. 두 번째 책은 첫 소설만큼 잘되지 않았고, 『하퍼스 매거진』에 「꿈을 꾼다는 것」Perchance to Dream을 기고했던 90년대 중반에는 세 번째 소설을 쓰다가 막힌 상태였다. 그 책은 수없이 고쳐 쓰고 수많은 부분을 버린 끝에 탁월한 사회소설 『인생 수정』이 되었고, 그 뒤 역시 중서부 가족의 삶을 통해서 이야기하지만 21세기 미국 정치에 더욱 참여적인 작품 『자유』가 뒤따라 나왔다. 조너선 프랜즌은 두 권의 소설 사이에 논픽션 『혼자가 되는 법』과 회고록 『불편 지대: 개인사』를 발표했다.

나는 프랜즌이 히트작을 낼 때마다 그를 만났고, 소설 『순수』를 발표한 2015년에도 마찬가지였다. 그때 나는 캘리포니아 산타크루즈의 작은 포도밭 뒤 자택으로 찾아갔는데, 그가 비교적 최근에 푹 빠진 새들이 먹이를 구하기 좋은 곳이었다. 새와 환경은 『자유』의 중심이고, 여기에 실린 것은 2010년의 대화이다.

와크텔 당신은 자칭 "트위처"—열정적으로 새를 관찰하는 사람을 가리키는 영국식 용어—입니다. 트위처 문화에 대해서 잠시 설명해 주시겠어요? 트위처 특유의 성격이 있나요?

프랜즌 사실 전 트위처라고 할 수 없습니다. "트위처"는 영국 사람들이 진귀한 새가 목격되었다는 소식을 들으면 움찔거리는 사람들을 부르는 말인데, 그 사람들은 새를 보고 싶다는 생각에 말 그대로, 몸을 가만히 두지 못하지요. 그러므로 트위처란 영국 제도에서 그런 사람들을 비웃을 때 쓰는 말이라 할 수 있습니다. 그것을 더 확대하면 조류관찰자입니다. 저는 조류관찰자이고, 진귀한 새를 보면 흥분하지만 쫓아다니지는 않아요. 중요한 구분이지요. 하지만 진귀한 새 목록을 작성하긴 하니까, 꽤 깊숙이 들어온 것 같군요.

와크텔 조류관찰자가 되어 보니 멋진가요? 처음으로 조류 관찰을 시작했을 때는 스스로의 행동에 "소름 끼치는 부끄러움"

을 느꼈다고 말씀하셨습니다. 왜 그랬을까요?

프랜즌 아, 조류관찰자라는 것은 전혀 멋지지 않아요. 제가 처음 새를 관찰하기 시작했을 때 사람들이 경고했지요. "그러지 마. 정말 꼴불견이야." 부분적으로는 조류관찰자들이 보통 나이가 많고 옷을 잘 못 입는 백인인 경우가 많기 때문입니다. 다시 말해서, 인구통계학적으로 꼴불견이라는 거죠. 하지만 또 다른 이유는… 글쎄요, "멋진" 게 뭘까요? 멋지다는 건 여기 저기 신경을 쓰지 않는 거예요, 그렇죠? 냉정하고 멋셔. 뜨겁지 않아. 저 바깥으로 나가서 쌍안경을 들고 뭔가를 열심히 찾아 다니는 것은 뭔가에 대해 열정적이라는 사실을 광고하면서 적극적으로 돌아다닌다는 뜻입니다. 그러니 정의 자체가 멋질 수 없죠.

와크텔 『불편 지대: 개인사』에 실린 「나의 새 문제」라는 에세이에서 당신은 어머니가 세상을 떠난 후 처음 조류 관찰을 하러 갔던 이야기를 합니다. 왜 조류 관찰을 하고 싶었나요?

프랜즌 어머니가 시애틀에서 돌아가셨기 때문에 저는 시애틀로 가서 퓨젓사운드에 있는 형의 작은 집에서 머물고 있었습니다. 제가 형 부부와 교대하면서 주말에 엄마를 돌보기로 했지만, 어머니가 오래 못 버티셨기 때문에 그 계획은 일주일밖에 못 갔습니다. 그래서 어머니가 7월에 그 섬에서 돌아가시고 제가 거기 있었는데, 새가 정말 많은 곳이었습니다. 어머니가 돌아가신 지 사흘 만에 다시 일을 시작해야 하는 상황이 아니었기 때문에 빈둥거릴 시간이 많았습니다. 게다가 거기에 살아 있는 생명체들, 아름다운 생명체들, 아름답고 보기 힘든 생명체들이 있었습니다. 그러므로 저는 몇 시간이고 새들을 바라보면서 찾아다니고 어떤 새인지 알아내는 일에 몰두할 수 있었지요. 그동안 만큼은 슬퍼하지도 않고 어머니가 돌아가신 후 생각해야만 하는 어려운 일들을 생각하지도 않았습니다. 그러므로 일종의 도피였지만 새들의 아름다움 자체에 의한 도피였고, 자연의 일부를 정말 사랑하는 것, 다른 생명체를 사랑하는 것이 어떤 것인지 처음으로 어렴풋이 깨달은 경험이었습니다.

와크텔 그런 의식이 생길 때 ─ 제 경험으로는 현실의 또 다른 차원이 있다는 느낌이 들었던 기억이 납니다. 주변의 새들, 자연 속의 새들을 의식하게 되는 것이지요.

프랜즌 네. 제가 처음으로 새를 보러 간 곳은 센트럴파크였습니다. 어떤 여성을 알게 되었는데 그녀의 여동생 부부가 정말 열렬한 조류관찰자였거든요. 그들 부부가 우리를 만나러 뉴욕으로 왔습니다. 뉴욕은 북아메리카에서 수많은 종류의 새들을 볼 수 있는 아주 좋은 지역이기 때문에 5월과 9월에는 조류관찰자들이 많이 옵니다. 수많은 새들이 이주 도중에 센트럴파크에 갇히거든요.

와크텔 갇힌다고요?

프랜즌 갇힙니다. 음, 새들에게는 나무와 풀이 필요해요. 밤새 도록 날아와서 남부 브롱크스를 지날 때쯤 초목을 찾는데, 센 트럴파크가 있지요. 그래서 새들이 센트럴파크에서 하루를 보 내기 때문에 일부러 찾아갈 필요가 없어요. 새들이 오니까요. 제가 너무나 잘 안다고 생각했던 공원이 말씀하신 것처럼 그 동안 놓쳤던 전혀 다른 차원이었음을 깨닫는 순간은 정말 계 시와도 같았습니다.

와크텔 당신은 조류 관찰을 위해서 살고 있던 곳을 벗어나 애 리조나, 미네소타, 플로리다 등 미국의 여러 지역을 돌아다니 게 되었습니다. 이처럼 고독한 여행을 다니면서 새에 대한 사 랑이 그동안 애써 피했던 슬픔과 하나가 되기 시작했다고 하 셨는데요. 그 이야기를 해주시죠. 어떤 경험이었습니까?

프랜즌 어떤 것을 정말 좋아하기 시작할 때 생기는 문제입니 다. 너무 좋아하면 그것을 잃어버릴 위험에 처하지요. 살다 보 면 누군가를 깊이 사랑할수록 그 사람을 잃었을 때의 슬픔이 크다는 것을 깨닫습니다. 제가 들새를 좋아하기 시작했을 때 에도 마찬가지였습니다. 사실 저는 20대 후반, 30대 초반에 환 경에 대한 의식이 무척 컸어요. 그 전에도 인류가 이 세상에 저 지른 짓에 분노했지만, 쉽게 외면할 수 있었습니다. 하지만 저 는 화를 내다가 결국 지쳤고, 황야에서 사람들을 피하려고 애쓰는 것이, 또 저 혼자만의 전원생활을 방해하는 사람들에게 분노하는 것이 너무 지겨워서 시골을 떠나 도시인이 되었고 뉴욕시에 살면서 만족했습니다. 사실 환경적으로 무척 효율적인 삶이지요.

하지만 자연의 일부에 대해 긍정적인 감정을 갖기 시작하면 동물이 특정 서식지에, 특정하게 배치된 열린 공간에 얼마나 의존적인지 의식하게 됩니다. 자연으로 나가 동물들의 서식지가 파괴되는 것을 보면서 끔찍한 슬픔 속으로 자진해서 걸어 들어가게 되고, 어느새 동물을 돕는 일에 시간과 관심을 바쳐야겠다고 생각하는, 전혀 멋지지 않은 상황에 처하게 되지요. 제가 한 번도 경험해 본 적 없는 것이었습니다. 그때까지 저는 한 발 물러나 비꼬면서 반대만 하고 다른 사람들의, 그리고 우리 사회적·정치적 상황의 잘못을 비판하면서 아주 만족했습니다. 진심을 다해 일선에 나서서 새들을 위해 뭔가 좋은 일을 하려고 애쓰는 것이 저에게는 무척 새로웠습니다. 아주 슬프지요.

저는 지난봄에 지중해의 철새 대량 학살에 대한 글을 써서 『뉴요커』에 실었습니다. 전 그 문제를 알고 있었는데 그 일이 잘 알려지지 않았다고 생각했고, 사람들의 의식을 고조시키고 싶었습니다. 하지만 그 일을 시작하면서 이제부터 야생동물이 죽임을 당하고 끔찍한 고통을 겪고 고문당하는 모습을 보게 되리라는 것을 알았습니다. 예전에는 그런 것들이 저를 괴롭히지 않았을 겁니다. 그러니 진심의 세계에는 "고통 없이는 아무것도 얻을 수 없다"는 규칙이 있습니다.

와크텔 그 새들의 수가 천문학적이라는 것은 저도 아는데요, 『뉴요커』에 실린 글에서 매년 명금鳴禽 십억 마리 정도가 인간의 손에 고의적으로 죽임을 당한다고 쓰셨습니다.

프랜즌 봄과 가을 이동 때 아프리카와 유라시아 사이에서 철새 십억 마리가 죽는 것으로 보입니다. 여러 출처에서 찾은 추정치였는데, 『뉴요커』의 사실 확인 과정을 통과할지 약간 걱정되긴 했습니다. 하지만 순조롭게 통과했지요. 안전하게 말하고 싶으면 반으로 줄여도 되지만, 그래도 철새 총 50억 마리 중 5억 마리니까, 최소 10퍼센트가 이동 중 고의적인 죽임을 당한다는 뜻입니다.

와크텔 게다가 대부분 철새를 죽이는 것이 불법인 지역에서 일어나는 일입니다.

프랜즌 아, 그렇습니다. 대부분의 경우 유럽연합 전체에서 철새를 죽이는 것이 불법입니다. 우리가 이야기하는 것은 철새의 개체 수가 재앙에 가까울 만큼 감소하는 대륙과 나라들입니다. 물론 주된 문제는 서식지 감소와 집약적 농업이지만, 거기다가 이런 짓까지 하다니, 아픈 사람에게 욕까지 하는 것이나 다름없지요.

와크텔 하지만 새 사냥이 문화적 전통인 나라가 많습니다. 키프로스에서 가장 흔한 개개비는 그 나라의 대표적인 진미인데, 당신도 맛보았지요.

프랜즌 네, 네, 기자로서 먹었습니다. 저에게는 올해 가장 슬픈 저녁 식사였을 겁니다. 저는 기사를 쓰면서 환경을 무작정 옹호하고 싶지는 않습니다. 그런다고 무엇을 이룰 수 있는지 모르겠으니까요. 환경 옹호 기사를 끝까지 읽는 사람은 사실 그럴 필요가 없는 사람들밖에 없습니다. 그래서 저는 복잡한 시점에서 세상을 보는 독자들을 위해서 쓰려고 하는데, 그러므로 문제의 양면을 모두 이해하려고 노력해야만 합니다. 그러므로 지중해 관련 기사를 쓸 때 수많은 밀렵꾼들과 이야기를 나누고, 그들의 이야기를 듣고, 그런 이야기들이 어디에서 왔는지 이해하려 노력하고, 또 어느 순간에는 키프로스의 진미를 맛봐야 한다는 뜻이었습니다. 기자로서 어느 정도 신뢰도를 쌓기 위해서 그래야 했지요. 그렇지 않으면 사람들은 "아, 이 사람이 또 환경에 대해서 썼네. 다음 기사나 봐야겠어"라고 말할 테니까요.

와크텔 인간을 날카롭게 관찰하면서 고독이 더 좋다고 고백하는 사람이 조류 관찰에서 즐거움과 목적을 찾는 것이 그리 놀라운 일은 아닐 것 같습니다. 하지만 당신은 「나의 새 문제」에서 플로리다의 흔한 도요새류를 관찰했던 기억을 떠올리면서 이렇게 씁니다. "높이 솟은 콘도와 호텔 틈에서 야영을 하며 고개를 움츠리고 졸려서 눈을 반쯤 감고 힘든 자세로 해변을 샅샅이 훑어보는 그들은 일군의 사회부적응자들처럼 보였다." 그런 다음 이렇게 말합니다. "내가 새들에게 느낀 것은 사랑 이상이었다. 나는 철저한 일체감을 느꼈다." 그 일체감에 대해서 이야기해 주시죠. 왜, 어떻게 일체감을 느꼈습니까?

프랜즌 제가 새에 끌리는 부인할 수 없는 한 가지 요소는 문학 픽션에 끌리는 것, 특정한 책의 독자와 작가에게 느끼는 공동체 의식이나 팀 정신과 마찬가지라고 생각합니다. 저는 TV를 틀어서 무슨 경기든 스포츠 경기가 나오면 사람들이 어느 팀을 좋아하는지 파악한 다음 반대 팀을 응원하는 사람입니다. 인기 있는 팀을 파악하지 못하면 경기에서 지고 있는 팀을 응원하지요. 저는 비뚤어진 사람처럼 보일 만큼 실패한 목표와 절망한 사람들에게 끌리거든요. 저는 문학에서 너무나 큰 아름다움을 발견하고 책과 책을 읽는 사람들에게 너무나 강렬한 동지애를 느끼기 때문에 우리의 목표를 전진시키고, 이 분야를 지속시키고, 다소 위협받고 있는 이 예술적 표현 방식을 구하는 것에 작가로서의 삶 전체를 바쳤습니다.

그런 경향 때문에 위협받고 위기에 처한 새들, 현대성이 점점 퍼져 나가면서 주변으로 밀려나는 조류를 쉽게 좋아하게 되었지요.

와크텔 새들도 부적응자라고 생각하세요? 의인화는 위험하다고 말씀하신 것은 알지만….

프랜즌 맞습니다. 제 자신 안에서 새를 본다든지 그런 이야기를 끝도 없이 하지만, 그건 의인화가 아닙니다.

와크텔 의인화의 반대군요.

프랜즌 네. 동물화 같은 거죠. 그런 뜻을 가진 단어가 뭔지도 모르겠군요.

플로리다에 가면 사람들과 잘 지내는 새들이 있습니다. 저는 펠리컨을 정말 좋아하지만, 플로리다의 펠리컨들은 워낙 사람에게 길들여져서 집 뒤쪽 포치에서 프렌치토스트를 먹일 수 있을 정도예요. 가마우지나 일부 오리 종, 수많은 갈매기도 마찬가지입니다. 인간에게 아주 적응을 잘해요. 저는 다른 이들에게 적응하지 못하는 사람들과 대부분의 시간을 보내는데, 그런 사람들에게는 일상생활 자체가 시련이 될 수도 있습니다. 그 사람들은 조금 우울할 수도 있고, 특이할 수도 있지요. 그렇기 때문에 사람들과 잘 어울리는 새들을 보다가 제일 안 좋은 해변, 아무도 가고 싶어 하지 않는 해변에서 도요새와 물떼새가 섞인 어중이떠중이 무리를 만나면 — 네, 그런 생각이 들었습니다. 내 새들이 여기 있었군.

와크텔 당신의 부적응자 같은 면에 대해서 이야기해 볼까요? 당신이 6,70년대에 중서부에서, 미주리주 세인트루이스 교외의 웹스터그로브스에서 보낸 행복하지만 여러 면에서 어려웠던 어린 시절이 회고록 『불편 지대』에 잘 나와 있습니다. 그 배경을, 지금의 당신을 만든 그 시절과 장소를 간략히 설명해 주시겠습니까?

프랜즌 네. 부모님은 대공황 시절에 유년기를 보냈고, 아버지가 제2차 세계대전 때 군 복무를 한 것은 아니지만 저와 나이 차이가 많이 나는 두 형은 베이비붐 세대였습니다. 저는 1959년 말에, 공식적인 베이비붐 시대의 마지막 넉 달 사이에 태어났습니다. 전국에서 반항적인 청년문화가 크게 일어났던 60년대에 저는 아주 어렸지요. 저희 집의 경우에는 반항적인 문화가 형들을 통해서 들어와 어마어마한 갈등과 고뇌를 일으켰습니다. 부모님과 형들의 세대 차이가 무척 컸지만 저는 그럴 때 이상하게도 중립적인 제3자였습니다. 형들 사이에도 갈등이 있었어요. 정말이지, 저희 가족 중에서 저만 빼면 누구와 누구 사이에 선을 그어도 엄청난 갈등이 존재했습니다. 사실 저는 갈등을 빚기에는 너무 어렸고, 모두 저를 좋아하는 것 같았지요. 그래서 저는 어른들의 갈등에 노출되면서도 아이로 남을 수 있었습니다.

그러다가 70년대가 되자 제가 기독교 학생회에 들어갔는데, 당시에는 기독교 학생회에 들어간다는 것이 약간 다른 의미였습니다. 마약을 한 경험이 있거나 문제 가정 출신 아이들이 많았고 모든 것이 뒤얽혀 있었습니다. 반문화였지요. 사람들은 말하자면 솔직함을 시도하고 있었는데, 그 이후 미국 문화에서는 한 번도 없었던 현상입니다. 저는 기독교 학생회 소속이었고, 우리 집뿐만 아니라 같은 기독교 학생회의 수많은 아이들의 집에서도 아주 가혹한 일들이 많이 일어나고 있었지만 제 어린 시절은 연장되었지요. 그때는 불안과 이 기묘하고 연장된 순수함이 공존하는 시대였습니다. 저라면 그렇게 설명하겠습니다. 70년대는 중산층의 시대였습니다. 부유한 사람과 그렇지 않은 사람의 수입 격차가 미국 역사상 가장 낮았어요. 그 시절이 그리운 것은 아니지만, 그때는 뭔가 중심이 되는 것이 있었습니다. 저는 그때로 돌아가서 그 시절에 대해서, 또 나 자신에 대해서 이야기하고 싶었습니다.

와크텔 「팔 집」House for Sale은 어머니가 돌아가시고 당신이 세인 트루이스의 낡은 집을 팔기 위해서 정리하는 장면으로 시작하는데, 정말 멋진 에세이입니다. 당신은 그 집이 당신 어머니의 소설이었다고, "어머니가 자신에 대해 들려주던 구체적인 이야기"였다고 말하는데요, 그 집에서 개인적인 흔적을 지우는 일은 어머니가 중심이었던 당신 가족의 삶으로 돌아가는 무척 고통스러운 여행이 됩니다. 당신은 어머니를 무척 지배적인 성격으로 그렸지요. 어떤 면에서 그랬습니까?

프랜즌 어머니는 자기 의견이 강했고, 자신의 삶에 실망한 사람들이 대부분 그러듯이 엄격한 도덕성에서 피난처를 찾았습니다. 보통 자기 삶이 원하는 대로 안 되면 그러지요. 어머니는 착실하지만 제 눈에 썩 행복해 보이지 않는 결혼 생활을 했습니다. 건강 문제도 많았어요. 그래서 어머니는 아이들에게 아마도 지나친 관심을 쏟았고, 우리에게 엄격한 도덕적 판단과 사회에 대한 윤리적 책임감을 가혹할 만큼 심어 주었습니다.

와크텔 아이에게는 너무 무거웠겠네요.

프랜즌 네, 정말 그랬습니다. 정말 힘든 일이었지요. 둘째 형이 대학에 진학하면서 집을 떠났을 때 저는 겨우 4학년이었고, 그때부터 8년 동안 어머니와 살면서 좌절한 어머니의 공격을 정면으로 받아내야 했습니다. 어머니는 감당하기 어려운 사람이었습니다. 옛날 사람이었고, 부분적으로 그 좌절감은 크나큰 재능과 크나큰 에너지를 배출할 적절한 출구가 없기 때문이었지요. 어머니는 할 일이 충분하지 않았고 아이를 키우는 것이 어머니의 유일한 일이었기 때문에 아이들에게 지나치게 신경을 썼던 것 같습니다.

와크텔 당신은 스스로 어머니와 지나치게 동일시한다고 설명합니다.

프랜즌 어떻게 그러지 않겠습니까? 네. 어머니의 몸이 썩 좋지 않다는 것도 부분적인 이유였습니다. 건강 문제가 있었기 때문에 저는 일종의 죄책감을 느꼈지요. 어머니에게 똑같이 심한 말로 대들거나 어머니에 대해 비판적인 생각만 해도 이런 느낌이 들었습니다. 맞아, 엄마는 사는 게 너무 힘들어, 잘 지내지 못하고 있어, 그런데 어떻게 내가 엄마한테 이럴 수 있지?

와크텔 아주 어렸을 때였지요. 나중에는 좀 나아졌습니까?

프랜즌 그랬습니다. 저는 어머니가 거의 돌아가실 때가 다 되어서야 잘 지내기 시작했어요. 사실 저는 어머니가 돌아가시고 나서야 엄마가 비교적 좋은 부모였다고 제대로 평가할 수 있었고, 항상 그곳에 존재했던 어머니의 사랑에 다가갈 수 있었습니다. 저는 어머니와 며칠 이상 같이 지내는 것을 못 견뎠기 때문에 그 사랑에 다가가는 길을 찾을 수 없었지요. 어머니는 저를 정말로 미치게 만들었어요. 저는 어머니가 바라던 아들이 아니었습니다. 좀 달랐어요. 특이했지요. 예술 분야에서 뭔가를 하려 했습니다. 저는 어머니가 바라는 대로 옷을 입지 않았고, 원하는 대로 결혼하지도 않았습니다. 제 스스로 실망스러운 자식이라고 생각하지는 않았고 아버지와 형들의 든든한 지원을 받았습니다. 하지만 어머니와 함께하는 시간이 스트레스일 때가 많았던 건 사실입니다. 전 이제 남은 평생 어머니를 생각할 테고, 제가 처음 어머니를 알게 되었을 때의 어머니와 같은 나이가 되어서 어머니가 어떤 사람이었는지, 얼마나 복잡한 사람이었는지 제대로 이해하면서 지금까지 늘 그곳에 있던 사랑을 접하게 되었습니다.

와크텔 「아버지의 뇌」는 당신 아버지에 대한, 알츠하이머 병과의 싸움에 대한 감동적인 에세이인데, 소설 『인생 수정』의 아버지 앨프리드 램버트를 그릴 때에도 그 경험을 일부 가져다 썼습니다. 당신은 어린 시절 당신의 아버지를 이렇게 표현했습니다. "모든 장난에 알레르기 반응을 보였다. 아버지에게는 타고난 유머 감각이 없었다." 당신 아버지는 절대 농담을 하지 않았지요. 어린 당신에게는 쉽지 않았을 텐데요. 아버지와의 관계는 어땠습니까?

프랜즌 저는 어린애였기 때문에 사실 아버지와의 관계는 무척 든든했습니다. 아버지는 정말로, 진지한 의미에서 어른이었지요. 자아감에 약간 문제가 있었습니다. 부끄러움을 무척 많이 탔지요. 직업적으로도 자신의 권리를 거의 요구하지 못했습니다. 자신감이 심각하게 부족했지요. 하지만 육체적인 힘은 무척 셌습니다. 성미가 어마어마하게 급했고요. 그리고 정말 진지했어요. 아버지는 진짜 어른이었고, 그것만은 틀림없었습니다. 어떤 면에서는 그 사실이 아이를 무척 자유롭게 합니다. 아빠의 친구, 아빠의 제일 좋은 친구 같은 것이 될 필요가 없지요. 저는 아들일 수 있었습니다. 그래서 아버지에게 정말 감사해요.

어머니도 그랬습니다. 의문의 여지가 없었지요. 어머니는 지나칠 만큼 모든 이야기를 다 했는데, 친했기 때문은 아니었습니다. 자기 의견을 표현하고 감정을 비울 수밖에 없었기 때문이지요. 하지만 어머니는 무서울 만큼 어른스러운 사람이기도 했고, 저는 그렇게 확실한 격차가 좋았습니다. 작가가 되는 사람들의 자아의식은 물처럼 일정한 모양이 없고 정의하기 힘든 경향이 있습니다. 여러 가지 성격을 넘나들지요. 때로는 자신이 여성인지 남성인지도 확신하지 못합니다. 분류가 확실한 사람이 부모였다는 것은 크나큰 축복이었습니다.

와크텔 하지만 당신은 정체성을 지키기 위해서 어릴 때부터 비밀이 많았다고 말했습니다.

프랜즌 네, 정말 그랬습니다. 부모님은 저를, 또 한동안 역시 예술을 추구했던 제 형을 어떻게 분류해야 할지 몰랐습니다. 두 분은 대공황으로 인한 가난을 겪었고 근면함과 재정적 안정을 믿었기 때문에 우리를 분류해 넣을 칸이 없었지요. 부모님께 예술이니 뭐니 하는 것은 너무 하찮았지만 저는 그것이 저에게 중요하다는 사실을 알았기 때문에 비밀에 부쳐야 했습니다. 침묵, 교활함, 망명이지요. 교활하다는 것은 인격이 아직 완전히 형성되지 않았을 때 어떻게 해야 할지 아는 것입니다. 안전하게 지키려면 기본적으로 숨겨야 그것이 자기 형편에 맞춰서 자랄 수 있습니다. 방어할 기회도 없이 짓눌려 망가지지 않을 수 있지요.

와크텔 에세이 「두 조랑말」에 특이한 문장이 나오는데요, 부모님을 만화처럼 보기까지 반평생 걸렸다고 썼습니다. 그게 무슨 뜻입니까?

프랜즌 제가 아까 말씀드린 어른은 어른답고 아이는 아이다운 것과 비슷하다고 생각합니다. 또렷한 검정 선에는 어떤 편안함이 있는데, 만화가는 그런 선으로 그림을 그리지요. 단순화시킵니다. 제가 『불편 지대』의 그 장에서, 그 문장에서 구체적으로 뜻한 것은 우리 모두 아주 신경질적이라는 겁니다. 내면의 신경질적인 갈등을 불쾌하고, 화나고, 타인을 힘들게 하는 방식으로 드러내는 가족과 오랜 시간 같이 사는 것은 아주 힘들다는 뜻이지요. 그것을 용서하는 방법, 괜찮게 만드는 한 가지 방법은 그 자체를 만화화하는 것입니다. 점점 더 극단적인 표현으로 과장하다 보면 감정적으로 지배를 당하는 대신 그런 모습을 보면서 느닷없이 웃게 되고, 이로써 진정한 용서를 할 수 있습니다. 역설적이지만 사람들을 만화화하면 더욱 인간적으로 변합니다.

와크텔 심지어 "나 스스로 더욱 완벽하게 만화가 되는 것, 그것은 얼마나 큰 승리일까"라고도 썼는데요.

프랜즌 『불편 지대』를 쓸 때의 계획은 제 자신을 일종의 만화처럼 그리는 것이었습니다. 저는 그 책에 나오는 사람을 전부 합친 것보다 제 스스로에게 더 가혹해요. 스스로에게 정말 잔인할 정도로 가혹하고, 자신을 최대한 웃음거리로 만듭니다.

그렇게 하는 이유는 제 과거의 모습을 다른 사람의 탓으로 돌리고 싶지 않았기 때문인데, 사실 저는 제가 이런 사람이 된 것에 아무런 문제도 느끼지 못했고, 따라서 스스로를 탓하는 것이 제일 안전해 보였습니다. 하지만 만화처럼 만들지 않으면 너무 잔인하거나 자기혐오처럼 느껴지지요.

와크텔 『인생 수정』의 배경은 1990년대 말이고, 당신은 소설 『자유』에서 어린 시절인 1970년대로 돌아가지만 21세기로 돌아와 2004년에 초점을 맞춥니다. 왜 2004년이지요?

프랜즌 기본적으로는 시간 순서 때문이었습니다. 제 나이 또래의 부부를 중심인물로 선택했는데, 부부가 젊을 때 아이들을 가져서 일이 본격적으로 벌어지기 시작할 때 아이들이 적당한 나이가 되면 좋겠다고 생각했으니까요. 이 책은 60년대에 우리 가족에게 있었던 일, 형들이 어떤 나이가 되었을 때를 의식적으로 반영하고 있지만 저는 그것을 한 세대 이후의 언어와 정치적 상황으로 옮기고 싶었습니다. 그러려면 아이들이 80년대 초에 태어나 이 나라에서 흥미로운 일들이 일어났던 시기에 중요한 나이인 열여섯 살, 열여덟 살, 스무 살이 되어야 했습니다. 미국은 2003년에 이라크에 갔지요. 2004년에 우리는 그 정도로 어리석지는 않았음에도 조지 부시를 다시 뽑았습니다. 당시는 많은 면에서 중요한 시기였고, 저는 그 시기에서 기꺼이 에너지를 끌어왔지요. 하지만 기본적으로는 부모님이 제

나이였다면 어땠을까 상상하고 싶다는 계획 때문에 그렇게 설정했습니다.

와크텔 왜 부모님이지요?

프랜즌 왜 부모님이냐고요? 저는 『인생 수정』에서 어머니와 아버지를 만화처럼 그리긴 했지만 저희 가족의 이야기, 부모님의 이야기, 우리가 미네소타에서 보낸 과거의 이야기, 특히 제 자신의 결혼 생활과 저와 부모님의 관계에 대한 이야기를 한 적이 없었기 때문입니다. 그런 이야기는 피하기만 했지요. 『불편 지대』는 대부분 제가 집을 떠나 다른 곳에서 진정한 삶을 살았던 이야기이고, 제 가정생활의 감정적 강렬함이 이따금 약간 엿보일 뿐이었습니다. 저는 대체로, 회고록에서조차 회피하고 있었지요. 안으로 들어가지 않았어요. 그래서 이 책에서는 그 안으로 들어가고 싶었습니다. 하지만 직접적인 방식으로 이야기하고 싶진 않았죠. 70년대에 대해 쓰는 것은 별로 흥미가 없었고 30년대는 너무 옛날이라 흥미가 전혀 없었어요.

와크텔 당신이 몰두하는 주제들, 전쟁과 정치적 부패와 인구과잉과 지구 온난화 같은 주제들이 『자유』에 어쩔 수 없이 들어가 있긴 하지만, 그럼에도 불구하고 이 책은 방대하고 흡인력 있는 가족 이야기이고, 재치 있고 재미있으면서도 슬픕니다. 당신은 반골 기질이 강하다고, 비극과 희극을 뒤섞거나, 아주 어두운 시절에 빛을 비추거나 혹은 그 반대를 좋아한다고 하셨는데요, 어떤 충동이 이 소설을 낳았을까요? 우리 시대의 소설로서 이 작품을 어떻게 봅니까?

프랜즌 우연입니다, 정말로. 아까 말한 것처럼 저는 책에 최대한 에너지를 쏟으려고 애를 써요. 전 책을 자주 쓰지 않는데, 최대한 살아 있는 작품이 되기를 바랍니다. 그렇기 때문에 제가 자꾸 가족을 책의 구성 원칙으로 이용하는 면도 있지요. 나이가 비슷하고 서로 경쟁하면서 세력권을 나눠 갖는 형제자매가 두 명만 나와도 감정적인 긴장이 자동으로 생깁니다. 저는 그런 설정만 나와도 더 읽고 싶다는 관심이 생겨요. 거기서 나오는 에너지가 있지요. 아니면, 결혼 생활이 마땅히 그래야 하는 것만큼 행복하지 않고, 그래서 아들에게 자기 짐을 떠넘기는 어머니도 마찬가지입니다. 제가 보기에는 바로 그런 것에 삶이 있습니다. 그러므로 저는 그런 것들은 "쓸 재료"에 포함시킬 겁니다. 제가 현재를 살면서, 환경 문제와 매년 가슴 아플 만큼 타락하는 미국의 정치적 담론을 의식하면서 좋은 시민이 되려고 애쓸 때 느끼는 고뇌와 분노, 혼란과 불확실함에 대해서도 마찬가지입니다. 제가 무엇을 해야 할까요? 또한 현재의 세상에는 일상생활의 긴장과 꿈을 키우는 무언가가 있습니다. 역시 저는 그것을 이용하고 싶고 소설 속 인물들이 그러한 에너지를 이용하게 만들고 싶습니다. 하지만 우리가 살고 있는 시대에 대해서 제가 뭔가를 선언하고 싶어서가 아니에요. 현재 일어나는 일을 분석하는 것에 그렇게까지 관심이 있는 것도 아닙니다. 그러한 현실이 세 등장인물을 키울 뿐이지, 제 인물들이 사회적 현실을 그리기 위해서 존재하는 게 아니에요.

와크텔 동시에 당신은 확실히 심금을 울리는 소설, 사회적 차원을 갖는 방대한 소설 두 편을 썼습니다. 사회소설의 죽음에 대한 예전 에세이를 생각하면서 드린 말씀인데요, 우리 시대에 소설의 역할에 대해서, 혹은 소설가의 책임에 대해서 어떻게 생각하십니까?

프랜즌 제가 소설가로서 느끼는 책임감은 저와 같은 종류의 책을 즐겨 읽는 사람들에 대한 것밖에 없습니다. 제가 진지한 소설의 미래에 절망했던 90년대 중반 이후 바뀐 것이 있다면 누가 듣고 있느냐에 대한 느낌이에요, 좋은 책을 좋아하는 사람들이 많아지고 다양해졌다는 느낌이 듭니다.

저는 그것을 책임감이라고 부르지 않겠습니다. 제가 살면서 직접적으로 받은 것에 대한 감사함에 더 가깝고, 저는 또 제 인생을 바꾼 책들을 쓴 옛 작가들에게도 고마움을 느낍니다. 그것을 돌려주고 싶다는 생각, 다른 사람들에게도 그런 선물을 주고 싶다는 것이 책임감일까요? 모르겠습니다. 우리가 문화의 중요한 부분으로서 소설을 좋아한다면 세상에 존재하는 다른 오락거리들의 대안으로 소설을 정말, 정말 매력적으로 만들 책임이 있습니다. 따라서 저에게 중요한 것은 설익은 책을 내고 싶지 않다는 생각입니다. 저는 독자들이 바쁘고 1년에 책을 읽을 시간이 많지 않다는 사실을 존중합니다. 정말 새로운 것을 말하고 싶어질 때까지는 뭔가를 세상에 내놓고 싶지 않고, 또 독자가 책 속에 머무는 것이 지루한 일이 되지 않도록, 하고 싶은 일이 되도록 책을 정말 재미있게 만들고 싶어요. 그것만이 트위터와 이메일과 페이스북 세상의 대안이니까요.

와크텔 놀랄 만큼 복잡한 인물, 『자유』의 여주인공 패티 버글런드에 대해 잠깐 이야기하고 싶습니다. 우선 패티는 가족과 잘 어울리지 못하고 창의적이기보다는 운동을 잘하는 인물인데, 우습기도 하지만 비극적이기도 합니다. 당신은 소설이 3인칭 화자 패티의 목소리로 시작한다고 말했는데, 『자유』의 「실수를 저질렀다 ─ 패티 버글런드 자서전」이라는 장에서도 우리는 그녀의 목소리를 듣습니다.

프랜즌 실수가 아주 많이 등장합니다. 몇몇은 패티의 실수지요. 저는 사실 패티가 자기 실수를 인정한다고 생각합니다. 그 외에도 아주 많아요.

와크텔 패티는 어떻습니까? 이 특이하고 문제적인 인물을 통해 무엇을 탐구하고 싶었지요?

프랜즌 패티는 항상 운동을 좋아하는 인물이었고, 저는 여러 해 전에 결국은 쓰지 않게 된 전혀 다른 소설로 고전하다가 그녀의 목소리를 우연히 만났습니다. 그 목소리가 거의 처음 한 말—겨우 두세 페이지였는데, 저는 그것을 말 그대로 5년 동안 서랍 속에 넣어 두었지요—은 가족들 중에서 혼자 운동을 좋아하는 것이 어떤 경험이었는지에 대한 회상이었습니다.

소모적이지만 사람을 구하는 경쟁의 특성, 사람을 구하는 팀워크와 팀 정신의 특성, 저에게는 그러한 것들이 무척 중요했습니다. 저는 경쟁심이 강한 사람입니다. 경쟁심이 강한 집안 출신이었고, 노골적으로 경쟁심을 드러냈지요. 우리 집안에서는 경쟁이 해로웠다고 생각지 않습니다. 하지만 저는 경쟁에 대해서 잘 알았고, 형들과의 경쟁 자체가 아니라 항상 누군가와 경쟁한다는 사실에서 아주 강한 동기를 부여받았습니다. 저는 게임을 아주 좋아합니다. 게임의 경쟁적인 면이 좋아요. 이기는 게 좋습니다. 하지만 경기장 바깥에서는 미국인들이 무척 불편해하는 감정이지요. 감정적인 비용이 있어요.

그리고 팀이라는 면이 있습니다. 저는 소설에 대해서, 동료 독자와 작가에게 강한 팀 정신을 느끼게 되었고, 지난 십 년 동안은 새들에게 그런 것을 느끼게 되었습니다. 새와 새를 좋아하는 사람들—그 사람들도 제 팀입니다. 이 모든 인물이 어떤 면에서는 제 자신의 여러 버전입니다.

패티는 팀에 진정으로 충실한 것이 무엇인지 저에게 알려주었습니다. 패티의 문제는 이제 운동선수가 아니기 때문에 팀이 없어졌다는 것인데, 그래서 가족을 자기 팀으로 삼지만 가족은 스포츠 팀처럼 굴러가지 않지요.

와크텔 어떤 의미에서 패티는 가족이라는 팀마저 잃습니다.

프랜즌 네. 그리고 세 번째는 충실함의 개념과 문제일 텐데, 그것이 저에게는 구성 원칙이지만, 충실함은 사실 시험당하기 전까지는 아무 의미도 없습니다. 저는 지금까지 살면서 정말 괴로운 충실함 문제를 여러 번 겪었는데, 오랜 결혼 생활에서는 확실히 그랬지요. 저는 『인생 수정』을 쓸 때도 작가로서의 자신과 살아남아서 부모님을 돌봐야 하는 자신에 대한 충실함의 문제를 겪었습니다. 부모님이 계시는 세인트루이스에서 적은 시간을 보내면서 책을 계속 쓸 방법을 찾아내려 애썼습니다. 정말 괴로운 충실함의 갈등이지요. 그러므로 패티에 관해서는 그런 생각이 있었습니다.

와크텔 『자유』에서는 우울증이 두드러집니다. 여러 인물이 경중이 다른 우울증을 겪고, 패티는 활발하고 운동선수답게 결단력이 뛰어나지만 오랫동안 우울증에 시달리지요. 우울증의 어떤 점에 특히 흥미가 있었습니까?

프랜즌 독일어는 형용사가 아주 잘 구분되어 있습니다. 독일어에는 우울하다는 뜻의 데프레시프depressiv와 의기소침하다는 뜻의 데프리미르트deprimiert 두 가지가 구분되어 있는데, 사실 영어의 "우울한"depressive이라는 단어도 괜찮은 표현입니다.

우울한 성격이 있어요. 우울한 계층이 있지요. 저는 스스로 우울한 성격이라고 설명하겠습니다. 대충 떠오른 생각이지만 보통 우울한 사람은 우리가 만나 본 사람 중 가장 재미있는 사람일 겁니다. 우울한 사람이란 의학적으로 우울증에 걸려서 입원하고 약을 잔뜩 먹거나 전기 충격을 받는 사람이 아니라, 만성적이고 비교적 가벼운 우울증에 대처하는 사람이니까요. 주된 대처 방법은 웃는 것입니다. 그래서 저는 우울하다는 것이 무척 매력적인 성격이라고 생각합니다. 제가 아는 재미있는 사람들은 대부분 어떤 의미에서 우울합니다. 우리는 우울증이 널리 진단받는 시대에 살고 있고, 따라서 이런 시대에 잘 사는 사람들에 대해서 쓰면 그중 두세 명은 우울증과 싸울 수밖에 없습니다.

와크텔 살면서 겪은 그런 에피소드들로 인해서 당신의 태도는 어떻게 변했습니까?

프랜즌 다시 한번 말하지만, 저는 심한 우울증을 경시하거나 무시하려는 것이 아닙니다. 우울증이 너무 심해서 자살을 시도하거나 중대한, 아주 중대한 개입이 필요한 경우는 전혀 다른 문제이지요. 저는 운이 아주 좋아서 그런 지경까지 가지는 않았습니다. 어두운 우물을 들여다본 적은 있지만 우물 안으로 들어간 적은 없습니다. 고맙게도 아직은 말입니다. 그리고 들어간 적이 없기 때문에 가벼운 우울증 주기에 어느 정도 익숙하고, 그러다 보니 전혀, 또는 크게 우울하지 않게 되고, 결국 제 자신과 몇 년이나 씨름한 끝에 우울증이 우리 심리의 적응력으로 작용하는 것을 보게 되었습니다. 우울증이 가장 심각했을 때가 떠오를 만큼 우울하다면 무슨 일이 일어나고 있다는 경고인 셈입니다. 깃발을 드는 거예요. 그러면 제가 왜 이런 상태에 빠졌는지 알아내야 합니다. 그러므로 저에게 우울증은 어떻게든 해결할 수 있는 주기적인 위기 같은 것이고, 정말 심각한 일이 일어나고 있으니 모든 것을 제처놓고 무슨 일이 일어나고 있는지 파악해야 한다고 알려줍니다. 그러므로 저는 우울증 문제에 대해서 패티처럼 활발한 낙관주의를 가지고 있는 것이 분명합니다.

와크텔 그러면 해결 가능한가요? 빠져나올 수 있습니까?

프랜즌 네. 제 머릿속에서 단극성 우울증에 가까웠던 아버지와 가끔 침울하지만 항상 살아내겠다는 의지가 강했던 어머니의 대화가 벌어집니다. 상황이 위험해지려고 하면 어머니를 닮은 면이 튀어나오는 것이 느껴져요. 스스로에게 '아니, 그렇게 하지 않겠어, 방법을 알아낼 거야'라고 말하는 것 같아요.

와크텔 패티의 남편 월터는 정말 좋은 사람입니다. 꾸준하고, 양심적이고, 책임감 있고, 믿을 수 있지요. 하지만 이야기가 진행되면서 그는 처참하게 무너지고, 우울과 분노는 동전의 양면이 됩니다. 월터는 당신과 배경이 무척 다르지만 미네소타에 뿌리를 두고 있다는 점과 도덕적 분노와 사명감이 비슷합니다. 월터와 당신의 가장 비슷한 점이 무엇입니까?

프랜즌 월터의 첫 장 제목인 「착한 남자의 분노」는 책을 쓰면서 임시로 붙였던 부제 중 하나였습니다. 저는 미네소타에서 가장 착한 사람에 대해서 쓰고 싶었지만, 사실 제 출생지는 미네소타가 아니에요. 다른 가족들은 미네소타에서 태어났고 저는 분명 미네소타 집안 출신이지만, 제가 만약 미네소타에서 태어났다 하더라도 아무도 저를 "미네소타에서 가장 착한 사람"이라고 묘사하지는 않겠지요. 아마 "그 사람 사실 생각보다는 착해"라고는 말할지도 모릅니다. 하지만 누구도 제가 "가장 착하다"고 말하지는 않을 겁니다. 저는 착한 일을 하고 있지 않아요. 죄송하지만요. 제가 월터와 비슷한 부분은 다른 사람에게 당하는 경향이 있다는 것인데, 중서부에서 자란 것과 관련이 있다고 생각합니다. 아니야, 저항하면 안 돼. 아니, 그냥 받아들이고 미소를 지어, 그런 거죠. 월터와 저는 또한 몇 십 년 동안 그렇게 행동하다 보면 어마어마한 분노가 생길 수 있다는 인식이 같습니다. 하지만 착하기 때문에 그걸 어떻게 해야 하는지 모르지요. 트래비스 비클 같은 사람이 아니라—

와크텔 영화 「택시 드라이버」의 주인공 말이지요. 아니면 영화 「네트워크」의 피터 핀치처럼 "불같이 화가 납니다"라고 연설하는 것도 아니고요.

프랜즌 바로 그겁니다. 분노가 넘치지만 어쩔 수 없이 성정이 착한 것은 정말 고문이에요, 아주 괴롭지요. 저는 월터의 그런 점이 흥미롭습니다. 그리고 글을 쓰려면 등장인물들이 제 자신과 무척 달라야 하는데, 월터가 정말 좋은 사람이라는 것이 다른 점이었기 때문에 쓸 수 있었습니다.

와크텔 월터는 청솔새 보존 사업에 참여합니다. 청솔새를 아세요? 야생에서 본 적 있습니까?

프랜즌 암컷은 몇 마리 봤습니다. 하지만 정말 아름다운 파란색의 청솔새는 본 적이 없는데, 제일 빠른 새라는 것도 그 이유 중 하나지요. 북아메리카에서 급격히 줄어들고 있는 명금이기도 하고요. 불행히도 청솔새는 특정한 서식지가 필요합니다. 다 자란 활엽수 잡림이 필요한데, 그런 숲들은 개발 때문에 조각조각 나거나 벌목되어서 제대로 재생될 수가 없습니다. 또 청솔새는 특히 애팔래치아에서 번식을 하는데, 그곳은 석탄과 천연 가스 채취와 관련된 흥미로운 이야기들의 중심지이고, 우리가 8년째 가지고 있는 이 나라의 행정부와 직접적으로 연관이 있지요. 그러므로 이 작은 새에게서 많은 이야기가 나왔습니다.

와크텔 이 소설에서 자유는 많은 차원에서 아이러니한 모티프입니다. 월터는 "누구도 너에게서 빼앗을 수 없는 건 네 인생을 망칠 자유야"라고 말하지요. 자유와 책임은 우리가 앞서 이야기했던 일종의 긴장입니다. 이 두 가지 충동, 혹은 의무가 당신의 삶에서는 어떤 역할을 했습니까?

프랜즌   제 삶에서라… 아, 맞아요! 미국의 의료 보장에 대한 대화가 상징적이라고 생각하는데 ─어떤 면에서는 저 개인적으로도 연관이 있습니다─ 한쪽은 이렇게 말합니다. "우리는 보험을 들거나 들지 않을 자유를 누려야 해. 아무도 나한테 어떤 보험을 들어야 한다고 말할 수 없어. 정부가 내 삶에 끼어드는 건 원하지 않아." 다른 사람들은 이렇게 말하지요. "나는 평생 매 순간 내가 보험 혜택을 받을까, 내 아이가 보험 혜택을 받을까, 보험이 끊길까 걱정하고 싶지 않아. 나한테 어떤 보험이 제일 좋은지 파악하기 위해서 작은 글씨로 300쪽이나 되는 약관을 여덟 개씩 읽어야 하는 건 싫어. 미친 짓이야. 난 나한테 중요하지도 않은 일의 압도적인 책임감에서 자유로워지고 싶어. 그런 불안으로부터 자유롭고 싶다고." 저는 이것이 우리 모두의 문제라고 생각합니다. 우리는 여러 가지 선택지를 열어 놓고 싶지요. 하지만 그렇다 해도 선택지들 사이에서 고르다가 지칠 수 있고, 잘못된 선택이라는 불안 때문에 지칠 수 있습니다. 이상하게도 가끔 선택을 제한할 기회가 생기면, 뭔가에 정착하면 ─아까 이야기했던 조류 문제로 돌아가자면─ 제가 '아, 내가 정말 이걸 좋아하는구나, 어떻게든 해야 되겠어'라고 깨달았을 때, 참 이상하게도 구속적이기 때문에 자유로워지는 경험이었습니다. 이제 저는 뭘 하고 싶은지 압니다. 알기 때문에, 이제 시작하면 되니까 뭘 할지 걱정할 필요가 없어요. 모든 선택을 포기해야 한다 해도 내가 열정을 느끼는 뭔가를 하고 있다는 것, 저는 그 자체가 자유로워지는 선택이라고 생각합니다.

2010년 10월

인터뷰 제작–샌드라 라비노비치

에드위지 당티카

Edwidge Danticat

아이티에서 태어난 에드위지 당티카는 놀랄 만큼 어린 나이에 미국에서 가장 유명한 신예 소설가가 되었다. 당티카는 스물다섯 살도 되기 전에 첫 소설 『숨결, 눈길, 기억』(1994)을 발표했다. 이 책은 오프라 윈프리의 북클럽에 선정되었고 60만 부 넘게 팔렸다. 1년 뒤에 나온 단편집 『크릭? 크랙!』은 전미도서상 후보에 올랐다. 영어로 글을 쓰는 미국 최초의 아이티 여성인 당티카는 언론의 놀라운 주목을 받았다. 영국의 유서 깊은 문학잡지 『그란타』는 당티카를 "미국에서 가장 뛰어난 젊은 소설가" 20인 중 하나로 꼽았고, 『하퍼스 바자』는 앞으로 큰 성공을 거둘 20대 스무 명 중 하나로 꼽았다. 『뉴욕 타임스』는 지켜봐야 할 창의력이 뛰어난 사람 "30세 이하의 서른 명"으로 선정했고, 잡지 『제인』은 당티카를 "올해의 가장 용기 있는 여성 15인" 중 하나로 뽑았다. 또 잡지 『미즈』는 "21세기의 (페미니스트) 21인" 중 하나로 선정했다. 독자들도 어떤 분위기인지 알 것이다.

나는 새로운 세기가 시작되기 직전인 1999년에 에드위지 당티카와 첫 인터뷰를 했다. 당티카는 막 서른 살이 되었고 두 번째 장편 소설이자 야심찬 책 『뼈의 농사』(1998)를 발표한 직후였는데, 이 책은 아이티 역사의 중요한 순간으로, 이웃 나라 도미니카 공화국에서 일하던 아이티인 15,000명이 학살당한 1937년으로 돌아간다. 내가 만난 당티카는 그 명성만큼이나 인상적이었고, 우리는 다음 책들에 대해서도 다시 이야기를 나누었다. 우리가 얼굴을 맞대고 만난 적은 딱 한 번이었는데—몬트리올에서 열린 블루 메트로폴리스 문학 축제였다—당티카는 역시 아이티 출신이자 최근 그녀가 이사한 마이애미에서 방송을 진행하는 남편과 함께 참석했다.

당티카는 1967년에 아이티의 수도 포르토프랭스에서 태어났다. 아이티는 아메리카에서 가장 가난한 나라로, 신생아 사망률이 가장 높고 기대 수명은 가장 낮으며 식자율이 60퍼센트 정도이다. 당티카의 부모님은 경제적 난민이 되어 당티카가 두 살 때 아버지가 뉴욕시로 떠났다. 어머니가 2년 뒤 아버지와 합류했고, 당티카와 남동생은 목사인 큰아버지와 큰어머니, 그리고 그들의 손자를 비롯한 친척들과 함께 남겨졌다.

당티카는 열두 살에 브루클린으로 가서 부모님(과 미국에서 태어난 두 남동생)과 합류했다. 프랑스어와 크레올어가 유창했던 당티카는 영어를 배워야 했고 반 친구들이 붙인 "보트피플"이라는 별명을 견뎌야 했다. 그녀는 이렇게 말했다. "첫 해 내내 느낀 감정은 상실감이었습니다. 어린 시절도 잃고, 남겨두고 온 사람들도 잃고, 저 역시 길을 잃은 것 같았지요. 아기가 된 것 같았어요. 전부 처음 배워야 했지요."

당티카는 소설을 통해서 —자신의 삶과 자기 나라의— 과거를 복구했다.『숨결, 눈길, 기억』은 어린 시절의 요소들과 트라우마를 남긴 뿌리 뽑힘을 회상한다.『크릭? 크랙!』은 이야기하기, 독재 정권에서의 삶, 미국으로의 탈출에 관한 이야기이다. 세 번째 소설『이슬을 터뜨리는 사람』은 복잡하게 얽힌 능숙한 소설로, 고문하는 자의 세계와 그가 가족과 피해자에게 남긴 유산을 탐구한다. 당티카의 글은 개인적인 내용과 정치적인 내용의 강력한 혼합물이다. 이러한 특징은 무엇보다도 가족에 대한, 특히 아버지와 아버지의 형이자 아이티에서 그녀를 길러 준 큰아버지에 대한 회고록에서 가장 잘 드러난다.『형제여, 나는 죽어 가네』는 작가 자신의 어린 시절로 시작해서 첫째 딸의 출생까지 이어지며, 미국 국토보안부 정책이 그녀의 가족에게 어떤 영향을 끼쳤는지, 특히 구류 중이던 큰아버지가 어떻게 세상을 떠났는지 들려준다. 이 책은 내가 만난 가장 강렬하고 괴로운 이야기였다. 『형제여, 나는 죽어 가네』
는 전미도서비평가협회상을 받았다. 2009년에 에드위지 당티
카는 맥아더 지니어스 지원금 — 아무 조건 없는 50만 달러의
보조금 — 을 받았고, 다음 해에 에세이집 『위험하게 창작하
다: 일하는 이민 예술가』를 출판했다.

당티카의 가장 최근 작품은 시적이고 감동적인 소설 『등대
의 클레어』이다. 2010년의 끔찍한 지진이 일어나기 전 아이티
의 어촌 마을을 배경으로 하는 이 소설은 아이티의 격동적인
역사, 극도의 빈곤, 상실, 희망을 솜씨 좋게 포착하는 이야기들
이 복잡하게 얽힌 작품이다.

⁓

와크텔 당신은 두 문화 사이에서 사는 인물에 대해서 종종 쓰
고 소설 『뼈의 농사』는 말 그대로 국경에서, 아이티와 도미니
카 공화국을 나누는 강에서 벌어지는 일입니다. 비극적인 역
사를 가진 곳이지요. 1937년에 그곳에서 무슨 일이 있었는지
이야기해 주시겠어요?

당티카 1937년에 도미니카 공화국의 지도자였던 라파엘 트루
히요가 사탕수수 농장 노동자들의 학살을 명령했습니다. 아이
티인들을 노린 명령이었고, 그의 군대가 실행에 옮겼지요. 아

마도 아이티가 한때 도미니카 공화국을 22년간 점령했기 때문에 당시에는 그런 일이 다시 일어날지도 모른다는 두려움이 있었을 겁니다. 사탕수수 산업이 쿠바에서 도미니카 공화국으로 옮겨 가자 수많은 사람들이 도미니카 공화국에 일하러 갔고, 일종의 문화 침공 같은 느낌이 있었습니다. 그래서 트루히요 장군이 학살을 명령했고, 15,000명에서 40,000명이 죽임을 당했지요.

와크텔 트루히요는 말하자면 제5열[1]을, 아이티 사람들이 도미니카 공화국을 차지할까 봐 두려워했나요?

당티카 곧 양국 사람들이 결혼을 할 것이라는 두려움에 더 가까웠지요. 3세대 이내에 도미니카 공화국이 아이티에 가까워질까 봐 두려워했습니다.

와크텔 학살의 강을 직접 방문했을 때 대량 학살에 대한 소설의 영감을 받았다고 하셨는데요.

당티카 제가 그곳에서 발견하지 **못한** 것이 제 마음을 가장 움직인 것 같습니다. 저는 19세기 식민 개척자들이 저지른 첫 학살부터 20세기 학살까지, 학살의 강에 대한 글을 정말 많이 읽었어요. 제 마음속에 분노로 가득 차 넘실거리는 강을, 과거를

---

1 진격해 오는 정규군에 호응해 적국 내에서 각종 모략활동을 하는 조직적인 무력집단.

절대 잊지 않는 물의 이미지를 만들어 냈던 것 같습니다. 그곳에 가면 역사를 느낄 것이라고, 화면이 펼쳐지듯이 눈에 보일 것이라고 생각했지요. 하지만 막상 갔을 때에는 그 강에서 사람들이 빨래를 하고, 아이들이 목욕을 하고, 동물들이 목을 축이는 것을 보며 놀랐습니다. 삶의 평범함이 놀랍게 느껴졌어요. 책에 "자연은 기억하지 않는다"라는 구절이 있는데, 더 큰 의미에서 자연은 기억하지 않는다는 것이, 과거에 무슨 일이 있었던 세상은 흘러간다는 사실이 슬프면서도 위로로 다가왔습니다. 제목은 어느 시 구절에서 따왔어요. "이제 시작하기 너무 늦었지만 이런 느낌이 든다. 죽음 외에는, 죽음이 뼈의 농사를 짓는 밭 외에는 아무것도 나를 침묵하게 만들 수 없다."

와크텔 당신 소설의 중심은 언어와 정체성입니다. 어떤 면에서는 당신의 삶도 그랬지요. 지금 미국에 살고 있지만 열두 살까지 아이티에서 살았습니다. 당신이 살았던 곳에 대해 이야기해 주시겠어요?

당티카 제가 어렸을 때 부모님이 저를 큰아버지와 큰어머니에게 맡기고 미국으로 갔습니다. 우리는 큰아버지네가 살던 도시와 여름방학 때 가던 시골에서 시간을 보냈습니다. 매년 산속의 아주 외딴 시골과 도시에서 똑같은 시간을 보냈지요. 저는 그 두 공간 사이에서 자라면서 큰아버지처럼 여행을 다니고 미국에 가 본 사람들도 알았고 자신이 태어난 산속 마을을 한 번도 떠난 적 없는 사람들도 알았습니다. 아이티의 현실을 구성하는 두 요소의 조합이지요.

와크텔 부모님이 미국으로 가고 당신은 친척들과 남겨졌다는 사실에 어떤 영향을 받았습니까?

당티카 기분 나쁘게 생각하기는 어려웠습니다. 저는 부모님이 그리웠지만 두 분이 떠나실 때 무척 어렸던 데다가 저와 동생을 돌봐 주고 맹목적으로 사랑해 주는 아주 커다란 대리 가족이 있었어요. 끔찍하게 생각하기 어려웠지요. 우리는 더 가난한 사람들에게 둘러싸여 있었기 때문에 사람들은 항상 우리에게 운이 좋다고 말했습니다. "엄마는 뉴욕에 있고, 아빠도 뉴욕에 있고, 너는 학교에 다니잖니" 같은 말을 들었지요. 우리는 학교에 다녔습니다. 부모님이 일을 해서 매달 학비를 보내 왔고, 사람을 보내서 우리를 데려갈지도 모른다는 희망이 항상 있었기 때문에 우리는 절대 학교를 빠지지 않았어요. 우리가 특별하다는 느낌이 있었지요. 나중에 그런 생각이 들었습니다, 나이가 들면 부재를 받아들이게 되고 예전에 놓쳤지만 만회하려고 애쓰는 것들이 있다고 말입니다.

와크텔 첫 소설 『숨결, 눈길, 기억』에서 아이티인 화자 소피의 어머니는 그녀를 이모에게 맡기고 미국으로 이민 갔습니다. 자전적인 이야기라는 말은 아니지만, 소피가 어머니와 함께 살기 위해서 아이티를 떠나는 순간을 너무 감동적으로 묘사하고 있기 때문에 당신이 열두 살 때의 느낌을 기억하는지 궁금했습니다.

당티카 아, 물론이죠. 소피가 아이티를 떠나는 것은 정치적인 문제에 가깝지만, 저는 감정적인 밀고 당기기, 저를 돌봐 준 가족과 진짜 혈육——이제 다시 같이 살게 될 어머니와 아버지——에 대한 애착 때문에 어쩔 줄 몰랐던 느낌이 확실히 기억납니다. '내가 여기에 어떻게 적응할까?'라는 두려움과 끌림을 분명히 느꼈습니다. 대리 가족 안에서는 적어도 확립된 자리가 있었지만 이 새로운 가족 안에서는 어떻게 적응할까? 저에게는 미국에서 태어난 남동생이 두 명 있었습니다. 저는 동생들이 아기 때, 부모님이 아이티로 데리고 오셨을 때 한 번밖에 보지 못했고, 그래서 새로운 삶을 시작하는 것이 무척 불편했지요. 성인이 된 후 새로운 곳으로 가는 것과는 달랐고, 제 자신을 내맡겼습니다. 그때에는 혼자 아무것도 할 수 없으니까요. 저는 그런 느낌을 잘 알고 아주 생생하게 기억했기 때문에 소피의 이야기에서 이용했습니다.

와크텔 자신을 내맡겼다고요. 흥미로운 표현이군요.

당티카 음, 저는 성인도 그렇다고 생각합니다. 새로운 나라에 와서 갑자기 여기저기 끌려 다니는 것이 언어적으로나 또 다른 여러 면에서 독립적인 사람에게는 비극적일 만큼 고통스러울지도 모른다고 생각해요. 주변 모든 것이 무섭지요. 이민을 하면 아기가 된다고들 합니다. 이제부터 가려는 곳이 어떤지 전혀 알지 못하지만 지금 떠나는 이곳보다 조금 더 나을지도 모른다는 생각만으로 고향을 떠나서 말도 한 마디 할 줄 모르는 곳에 도착하는 사람들이 얼마나 용감한지 나이가 들수록 알겠어요. 정말 깊은 믿음이지요. 저는 그런 사람들을 무척 존경합니다.

와크텔 아기가 된다니 정확한 표현 같네요. 하지만 아이들은 백지상태에 가까우니 회복이 좀 더 빠르지 않을까 싶은데요.

당티카 그래서 자신을 내맡기지요. 어렸을 때는 자신을 내맡기는 것이 더 익숙한 것 같습니다.

와크텔 당신은 『숨결, 눈길, 기억』에서 소피가 길러 주신 이모에게 느끼는 사랑을 정말 감동적으로 썼습니다. 당신도 대리 가족에게 그런 유대감을 느꼈습니까?

당티카 그러한 유대감은 불가피한 것 같아요. 어머니나 아버지가 갑자기 없어지면 깊은 공허가 생기니까요. 처음부터 부모님이 없었던 것보다 더 깊은 공허함입니다. 태어나자마자 입양되어 아무것도 모르면 그 가족이 그냥 가족이 되지요. 질문은 나중에 생겨요. 하지만 누가 곁에 있던 부모님을 느닷없이 뽑아 갔다는 느낌이 들면 공허함이 생기고, 그것을 채울 사람을 찾게 됩니다. 저는 큰아버지 큰어머니와 무척 가까웠고, 두 분이 부모님의 빈자리를 채워 주기를, 저를 부모님처럼 돌보는 감정적 근원이 되어 주기를, 제 어머니처럼 저를 사랑해 주기를 바랐습니다. 그러므로 무척 강한 유대감이 있었다고 생각해요. 어머니는 아직도 "넌 아이티에 또 부모님이 있어"라고 말하지요.

와크텔 뉴욕 아이티인들의 공동체 의식이 당신에게 도움이 되었습니까?

당티카 과도기에 큰 도움이 되었고, 어른들에게도 도움이 된다고 생각해요 —— 새로운 장소에 적응하는 과도기, 이어 주는 다리, 이끌어 주는 사람이 있는 셈이니까요. 그래서 저에게는 아이티인 공동체가, 가족과 함께 일요일마다 가는 교회나 같은 건물에 사는 사람들이 무척 중요했습니다. 작은 마을 같았어요. 우리가 다른 집 아이들을 돌보았고 다른 사람들이 우리 집 아이들을 돌보았습니다. 공동체 의식이 있었지요. 익명의 존재가 된 느낌도, 좌초한 느낌도 들지 않았습니다. 제가 알기로 저희 부모님에게는 그것이 무척 큰 관심사였어요. 무슨 일이 생기면 전화를 받고 몇 초 만에 달려올 사람이, 바로 옆집이나 길 건너에 사는 사람이 있는지가 말입니다. 무척 중요했지요.

와크텔 당신은 아이티에서 베이비 독 뒤발리에[2] 정권하에 살

---

2 1971년부터 1986년까지 아이티를 통치한 독재자 장 클로드 뒤발리에의 별명. 그의 전임자였던 아버지 프랑수아 뒤발리에는 "파파독"이라는 별명으로 불린다.

았습니다. 무척 어린 시절이지만 1970년대 아이티에서의 삶에 뒤발리에 정권이 어떤 영향을 끼쳤는지 기억납니까?

당티카 아이티인 대부분이 확실히 기억할 겁니다. 크나큰 침묵이, 사람들이 두려움 때문에 아무 말도 하지 못했던 기억이 납니다. 누가 무슨 이유로 밀고할지 모르기 때문에 이웃도 믿지 못했지요. 베이비 독과 부하들이 리무진을 타고 가면서 길거리에 돈을 뿌리면 사람들이 돈을 잡으려고 서로 짓누르던 기억이 납니다. 명절 때 종종 그랬는데, 원래 명절에는 대부나 대모에게서 돈이나 선물을 받는 전통이 있었거든요. 사람들에게 뼈다귀를 던져 주는 것이나 다름없었는데, 이상한 일이지만 지금은 그때를 그리워하는 분위기가 있다고 합니다. "어제가 항상 더 낫다"는 속담이 있지만 그때는 정말 어려운 시절이었어요. 수많은 사람들이 하룻밤 사이에 망명하거나 달아나고 없었지요. 그때는 어려운 시절이었어요. 지금도 어려운 시절이지만, 이유는 달라요.

와크텔 당신은 그때에도 그 돈이 뼈다귀라는 것을 알았습니까? 아이티가 위험하다는 것을 알았나요?

당티카 알았다고 생각하진 않아요. 참 우스운 게, 독재 말기에 아이티에서 미국으로 손님이 오면 오히려 부모님이 아이티에서 무슨 일이 있었는지 ─ 시위나 그런 것들을 ─ 알려 주었어요. 언론을 강력하게 통제했기 때문에 아이티에서는 들어

보지도 못한 일들이었지요. 그러니 저 역시 알았다고 생각하지 않습니다. 저는 다들 그렇게 산다고, 평범하다고 생각했던 것 같아요. 하지만 조심해야 했지요. 누구에게도 정치 이야기는 절대 하지 않았고 무슨 일에도 끼지 않으려 했습니다. 제 생각에는 나이가 많든 적든 모든 사람들이 살아남을 수단을 개발하고 어떤 규칙을 세워서 무엇을 하고 무엇을 하지 말아야하는지 거기에 대입해 판단했던 것 같습니다.

와크텔 아이티에 살 때 집에서는 가족과 크레욜어로 말했지만 학교에서는 프랑스어가 공식 언어였습니다. 그게 이상하게 느껴졌나요?

당티카 이상하지 않았습니다. 아시겠지만 역시 원래 그런 거라고, 많은 곳에서 그럴 거라고 생각했어요. 집에서는 크레욜어를 썼지만 학교에서 크레욜어를 쓰면 선생님이 "바꿔 말하세요"라고 했지요. 지금은 변하고 있습니다. 크레욜어와 프랑스어를 모두 가르치는 크레욜 학교가 있어요. 프랑스어는 아직도 많은 사람들이 접근할 수 있는 언어이기 때문에 완전히 무시할 수는 없습니다. 저는 프랑스어가 크레욜어처럼 마음 편한 적이 한 번도 없었지만 우리는 그냥 받아들이는 것들이 있었고 ─ 좋아, 원래 그런 거야 ─ 그 상황을 최대한 이용하려고 애썼습니다.

와크텔 크레욜어는 공식 언어가 아니었기 때문에 어떤 맥락이

나 연상되는 의미가 있었다는 뜻입니까?

당티카 크레욜어는 더 내밀한 느낌이었고, 지금도 그렇습니다. 저에게 크레욜어는 우리끼리 모일 때 쓰는 말이고 프랑스어는 은행이나 병원에서 쓰는 공식 언어, 교육 수준을 보여 주는 언어 같았어요. 예를 들면 자메이카에서도 마찬가지죠, 자메이카 방언도 있고 순수 영국 영어도 있는데, 사람들은 서로 다른 말하기 방식에 온갖 사회적 의미를 연상합니다.

와크텔 당신은 열두 살 때 뉴욕으로 갔고, 그곳 사람들은 영어를 썼습니다.

당티카 네, 맞아요. 하지만 대부분 노동 계급인 주위 사람들은 프랑스어를 별로 쓰지 않았기 때문에 우리들끼리는 크레욜어를 썼습니다. 하지만 세간의 대화에 참여해서 어떤 일이 벌어지고 있는지 알고 싶으면 최선을 다해서 영어를 써야 한다는 사실을 모두 알고 있었지요.

와크텔 당신과 달리 『숨결, 눈길, 기억』의 소피는 뉴욕에 도착한 다음 어머니가 정말 고통받고 있음을, 의도는 선하지만 정말 힘든 시간을 보내고 있음을 깨닫습니다. 무엇을 탐구하고 싶었나요? 또는, 위험에 빠진 어머니와 딸의 관계를 탐구하고 싶었던 이유는 무엇입니까?

당티카 저는 어린 소녀가 별다른 본보기 없이, 완벽한 본보기 없이 여성이 되는 과정을 탐구하고 싶었습니다. 어머니의 부재 속에서 우리가 어떻게 여성이 되는지, 여성이 되는 의례를 탐구하고 싶었어요. 저는 여성이라는 범주 전체를 경험하고 싶었습니다. 순결에 집착하는 집안 출신, 강간, 집안 여자들이나 외부 여자들과의 모든 관계, 그 전통과 유산까지 말입니다. 저는 그러한 것들을 살펴보고 이주가 어떤 영향을 끼치는지 알아보고 싶었어요. 우리는 모두 새로운 나라에 갈 때 파편을 가지고 간다고 생각합니다. 떠나면서 가능한 것은 가지고 가지요. 사진을, 이야기를, 기억을 가져가고, 나머지는 이제부터 가는 곳에서 더 좋은 것을 더 많이 손에 넣을 수 있을 거라고 생각합니다. 더 좋은 사과를, 더 좋은 바나나를 먹을 수 있어요. 하지만 기억은, 더 좋은 기억은 가질 수 없습니다. 기억은 그냥 남지요. 그래서 저는 이 젊은 여성이 그러한 파편을 어떻게 모으는지 탐구하고 싶었습니다. 그녀의 어머니가 겪은 통과의례는 폭력이었지요. 독재 정권에 살았던 많은 여자들이 그랬습니다.

와크텔 소피의 어머니는 강간을 당했고 사실 소피는 그 결과로 태어났습니다.

당티카 네. 그러므로 소피가 이야기 안에서 말하듯 그녀는 이 여러 파편들을 하나로 모아서 스스로 얼굴을 만들어야 합니다. 아버지가 어떻게 생겼는지 상상하고, 이미 곁에 있는 어머니의 일부를 가지고 오지요. 따라서 모든 것이 퍼즐이에요. 소피가 원래 있던 곳에서 끌려 나와 새로운 곳에 넣어졌을 때는 스스로를 다시 만들어야 할 것 같습니다. 이곳에서 살아남을 수 있는 자아를 다시 만들어 내야 하지요. 어머니는 그 방법을 배우지 못하고 굴복하고 맙니다.

와크텔 더 어두운 면이 있습니다. 당신은 순결에 대한 집착뿐 아니라 강간의 폭력성도 살피고 싶었다고 말했는데요. 딸의 순결을 신체적으로 시험하는 것이 아이티 시골의 전통이라고 하셨는데, 순결에 대한 집착에 대해 말씀해 주시죠.

당티카 일부 아이티 여성은 그렇지만 모든 아이티 여성이 그런 것은 아닙니다. 계층화된 사회에서는 종종 가난한 여성들을 결혼에 적합하게 만들려는 경향이 있어요. 특히 이 소설의 배경은 시골이고 아버지가 없는 집안이기 때문에 어머니는 딸들에게 더욱 강압적이고 훨씬 더 엄격해야 할 겁니다. 사람들의 존중을 받기 위해서 말이지요. 할머니 역시 손녀들이 존중받고 결혼을 잘할 수 있도록 처녀이기를 바라지만, 저는 그것이 아이티 문화 특유의 전통이라고 생각하지는 않습니다. 제 책을 읽은 다른 문화권의 많은 여성들이 어머니의 손에 끌려 병원에 가거나 그런 경험이 있다고 말해 주었습니다. 명예라는 개념이 있어요. 소설 속에서 어머니가 말하지요. "네가 죽으면 혼자 죽는 거지만 명예를 잃으면 우리 모두가 명예를 잃는 거야." 아주 작고 밀접한 공동체에서 결혼은 두 사람의 일의 아니라 두 가족의 일입니다. 그런 다음 할머니는 그런 일들을 모두 겪은 후에 어떻게 변하는지에 대해서 새로운 세상에서 새로운 정체성을 만들어 가려는 딸과 대화를 나눕니다.

와크텔 이런 이야기를 썼기 때문에 아이티계 미국인들에게 비판을 받았다고요.

당티카 네, 하지만 저는 아무것도 비난하지 않으면서 우리가 이민을 통해 어떻게 변화했는지, 예를 들어 부모님이 태어난 곳에서 유용했던 것들 중에서 어디까지가 여기에서 중요한지 진심으로 대화를 나누는 것이 중요하다고 생각합니다. 그중 많은 것들이 유용하고 많은 것들이 저의 일부이지만, 더 이상 유용하지 않은 것도 있어요. 저는 그 경험에 가까이 다가가려 하는 것이지 해답을 제공하려는 것이 아닙니다. 하지만 어떤 공동체에 대해서 쓰면 일부 사람들은 배신이라고, 주류를 위해서 이야기를 꾸며 내는 나쁜 동포라고 느낄 때가 가끔 있는 것 같아요.

와크텔 당신은 미국에서 영어로 글을 쓴 최초의 아이티 출신 여성이기 때문에 큰 책임감을 느껴야 했습니다. 본인이 좋든 싫든 당신에게 지워진 짐이지요.

당티카 다른 작가도 있었고 더 많은 작가들이 나오고 있는데, 빨리 더 많이 나오면 좋겠어요. 두 공동체의 틈바구니는 아주 불편한 곳이니까요. 어떤 사람들은 저를 원주민 정보제공자라고, 소설이라 해도 제가 하는 말이 진실이 틀림없다고 생각합니다.

와크텔 단편집에 『크릭? 크랙!』이라는 제목을 붙였습니다. 무슨 뜻인지 알려 주시겠어요?

당티카 "크릭 크랙"은 수수께끼나 이야기를 시작하기 전에 주고받는 문답입니다. 청중을 앞에 두고 이야기를 시작할 때 쓰는 말인데, 보통 노인과 아이들이 주고받지만 그 외에도 다양한 경우가 있습니다. 할아버지나 할머니가 "크릭?"이라고 물으면 아이들이 신이 나서 "크랙"이라고 대답하지요. 청중의 열기를 더하기 위해서 그밖에도 다양한 조합을 이용합니다. 저는 단편집 제목을 그러한 전통에서 따오고 싶었는데, 어렸을 때 할머니와 친척 아주머니들에게서 들은 이야기들이 저에게는 최초의 서사 수업이라고 생각하기 때문입니다. 이야기꾼은 청중을 무척 의식하면서 아이들이 하품을 하면 노래를 합니다. 상호작용이 무척 많아요. 그래서 저는 제 과거와 그러한 이야기 전통에 경의를 표하기 위해서 그런 제목을 붙였습니다.

와크텔 소설에 꿈이나 상징, 죽은 자의 방문이 등장하고 영적 세계가 가장 가혹한 현실과 부딪힙니다. 어린 시절에 들은 민간 설화나 이야기에 그런 것들이 나왔나요?

당티카 민간 설화의 특징 중 하나는 너무나 많은 일이 가능하다는 것입니다. 물고기가 날고 나비가 노래하지요. 저는 그것이, 또 다른 세상이 존재한다는 사실이 아이의 상상력을 자유롭게 해준다고 생각합니다. 하지만 신비주의적이라기보다 더 많은 가능성이 있을 뿐이에요, 세상은 우리 눈에 보이는 게 다가 아니지요. 예를 들어 방에 앉아 있는데 거센 바람이 불어 들어오면 '아, 누가 오겠구나'라고 생각하지요. 제 머릿속에는 그 생각이 가장 먼저 떠오릅니다. 아이티 사람이 모두 그렇게 생각하는 것은 아니지만 저는 그렇습니다.

와크텔 『크릭?크랙!』에 실린 단편 「1937」에서는 어느 여성의 어머니가 마녀라고 손가락질을 당합니다. 안전을 찾아 도미니카 공화국에서 강을 건너 아이티로 날아왔다며 마녀로 몰려 감옥에 갇히지요. 이 단편의 영적 차원에 대해서 이야기해 주시겠어요? 가톨릭적 요소인 성모마리아도 등장하는데요.

당티카 저는 자라면서 날아다니는 여자들의 이야기를 들었는데, 아이들은 그런 여자들을 피해야 한다고 했습니다. 불꽃 날개로 날아다니면서 아이들에게 못된 짓을 하는 여자들이 있으니까 밤에 밖에 나가면 안 된다고 했어요. 어렸을 때 그 이야기를 듣고 '아, 꼭 보고 싶다'라고 생각했던 기억이 납니다. 그런 여자를 보면 살아남지 못하지만요. 그 당시에는 마법을 부렸다며 체포당하는 여자들이 있었습니다. 사람들은 아이들에게 무슨 일이 생기면 그런 여자들을 탓했는데, 일부 지역에서는 아직도 그런 일이 일어나고 있어요. 예를 들어 독재 정권 당시 프랑수아 뒤발리에, 즉 파파 독은 그런 믿음을 일부 이용했습니다. 그는 자기 개인 경비대를 국가경비자원대, 레 통통 마쿠트Les Tontons Macoutes라고 불렀는데 어렸을 때 어른들은 나쁜 짓을 하면 마쿠트가 밤의 유령처럼 잡으러 온다고 말했지요. 파파 독은 그것을 현실로, 온 나라의 악몽으로 만들었습니다. 일상에서 무서운 이야기가 통하는 부분이 정말 많았어요. 저는 아프리카 종교와 가톨릭교의 일부를 제가 경험한 그대로 이용하고 싶었습니다. 결국 만약에 하늘을 나는 여자가 정말 존재한다면 날개가 잘릴 거예요. 저는 실제 삶에서 현실과 환상이 서로 충돌하는 아주 좁은 공간을 가지고 놀고 싶었습니다.

와크텔 이야기를 해준 사람은 할머니와 친척 아주머니들이었지만 당신은 이렇게 말한 적이 있습니다. "아이티 문화에서 여자들은 침묵하도록 배운다. 하지만 나는 써야 했다." 쓰고 싶다는 욕구를 그토록 절박하게 만든 것은 바로 그 침묵이었나요?

당티카 모르겠어요. 저는 "내가 그런 말을 했었나?"라고 생각했어요. 제가 어느 순간 뻔뻔해졌나 봅니다. 얼마 전에 1993년 쿠데타의 희생자였던 여자들의 증언집 서문을 썼는데, 이제 많은 여자들이 자신들에게 일어난 일에 대해서 증언하면서 ─ 많은 이들이 강간을 당하고 온갖 수난을 겪었으며 구타당하고 감옥에 갇힌 사람들도 있었지요 ─ 자기 이야기를 하고 있습니다. 자신을 위해서는 침묵을 지키는 게 더 좋을 때에도 말해야 한다는 생각이 있지요. 강간을 당한 경우 사실을 이야기하면 남편에게 버림을 받을 텐데도 말입니다. 소란스러워지는 것을 꺼리는 경향이 아이티 문화만의 특징은 아닙니다. 하지만 저는 목소리를 가진 사람이라면 과거의 침묵 앞에서 말해야 한다고 생각합니다.

와크텔 여성은 특히 그런가요?

당티카 여성은 특히 그렇습니다. 우리 사회에서는 다른 사회들과 마찬가지로 여성, 특히 가난한 여성이 말할 기회를 별로 얻지 못하니까요. 다른 사람이 대신해서 말하지요. 그렇기 때문에 저는 누군가의 목소리로 불리고 싶지 않다고 항상 말합니다. 당신이 누군가의 목소리라는 것은 당사자들의 목소리를 없앤다는 뜻이니까요. 저는 모두가 말할 기회를 갖기 바랍니다. 특히 가난한 여성이 말입니다. 가난한 여성은 항상 존재하지만 다른 사람들이, 남자들이, 교육을 더 많이 받았거나 더 부유한 여자들이 그들을 대신해서 말합니다.

와크텔 『크릭? 크랙!』에 딸이 글을 쓰겠다고 하자 어머니가 실망하고 걱정하는 이야기가 등장합니다. 당신의 어머니도 작가가 되겠다는 당신의 선택을 못마땅하게 여겼습니까?

당티카 글쎄요, 제가 작가가 되겠다고 하자 어머니는 걱정했고, 제 생각에는 아직도 그런 것 같아요. 부분적으로는 우리의 유산 때문입니다. 어머니가 젊은 시절에 아이티에서 글을 쓰는 사람들은 대부분 감옥에 갇히거나 망명했거든요. 제 세대에도 정부 입장과 반대되는 글을 쓰면 감옥에 갇히거나 멀리 쫓겨나거나 죽임을 당했습니다. 그러니 작가가 제일 좋은 직업은 아니었지요. 이민을 왔으니 ─ 저를 위해 너무나 많은 것을 포기하고 희생했지요 ─ 멀쩡하고 안정적으로 보이는 일을 하라는 기대를 받습니다. 지금과 같은 삶을 격려받지는 않았지요.

와크텔 아직도 그런가요?

당티카 이제 저는 지원이 필요하다고 생각해요. 강에 양쪽 발을 한꺼번에 넣는 게 아니라 한 발 먼저 넣어 본다는 속담이 있습니다. 항상 시험을 하는 거죠. 저는 그런 느낌이 있다고 생각합니다. 성공해야 돼, 잘 해야 돼, 날 위해 희생된 삶이나 날 위해 한 일들을 날려 버릴 순 없어. 그러나 제가 작가가 되는 것을 어머니가 염려한 이유는 주로 정치적인 것이었어요. 어머니의 표현에 따르자면, 젊은 여성이 앞에 나서서 사람들의 기분을 상하게 할지도 모르는 말을 하면서 감수하는 개인적인 위험과 정치적인 위험 말입니다. 어머니가 보기에는 이 일의 대립적인 요소가 순교한 많은 아이티 작가들과 공명하는 것 같았죠.

와크텔 당신은 아이티에 자주 갑니다. 최근에도 다녀왔지요. 지금의 당신에게 아이티는 어떤 곳입니까?

당티카 저는 아이티와 저의 관계가 아이티와 그곳에 사는 사람의 관계와 다르다는 사실을, 큰아버지 부부와 그곳에 사는 다른 사람들의 관계와 다르다는 사실을 받아들이게 되었습니다. 하지만 저는 아이티에 가는 게 좋아요. 설명할 수 없는 어떤 평화가 있습니다. 또 제가 그곳에 살지 않는다는 사실을, 일정 기간 머물다가 결국 집으로 돌아온다는 사실을 깨달았습니다. 따라서 아이티와의 관계는 내부자/외부자의 관계입니다. 내부에 있으면 제 영혼이 어떤 불안을 느끼면서 상황이 나아지기를 바라지요. 언젠가 아이티로 돌아가서 살 때가 올 거라는 느낌이 들지만, 아직은 발전 중인 관계입니다. 현재와 같은 상황이라 해도 돌아가려는 사람들이 정말 많습니다. 제 부모님 세대는 항상 돌아가려 했지만 독재 정권이 30년 동안 계속되었기 때문에 갈 수 없었습니다. 저도 그런 인력을 느끼고 아이티야말로 내가 속한 곳이라는 느낌이 들 때가 많지만, 그곳으로 돌아가서 문제의 일부가 되고 싶지 않아요. 저는 우선 도움이 될 방법을, 저에게도 아이티에도 치유가 되는 방법으로 그곳에 존재할 길을 찾아야 합니다. 그래서 아이티에 갈 때마다 돌아갈 방법을 정리 중이지요. 아이티에 가면 여러 가지 감정이 생기고 많은 생각을 하게 됩니다.

와크텔 아이티는 빈곤과 폭력의 역사가 긴 나라입니다. 아이티 사람들은 자기 나라를 비극적으로 봅니까?

당티카 비극적으로 본다고는 생각지 않습니다. 상황이 조금만 나으면, 예를 들어 30퍼센트만 더 좋아지면 대부분 떠나지 않을 거라고 생각해요. 미국에서 40년을 살고도 여전히 돌아가고 싶어하는 사람이 얼마나 많은지 보면 알 수 있지요. 아이티 사람들은 어쩔 수 없이 떠나고, 그들에게 떠나야 한다는 것은 무척 가슴 아픈 일입니다. 애를 쓰고 또 쓰다가 결국 성공하려면 이민을 가야 한다고 느끼는 젊은 사람들은 특히 그렇지요. 저는 비극적이라고 생각합니다. 아이티의 많은 사람들 역시 나라를 일으켜 세울 사람들이 살기 위해 떠나야 하는 현실을 비극적이라 생각합니다. 아이티 사람들이 자기 나라를 비극적으로 본다고는 생각지 않아요. 아이티의 상황을, 우리가 가진 운명을, 실수를, 때로는 나쁜 지도자를 비극적으로 본다고 생각합니다.

와크텔 당신은 『크릭? 크랙!』에 실린 단편에서 옛날 아이티 노래를 인용했습니다. "사랑하는 아이티여, 너 같은 곳은 또 없다네. 나는 너를 알기도 전에 떠나야 했다네"라는 가사지요. 당신도 그런 감정을 느낍니까?

당티카 참 아이러니하게도 포르토프랭스에 도착해 비행기에서 내리면 거의 항상 어떤 밴드가 그 곡을 연주하고 있습니다. 그렇기 때문에 아이티로 돌아가는 사람들은 다들 그 노래를 듣는데, 정말 진심으로 다가옵니다. 아마도 제가 미국을 떠나

다른 곳으로 가서 살면 미국 역시 다르게 보겠지요. 자신으로 부터 한 발 물러나서 보는 그런 느낌이 있는 것 같습니다. 이제 상황이 조금 나아져서 사람들이 돌아갈 수 있고 한 발 물러나서 보는 관계를 가질 수 있어서 정말 다행이라고 생각합니다. 조국을 재건하고 개선하지만 다른 방식으로 겸허하게 개선하는 것, 내부인/외부인으로서 돌아가는 것, 강으로 한 발씩 들어가는 셈이지요.

1999년 4월

✑

와크텔 가장 최근에 발표한 소설 『등대의 클레어』에는 산, 바다, 꽃, 물고기까지 아이티의 풍경에 대한 진심어린 감상이 드러납니다. 무척 감각적이고 때로는 만져질 듯하지요. 아이티의 풍경에 대해 어떤 애착을 느끼는지 설명해 주시겠습니까?

당티카 아이티의 풍경에 대한 깊은 애착은 거리가 멀어지면서 더 커진 것 같습니다. 저의 아이티 방문은 며칠 또는 몇 주의 짧지만 강렬한 경험일 때가 많고, 그동안 풍경이 얼마나 변했는지를 파악하지요. 주로 가는 장소들이 있습니다. 저는 어머니가 자랐고 할머니의 집이 아직도 있는 곳에 갑니다. 친구들이 많은 자크멜과 시어머니가 계시는 남부에도 가지요. 항상 지난번과 뭐가 달라졌는지 계속 탐색합니다. 나이가 들면서 환경이 눈에 들어오기 시작한 것 같아요. 바다, 나무 같은 물리적인 풍경과 사람들이 거기에 어떻게 적응하는지, 그 안에서 어떻게 사는지 말입니다. 시간이 흐르면서 저는 그런 것들에 점점 더 놀라게 되었어요.

와크텔 소설을 보면 육지와 바다의 자연 환경이 모두 위험에 처해 있는데, 허리케인이나 지진 때문이 아닙니다. 소설 속 아이티인들은 가난하기 때문에 어쩔 수 없이 환경을 착취합니다. 그런 면에서 아이티의 어떤 점을 걱정하십니까?

당티카 아이티의 모든 사람이 똑같은 걱정을 한다고 생각합니다. 환경이 파괴되면서 사람들은 숯을 만들거나, 무언가를 짓거나, 살기 위해 점점 더 다급하게 나무를 뱁니다. 하지만 저는 환경 파괴의 역사를 보는 것도 중요하다고 생각해요. 아이티인들만의 탓으로 돌리는 경우가 많지만 사실 환경 파괴는 미국이 점령 중이던 지난 세기에 시작되었기 때문입니다. 숲을 전부 벌목해서 목재가 외국으로 팔려갔지요. 그런 다음 1940년대에 가톨릭교회가 미신 반대 운동을 시작하면서 가장 신성하고 가장 큰 나무들을 베었습니다. 아이티에서 마푸Mapou라고 불리는 케이폭 나무지요. 독재 정권 당시 파파 독 뒤발리에는 침략을 막기 위해 일부 지역의 나무를 모두 베고 어떤 침략자도 숨을 데가 없는 봉쇄선을 만들었습니다. 그러므로 처음에는 가난한 이들의 잘못만이 아니었지요. 그 뒤로 환경이 점점 더 고갈되었고 더 열심히 일해도 산출이 더 적기 때문에 더욱 악화되었습니다.

와크텔 미국의 점령이란 20세기 초의 점령기였던 1915년부터 1934년까지, 그리고 1994년부터 1996년까지를 가리킵니다.

당티카 그렇습니다.

와크텔 소설의 일부 등장인물은 대지와의 연결을 믿습니다. 부두에는 애니미즘, 신비주의, 심지어는 가톨릭교의 요소가 통합된 것처럼 보입니다. 아이티인의 삶에서 부두가 얼마나 강력합니까?

당티카 부두는 세계관이자 종교이며, 아이티에서는 프로테스탄트, 가톨릭 등 다른 종교들과 나란히 서 있습니다. 부두를 믿는 사람들은 종종 박해를 받습니다. 예를 들어 UN 평화유지군이 들어와 아이티에 콜레라가 돌자 부두교 사제들이 린치를 당했지요. 부두교는 종종 크게 공격받는 종교이기 때문에 신자들은 무척 조심스럽게 행동합니다. 부두교는 존경할 만한 삶을, 공동체 건설을 받아들이기 때문에 제 책에 나오는 것과 같은 공동체에서는 서로 다른 종교들이 어깨를 나란히 하고 있지만, 일부 등장인물이 믿는 부두는 ― 책에서 몇몇 인물은 무척 뚜렷하게 부두를 믿습니다 ― 세계관에, 그리고 그들이 현실을 해석하는 방법에 더 많이 반영되어 있습니다.

와크텔 당신의 큰아버지는 프로테스탄트 목사이자 공동체의 지도자였습니다. 어린 시절에 종교가 삶에서 얼마나 많은 부분을 차지했습니까?

당티카 큰아버지가 침례교 목사였기 때문에 종교는 제 삶에서 아주 큰 부분이었습니다. 우리는 또 부두교 사원인 페리스타일 바로 옆에 살았습니다. 그러므로 우리는 거의 매일 교회에서 지냈지만 다른 분위기도 느꼈지요. 우리 집 지붕에 올라가면 페리스타일에서 하는 예식이 내려다보였습니다. 그리고 학교에 가면 종교와 상관없이 금요일마다 가톨릭 미사를 봐야 했지요. 그러니 당시 저는 아이티의 주요 종교를 모두 접했습니다.

와크텔 왜 모든 학생이 가톨릭 미사에 참여해야 하는지 알고 있었나요?

당티카 그냥 당연했어요. 우리는 금요일마다 미사를 보러 갔고, 저는 성호를 그었습니다. 그냥 하는 거였지요. 영성체를 모시지는 않았지만 사실 의식 자체를 — 연기와 향을 — 좋아했고 스테인드글라스를 정말 좋아하게 되었습니다. 저는 그 모든 것의 핵심이 강렬한 영적 존재임을 이해했다고 — 심지어는 저희 큰아버지도 이해했다고 — 생각해요. 모든 것의 중심에 신이 있었습니다. 가족은 제가 침례교를 버리고 다른 종교를 갖기를 바라지 않았지만 다른 종교 의식에 참여하는 것은 허락했습니다.

와크텔 삶에서 영적인 요소를 느꼈습니까?

당티카 영적인 것이 뭔지 이해하기 전부터 그랬습니다. 예를 들어 저는 어떤 연속체가 있음을 알았습니다. 가끔 큰아버지가 일주일에 결혼식과 장례식, 아이의 세례식을 전부 치러야 할 때가 있었는데, 우리는 목사의 가족이라 모든 예식에 참여해야 했습니다. 저는 어머니가 미국에서 보내주신 자그마한 흰색 드레스를 항상 입었지요. 삶에 우리 자신보다 더 큰 무언가와 관련된 일종의 예식이 있음을, 새로 태어난 아이에게 환영 인사를 할 때나 젊든 늙든 죽은 사람에게 작별 인사를 할 때 어떤 연속체가, 우리 모두가 하고 있고 결국은 끝날 여행이 있음을 깨달았습니다. 장례식에서는 항상 그랬어요. 단 한 가지 확실한 사실은 우리 모두 이 문을 지나게 된다는 것이었지요. 물론 저는 아니라고, 난 아니라고 생각했지만요.

와크텔 저는 아직도 그렇게 생각해요.

당티카 제 생각에는 그것이 인간의 본질적인 핵심이에요. 우리는 그렇게 살아남습니다. 우리가 삶을 시작할 때부터 그 사실을 알고 온전히 받아들인다면 정말 시시할 테니까요.

와크텔 삶의 힘과 죽음의 힘이 그토록 가깝다는 것은 소설 『등대의 클레어』에 잘 드러납니다. 이러한 관련성을 강조하는 무언가가 특히 아이티에 있다고 생각하세요?

당티카 아이티만 그렇다고 생각하지는 않습니다. 둘을 완전히 나누지 않는 사회라면 어디에서나 그렇지요. 아주 깔끔하게 나눠진 미국 같은 곳은 아니지만요…. 우리는 죽으면 어떤 방식으로든 매장됩니다. 아이티에서도 마찬가지인데, 예를 들어 저를 길러 준 큰어머니 데니즈가 세상을 떠났을 때 장례식장에서 가족들이 직접 수의를 입히겠냐고 물었습니다. 일부 가족은 삶과 죽음을 나누고 싶었기 때문에 "아, 나는 싫어요"라고 말했어요. 하지만 일부는 "물론입니다. 영광이지요"라고 말했습니다. 우리가 어렸을 때 큰어머니가 옷을 입히고 돌봐 주었으니까요. 저는 삶과 죽음의 연관성이 태어났을 때부터 느껴지는 곳이 많다고 생각합니다. 예를 들어 아이가 태어난 후 살아간다는 보장, 어머니가 그렇게 만든다는 보장이 없는 곳, 매일의 생존에 믿음과 노력이 필요해서 사람들이 죽음과 삶이 얼마나 가까운지 의식하게 만드는 곳이 많다고 생각합니다. 개발도상국은 분명히 그렇지요. 삶은 당연한 것이 아닙니다. 지키기 위해서 열심히 노력해야 하는 것이지요. 어머니는 "우리는 모두 자기 관을 옆구리에 끼고 걷는다"라는 속담을 항상 말해요. 우리 중 일부는 그 사실을 알지만 일부는 모릅니다. 그래서 저는 나약한 사람들은 항상 죽을 가능성이 있다는 사실을 아주 민감하게 의식하고 있지만 기적처럼 그 의식이 삶을 방해하지 않는다고 생각합니다. 저에게는 이 사실이 늘 믿기 힘들 만큼 놀라운데요, 사람들이 자신에게 일어나는 일을 통제할 수 있다고 생각하면서도 무척 조심하고 어떤 것들에 열심히 매달리는 환경에서 살았기 때문에 더욱 그렇습니다. 아주 나약하지만 삶을 충실하게 사는 사람들을 보면 놀랍지요.

와크텔 당신은 자라면서 여러 가지 믿음을 접해 왔는데, 현재의 신앙을 어떻게 설명하겠습니까?

당티카 저는 모든 신앙에 무척 열려 있습니다. 아직도 미국에서 지낼 때면, 그리고 필요할 때면 마이애미의 침례교 교회에 나가요. 아이티에 지진이 나자 저는 신앙을 가진 사람들에게 둘러싸여야만 했는데, 당시에는 가톨릭교 미사밖에 없었어요. 저는 위안을 얻으려고 미사에 참가했습니다. 저는 어린 시절의 신앙을 이어 나가려고 노력해 왔고, 교회에 가서 어렸을 때 불렀던 노래들을 부르는 게 좋습니다. 하지만 사람들에게 **당신**의 신앙은 나쁘다고 말하고 싶지 않습니다. 신앙의 그런 면에 참여하고 싶지는 않아요. 저는 자신에게 신앙의 본질은 남아 있다고 느끼는데, 그 핵심에 신이 있습니다. 저는 가끔 크나큰 반증을 발견하지만 종교의 핵심은 연민이라고, 우리 모두 서로에게 최대한의 연민을 보여야 한다고 여전히 믿습니다.

와크텔 소설 제목에 등장하는 인물 클레어는 일곱 살입니다. 어머니가 클레어를 낳다가 죽자 아버지인 노지아는 아이를 친척에게 주었지요. 노지아는 클레어에게 감정적 애착을 느끼고,

클레어가 세 살이 되자 다시 데려갑니다. 가난한 홀아비 어부가 자기 딸을 키우려는 것은 상당히 드문 일 아닙니까?

당티카 가난한 어부가 지원을 더 많이 받는다면 전혀 드문 일이 아니겠지요. 저는 이런 상황일 때, 쉽게 일반화하고 판단할 수 있는 문제에 대한 책을 쓸 때 모든 부모의 선택이 그렇듯 이 책에 등장하는 선택 역시 특수하다는 사실을 강조해야 한다고 생각합니다. 어부의 주변에 가족이 많았다고 생각해 봅시다. 아니면 그가 재혼을 했다고 생각해 봅시다. 그랬다면 그는 딸을 지키려고 했을지도 몰라요. 하지만 이 특수한 상황에서 그는 홀아비고, 재산이 더 많은 사람이 아마도 특수한 환경 때문에 아이를 필요로 할지도 모른다고 생각합니다. 그는 클레어를 그 여자에게 준다는 아주 어려운 결정을 내립니다. 제 부모님은 미국으로 갈 때 저와 남동생을 큰아버지 부부에게 맡기면서 이와 비슷한 선택을 해야 했습니다. 우리의 경우에는 다시 만날 가능성이 있었지요. 소설의 경우 클레어의 아버지는 적어도 겉으로 보기에는 클레어를 영원히 줘 버립니다. 하지만 이제 부모가 된 저는 그것이 얼마나 가슴 아픈 선택인지 압니다. 각각의 부모가 어떤 처지였는지는 그 상황을 살펴봐야 알 수 있지요.

와크텔 부모님은 당신과 남동생을 큰아버지 내외에게 맡기고 미국으로 이민을 갔습니다. 당신은 아버지가 떠날 때 두 살, 어머니가 떠날 때 네 살이었지요. 어떤 기분이었습니까?

당티카 저는 너무 어려서 당장의 아픔밖에 느끼지 못했습니다. 아버지가 떠날 때는 기억이 나지 않아요. 어머니가 떠난 날은 기억납니다. 우리는 다 같이 공항으로 갔고, 저는 어머니와 같이 간다고 생각했어요. 누가 어머니의 품에서 저를 받아 안았을 때 지금 생각하면 비명 같은 것을 질렀던 기억이 나는데, 왠지 제 비명소리가 제 딸의 목소리로 이식되었습니다. 막내가 지금 네 살이거든요. 항상 그런 것은 아니지만 막내가 정말 괴로운 비명을 지를 때 저는 '아, 내 비명도 딱 저랬을 거야'라고 생각합니다. 어머니의 품에서 떨어지는 것이 아주 어렸을 때의 기억 중 하나지만, 그날의 나머지는 기억나지 않아요. 기분이 나빴다는 기억은 나지 않습니다. 삶의 한 부분이 파괴되었으니 분명 기분이 나빴겠지만, 자라면서 나중에야 그렇게 이해하게 되었지요. 부모가 된 지금 생각하니 어머니가 비행기를 타고 떠나면서 얼마나 가슴이 아팠을지…. 제가 이 소재로 단편 소설을 쓴다면 비행기에 탄 어머니가 되어서 비명을 지르는 아이를 남겨두고 새로운 삶을 향해 떠나는 아픔을 상상해야 할 거예요.

와크텔 당신과 남동생은 8년 뒤 브루클린에서 부모님과 다시 만났습니다. 왜 그렇게 오래 걸렸죠?

당티카 이민 절차의 관료주의 때문에 오래 걸렸어요. 부모님은 증명서 없이 미국으로 이주했기 때문에 우선 합법적인 지위를 얻어야 했습니다. 제가 일곱 살 때 부모님이 아이티로 돌아와서, 미국에서 태어난 제 남동생 두 명과 함께 와서 절차를 밟기 시작했어요. 그런데 도중에 남동생들이 아파서 일정을 줄이고 미국으로 돌아갔던 기억이 납니다. 그런 다음 5년이 지나서야 뉴욕의 가족과 다시 합칠 수 있었는데, 부모님이 아이티 영사관에 서류를 신청한 다음 미국으로 돌아가서 일을 하면서 두 아이를 더 데리고 와도 먹여 살릴 수 있음을 증명해야 했기 때문이에요. 남동생과 저는 제가 열두 살, 남동생이 열 살이었던 1981년에 드디어 부모님과 합칠 수 있었습니다.

와크텔 당신 입장에서는 재회가 어땠습니까?

당티카 정말 복잡했어요. 우선은 뉴욕시라는 충격, 새로운 곳에 적응하고 새로운 가족, 남동생들에게 적응하고 그 애들도 우리에게 적응해야 한다는 충격 때문이었지요. 남동생들이 좀 큰 다음에 사실 우리에 대해서 한마디도 들은 적이 없다고 하더군요. 부모님이 미국에서 태어난 남동생들에게 누나와 형이 있다고 말해 주지 않았거나, 또는 말해 주었지만 너무 어려서 잊어버렸을지도 모르지요. 동생들에게 우리는 충격이었고, 우리에게는 그곳 자체가 충격이었습니다. 그리고 1981년은 미국의 아이티인들에게 무척 힘든 시기였어요. 당시 1세대들이 마지막 독재 정권을 피해 배를 타고 마이애미로 몰려들었습니다. 시체가 마이애미 해변으로 밀려 올라왔어요, 매일 밤 그런 뉴스가 나왔지요. 그리고 에이즈가 막 유행하기 시작했는데, 아이티인은 네 가지 고위험군——아이티인, 동성애자, 혈우병 환자, 헤로인 중독자——중 하나였지요. 국적에 따라 위험군으로 식별되는 집단은 우리밖에 없었습니다. 미국의 삶에 진입하기 정말 어려웠지요.

와크텔 『등대의 클레어』를 관통하는 주제는 버려진 아이들이나 위험에 처한 아이들입니다. 왜 그런 아이들의 이야기를 하고 싶었습니까?

당티카 저는 항상 그 주제에 흥미를 느꼈습니다. 제가 큰아버지, 큰어머니와 함께 살 때 그 집에는 우리처럼 가족들이 미국이나, 도미니카 공화국, 캐나다로 떠난 사촌들로 가득했습니다. 시골에서 온 사촌들도 있었는데, 가끔 아주 긴급한 문제 때문에 찾아왔기 때문에 큰아버지가 그 아이들을 보살필 방법을 찾아야 했습니다. 사촌 하나는 결핵에 걸려서 요양소에 들어갔고 결국에는 죽었지요. 우리 주변에는 빅토리아 시대에나 겪을 법한 문제들이 가득했습니다. 저는 아이를 키우면 사소한 문제도 너무나 크다는 것을, 아이가 당장 낫기만 한다면 목숨이라도 기꺼이 내놓을 수 있다는 사실을 깨달았어요. 그래서 저는 어렸을 때 보았던 사람들의 경험과 부모가 되어 갖게 된 두려움, 아이를 보호하기 위해서라면 무슨 짓이든 하겠다는 마음을 절충해서 이 책을 쓴 것 같습니다. 어쩌면 제 과거에 대한 두려움을 드러내고 우리가 부모로서 갖는 모든 걱정에 대처하는 한 가지 방법일지도 모릅니다.

와크텔 당신은 어머니가 자란 고향을 바탕으로 『등대의 클레어』에 등장하는 마을을 만들었습니다. 어떤 곳인지 설명해 주시겠어요?

당티카 빌 로즈는 아이티의 여러 해안 도시를 합친 곳이지만 주된 바탕은 레오간입니다. 부모님 모두 레오간 출신인데, 어머니의 출신 구역인 시테 나폴레옹은 어머니 집안 누군가의 이름을 땄다는 것 같아요. 어머니의 성이 나폴레옹이죠. 여름이면 우리는 그곳으로 가서 외할머니를 만났지만 저에게 이야기를 들려주셨던 할머니는 아니었습니다. 외할머니는 더 서먹서먹하고 무서웠고, 거리감이 있었지요. 외할머니 댁에 가면 식사를 한 다음 해변에 갔던 기억이 나는데, 그곳에서 지내는 동안 거의 항상 누군가가 물에 빠져 죽을 뻔했지요.

레오간은 2010년 지진으로 거의 완전히 파괴되었습니다. 당시 시냇가에 살고 있던 사촌들을 보러 갔던 기억이 납니다. 다행히 사촌들은 살아남았고 집을 수리하는 동안 작은 임시 건물을 지어서 지내더군요.

와크텔 외할머니는 이야기를 해주시던 할머니가 아니라고 하셨는데, 다른 할머니와 고모들이 이야기를 해주었지요. 이야기를 해주는 사람이 항상 여자였나요?

당티카 네, 제 경우에는 항상 여자였습니다. 남자들이 가끔 맞장구를 쳤지만 저희 집안의 경우—일반화하고 싶지는 않아요—남자들은 농담을 하고 여자들은 민화 같은 이야기를 들려주었어요.

와크텔 그런 이야기들이 당신이 작가가 된 것에 어떤 영향을 주었을까요? 당신이 그때부터 소재를 모았다는 말은 아니지만, 이야기를 어떻게 받아들였다고 생각하세요?

당티카 참 재미있는 게, 사람들이 최고의 작문 선생님이 누구였냐고 물어보면 저는 항상 우리 집안의 여자 어른들을 생각합니다. 듣는 사람과 무척 밀접한 상호작용을 하면서 이야기를 들려주었으니까요. 항상 같은 이야기를 되풀이해도 이야기 방식이 달라지면 처음 듣는 이야기 같았어요. 이야기 중간 중간 노래도 있었지요. 늦은 밤에 잠이 들락말락 하면 어른들이 이야기를 긴장감 넘치게 하곤 했는데, 뭔가 어둡고 연상되는 것이 있어서 그 당시에도… 제가 그때 소재를 모으고 있었던 것은 아니지만 당시를 떠올리면 이야기 구조가 정말 대단했다는 생각이 들어요. 이야기를 들을 때마다 다른 사람에게 전해 줄 이야기를 전달받는 느낌이었습니다. 저는 부끄러움이 많아서 그 어른들처럼 이야기하지는 못했지만 책을 읽기 시작하면서 이렇게 생각했습니다. 아, 어른들이 해주는 이야기랑 똑같

아. 여기서는 이야기해 주는 사람이랑 나랑 일대일이고, 연기하는 사람도 없고, 머릿속으로 영화를 보는 것 같지만 말이야.

와크텔 『등대의 클레어』의 문제적 요소는 갱단의 폭력입니다. 아이티에서 갱단 문제가 얼마나 심각합니까?

당티카 현재 어떤지는 제가 말할 수 없지만 이 소설을 쓸 당시에는 큰아버지가 살던 동네, 제가 자라던 동네를 생각했습니다. 몇몇 젊은이들이 갱단에 들어갔는데, 아주 어렸을 때부터 알던 사람들도 있었지요. 큰아버지는 동네에서 학교를 운영했는데, 갱단 중에 미국에서 추방된 사람들을 불러서 아이들에게 영어를 가르치게 한 적도 있었습니다. 큰아버지는 좋은 이웃이 되려고 무척 애를 썼어요. 예를 들어서 갱단 중 몇 명이 큰어머니 장례식에 왔던 기억이 나는데, 그중 한 명이 집으로 찾아와서 큰아버지에게 "누가 목사님을 건드리기만 하면—" 뭐 그런 말을 했던 기억이 납니다. 우리 동네는 말하자면 공동 서식지였지요. 여러 사람들이 같이 살았고 그들은 나머지 세상과 다른 눈으로 이 젊은이들을 보았지만, UN이 아이티로 들어와 그런 청년들 한두 명을 잡으려고 동네를 없애려 했습니다. 적어도 우리 동네라는 특수한 경우는—제가 다른 지역에 대해 이야기할 수는 없지요—가끔 불안한 공동 서식지였습니다. 결국 작전이 실행되고 UN군이 큰아버지네 옥상에서 수많은 갱들을 쏘자 상황이 험악해졌습니다. 큰아버지는 동네를 떠나야 했고, 미국 이민국에 구류된 채 세상을 떠났습니다. 아주 긴 이야기예요. 제 책 『형제여, 나는 죽어 가네』와 관련해서 당신과 이야기를 나눈 적이 있지요. 저는 갱단의 폭력이 항상 문제가 될 거라고 생각합니다. 청년들이 할 일이 거의, 또는 아예 없는 곳, 학교에 다닐 때는 직업을 가질 수 있다고 생각하지만 갑자기 모든 것이 사라지는 곳이라면 어디나 그렇듯이 말이에요. 그런 청년들은 도시 중심에 있어요. 눈앞에 번쩍거리는 불평등이 보이죠. 거기에서 폭력이 튀어나옵니다. 아무것도 주어지지 않기 때문에 청년들이 갱단을 만들면 특히 그렇지요. 분명 우리 가족은 무척 큰 영향을 받았습니다. 제가 그런 청년들을 용납하는 것은 아니지만 우리는 그런 일이 어떤 식으로 일어나는지 이해할 수 있어요.

와크텔 당신은 소설에서 공동 서식지의 복잡성을 재현합니다. 어떤 부부는 지역 갱을 대상으로 사업을 하는데, 갱단의 폭력으로 황폐해진 그 동네에서 아들을 빼낼 돈이 필요하기 때문이에요. 도덕적으로 정말 곤란한 상황이지요. 한 젊은이는 라디오 프로그램을 통해서 이 마을의 폭력 문제를 해결할 수 있을 거라고 생각합니다. 어떻게 그런 생각을 하게 되었습니까?

당티카 저는 아이티의 라디오에 항상 큰 흥미를 느꼈기 때문에 이 책을 시작할 때 라디오에 대해서 쓰려고 했습니다. 아주 어렸을 때부터 특히 제가 자란 벨 에어 어딘가에는 항상 라디오가 틀어져 있었습니다. 우리 집 라디오는 꺼져 있어도 누군가의 라디오는 항상 켜져 있었고, 때로는 서로 다른 프로그램 여러 개가 동시에 나와서 합창같이 들렸지요. 저는 최근 몇 년 동안 아이티를 오가면서 라디오 토크 방송에, 미국에서라면 토크 방송이라 부를 만한 것에 큰 흥미를 갖게 되었는데, 독재가 끝난 1990년대 이후 사람들이 아주 격렬한 표현 수단을 만들었어요. 공개적으로 정치 이야기를 하고, 때로는 상원의원이나 심지어는 대통령이 라디오에 출연했다는 것이 뉴스가 되기도 합니다. 하지만 늦은 밤에 청취자들이 전화를 걸어서 사랑의 고민이나 뭐 그런 문제에 대해 이야기하는 프로그램도 있지요.

그래서 원래는 라디오를 이야기의 중심으로 삼으려 했어요. 하지만 결국에는 「디 므웬」^{Di Mwen} 즉 「나에게 말해요」라는 라디오 프로그램 진행자 루이스 조지만 남았지요. 『등대의 클레어』의 원래 제목은 "디-므와"^{Dis-Moi}였고, 라디오를 통해서 본 어느 마을 이야기를 할 계획이었습니다. 하지만 결국 라디오와 관련된 것은 루이스밖에 남지 않았는데, 그녀는 라디오를 정의의 도구로 이용합니다. 루이스는 결국 이 소설과 비슷한 책을 쓰게 되는 소설가 지망생이기도 합니다. 그녀는 자신이 마을 사람들과는 다른 생각을 갖고 있다고 여기지요. 루이스가 이해하는 것, 그리고 또 다른 등장인물 베르나르가 이해하는 것은 라디오의 힘이 이야기를 나눔으로써 진실에 빛을 비추는 것에 있다는 사실입니다.

와크텔 베르나르는 범죄자들, 갱들을 모아서 사업가들을 비롯한 다른 사람들과 대화를 시키려고 합니다. 자신이 정말로 변화를 불러올 수 있다고 생각하지요.

당티카 네. 베르나르는 갱단의 우두머리들과 사업가들이 공개적으로 대화를 나누면 변화가 생기리라 생각하고, 공개 토론의 힘을 정말로 믿습니다. 그는 토론의 장에서 부유한 자와 가난한 자가 동등하게 만날 수 있다고 믿지요. 베르나르는 라디오가 완벽하게 민주적인 포럼이라고 생각하고, 제 생각에 어떤 면에서는 루이스 조지도 그렇게 믿는 것 같아요. 두 사람 모두 정의가 없는 이 마을 같은 곳에서는 라디오가 여론의 법정이 될 수 있다고, 사람들이 모여 모든 구성원이 공존하는 결과를 도출할 수 있다고 봅니다.

와크텔 당신도 라디오의 힘에 대한 희망을 여전히 가지고 있습니까?

당티카 저는 대화의 힘과 투명성의 힘, 선을 넘으려 하고 **다른 사람들**이 어떤지 이해하려는 힘에 대한 희망을 아직까지 품고 있습니다. 큰아버지의 모습에서 그러한 희망이 실제로 작용하는 것을 보았으니까요. 저는 큰아버지가 갱단의 젊은이들을 사람 취급하면서 소통 가능한 대상으로 대했을 때, 큰아버지가 그들의 인간성을 보고 그들도 큰아버지의 인간성을 보았을 때 적어도 가능성이 있다는 것을 목격했습니다. 어쩌면 안이한 가능성이었을지도 모르지만 큰아버지는 목사였고 구원을 진심으로 믿었어요. 같은 장소에서 대화를 나눌 수 있다면, 적어도 학교에서 영어를 가르치는 젊은이나 큰아버지가 운영하는 진료소에 오는 젊은이가 방향을 바꿀 가능성이 있다는 믿음이었지요. 베르나르가 제안한 것처럼 공개적으로 대화를 나누면 다른 사람들이 그 대화를 듣습니다. 베르나르의 희망은 그러면 다른 곳에서도 똑같은 대화를 나눌지도 모른다는 것이었지요. 누군가가 라디오에서 나오는 공개적인 대화를 들으면서 "저 두 사람이 한 방에서 이야기를 나눌 수 있다면 나도 이웃사람과 이야기할 수 있을 거야"라고 생각할 수 있으니까요.

와크텔 최근에 나온 에세이집 『위험하게 창작하다』는 예술가가 지역 사회와 정치에서 할 수 있는 역할을 탐구합니다.

당티카 저는 항상 예술가의 역할에 매료되었습니다. 가족을 비롯해서 여러 사람들에게 작가가 되겠다고 말하면 사람들은 항상 제가 태어나기도 전에 망명하거나 죽은 작가 이야기부터 했지요. 가장 자주 언급된 사람은 뛰어난 작가 자크 스티븐 알렉시스였는데, 외국 여행에서 돌아온 후 뒤발리에의 앞잡이 통통 마쿠트의 습격을 받아 죽었습니다. 또 뉴욕 퀸스에서 돌아왔다가 처형당한 두 젊은이 이야기도 들었는데, 파파독 정권을 전복하려던 젠 아이티$^{Gens\ Haiti}$라는 단체의 열세 명 중 두 명이었지요. 저는 그런 이야기를 들으면서 그때 그런 환경에서 사람들이 어쩌다가 예술에 관심을 갖게 되었는지 흥미를 느끼게 되었습니다.

또 반대로 잔학한 독재 시대 때 살았던 시인 펠릭스 모리소-르루아의 놀라운 이야기가 있었습니다. 그는 국립극장에서 『안티고네』를 상연했는데, 『안티고네』를 크레욜어로 바꾸었고 아마도 등장인물들이 토가를 입었기 때문에 독재 정권은 이 연극의 주제를 놓쳤지요. 수많은 어머니들이 거리에서 자식의, 남편의, 형제의 시체를 수습할 때 ─ 혹은 너무 두려워서 수습하지 못할 때 ─ 느꼈던 것은 안티고네의 딜레마와 아주 비슷했습니다. 모리소-르루아는 바로 그 점을 생각했던 것이지요. 다른 작가들도 검열과 억압을 피할 방법을 찾고 있었고, 그래서 『칼리굴라』를 읽고 무대에 올렸습니다. 저는 사람들이 그곳에서 예술가로서 어떻게 기능했는지 관심이 있었고, 그래서 이 책에서 그것을 탐구하기로 했습니다.

와크텔 당신의 작품에서는 "위험하게 창작하기"가 어떻게 반영되어 있다고 생각하나요?

당티카 저는 스스로 더 용감해지기 위해서 이 책을 썼던 것 같습니다. 우리는 때로 예술의 도덕적 모호함 때문에 악인의 입장을 보려고 하고, 다른 관점이 되어 보려고 하니까요. 또 모든 일을 올바로 돌려놓으려는 사람이 되고 싶다는 분노가 있지요. "위험하게 창작한다"라는 생각은 「예술가와 그의 시대」L'Artiste et Son Temps라는 1950년대 알베르 카뮈의 마지막 강연에서 빌려온 것입니다. 영어로는 "위험하게 창작하기"로 번역되었지요. 카뮈는 "오늘을 만든다는 것은 위험하게 창작한다는 것이다"라고 말했습니다. 당시 그는 알제리 독립 운동에 대해 어떤 입장을 취할지 고민하고 있었지요. 그는 제가 소설가의 양가감정이라고 생각하게 된 것을, 모든 사람들의 입장을 보고 싶어하는 마음을 가지고 있었습니다.

그러므로 제 작품에서 위험하게 창작하기란 제가 아직도 받아들이려 애쓰는 것이고, 저는 모든 용감한 사람들에게서 영감을 얻으려 합니다. 저는 말하자면 작품 속에서는 수줍음을 덜 탑니다. 권력에 대해 더욱 진실을 말하려고 애쓰고 있지요.

와크텔 재외 아이티인들은 아이티로 돌아가야 한다는 압박을 얼마나 강하게 느낍니까? 전문직을 가진 아이티인 80퍼센트 정도는 외국에서 살고 있습니다.

당티카 저는 많은 사람들이 꼭 돌아가지 않는다 해도 도움을 주고 있다고 생각합니다. 재외 아이티인들이 매년 10억 달러에 가까운 금액을 아이티로 보냅니다. 그리고 아이티 사람들과 제휴하는 협회 ── 간호사협회, 변호사협회, 의사협회 등등 ── 와 이웃을 통해서 실제로 돌아가고 있습니다. 또 재외 아이티인들이 등록을 해서 아이티를 도울 수 있는 중심 기관은 없지만, 대부분 아이티에 가족이 있고 학교 설립 등의 일을 하고 있습니다. 이것이 아이티의 한 면이고, 외부인들에게는 보이지 않지만 계속 진행되고 있습니다. 하나의 공동체라는 느낌, 서로 의지할 수 있다는 느낌이 없다면, 많은 사람들이 가족의 디아스포라라는 외부적인 자원을 가지고 있지 않다면 우리가 이야기한 문제 — 환경 문제, 경제 문제 — 가 훨씬 나빴을 겁니다.

와크텔 당신 딸들은 아직 어린데, 아이티에 대해서 얼마나 잘 압니까?

당티카 나이에 비해서는 꽤 잘 알아요. 남편의 어머니가 아직 아이티에 살고 있기 때문에 딸들은 아이티에 자주, 적어도 일 년에 두 번은 갑니다. 최근에는 큰딸이 제게 아이티 아이들을 열다섯 명 입양하면 좋겠다고 말했지요.

와크텔 그게 다인가요?

당티카 네. 아이들과 아이티의 관계에서 제가 정말 마음에 드는 부분은 아이티가 일상적인 장소가 되었다는 거예요. 우리는 여행을 꽤 자주 다녀요. 여기저기 다니는데, 우리 아이들에게 아이티는 또 하나의 장소일 뿐이에요. 정말 이상하게 들릴지도 모르지만, 디아스포라 상태에서 자란 우리는 대부분 부모님으로부터 아이티가 놀라운 천국인 동시에 절대 가면 안 되는 끔찍하고 무서운 곳이라는 복잡한 느낌을 받으면서 자랐습니다. 저는 아이들이 아이티를 그냥 또 하나의 장소라고, 가서 사촌을 만나는 곳이라고 생각하고 시골 시냇가에도 가고 그러면 좋겠어요. 아이티가 항상 아이들 삶의 일부이기를 바랍니다.

와크텔 에세이집 『위험하게 창작하다』에서 당신은 어떤 사람의 창의적인 작품은 "그의 마음을 처음으로 연 두세 가지 이미지"를 재발견하는 느린 여행에 불과하다는 알베르 카뮈의 말을 인용합니다. 당신에게 그런 이미지는 무엇인가요?

당티카 하나는 어머니가 아이티를 떠나던 날, 어머니에게서 떨어져 나왔던 경험입니다. 그게 첫 번째 이미지죠. 두 번째는 미국에 내렸던 순간입니다. 그리고 세 번째 이미지는 아버지가 돌아가시고, 큰아버지가 돌아가시고, 제 딸이 태어난 해, 그 모든 경험이 뒤섞였던 해입니다. 최근까지는 그래요. 하지만 항상 바뀌지요, 끊임없이 변해요. 이 세 가지가 남은 평생 제가 글을 쓸 주제라고 생각하고 싶지는 않지만, 확실히 중심이기는 합니다.

2013년 10월
인터뷰 제작─리사 고드프리와 메리 스틴슨

오르한 파묵
Orhan Pamuk

내가 2002년에 처음 인터뷰했을 때 오르한 파묵은 이미 터키 국내외에서 가장 큰 성공을 거둔 터키 작가였다. 『뉴욕 타임스』는 그를 "비잔티움의 베스트셀러 작가"라고 불렀다. 당시 파묵은 16세기 오스만 제국의 세밀화가들에 대한 야심찬 소설 『내 이름은 빨강』(1998)에서 이슬람의 주제와 전통을 서구의 모더니즘과 능숙하게 엮었다. 술탄 궁정의 삽화가들은 베네치아에서 전해진, 자신의 신앙과 완전히 대치되는 르네상스 예술로부터 압력과 유혹을 느낀다. 이것은 우화, 철학, 미스터리가 뒤섞인 책이다. 파묵은 터키와 해외에서 여러 상을 받았고 『내 이름은 빨강』은 2003년에 소설 한 편에 지급하는 상금 액수가 가장 높은 국제 IMPAC 더블린 문학상을 받았다. 오르한 파묵은 인기 많은 포스트모더니즘 작가라는 아주 드문 존재인데, 그것은 그가 좋은 이야기꾼이기 때문이다.

2006년에 파묵은 이스탄불이라는 도시 자체와 특히 자기 가족을 섬세하고 정취 있게 그린 작품 『이스탄불』로 노벨 문학상을 받았다. 스웨덴 한림원은 선정 이유를 발표하면서 "파묵은 자신이 태어난 도시의 음울한 영혼을 탐색하는 과정에서 문화 간의 충돌과 복잡함에 대한 새로운 상징을 발견했다"라고 말했다.

이스탄불에 대한 파묵의 애착은 무척 깊다. 사실 파묵은 일생 대부분을 같은 동네, 같은 건물에서 살면서 똑같은 보스포루스 풍경을 바라보았다. 파묵은 노벨상 역사상 두 번째로 어린 수상자이자 부문과 관계없이 터키 최초의 수상자였다.

파묵은 또 "터키 정체성의 공적 모독"으로 기소되어서 유명해졌는데, 해당 법률은 그 후 폐지되었다. 그는 기자와 이야기를 나누면서 20세기 초에 "아르메니아인 백만 명과 쿠르드족 3만 명이 터키에서 죽임을 당했다"고 지적했다. 그 후 파묵은 살해 협박을 받았고, 2007년 1월에 터키-아르메니아인 기자 흐란트 딩크가 암살되자 경찰의 보호를 받게 되었다.

오르한 파묵은 이 모든 일을 겪으면서 계속 글을 썼다 — 그리고, 나중에 드러났지만, 물건을 수집했다. 그는 소설 『순수 박물관』을 쓰면서 소설에 나오는 물건들을 전시하는 실제 박물관을 만드는 엄청난 프로젝트를 진행하고 있었다. 등장인물이 피운 담배꽁초, 반으로 뜯긴 표, 하루살이가 소설의 각 장에 해당하는 유리 케이스에 진열되었다. 이것은 파묵의 기억에 의지한 놀라운 기획이었다. 2014년에 이 작품은 올해의 유럽 박물관상을 수상했다.

1952년에 태어난 파묵은 이스탄불의 세속적이고 서구 지향적인 환경에서 자랐다. 그의 집안은 중상류층이었지만 점차 기울고 있었다. 파묵의 할아버지는 큰 성공을 거둔 엔지니어였고 아버지와 삼촌들 역시 엔지니어였다. 오르한 파묵 역시 엔지니어나 건축가가 되리라 생각했다. 그가 맨 처음으로 관심을 가진 분야는 그림이었다. 파묵은 예닐곱 살부터 프랑스 인상주의 복제화를 따라 그렸고 나중에는 오스만 제국과 페르시아의 세밀화를 따라 그렸다. 그러나 20대 초반이 되자 그는 글쓰기로 진로를 바꾸었다. 파묵은 대학을 중퇴하고 첫 책을 출판한 서른 살까지 집에 머물렀다.

파묵의 아홉 번째 소설 『내 마음의 낯섦』(2014) 역시 이스탄불에 대한 사랑을 드러내지만 시점이 무척 다르다. 이스탄불 거리 행상에게 초점을 맞춘 이 작품은 아나톨리아 시골에서 도시로 온 이주민들의 삶을 시간순으로 보여주고, 따라서 지난 40여 년의 기하급수적인 성장을 그린다. 나는 오르한 파묵이 콜롬비아 대학에서 강연을 하는 뉴욕에서 그를 만나 이야기를 나누었다.

와크텔 『내 이름은 빨강』의 무대는 미술계, 오스만 제국에서 번성했던 세밀화와 채식彩飾의 세계입니다. 당신은 어렸을 때 화가가 되고 싶었습니다. 왜 그랬지요?

파묵 저는 엔지니어 집안에서 자랐습니다. 할아버지는 철도 건설로 돈을 많이 벌었고 삼촌들과 아버지 역시 엔지니어였지요. 그래서 저희 집안에서는 엔지니어가 되는 것이 아주 자연스러웠고 저 ─ 우리, 즉 저와 사촌들 ─ 도 그런 기대를 받았습니다. 하지만 저는 ─ 왜 그런 일이 벌어지는지는 아무도 몰라요 ─ 집안의 골칫덩이였습니다. 소위 말하는 "예술가인 척하는 녀석"이었지요. 저는 일곱 살 때 그림을 그리기 시작했습니다. 그리고 모두들 ─ 아시겠지만 뻔한 이야기죠 ─ 제가 재능이 정말 뛰어나다고 말하곤 했어요. 그것이 스물한 살 때까지 이어졌고, 당시 저는 작업실까지 갖추고 진지하게 그림을 그렸지만 결국 글쓰기로 진로를 바꾸었지요.

와크텔 어렸을 때 오스만 제국과 페르시아의 세밀화 복제화를 따라 그렸다고 알고 있습니다. 어땠나요?

파묵 화가를 꿈꾸는 이들이 다 그렇듯 저는 일곱 살부터 스물한 살까지 서구 화가들의 그림을 흉내 내고 따라 그렸습니다. 피사로, 뷔야르, 세잔 같은 프랑스 인상파와 피카소였지요. 저는 그들처럼 그리려 애썼습니다. 하지만 열세 살 때 이슬람 회화에 대한 작은 문고본을 집어들었던 기억이 납니다. 60년대 초반이었는데, 그때에는 이슬람 회화에 대한 책이 거의 없었지요. 하지만 아마도 민족주의적인 충동이나 정체성 문제 때문에 이슬람 세밀화를 따라 그리고 싶은 생각도 있었습니다 ─ 사실 따라 그린다기보다 확대해서 그리는 것이었지요. 그렇게 열두 살, 열세 살 때 이슬람 회화를 처음 접했습니다. 물론 인상파나 독일 정통 회화와 비교하면 이슬람 회화는 좀 달랐고 약간 어색했지요. 말하자면 17세기 독일 회화보다는 제가 당시 즐겨 읽던 서구의 만화책과 더 비슷한 단순함이었습니다.

와크텔 단순하기 때문에 만화책과 더 비슷했나요?

파묵 그림자가 거의 없기 때문이었습니다. 예를 들어 두 주인공이 대화하는 장면이라면, 그림의 주된 부분은 두 사람의 대화입니다. 두 사람이 전면에 있고 그 뒤로 풍경이나 거리가 보이지만 그것은 중요하지 않았어요. 그리고 선의 단순함도 비슷하지요. 당시 만화책은 흑백이었기 때문에 세밀화에 더 가까웠어요.

와크텔 그렇게 세밀한 작업을 하면서 당신이 위대한 세밀화가의 작업실에 있는 모습을 상상했습니까?

파묵 아닙니다. 그건 더 나중에, 스물세 살에 제가 그림에서 소설로, 소설 쓰기로 전향했을 때의 일이죠. 저는 첫 소설을 출판한 다음 언젠가 화가 — 물론 터키 화가 — 에 대한 소설을 써야겠다고 결심했습니다. 하지만 현대의 터키 화가는 다들 서구의 그림을 어설프게 흉내 내고 있다고 낮게 평가했기 때문에 현대 화가에 대해서 쓰고 싶지는 않았습니다. 저는 진짜에 대해서, 본질적인 것에 대해서 쓰고 싶었지요. 순수한 회화, 오스만 제국 화가에 대해서 말입니다. 저는 또 역사소설을 쓰는 것에 대해 아주 감상적인 생각을 가지고 있었습니다.

와크텔 이슬람 세밀화와 그림에 묘사된 이야기의 어떤 점이 당신에게 그토록 큰 인상을 남겼습니까?

파묵 저는 『하얀 성』 이후 『검은 책』을 쓰면서 — 이때 저는 진정한 목소리를 찾았습니다 — 이스탄불을 새로운 방식으로 표현하고 싶다고 생각했습니다. 이전 세대의 작가들은 스타인벡이 캘리포니아에 대해 쓰듯이 이스탄불에 대해 썼지요 — 아주 간단하고, 단조롭고, 단순화된 19세기식 리얼리즘이었습니다. 저는 그런 식으로 소설을 쓰고 싶지 않았어요. 더 복잡하고 바로크적으로 써서 역사의 여러 층을 담고 싶었습니다. 저는 그러한 계획을 염두에 두고 철저하게 읽기 시작했습니다. 이슬람 고전, 수피 고전, 낭만주의의 이슬람 알레고리, 중세 기사 이야기, 예를 들어 루미 같은 작가들의 작품을 읽었고, 거기서 많은 이야기를 가져왔지요. 저는 그 이야기들을 다시 써서

『검은 책』에 넣었습니다. 『내 이름은 빨강』의 경우, 저는 페르시아 고전문학을 처음 접하고 진심으로 즐기기 시작하면서 회화에 대한 책을 쓸 때 그림만이 아니라 그림이 묘사하는 고전적인 이야기들에도 다가가고 싶다고 생각했습니다. 현재의 아프가니스탄, 이란, 이라크, 이집트, 터키, 일부 발칸 국가들이 속해 있던 13세기 페르시아 사람들에게 그 이야기들은 영국이나 미국, 프랑스 독자들이 생각하는 셰익스피어나 빅토르 위고의 작품과 마찬가지였습니다. 고전이었지만 시간 개념이 달랐기 때문에 아무도 고전으로 보지 않았지요. 아무것도 변하지 않았어요. 당시에는 변화를 신봉하지도 않았고 근대성과 독창성이라는 개념이 없었습니다. 그런 책들은 영원했고 같은 장면을 영원히 다시 그리고 있었습니다. 당시 지식인이거나 지배 계급의 일원이 되고 싶으면 ─물론 그러려면 어느 궁정에 속해 있거나 술탄의 부하여야 했지요─ 그런 책에 대해 배워야 했습니다. 그러므로 13세기부터 17세기까지 모든 사람들이 머릿속에 넣어 다니던 고전적인 이야기들이었지요. 저는 원형原型이라 부르고 싶습니다. 터키 도서관에는 그러한 책의 복제본이 정말 많기 때문에 호화로운 것, 값진 것을 만들어야겠다고 생각하면 누구나 다 아는 고전적인 장면을 열 개에서 스무 개만 그리면 끝이었지요. 그리고 등장인물의 자세를 거의 똑같이 그렸습니다. 장면, 인물의 위치, 그림을 그리는 방식 모두 무척 한정적이었어요 —— 그러므로 이슬람 회화는 이용 가능한 공간만 다룬다는 뜻이었습니다.

와크텔 특히 좋아하는 이미지나 세밀화가 있었습니까?

파묵 아니요. 그러한 유산 때문에 만들어지는 책 자체가 제한적이었으니까요. 책에는 항상 몇 세기를 아우르는 그림이 열 편에서 열두 편 실려 있습니다. 바다를 보면서 바닷물을 한 숟가락 맛보는 것과 같지요. 바다의 맛은 항상 같다고 말할지도 모릅니다. 그래서 저는 한참 후 그런 그림을 몇 점 골라서 즐기기 시작했습니다. 어렸을 때 저는 그림의 아름다움보다는 그림과 그 안의 사람들, 복장, 그것들이 서로 연관된 방식의 —— 괴상함이라고 말하지는 않겠습니다 —— 단순함, 순진함, 원시성에서 신비로움을 느꼈습니다. 저는 터키인을 포함해서 모든 사람들에게 그런 이야기를 했지요. 이런 그림을 즐기려면 아주 인내심이 많아야 한다고, 처음에는 저절로 모습을 드러내지 않기 때문이라고 말입니다. 사실 처음에는 별로 흥미롭지 않습니다. 우선 이야기를 알아야 하고, 그런 다음 그 장면이 왜 중요한지 알아야 합니다. 인내심이 아주 많아야 하고 그림을 계속 봐야 하지요. 제 경험을 한 가지 말씀 드릴게요.

1990년대 초에 『내 이름은 빨강』을 쓰기 시작했을 때 저는 터키의 고전 세밀화를 멋지게 전시해 놓은 뉴욕 메트로폴리탄 미술관에 가서 페르시아와 이슬람 그림을 조사했습니다. 미술관에 계속 가서 크기가 하드커버 책 표지 정도밖에 안 되는 이 조그마한 그림 대여섯 점을 보면서 이해하려고 애를 썼지요. 얼굴을 최대한 그림 가까이 가져가서 아주 오랫동안, 등이 아플 때까지 빤히 보았습니다. 그때 저는 무엇도 이해하지 못했고 즐기지도 못했습니다. 사실 저는 그 표면에, 색에 완전히 빠져들었고 물론 그림에 대한 책도 많이 읽었지요. 저는 이 사람들에 대한 소설을 어떻게 쓸까? 이 사람들은 무슨 생각을 했을까? 이 그림에 무엇이 있을까? 생각했습니다. 나무가 보이고, 말이 보이고, 말을 탄 사람, 울고 있는 여자가 보입니다. 고전적인 장면들, 예를 들면 한밤중에 연못에서 헤엄을 치는 쉬린과 말을 타고 오다가 그녀의 아름다움을 알아차리는 페르하트가 보이지요. 이야기와 장면을 알면 짧은 이야기들을 전부 알아보고 연관 지을 수 있습니다.

저는 그런 식으로 정말 많은 시간을 보냈지만 사실은 약간 좌절하고 풀이 죽었습니다. 한참 후 전시실을 나와서 ── 발이 저절로 움직였지요 ── 메트로폴리탄 미술관 2층의 작은 미로로, 르누아르 같은 인상주의 화가들의 커다란 작품들이 걸린 전시실로 빠르게 걸어가곤 했습니다. 그럴 때마다 저는 ── 제 영혼은 ── 노래로, 예술의 힘과 깊이로 가득 찼지요. 저는 오스만 제국 세밀화에 제 정신과 영혼의 에너지를 바치려 애썼고, 그림을 그린 사람들을 표현하고 그들과 하나가 되려고 애

썼지만 얼마쯤 지나자 지쳤습니다. 르누아르와 같은 인상주의 그림들의 의미는 바로 거기에 있습니다. 우리의 눈은 노래와 움직임과 현실이 가득한 그림을 즐깁니다. 반대로 세밀화에서 깊이를 찾는 것은 저에게 도전이었습니다. 저는 세밀화에 대한 학술적인 책을 전부 읽었습니다. 그러한 책이 하는 일은 대부분 일반적으로 분류학이라 부르는 것이었지요. 중요성을 가늠하고, 측정하고, 역사의 어느 부분에 넣는 것 말입니다. 색과 그림과 정신의 관계는 절대 연구 대상이 아니었습니다. 그래서 제가 최초로 연구하고 싶다는 생각도 들었습니다.

와크텔 세밀화만큼 세밀화에 담긴 이야기 자체도 당신 소설의 중심입니다. 『내 이름은 빨강』의 첫 장 「나는 죽은 몸」에서 화자인 죽은 자는 이렇게 말합니다. "만약 내가 겪은 일을 책으로 쓴다면 제아무리 세밀화의 거장이라도 결코 그 내용을 모두 그림으로 표현할 수는 없을 것이다. 마치 코란처럼 이 책의 가공할 힘은 어떤 그림으로도 충분히 그려 낼 수 없을 것이다." 위대한 세밀화가의 작품에 실제로 등장했던 이야기들에 대해서 말해 주시겠어요?

파묵 정말 많지만 제가 좋아하는 이야기, 사실 제가 이 책에서 다시 들려준 이야기는 그림을 통해 사랑에 빠지는 '휘스레브와 쉬린'입니다. 휘스레브는 왕자이고 쉬린은 아르메니아 공주인데, 운명은 두 사람을 사랑에 빠뜨리기로 합니다. 하녀가 쉬린에게 휘스레브의 초상화를 줍니다. 쉬린은 하녀와 함께 소풍을 나가서 나무에 휘스레브의 그림을 걸어 놓고 보면서 그와 사랑에 빠집니다. 저는 그림을 통해서 사랑에 빠진다는 주제가 참 마음에 드는데, 사실 현실적이지 않기 때문입니다. ──이슬람 회화는 절대 제대로 된 초상화를 만들어 내지 않습니다. 오늘날의 여권 사진처럼 쓸 수 있는 그림은 절대 보지 못할 겁니다. 이 이야기에는 그들이 그림만 보고 사랑에 빠질 정도의 작품을 그려냈다는 뜻이 담겨 있습니다.

와크텔 『내 이름은 빨강』은 살인 미스터리이고 철학적인 모험 소설이자 사랑 이야기입니다. 여주인공 셰큐레는 이렇게 말합니다. "어쩌면 나의 이야기도 언젠가, 아주 먼 곳에 사는 누군가에게 전해질지도 모르니까요. 사람들이 책 속에 기록되고자 하는 것은 바로 이런 이유 때문이 아닐까요?" 포스트모던하다고 설명할 수 있는 일종의 장난기, 고의적인 자기의식이 있습니다. 당신에게 그런 것들이 왜 중요한가요? 독자가 스토리텔링 기법을 의식하게 만드는 것 말입니다.

파묵 우선, 저는 톨스토이가 『전쟁과 평화』를 쓸 때처럼 역사 소설을 쓰면서 내 글이 당신에게 이야기를 들려준다고, 내가 자세히 조사했는데 이게 바로 실제의 삶이며 과거에 일어난 일이라고 말하는 것이 이제 불가능하다고 생각합니다. 설득력이 없을 뿐 아니라 제 생각에는 약간 지루하기까지 해요. 저는 역사소설을 쓰면서 톨스토이처럼 조사를 하되(전 조사하고 책 읽는 것을 즐기는 사람입니다) 농담조로 말하는 것이 더 좋습니다. 이것은 역사소설이지만 당신도 알다시피 꾸며 낸 것들도 넣었다고 독자들에게 말하는 게 좋아요. 과거를 기록한다고 주장하면서 현재의 생각, 인물, 저명인사로 장난을 치지요. 제 자신도 책에 등장하고 어머니, 형 —

와크텔 하지만 당신은 어린아이로 —

파묵 네, 제가 상황을 그리는 방식 때문에 어린이로 등장하지요. 책에 나와 있듯이 아버지가 우리를 막 떠난 참이었습니다. 형과 저는 여덟 살, 여섯 살이었고 어머니는 우리를 보호하려 했습니다. 어머니 주변에 다른 남자들도 등장하는데, 아주 자전적인 이야기예요. 제가 그 이야기를 16세기 이스탄불로 옮겼지요. 하지만 본질적으로 저는 항상 투닥거리는 두 사내아이를 보호하는 어머니라는 단순한 설정을 20세기에서 16세기로 가져가도 괜찮겠다고 생각했습니다.

와크텔 당신 자신과 어머니, 형의 이름을 똑같이 썼습니다.

파묵 네. 터키 독자들은 저에게 형과 사이가 나쁘냐고 묻지요.

와크텔 당신은 스스로를 책 숭배자로 그립니다. 무슨 의미인가요?

파묵 터키에서는 무슨 일로든 항상 비판을 받습니다. 저는 어차피 비판받을 바에는 그 사실을 받아들이고 과장하기로 결심했습니다. 이전 세대의 작가들과 비교했을 때 저는 책을 더 좋아하고 더 지적입니다. 저는 다른 작가들, 다른 텍스트를 더 장난스럽게, 말씀하신 것처럼 더 포스트모던하게 암시합니다. 사실주의 소설에 익숙한 독자와 비평가들에게는 이것이 책을 좋아한다는 뜻이고, 그래서 저는 그런 부분을 과장합니다.

와크텔 소설 『새로운 인생』은 "어느 날 한 권의 책을 읽었다. 그리고 나의 인생은 송두리째 바뀌었다"라는 문장으로 시작합니다. 화자는 어떤 책과 사랑에 빠지고, 그로 인해 변합니다. 무슨 책인지는 나오지 않지요. 책의 힘이 왜 그토록 중요한 주제인가요?

파묵 사실은 무척 개인적인 이유입니다. 제 친구들, 저와 같은 세대는 거리로 나가서 정치에 참여하거나 사랑에 빠지거나 했습니다. 중상위층의 수줍음 많고 책을 좋아하는 저는 집에서 책 속에 파묻혀 있는 것을 더 좋아했습니다. 일단 그런 경험을 하고 나면 책은 절대 당신을 떠나지 않습니다. 자신을 바꿀 수 없지요. 제 모든 소설의 중심에는 책이 있고, 텍스트가 있고, 책을 만드는 것, 책의 영향이 있습니다. 누군가가 책을 쓰기도 하고 우리가 어떤 책의 내용을 쫓아가기도 하지요. 제가 칼비노나 보르헤스, 『천일야화』를 좋아하기 때문만이 아니라 단순히 책을 좋아하는 사람이기 때문입니다.

와크텔 『새로운 인생』의 장난스러움에 대해서 이야기하자면,

주요 인물이 오르한 패닉이라는 가명을 씁니다.

파묵 네.

와크텔 당신이 자란 집안에 대해서, 중상위층 가족에 대해서 더 말해 주세요.

파묵 『검은 책』에서 약간 설명했는데, 저희 가족은 3층짜리 대저택에서 살았습니다. 50년대 초에 아파트로 이사했는데, 삼촌 한 분과 숙모, 할아버지, 할머니, 우리가 각 층에 살았지요. 수많은 방에서 3세대가 같이 살던 오스만 제국 전통 대저택에서 삼촌네가 사는 아파트 건물로 이사한 것입니다. 대저택과 마찬가지로 아파트 건물에서 거리 쪽으로 난 정문은 닫혀 있었지만 각 아파트의 문은 다 열려 있었습니다. 저는 어렸을 때 할머니네 층으로 올라가서 할머니랑 놀다가 삼촌이 사는 층으로 내려가곤 했습니다. 어머니는 우리가 점심을 먹은 다음 할머니네로 올라가서 한 번 더 먹는 것을 금지하기도 했지요. 그러므로 항상 북적북적한 전통 가정 안에서 사는 느낌이었지만 사실 우리 가족은 재산 때문에 와해되고 있었습니다. 끊임없이 싸웠고 재산 때문에 서로 고소했지요. 결국 다들 다른 집으로 이사했고, 우리는 커다란 대저택에서 아파트로, 또 다시 작은 아파트로 이사를 했습니다. 그것이 제가 같이 살던 가족이었습니다.

와크텔 할머니가 무신론적인 시를 읽었다고 말씀하신 적이 있는데요, 무엇을 읽어 주셨나요?

파묵 무신론적인 터키 시였습니다. 할머니는 교육을 많이 받았어요. 사실 할아버지와 결혼하기 전에는 원래 프랑스 대학에 진학할 계획이었지요. 할머니는 실증주의자였고, 동세대와 마찬가지로 친유럽적이고, 공화주의적이고, 세속적인 것에 열광했습니다. 테브피크 피크레트라는 시인이 있었는데, 할머니가 그의 무신론적인 시를 저에게 읊어 주곤 했습니다.

와크텔 당시 종교적이지 않은 집안 분위기에서 자라는 것이 흔한 일이었습니까?

파묵 네, 평범한 일이었습니다. 터키 공화국의 창시자들, 당시 지배계급은 아주 비종교적이고 서구를 지향했습니다. 그들은 오스만 제국의 실패가 이슬람교의 실패 때문일지도 모른다고 생각했지요. 제 세대에서는 무척 비판받는 생각이지만 당시 그들은 그렇게 생각했습니다. 무척 실증주의적이었어요.

와크텔 어렸을 때 이슬람교에 어떤 식으로 노출되었습니까?

파묵 우리 부모님 세대의 문제는 터키의 유럽화를 시도했다는 것인데, 좋은 생각이었고 저는 아직도 그 생각에 동의하긴 하지만, 그 방법으로 과거의 망각을 택한 것이 문제였습니다. 그들은 오스만 제국 문화의 영광을 억누르고 서구의 휴머니즘과 자유주의로 대체해야겠다고 생각했지만 그렇게 할 수 없었지요. 저는 그들의 사상을 배우며 자랐고, 그런 다음 이 세속적인 관점을 가지고 억압된 과거 오스만 제국으로 돌아갔습니다. 저는 가끔 농담처럼 말합니다, 프로이트는 억압된 것이 위장한 모습으로 돌아온다고 말했는데 제 소설이 바로 그 위장이라고요.

와크텔 하지만 당신은 어렸을 때 이웃과 함께 이슬람교 사원에 다녔는데요.

파묵 네, 하지만 결코 신앙심이 깊지는 않았습니다. 집안의 하인들은 기도가 아니라 잡담을 하러, 사람들을 만나러 사원에 가곤 했는데 가끔 우리도 데려 갔습니다.

와크텔 억압된 이슬람 과거로 돌아간다고 하셨는데 지적인 경험입니까, 영적인 경험입니까?

파묵 지적인 경험입니다. 이슬람 문화에 대한 저의 관심은 종교적인 것이 아니라 세속적인 것입니다. 다른 세대 작가들과 비교해서 저는 그러한 관심을 처음으로 드러낸 편에 속합니다. 우리는 영예로운 이슬람교의 알레고리를 아주 세속적인 방식으로 보면서 보르헤스처럼 이야기를 골라서 기하학적으로 장난을 치고, 이야기의 논리를 찾고, 다시 쓰고, 현대의 터키로 옮겨 올 수도 있습니다. 『검은 책』에서 그렇게 했지요.

와크텔 할아버지가 철도 건설로 돈을 번 토목기사였다고 하셨고 외가는 직물을 제조했지요. 당신도 기술자나 건축가가 되리라는 기대를 받았고 사실 처음에는 건축을 공부했습니다.

하지만 그러다가 말씀하신 것처럼 8년 동안 자신을 방에 가두고 글을 썼지요. 정말로 그렇게 극적이었습니까?

파묵 저는 8년 동안 출판도 하지 못한 채 글을 쓸 것이라고는 절대 생각하지 않았지만 실제로 그렇게 되었습니다. 스물두 살이었고, 건축을 공부 중이었지요. 그러다가 이스탄불의 건축가가 되고 싶지 않다는 사실을 깨달았습니다. 법률과 고객, 건축 수준에 낙담했지요. 제가 본래 사교적인 성격이 아님을 깨달았습니다. 건축가가 되려면 모든 고객과 어울리는 법을 알아야 하는데, 저는 그런 사람이 아닙니다. 그래서 작가가 되기로 결심했지만 그렇다고 작가의 작업실에 들어가는 유형도 아니지요. 그래서 무작정 첫 소설을 쓰기 시작했습니다. 4년이 걸렸지만 출판은 못했지요. 그런 다음 두 번째 소설을 쓰기 시작했습니다. 2년 반이나 걸려서 5분의 3을 썼지만, 군사 쿠데타가 일어났고 결국 출판하지 못했습니다. 그리고 세 번째 소설을 쓰기 시작했습니다. 반 정도 쓰고 나니 글을 쓰기 시작한 지 8년이 지났지만 아무것도 이룬 게 없었어요. 저는 인내의 한계에 다다랐습니다. 서른 살이었지만 이혼하신 어머니와 살았고, 아버지에게 용돈을 탔습니다. 저는 점원처럼 하루에 열 시간씩 일하면서 진지하게 글을 썼습니다. 스스로를 아주 진지하게 생각했지요. 그런데 갑자기 8년의 노력 끝에 첫 번째 책이 나왔고, 또 세 번째 책이 나왔습니다. 둘 다 성공적이었지요. 저는 첫 책이 나오고 한 달 뒤에 결혼을 했습니다.

와크텔 어떻게요? 방에만 갇혀 있었잖아요! 출판업자 바로 옆에서 누가 준비하고 기다리기라도 했었나요?

파묵 그렇게 이상한 상황은 아니었어요. 저는 연인이 있었고, 우리는 결혼을 하고 싶었습니다. 문제는 저에게 수입이 없다는 것이었지요. 첫 책이 나오자 가족에게 돈을 좀 받아서 결혼을 했습니다. 저는 작가라고 말했지만 물론 돈은 못 벌었습니다. 4, 5년 후에야 돈을 벌기 시작했지요. 저는 가족에게 의지했습니다. 그 부분은 운이 좋았지요. 터키에서는 책을 내기가 어렵다는 점은 운이 나빴지만, 이제는 터키가 아닌 해외에서 출판사를 찾기가 쉽습니다.

와크텔 당신은 8년 동안 쓰기만 한 것이 아니라 읽었기 때문에 온갖 영향을 빨아들였는데, 도스토옙스키의 작품도 읽었습니다. 현재 터키어로 도스토옙스키 전집을 편집하는 작업을 하고 있다고 알고 있는데요.

파묵 저는 십대 때, 특히 도스토옙스키의 소설을 전부 읽었던 열여섯 살부터 열아홉 살까지 그를 정말 존경했습니다. 제 영혼에 끼친 영향이 막대했지요. 정신적으로 너무나 강렬하기 때문에 사실상 어떤 사람의 작품을 읽으면서 그의 삶에 대해 알게 되는 것이 두려울 정도의 소설가는 도스토옙스키밖에 없습니다. 그는 위대한 작가지만, 저는 거기에서 더 나아가 다른 작가들도 읽었습니다. 더욱 연마되고 세련된 프루스트-나보코프류를, 지식인답고 묘사적이고 세련된 부류를 알게 되었지요. 한동안은 글쓰기의 뉘앙스가 도스토옙스키의 막대한 존재감과 날것의 힘보다 더 중요하게 느껴졌습니다. 한동안 도스토옙스키가 제 마음과 영혼에 머물렀지만 남을 의식해서 그런 것은 아니었습니다. 저는 의도적인 정치소설 『눈』을 쓰다가 『악령』을 보고 싶어졌습니다. 그래서 서점에 갔다가 제대로 된 터키어 번역본이 하나도 없음을 알았습니다. 그래서 당장 출판사에 도스토옙스키 전집을 편집하고 싶다고, 당연히 전작을 번역해야 한다고 말했습니다. 저는 러시아어를 못하지만 서문을 쓰고, 편집을 하고, 접근하기 쉬운 책을 만들어서 그를 되살릴 겁니다.

와크텔 도스토옙스키는 당신과 같은 악령을 공유하는 작가라고 말씀하신 적이 있습니다.

파묵 저는 우선 도스토옙스키의 영적인 강렬함을 공유합니다. 뭔가를 말하지만 그 안에 살지는 않지요. 자신이 만든 인물들의 경계를 확신하지 못하고, 특히 자신이 무엇을 원하는지 확신하지 못해요. 이것들이 제가 좋아하는 도스토옙스키의 영적인 면들인데, 특히 두 가지 점에서 좋아하고 일치감을 느낍니다. 도스토옙스키는 민족주의자였고 러시아가 유럽과 다르다고 생각했는데, 저도 동의합니다. 모든 자유주의자, 당시 서양

문화를 좋아하던 모든 이들은 유럽을 주시했습니다. 도스토옙스키 역시 젊은 시절에는 그랬지요. 서양 문화를 무척 좋아했고 자유주의자, 혹은 좌파였습니다. 당시 도스토옙스키는 음모를 꾸미는 무정부주의 단체에 깊이 연루되어 있었지요. 하지만 말년에는, 아마도 차르의 사면을 받았기 때문에 반서구적인 러시아 감상주의자가 되었습니다. 그러나 문제는 도스토옙스키가 자유주의적이고 반러시아적이었다는 것이 아닙니다. 도스토옙스키의 문제는 서구와의 단순한 애증 관계, 그의 마음이 항상 동양인과 서양인, 우리와 그들로 나누면서 문제에 접근하는 방식입니다. 말하자면 분노의 수사법이지요.

와크텔 당신도 그런 입장을 공유합니까?

파묵 아니요, 물론 아닙니다. 제 입장은 그러한 생각이 순진하다는 겁니다. 그리고 장난스럽게 말하자면, 제가 비슷한 감상을 가지고 있을지도 모르지만 어떤 면에서는 그 이상입니다. 제가 같은 에너지를, 같은 우려를 가지고 있을지도 모르지요 — 반유대주의부터 반미주의까지 순진한 반서구 정서가 있음을 잊지 마세요 — 저는 그런 것들을 이해합니다. 그런 면에서 제가 일치감을 느낄 수도 있습니다. 저는 기이하고, 원시적이고, 분노가 넘치고, 민족주의적이고, 정치적으로 **가장** 올바르지 못한 모든 목소리와 일치감을 느끼는 것이야말로 작가의 역량이라고 생각해요. 작가에게 의무가 있다면 정치적으로 가장 올바르지 못한 동기나 수사법과 동일시할 수 있는 능력을 갖추는 것이라고 믿습니다. 그런 목소리들을 흉내 내려고 애쓰는 것이에요. 바흐친 식으로 그 기이한 목소리를 모두 한 권의 책에 모아야 합니다. 사실 그게 바로 정치소설 『눈』에서 제가 한 일이지요.

와크텔 어떤 이유 때문에 노골적으로 정치적인 책을 쓰게 되었습니까?

파묵 제가 책을 쓰기 시작했던 70년대와 책을 내기 시작했던 80년대 초에는 이전 세대의 작가들 ─ 사회주의 작가, 윤리적이거나 도덕적 동기를 가진 작가 ─ 의 존재감이 아주 강했습니다. 게다가 저는 중산층 출신인데, 특히 중산층 작가들은 대의에 지나치게 헌신하는 바람에 소설의 질이 떨어졌던 것 같아요. 전 터키에 용감한 사람이 아주 많으니 저까지 정치적인 작가가 될 필요는 없다고 결정했습니다. 그 대신 프루스트나 버지니아 울프가 되고 싶었지요(저는 그런 작가가 될 수 있었습니다). 사실 저는 동세대에게 중상류층이고 정치에 관심이 없다고 비판을 받았습니다. 하지만 10년 후에 제가 인기를 얻자 사람들이 여러 가지를 묻기 시작했습니다. 저는 자유주의적인 생각을 가지고 있었고 민주주의에 찬성했으며 쿠르드족 문제로 괴로웠기 때문에 뭔가를 하고 싶었고 탄원서에 서명을 하고 싶었습니다. 그래서 정치에 점점 더 참여하게 되었지요. 처음에는 그럴 의도가 아니었지만 저는 정치적인 논평을 하고, 인권을 침해하는 정부와 민주주의의 본질적인 부재를 비판하고, 터키 군인의 정치 개입을 비판하는 사람이 되었습니다. 전부 작품 **바깥**에서 하는 일이었지요. 그러다가 시대에 뒤처진 형식인 정치소설에 손을 대 보자는 생각이 들었습니다. 이제 아무도 정치소설을 쓰지 않지만 저는 제 방식에 따라서 쓰기로 했습니다. 터키의 모든 문제 ─터키의 정체성 고민, 정치적인 이슬람교의 대두, 쿠르드족 민족주의, 터키 민족주의, 서유럽과의 편집증적인 관계, 온갖 민족주의 정서, 열등감, 분노, 가난하고 비참하고 세계 다른 곳에서 어떤 일이 일어나고 있는지 알기 때문에 생기는 저주받은 자의 분노─에 파고들기로 했지요. 저는 이러한 문제들에 대한 아주 정치적인 소설을 쓰고 싶었습니다. 이 책에는 정치적 동기를 가진 용감한 이슬람주의자, 쿠르드족, 자유주의자 ─군사 쿠데타를 부추긴 사람들─가 등장합니다. 저는 모든 인물과 똑같은 거리를 유지하면서 제 이야기를 들려주고 이해하려 했습니다.

와크텔 당신은 9·11에 대한 에세이에서 현대 이슬람 근본주의는 교육을 받고 서구화된 터키인들과 그들의 소비 사회에 대한 가난한 이들의 복수라고 설명합니다. 오늘날의 터키와 당신 주변 이슬람 세계의 분위기를 들려주시겠어요? 확실히 그런 분위기가 당신 개인에게도, 『눈』에 등장하는 예술가에게도 영향을 끼친 것 같은데요.

파묵 저는 어디에선가 9·11 당시 러시아인들이 미국 사람들에게 공감하지 않았다는 이야기를 읽었습니다. 터키인도 마찬가지였습니다. 터키인 대부분은 미국인의 슬픔에 공감하지 않았고 그렇다고 근본주의자에게 공감하지도 않았지요. 터키인들도 이슬람 근본주의를 점점 더 두려워하고 있습니다. 서구는 1인당 소득이 약 25,000달러지만 터키는 약 2,200달러이기 때문에 터키인들 역시 가난하고 분노한 상태입니다. 영화를 보면 서구가 어디에나 존재하면서 세상을 운영하지만, 인구로 따지자면 소수입니다. 러시아나 터키에는 정부가 표현해 주지 않는 숨겨진 분노가 있습니다. 터키 신문에 난 9·11 기사를 보면 크게 유감스러워하지 않는다는 것을 행간에서 느낄 수 있습니다.

와크텔 "저주받은 자의 분노"에 대해서 말씀하시는데요, 왜 저주받았지요?

파묵 터키나 러시아 같은 나라들이 서구 세계처럼 삶을 즐기고 있지 않은 것은 분명합니다. 물론 삶을 즐기는지 계산하거나 측정할 수 없을지도 모릅니다, 세속적인 재화밖에 알 수 없지요. 이런 식으로 말해 봅시다. 러시아인, 터키인, 중국인은 미국인이나 유럽인만큼 세속적인 재화를 소비하거나 즐기고 있지 않습니다. 저는 분노가 있다고 느낍니다. 그리고 미국 정부가 이스라엘과 팔레스타인 같은 곳에서 공정하게 행동하지 않는다는 사실 역시 이 분노를 부추기고 있는데, 불행히도 이슬람 근본주의자들이 이를 이용하고 있습니다.

와크텔 당신은 중간에 끼어서 이러지도 저러지도 못하겠다는 느낌인가요?

파묵 아닙니다. 저는 터키의 운명에 대해 아주 명확한 생각을 가지고 있어요. 터키는 세속 민주국가여야 합니다. 누구나 어떤 문제에 대해서는 중간에 끼어서 어쩔 줄 모르지요. 저는 미국인들 역시 미국 정부, 거대 기업, 오사마 빈 라덴 사이에 끼어서 이러지도 저러지도 못한다고 생각합니다. 그러므로 제가 특히 더 곤란한 상황이라고 생각하는 건 아니에요.

와크텔 『내 이름은 빨강』으로 돌아가자면, 이 소설은 다양한 관점을 통해서 이야기를 들려줍니다. 예전에도 쓰셨던 기법이지요. 연인 사이인 카라와 셰큐레, 셰큐레의 아버지, 여러 명의 세밀화가, 일종의 중매쟁이 역할을 하는 유대인 방물장수 에스테르 등 주요 인물이 각자의 목소리를 가지고 있습니다. 하지만 놀라운 목소리도 있어요. 개, 나무, 금화, 심지어는 빨강까지 등장하지요. 이렇게 다양한 시점에 대해서, 또 그런 시점을 포함시킨 이유를 설명해 주시겠어요?

파묵 이 책은 철학적인 배경도 약간 다루고 있습니다. 놀라운 서구의 혁신 — 우리가 사물을 보는 방법, 원근법의 도움으로 사물의 심도를 그리는 방법 말입니다. 소설 속 화가들은 소문으로 떠도는 서구의 새로운 발명에 대해서 이야기를 나누는데, 바로 신처럼 모든 것을 보는 자의 시야가 아니라 특정한 사람의 시야를 그리게 해주는 원근법입니다.

그런 방식에 따라 일부러 주요 등장인물과 중요하지 않은 인물, 그리고 사물의 시점에서 이야기를 서술했습니다. 하지만 이 모든 것이 이스탄불의 커피숍에서 셰에라자드처럼 이야기를 들려주는 중심인물과 관련이 있습니다. 이 남자는 개 그림을 걸어 놓고 개의 목소리를 빌려서 손님들에게 옛날이야기를 들려주고, 논평하고, 반론하지요. 죽음의 그림을 내걸고 죽음의 목소리로 이야기하기도 하고, 빨강, 말, 모든 것의 목소리를 흉내 냅니다. 그는 매달 이야기를 들려주지요. 따라서 이 소설은 모든 등장인물이 카메라를 보며 이야기하듯이 자신을 열정적으로 소개하는 형식이고, 한창 이야기를 하다가 갑자기 돌아서서 자신이 이야기하던 삶으로 돌아가기도 합니다. 그러므로 브레히트적인 면도 있지요. 연극의 등장인물이 갑자기 청중을 향해 돌아서서 "제가 이 문제로 이 사람한테 화가 난 거 아시죠"라든가 "저는 이제 이것과 '사랑에 빠질 겁니다"라든가 "세 페이지 앞으로 돌아가 보면 제 동기를 이해하실 겁니다"라고 말하는 것과 마찬가지입니다. 저에게 어울리는 기법이지요. 저는 그런 게 정말 재미있어요.

와크텔 인식에 관한 통찰을 제공하기 때문에 재미있는 것이겠지요. 개는 이렇게 지적합니다. "개도 말을 한답니다. 단지 우리 이야기를 들을 준비가 되어 있는 사람에게만 할 뿐이죠." 왜 이렇게 쓰셨지요?

파묵 물론 독자와의 문제 때문입니다. 터키 독자뿐 아니라 전 세계 독자들과의 문제지요. 독자들은 늘 실험적인 기법에서 약간 어색함을 느낍니다. 그런 반응을 정말 많이 봤어요. 개가 말을 한다고? 이게 뭐야? 난 이 소설이 이해가 안 가. 저는 그러한 이의를, 어쩌면 장난을 섞어서, 이의를 과장하면서 가지고 놀아야 했습니다.

와크텔 이 책에서 가장 이상하거나 예상하지 못했던 목소리는 빨강의 목소리일 겁니다. 이런 구절이 있지요. "색은 눈길의 스침, 귀머거리의 음악, 어둠 속의 한 개 단어다. … 나는 눈에 띈다. 그리고 당신들은 나를 거부하지 못한다." 제목에도 빨강이 나옵니다. 왜 빨강을 부각시켰습니까?

파묵 정말 모르겠습니다. 제 모든 책의 중심에는 ─제목도 관련이 있습니다─내가 아는 것으로, 하지만 무의식적으로 아는 것을 가지고 장난을 치고 싶다는 본능이 있습니다. 예를 들어 저는 제목이 왜 『하얀 성』이냐는 질문을 정말 많이 받았습니다. 모두 하얀 성을 향해 가지만 책에서 중요하게 등장하지 않기 때문이지요. 그다음으로 『내 이름은 빨강』의 제목에 대한 질문을 많이 받았어요. 왜 빨강이 그토록 부각되는데 제대로 된 설명은 없냐고 말입니다. 가끔은 설명이 충분하다는 생각이 듭니다. 제가 제목을 정할 때 쓰는 전략은 『전쟁과 평화』처럼 책을 요약하는 것도 아니고, 『적과 흑』처럼 상징화하는 것도 아니고, 『안나 카레니나』처럼 단순히 주인공의 이름을 붙이는 것도 아니고, 미스터리의 층들을 한 번 더 꼬는 것입니다. 가끔 독자들은 제 작품에 미스터리가 가득하다고 말합니다. 저는 제 작품이 모호하거나 미스터리로 가득하다고 생각하지 않지만 제가 쓰는 소설은 ─ 사실 모든 문학 소설은 그 나름대로 ─ 너무나 풍성하기 때문에 그에 비해 인간의 정신이 한정적이라고 생각합니다. 우리는 소설을 읽습니다. 소설을 읽고 나면 마음의 눈으로 그 전체가 아니라 일부만을 상상합니다. 『내 이름은 빨강』이나 『검은 책』처럼 의도적으로 밀도 높게 짜인 소설의 경우 처음 읽을 때는 전체 의미의 25퍼센트밖에 보이지 않습니다. 우리가 모든 단어를 대충 넘어가는 것은 아니지만 우리의 주의력과 기억력은 제한적입니다. 또, 어떤 책을 다 읽으면 그 책에 대해 특정한 시각을 갖게 됩니다. 그런 다음 두 번째로 읽어 보면, 또는 다른 사람이 지적해 주면 다른 것들도, 다른 이야기들도 있음을 깨닫지요.

와크텔 미스터리라고 표현하다니 흥미롭군요. 에니시테가 죽은 다음에 하는 말 중 생각에 잠기게 하는 구절이 있습니다. 그는 이게 다 무슨 소동이냐고, 전부 무엇 때문이냐고 물으며 이렇게 말합니다. "'비밀이다'…어쩌면 '사랑하라'[1]라고 말한다고 느꼈는지도 모르겠다. 그러나 어느 쪽도 확신은 없다."

파묵 그는 삶의 의미라는 문제에 직면하지요. 이런 말장난은 소설을 쓸 때 펜 끝에서 바로 나올 때도 있고 훨씬 전부터 계획해서 쓰는 것도 있는데, 소설의 결을 벗어나지 않습니다. 이런 것들을 구성해서 넣으면 책을 쓰는 것이 아주 재미있지요. 이렇게 소소한 재미가 책의 결을 구성하지만 전체적인 의미는 아닙니다. 책은 아마도 독자가 걸어가면서 깜짝 놀라게 되는 것들이나 예전에 본 적 있는 것을 계속해서 발견하는 말초 신경의 은하일 겁니다.

와크텔 당신이 색에 왜 그렇게 집착하는지 아세요? 『검은 책』, 『하얀 성』, 『내 이름은 빨강』, 거의 본능적입니다. 색이 당신에게 왜 이토록 강력한 영향을 끼칠까요?

파묵 본래 저는 화가가 되고 싶었지만 저에게는 다른 것들이, 시각 예술의 강렬한 이미지들이 무척 중요합니다. 그렇기 때문에 제 자신과 소설 속 인물들, 이미지를 색과 일치시키고 싶지만 지나칠 정도로 나가거나 설명하고 싶지는 않습니다.

---

1 영어 번역본에서는 각각 'mystery'와 'mercy'.

와크텔 저는 나무의 말이 흥미로웠습니다. 나무는 "이야기의 일부가 될 뻔했는데, 그만 추풍낙엽처럼 이야기에서 떨어졌지요"라고 말합니다. 하지만 나중에는 "저는 그저 한 그루 나무이기보다는 어떤 의미가 되고 싶습니다"라고 말하지요. 이 말은 소설에서 드러나는 예술에 대한 전통적인 접근법과 서구식 접근법 사이 갈등의 본질을 암시합니다. 나무 자체가 아니라 그 의미가 된다는 것은 무슨 뜻입니까?

파묵 나무는 그보다 앞서 서구 화가는 나무를 그리고 싶어 한다고 말합니다. 우리가 나무를 흉내 내서 그리면 나무 그림은 나무가 되고 싶어 하지요. 그 뒤에 숨은 욕망은, 한눈에 나무임을 알아볼 수 있을 만큼 세세하게 그리면 거의 한 그루의 나무가 **된**다는 것입니다. 이슬람 회화의 나무는 진짜가 되고 싶은 열망이 없다고 말합니다. 이슬람의 나무 그림은 자신이 인공물이라는 사실을 잘 알아요. 이슬람 회화의 나무는 나무 자체가 아니라 그 의미가 되고 싶어합니다.

와크텔 소설 속 논쟁의 핵심은 세밀화가들이 유럽의 혁신적인 기법을 이용해서 그리고 있는 그림입니다. 원근법 이용, 개별적인 스타일과 인물, 새로운 인물 묘사, 그림자까지 여러 가지 요소가 있는데, 전통주의자에게는 이 모두가 신성 모독으로, 악마의 작품으로 보입니다. 왜 그렇지요?

파묵 신성 모독이 아니라 새로운 기법입니다. 오늘날 그것을 신성 모독이라고 부르는 사람은 소위 말하는 근본주의자겠지요. 이슬람교는 한정적으로 그림을 허용했지만, 이슬람 전통은 기본적으로 그림을 금지했습니다. 한참 후에 이슬람권에서도 그림을 그리기 시작했지만 인간, 특히 초상화는 그리지 않았지요. 그림을 그리기 시작했지만 벽에 걸 우상을 만들려는 의도는 아니었습니다. 벽에 초상화를 거는 것, **그것**이야말로 진짜 신성 모독이었습니다. 물론 이에 대한 재해석도 있습니다. 사실 오스만 제국의 술탄들과 아랍의 칼리프들은 자신과 하렘 여성들만 볼 수 있는 책에 그림을 그리게 했지만 대부분 조형적이지는 않았습니다. 인물은 채식으로, 채식의 **일부**로 보였습니다. 호화로운 책을 만들고 채식하는 것은 예술로, 서예의 확장으로 여겨졌지요. 서예, 즉 신의 말씀인 코란의 세계, 그것을 아름답게 쓰는 것이 제일 먼저였습니다. 더 아름답게 꾸미려고 그림을 그렸지요 ─ 책 한 권에 이슬람 그림 열 점이 허용되었습니다. 그것이 이슬람 회화 역사의 전부입니다. 반대로 벽에 그림을 걸고 기도를 드리면 안 되고, 그림 속의 인물은 신을 나타내지 않으며, 인물을 그리는 것은 신의 창조에 맞서는 것이라는 점에서 그림은 본래 금지되었습니다.

와크텔 하지만 그 이상이었지요. 기도를 드릴 그림뿐만이 아니라 감상할 그림도 벽에 걸지 않습니다. 그림을 텍스트와 떼어놓지 않았지요.

파묵 네, 그 부분을 강조해야겠군요. 그림을 그리는 것은 신과의 경쟁이라 여겨졌습니다. 그림이 곧 그림 속 사물 자체였기 때문에 실제 사물을 만든 신과 경쟁을 하는 셈이었지요.

와크텔 하지만 그림자나 시점은 어째서…?

파묵 서구 화가들의 발명품이었고 인물 그림을 더욱 사실적으로 만들었으니까요. 그래서 무엇이 그림이고 무엇이 현실인지 분간하기 어려워졌지요. 나무를 그림자와 함께 심도 있게 그리면 진짜 나무처럼 보이고, 이는 곧 신과의 경쟁입니다. 이슬람교는 근본적으로 그림에 그렇게 반응했습니다.

와크텔 동양의 전통적인 접근법은 무척 영적입니다. 세밀화가들의 우두머리인 화원장은 "그림을 그리는 것은 기억하는 것"이라고 말하지요. "삽화가들의 의무, 예술을 사랑하고 세상을 바라보는 자들의 의무는 알라께서 보시고 우리에게 남겨 주신 장엄함을 기억하는 것이다." 이러한 접근법이 현대의 세속 예술가인 당신에게는 어떤 의미입니까?

파묵 사실 이 책에 나오는 예술 이론 대부분은 존재하지 않습니다.

와크텔 만들어 낸 건가요?

파묵 제가 책에서 공들여 만들어 냈습니다. 이슬람 예술 이론이나 예술사는 무척 한정적입니다. 서예가들에 대한 주해의 확장이었어요. 13세기부터 16세기 사이에 광범위한 이슬람 회화 시기가 있었습니다. 광범위하다고는 해도 샤와 왕과 술탄의 궁정으로 제한되어 있었지요. 그러나 그 시기 내내 이슬람 회화의 의미에 대한 평은 거의 없었습니다. 제가 모든 그림 뒤에 숨어 있는 사상으로 대부분 만들어 냈지요. 제가 가장 찬란한 이슬람 그림들에 대해서 쓸 때 —아니, 이슬람이라는 말은 뺍시다— 가장 찬란한 그림들은 너무나 순수하고, 이 세상 것이 아니고, 시간도 뛰어넘기 때문에 신의 기억일지도 모릅니다. 사실은 이런 미사여구도 즉석에서 지어내고 있는 겁니다.

와크텔 아주 설득력 있군요.

파묵 감사합니다.

와크텔 무척 흥미로운 생각들이 나타나는군요. 이슬람 세밀화에서 최고의 경지와 성취는 역설적이게도 장님이 되는 것입니다. 이 책의 제사 중 하나는 "보지 못하는 자와 보는 자가 같지 아니하며"라는 코란 구절이지요. 장님이 되는 것이 예술가의 궁극적인 목표 또는 보상이라는 것은 놀라운 생각입니다. 당신이 느끼기에는 말이 되나요?

파묵 네, 물론입니다. 대부분 제 아이디어에 따라서 이런 말을 만들어 냅니다. 미술사가들은 장님이 되는 것의 미덕이 어떤 텍스트에 나오는지 묻더군요. 제가 시각화해서 독자에게 뚜렷이 보여 주려고 애썼던 것은 반복이라는 것, 백 년 동안 같은 장면을 그리면 어떤 순수한 결정체가 나온다는 것이었습니다.

같은 장면을 계속 그리면, 같은 시점에서 본 똑같은 말과 우는 여자를 수백 번 반복해서 그리다 보면 외우게 되지요. 소위 말하는 본질적이고 이상적인 미에 점차 도달합니다. 하지만 여기에 역설이 있습니다. 40년 동안 항상 똑같은 인물, 똑같은 나무, 똑같은 아름다움을 그리다 보면 세밀화가 너무 작기 때문에 시력이 서서히 사라지지요. 손이 어떤 기교를 완전히 익히면, 외우기까지 하면, 눈은 더 이상 보지 않습니다. 아주 섬세하게 그리는 수준에 다다라 신이 보는 세상을 그리게 되면 시력의 일부, 혹은 전부를 잃을 수도 있지요.

저는 이 역설을 보기 시작하면서 이를 극단까지 밀어붙인다면 최고의 예술가는 그려야 할 것을 정신이 아닌 손으로 외웠기 때문에 시력을 잃는 사람임을 깨달았습니다. 저는 이런 역설을 좋아합니다. 또 "보지 못하는 자와 보는 자가 같지 아니하며"라는 코란 구절을 좋아하지요. 이 구절은 마호메트가 믿지 않는 자들에게 신이 있음을 설득하려고 애썼지만 ─ 보라, 이 것들이 바로 그 표시이다 ─ 일부 사람들이 부인해서 매우 화가 났음을 가리킵니다. 그래서 마호메트는 보지 못하는 자와 보는 자가 같지 않다고 말했는데, 그림에 대해서 한 말은 아닙니다. 이것은 제가 코란에서 찾은 구절인데, 보는 것이 보지 못하는 것보다 낫다, 즉 그림이 말보다 낫다는 뜻이지요.

와크텔 당신은 흥미로운 구분을 합니다. 우리(즉, 서구인들)는 보고 그들은 바라본다는 것이지요.

파묵 역시 수사적인 구분입니다. 보려면 시점이 필요하고, 또 다른 것을 재생산하려면 뚜렷한 그림을 그리려고 의도적으로 노력해야 합니다. 보는 것은 마음 없이 눈으로 즐기는 것입니다. 하지만 바라보는 것은 마음을 가지고 눈으로 보는 것입니다. 그래서 저는 이렇게 구분했는데요, 보는 행위에 그것을 이해하려는 의지가 포함되면 단순히 보는 것이 아니라 **바라보기** 시작하는 겁니다. 아이들은 거의 항상 봅니다. 아이들에게 그림을 그리라고 하면 이제 바라보기 시작하지요. 그리고 마음이 관련되어 있기 때문에 구성이라는 문제가 생깁니다. 이것을 어떻게 할까? 어디가 시작이지? 틀은 어디 있고 중심은 어디 있지? 누가 앞에 있고, 어느 것이 크고, 어느 것이 작지? 우리는 그런 식으로 보기 시작합니다. 어쩌면 ─ 서양의 그림이든 동양의 그림이든 ─ 그림이라는 유산 자체가 보는 것으로 시작할지도 모릅니다. 하지만 보는 것은 아무것도 아니에요. 의도를 가지고 보는 것, 그게 바로 바라보는 것이지요. 그런 다음 바라본 것을 구성하는 것, 그게 바로 그림입니다. 그런 식으로 계속되지요.

와크텔 『새로운 인생』의 화자는 스스로 "기억 상실에 걸린 이 나라에서 삶의 의미를 되찾으려고 애쓰는… 운 나쁘고 어리석은 주인공"이라고 설명합니다. 왜 기억 상실에 걸렸지요?

파묵 물론 터키 공화국의 서구화 노력을 가리키는 것입니다. 그들은──저는 이것이 터키 공화국 설립자들의 크나큰 실수였다고 생각하는데요──과거를 잊으면 이 나라를 서구화할 수 있다고 생각했지요. 그래서 과거를 잊었지만 서구의 중요한 인문주의 가치로 대체하지 않았습니다. 그런 것을 실시하기 두려워했지요. 그러므로 이 나라에는 기억 상실에 걸렸다는 느낌이 있었지만 그 공허함을 채울 새로운 것은 하나도 없었습니다. 제가 비판하는 것은 바로 그 점입니다.

와크텔 기억 상실에 걸린 땅 터키, 그리고 당신이 거의 평생을 산 도시 이스탄불은 당신 소설의 주 무대일 뿐 아니라 과거든 현재든 많은 면에서 당신이 다루는 주제입니다. 왜 그토록 매력적인가요?

파묵 너무나 가득하기 때문에 매력적입니다. 이스탄불은 천만 명이 사는 도시입니다. 역사가 아주 많아요, 층층이 쌓여 있죠. 무척 붐빕니다. 또 제가 50년 동안 여기에서 살고 있기 때문에 매력적이지요. V. S. 나이폴처럼 몇 세대에 걸쳐서 한 나라에서 다른 나라로, 한 대륙에서 다른 대륙으로 이주하다가 결국 보수적인 생각을 가진 영국 시민이 되는 사람도 있습니다. 그들은 아주 먼 거리를 이동했고 모든 문화와 대륙, 변화에 공감했기 때문에 저는 그 사람들을 존경합니다. 하지만 저는 그런 사람이 아니에요. 저는 50년 동안 이스탄불에서, 거의 한동네에서 살았습니다. 사실 제가 태어났던 아파트로 돌아왔지요.

와크텔 정말요? 소송에서 누가 이겼지요?

파묵 제가 이겼습니다. 이 도시, 제가 살고 있는 중심지, 유럽 구역이 바로 제 삶입니다. 제가 이스탄불에 매료되었다고 말하는 것은 과장이에요. 당신이 사는 곳은 당신 몸과 같습니다. 우리는 자기 몸에 매료되지 않아요. 그것을 알 뿐이지요. 저는 여행자가 아닙니다. 여행자는 매료되지만 저는 익숙하지요. 저는 이스탄불이 좋고, 이스탄불을 견디는 법을 압니다. 이곳을 즐겨요. 이제 더 이상 주의 깊게 보지 않기 때문에 그 안에서 몽유병 환자처럼 걸어 다닙니다. 그러다가 작가로서 이스탄불을 주의 깊게 봐요. 그러므로 저는 이스탄불의 안팎을 오가는 셈입니다. 이스탄불의 이야기를 들려주지요. 이전 세대의 작가들은 항상 아나톨리아로, 터키 시골로 갔기 때문에 저는 이스탄불의 거리처럼 끝이 없는 이 도시의 이야기를 들려주는 왕이 된 기분이었습니다.

와크텔 『검은 책』에 "이스탄불은 거대한 곳, 이해할 수 없는 곳이다"라고 말하는 인물이 등장하는데, 당신도 이스탄불에는 대칭이 없다고, 기하학적인 느낌이 없고 그 어떤 두 개의 선도 평행하지 않다고 말한 적이 있습니다. 어떤 의미에서 당신은 이스탄불에서 경험한 불균형함에 의지합니다. 어떤 식인가요?

파묵 제가 생각하는 이스탄불의 이미지는 지리적 위치가 아닙니다. 데카르트적으로 시작해서 구조화되고 범주화되는 기하학적 공간이라기보다 제 마음의 눈에 비친 이스탄불을 재현한 일종의 아라비아풍의 미로입니다. 이러한 복잡함은 저에게 어떤 미스터리를 선사하면서 그 뒤에, 또는 그 아래에 층층이 숨은 역사를 언급합니다. 저는 이 도시를 그런 식으로 봅니다. 『검은 책』에서도 그렇게 했지요. 제가 탐정이 되어서 단서를 찾습니다. 탐정은 해답에 도달하기 위해 서구 소설에서처럼 기하학적이거나 데카르트적인 단서를 찾는 것이 아니라 더 본능적이고, 난해하고, 개인적인 단서를 찾지요.

와크텔 잡종성은 좋은 것이고 근대성과 역사는 근본적으로 서로 반목한다는 느낌이 있습니다. 그런데 이것이 우리가 앞서 이야기했던 것과 반대되는 개념일까요? 『새로운 인생』 마지막에 어느 인물이 "오늘 우리는 완전히 패배했다… 서구는 우리를 삼키고 짓밟았다… 하지만 언젠가, 어쩌면 지금으로부터 천 년 후에, 우리는 반드시 복수를 하고 말 것이다"라고 말한다는 점을 생각했을 때 말입니다. 여기서도 당신은 상품과 물건 이름으로 장난을 치는데요, 그는 지극한 행복이라는 뜻의 "블리스"라는 민트 캔디를 삽니다.

파묵 의도적인 잡종성은 좋은 것이지요. 하지만 잡종성이 자기 문화를 잃은 것의 핑계가 되어서는 안 됩니다. 잡종성이 민주주의와 부의 표시라면, 또 어떤 상황에서든 자신의 문화와 과거를 표현할 수 있다는 뜻이라면 좋은 것입니다. 하지만 잡종성은 때로 지역문화를, 소위 말하는 국제화에 맞선 지역문화의 저항을 지우는 핑계가 될 수 있습니다. 그렇다면 우리는 잡종성에 의문을 제기해야 합니다. 잡종성 자체는 이해를 돕기 위해 사용할 수 있는 개념이지만 절대적으로 좋거나 절대적으로 나쁜 것이 아닙니다. 예를 들어, 동양적인 예술이 서양의 새로운 기법과 맞닥뜨리면 잡종성을 선호하는 사람이 살아남습니다. 서구의 기법을 받아들이는 예술가는 새로운 것을 만들어 내겠지만 순수주의자, 보수주의자, 전통을 바꾸고 싶지 않은 자들은 막다른 곳에 다다를 겁니다. 제 소설은 모두 완벽한 잡종성의 산물입니다. 저는 서구의 포스트모더니즘을, 또는 제가 서양문학에서 배운 현대적이고 세속적인 것들을 이슬람 전통 텍스트, 수피 알레고리와 합쳐서 일종의 잡종 텍스트를 만들어 냈는데, 저의 모든 플롯과 소설은 이를 바탕으로 합니다.

와크텔 『내 이름은 빨강』은 이슬람 도시에서 예술 작품을 만드는 것에 대한 소설입니다. 배경은 4세기도 더 전이지만 당신의 이야기는 오늘날에도 회피할 수 없는 울림을 가집니다. 어느 인물이 이렇게 말합니다. "우리는 우리를 신성 모독적이라고 비난할 이슬람 학교의 교리 선생이나 설교자, 재판관, 교주들에게 복종해야 한다는 사실과 이 끝없는 죄책감이 세밀화가의 상상력을 죽일 뿐만 아니라 키우기도 한다는 것을 아주 잘 알고 있어." 어째서 죽일 뿐만 아니라 키우기도 하지요?

파묵 이 소설을 쓰던 90년대 중반에 터키에서 정치적인 이슬람교 세력이 점점 더 커지고 있었기 때문에 저는 일부러 그 문제를 직접적으로 언급했습니다. 이런 일을 하면 안 되고, 이런 말을 하면 안 되고, 이런 글을 쓰면 안 된다는 압력이 점점 커지고 있었기 때문에 그 문제를 언급했지요. 하지만 어떤 것에 대해서 쓰지 못하게 하면 좋은 예술가들은 모두 당연히 그 주제에 대해서 쓰고 싶어 하기 때문에 금지는 우리를 위축시킬 뿐만 아니라 키우기도 합니다. 제가 아는 천재 예술가들은 모두 금기가 생기자마자, 또는 특히 정부나 특정 단체에서 금지령을 내리자마자 즉시 금지된 주제에 접근하고 싶어합니다. 그것이야말로 아주 인간적인 충동이니까요. 늘 그런 것은 아니지만 가끔 인권 기구나 언론 자유 단체에서 나온 사람들이 "파묵 씨, 이 나라에서 당신이 쓸 수 없는 이야기가 있습니까?"라고 물을 때가 있습니다. 저는 그들의 인권 개념이 지나치게 낭만적이라고 대답해요. 어떤 이야기가 있는데 불행히도 정부가 쓰지 못하게 하는 것이 아닙니다. 그 반대죠. 정부가 특정 주제에 대해 쓰는 것을 원하지 않으면 즉시 그 주제에 대해 쓰고 싶어지는 겁니다. 키운다는 것은 그런 뜻이었습니다.

와크텔 『내 이름은 빨강』에서 에니시테라는 인물이 이렇게 말합니다. "훌륭한 화가는 자신의 그림으로 우리에게 영향을 끼치는 것에 그치지 않고, 종국에 가서는 우리 마음속의 풍경까지 바꿔 놓지." 당신은 우리 마음속의 풍경을 어떻게 바꾸고 싶습니까?

파묵 우리는 고전 텍스트에 대해서, 이야기의 원형에 대해서 이야기를 나누었습니다. 그러한 이야기가 현재의 대학원생들에게 갖는 의미는 셰익스피어의 작품이 이전 세대들에게 갖는 의미와 같습니다. 셰익스피어의 작품처럼 원형적인 그림들이 있어요. 그림의 수가 제한적인 문화에서는 더욱 그렇지요. 현재 우리는 그림에 온통 둘러싸여 있지만 16세기 이스탄불을 생각해 보세요. 그림을 찾을 수 없습니다. 사진도 없고, 신문도 없고, 책도 거의 없고, 벽에 그림을 그리는 것은 허락되지 않습니다. 이슬람 역사 전체에 그림이 없어요. 하지만 책에 그려진 삽화를 한 번 보면 기억에 계속 남습니다. 아주 강력하지요. 오늘날 우리는 텔레비전, 영화, 광고의 그림에 완전히 둘러싸여 있기 때문에 그림이 우리에게 그러한 힘을 갖지 않습니다. 하지만 우리는 가끔, 특히 어린 시절에, 기억에 남는 그림을 만나고 그것이 우리의 기억을 형성합니다. 그것이 바로 제가 우리 마음속의 풍경이라고 부르는 것입니다. 우리 마음은 글이 아니라 그림으로 만들어지고, 그것이 더욱 중요합니다. 우리가 마음속에 계속 간직하겠구나 하고 깨닫는 것들이 있습니다.

특히 그림을 볼 기회가 별로 없을 때에 기억에 오래 남아서 우리가 세상을 재현하는 기준이 되는 그림들이 있지요.

와크텔 하지만 당신은 우리의 마음속 풍경을 어떻게 바꾸고 싶은가요?

파묵 좋은 질문입니다. 본질적으로 이것은 시인의 야망이지요. 사람들이 읽고 나서 오랫동안 마음에 남을 몇 가지 이야기를 쓸 수 있다면 그걸로 충분하다는 겁니다. 어쩌면 제가 독자들에게, 터키와 해외의 독자 모두에게 알려 주고 싶은 단 한 가지는 서양과 동양이라는 구분이 아주 인공적일지도 모른다는 사실입니다. 설사 그렇지 않다 해도 서양과 동양의 인공물을 쉽게 합쳐서 새로운 것을 만들 수 있다는 것이지요. 제가 독자의 마음에 그림을 그려 줄 수 있다면, 독자가 그렇게 만들어진 이 새롭고 독특한 것을 떠올리게 할 수 있다면, 저는 소설가로서 할 일을 다한 겁니다. 저는 이 새로운 것을 구체화한 이야기를 할 수 있다면 그것으로 족합니다.

2002년 5월

와크텔 이스탄불의 밤거리를 걸어 다닌다고 말씀하신 적이 있는데요, 밤 산책이 상상력을 어떻게 자극했습니까?

파묵 1991년에 딸이 태어날 때까지 저는 작업실에서 새벽 4시까지 일한 다음 한참을 걸어서 집으로 돌아가곤 했습니다. 이스탄불 전체가 잠든 시간에 혼자 걸어 다닌 밤 산책은 제 상상력에 흔적을 남겼습니다. 저는 거리의 미스터리, 그림자가 움직이는 방식, 바람이 불지 않아도 떨리는 나뭇잎, 벽에 적힌 —정치 슬로건이든 광고든 — 낙서, 낡은 건물과 낡은 담의 화학적 성질과 질감이 좋습니다.

그렇게 해서 저는 메블루트 카타라쉬라는 인물을 상상했고 그를 특별한 인물로 만들려고 노력했는데, 아마도 소설이라는 예술 장르에서 하층민은 활기가 없다는 생각에 대한 도전이었을 겁니다. 사실 그것이 이 소설(『내 마음의 낯섦』)을 쓴 이유 중 하나입니다. 소설은 사실 중산층, 상위 중산층에 대한 예술, 또는 톨스토이나 나보코프나 프루스트의 작품이 그렇듯 귀족에 대한 예술입니다. 저의 도전은 하층민 출신이지만 제가 그 개성을 탐구할 수 있는 인물을 만드는 것이었습니다.

와크텔 요즘도 이스탄불 밤거리를 걸어 다닙니까?

파묵 걸어 다니긴 하지만 요즘 밤 산책은 하지 않습니다. 이제 이스탄불은 전혀 다른 곳이에요. 더 위험하고 사람도 더 많아졌고, 너무나 빠르게 성장하고 있습니다. 이스탄불의 화학적 작용이 너무나 다양하게 변하고 있기 때문에 그 차이를 따라가기가 어렵습니다. 63년 전 제가 태어난 이스탄불은 인구

백만 명의 도시였습니다. 이제 이스탄불 인구가 1,600만 명, 1,700만 명이라고 하는데, 63년 만에 일어난 일입니다. 제가 쉰 살이 될 때까지 일어난 변화보다 지난 13년 동안 일어난 변화가 훨씬 큽니다. 네, 저는 아직도 걸어 다니지만 정치적인 문제 때문에 경호원을 대동합니다. 사실 경호원과 함께 다니는 것이 도움이 되지요. 사적인 장소나 안뜰, 막다른 골목, 약간 위험할 것 같은 수수께끼 같은 거리, 어디든지 갈 수 있으니까요. 이제 경호원이 있기 때문에 저는 걸어 다니면서 주변을 둘러봅니다. 전 도시의 작가인 게 참 좋아요. 언제든지 거리를 걸어 다니는 것이 좋습니다.

와크텔 말씀하신 것처럼 정치적인 문제가 있는데요. 소수자를 대하는 터키의 태도에 대한 논평 때문에 협박을 받으셨습니다. 그런데 지금은 어느 쪽에서 그런 협박을 하는 겁니까?

파묵 저는 특히 2000년대 초에 터키가 유럽연합에 가입해야 한다고 촉구하면서 제1차 세계대전 초기에 아르메니아인들이 어떻게 되었는지 이야기했다가 문제를 겪었습니다. 제 생각을 전달하는 데 문제가 있었지요. 지금 저는 정부를 온건하게 비판했기 때문에 유명해졌습니다. 정부 소식지에 나와 있어요. 저만이 아닙니다. 급진적인 사람 — 심지어 저는 급진적이지도 않아요 — 또는 정부를 비판하는 사람은 누구나 보호해 줄 사람이 필요합니다.

와크텔 이스탄불은 밤에 더 아름다운가요?

파묵 저는 도시의 야경을 보는 게 좋습니다. 이유는 모르겠어요. 어쩌면 더 신비로워 보이기 때문이겠지요. 또 엄청나게 많던 여행자들이 밤이면 사라집니다. 그러면 도시가 지친 느낌, 낮 동안 너무 많은 일이 일어났고 이제 그 잔재만 남았다는 느낌이 들지요. 거리에 고양이와 개, 소수의 사람들밖에 없는데, 저는 그게 좋습니다.

와크텔 이 소설에서 개가 중요한 역할을 하고, 당신의 다른 작품들에도 개가 등장합니다. 하지만 『내 마음의 낯섦』에서 주인공 메블루트는 이스탄불의 밤거리를 배회하는 개 떼를 극도로 두려워하지요. 당신도 개가 무서운가요?

파묵 전통적으로 밤의 이스탄불은 개들의 영역이었습니다. 서구 사람들은 개 떼가 밤을 지배한다고, 또 낮에도 개들의 힘이 너무 세기 때문에 개 떼의 지배력을 느낄 수 있다고 생각했습니다. 길 한가운데 드러눕고, 사람이 지나가면 짖고, 가게에 가서 먹을 것을 구걸하고, 그랬으니까요. 프랑스 작가 제라르 드 네르발 — 정말 뛰어나고 시적이고 우울한 상상력을 가진 사람이었습니다 — 은 1850년대에 이스탄불을 방문한 다음 『동방 여행』에서 그 경험에 대해 썼습니다. 그는 개 떼가 이스탄불에서 살아남은 것은 시정 운영에서 중요한 역할을 하기 때문이라고 — 쓰레기를 먹었지요 — 그래서 이스탄불 사람들이 개를 키운다고 생각했습니다. 이스탄불의 개들은 특히 18세기 초부터 상징적 가치가 있습니다. 오스만 제국 지배자들, 술탄과 엘리트들은 그들이 선망하는 유럽 거리에는 개가 없다고 생각했기 때문에 개를 전부 도살하고 싶었습니다. 그것이 근대화라고 생각했지요. 개들을 죽이려고 여러 번 시도했고, 서로 잡아먹도록 근처 섬으로 보내기도 했습니다. 개들을 없애려는 아주 잔인하고 현대적인 시도들이었지요. 보수적이고 시대에 뒤떨어진 이스탄불 시민들은 개들을 돌려 달라고, 자신들이 개들을 기르겠다고 관료들과 술탄에게 청원서를 썼습니다. 그러므로 개가 때로는 애완동물일 뿐이었지만 개를 멸절시키려는 욕망, 죽이려는 욕망 역시 터키의 동양-서양 논쟁의 일부였지요.

와크텔 이 소설은 긴 세월을 다루기 때문에 터키의 급격한 변화들이 엮여 있습니다. 세 번의 군사 쿠데타, 보스포루스 해협 최초의 다리, 정치 폭력, 키프로스 침공, 1999년 지진, PKK 조직, 쿠르드 노동자당이 등장하지요. 소란스러운 시기였고, 모든 사건이 이민자들에게 계속 영향을 끼쳤습니다. 소설 속 주변적인 인물들의 경험을 통해 당신이 살면서 겪은 터키의 역사에 접근하는 것은 어땠습니까?

파묵 주인공 메블루트는 세속 좌파나 급진 사회주의자 친구들도 있지만 아주 국수적인 극우파 사촌과도 친합니다. 그는 이슬람 분파 지부에 참여합니다. 거리의 상인 메블루트는 정치적이든 윤리적이든 자기 생각이 강하지 않기 때문에 모든 것을 할 수 있습니다. 그러므로 하루는 담벼락에 좌파 슬로건을 썼다가 다음 날은 극우파 슬로건을 쓸 수 있지요. 그에게는 결국 터키 역사나 이스탄불 역사의 이러한 사건들이 그의 인생을 정의하지 않습니다. 맞아요, 우리는 그의 시점을 통해서 봅니다. 군사 쿠데타 직후 거리의 행상들이 압력을 받기도 하고 거리에서 정치적 슬로건이 사라지기도 하지만, 메블루트의 삶은 큰 역사적 사건과 극적으로 얽히지 않습니다. 어쩌면 이 소설이 보여 주려는 것은 국가나 세계의 역사 한가운데에서 평범한 주인공이 여러 단체와 정치, 가게들, 역사의 모퉁이, 공원, 건물 사이를 거쳐 나아가는 모습일지도 모릅니다. 메블루트는 특히 밤에 시적인 기분으로 걸어 다니면서 작은 변화들과 모든 기억, 모든 이야기, 모든 소문을 떠올립니다. 그는 이스탄불에 넘쳐나는 여러 대의들 속에서 길을 잃은 것처럼 역사 속에서도 길을 잃었지요. 메블루트가 즐기고, 감상하고, 꿈꾸는 도시는 이성적이라기보다 시적입니다. 그렇습니다, 이 소설에는 윤리적이거나 역사적인 측면도 있지만 저와 마찬가지로 낯선 마음을 가진 제 주인공과는 썩 가깝지 않습니다.

와크텔 메블루트는 평생 "내 마음의 낯섦"이라고 생각하는 것 때문에 괴로워합니다. 책 제목이기도 한 이 구절은 윌리엄 워즈워스의 시 「서곡」The Prelude에서 따온 것입니다. "나는 울적한 생각이 들었다네… / 내 마음의 낯섦 / 내가 지금 이 시간, 이 장소에 / 맞지 않는 이라는 느낌." 당신도 마찬가지라고 하셨는데요, 왜 그렇죠?

파묵 제가 메블루트에게 제 마음의 낯섦을 조금 빌려 주었습니다. 저는 어린 시절 내내, 심지어는 십대 후반과 이십대 초반까지 친구들에게 "오르한, 넌 참 낯선 마음을 가지고 있어"라는 말을 들었습니다. 그 말이 기억에 남았지요. 그러던 어느 날 윌리엄 워즈워스의 「서곡」을 읽다가 이 구절을 보고 생각했지요. 흐음, 언젠가 "내 마음의 낯섦"을 소설 제목으로 써야겠어. 그래서 저는 메블루트에게 제 상상력의 일부를, 특히 60년대부터 90년대까지 이스탄불의 어두운 거리를 걸어 다니면서 보고 겪은 것의 일부를 주었습니다. 이런 상상력을 메블루트에게 주었지요. 저는 어떤 면에서 메블루트이지만, 또 그의 이야기가 증명하듯이 메블루트는 저와 전혀 다릅니다.

와크텔 친구들은 당신의 어떤 점 때문에 낯선 마음을 가졌다고 생각했을까요?

파묵 저도 모르겠습니다. 우리는 어쩌면 우리 마음의 낯섦을 절대 집어내지 못할지도 모르지요. 하지만 메블루트처럼 제 마음에 낯섦이 있다면 일반적으로 연관되지 않는 것들을 연관시키기 때문일지도 모릅니다. 그림자를 이미지와 연결하고,

과거의 기억을 전혀 관련 없는 것과 연결하는 것 말입니다. 우리 마음이 혼자 어떤 일들을 하는 것을 보면 정말 경이롭습니다. 메블루트는 거리를 걸어 다니면서 ──그의 마음은 걸어 다닐 때 더 잘 작동하지요── 자기 상상력의 산물을 즐깁니다. 사실 그의 상상력은 제 상상력, 그리고 어쩌면 우리 모두의 상상력과 마찬가지로 혼자 작동합니다. 메블루트는 자기 마음이 스스로 통제할 수 없는 제안을 하기 때문에 그림을 만들어 내는 자기 손을 보는 화가처럼 깜짝 놀랍니다. 또한 메블루트의 상상력은 제 상상력과 마찬가지로 시각적입니다. 이 소설에서 우리는 도시를 직접 보는 것이 아니라 메블루트의 눈과 제 눈을 통해 여과된 모습으로 봅니다. 그의 눈은 낯선 세부사항들을 집어냅니다. 그리고 그의 마음은 눈이 집어낸 것을 흥미로운 말로 표현하지요.

와크텔 메블루트는 또한 영적인 성향이 강한데, 터키 전통 음료 보자를 팔면서 그가 '거룩한 안내자'라고 부르는 오스만 제국 전통 서예 선생님을 자주 만나기도 하고 찾아가기도 합니다. 거룩한 안내자는 어떤 사람인가요?

파묵 거룩한 안내자는 사실 작은 분파의 전형적인 셰이크입니다. 터키에서는 분파를 만들고 종교적 행위를 하는 것이 아직까지 금지되어 있음을 강조해야겠군요. 1920년대에 만들어진 케말 아타튀르크의 법입니다. 터키 정부는 이제 정치적

인 이슬람교 정부이지만 그 법을 바꾸지 않았습니다. 터키에
는 분파들이 몇몇 있는데, 대부분은 썩 정치적이지 않습니다.
사원처럼 사람들이 가서 삶의 걱정들에 대해 이야기하는 정도
지요. 마음이 심란해서 공동체를 찾는 사람들도 있을 것입니
다. 종교 분파는 대부분 근대성과 도시의 혼돈스러운 분위기
속에서 길을 잃은 고독한 사람을 도와줍니다. 그의 고민에 귀
를 기울여 주고 수사적이고 성스러운 종교 언어를 통해 사상
과 공동체를 제공해 주지요. 종교 분파는 사람들이 더 고차원
적인 생각에 다가가도록 도와주고, 우정으로 위로하고, 어떤
가치 ── 보수적 가치, 종교적 가치, 정의와 인간성이라는 가
치 ── 를 공유하는 공동체를 제공합니다.

와크텔 당신은 이십대에 서예를 배웠습니다. 본질적으로 그 경
험과 관련이 있나요?

파묵 『내 마음의 낯섦』의 많은, 수많은 부분은 제 삶의 작은 경
험들에서 나온 것입니다. 자서전 『이스탄불』에 썼듯이 저는 건
축을 공부하다가 스물세 살에 그림을 포기할 생각으로 건축
공부도 갑자기 그만두었지요. 저는 그 전까지 화가가 되리라
생각했지만 그때부터 소설을 쓰기 시작했습니다. 저희 가족
들 ── 이모들, 사촌들, 어머니 ── 은 무척 놀라고 충격을 받았
습니다. 이모부 한 분이 옛날 서예 작품을 수집했는데요, 저에
게 오스만 제국의 서예를 공부해 보라고 제안했습니다. 저는

옛날 오스만 제국과 관련된 것들에 흥미가 있었고, 이모부는 당시 이스탄불에서 가장 유명한 축에 속했던 서예가에게 저를 보냈습니다. 당시 서예는 쇠퇴 중이었고, 지금은 터키예술학교에서만 가르치지요. 하지만 저는 일흔다섯 살의 스승님으로부터 서예를 배우는 특권을 누렸습니다. 저는 이 경험을 소설에 이용해서 스승님을 지부의 우두머리로, 셰이크로 만들었습니다. 그러나 분파 지부가 불법이었기 때문에 70년대, 80년대의 지부는 대부분 다른 모습으로 위장했습니다. 세속 군사정권의 규제 때문에 오스만 제국 음악 감상 모임이나 서예 학원 등 과거의 문화와 관련된 것이라고 주장했지요. 정말로 옛날 문화를 가르치긴 했지만 그것이 조직의 한 면에 불과한 것도 사실이었습니다. 그 뒤에는 금지된 종교적인 활동, 예술적이며 ― 사실은 대부분이 무척 예술적이었지요 ― 비정치적인 활동이 있었습니다.

와크텔 신비주의에 대한 관심도 커졌습니까?

파묵 저는 1985년 뉴욕에 머물 당시 젊고 야심찬 포스트모더니즘 작가였고 제 목소리를 찾고 싶었습니다. 저는 지금과 마찬가지로 그때에도 무척 세속적인 사람이었지만, 미국의 도서관과 박물관, 그 안에 존재하는 광대한 국제 문화를 보면서 스스로에게 묻기 시작했습니다. 터키인으로서의 제 정체성에 대해 묻기 시작했지요. 그래서 저는 옛날 수피 이야기들, 텍스트들을 읽기 시작했습니다. 덕분에 삽화가 들어간 옛날 수피 책들에 대한 소설 『내 이름은 빨강』과 역시 고전적인 수피 이야기들을 바탕으로 이스탄불에서 펼쳐지는 이야기 『검은 책』을 쓸 수 있었지요. 하지만 역시 그즈음에 저는 보르헤스와 칼비노의 작품들을 읽었고, 제가 수피 고전 텍스트에 대해 느낀 관심은 종교와 관련 없는 문학적 관심이었습니다. 저는 보르헤스로부터 고전 텍스트를 포스트모던 텍스트처럼 대하는 법을 배웠습니다. 따라서 옛 오스만 제국과 아라비아, 특히 페르시아 수피즘에 대한 저의 관심은 순전히 문학적 관심이었지요. 이슬람에서 수피즘은 음악과 예술의 한 가지 방식입니다. 이슬람 문화에 수피 분파나 지부와 아무 관련이 없는 예술과 음악은 거의 없지요.

제가 포스트모더니즘에 심취한 후 시도한 것은 그러한 텍스트들을 다시 읽고 전용 — 80년대에 쓰던 표현이지요 — 해서, 아주 세속적이고 현대적이거나 포스트모던한 방식으로 전용해서 제 책에 활용하는 것이었습니다. 『내 이름은 빨강』과 『검은 책』을 그런 식으로 썼지요.

와크텔 『내 마음의 낯섦』에 등장하는 여러 목소리 중에는 여성의 목소리, 가족과 함께 시골에서 도시로 이주해서 행복하게, 또는 조금 덜 행복하게 사는 아내들의 목소리도 있습니다. 이 책에 그려진 사회의 남녀 권력 관계에 대해 말씀해 주시겠어요? 단순히 시간이 지나서가 아니라 시골에서 도시로 이주하면서 권력 관계가 어떻게 변했는지 말입니다.

파묵 저는 집 안으로 떠밀려 들어간 여자들의 분노, 남자가 여자를 억압하는 방식, 남자가 종교를, 이슬람교를 이용해서 여성의 목소리를 억압하고 빼앗는 방식을 재현하고 싶었습니다. 저희 어머니는 언니와 여동생이 한 명씩 있었는데, 저는 어렸을 때 세 자매의 대화를 재미있게 들었습니다. 세 사람이 각자의 남편을 비웃고 가정생활을 비판하는 방식, 바늘처럼 콕콕 찌르는 말로 무엇이든 비웃으며 남자들의 억압에 항상 맞서 싸우는 방식이 재미있었지요. 이 책에서 여성의 분노를 재현하는 것은 도전이었습니다.

와크텔 말씀하신 것처럼 메블루트는 본질적으로 단순한 사람입니다. 정직하고, 열심히 일하고, 가정에 충실하지요. 하지만 잘못된 상대와 결혼하기 때문에 개인적인 사연은 처음부터 복잡해집니다. 실제로는 그녀가 딱 맞는 상대였지만, 메블루트가 같이 도망가려고 했던 여자는 아니었지요. 로맨틱 코미디나 블랙 코미디에 자주 등장하는 플롯 장치지만 당신은 다른 쪽으로 방향을 틉니다. 무엇 때문에 이런 생각을 하게 되었나요?

파묵 최근에 저는 터키인의 52퍼센트가 중매결혼을 한다는 통계를 보았습니다. "중매혼"이란 무슨 뜻일까요? 그 정도는 천차만별입니다. 이슬람 국가에서는 남녀가 결혼 전에 쉽게 만나지 않습니다. 서구에서 말하는 남녀의 장난스러운 연애가 일반적인 보수 이슬람 사회에는 존재하지 않아요. 또 근대성은 곧 평등이라는 낭만화된 생각도 있지요. 따라서 메블루트의 결혼의 핵심은 중매혼이 아니라는 것입니다. 그는 여자와 눈이 맞아서 달아나는데, 아주 낭만적이에요. 두 사람이 가족의 노예가 아니라는 뜻이지요. 메블루트가 생각하기에도, 이야기 자체에서도 낯선 점은 그가 어느 결혼식에서 여자를 처음 본다는 것인데, 사실 결혼식장은 결혼하지 않은 남녀가 10초든 1분이든 만날 수 있는 유일한 장소입니다. 그런 식으로 한번 본 것을 낭만적으로 포장해서 그것에 대한 시를 쓰는 것이 관습이자 의례지요. 오스만 제국의 모든 시의 바탕은 그녀의 눈이 어떻게 생겼는지 낭만적으로 포장하는 것입니다. 왜일까요? 눈밖에 보이지 않기 때문이에요. 결혼을 하고 싶으면 사랑에 대한 이 낭만적인 미사여구를 꾸며 내야 하는데, 메블루트는 실제로 그렇게 합니다. 그는 어떤 여자에게 3년 동안 연서를 보내고 가족의 도움을 받아서 그녀와 함께 달아나지만, 알고 보니 가족들이 한밤중에 그를 속여 썩 아름답지 않은, 그 여자의 언니를 보낸 것이었습니다. 오스만 제국 후기부터 터키 세속 공화국 초기에 걸친 근대화 과정에서 중매혼이라는 주제는 무척 중요했고, 포스트모던 작가들은 중매혼을 비판했습니다. 제 소설 역시 정해진 결혼이라는 옛날 주제를 아이러니하게 다루는지도 모릅니다. 메블루트는 여자와 달아나지만 알고 보니 다른 사람입니다. 제 이야기의 낯섦, 또는 비틀림은 메블루트가 별로 당황하지 않는다는 사실입니다. 사실 메블루트는 그 여자의 언니와 행복하게 살고, 그것이 소설의 줄거리와 전체적인 태도를 구성합니다.

와크텔 당신의 최근 소설『순수 박물관』역시 거의 같은 시기의 이스탄불에서 일어나는 이야기입니다. 시기적으로 약간 늦게 시작해서 조금 일찍 끝나지만『내 마음의 낯섦』과는 전혀 다른 세상, 당신의 세상과 더 가까운 곳이 배경이지요. 이스탄불의 안정적이고 서구적인 집안의 젊은 남자 이야기인데, 그는 점원으로 일하는 아름다운 친척 동생과 연애를 하고, 그녀에 대한 사랑에 지나치게 집착하게 되어 같이 보낸 시간과 관련된 물건들을 한없이 수집하여 그녀에게 바치는 박물관을 만듭니다. 소설은 정말 놀라운 장기 프로젝트의 일부입니다. 책과, 실제 박물관, 박물관 도록까지 있지요. 이 범상치 않은 기획의 배경에 대해서, 어디서 영감을 받았는지 설명해 주시겠습니까?

파묵 저는 문학적으로, 예술적으로 이상한 일을 하는 것이 좋습니다. 어느 날 갑자기 아이디어가 떠오르지요. 저는 아이디어가 어디서 나왔는지 찾아 보지 않습니다. 그냥 아이디어가 좋아요. 이 아이디어를 확장하고 극화하여 실제로 만드는 것에, 소설을 쓰고 『순수 박물관』이라는 같은 이름의 박물관을 여는 것에 제 모든 시간과 에너지를 쏟지요. 이 소설은 사실 사랑 이야기, 이스탄불 중상류층 남자가 가난한 육촌 동생과 깊이 사랑에 빠져 열병을 앓고 집착하는 이야기입니다. 우리는 또 『순수 박물관』의 주인공 케말이 사랑의 열병 때문에 사랑하는 퓌순의 모든 것을 수집하고, 그녀를 떠올리게 하는 모든 것을 보고 만지는 것을 볼 수 있습니다. 결국 『순수 박물관』의 사랑이 잘 풀리지 않고 비극으로 끝나자 케말은 퓌순을 떠올리게 하는 모든 것들을, 자신이 이미 모아둔 것들을 박물관에 전시하기로 결심하고 소설 뒷부분의 300페이지에 걸쳐서 박물관을 짓습니다. 케말은 또한 소설 내내 박물관의 시학을, 건축을 설명하고 소설이 진행되는 내내 각 물건에 얽힌 사연을 설명합니다.

저는 처음에 『순수 박물관』을 쓰면서 같은 날 박물관도 열고 소설도 내야겠다고 생각했습니다. 소설이 주석 달린 박물관 도록의 역할을 하는 것이지요. 하지만 소설을 끝내고 보니 박물관은 시간이 조금 더 걸리겠더군요. 『순수 박물관』은 2008년에 터키에서 출판되었고 박물관 개관은 그로부터 4년이 더 걸렸습니다. 그 4년 동안 저는 메블루트의 이야기인 『내 마음의 낯섦』 때문에 바빴지만 박물관을 짓고 모든 물건을 아름답게 배열해야 했고, 진열 케이스, 즉 상자의 구도와 아름다움에 신경을 써야 했습니다. 해내서 기뻐요. 하지만 이 프로젝트를 한 이유를 묻는다면, 저는 모릅니다. 어떤 정령이 제 머릿속으로 들어왔고, 저는 정령이 시키는 대로 했습니다. 사실 문학과 예술에서는 정령이 시키는 대로 따를 뿐이지요. 저는 스스로도 왜 그랬는지 모르겠다는 농담을 자주 합니다. 그 이유를 이해하려면 5, 6년은 더 필요할 거라고 말입니다.

와크텔 앞서 말씀하셨듯이 당신은 원래 화가였습니다. 박물관을 만드는 것이 작가로서뿐 아니라 예술가로서 얼마나 만족스러운 경험이었습니까?

파묵 하지만 엘리너, 제 박물관이 아니잖아요. 제 소설 속 주인공들의, 또 그들이 만진 실제 물건들의 박물관입니다. 그러므로 박물관에 직접 가 보면 사실과 픽션 사이에 있다는 흥미롭고 아찔한 기분이 들지요. 우리가 소설을 읽을 때에도 마음의 한구석은 항상 아찔합니다. 소설을 읽으면서 어떤 세부사항에 대해서 작가의 상상일까, 경험일까? 라고 생각하지요. 아주 설득력 있는 내용이면 실제로는 상상이라 해도 우리는 "와! 정말 설득력 있다. 정말 비슷한 일을 겪었나 봐"라고 말합니다. 사실 저는 『순수 박물관』을 출판한 다음 "파묵 씨, 이 사랑 이야기의 세세한 부분들을 정말 겪었습니까? 정말 그 정도로 심한 사랑의 열병을 앓았나요? 그녀가 만진 물건을 전부 모았어요?"라는 질문을 제일 많이 받았습니다.

와크텔 우선 담배꽁초 수천 개가 있죠.

파묵 네. 주인공 케말은 사랑하는 퓌순에게 푹 빠져서 그녀가 재떨이에 남긴 담배꽁초를 전부 모읍니다. 이런 물건이 그에게 위안을 주기 때문이지요. 또 물건에는 우리를 지나간 시간으로, 우리가 잃었을지도 모르는 기억으로 데려가는 힘이 있습니다. 저는 우리가 우리 도시의 건축, 옛 건물, 광장, 나무, 분수, 다리와 연결되어 있다고 주장합니다. 그런 것들은 우리의 기억을 상기시키니 우리와 연결되어 있는 셈이지요. 저처럼 63년 동안 한 도시에 살면 모든 광경 —— 도시의 건물, 나무, 광장 ——이 제가 쉽게 잊어버리는 기억을 상기시키는 색인이 됩니다.

와크텔 저는 이스탄불의 '순수 박물관'에 가 보았는데, 정말 대단하고 매혹적이더군요. 진열 케이스 하나하나에 얼마나 정성을 쏟았는지, 꼭 예술 작품 같았습니다. 어디선가 이 박물관은 일생의 프로젝트라고, 끝이 없다고 말씀하셨는데, 왜 그렇지요? 더 이상 뭘 할 수 있을까요?

파묵 이 박물관의 기본 원칙은 책의 각 장에 진열 케이스를 하나씩 배당하는 것임을 잊으면 안 됩니다. 박물관에서 진열 케이스를 65개밖에 못 보셨을 거예요. 열다섯 개를 더 만들어야 합니다.

　세 장은 옥외에 있고 열다섯 장을 더 만들어야 하는데, 조금씩 추가해서 큰 프로젝트로 만들 거예요. 저는 또 국제적인 예술가들과 협업 중이기 때문에 그들에게 찾아가서 남은 장을 어떻게 할지 제안할 겁니다… 다양한 케이스와 작품을 생각하고 있어요. 그러므로 저는 제 자신의 동시대적인 작품을 만들든 국제적으로 유명한 예술가들과 협업을 하든 죽을 때까지 더 많은 케이스와 작품을 만들 겁니다. 이 프로젝트를 하면서 무척 행복합니다. 제 안의 죽은 예술가가 부활하려고 노력 중이라서 제가 그를 달래고 있지요.

와크텔 모든 광장과 분수, 모든 거리는 그와 관련된 기억들의 덩어리를 가지고 있다고 하셨는데, 현대 이스탄불이 그런 것들을 파괴하는 것을 보면 고통스럽습니까?

파묵 네, 고통스럽습니다. 하지만 저는 또 균형 잡힌 사람이고 싶습니다. "으음, 옛날 이스탄불이 더 좋았지"라고 말하는 반동적이고 향수에 젖어 사는 사람이 되고 싶지 않아요. 옛 이스탄불의 가난한 사람들의 상황이 더 나은 것은 확실히 아닙니다. 오두막집이나 낡은 목조 건물에서 전기도 없이, 하수도 시설도 없이, 오늘날 우리가 기대하는 상수도와 온갖 편의 시설 없이 살았지요. 네, 저는 고층 건물들 때문에 화가 납니다. 저는 에르도안 정부가 보수적이지는 않지만 보존에 별로 신경을 쓰지 않아서 화가 나요—역사적인 건물들을 허물고 있지요. 하지만 반대로, 저는 제가 느끼는 노스탤지어와 저와 다를지도 모르는 사람들, 제 소설의 주인공 메블루트처럼 1970년과 2000년 사이에 이스탄불로 이주한 사람들을 이해하고 싶다는 욕망 사이에서 균형을 맞추고 싶습니다. 메블루트를 이해하려는 시도, 그의 눈을 통해서 세상을 보려는 시도는 다른 사람들과 일치감을 느끼는 것, 다른 사람들의 고통과 행복, 타 문화나타 종교를 통해 세상을 보는 것과 관련이 있습니다. 소설은 자기표현만이 아니에요. 보려는 시도, 다른 사람의 입장이 되어보려는 시도입니다.

와크텔 케말을 둘러싼 서구화된 사회적 환경에서 최신 기계장치를 비롯한 유럽적인 것은 모두 사용법을 몰라도 바람직하게 여겨지고, 히잡은 시골 지방과 관련지어집니다. 동시에 사회적 환경이 아무리 근대화된 것 같아도 성性에 대해서라면 젊은 여성은 여전히 이중 잣대의 대상이기 때문에 혼란스러운데요….

파묵 『순수 박물관』은 처녀성 숭배와 관련이 있는데, 이는 당연히 가부장적이고 전통적인 사회와, 부분적으로는 이슬람교와 연관됩니다. 제목의 "순수"라는 표현은 케말이 깊이 사랑하는 여주인공의 순결과도 관련이 있습니다. 이 책은 순결을 지나치게 강조하지는 않지만 아무리 현대적이고 상류층 출신이고 서구적 가치를 포용한다고 자부하는 사람이라 해도 심오한 윤리적 사상이나 전통적인 사상 — 처녀성 숭배나 권위주의 같은 생각 — 은 쉽게 바뀌지 않음을 암시합니다.

서구화되고 아주 세련된 상류층 남성도 여전히 처녀성 숭배에 집착할 수 있고, 또 스스로 세속적이고 자유주의적이라 믿는 사람도 아주 권위적으로 하류층을 깔볼 수 있음을 알 수 있지요. 저는 지금까지 소설을 쓰면서 당연한 사실을 단순히 관찰하기보다는 이러한 모순에 많이 주목했습니다.

와크텔　당신은 본인의 작품에 종종 깜짝 출연을 하는데 『순수 박물관』도 예외는 아닙니다. 힐튼 호텔에서 열린 케말의 호사스러운 약혼 파티에서 까다로운 파묵 집안사람들이 식장 뒤쪽에 앉아 있는데, "초조하게 안달하는 성향과 비웃는 듯한 미소를 빼면 전혀 특별할 것 없는, 줄담배를 피우는 스물세 살의 오르한"도 있습니다. 오르한은 춤까지 추는데요….

파묵　저는 정말 그랬어요. 인용 감사합니다. 저는 모든 일에 관심이 있고 투명인간이 되어서 온 세상을 제 눈으로 즐기고 싶은, 신경질적이고 냉소적인 청년이었습니다. 물론 퓌순이 절대 관심을 갖지 않을 청년이었지요. 하지만 네, 저는….

와크텔　그래도 그녀와 춤을 추잖아요!

　하지만 『순수 박물관』 마지막 장에서 케말이 자기 이야기를 들려줄 대상으로 선택하는 "존경받는 오르한 파묵"이 됩니다. 이 부분에서는 뭘 하시는 건가요? 확실히 재미있군요.

파묵　좋습니다. 제가 제 소설에 등장하지만 대단한 일은 아니에요. 때로 『눈』이나 『순수 박물관』에서처럼 전체적인 이야기를 보여 주는 인물이 죽기 때문에, 누군가가 정리를 하고 이야기를 결말지어야 하기 때문에 등장합니다. 예를 들어 박물관과 소설의 관계를 설명하는 오르한이 등장하는 이유도 같아요. 이로써 제 소설의 허구성이 최종적으로 한 번 더 뒤틀리지요. 때로는 히치콕 감독처럼 일종의 서명과 같은 의미로 등장합니다. 또 때로는 보르헤스 작품의 등장인물처럼 독자에게 이 이야기가 허구이고 형이상학적인 측면이 있음을 일깨우기 위해서, 브레히트 작품의 등장인물처럼 "독자여, 지나친 감상에 빠지거나 카타르시스의 즐거움을 쫓지 말고 더욱 이성적으로 생각하면서 분위기를 즐기기보다는 이야기를 판단하라"고 강조하기 위해 등장하지요. 제가 제 소설에 등장하는 이유는 정말 많지만, 별로 대단한 일은 아닙니다. 독자가 알아차리지 못해도 책의 가치는 바뀌지 않아요. 제 소설 속에 존재하는 수많은 것들과 마찬가지입니다. 부수적이고 딱히 극적으로 만들고 싶지 않은 부분인데, 아마 제 책의 모든 디테일도 마찬가지일 겁니다. 그냥 존재할 뿐, 그 무엇도 대단한 일로 만들고 싶지 않습니다.

와크텔 당신은 세속적이고 서구화된 터키 지식인들이 자기 주변에서 소중히 여기기를 거부하거나 소중히 여기지 못하는 것들에 대해서 비판해 왔습니다. 복잡성, 풍부함….

파묵 네. 저는 그런 면을 비판하지만, 저 역시 세속적인 자유주의자임을 강조해야 합니다. 저의 주장은 근대성이 망각을 의미하지 않으며 그래서는 안 된다는 것입니다. 우리는 근대적일 수도 있고 포스트모던적일 수도 있지만, 또 과거의 작은 부분에 집착할 수도 있습니다. 지배 엘리트와 지식인층이 생각했던 근대화 계획, 특히 터키 공화국 초기의 근대화 계획은 과거를 삭제하고 과거를 잊는 것이었습니다. 사실 제가 앞 세대에 대해 가장 강력하게 비판하는 부분은 바로 이 망각과 삭제입니다. 때로는 제가 바로 위장한 모습으로 돌아온 잊히고 억압된 과거라고, 보수적인 옷이 아니라 포스트모던한 옷을 입고 돌아온 과거라고 말하지요.

2015년 10월

인터뷰 제작 ─ 샌드라 라비노비치

알렉산다르 헤몬

Aleksandar Hemon

알렉산다르 헤몬의 사연은 그의 소설만큼이나 놀랍다. 그의 소설에 등장하는 또 다른 자아들 ─ 단편집 『브루노의 문제』 (2000)와 첫 소설 『어디에도 없는 사람』(2002)의 요세프 프로 네크, 2008년 소설 『라자루스 프로젝트』의 주인공 블라디미르 브리크, 소설집 『사랑과 장애물들』과 『내 인생들의 책』의 이름 없는 화자들 ─ 과 비슷한 부분이 많은 사연이다.

알렉산다르 헤몬은 1964년에 사라예보에서 보스니아-세르 비아계 어머니와 우크라이나 출신 아버지 사이에서 태어났다. 헤몬은 자칭 기독교 전통의 무신론자이다. "세르비아인인가 요, 이슬람교도인가요?"라는 질문을 받고 "저는 복잡해요"라 고 대답한 요세프 프로네크와 마찬가지이다.

알렉산다르는 중상류층 집안에서 자랐다. 전기 기술자였던 아버지는 사라예보 대학에서 학생들을 가르쳤고 세계적인 회사에서도 일했다. 사샤(알렉산다르가 선호하는 호칭이다)는 대학에서 비교문학을 공부한 다음 라디오 방송국에서 일했고, 방송국은 곧 자유주의 시사 잡지로 바뀌었다. 고국의 상황이 서서히 전쟁을 향해 치닫던 1992년에 헤몬은 미국의 초청을 받아 저널리스트 문화 교환 프로그램에 참가하게 되었다. 그는 시카고에서 한 달을 보냈고, 초청 기간이 끝날 때쯤 사라예보 포위전이 시작되었다. 헤몬은 정치적 망명을 신청하고 시카고에 머무르며 여러 가지 잡다한 직업을 거쳤다. 그는 미국에 얼마나 더 머물게 될지 몰랐지만 영어를 배우고 영어로 글까지 쓰기로 결심했다. 헤몬은 자신에게 5년의 시간을 주었지만 3년 후에 이미 준비가 끝났다. 그의 성공은 놀라웠다. 첫 단편집과 소설은 극찬을 받았고 『뉴요커』에도 글이 실렸으며 구겐하임 상과 50만 달러나 되는 맥아더 지니어스 지원금을 받았다.

그는 망명 후 영어로 소설을 출판했기 때문에 특히 블라디미르 나보코프와 비교된다. 이러한 비교에 대한 내가 제일 좋아하는 헤몬의 대답은 "나보코프가 영어와 사랑에 빠질 수 있었다면 나는 진한 애무로 만족합니다"라는 말이다. 이 말은 전쟁의 어둠과 함께 그의 작품을 채색하는 냉소적인 유머의 전형이다. 우리가 처음 이야기를 나누었던 2008년에는 그의 야심찬 두 번째 소설 『라자루스 프로젝트』에 초점을 맞추었는데,

100년 전 시카고를 일부 배경으로 젊은 유대인 이민자 라자루스 아버부흐의 실화를 빌려온 소설이다. 이 비극적인 이야기는 라자루스의 삶과 이력을 추적하는 보스니아 작가의 이야기가 교차하고, 그 결과 정치와 이민자로서의 경험이 복잡하게 얽힌다.

그다음으로 우리는 헤몬이 『내 인생들의 책』을 발표한 2013년에 국제작가축제 무대에서 만났다. 그의 글은 허구와 사실의 경계가 항상 흐릿했지만 그는 이 책을 "실화 모음집"이라고 말했고, 출판사 역시 헤몬의 첫 번째 논픽션 작품집이라고 설명했다.

～

와크텔 첫 번째 책 『브루노의 문제』에서 당신은, 혹은 당신과 아주 비슷해 보이는 누군가는, 어렸을 때 아버지가 스파이라고 상상하면서 스파이가 되고 싶어 했다고 말합니다. 스파이가 되는 것이 진지한 꿈이었나요?

헤몬 단편 「스파이단 조르게」만큼 강렬하지는 않았지만 실제로 역사책을, 주로 제2차 세계대전 당시의 스파이 사건에 대해서 많이 읽었던 시기가 있었는데 그때는 스파이에 정말 푹 빠졌습니다. 저는 스파이들이 비밀 메시지나 물건을 전달하려고 공원 나무의 구멍을 찾은 다음 가까운 벤치에 분필로 표시를 해서 나무 구멍에 메시지가 있음을 알리는 방식에 항상 매료되었습니다. 분필 표시가 지워지지 않도록 벤치 왼쪽에 펩시 캔을 뒤집어 놓거나 했지요. 다시 말해서 전달할 메시지가 있으면 온 세상이 암호화됩니다. 이는 어떤 면에서 보면 시의 세계로 가는 첫걸음인데, 시에서는 가장 작은 것, 가장 중요하지 않은 부분에 관심을 기울여 읽으면서 의미를 찾아내려 애써야 하지요. 큰 사건들은 오히려 잘못된 방향으로 이끌거나 정말 아무 관련이 없습니다. 저는 그런 식으로 감각을 조율했습니다. 그렇기 때문에 스파이와 그 복잡한 정체성, 모든 것에 주의를 기울여야만 한다는 사실에 아직도 매료됩니다. 또한 이러한 흥미를 쫓음으로써 일에 대한 감각, 또 어쩌면 인간으로서의 감각을 조율했지요.

와크텔 당신, 또는 당신이 만들어 낸 주인공은 열여섯 살에 「세상에서 가장 외로운 사람」이라는 제목으로 스파이 조르게에 대한 시를 썼다고 말합니다. 당신은 그 시의 첫 번째 연을 이렇게 인용하지요. "도쿄는 숨을 쉬지만 나는 숨 쉬지 못한다 / 내 얼굴에 풀로 붙여진 비의 커튼 / 나는 삶을 사는 것이 아니라 플롯을 산다 / 두 자아가 한곳에 존재한다." 두 개의 자아, 이중생활, 비밀 생활은 당신 작품에서 반복되는 주제 같습니다. 왜 그런 생각에 그토록 사로잡힌다고 생각하세요?

헤몬   어렸을 때는 다른 이유로 스파이에 매료되었습니다. 하지만 글을 쓰고 미국에서 살기 시작하면서, 특히 제가 90년대에 살았고 어쩌면 지금도 살고 있는 환경에서는, 스파이가 두 개의 동시적인 자아를 가지고 있다는 사실이 흥미로워졌습니다. 하나는 공적인 자아, 스파이가 겉으로 내세우는 자아겠지요. 공적 자아의 일부는 스파이 은어로 "전설"이라고 부르는 것, 만들어 낸 과거입니다. 그리고 진짜 자아가 있을 텐데, 거의 모든 이에게, 같이 일하는 사람들에게도 보이지 않는 자아겠지요. 이러한 상황은 우리가 크게 의지하고 있는 개념에 의문을 제기합니다. 우리가 개별 인간으로서 확고하고 통일된 자아를 가지고 있다는 개념 말입니다. 만약 확고한 자아가 아니라면 여러 가지 방식으로 계속 다시 접근해야 하는 왜곡된 자아겠지요.

제가 스파이에 매료된 것은 형이상학적인 이유 때문이지만 적어도 제가 경험한 이민과 매우 비슷하기 때문이기도 합니다. 예전의 삶과 현재의 삶이 있다는 느낌이 들지요. 여기 ─ 캐나다나 미국 같은 곳 말입니다 ─ 에서 다른 사람들에게 보여 주는 모습과 진짜 모습이 다르다는 느낌도 들고요. 이민자는 스파이와 달리 그러한 자아의 구분을 통제하지 못합니다, 제 생각에는 그래요. 즉, 저는 제 자신을 잘 정리해서 이곳 사람들에게 다양한 자아를 보여 주지 않았습니다. 어떻게 보면 제가 통제할 수 없는 부분이었지요. 동시에 내적 자아 역시 협박을 당하고 있습니다. 정말 불안한 기분이에요. 자신이 정말 어떤 사람인지 모르지요. 이 문제를 해결하려면 많은 것이 필요한데, 저는 제일 좋은 방법이 무엇인지 잘 모르겠습니다. 한 가지 방법은 두 자아를 확고하고 단순한 하나의 자아로 통합하여 공적으로든 사적으로든 같은 사람이 되는 것입니다. 아니면 자아를 더 많이 늘릴 수도 있지요.

와크텔 그 방법이 당신 성향에 더 잘 맞지요.

헤몬 네, 그렇습니다. 기질이 그래요. 하지만 작가로서도 완벽한 자세입니다. 사람들은 제가 바로 프로네크냐고, 또는 『라자루스 프로젝트』의 브리크냐고 묻습니다. 하지만 사실을 말하자면 저는 제 작품에 등장하는 모든 사람입니다. 전부예요.

와크텔 보스니아가 유고슬라비아 사회주의 연방 공화국에 속해 있던 시절에 사라예보에서 보낸 어린 시절 이야기를 조금 더 듣고 싶습니다. 당신은 80년대의 사라예보를 젊은이에게 정말 아름다운 장소라고 설명했지요. 그곳에서 보낸 어린 시절은 어땠습니까? 사라예보는 어떤 곳이었지요?

헤몬 정말 좋았지요! 이렇게 될 줄은 몰랐습니다. 옛 유고슬라비아, 특히 사라예보는 아주 좋은 시절이었습니다. 공산주의는 무너지고 국가주의가 등장하기 전이었기 때문에 그동안 억눌려 있던 큰 에너지가 터져 나왔고 재난은 아직 저 멀리 있었지요. 운 좋게도 저는 당시 십대였습니다. 저에게도 억눌린 에너지가 있었고, 세상이 어떻게 되어야 하고 우리가 그런 세상을 어떻게 만들어야 하는지 여러 가지 생각이 있었지요. 저는 사라예보에서 믿기 힘들 만큼 창의적이고 재능이 뛰어난 정치적 세대에 속해 있었습니다… 아직도 속해 있어요. 그러므로 억압받는 느낌은 들지 않았습니다. 억압을 받긴 했지만 십대에게 억압은 좋은 것입니다. 맞서 싸울 수 있으니까요. 억압은 우리를 도발하고, 어떻게 보면 영감을 준다고 할 수 있어요. 예를 들어 저는 20대 초반에 사라예보에서 청년이 청년을 대상으로 만드는 라디오 방송국에서 일했습니다. 혁신적인 아이디어였고, 우리는 앞 세대가 감히 할 생각도 못했던 일들을 했지요. 당시의 동료들 대부분이 아직도 제 친구고, 자주 연락을 주고받습니다. 우리는 힘을 합쳐서 여러 가지 일을 했고, 계속 연락하며 지내고 있습니다.

와크텔 티토는 1945년부터 세상을 떠난 1980년까지 35년 동안 유고슬라비아를 통치했습니다. 그러나 1980년에 당신은 아직 어렸어요, 겨우 열여섯 살이었지요. 당신은 한 단편에서 "내 어린 시절에는 그의 정당한 행동의 역사가 흠뻑 스며 있었다"고 썼습니다. 티토 치하의 분위기는 어땠습니까? 티토가 어린 당신의 의식을 얼마나 차지했고, 어떤 역할을 했나요?

헤몬 「스파이단 조르게」에 나오는 이야기 같은데, 어렸을 때

몇 살 위의 어떤 아이가 티토의 이름을 걸고 맹세해 놓고 거짓말을 하면 안 된다고 말했던 기억이 납니다. 베오그라드 궁전에 모니터가 있어서 티토가 유고슬라비아의 모든 시민을, 아이들까지 전부 지켜본다는 것이었지요. 누가 그의 이름을 걸고 진실이라 맹세했는데 진실이 아니라고 밝혀지면 그 사람을 벌하기 위해 티토가 죽는다고 말했습니다. 그러므로 우선 위대한 지도자가 우리 모두를 지켜보고 있다는 생각, 어디에서든 감시하고 있다는 생각이 있었습니다. 하지만 어쨌든 티토가 우리 같은 어린애들의 말까지 신경을 써 준다는 뜻이기도 했지요.

와크텔 피해망상에 시달리는 게 아니라 놀랄 만큼 마음이 놓였다는 뜻이군요. 아이들은 부모님이 외출하고 안 계셔도 절대 외롭지 않았고 말입니다.

헤몬 거짓말을 하지 않는 한 보살핌을 받는 겁니다. 거짓말을 하는 순간 티토가 죽고 저는 세상에 홀로 남겨진다는 것인데, 그 역시 문제지요.

그래서 제가 어렸을 때 티토는 만화책이나 영화 속 주인공이나 마찬가지였습니다. 사실 티토가 등장하는 영화들도 있었지요. 리처드 버튼이 티토 역할을 했습니다. 늘 잘생기고 현명하고 선하고 개를 키우고… 그런 거죠. 저에게는 매력적이었습니다. 저는 티토를 절대 진심으로 증오하지 않았습니다. 그가 죽었을 때 저는 너무 어렸지요. 아직도 티토를 미워하지 않아요. 그런 사람들이 대부분 그렇듯 티토는 권력을 지키고 싶었을 뿐입니다.

저에게 흥미로웠던 것은 ── 아직도 흥미로운데요 ── 우리에게 신경 써 주는 지도자가 있으면 마음이 놓인다는 생각입니다. 이 지도자를 제거하면 자동으로 자유로워지리라 생각하기는 쉬웠습니다. 그러나 사실 발밑의 깔개를 잡아당기면 모든 구조가, 모든 하부구조가 산산조각 나지요. 티토의 존재가 제 삶에 갖는 상징적인 가치를 제외하더라도 당시 유고슬라비아는 옛 유고슬라비아였던 현재의 국가들이나 이라크 같은 나라들과 비교해서 무리 없이 잘 운영되었습니다. 유고슬라비아 출신의 많은 사람들이 티토를 그리워하지요. 적어도 어떤 구조인지 알고 그 구조가 존속될 것이며 갑작스럽게 변하지 않으리라 생각하면서 살 수 있었던 때를 그리워하는 겁니다.

와크텔 소설 속 당신의 또 다른 자아 요세프 프로네크의 말처럼 당신의 정체성은 복잡합니다. 요세프는 "복잡해요"라고 말하지요. 아버지는 우크라이나 출신이고 어머니는 보스니아-세르비아계입니다. 가족에 대해서, 가족의 뿌리와 사회적 위치 등에 대해서 조금 더 이야기해 주시겠어요?

헤몬 아버지는 보스니아에서 태어났지만 조부모님은 현재 서부 우크라이나이자 예전에 동부 오스트리아-헝가리 제국에

속했던 지역에서 태어났습니다. 오스트리아-헝가리 제국은 19세기 말에 보스니아를 점령하여 합병했고, 20세기로 넘어갈 즈음 새로운 땅을 식민지로 삼으려고 했습니다. 현재 서부 우크라이나에 해당하는 갈리치아를 포함해 제국의 다른 지역에서 많은 사람들을 이주시켰지요. 아버지가 태어나고 자란 보스니아 지역에는 체코인과 이탈리아인, 독일인, 러시아인 등 온갖 사람들이 있었지만 제2차 세계대전이 끝나자 떠났습니다. 그러나 저희 조부모님이 떠날 당시 서부 우크라이나, 즉 갈리치아조차도 무척 복잡했고, 따라서 외증조할머니는 우크라이나인이었지만 외증조할아버지, 즉 저희 할머니의 아버지는 폴란드인이었습니다. 당시에는 그런 것이 문제가 되지 않았어요. 가족이 하나의 정체성을 선택할 필요가 없었지요. 그래서 남자들, 즉 할머니의 형제들은 폴란드인, 자매들은 우크라이나인이었습니다. 남자들은 네모난 모자에 폴란드 복장을 하고 여자들은 우크라이나 원피스를 입은 사진을 본 기억이 나요. 지금 캐나다에 살고 있는 친척은 전부 친가 쪽이고 가족끼리는 아직도 우크라이나어를 씁니다. 아버지는 우크라이나 합창단에서 노래를 하시고, 아버지와 삼촌들 모두 우크라이나 교회에 다니지요.

외가는 세르비아계지만 몇 대에 걸쳐 보스니아에 살았습니다. 세르비아에 산 적도 없고 대체로 보스니아 애국자이지 친세르비아적이지 않습니다. 사실 어머니는 전쟁 전에도 후에도 스스로 유고슬라비아 사람이라고 생각했는데, 인종이 아니라 시민권을 말하는 것이지요. 미국인, 또는 캐나다인이라고 말하는 것과 마찬가지입니다.

그러므로 두 가족 안에 온갖 연결이 존재했습니다.

와크텔 그래서 "복잡"하군요. 게다가 당신이 보스니아인이라고 하면 사람들은 기독교도가 아니라 이슬람교도라고 생각할 테고….

헤몬 맞습니다. 보스니아인이라는 것은 미국인이나 캐나다인이라는 개념과 비슷합니다. 인종이 아니지요. 시민권, 또는 적어도 국가나 국가라는 개념, 국가와의 관계에 대한 것입니다. 그러므로 보스니아인이라는 말은 사실 인종적으로 아무 뜻도 없습니다. 보스니아 이슬람교도는 보스니악이라 불리고, 또 세르비아인과 크로아티아인도 있지요.

와크텔 당신의 아버지는 여러 나라를 돌아다니는 전기 기술자였습니다.

헤몬 유고슬라비아 여권으로 어디든 갈 수 있었지요. 비자가 필요 없었습니다. 아버지는 전 세계를 돌아다녔어요. 늘 초콜릿과 이야기를 가지고 돌아오셨지요. 그래서 우리는 세상과 연결된 기분이었습니다. 우리 유고슬라비아 사람들은 철의 장막 너머에 살지 않았어요. 철의 장막은 우리 동쪽에 있었지요.

알렉산다르 헤몬 183

와크텔 초콜릿과 이야기라니, 참 좋네요. 당신 소설에서 이야기를 들려주기 좋아하는 사람은 모두 아버지들입니다. 당신 집안도 마찬가지였나요?

헤몬 네. 아버지가 이야기를 해주었습니다. 어렸을 때 잠들기 전에 아버지의 어린 시절 이야기를 들었는데, 온갖 가축이 등장했지요. 아버지는 또 우리 집 영상 담당이었기 때문에 출장, 특히 소련 출장을 다녀올 때면 러시아어 동화 슬라이드 롤을 사 왔습니다. 아버지는 러시아어를 읽을 줄 알았기 때문에 우리에게 러시아어 슬라이드를 보여 주었지요. 필름이, 그러니까 움직이는 이미지가 아니었습니다. 아버지가 슬라이드를 넘겨 한쪽 벽에 이미지를 비춘 다음 동화 내용을 읽어 주었지요. 알고 있는 이야기만 해준 것이 아니라 외국에서 그런 것들도 사 오셨어요.

와크텔 당신 소설에는 보스니아 특유의 이야기 방식에 대한 고찰이 등장합니다. 예를 들면 아무도 질문을 하지 않았지요. 당신이 나서서 이야기를 들려주어야 합니다. 그것에 대해 조금 더 이야기해 주시겠습니까? 당신은 그것을 이야기 안에 존재한다는 단순한 기쁨이라고 부르지요.

헤몬 사라예보에서 사람들이 슈퍼마켓에 다녀왔다든지 하는 아주 시시한 이야기를 시작하면 저는 차이를 느낍니다. 많은 사람들, 적어도 제가 만난 사람들은 시시한 이야기를 아주 흥미로운 이야기로 둔갑시키는데, 예술적인 노력을 기울이는 것도 아니에요. 그냥 있었던 일을 이야기하는 것뿐입니다. 어쨌든 여기서는 별로 흔치 않은 일이지요. 기꺼이 귀 기울이는 사람을 즐겁게 해주고 싶다는 욕구, 무슨 일을 할 때 나중에 남들에게 이야기를 해주려고 항상 작은 부분들까지 수집하는 이런 태도에는 뭔가 특별한 것이 있습니다. 다시 말해서 가공을 하는 거죠. 저도 항상 그래요. 지금은 작가라서 그렇게 하지만, 그전에도 항상 그랬습니다. 작가도 아니고 소설도 쓰지 않고 문학에 깊은 관심도 없는 제 친구들도 거의 다들 그래요. 자신의 경험을 수집한 다음 가공해서 이야기로 만들지요. 그런 이야기들은 대부분 정말 웃기고 아주 재미있는데, 이런 특성이 정확히 어디에서 오는지 저도 모르겠습니다. 저는 문화적인 특성이라고 생각하는 편이지만, 물론 표본이 한정적이라는 사실을 잊으면 안 됩니다. 제 친구들밖에 없으니까요.

북아메리카에는, 아니 어쩌면 서구 세계 전체에는 어딜 가나 미디어와 이야기가 있기 때문에 그것을 항상 접하는 사람들은 스스로를 이야기꾼이라고 생각합니다. 그런 이야기들은 외부의 이야기, 바깥에서 온 이야기죠. 제가 유고슬라비아에 살 때는 텔레비전 채널이 몇 개 없었을 뿐 아니라 대부분 보기 힘들었기 때문에 여럿이 둘러앉아서 이야기를 하거나 책을 읽을 수밖에 없었습니다. 다시 말해서 자신이 등장하는 이야기를 만들어 내는 거예요. 지금은 아마 급속히 바뀌는 중이겠지요. 보스니아의 젊은 세대들이 스스로를 어떻게 생각하는지, 자신에 대해 무슨 이야기를 하는지 저는 전혀 모릅니다.

와크텔 『라자루스 프로젝트』에는 보스니아식 농담이 여러 번 나오는데요, 무요와 술료라는 정해진 인물이 항상 등장합니다. 이런 농담들은 어떻게 설명하시겠습니까?

헤몬 전쟁 중에 사람들이 저에게 무요와 술료에 대한 농담을 보내 주곤 했습니다. 예를 들자면 이런 농담 ─지금 들으면 예전만큼 웃기지 않습니다─이지요. 술료와 무요는 시소에서 무엇을 할까? 저격수 놀리기. 포위전 당시에는 웃겼을지도 모르지만….

와크텔 일종의 블랙유머군요.

헤몬 네. 하지만 단순한 블랙유머가 아니라 경험에 살을 붙여 가공하는 방법이기도 합니다. 웃을 수 있다는 것에는 특별한 점이 있어요. 제가 97년에 처음 사라예보로 돌아가서 포위전 당시 정말 걱정했던 수많은 친구들과 가족 등 여러 사람들을 만났을 때 이런 이야기를 많이 들었습니다. 대체로 재미있는 이야기를 통해서 자기 경험을 들려주는 거죠. 이런 이야기도 들었습니다. 먹을 게 아무것도 없고 식량이 하나도 없었는데 같은 아파트에 살던 열 명 중 누가 감자를 딱 한 개 가져온 거예요. 다들 얼마 만에 보는 감자인지 몰랐지요. 작고 쪼글쪼

글한 감자였습니다. 요리를 할 수가 없었어요. 하지만 모두들 너무 오랜만에 보는 감자였기 때문에 식탁 한가운데 감자를 올려놓은 다음 다 같이 둘러앉아서 감자를 바라보았습니다. 볼 텔레비전이 없어서 감자를 보았지요. 사람들은 저에게 이 이야기를 들려주면서 지금까지 들어 본 이야기들 중에서 제일 웃기다는 듯이 떠들썩하게 웃었습니다. 물론 굶주림과 절망이 담긴 이야기지요. 하지만 사람들이 제게 이야기를 해주면서 웃을 수 있었다는 사실이 중요합니다.

술료와 무요가 저격수를 놀린다는 농담에서 작인作因은 술료와 무요에게 주어집니다. 저격수들이 두 사람을 쏘는 것이 아니라 그들이 저격수들을 놀리고 있는 거죠. 그러므로 이렇게 이야기를 하거나 농담을 함으로써 작인을 수사적으로 되찾습니다. 이것이 바로 우리가 살아남은 방법에 대해서 재미있는 이야기를 할 때 이야기가 하는 역할, 농담이 하는 역할입니다.

와크텔 독특한 감성의 음악도 있지요. 당신은 보스니아식 블루스라 할 수 있는 세브다흐sevdah에 대해 "너무나 슬프기 때문에 우리를 자유롭게 한다"고 썼습니다. 『어디에도 없는 사람』의 한 구절이지요. 세브다흐에 대해서 더 말씀해 주세요. 어떤 음악입니까?

헤몬 보스니아에는 어떤 감정과 그 감정을 만들어 내거나 즐기기 위해서 하는 일을 설명하는 단어가 있습니다. 황혼 녘에 느낄 법한 감정은 악스하므루크^{akshamruk}입니다. 황혼 혹은 저녁을 뜻하는 터키어 악스함^{aksham}에서 나온 말인데, 보스니아어에서는 시어나 고어로 사용됩니다. 하지만 악스하므루크는 터키어가 아니라 온전한 보스니아어이고, 하루가 끝나는 황혼녘 저녁 기도 시간을 알리는 소리가 들릴 때 느끼는 감정이나 그 감정과 관련된 행동을 나타냅니다. 악스하므루크에 대한 어떤 노래의 제목은 「황혼이 내릴 때와 같은 슬픔은 없다」입니다. 안뜰에서 분수 떨리는 소리가 들리는 순간을 묘사하는데, 분수가 떨리는 소리는 너무나 미묘하고 너무나 작지요. 분수가 왜 떨리는지 저는 결코 알지 못할 겁니다. 새들이 잠시 노래를 멈출 때도 마찬가지죠. 하지만 이 모든 것들은 주의를 기울여야만 경험할 수 있는 미세하고 평온한 순간들입니다. 다시 말해서 그 순간 자기 내면의 울적함에 집중을 해야만 경험할 수 있지요.

이 미국이라는 나라, 서구의 모든 나라에는 우리가 자기 슬픔을 받아들이거나 처리하지 못하게 만드는 산업이 있습니다. 이 세상에서 슬퍼하는 것은 비정상이고, 즉시 고쳐야 한다는 거죠. 세상을 보며 슬픈 곳이라고 생각하면 알약이든 오프라 윈프리든 뭔가가 필요합니다.

하지만 보스니아에는 전통이 있습니다. 보스니아 사람들이 모두 그렇게 한다거나 이 노래가 널리 불린다는 것은 아니고,

또 예스럽습니다. 즉, 옛날 노래처럼 세브다흐를 표현하는 새로운 노래는 없기 때문에 항상 노스탤지어라는 요소가 덧붙습니다. 하지만 보스니아에는 이러한 슬픔의 순간을 포용하는 문화적 전통이 있습니다. 자, 슬픔이 찾아왔으니 잘 살펴보면서 밤이 오기 전 무언가가 끝나는 황혼을 즐기는 것처럼, 이상하지만 이 슬픔을 잠깐 즐기자, 라는 거지요.

와크텔 당신은 열아홉 살 때 유고슬라비아 인민군에 징집되어 1년 동안 군 복무를 했습니다. 당신은 구 유고슬라비아 마케도니아 공화국으로 갔고, 소설에서 설명했듯이 이 경험은 늘 그렇듯 형편없는 식사와 함께 굴욕을 끝없이 얻어먹는 기분이었다고 했는데요. 군대에서 보낸 시간에 좋은 면도 있었습니까?

헤몬 아니요.

와크텔 군 복무 경험에서 어떤 영향을 받았습니까?

헤몬 군대에 관한 일반적인 통념은 남자답게 만들어 준다, 이런저런 것들을 가르쳐 강인하게 만들어 준다는 것입니다. 하지만 제가 기억하는 것, 경험했던 것은 끊임없고 멈추지 않는 굴욕밖에 없습니다. 저는 83년부터 84년까지 군대에 있었는데, 제가 보기에는 유고슬라비아 인민군, 적어도 제 지휘관이었던 장교들은 전쟁이 일어나자마자 전쟁 범죄를 저지르리라는 것이 분명했습니다. 제가 마케도니아 스팁시에 주둔할 때 저희 부대의 임무는 불가리아의 진격을 저지하는 것이었습니다. 우리는 모두 임무를 수행하다가 희생되었겠지만 다행히도 불가리아가 진격하지 않았습니다. 하지만 우리 부대가 불가리아 군대와 싸우면 전쟁 범죄를 저지르리라는 것이 저에게는 확실해 보였습니다.

와크텔 왜 그렇게 확실했지요?

헤몬 제가 경험한 군대의 본질적인 폭력성과 성차별 때문입니다. 군대 훈련의 원칙은 본질적으로 때려서 순종시키는 것입니다. 군대는 사람이 망가질 때까지 모욕합니다. 만약 저항이 너무 거세서 망가뜨리지 못한다면 다른 사람들을 망가뜨리는 지휘관 자리를 줍니다. 군대 시스템은 싫다고 말할 수 있는 위치를 결코 허락하지 않고 ── 그냥 불가능해요 ── 전쟁은 물론이고 이 모든 모욕을 겪으면서 도덕의식을 유지하도록 허락하지 않습니다. 제가 군대에서 배운 것은 군대를 피해야 한다는 생각밖에 없습니다. 단순히 인간은 끔찍한 존재라는 일반 개념이 아니라 특정 상황에서는 인간이 끔찍한 존재가 된다는 깨달음에 가까웠지요. 어느 순간 그저 자신의 생존만을 걱정하게 됩니다.

와크텔 당신은 1991년 7월에 가족이 살고 있던 우크라이나를 방문했고, 그곳에서 소련의 붕괴를 목격했습니다. 어땠나요? 붕괴를 예감했었습니까?

헤몬 소련의 붕괴요? 아닙니다. 당시 소련이 추락하고 있다는 사실은 알 수 있었습니다. 유고슬라비아는 소련의 일부도 아니었고 바르샤바 조약에도 포함되지 않았지만 우리는 뭔가 약화되고 있음을 알 수 있었습니다. 또 사회주의 사상이 전반적으로 쇠퇴 중이라는 것도 알았습니다. 천안문 학살이 1989년 6월의 일이었습니다. 그 후 루마니아 혁명이 일어났는데, 반란군이 루마니아의 스튜디오를 점령해서 방송을 내보냈기 때문에 우리는 TV 생중계로 혁명을 목격했지요. 하지만 제가 우크라이나에 간 것은 우크라이나어와 문화를 배우는 여름학교 때문이었습니다. 어느 날 아침에 일어나 보니 학교 직원이 울고 있었고, TV에서 시무룩하고 침울한 남자가 발표문을 읽고 있었습니다. 그래서 알게 되었지요…. 사실상 쿠데타가 일어났다는 이야기를 들었습니다. 키예프 독립광장에 갔더니 이미 사람들이 시위 중이었고, 그래서 우리도 시위에 참여했습니다. 적어도 며칠 동안은 광장에 나갔지요. 2, 3일 동안 우크라이나 사회주의공화국의 크라브추크 대통령은 가타부타 발표를 하지 않았습니다. 일단 어느 쪽이 이기는지 보려는 생각이었지요. 시위자들 역시 KGB와 군대에 둘러싸인 채 어느 쪽이 이기나 보려고 기다리고 있었습니다. 우리는 숙소로 돌아갔지만 수많은 사람들이 며칠 동안 독립광장에서 노숙을 했습니다. 광장에서 물러나 집으로 돌아가면 제각각 체포될까 봐 두려웠으니까요. 정말 극적인 상황이었고 우리는 무슨 일이 일어나고 있고 앞으로 무슨 일이 일어날지 몰랐습니다. 여러 가지 소문이 돌았지요. 우리는 정보를 얻을 수가 없었습니다. 하지만 사라예보에 계시던 아버지가 무슨 수를 썼는지 저에게 전화를 걸어 레닌그라드와 모스크바에서 백만 명이 시위를 하고 있다고, 모든 것이 산산조각 나고 있다고 말해 주었습니다. 그런 다음 제가 아직 우크라이나에 있을 때 우크라이나 정부가 독립을 선포했지요. 시위대가 독립을 선포하라며 의회에 압력을 가했고, 그래서 독립이 이루어졌습니다. 그때 저는 우크라이나 의회 앞에 있었지요. 전 어딜 가든 문제를 일으키는군요.

와크텔 당신은 같은 해였던 1991년 후반에 미국으로 초청받습니다. 반가운 제안이었습니까? 사라예보를 떠날 필요성을 느꼈나요?

헤몬 네, 그랬습니다. 하지만 평생 돌아가지 않으리라 생각하지는 않았습니다. 상황이 힘들어지고 있었기 때문에 몇 달 정도 멀리 떠나서 머리를 좀 비우고 싶었지요. 크로아티아에서 전쟁이 시작되었습니다. 잔인했지요. 보스니아는 전쟁을 준비 중이었고, 각종 사건들이 일어나고 있었어요. 하지만 더 나쁜 것은 끊임없는 프로파간다와 압박이었습니다. 사라예보든 로큰롤이든 우리가 소중히 여기던 것이 여러 가지로 공격을 받았지요. 저는 생각을 제대로 정리하려면 어딘가 다른 곳에 가야 한다고 생각했을 뿐입니다. 전쟁은 머릿속을 엉망진창으로 만들고, 전쟁 준비도 마찬가지니까요.

저는 캐나다 대사관에서 신청용지를 받아 왔지만 잔인할 만큼 기를 꺾는 서식이었기 때문에 작성할 수가 없었습니다. 그러다가 기적적으로 미국 문화센터의 초청을 받았습니다. 저는 젊은 저널리스트였는데, 동유럽 저널리스트를 한 달 동안 초청하는 프로그램이 있었지요. 그래서 저는 초청을 수락하고 92년 1월에 미국으로 왔습니다.

와크텔 그런 다음 어떻게 되었지요?

헤몬 그런 다음 4월에 전쟁이 일어났습니다. 저는 5월 1일에 시카고에서 비행기를 타고 돌아갈 예정이었지요. 사라예보 포위전은 5월 2일에 시작되었습니다. 도시가 폐쇄되었고, 아무도 사라예보로 들어가거나 그곳에서 나올 수 없었고, 로켓 공격으로 기차역이 파괴되었고, 그랬지요. 5월 1일에 비행기를 타고 돌아갔다면 포위전에 딱 맞춰서 도착했겠지만 저는 결국 돌아가지 않았고, 그래서 지금 여기 시카고에 있습니다.

와크텔 뉴스를 보면서 친구나 가족과 어떻게 연락을 계속할 수 있었지요?

헤몬 초기에는 가끔 전화가 연결됐기 때문에 제가 무작위로 전화를 걸었습니다. 저는 룸메이트들에게 — 한 명은 81년에 우크라이나에서 만난 사람이었지요 — 카드 게임을 가르치는 것 말고는 할 일이 없었지요. 카드 게임에서 이겨서 돈을 딴 다음 그 돈을 돌려주고 전화를 쓰거나 했습니다. 그런 다음 직업을 구했습니다. 나중에는 전화선이 끊겼지만 위성 전화를 쓸 수 있는 저널리스트 친구들이 많았기 때문에 저는 부모님과 친구들에게 전화를 할 수 있었습니다. 휴전 중에 가끔 전화가 연결되었고요. 편지도 썼지요. 외신 기자나 적십자 직원이라서 물건을 가지고 사라예보를 드나들 수 있는 친구들이 많았습니다. 그래서 연락을 계속할 수 있었지요.

와크텔 당신은 어느 순간 당분간 미국에 머물러야 한다는 사실을 깨닫고 영어를 배울 뿐 아니라 영어로 글을 쓰겠다고 결심했습니다. 어떻게 해서….

헤몬 어느 순간 제가 여기 아주 오랫동안, 어쩌면 평생 살아야 한다는 것이, 따라서 영어로 글을 써야 한다는 것이 분명해진 기분이 들었습니다. 아무튼 저는 출판 가능한 이야기를 영어로 쓸 때까지 제 자신에게 5년의 시간을 주었습니다 — 완전히 자의적이었지요. 그때부터 영어로 된 글을 수없이 읽으면서 모르는 단어 목록을 만든 다음 찾아보았습니다. 저는 또 그린피스 가입을 권유하는 일을 하게 되었습니다. 미국에서 구한 최초의 합법적인 직업이었어요. 제가 정말 그 일에 지원을 했다니, 게다가 그 자리를 얻어서 2년 반 동안 일했다니 믿을 수가 없습니다. 아주 힘든 일이니까요. 영어를 못 하는 사람에게는 최악의 직업이지요.

와크텔 알아요. 집집마다 다니면서 권유해야 하지요.

헤몬 네, 저는 그 일을 맡았습니다. 그것은 2년 반 동안 매일 똑같은 말을 사람들에게 하는 일이었는데, 다른 사람의 시선을 신경 쓰지 않아야 했고 사람들이 하는 말에 주의를 기울여야 했지요. 저는 그 일을 하면서 일상생활의 온갖 복잡함을 배웠습니다. 책으로 공부를 하면 영어로 철학 이론을 읽은 다음 사전을 보고 철학적 개념을 파악할 수 있습니다. 하지만 이건 사람들의 경험에서 나오는 말들이었습니다. 저는 매일 그런 말들을 접하면서 동시에 책도 읽었고, 대학원 과정에 등록하면서 책 읽을 기회가 더 많아졌지요.

와크텔 소설 『라자루스 프로젝트』의 특징은 픽션에 실화가 포함되어 있다는 것입니다. 당신과 어느 정도 비슷한 일들을 겪은 보스니아 이민자 블라디미르 브리크는 1908년 시카고 경찰서장의 집에 갔다가 총에 맞아 죽은 유대인 청년 라자루스 아버부흐에 대한 기사를 우연히 발견합니다. 당시 아버부흐는 무정부주의자, 잠재적 암살자로 비춰졌어요. 브리크는 이 사건에 매료되는데, 아마 당신도 그랬겠지요. 무엇이 당신의 상상력을 사로잡았습니까?

헤몬 이것은 슬픈 이야기인데, 저는 보통 슬픈 이야기에 끌립니다. 하지만 사진 때문이기도 했습니다. 누가 저에게 아버부흐 사건, 라자루스 아버부흐 살해 사건 실화를 다룬 책을 주었는데, 죽은 아버부흐를 의자에 앉힌 다음 쓰러지지 않도록 경찰서장이 그를 붙잡고 찍은 사진이 몇 장 실려 있었습니다. 충격적인 사진이지요. 그때 이후로 그 사진을 수없이 많이 봤지만 아직도 그 잔인함에, 그 슬픔에 충격을 받습니다. 경찰서장은 죽은 외국인의 시체를 자랑스레 전시하면서 사진을 보는 이들에게 우리가 그를 죽였으니 걱정하지 말라는 메시지를 보내고 있습니다. 그는, 경찰서장은 너무나 만족스러운 모습으로 살아 있고 아버부흐는 찢어진 재킷을 입고 발에는 양말만 신은 채 눈을 감고 거기 앉아 있습니다. 그중 한 장은 실내에서 찍느라 노출 시간이 길어서 경찰서장이 움직이는 바람에 얼굴이 흐릿해 보입니다. 그래서 이상하게도 유령처럼 보이지요. 꼼짝도 하지 않는 아버부흐는 이목구비가 뚜렷하고 명확하게 찍혔기 때문에 오히려 더 확실한 존재로 보입니다. 좀처럼 머릿속을 떠나지 않는 사진들이지요. 저는 그 사진들을 보고 아버부흐에 대해서 써야 한다는 것을, 게다가 어떻게 해서든 이 사진들도 책에 실어야 한다는 것을 깨달았고, 실제로 그렇게 했습니다.

와크텔 라자루스 아버부흐가 왜 시카고 경찰서장을 만나러 갔는지, 그 집에서 무슨 일이 벌어졌는지 아무도 정확히 모르지만, 당신은 모호하게 처리하지 않습니다. 경찰서장이 그를 살해했다고 확실히 말하지요.

헤몬 제가 보기에는 그것이 가장 그럴 듯한 설명입니다. 시카고 경찰은 질문을 하기 전에 총부터 쏘는 경향이 있습니다. 총을 가진 사람들이 곧잘 그러지요. 하지만 아버부흐가 참여했다는 무정부주의 음모는 아무 증거가 없습니다. 월터 로스와 조 크라우스는 『우발적 무정부주의자』*An Accidental Anarchist*에서 경찰 측이 무정부주의라는 견해를 완전히 버렸다고 말합니다. 암살 음모라는 주장을 철회했다는 뜻이지요. 하지만 경찰은 서장의 혐의를 벗기고 우발적 살인이었다고 선언했습니다. 이야기가 말이 되지 않았기 때문에 이 사람 저 사람 체포하던 것도 멈추었지요. 검시관 심리 후 시피 서장이 방면되고 모든 일이 끝났습니다. 경찰은 갖가지 이유들로 사람들을 체포하고 다녔고 이 사건으로 인해 이민법까지 바뀌었지만 어느 순간, 온갖 편견과 언론 통제에도 불구하고 라자루스가 폭력적인 무정부주의자라는 주장을 철회한 것입니다. 저는 몇 가지 이유 때문에 이 부분은 책에 넣지 않았지만, 라자루스가 무정부주의자였다는 증거는 하나도 없었습니다. 날조된 증거조차 없었어요. 경찰은 사건 초기부터 무정부주의자라는 이야기를 밀어붙였지만 계속 우길 수는 없었습니다.

와크텔 아버부흐에 대해 알려진 사실 중 하나는 그가 1903년에 현재의 몰도바 키시네프 지역에서 유대인 대학살을 피한 후 체르노비츠의 난민 수용소에서 지내다가 미국으로 왔다는 것입니다. 그는 겨우 열아홉 살에 죽었습니다. 그렇기 때문에 이 사건이 더욱 가슴 아프겠군요?

헤몬 네. 가장 슬픈 부분입니다. 그는 유대인 대학살에서 살아남아 미국으로 왔는데, 자유의 나라였어야 할 미국에 온 지 7개월 만에 경찰서장의 총에 맞아 죽었습니다. 라자루스의 아메리칸 드림은 실현되지 않았지요. 그의 누나 올가는 ──『우발적 무정부주의자』에서도, 제 책에서도 암시되었는데요 ── 유럽으로 돌아갔습니다. 슬픔을 견디지 못했어요. 올가는 유럽으로 돌아간 뒤 사라졌는데, 아마 홀로코스트에 희생되었겠지요. 정말 슬픈 이야기입니다. 아메리칸 드림 이야기에 이런 부분들은 빠져 있어요.

와크텔 소설 속의 작가는 오랜 친구인 사진작가와 함께 동유럽으로 여행을 가는데, 당신도 1999년에 역시 사진작가인 오랜 친구 ── 소설 속 인물과는 다른 사람이지요 ── 와 동유럽에 갔습니다. 그 여행에서 무엇이 가장 당신의 마음을 움직였습니까? 어디에서 영향을 받았나요?

헤몬 키시네프, 즉 키시너우의 유대인 공동묘지입니다. 대부분 조각조각 나뉘어서 소련이 4분의 3을 파헤치고 일부 구역에 공원과 놀이터를 세웠지요. 나머지 구역은 수준 측량만 했습니다. 그래서 그곳에 들어가면 다른 세상에 들어가는 것과 같지요. 방치된 채 낡고 풀이 웃자란 묘도 있습니다. 가족들이 모두 사라진 지 얼마나 되었을지 아무도 모르지요. 묘비도 몇 개 있는데, 대부분 엉망으로 망가져 있습니다. 몇몇 묘비에는—역시 책에 나오는데요—러시아어로 무너뜨리지 말라고 적혀 있어요. 가족이 있는 거죠. 아무도 돌보지 않는 묘비는 무너뜨려도 된다, 아무도 신경 쓰지 않는다는 뜻이 함축되어 있습니다. 정말 슬픈 곳이에요.

와크텔 『라자루스 프로젝트』는 라자루스 아버부흐라는 이름을 가진 사람에 대한 책인데, 라자루스라는 이름은 물론 성경을 연상시킵니다. 당신은 제사에서 성경의 라사로를 암시하지요. 어떤 의미에서는 라자루스가 당신의 이야기를 통해서 부활했다고 생각합니까?

헤몬 그는 이 책에서 일시적으로 부활하지만 완전한, 완벽한 부활은 아닙니다. 몸이 없어요. 그것이 가장 슬픈 부분입니다. 이야기를 통해서 과거를 살 수는 없습니다. 어떤 면에서 죽음을 진정으로 애도하는 유일한 방법은 죽은 자들에 대해서 이야기하는 것입니다. 그래야만 그들의 삶에 진실하게 다가갈 수 있지요. 저는 종교가 없습니다. 대안적인 운명이나 다른 세계 같은 것을 믿지 않아요. 우리는 지금 여기에 살고 있고, 죽으면 그걸로 끝입니다. 그렇다면 삶을 잃은 그 모든 사람들을 어떻게 해야 할까요? 정말 많은 사람들이 이 세상에 살았었지요. 지금 살고 있는 사람보다 지금까지 죽은 사람들의 수가 더 많아요. 그러면 어떻게 해야 할까요? 그들에 대해서 이야기하고 잊지 않음으로써 살아 있게 하는 수밖에 없습니다.

와크텔 시카고는 이민자들의 도시로 유명하고 당신이 정착한 곳이기도 합니다. 미국에 계속 머물 것이라고 생각하나요?

헤몬 저는 주로 도시에 충성합니다. 사라예보에 충성하기 때문에 그것이 확장되어 보스니아에 충성하고, 시카고를 사랑하기 때문에 미국인이지요. 시카고를 떠나면 정말 힘들 겁니다. 약 10개월 동안 파리에서 산 적이 있는데, 아름답고 놀라운 도시였지만 그때에도 동경했고 지금도 동경하는 파리에서 막상 제가 한 일은 인터넷으로 시카고의 눈보라 소식을 찾아보는 것이었습니다. 눈보라에 향수를 느끼다니 정말 정신 나간 짓이지요. 저는 지금 아내가 된 사람에게 이렇게 말했습니다. "이거 봐! 시카고에 눈이 1.8미터나 쌓였대. 영하 40도야. 정말 멋진걸! 지금 우리가 시카고에 있었으면 좋겠다." 약간 정신 나간 것 같지만 저는 시카고를 사랑합니다.

와크텔 사라예보의 날씨도 찾아봅니까?

헤몬 아니요. 사라예보 날씨는 잘 알아요. 사라예보는 기후의 극적인 변화가 없지요. 지구 온난화나 그런 문제들 때문에 이제 달라지고 있지만, 극적인 눈보라 같은 것은 없습니다. 제가 시카고를 사랑하는 이유 중 하나지요, 극적인 날씨 말입니다. 어젯밤에는 믿기 힘든 태풍이 불었어요. 이번만큼은 도저히 견디지 못할 거야, 라고 생각하지만 결국엔 견디지요. 그리고 겨울에도 비슷해요, 영하 35도까지 내려갑니다. 재난이 주는 행복감이 겨울을 지배합니다. 저에게는 그게 매력적이에요. 완전히 잘못됐죠, 저도 인정합니다.

와크텔 하지만 당신 소설 속 인물들은 다릅니다. 요세프 프로네크는 어떤 사람이든 될 수 있는 사라예보로 돌아가길 원하고, 브리크는 시카고에 아내를 남겨둔 채 사라예보에 머물고 싶어 하지요.

헤몬 이상적으로는 시카고와 사라예보, 파리에서 돌아가며 살고 싶습니다. 사라예보가 그립고, 친구들, 단순하고 작은 것들, 누구에게도 저에 대해 설명할 필요가 없다는 사실이 그리우니까요. 하지만 사라예보에서만 살겠다는 선택은 하지 못할 겁니다. 불행히도 지금 상황에서 사라예보는 세상과 너무 동떨어져 있고, 또 제 삶의 상당한 부분을 시카고에서 보낸 데다가 여기서 태어나 지금까지 10개월 평생 시카고에서만 산 어린 딸이 있으니까요. 또 다시 복수의 자아군요. 저에게는 시카고의 자아와 사라예보의 자아가 있습니다.

2008년 7월

알렉산다르 헤몬 201

와크텔 당신은 상상력이 끊임없이 작동하는 사람이라고 스스로를 설명했습니다. 끊임없이, 강박적으로 이야기를 떠올리지요. 어떤 기분인가요? 머릿속에서 어떤 일이 벌어지나요?

헤몬 음, 그런 상태를, 자기 경험을 강박적으로 서사화하는 상태를 설명하는 증후군이 있어야 해요. 저는 대체로 전형적인 인간처럼 기능하지만 제 뇌에는 경험을 끊임없이 서사화하는 부분이 있습니다. 생각을 할 필요도 없어요. 저는 무용수는 걸으면서 자기 발걸음의 리듬을 느낄 수 있지 않을까 상상합니다. 무용수는 걸어가면서 처음으로 발을 내디딘 후 이어지는 연속적인 움직임을 상상할 수 있지만 그냥 걷다 보면 자연스럽게 그렇게 된다고 말입니다. 제가 어떤 경험을 할 때 동시에 뇌의 일부에서 그 경험을 서사화하고 상상의 영역으로 확장하기 때문에 이 순간에서 어떤 이야기가 나올지 상상할 수 있지요. 하지만 그 이야기를 쓰기는커녕 다른 사람에게 말하지도 않습니다. 예를 들자면 언젠가 제가 커피숍에서 빈둥거리다가 어떤 여성의 머리 주변에서 벌이 윙윙거리는 모습을 본 적이 있습니다. 그녀의 남편인지 모르겠지만 아무튼 같이 있던 남자가 벌을 쫓았고, 실제 경험은 거기서 끝났습니다. 하지만 저는 여자가 벌에 쏘이고, 남자가 여자를 지키지 못하고, 거기서 갈등이 시작되는 이야기의 첫 부분을 상상하고 앉아 있었어요. 그리고 5분 만에 대단한 이야기를 만들어 냈지요….

와크텔 두 사람의 관계가 당신 눈앞에 펼쳐졌군요.

헤몬 맞아요, 벌 한 마리 때문에 말입니다. 제가 이때를 기억하는 것은 어느새 이야기를 만들고 있음을 의식했기 때문입니다. 저는 늘, 온종일 그래요. 무서운 일이 일어날 수 있다는 가능성도 상상합니다. 저는 항상 재난을 상상하기 때문에 억제하는 법을 배워야 해요.

와크텔 어떻게 억제하나요?

헤몬 아주 어려워요. 저는 매일 30년, 40년, 50년 후 세상이 어떻게 될지 상상합니다. 이제 아이들도 있기 때문에 우리가 이렇게 기후변화를 계속 무시하다가 50년 뒤에 우리 아이들이 무엇을 직면할지 생각하면 정말 끔찍합니다.

와크텔 그런 재난 상상 증후군을 어떻게 억제하지요?

헤몬 모르겠어요. 저는 축구나 뭐 그런 것을 생각하기 시작하지요. 지금 당장 실제적인 것에 초점을 맞춥니다. 하지만 그런 상상은 저를 관통하고 지나갈 뿐, 아무것도 못하게 만들지는 않아요. 제 마음이 작동하는 방식, 또는 그 방식의 일부입니다. 저는 받아들이는 법을 배웠어요. 가끔 상황이 더 나빠지면, 정말 그렇게 될 것만 같고 기분이 가라앉으면, 끔찍한 그 순간의 결과를 상상합니다. 상상을 견디는 방식 중 하나는 픽션으로, 진짜 이야기로 바꾸는 것입니다. 사람들이 제 걱정을 공유할 수 있도록 적어서 보여 주는 거죠.

와크텔 서사화 과정이 곧 거리 두기 과정인가요? 서사화하면 당신이 사라집니까?

헤몬 아니요, 거리 두기 과정이라고 생각하지는 않습니다. 사실 어떤 면에서 저는 서사화를 통해서 그 경험에 더 가까이 다가갑니다. 서사화는 경험을 가공하는 방법이지요. 그렇게 하지 않으면 혼돈스럽고, 혼란스럽고, 더 무서워요. 저는 지금까지 살면서, 또 제가 하는 일을 통해서, 가장 무시무시한 것은 상상할 수 없음을 배웠습니다. 상상력이 아무리 풍부하고 창의적이라고 해도 가장 무서운 것은 그 상상력을 뛰어넘습니다. 사람들은 저에게 "보스니아에 전쟁이 다가오고 있음을 알고 있었나요?"라고 묻지요. 저는 알면서도 몰랐습니다. 저와 친구들 모두 기자였고, 우리가 가진 정보는 어느 시점이 되면 전쟁이 불가피하리라는 사실을 알기에 충분했습니다. 하지만 제가 하지 못한 것은—제 잘못이지요—전쟁이 어떤 것인지 상상하는 것이었습니다. 나중에야 전쟁을 상상하기 시작했지만 너무 늦었지요. 전쟁을 상상할 수 있었던 것은 전쟁을 계획하던 사람들밖에 없었습니다. 그들은 말하자면 상상력을 이용해서 전쟁을 계획하고 있었습니다. 지금도, 혹은 그때에도, 무슨 일이 일어나고 있는지 이해하려면 상상력이 필요합니다. 제가 얻을 수 있는 것은 파편들밖에 없었을 테고, 상상력을 이용해서 그 파편들을 하나의 이야기로 재구성해야 했을 테니까요.

그러므로 제 생각에는 상상하는 것, 참여하는 것은 인간의 생존 및 진화 장치의 일부입니다.

와크텔 저는 항상 최악의 경우를 상상하면 피할 수 있다고 생각했는데요. 말하자면….

헤몬 아닙니다, 최악의 경우를 상상하면 최악이 벌어지지만, 그보다 더 나쁜 경우도 분명 존재합니다. 그건 긍정적인 생각이지요.

와크텔 당신이 젊은 시절 사라예보에서 진행했던 라디오 프로그램은 「사샤 헤몬이 들려주는 진실과 거짓 이야기」라는 익살스러운 제목이었는데요, 당신 작품에 대해 이야기를 나누다 보면 진실과 거짓이라는 문제가 어쩔 수 없이 등장합니다. 왜 그럴까요? 프로그램 제목을 붙일 때 이 제목이 당신을 계속 따라다닐 것이라고 상상했습니까?

헤몬 아니요. 그 제목이 제 관심사를 결정하거나 설명한 게 아닐까 싶습니다. 그때 이후로 제 관심사는 변하지 않았지요. 미디어의 교묘한 점은, 특히 라디오의 경우 아무리 터무니없는 이야기를 해도 매체의 권위가 뒷받침되기 때문에 사람들이 그 이야기를 믿는다는 것입니다. 저는 그 사실이 아주, 아주 흥미로웠습니다. 저는 알폰세 카우데르스라는 인물에 대한 터무니없는 이야기를 꾸며 냈는데, 청취자들은 정말로 그런 사람이 있다고 믿었지요. 하지만 당시 유고슬라비아에서 가장 터무니

없는 거짓말은 사람들이 믿는 프로파간다였고, 그것이 재난을 낳았습니다. 서사에서 진실을 말한다는 개념은 제가 끊임없이 다뤄야 하는 문제입니다. 즉, 픽션에 진실이 존재할까, 아니면 진실은 논픽션의 문제일 뿐일까? 픽션과 논픽션을 나누는 것은 진실일까? 픽션이나 논픽션에서 진실을 어떻게 구성할까? 어떻게 진실에 도달할까? 제가 하는 일에서는 이것이 기법의 문제입니다. 저는 거짓말을 못하니까요. 전 픽션을 쓸 때 거짓말을 하고 싶지 않습니다. 하지만 이야기를 꾸며 내지요. 어떻게 거짓말을, 꾸며 낸 이야기를 가지고 독자에게 진실한 경험을 줄 수 있을까요? 논픽션도 비슷합니다. 당신이 실제 경험을 설명하더라도 합리적인 사람이라면 그것이 **당신의** 경험만은 아니라는 사실을 알지요. 제 가족과 사라예보에 있는 친구들 사이에서는 저에게만 일어난 일, 저만이 가지고 있는 이야기가 없습니다. 제 책에는 친구와 가족에게 확인받아야 하는 내용 — 이런 일이 있었어? 그렇게 됐던 거야? — 이 많아요. 서로의 기억이 다르니까요. 그러므로 당연히 진실인 듯한 일도, 우리가 논픽션이라고 부르는 것도 사실 확인이 필요했습니다.

와크텔 하지만 진실이 무척 주관적이고 모두의 기억이 다르다면 어떻게 — 그러니까 제 말은, 집단 경험 때문에 거의 윤리적인 책임감을 느끼는 기분은 이해합니다 — 무엇이 진실인지 결정할 수 있습니까?

혜몬   음, 저는 진실이 항상 종잡을 수 없고, 진실이 무엇인지 결코 알지 못한다고 생각하는 포스트모더니스트는 아닙니다. 실제로 무슨 일이 있었는지 동의하여 기록한 역사가 존재하니까요. 따라서 홀로코스트는 논의의 대상이 아니고, 보스니아에서 일어났던 일도 마찬가지입니다. 하지만 평범한 현실과 유기적으로 연결되어 있는 진실의 경우 — 즉, 우리가 어떤 순간을 공유하고 있다면 그 순간으로 돌아가서 서로 동의하는 진실을, 그 순간에 정말로 어떤 일이 있었는지를 찾아낼 수 있습니다 — 진실에 도달하는 여러 가지 방법 중 하나로서 어떤 이야기를 할 수 있고, 적어도 혼자만의 노력이 아닌 공동의 노력을 통해 이야기할 수 있지요. 편집이 필요하겠지만 모든 순간, 모든 경험을 아우를 수 있고, 그러한 순간들을 사건의 순서에 따라 배치해야 할 것입니다. 그런 다음 그것을 이야기로 만들면 이야기의 과정에서 진실이 — 공동 경험의 진실이 — 드러난다고 저는 생각합니다. 하지만 진실이 반드시 자명한 것은 아니기 때문에 그 과정에서 협상을 해야겠지요.

와크텔   보스니아어에는 픽션을 논픽션과 구분하는 단어가 없다고 하셨는데요, 그렇다면 그 차이를 어떻게 설명하거나 이해합니까?

혜몬   픽션이라는 단어도 논픽션이라는 단어도 없을 뿐 아니라 픽션과 논픽션의 차이를 나타낼 수 있는 단어 쌍도 없습니다. 그게 문제였지요. 이번 『내 인생들의 책』맨 앞에 들어간 감사의 말에서 제가 픽션과 논픽션의 관계에 대해서 이야기하는데, 번역가가 그 부분을 어떻게 번역하면 좋겠냐고 저에게 물었거든요. 너무 어려웠기 때문에 우리는 결국 감사의 말을 빼기로 했습니다. 제가 생각했을 때 이번 책에 가장 가까운 말, 또 제가 보기에 가장 진실한 표현은 ──개인적인 에세이도 괜찮겠지만──실화입니다. 그러므로 이 책은 에세이가 약간 포함된 실화인데, 이 말도 좀 어렵군요. 아무튼 이 책은 제가 지금까지 사람들에게 말해 왔고 여러 가지 방법으로 말하고 싶었던 이야기들이지만, 제가 이야기를 추가로 꾸며 낼 필요가 없었다는 점이 독특합니다. 저는 무슨 일이 있었는지 그대로 쓴 다음 관련된 사람들에게 실제로 그랬다는, 혹은 충분히 비슷하다는 확인을 거치기만 하면 됐습니다.

와크텔 보스니아어에는 사생활이라는 단어도 없는 것 같군요. 그 함의는 무엇일까요?

헤몬 글쎄요, 사생활이 없습니다. 서구의, 앵글로-색슨의 사생활이라는 것은 공간적으로 다른 누구도 아닌 나에게만 속해 있고 누가 들어오고 나갈지 내가 결정하는 영역을 가지고 있기 때문에 생긴 말인데, 보스니아에서는 그러한 영역이 제한적입니다. 적어도 가족은 그 영역에 들어갈 수 있지요. 언젠가 베오그라드에 갔을 때 사라예보 행 버스표를 사려고 줄을 서서 기다리면서 앞 사람과 1미터 정도 떨어져 섰더니 네 사람이 그 틈에 끼어들더군요. 아무도 끼어들지 못하게 하려면 앞사람에게 딱 붙어야 해요. 1미터쯤 거리를 두면 줄을 선 게 아니라고 생각하니까요. 말을 하기 전에 신체 접촉부터 하지만 반드시 공격적인 의미는 아닙니다. 많은 면에서 저 역시 아직도 그렇습니다. 개인은, 인간은, 스스로를 발명하지 않습니다. 미국에서는 자기 발명이 표준 개념이고 개인 주권이라는 개념의 일부인데, 저는 그것이 정말 훌륭하다고 생각하고 그에 따라 살려고 노력합니다. 하지만 우리가 사람들의 일부가 아니라면 존재할 수가 없어요. 가족의 바깥에, 이웃의 바깥에, 더 큰 집단의 바깥에, 친구와 지인들 바깥에 존재하는 사람은 아무도 없습니다. 그러므로 스스로 고립된 사람은 온전히 존재한다고 말할 수 없어요. 부분적으로 존재할 뿐이지요. 이게 바로 사생활이 없다는 것의 좋은 면입니다. 나쁜 면은, 글쎄요, 사생활이 없다는 거죠.

와크텔 진실 대 픽션이라는 문제는 『사랑과 장애물들』에 실린 단편의 주제이기도 합니다. 화자의 아버지는, 당신 아버지와 무척 비슷하게 느껴지는데요, 자기 생각에 비현실적인 것을 보면 개인적으로, 크게 기분 상해 합니다. 문학이라는 개념 자체가 사기라고 생각하지요. 픽션에 대한 이토록 강한 반감을 이해하십니까? 그는 왜 그런 입장을 취할까요?

헤몬 인물은 제 아버지가 아닙니다. 저희 아버지는 늘 진짜에 둘러싸여 있었기 때문에 진짜니 가짜니 하는 문제로 시간을 소비하지 않았습니다. 육체적으로든 어떤 식으로든 가까운 사람들과 함께 살면 진지한 사람으로서 권위를 잃지 않으면서 그들과 공유하는 현실에서 빠져나와 상상의 영역으로 들어갈 수 없습니다. 그러므로 어떤 면에서는 꾸며 낸 이야기를 할 권리가 무엇인지 끊임없이 협상해야 합니다. 저에게는 그것이 앞서 말한 것, 인간의 근본적인 의문으로 거슬러 올라갑니다. 진실인 이야기를 어떻게 말해야 할까? 어떤 상황에서? 이것은 어떤 상황, 어떤 경험에서든 통하지만 저처럼 전쟁과 관련이 있는 사람은 진실을 존중해야 합니다. 수많은 사람들이 죽었다는 이야기를 꾸며 내거나, 홀로코스트가 일어나지 않았다고 주장하거나, 사라예보 포위전이 일어나지 않았다고 주장하거나, 사람들이 언덕 위로 달려 올라가서 사라예보를 포위한 자들을 공격했다고 주장할 수는 없습니다. 진실을 존중해야 합니다. 하지만 진실이 반드시 자명하지는 않지요.

그리고 당신이 피난민이든 이민자든 삶의 터전에서 밀려난 경우에는 예전 삶과의 연결이 약해지거나 끊겼기 때문에 당신이 들려주는 예전 삶에 대한 이야기 중 어느 것이 진짜이고 어느 것이 꾸며 낸 것인지 알기 어렵습니다. 이러한 문제에서는 이야기와 기억, 역사가 연결됩니다. 따라서 저는 이 문제를 개인적으로 해결해야 했습니다. 제가 시카고에 있을 때 저를 구성하는 사람들의 연결망 ── 친구들, 가족, 실제로 저를 아는 모든 사람들 ── 과 단절된 시기가 있었는데, 그때 제 삶을 전부 꾸며 낼 수 있음을 깨달았기 때문입니다. 1990년대의 시카고에는 제가 예전에 어떤 사람이었는지 목격한 사람이 하나도 없었습니다.

와크텔 당시 어떤 의미에서는 정체성도 없이 시카고에서 살면서 닻이 풀린 느낌이었습니까?

헤몬 그랬습니다. 삶의 터전에서 밀려난 다음에야 제가 얼마나 타인들로 구성되어 있는지 깨달았으니까요. 하지만 개인 주권이라는 개인주의적 개념 역시 문학이 다루는 대상으로 잘 확립되어 있는데, 픽션에는 하나의, 또는 한정된 수의 중심 의식이 있어야 하기 때문입니다. 우리는 그러한 중심 의식과 하나가 되지요.

와크텔 문학 활동 자체가 당신의 최근 소설집 『사랑과 장애물들』의 주제이고, 다른 픽션들에 등장하는 당신의 또 다른 자아 몇몇이 그랬던 것처럼 서로 연관된 이 단편들의 이름 없는 화자는 당신과 비슷한 여정을 따릅니다. 사라예보에서 성인이 되고, 시카고로 이주하고, 전쟁의 발발로 삶이 무너지고, 새로운 삶을 살면서 새 언어와 새 문화를 배우려 애쓰지요. 당신은 이 화자의 문학적 열망에 대해 무척 아이러니한 태도를 취합니다. 첫 장에서 조지프 콘래드가 언급되지요. 이유가 무엇입니까?

헤몬 왜 아이러니한 태도를 취하냐고요?

와크텔 네.

헤몬 저라면 아이러니한 태도라고 말할지 잘 모르겠군요. 글을 쓸 때의 단순한 규칙 — 어쩌면 삶을 써 나갈 때도 마찬가지일지 모릅니다 — 은 번듯해지기 전까지는 전부 쓰레기라는 겁니다. 글쓰기 강좌 문화는 꾸준히 노력하면 점차 나아지고 조금씩 좋아진다는 개념을 만들어 냈습니다. 하지만 제 경험을 생각하면 저는 계속 노력하면서 결국에는 충분히 좋은 글을 쓸 수 있기를, 그래서 책을 내고 이런 대화를 나눌 수 있기를 바랐지만 정말로 그렇게 되기 전까지는 항상 아주 부끄러울 정도였습니다. 글을 쓸 때는 정말 그렇고, 또 삶을 써 나갈 때에도 마찬가지입니다. 저는 아주아주 오랫동안, 적어도 20년 동안, 글을 정말 정말 못 썼습니다. 사상 최악의 시 자리를 놓고 다툴 만한 시를 평생 썼지요. 제가 쓴 시를 몇 년 만에 다시 읽으면 눈물이 날 정도로 웃겨요. 그렇지만 저는 실패한 시도들이 자랑스럽습니다. 책을 쓰면서 그렇게 여러 해 동안, 혹은 적어도 6개월이든 9개월이든 2년이든 일정 기간 동안 계속 실패하려면 그만큼의 헌신이 필요합니다. 그러다가 글이 좋아지는데, 어떤 면에서는 할 수 있는 실수는 이미 다 해서 이

제 남은 것은 제대로 쓰는 것밖에 없기 때문이지요. 이런 의미에서 이 책의 화자는 여러 면에서 저와 다르지만, 제가 이해할 수 있을 만큼은 가깝습니다. 저는 그를 놀리기 좋아하지만 존중하지 않는 것은 아닙니다.

와크텔 단편 「모든 것」의 등장인물은 온갖 불행을 만나지만 특히 "사랑과 장애물들"이라는 시를 쓰고 싶어 하고, 또 다른 단편에서는 여자들에게 좋은 인상을 주려고 "사랑과 장애물들"이라는 시를 암송해 주겠다고 합니다. 「사랑과 장애물들」은 『뉴요커』에 실린 단편 제목이 되었고, 당신은 단편집 제목도 그것으로 선택했습니다. 이 제목의 어떤 점이 그렇게 매력적인가요?

헤몬 저는 형편없는 시를 쓸 당시 록 밴드를 했는데, 시를 활용하는 유일한 방법은 ─ 출판은커녕 읽을 사람도 없을 테니까요 ─ 노래 가사로 쓰는 것이었습니다. 그때에도 제가 드러머 옆에 앉아서 무슨 뜻인지 설명해야 하는 순간이 적어도 한 번은 있었는데, 사실 저도 의미를 몰랐기 때문에 제가 드러머에게 해준 것은 찬란한 개소리였지요. 하지만 저는 "사랑과 장애물들"이라는 제목이 좋았습니다. 어떤 가사였는지, 무엇에 관한 시였는지는 기억이 나지 않아요. 그냥 그 제목이 좋았습니다. 사랑과 장애물들, 이 말에는 수없이 많은 플롯이 담겨 있지요. 그러므로 책에서 이 제목은 말하자면 힌트로, 상징적인 힌트로 기능합니다. 이 소년이 애쓰는 것, 끊임없이 사랑을 찾는 상황을 가리킵니다. 하지만 장애물이 있어요. 여자들과의 관계에도, 소년이 잘못된 이유로 동경하는 남자들과의 사이에도, 미국과의 관계에도 장애물이 있습니다. 그는 미국을 사랑하고 싶지만 쉽지 않아요.

와크텔 『사랑과 장애물들』의 다른 단편에서 화자는 타인의 고통에 대해 말할 권리가 없는 사기꾼이 된 기분이 들고, 아주 복잡한 상황에 처합니다. 그는 이렇게 말하지요. "나는 보스니아인이었고, 외모도 행동도 보스니아인 같았고, 모두들 내가 고통받는 내 조국의 영혼과 끊임없이, 아무 방해도 없이 소통한다고 생각하며 만족했다." 당신도 그런 경험이 있습니까?

헤몬 네, 정말 그랬습니다. 디너파티에 가면 사람들이 "어디에서 오셨어요?"라고 물었지요. 제가 "보스니아요"라고 대답하면 사람들은 "보스니아에서 대체 무슨 일이 일어나고 있는 겁니까?"라고 물었습니다. 그러면 제가 보스니아의 모든 역사와 복잡한 문제들, 그리고 제가 알고 사랑하는 사람들 하나하나의 이야기를, 거기서 일어나고 있는 모든 일을 열 마디 정도로 설명해야 하는 겁니다. 그래서 누가 어디서 왔냐고 물으면 그런 이야기를 하고 싶지 않아서 룩셈부르크에서 왔다고 말할 때도 있었습니다. 대부분 룩셈부르크라는 이름을 들어 보긴 했지만 어디인지도 모르고 돈세탁이 목적이 아닌 이상 그곳에 가지도 않았으니까요. 이제는 좀 더 잘 대처합니다. 저는 상황을 설명할 방법도 모르고 제 정체를 드러내는 것을 여전히 피하지만, 부끄럽기 때문은 아닙니다. 그런 것과는 거리가 멀죠. 아주 복잡한 문제를 대충 설명하고 싶지 않기 때문입니다.

와크텔 단편 「지휘자」에서는 화자의 동료가 새로 등장하는데, 그는 보스니아의 살아 있는 가장 뛰어난 시인 무하메드 D.가 됩니다. 별명이 데도Dedo, 즉 노인이지요. 이 시인은 포위전에서 살아남아 그 경험에 대해서 썼습니다. 화자는 데도의 시를 이용해서 여자들을 침대로 끌어들이지요. 정말로 존재하는 시였나요? 데도의 모델이 있습니까?

헤몬 아니, 아닙니다. 지금까지도 많은 보스니아 사람들은 제가 실제 시인을 빗대어 쓴 것이 아니라는 말을 믿지 않습니다. 데도의 시는 전부 제가 썼어요. 친구 중에 뛰어난 보스니아 시인이 있는데 그 친구가 마음에 든다며 나머지도 보고 싶다고 했지만 그런 건 없었습니다. 친구는 저에게 시를 더 쓰라고 재촉했지만 데도의 작품을 다 쓰고 나니 시를 쓸 입장이 아니었어요. 사람들이 제 소설을 보고 자전적인 이야기라고 해도 상처를 받지는 않지만, 저는 자전적이라고 생각하지 않습니다. 제가 처했던 것과 똑같은 상황의 전혀 다른 결과를 상상한 것이기 때문에 제 삶과는 일치하지 않아요. 하지만 저는 이 책에 나오는 모든 사람이기도 합니다. 데도의 머릿속으로 들어가서 원래라면 쓰지 않았을 부분의 두뇌를 써서 시를 만들어야 했지요.

와크텔 당신은 데도를 보스니아 이슬람교도로 설정했습니다. 이슬람교도라는 사실이 시인으로서 그의 평판에 영향을 끼치나요? 그의 목소리에 더 큰 권위를 실어 줍니까?

헤몬 꼭 그렇지는 않아요, 직접적으로 영향을 주지는 않습니다. 왜 그렇게 설정했는지 기억이 나지 않는군요. 이 설정은 이슬람이라고 하면 자동적으로 뒤떨어진 문화라고 무시하는 편협한 사람들의 심기를 불편하게 만들었습니다. 이슬람교에서 나왔지만 근본주의와는 거리가 먼 세속 문화나 종교 문화가 많고, 제가 보스니아에서 살 때는 그게 당연해 보였습니다. 심지어는 전쟁 후에도 마찬가지였지요. 이것이 부분적인 이유인 것 같습니다. 저는 『라자루스 프로젝트』를 쓰면서 이 책을 같이 썼는데, 당시 미국에서 벌어지는 일들에 무척 몰입했고 분노했습니다.

와크텔 이라크 전쟁 말씀이지요.

헤몬 맞습니다. 거짓말들과——픽션 속 진실에 대한 이야기들이지요. 그런 이유였다고 생각하지만, 권위를 생각하지는 않았을 겁니다.

와크텔 논픽션 선집 『내 인생들의 책』은 당신이 사라예보에서 시카고로 오기 전과 후에 대해서 아들, 형제, 삶의 터전에서 떠밀려난 사람, 남편, 축구 선수로서 당신의 여러 가지 정체성을 살핍니다. 가장 놀라운 이야기는 「내 인생의 책」인데요, 대학 시절 롤 모델이었던 사람에 대한 집착과 그 뒤에 느낀 환멸을 설명합니다. 문학과 이데올로기의 충돌을 보여 주는 이야기죠. 그 문학 교수님에 대해 이야기해 주시지요.

헤몬　니콜라 콜레비츠는 제가 대학 때 가장 좋아했던 문학 교수님입니다. 교수님 수업이 정말 좋았지요. 그분의 에세이 작문은 제가 들은 유일한 작문 수업이었습니다. 제 논문 지도교수이기도 했지요. 저는 대학을 졸업한 다음 교수님을 찾아갔고, 우리는 강가를 산책하면서 문학에 대해 토론했습니다. 사실 처음 써 본 소설을 보여 드리기도 했지요. 그러므로 전쟁 전에, 그 모든 사건이 일어나기 전에 교수님은 말하자면 저를 문학으로 인도한 사람이었고, 저는 교수님의 인도를 받는 것이 좋았습니다. 하지만 어느 순간 교수님은 세르비아 민족주의당에 가입했고 지도부가 되었습니다. 전쟁이 발발할 즈음 그는 카라지츠와 무척 친했고, 1997년에 자살하지 않았다면 전쟁 범죄자로 기소되었을 겁니다. 저는 교수님이 파시스트가 되는 것을 보면서 그에게 배운 모든 것에, 또 그의 존재에 의해 한정되어 버린 이 분야에 의문을 제기하지 않을 수 없었습니다. 그의 파시즘 앞에서 또 수없이 많은 고귀한 문학 작품들도 그의 변절을 막지 못했다는 사실 앞에서 문학이라는 개념 자체와 수많은 책들을 시험해 보아야 했습니다. 저는 전쟁 전까지만 해도 문학과 예술이 사람을 고귀하게 만든다고 믿었고, 아직도 많은 사람들이 그렇게 믿고 있습니다. 문학과 예술에 노출되면 더 나은 사람이 된다고 말입니다. 책을 많이 읽을수록, 음악을 많이 들을수록 전쟁 범죄자가 되거나 대량 학살을 지휘하는 것으로부터, 혹은 그저 비열한 사람이 되는 것으로부터 멀어진다고 말입니다. 하지만 인생의 슬프고도 단순한 사실은 그렇지 않다는 것입니다. 전쟁 때 가장 착한 사람들이 독서에 관심이 없거나 예술과 문학을 어떤 식으로든 좋아하지 않을 수도 있고, 책을 많이 읽고 교육을 많이 받아서 칸트나 셰익스피어를 인용할 수 있는 사람이 아무 문제없이 전쟁과 대량 학살을 지휘할 수도 있습니다.

와크텔 그의 가르침으로부터 어떻게 벗어날 수 있을까요?

헤몬 글쎄요, 저는 책을 읽고 또 다시 읽습니다. 영어로 글을 쓰기 위해 영어를 배우겠다는 계획과도 맞아떨어졌지요. 그래서 저는 그런 생각을 하면서 책을 읽습니다. 사람을 고귀하게 만드는 문학이라는 꿈 같은 생각을 버리고 나니 제가 발견한 현실에서 버티지 못하는 책들이 많았습니다. 하지만 저는 대답해야 할 의문이 또 있었습니다. 왜 글을 쓰지? 나는 예전에도 글을 썼고, 문학 작가가 되고 싶었고, 기자로도 일했어. 그런데 왜 글을 쓰지? 무슨 소용이지? 문학이 사람을 고귀하게 만들지 않는다면 뭐 하러 문학을 하지?

와크텔 그래서요?

헤몬 우선 그 대안이 없거나, 있어도 만족스럽지 않습니다. 제 생각에 문학이 하는 일은 사람들이 접근하기 쉬운 언어로 인간 경험의 장을 구성하는 것이고, 우리는 이 장에서 다른 방식으로는 얻을 수 없는 지식에 접근할 수 있으며, 그러한 지식에 접근할 때 중요한 요소는 상상력입니다. 우리는 대안적인 삶을 상상할 수 있고 나와 공통점이 하나도 없는 타인의 삶을 상상할 수 있는데, 그러면 문학이라는 수단에 의해서만 가능한 방식으로 이 세상에 참여할 수 있습니다. 파시스트도 이 장에 들어올 수 있습니다. 이 장은 파시스트가 들어오지 못하게 막지 않고, 그들이 이 장에서 찾고 싶었던 것을 발견할 수도 있기 때문에 결국 모든 사람을 고귀하게 만드는 것은 아닙니다. 하지만 문학이 만드는 장은 우리가 모여서 좋은 일을 하려고 노력하는 곳이고, 실패할 수도 있는 거예요. 문학이란 항상 우리를 더 나은 사람으로 만들어 주는 명작을 만들어 내는 것이 아니라 끊임없이 이어지는 프로젝트인데, 저에게는 이렇게 끊임없이 이어지는 참여가 중요합니다. 절대 끝나지 않아요. 어떤 면에서는 유토피아 프로젝트입니다. 저는 결국 우리 모두가 좋은 사람이 되는 일은 없으리라는 사실을 이성적으로 알고 있지만, 그렇다고 해서 달리 어디로 가겠습니까? 제가 달리 어디로 갈까요? 달리 무엇을 할까요? 그것말고는 집에 가만히 앉아서 아무것도 하지 않고 인간을 포기하는 길밖에 없습니다.

와크텔 그 교수님이 대량 학살을 저지를 만한 사람이라는 것을 어떤 식으로든 알아차리지 못한 자신을 책망하십니까?

헤몬 실제로 자책도 했고, 그 문제에 대해 정말 많이 생각했습니다. 제가 아는 사람들은 모두 그런 친구가, 심지어는 가족이 있었지요. 착하고 유쾌하고 지적이고 정직했는데 어느 날 갑자기 살인자가 되어 버린 사람 말입니다. 인간의 심리적, 윤리적 연속성을 생각하면 이건 정말 큰 문제예요. 안락한 삶과 안정적인 사회는 우리가 항상 지금과 같은 사람이었다는 생각을 만들어 냅니다. 네다섯 살 때 지금의 저라는 사람이 만들어지기 시작했고, 자기 발전이라는 연속적인 궤도가 있다는 생각 말입니다. 그것은 편안하고 어떻게 보면 반드시 필요한 망상입니다. 하지만 역사적, 사회적 파열이 발생하면 그러한 연속성은 사라집니다. 전쟁 전까지는 선했던 사람들이 살인자로 변하고, 전쟁이 끝나면 다시 선한 사람이 되지요. 제가 보기에는 이것이 충분한 설명이었습니다. 교수님은 좋은 사람이었지만 변했지요. 물론 그렇다고 해서 일반적이지 않은 상황에서 자신이 한 행동에 대한 책임이 사라지는 것은 아니지만, 대신 우리 모두 인간이 살인자로 변할 가능성을 막아야 한다는 압박을 느낍니다. 다시 말하자면 민주주의의 작용이지요. 평등하고 서로 존중하는 상태에서 타인에게 관여하는 것입니다.

와크텔 역시나 유토피아 프로젝트군요.

헤몬 네, 저는 항상, 온종일, 유토피아 프로젝트만 하지요.

와크텔 사라예보 사람들은 모두 배신당한 경험이 있다고 하셨는데요, 그런 상처가 문화에 어떻게 흡수되었습니까? 지금도 그런 상처를 느끼나요?

헤몬 이제 정리되었으니 그렇지는 않습니다. 저를 배신한 자들을 이제는 극복했습니다. 가족이든 친구든 사람들에 대한 의리가 더욱 강해지고 관계가 더욱 가까워졌지요. 저는 토론토를 비롯해 그 어디에 가든 가족처럼 친한 친구들이 있습니다. 가족이지요. 똑같은 행동을 하고, 연락을 주고받고, 여러 가지를 같이하고, 강렬한 유대감을 느끼기 때문에 그 어떤 상처도 뛰어넘지요. 말하자면 잃는 사람이 있으면 얻는 사람도 있는 겁니다. 하지만 배신의 경험은…. 반대로 윤리적, 심리적 연속성이 있다고 가정한다면 좋은 사람이 살인자로 변하는 것에 대한 설명은 그들이 원래 그런 사람이었지만 우리가 몰랐다는 것밖에 없습니다. 보스니아에서 그들은 인종으로 정의되기 때문에 좋은 사람일 때도 절대 믿을 수 없지요. 따라서 인종 분리라는, 많은 면에서 불행한 결과가 도출될 수밖에 없습니다. 대체로 제도적인 분리지요. 보스니아의 많은 사람들이 직접적으로든 지적으로든 이러한 생각에 맞서 싸우고 있습니다.

와크텔 「한량의 삶들」이라는 에세이에서 당신은 전쟁 전에 살았던 사라예보와 사라예보에 대한 당신의 사랑을 설명합니다. 자식들과 손자들에게 그런 이야기를 해주고 싶었고, 그곳에서 나이 들고 세상을 떠나고 싶었지요. 삶이 이토록 극적으로 바뀐 것이 아직도 충격인가요?

헤몬 이제는 충격이 아닙니다. 극복했지요. 저는 제 삶 안에 존재하고 있고, 그것을 현상학적으로 생각하지는 않습니다. 하지만 제가 자발적으로 선택하지는 않았으리라는 점에서 참 파란만장하지요. 저는 그 경험을 최대한 이용하려고 노력할 뿐입니다. 하지만 또…. 저희 집안에는, 적어도 친가 쪽에서는 여러 해 동안 몇 세대에 걸쳐서, 아마도 몇 백 년 동안 "내가 태어난 나라에서 죽고 싶어"라고 말하는 사람이 없었습니다. 연속성이라는 면에서 제 자식들은 한곳에서 한 가지 삶만 살지도 모르지만 모두가 그런 것은 아닙니다. 우리 가족만 그런 게 아니에요, 흔한 이야기죠.

와크텔 1992년에 처음 시카고에 도착했을 때 당신은 영어를 열심히 배웠지만, 모국어로는 글을 쓸 수 없었습니다. 왜죠?

헤몬 언어는 그 언어를 쓰는 모든 이들의 경험을 포함하고 비추기 때문에 모국어로는 쓸 수가 없었습니다. 과거의 경험뿐만 아니라 현재의 경험도 비추니까요. 말은 경험에서 나오는데, 저는 그 경험과 단절되었습니다. 전 포위전이나 전쟁을 겪은 사람들과 같은 언어를 쓰지 않았어요. 적어도 글을 쓰기에는 충분하지 않았습니다. 예전에 사라예보의 잡지에 글을 썼는데요, 같이 일하던 사람들은 잡지를 계속 냈고, 전쟁이 발발했던 1992년 여름에는 두세 편 정도 글을 써서 위성 전화로 구술하기도 했습니다. 동료들은 제가 영화 평론이라도 쓰면 좋겠다고 했어요. 시카고 영화관에 가서 영화를 보라고 했지요. 그 사람들에게는 아직도 영화가 만들어지고 있고 그들도 조만간 영화를 볼 수 있다는 사실을 아는 것이 중요했습니다. 하지만 저는 보스니아어를 쓰는 것이 불편했어요. 그들은 내부에, 저는 외부에 있었지요. 따라서 단순히 영화에 대한 이야기라 해도 제가 그 사람들에게 무엇이 옳고 무엇이 그르다고, 무엇이 좋고 무엇이 나쁘다고 말한다는 것 자체를 생각도 할 수 없었습니다. 글을 써서 이야기를 들려주려면 어떤 권위가 있는 위치를 상정해야 합니다. 반드시 우월하다는 게 아니라 "내가 글을 쓴 이것에 대해서는 당신보다 내가 조금 더 알아"라는 겁니다. 이것이 대화의 방향인데, 독자가 제 이야기에 반응을 보이고 그렇게 대화가 시작되는 것이 이상적이지요. 하지만 저는 그렇게 권위 있는 위치에서 대화를 시작할 수 없었습니다. 저는 안전과 생명이라는 점에서는 훨씬 더 나은 상황이었지만—아무도 저에게 총을 쏘지 않았지요—그들이 쓰는 언어에 접근할 수 없었으니까요. 그래서 몇 년 동안 모국어로는 글을 쓰지 않고 영어로만 글을 썼습니다. 하지만 1996년 이후로는 가끔 보스니아 정기간행물에 칼럼을 씁니다.

와크텔 원래 1개월짜리 저널리스트 프로젝트 때문에 미국에 오셨는데, 귀국 예정일에 사라예보 포위전이 시작되었습니다. 사라예보를 떠날 때 생각보다 더 오래 머물게 되리라는 희미한 예감이라도—?

헤몬 아니요. 저는 책 한 권 분량의 형편없는 단편을 써서 사라예보의 출판사에 보냈고, 1992년 여름에 단편집을 내기로 한 상황이었습니다. 출판사 사장이 자취를 감추면서 그 책도 사라졌으니 다행이지요. 하지만 저는 대학 쪽으로 연줄을 만들어서 사라예보로 돌아와 책을 낼 계획이었습니다. 그런 다음 책과 연줄을 이용해서 미국으로 올 방법을 찾으려 했을지도 모르지만요. 아무튼 그래서 저는 돈도 옷도 별로 없이 미국으로 왔습니다.

와크텔 앞서 말씀하신 것처럼 알면서도 몰랐던 것이군요. 전쟁이 다가오고 있음은 알았지만 어떤—

헤몬 맞습니다, 전쟁이 언제 다가오는지는 알지 못해요. 전쟁이 정말 어떤 것인지 상상도 못하기 때문에 정말로 전쟁이 닥쳐도 알지 못하는 거죠. 저는, 우리 대부분은 전쟁이 곧 전투라고 상상했습니다. 이 편과 저 편으로 나뉘어서 서로에게 총을 쏜다고 말입니다. 하지만 실제로는 그렇지 않아요. 군사적인 관점과 지적, 감정적, 그리고 수많은 관점에서 봤을 때 전쟁은 그보다 훨씬 먼저 시작됩니다.

와크텔 당신은 전쟁이 끝나고 1년 반이 지난 1997년 봄에 이제 삶의 터전이 바뀌어서 돌이킬 수 없는 방문자로서 사라예보로 돌아갔다고 설명합니다. 어디에서 그런 느낌을 가장 강력하게 받았습니까?

헤몬 저는 사라예보로 돌아가 친구들을 만나기 전에 처음 며칠 동안 열심히 돌아다녔습니다. 친구를 마주칠 것 같은 곳에는 가지 않았고 연락도 하지 않았지요. 우선 사라예보와 단둘이 시간을 보냈습니다. 그런 다음 5년 동안 만나지 못했던 사람들과 다시 어울렸지요. 5년은 아주, 아주 긴 시간 같았습니다. 그렇기 때문에 모든 것이 그대로이면서 그대로가 아니었어요. 건물들은 손상되었지만 같은 곳에 서 있었습니다. 저는 사라예보의 지리를 잘 알았고 한 지점에서 다른 지점으로 가는 법을 알았지만, 많은 면에서 달랐습니다. 한번은 초등학교 시절의 친구를 우연히 만났습니다. 일곱 살 때부터 알던 친구였고 만나서 너무 기뻤기 때문에 저는 흥분해서 물었지요. "잘 지냈어? 어머니는 잘 지내시고?" 그러자 그녀가 말했습니다. "어머니는 전쟁 첫 달에 저격수의 총을 맞고 돌아가셨어." 저는 아무 일도 없었다는 듯한 말투와 태도로 안부를 물었습니다. 전쟁이 없었다면 당연한 말투였지요. 그 친구는 모욕적이라고 생각하지 않았고 기분이 상하지도 않았습니다. 우리는 친구였으니까요. 우리는 아직도 친구입니다. 하지만 저는 그런 현실에 적응해야 했습니다. 그녀는 전쟁 전과 똑같은 친구, 똑같은 사람이었지만 저는 그녀가 특수한 상황을 겪었다는 사실에 적응해야 했습니다. 그 친구는 옛날 그대로였지만 그대로가 아니었지요.

와크텔 당신은 호전적인 사라예보 사람이라고 자신을 설명한 적이 있는데요, 이제 제2의 고향이 된 시카고에 대해서도 그렇게 말할 수 있나요?

헤몬 네, 그렇게 말할 수 있습니다. 호전적이라는 말은 어색하지만….

와크텔 단어를 잘못 선택했을지도 모르겠군요.

헤몬 저는 사라예보에 있을 때 더 호전적이고 배타적이었지요. 저는 솔직히 말해서 뿌리 깊은 편견을 가지고 구분을 지었습니다. 사라예보에서 태어난 사람, 즉 도시인이어야만 도시인이 아닌 사람은 감히 이해도 할 수 없는 방식으로 이 도시를 이해할 수 있다고, 그러므로 도시인이라는 제 정체성이 더 우월하다고 생각했습니다. 호전적이라 할 만하지요. 저는 시카고를 무척 사랑하고 사라예보도 여전히 사랑하지만, 제가 다른 사람보다 도시에 더 잘 맞는다는 생각, 도시에서 제가 다른 사람보다 더 중요하다는 생각은 두 번 다시 하지 않을 겁니다.

와크텔 하지만 말씀하신 것처럼 당신은 사라예보에서 얻었던 것을, 영혼의 지리적 위치를 시카고에서도 원했는데 그래서 어떻게 되었나요?

헤몬 어떤 면에서 저는 시간이 지난 후에야 제대로 이해할 수 있었습니다. 올바로 이해하는 방향으로 가고 있긴 했지만, 저는 형이상학적으로 도시와 연결돼야 했어요. 즉, 저라는 사람이 도시라는 집단적 개체에 의해 구성된다면 ─특정한 지리, 건축, 문화, 인간 사이에서 자란다면 ─저는 그 도시와 떨어진 후에야 도시라는 공간에 필연적으로 따르는 그 모든 상호작용에 제가 얼마나 깊이 의지했는지 깨닫습니다. 제가 어떤 사람인지 알고 어엿한 사람이 되려면 스스로 잘 아는 도시에 살아야 했습니다. 제가 살고 있는 도시에 대한 이야기도 할 수 있어야 한다는 점이 중요하지요. 제가 전쟁 전의 사라예보에 대해 느낀 사랑은, 그곳에서 저에게 일어났던 일들을 자식들과 손자들에게 이야기해 주고 싶다 ─여기서 네 엄마를 만났단다, 여기서 처음으로 사랑을 나누었지, 여기서 두들겨 맞은 적이 있어 ─는 생각으로 표현되었습니다. 물리적 공간을 서사적 공간으로 탈바꿈시키는 것이지요. 시카고에서 그렇게 하려면 제가 시카고에서 많은 시간을 보내고 그것을 서사적으로 구성해야 했습니다. 이 공간으로 옮겨 와서 이곳에서, 그리고 이곳에 대해서 이야기를 들려줄 방법을 찾아야 했지요. 저에게는 그것이 바로 영혼의 지리입니다. 형이상학적 지리는 언어에 새겨져 있지요.

와크텔 자신의 언어에 말이지요.

헤몬 글쎄요. 이 경우에는, 시카고에서는 영어지요. 하지만 사라예보에서 살 때는 칼럼을 쓰면서 사라예보의 이야기를 했습니다. 전쟁이 끝난 후 영어로 글을 쓸 때는 사라예보와 시카고에 대한 칼럼을 많이 썼지요.

와크텔 입장을 바꾸는 것이 쉬웠습니까?

헤몬 쉽지 않았지만, 원래 쉬운 일이 아닙니다. 저는 문학이나 창작이 쉬워야 한다고 생각하지 않아요. 사실은, 삶이 쉬워야 한다고 생각하지 않습니다. 물론 우리는 삶이 쉬우면 좋겠다고 생각하지만 현실은 절대 그렇지 않지요. 그래서 저는 성숙하고 어른스러운 사람이 된다는 것에는 삶에 대해, 자신이 하는 일에 대해 열 받지 않는다는 뜻도 있다고 생각합니다. 삶이 원래 쉽지 않으니까요.

와크텔 시카고의 관점에서 사라예보에 대해 보스니아어로 쓰는 것에 대한 질문이었습니다.

헤몬 늘 그렇듯 어려웠지만, 그 어려움을 해결하는 것이 바로 창의성입니다. 대체로 글쓰기란 자신이 만든 문제를 스스로 해결하는 것이지요. 보스니아어로 칼럼을 쓰는 이유는 시카고에서도 사라예보에 참여하는 방식을 찾기 위해서였습니다. 제가 보기에 우리는, 적어도 글쓰기에서만이라도, 어려운 방향을 택해야 합니다. 그게 아니라면 뭐 하러 글을 쓰겠습니까? 차라리 영화나 텔레비전을 보든지 아무것도 안 하는 게 낫지요.

와크텔 현재 시카고의 삶에서 무엇을 가장 감사히 여깁니까?

헤몬 제가 사람들을 모아서 만든 연결망입니다. 그 사람들은 자신이 제가 만든 연결망에 속한다는 사실도 모르고 있지요. 완벽한 스파이단이나 마찬가지예요. 모두 정보원이고, 저는 언제든지 그들을 활동시킬 수 있지만 그게 언제인지는 그 사람들도 모릅니다. 이발사 한 명, 정육점 주인 한 명, 축구 선수들, 변호사들이 있지요. 우리 동네에서는 가게에 들러서 아무것도 안 사고 "안녕하세요, 잘 지내셨어요?"라는 인사만 건넬 수도 있습니다. 그 사람들은 우리 이름, 우리 애들 이름, 우리 개 이름까지 다 알지요. 저는 시카고에 아는 사람이 많은데, 이것이 바로 제가 사라예보에서도 만들었던 도시 생활 구조입니다. 저는 낮에는 식당 잡일꾼이나 불법 이민자와 함께 축구를 하고 저녁에는 제 이름을 절대 기억하지 못할 억만장자를 만날 수도 있는데, 작가에게는 완벽한 상황입니다. 그런 일이 아니면 억만장자가 어떻게 생겼는지 제가 어떻게 알겠어요? 저는 각종 디너파티에서 억만장자들이 무엇을 하는지, 어떤 셔츠를 입는지, 손으로 뭘 하는지 훔쳐봅니다. 그러므로 제가 접근할 수 있는 공간이 아주 넓어요. 시카고는 보스니아 전체만큼이나 크지요, 인구 규모가 말입니다. 이처럼 저는 연결망을 가지고 있는데, 저에게 이것은 다른 곳으로 가져갈 수 없는 자산입니다. 제가 모종의 이유 때문에 당장 시카고를 떠나야 한다면 트라우마가 생길 겁니다. 사라예보를 떠났을 때만큼 트라우마가 크지는 않겠지요, 그때는 전쟁이 일어났으니까요. 하지만 아주 귀중한 것을 잃은 느낌일 겁니다.

와크텔 이번 작품집에서 가장 강렬하고 고통스러운 단편은 당신의 어린 딸 이저벨의 병과 죽음을 다룬 「수족관」입니다. 쓰지 않을 수 없었기 때문에 썼다고 설명하셨는데요, 왜 쓰지 않을 수 없었지요?

헤몬 저는 그 이야기를 쓰는 이유를 명확히 설명해야 했습니다. 타인에 대한 책임감 면에서 볼 때 이 일은 제 아내의 경험이기도 한데 사람들은 "왜 이런 이야기를 썼습니까?"라고 물을 테니까요. 상상이 가겠지만, 쓰기 쉬운 글이 아닙니다. 그런데 왜 쓸까요? 제가 그 이야기를 쓰지 못했다면 최소 두 가지 면에서 실패했을 겁니다. 우선, 저로서는 제 딸의 삶과 죽음에 대해 생각하는 것이 너무나도 힘들었을 테고, 이는 딸을 향한 제 사랑에 한계가 있다는 뜻이 될 테니, 아버지로서 실패했겠지요. 제 사랑에 한계는 없었을 것이고 지금도 없어요. 너무나 불행히도 딸아이의 존재와 삶의 일부는 죽음이었고, 제가 그 사실을 외면한다면 아이에 대한 우리의 사랑, 아내와 저의 사랑을 어기는 셈이었을 것입니다. 또 이 이야기를 쓰지 못했다면 작가로서도 실패했을 겁니다. 다루기 어려운 주제는 피하는 길을 택한다는 의미니까요. 저는 이저벨의 삶과 죽음에 대해 써야 할 상황에 처하기 전에 이런 생각을 한 적이 있습니다. 문학은 우리가 다른 방식으로는 접근할 수 없는 것에, 다른 방식으로는 이용할 수 없는 지식에 접근할 수 있게 해준다고, 그렇기 때문에 어려운 방향을 택하는 것이라고 말입니다. 이 방향을 피한다는 것은 다른 방향으로, 쉬운 주제를 다루는 반대 방향으로 튼다는 뜻입니다. 제가 매문가였다는 뜻이지요. TV 광고나 쓰는 게 낫다는 겁니다. 그래서 저는 그 이야기를 쓸 수밖에 없었습니다.

와크텔 당신은 밍거스를 — 밍거스에 대해서 설명해 주시겠지요 — 상상 속 존재인 동시에 진짜 존재로 묘사합니다. 밍거스에 대해서, 그가 큰딸 엘라뿐 아니라 당신 가족 안에서 어떤 역할을 하게 되었는지 설명해 주시겠어요?

헤몬 밍거스는 제 큰딸의 상상 속 남동생인데, 이저벨의 병이 밝혀진 즈음에 나타났습니다. 이저벨은 뇌종양이었지요. 우연히도 같은 때에 밍거스가 등장했는데, 이저벨의 진단과 우리 가족이 겪고 있던 위기 때문에 나타났을지도 모릅니다. 그 나이대의 아이들이 상상 속의 형제나 자매를 만들어 내는 것은 아주 흔한 일이지만, 제 큰딸의 경우에는 위기가 커질수록, 이

저벨의 종양이 커질수록 밍거스의 존재도 커졌습니다. 그래서 우리는 상황이 허락하는 한 큰딸에게 최대한 신경을 썼고, 우리가 자리를 비울 때가 많았기 때문에 엘라가 그 상황에 대처하는 방식에 대해서 걱정했습니다. 정말 충격적인 상황이었기 때문에 저는 밍거스에게 특히 신경을 썼습니다.

와크텔 밍거스라는 이름은 당신이 붙였지요—

헤몬 우리가 "그 애 이름이 뭐니?"라고 묻자 엘라는 자기도 몰랐는지 "구구, 가가"라고 말했습니다. 엘라의 사촌이 이름을 모르는 것을 가리킬 때 쓰는 표현이지요. 그래서 우리는 재즈 음악가 찰리 밍거스의 이름을 따서 밍거스라고 부르는 게 어떠냐고 제안했습니다. 딸의 이름도 엘라니까 화려한 재즈 음악가들의 모임이지요. 엘라는 밍거스라는 이름을 받아들였고, 그때부터 계속 밍거스에 대해서 이야기했습니다. 밍거스의 첫 번째 모습은 제 책 표지에 그려진 이 파란색 외계인입니다. 그러다가 어느 순간부터 밍거스는 더 이상 소재가 아니었습니다. 엘라는 밍거스에게 말을 하거나 밍거스와 같이 놀았고, 밍거스는 종양이 있었지만 2주 만에 나았습니다. 엘라는 우리가 이저벨의 병에 대해서 나누는 대화를 듣고 밍거스의 이야기에 이용했지요. 그러던 어느 날 저는 엘라가 밍거스의 존재와 밍거스의 이야기를 이용해서 자기 경험을 가공하고 있음을 깨달았습니다. 엘라는 절대 끝나지 않는 이야기를 만들어 내면서 — 그 나이대의 아이들이 흔히 그렇듯 전부 결말이 없고 두서없는 이야기들이었지요 — 그 상황에 대처하고 있었는데, 저는 제가 하는 일도 똑같음을 깨달았습니다. 저 역시 이야기와 아바타를 만들어 내니까요. 제 책의 주인공들이 저와 무척 가까운 것처럼 밍거스도 엘라와 무척 가까워져서 엘라가 밍거스와 함께 앉아서 노는 수준에 다다랐습니다. 한번은 가족들이 식탁에 둘러앉아서 저녁을 먹을 때 제가 엘라에게 "밍거스는 지금 어디 있니?"라고 물었습니다. 엘라는 "다른 방에서 성질을 부리고 있어요"라고 대답했지요. 곧장 말입니다. 그다음부터는 더 복잡해졌습니다. 엘라는 밍거스에게는 형제자매가 세 명 있고, 밍거스의 엄마는 영화를 만들어서 엘라의 방에 있는 상상 속 텔레비전에 틀어 준다고 말했습니다. 온전한 하나의 우주가 되었지요. 저는 서사화를 통해서 경험을 가공할 때, 특히 그 과정이 어려울수록 점점 더 발전한다는 사실을 깨달았습니다. 그때 엘라는 세 살 반이었는데 제가 책을 쓸 때, 결말이 있고 무언가에 도달하는 복잡한 이야기를 만들 때와 똑같은 일을 하고 있었지요. 저에게는 완벽하고 온전한 계시와도 같았습니다. 저는 경험의 서사화가 어떻게 작용하는지 깨달았습니다. 네 살짜리 딸에게서 배웠지요.

와크텔 당신은 다른 책에서 세브다흐라는 보스니아의 독특한 음악 형식, 보스니아의 블루스라 할 만한 음악에 대해서 너무 슬프기 때문에 사람을 자유롭게 만든다고 썼습니다. 슬픔의 순간을 포용하는 문화적 전통에서 나온 것이라고 하셨지요. 그 이야기를 쓰겠다는 결정과 세브다흐 사이에 어떤 연관이라도 있습니까?

헤몬 아니, 없습니다. 세브다흐에는 기쁨도 있으니까요. 세브다흐는 우리가 가끔 친구들과 함께, 어쩌면 술을 좀 마시고서 부르는 노래이고, 그러면서 통제된 슬픔을 음미합니다. 그것은 흘러가는 시간과 흘러가는 젊음, 흘러가는 사랑처럼 삶의 비극적인 면을 처리하는 방식이지요. 세브다흐는 본래 세브다흘링카*sevdahlinka*라는 노래인데, 그 노래를 부르면 존재의 슬픔이 노래가 되지요. 하지만 저는 이 글을 쓰면서 전혀 기쁘지 않았습니다. 내 딸과 내 글에 대한 책임이 있는 것처럼 그 이야기에 대한 책임이 있었지만, 그 이야기를 읽을 때는 저의 다른 이야기를 읽을 때처럼 즐겁지 않았지요. 그러니 세브다흐와 같은 기능을 하지는 않습니다. 아니에요.

와크텔 앞서 강박적인 상상에 대해서, 이야기의 불꽃이 튀게 만드는 가정에 대해서 이야기를 나누었는데요. 당신의 삶에는 더욱 중대한 가정이 있습니다. 사라예보에서 전쟁이 발발했을 때 당신이 미국에 있지 않았다면, 그래서 영어를 익히지도 못하고 영어로 글 쓰는 법을 배우지도 못하고 작품의 끊임없는 연료가 되어 주는, 당신의 경험과 복잡한 정체성을 보는 시각을 발견하지 못했다면 어땠을까, 라는 것입니다. **만약**이라는 상상을 하세요?

헤몬 온종일 만약을 상상하죠. 글쓰기는 경험의 서사화인데, 여기에는 만약이라는 상상이 포함됩니다.

와크텔 하지만 당신 경험에 대해서도 만약을 상상합니까?

헤몬 네. 그러니까 제 말은, 만약이라는 상상은 현재를 포함해서 삶의 어떤 순간에든 적용할 수 있습니다. 제가 작가이기 때문에 만약을 상상한다거나 만약을 상상하기 때문에 작가라고 말할 수 있을 텐데, 동시에 제가 만약을 상상하지 않을 수 없었기 때문에 작가가 되었을 가능성도 아주 높습니다. 저는 상상해야겠다고 마음먹을 필요도 없습니다. 언젠가 제가 엘라에게 말했습니다. "나는 왜 밍거스가 안 보이지? 너는 늘 밍거스 이야기를 하는데 말이야. 나도 밍거스 만나고 싶다." 그러자 엘라가 저를 보며 웃더니 이렇게 말했습니다. "타타, 밍거스는 상상이에요." 저는 적어도 그 순간에는 현실과 상상 사이에 모순이 없음을 깨달았습니다. 밍거스가 상상이라고 해서 현실이 아니라는 뜻은 아니었지요. 그 순간 제가 밍거스를 만날 수 없다는 뜻일 뿐이었습니다. 그러므로 우리는 삶의 현실 때문에 다른 삶을 상상할 필요가 있고, 또 현실의 삶 속에서도 예를 들어 내가 그때 아내에게 이런 말을 하지 않았다면 어땠을까, 그랬다면 저녁 식사 시간이, 또는 오늘 하루가 훨씬 더 좋았을 거야,

라고 상상할 필요가 있습니다. 상상은 현실의 한계를 정하지만 동시에 우리는 상상 덕분에 현실을 구성하고, 조립하고, 가공 가능한 이야기로 만들 수 있습니다. 그러므로 현실과 상상 사이에는 우리가 벗어날 수 없는 변증법이 존재합니다. 이것이 바로 제가 지금 이 일을 하는 이유입니다. 제 삶 전체가 제 삶의 만약입니다.

2013년 10월

인터뷰 제작−샌드라 라비노비치

앤 카슨

Anne Carson

나는 캐나다 시인이자 에세이스트, 그리스 및 라틴 학자, 오페라 대본 작가인 앤 카슨을 오랫동안 존경해 왔다. 나는 고전 철학에 재치 있고 아이러니한 명석함을 엮은 기발한 논문 「달콤쌉쌀한 에로스」(1986)부터 시작해서 뛰어난 글을 쓰는 맥길 대학의 고전학 교수로 그녀의 이름을 처음 들었다.

　다음으로 앤 카슨은 에세이와 시를 엮은 놀라운 책을 두 권 냈다. 해럴드 블룸, 수전 손택, 애니 딜러드는 그녀에게 환호를 보냈다. 카슨은 구겐하임 펠로우십과 래넌 재단 펠로우십, 맥아더 지니어스 지원금을 받았다. 그녀는 2001년 작품 『남편의 아름다움: 스물아홉 번의 탱고로 쓴 허구의 에세이』로 영국의 T. S. 엘리엇 상을 받은 최초의 여성 작가가 되었다. 카슨은 또한 캐나다 그리핀 상의 제1회 수상자가 되었다. 그 사이에 카슨은 역시 독특한 책 『빨강의 자서전: 시로 쓴 소설』로 두 분야를 접합하여 성공을 거두었다. 이 책은 페루와 온타리오의 작은 마을을 배경으로 현대의 동성 로맨스와 그리스 신화를 엮는 작품이다.

앤 카슨의 2010년 책 『녹스』*Nox*는 '밤'이라는 뜻의 라틴어로, 역시 놀랍고 뇌리를 떠나지 않는 작품이다. 오빠에게 보내는 비가—카슨이 "묘비명"이라고 부르는 기억과 사진 조각, 편지, 그림을 모아둔 공책—인 이 작품은 부재에 대한 가슴 뭉클한 고찰이다. 카슨이 첫 번째 항목에 썼듯이, "나는 내 비가에 온갖 빛을 담고 싶었다. 하지만 죽음은 우리를 인색하게 만든다. 우리는 죽음에 더 이상 소비할 수 없다고 생각한다. 그는 죽었다. 사랑이 그 사실을 바꿀 수는 없다. 말을 보탤 수도 없다. 그가 얼마나 별처럼 빛나는 사람이었는지 내가 아무리 재현하려고 해도 그것은 평범한, 이상한 역사로 남을 뿐이다".

앤 카슨의 최근 작품으로는 『안티고닉』, 『빨강의 자서전』의 후속편이자 두 번째 그리핀 상을 수상한 『빨강 선생님』, 『타우리안들 틈의 이피게네이아』가 있다.

우리는 2011년 6월에 카슨이 국제 문학 번역가 레지던시 프로그램에 참여 중 머물던 밴프 센터에서 만났다.

와크텔 당신 작품은 대부분 옛 고전 시대를 이용합니다. 그리스 신화를 언급하고, 그리스어나 라틴어를 번역하고, 고대 사상에 대한 에세이를 쓰지요. 무엇 때문에 그런 세계에 처음 끌렸습니까?

카슨 1965년쯤 온타리오 해밀턴의 쇼핑몰에서였던 것 같아요. 서점을 둘러보고 있었는데 무슨 이유에선지 번역가이자 편집자인 윌리스 반스톤의 『사포』 대역 시집을 가져다 두었더군요. 왼쪽에 그리스어, 오른쪽에 영어가 실려 있었는데 너무 매혹적으로 보여서 이걸 배워야겠다고 생각했습니다. 다음 해에 포트 호프로 이사를 갔는데, 제가 다닌 고등학교 라틴어 선생님이 그리스어를 알았어요. 선생님이 제가 그리스어에 관심이 있다는 것을 아시고 점심시간에 가르쳐 주겠다고 했습니다. 그러니 저의 커리어와 행복은 포트 호프 고등학교의 앨리스 카원 선생님 덕분입니다.

와크텔 무엇에 매료되었나요? 너무나 이질적으로, 혹은 유혹적으로 보이는 언어였습니까?

카슨 부분적으로는 보이는 모습과 그 아름다움 때문이었지만, 또 저는 당시 스스로를 오스카 와일드의 환생이라고 상상했기 때문에 라틴어와 그리스어를 포함한 오스카 와일드 시대의 지식인 세계가 저에게는 일종의 신화였고, 그리스어를 배우면 오스카 와일드와 더 비슷해질 거라고 생각했습니다. 그것이 자연스러운 다음 단계 같았어요.

와크텔 오스카 와일드의 환생이라고요?

카슨 특별한 경우에 입는 오스카 와일드 의상도 있었어요. 와일드가 제일 흥미로운 사람이라고 생각했지요.

와크텔 재기 넘치는 말도 잘 했나요?

카슨 인터뷰를 하다 보면 드러나겠지만, 아니에요. 저는 두뇌 회전이 별로 빠르지 않아요. 하지만 재치를 좋아합니다.

와크텔 라틴어와 그리스어, 특히 그리스어 공부를 시작하고 처음 들은 신화가 뭐였는지 기억하십니까?

카슨 아마 사포가 이야기한 신화 중 하나였을 겁니다, 대부분 표준적인 신화는 아니지만요. 예를 들어 너무 많이 울다가 바위가 된 니오베가 있지요. 그 책에서 가장 또렷하게 기억나는 것은 티토노스의 신화입니다. 청년 티토노스는 새벽의 여신과 사랑에 빠졌고 행복하게 사랑을 나누었습니다. 그러던 어느 날 티토노스가 여신에게 자신을 불멸의 존재로 만들어 달라고 하지요. 그는 신이 되어 여신과 영원히 살고 싶었습니다. 그래서 새벽의 여신이 제우스에게 가서 "티토노스를 불멸의 존재로 만들어 주세요"라고 말했고, 제우스는 "그렇게 하지"라며 그를 불멸의 존재로 만들어 주었지만 노화를 막지는 않았습니다. 그래서 불쌍한 티토노스는 하염없이 늙어 가다가 매미가 되었고, 새벽의 여신은 더 이상 행복하지 않았지요.

와크텔 계약을 할 때 잘 보이지 않는 부분에 신경 써라?

카슨 표현이죠, 네. 표현이 핵심이에요.

와크텔 그리스어 공부에 대해서 더 이야기해 주세요. 당신은 그리스어를 계속 배웠고 그리스어는 당신의 주제가 되었는데요, 무엇에 끌렸는지 더 자세히 이야기해 주시겠어요? 문화, 언어, 복잡성 같은 것 말입니다.

카슨 부분적으로는 작품의 내용 때문이라고 생각합니다. 그리스 문학은 인간이 만든 문학 중 가장 생각이 깊은 작품들입니다. 또 저는 번역의 안으로 들어간다는 정신적 활동 자체도 정말 좋아합니다. 끝없는 낱말 맞추기 퍼즐과 똑같은데, 귀중한 작품으로 퍼즐을 맞추는 셈이죠. 그런 퍼즐을 풀 때의 정신 상태가 정말 제일 좋아요.

와크텔 고대 작품이 현재 우리의 세계에서 반드시 큰 의의가 있는 것은 아니라고 하셨는데, 그 말을 듣고 놀랐음을 인정하지 않을 수 없군요. 우리는 항상 과거의 모든 것에서 의의를 끌어낼 수 있는 것처럼 보이니까요.

카슨 제 말은 그런 뜻이 아니었어요. 그 반대였습니다. 고전 작품에 대해 의의를 갖는 것이 우리의 임무라고, 과거로 돌아가서 고전 작품이 진정으로 하는 일이 무엇인지 그들의 입장에서 보는 것이라는 뜻에 더 가까웠지요. 존 케이지는 "진정으로 듣기 시작하면 이해할 수 없다"고 했는데, 저는 바로 그것이 과거를 연구할 때 중요한 점이라고 생각합니다. 고대 작품이 나에게 어떤 의의를 갖는지 내 생각으로 대체하는 것이 아니라 고대 작품 자체에 귀를 기울이는 것이 중요합니다.

와크텔 고대인들이 세상을 너무나 다르게 보았기 때문인가요, 아니면 우리가 이해하기 위해서 사용하는 언어와 시간 면에서 너무 멀리 떨어져 있기 때문인가요?

카슨 그들은 뿌리였고 그것이 자라서 우리가 지금 살고 있는 나무를 형성했습니다. 하지만 신선해요, 아직도 이슬이 맺혀 있죠. 수천 년이 지난 지금 우리의 사상에 그들의 생각이 약간 남아 있지만 그 위에 딱딱한 껍질들이 생겼고 사이사이에 수백 년의 차이가 있지요. 그리스인들은 항상 세상의 새로움을 깨닫지요.

와크텔 고전을 평생의 주제로 삼아야겠다고 결심한 것이 언제였는지 아시나요?

카슨 카원 선생님과 공부를 시작한 순간부터요. 의심의 여지가 없었습니다.

와크텔 한눈에 반했군요.

카슨 네. 게다가 카원 선생님은 아주 특이한 분이었습니다. 항상 셀러리 냄새를 풍겼지요. 그해가 끝나자 선생님은 사라졌습니다. 학교를 그만두신 것 같았는데, 선생님이 결국에는 아프리카로 가셨다는 이야기를 누군가에게 들었어요. 수십 년 후에 어딘가에서 — 몬트리올이었던 것 같아요 — 낭독회를 했는데, 그리스어 작품도 조금 읽었기 때문에 선생님을 언급했습니다. 그러자 나중에 한 여성이 저에게 다가와 말했지요. "제가 앨리스 카원의 딸인데, 어머니는 지금 북부 온타리오의 농장에 살고 계세요. 말하자면 은둔 중이시죠. 당신 연락하면 기뻐하시겠지만 아마 답장은 하지 않으실 거예요." 그래서 편지를 보냈는데 정말로 답장은 오지 않았습니다. 제가 앨리스 카원이라는 사람에 대해서 아는 것은 그게 전부예요.

와크텔 가장 최근 작품인 『녹스』는 말하자면 애도의 작품, 2000년에 세상을 떠난 오빠의 비문입니다. 당신은 BC 1세기 로마 시인 카툴루스의 시를 한 단어씩 번역하고 해설하여 작품을 구성합니다. 시를 구성하는 라틴어 단어 하나가 왼쪽 페이지를 차지하고, 맞은편에는 당신의 시와 생각, 이미지, 그밖의 온갖 것들이 배치되어 있습니다. 어디서 이런 아이디어를 얻었나요?

카슨 아마 대역본의 구성에서 얻었을 거예요. 저는 평생 왼쪽 페이지에는 그리스어나 라틴어, 오른쪽 페이지에는 영어가 적힌 책을 보면서 수많은 시간을 보냈습니다. 그런 구성에 익숙해지면 두 언어 사이의 좁은 계곡에서 생각하는 것에 익숙해지는데, 바로 거기에 완벽한 언어가 있습니다.

와크텔 단어 하나와 긴 사전적 정의가 나와 있으면 읽는 속도가 어쩔 수 없이 느려지게 된다는 점도 매력이 있겠군요.

카슨 아, 그렇게 말해 주시니 기뻐요. 저는 이 책을 만들면서 사람들이 과연 왼쪽 페이지를 읽을까, 아니면 그냥 쓱 보고 이런 걸 힘들여 읽기는 싫어, 다음 장으로 넘어가자, 라고 생각할까 궁금했습니다. 저는 이 구성이 읽는 속도를 늦추면 좋겠다고 생각했지요. 사전적 설명은 사전에서 가지고 왔지만 약간 손을 보았는데, 독자가 그 사실을 차츰 알아차리고 단서를 쫓기 바랐습니다. 일종의 퍼즐이지요.

와크텔 옥스퍼드 라틴어 사전 항목을 가져다가 조금 고쳤으니까요.

카슨 네, "녹스"라는 단어가 더 많이 들어가도록 손봤습니다.

와크텔 언젠가 프랑스 정신분석학자이자 철학자인 자크 라캉을 인용하셨는데, 라캉은 우리가 시를 읽는 것은 지혜를 위해서가 아니라 지혜의 해체를 위해서라고 말했습니다. 시가 어떻게 그런 일을 하지요?

카슨 저는 어떤 생각을 말할 때 그 바탕이 되는 정보에서 최대한 멀어지려고 애를 쓴다는 느낌이 듭니다. 시를 쓰는 것이 그 방법인 것 같아요 ─ 시적으로 생각한다는 것은 건물에서 뛰어내리는 것과 같지요. 데이터를 모아서 차례차례 움직이는 것이 아니라, 그 순간 당신이 무엇을 아는지 그냥 알아야 합니다. 거기에는 뭔가 우리를 자유롭게 하는 것이 있어요.

와크텔 제가 해체라는 것을 너무 문자 그대로 해석하는지도 모르겠지만, 시를 단어 하나하나 떼어 놓는다고 생각하면—

카슨 네, 단어의 뜻이 무엇인지 알 수 있다고 생각하는 자신감, 그건 외피^{外皮}예요. 사실 우리는 알 수 없으니까요. 그건 우리가 사전에 못 박아 두는 척하는 신호들, 관습의 증거지만, 솔직히 단어는 모두 야생의 정수입니다. 그것의 해체란 언어의 밑바닥에 있는 바로 그 신화를 드러내는 방법입니다.

와크텔 당신이 언급하는 바로 그 신화인가요?

카슨 단어를 확실하게 알 수 있다는 신화지요. 네, 단어를 쓸 수는 있어요. 네, 뜻도 통해요. 하지만 안다고 할 수 있는지 저는 모르겠어요.

와크텔 당신이 카툴루스의 기초 시 번역을 시도한 것이 이번이 처음은 아닙니다. 첫 시도는 언제였습니까?

카슨 아마 카원 선생님과 공부했던 해일 거예요. 카툴루스의 가장 유명한 시, 그래서 누구나 번역을 시도하는 시입니다. 겉으로는 간단해 보이지만 그 아래를 파악하는 것은 불가능해요. 이상적인 시죠.

와크텔 왜 그렇게 번역하기 어렵지요?

카슨 음, 복잡한 문제입니다. 부분적으로는 카툴루스의 언어 선택의 본질 때문인데, 어떤 면에서 카툴루스는 평범한 어법을 융합해서 라틴어 시어를 재창조합니다. 그는 대부분 외설적이거나 음란한 길거리 언어로 많은 시를 썼고, 더욱 공식적인 작품에서도 길거리 언어의 에너지를 유지해요. 하지만 또 제가 느끼기에 카툴루스는 상황을 효율적으로 이용하여 그 요점만 정확히 말하는 특유의 방식이 있는데, 다른 언어로는 그것을 포착하기 힘듭니다.

와크텔 하지만 두 가지 모두 당신에게는 매력적이었겠군요. 더욱 품위 있는 시, 혹은 애가 형식의 시와 관용적인 언어의 결합 말입니다.

카슨 제가 언어의 여러 사용역을 뒤섞는 것은 사실입니다. 어쩌면 무의식적이겠지요. 저는 카툴루스가 사람들이 시를 쓰는 방식에 질려서 계획적으로, 말하자면 자기 언어의 쇄신을 위해서 그렇게 했다고 생각합니다. 제가 그 정도로 단호한지는 잘 모르겠지만 똑같은 에너지가 있어요.

와크텔 번역이 어렵기 때문에 카툴루스를 존경하나요? 아니면 그것이 그를 존경하는 여러 이유 중 하나인가요?

카슨 저는 "내가 못 풀 만한 문제를 줘 봐"라는 태도로 그의 작품을 존경하는 것이 아니라 매일 힘들게 애쓸 대상을 제공하기 때문에 존경합니다.

와크텔 이번에는 드디어 번역할 수 있겠다는 느낌이 들었습니까? 이 시의 번역을 수백 번 시도했다고 말씀하셨는데 이번 『녹스』에서는 번역을 할 수 있었나요? 아니면 체념하고 특정한 번역 방식을 그냥 받아들였나요?

카슨 체념에 더 가까웠습니다. 저는 번역에 항상 맥락이 있다고 생각하는데, 이번 번역은 이 책과 맞아야 했고, 따라서 좀 간단해야 했습니다. 저는 아무것도 꾸미고 싶지 않았어요.

와크텔 시에 대해서, 이 시의 맥락에 대해서 이야기해 주세요. 예를 들어 카툴루스가 어떻게 해서—

카슨 카툴루스는 형을 기리며 그 시를 썼는데, 카툴루스의 형에 대해서는 당시 고대 트로이였다고 여겨지던 소아시아의 로마인 정착지 트로아드에서 죽었다는 사실 외에는 별로 알려진 바가 없습니다. 카툴루스는 형을 매장하고 무덤 앞에 서기 위해 이탈리아에서 소아시아까지 갔습니다. 그때 이 애가를 썼지요.

와크텔 『녹스』에는 수수께끼 같은 느낌이 있습니다. 즉, 세상을 떠나기 훨씬 전에 당신의 삶에서 사라진 오빠를 위해 애가를 쓰는 어려움이 있지요. 오빠가 떠날 즈음 오빠의 삶에 대해서 무엇을 알았습니까?

카슨 잘 몰랐어요. 대학에 진학한 시기—서로 다른 대학에 갔지요—가 비슷했습니다. 저는 그리스어와 라틴어에 푹 빠져 있었는데, 오빠에게는 관심도 없고 견딜 수도 없는 세계였지요. 또 오빠는 취향과 윤리적 기준과 한 사람을 그 사람으로 만드는 모든 면에서 저와 멀어졌고, 그래서 저는 오빠를 더 이상 알지 못했습니다. 그런 다음 오빠가 마약을 팔기 시작했는데 저는 그것이 멍청한 짓이라고 생각했기 때문에 우리는 그 일로 말다툼을 했습니다. 그 뒤에 오빠가 체포되었고, 보석 조건을 어기고 이 나라를 뜨기로 결정했지요.

와크텔 오빠를 마지막으로 본 것이 1978년이었지요.

카슨 맞아요.

와크텔 당신 책에 열 살 남짓한 오빠의 사진이 있는데, 그는 땅에 서 있고 다른 아이들은 위쪽 트리 하우스에 있습니다. 이 사진에서 무엇이 보이나요?

카슨 솔직히 그저 가슴이 아파요. 오빠는 항상 자기보다 한참 나이 많은 형들이랑 어울리고 싶어 했거든요. 모르겠어요, 아마 그러면 자기가 대단해 보여서 그랬겠지요. 큰 아이들은 항상 오빠를 괴롭히고 이용했지요. 그래서 오빠가 나무 밑에 서 있는 거예요. 오빠가 트리 하우스에 올라가지 못하도록 사다리를 올려 버렸지요. 하지만 오빠는 흔들림 없어 보입니다. 또 한 번의 좌절일 뿐이라고, 결국 헤쳐 나가면 더 좋은 날이 올 거라고 생각하는 것 같지요. 오빠는 늘 그랬습니다. 상황이 나아지리라는 근거 없는 낙관주의가 있었어요. 절대 나아지지 않았지만 말입니다.

와크텔 당신은 여러 해가 지나고 오빠가 마약 거래를 시작했을 때 이 사진에서 곁눈질을 하는 오빠의 잘 보이지 않는 표정을 보면서 기운이 빠졌다고 말했습니다. 그 표정이 왜 그토록 당신을 괴롭혔습니까?

카슨 잘 모르겠어요. 사진은 그런 면에서 놀랍습니다. 말로 표현할 수 없는 수많은 정보를 주지요. 하지만 오빠가 죽은 후 그 사진을 봤을 때 그 표정에 오빠의 일생이 담긴 것 같았습니다. 절대 이기지 못하겠지만, 오빠는 다음에 던진 주사위가 절대 이기지 못하리라는 사실을 결코 믿지 않겠지요.

와크텔 낙관주의라고 말씀하시니 흥미롭군요, 대부분의 사진에서 오빠는 어딘가 다친 모습이니까요. 삼각건이나 붕대 같은 것들을 하고 있지요.

카슨 정말 이상하죠? 저는 책을 만들기 위해서 사진을 꺼낼 때까지 그 사실을 눈치채지 못했습니다. 오빠가 항상 팔이 부러져 있거나 다리에 붕대를 감고 있어서 놀랐어요. 저는 오빠가 그렇게 다쳤던 것이 기억나지 않지만 거기 사진 속에 있습니다. 하지만 오빠는 단념하지 않았어요, 팔이 부러져도 곧장 하키 팀에 들어갔지요.

와크텔 어쩌면 자기보다 나이 많은 친구들과 어울려서 그런 게 아닐까요? 오빠가 친구를 잘 사귀지 못했나요?

카슨 아니요, 오빠는 무척 매력적이었어요. 누구와도 친구가 될 수 있었지요. 그래서 그 친구들이 오빠를 왜 그렇게 때렸는지 저는 모르겠습니다. 형제나 자매에게는 항상 수수께끼 같은 부분이 있지요.

와크텔 오빠는 당신보다 네 살 많았고, 두 사람 다 중고등학교에 다니던 십대 때 당신이 숙제를 대신 해주는 것을 좋아했지만, 당신을 "교수님"이나 "멍청이"라고 불렀다고요. 두 사람의 관계를 어떻게 설명하겠습니까?

카슨 슬픈 관계지요. 제가 숙제를 대신 해주기 시작하자 오빠가 저를 참아 준 것 같습니다. 오빠는 프랑스어에서 계속 낙제를 했고 학교에서 몇 번 집으로 돌려보내졌지요. 저는 오빠에게 양면적인 태도를 취했던 것 같습니다. 더 어렸을 때는 오빠가 제 영웅이었기 때문에 저는 어디든 오빠를 따라다녔지만 오빠는 집에 가라고 했지요. 하지만 나중에는 오빠의 결정을 이해하지 못했지만 설득할 수도 없었고, 만나기만 하면 싸우게 되었습니다. 그 이상한 낙관주의 때문에 저는 오빠를 일종의 신화적인 사람으로 보았던 것 같습니다. 그리고 오빠는 어떤 빛을 가지고 있었어요. 오빠가 들어오면 모두 오빠를 보았지요. 아주 잘생겼었고 —키가 크고 금발이었죠—제가 말했듯이 매력이 있었어요. 저는 절대 매력적이지 않았지요. 빛나지도 않았고요.

와크텔 당신은 책에서 "멍청이"를 두 번 언급합니다. 이렇게 썼지요. "그의 목소리는 무언가를, 검고 밀도 높은 것을 덧씌운 듯한 목소리였다 ─ 멍청이라고 말하는 순간(그래, 이 멍청아, 아직도 멍청하냐?)에만 잠깐 밝아졌다가 다시 어두워졌다. 그를 지나간 모든 세월과 시간이, 그 모든 역사가 나에게 흘러 들어왔다. 목소리란 무엇일까?" 다음 장에는 이렇게 씁니다. "나는 그 옛 의문들을 전부 정말 좋아한다." 옛 의문이란 앞장의 이 의문을 의미합니까?

카슨 목소리란 무엇일까라는 의문이요? 네. 저는 목소리에 담긴 모든 정보에 오랫동안 매료되었습니다.

와크텔 "멍청이-교수님"이라고 부른 것이 애정 어린 장난이었다고 생각하나요?

카슨 그랬던 것 같아요, 네. 제가 열여섯 살이 되었을 때 오빠가 로제 유의어사전을 주었는데, 오빠는 제가 작가가 되기를 바랐고 저 역시 작가가 되고 싶었기 때문이지요. 아직도 가지고 있어요. 하지만 두 권짜리 사전인데 1권만 줬어요. 2권은 못 받았지요. 이 사실이 제 글의 어떤 면들에 대한 단서입니다.

와크텔 알파벳 중에서 처음부터 절반까지를 더 좋아하는 것 말인가요?

카슨 네, 왠지 모르겠지만 저는 알파벳의 절반까지를, 즉 A부터 M까지의 단어를 훨씬 더 잘 써요.

와크텔 『녹스』는 인공물로 다가옵니다. 아코디언처럼 접는 형식이고 스테이플러나 풀로 종이가 붙어 있는데, 텍스트나 사진, 그림, 손으로 쓴 편지의 일부도 있습니다. 무척 촉각적이에요. 사실 저는 스테이플러가 있을 것 같아서 계속 만져 봅니다. 물론 각 페이지는 복제한 것이지요. 왜 이런 식으로 표현했습니까? 왜 이 책을 물리적으로 만들고 싶었습니까?

카슨 처음에 제가 직접 책을 만들었으니까요. 아무것도 없는 책을 사서 채워 넣었지요. 그림을 그리고, 풀이나 스테이플러로 붙였어요. 풀 대신 스테이플러로 붙여도 된다고 깨달은 날은 정말 대단했어요. 진정한 수단의 발전이었지요. 어쨌든 제 남편 로버트 커리는 이 책의 특별한 점은 손으로 만들었다는 것이라고, 그래서 이 책을 읽으면 이 사람들과 이 생각들에게 있는 그대로에 끌려들어간다고 말했습니다. 책을 복제하면서 그러한 특징을 그대로 유지해야 했습니다. 그래서 커리는, 말씀하신 것처럼 3차원적으로 보이는 복사 방법을 연구했지요. 완벽하게 복사하거나 스캔하면 요리책처럼 페이지가 번득이지만 기계에 빛이 약간 들어가게 하면 예리함과 생명이, 커리가 "쇠퇴"라고 부르는 것이 다시 생기죠. 따라서 저에게는 독자가 그대로 경험하게 만드는 것이 정말 중요했습니다.

와크텔 양피지처럼 보이게 만들려고 타자로 친 원고 일부를 차로 적시기까지 했습니다. 왜죠? 당신은 2000년에 그 책을 만들었는데요. 왜 그토록 낡아 보이게 만들고 싶었습니까?

카슨 왼쪽 페이지를, 카툴루스 작품이 실린 페이지를 낡은 사전처럼 만들고 싶었어요. 저는 라틴어를 배울 때 항상 종이가 노랗게 변한 아주 낡고 해진 사전들을 썼거든요. 저에게 라틴어를 읽는다는 것은 낡고 먼지투성이의 알아보기도 힘든 페이지를 읽는 것입니다. 그래서 저는, 음… 차로 물들이면 마법 같을 거야, 라고 생각했지요. 정말로 24시간 동안은 마법 같았어요. 그러다가 차가 마르자 다시 하얘졌지만요.

와크텔 이 책을 만드는 독창적인 과정은 어떤 경험이었나요? 슬픔을 이겨내는 방식이었나요? 어떤 점에서 빠져들었나요?

카슨 슬픔을 이겨낸다기보다 오빠를 이해하기 위한 퍼즐이었습니다. 사실, 오빠가 죽기 조금 전, 1978년 이후 처음으로 저에게 전화를 했거든요. 2000년의 일이었습니다. 우리는 아주 이상하고 어색한 대화를 나누었습니다. 알고 보니 오빠는 코펜하겐에 살고 있었고, 제가 그곳으로 가서 오빠를 만나기로 했습니다. 하지만 출발하기 일주일 전에 어떤 여자에게 전화가 와서 "당신은 저를 모르시겠지만, 당신 오빠가 방금 저희 집 화장실에서 죽었어요"라고 말했지요. 코펜하겐에 있던 오빠의 부인이었는데, 17년 전에 오빠와 결혼했다고 하더군요.

와크텔 오빠가 당신과 통화할 땐 그 이야기를 하지 않았군요.

카슨 이야기하긴 했지만, 오빠의 아내가 전화를 했을 때 자신이 누군지 밝히지 않고 "당신은 저를 모른다"고만 말했어요.

그래서 저는 코펜하겐으로 가서 오빠의 부인과 두 사람이 키우던 개를 만났고 오빠의 삶에 대해서 조금 알게 되었지만, 알면 알수록 오빠가 자취를 감춘 22년 동안 어떤 사람이었는지 더 모르겠더군요. 그래서 오빠를 이해하기 위해서, 제가 오빠에 대해 말할 수 있는 것들을 가닥가닥 한곳에 모아서 합치면 무엇이 될지 보려고 책을 만들기 시작했습니다. 책은 점차 제가 비문이라 부르는 것, 말하자면 오빠를 기리는 방식이 되었습니다.

와크텔 오빠가 무엇 때문에 전화를 걸었는지 알았나요? 곧 세상을 떠나게 된다는 예감 때문이었을까요?

카슨 모르겠습니다. 오빠는 그런 말을 하지 않았어요. 오빠는 말수가 적었습니다. 정말 오랜 세월이 지났으니 그냥 연락이 하고 싶었겠지요. 얼마나 수수께끼 같은지 아시겠지요?

와크텔 사인이 무엇이었습니까?

카슨 동맥류였습니다. 마약도 하고 여러 가지로 힘들게 살아서 몸이 버티지 못했던 것 같아요. 겨우 50대였지요.

와크텔 당신이 책에 넣은 사진들 일부는 조각이고, 사람이 없는 사진도 많습니다. 저 멀리 보이는 사람들보다 훨씬 큰 그림자가 나오기도 하지요. 의자, 헛간, 빈 그네, 계단, 벽. 부재라는 느낌이 있습니다. 그런 사진에서 무엇을 보십니까?

카슨 오빠라는 퍼즐을 봅니다. 두 가지로 나눌 수 있어요. 제가 오빠를 숭배했던 어린 시절에는 오빠가 항상 없었습니다. 오빠는 저랑 시간을 보내고 싶어 하지 않았고, 어떻게든 모습을 감추었지요. 나중에 오빠가 말년에 어떤 사람이었을지 생각해 보았지만 이해할 수 없었습니다. 지하 세계에 간 아이네이아스 같았어요. 죽은 어머니를 만나 어머니를 끌어안으려 했을 때의 아이네이아스 말입니다. 아이네이아스는 세 번 팔을 내밀어 어머니를 안으려 하지만 어머니는 세 번 다 품에서 빠져나갑니다. 그래서 저는 사진에 사라짐을 담고 싶었는데, 사람을 잘라내면 사라짐이라는 느낌이 강하게 들지요. 이상하게도 어떤 사진들은 이미 텅 비어 있었어요 ─ 이 역시 옛날 가족사진을 보면 늘 발견하게 되는 것이죠. 아무것도 아닌 사진이 너무 많습니다. 아무것도 아니지만 많은 것을 연상시키는 사진이지요.

와크텔 책을 만들기 위해서 사진을 찢기도 했습니까?

카슨 그랬어요. 찢고 잘랐지요.

와크텔 힘들었나요? 사진을 찢는 것이요.

카슨 놀랍게도 그렇진 않았어요. 작업 태세가 되어서 열심히 찢었지요.

와크텔 당신이 오빠를 마지막으로 만났을 당시의 오빠에 대한 정보 ─ 1978년에 가짜 여권으로 도망친 이후 딱 한 번 집으로 보낸 편지 한 통 ─ 가 연달아서 여러 번 나오는데, 구두점이 약간 다르거나 종이에 찍힌 자국이 미세하게 다릅니다. 네 번째로 등장할 때는 아예 파편이 되지요. 왜 여러 번 반복해서 실었습니까?

카슨 인쇄된 책에서만 반복됩니다. 원본에서는 편지를 접어서 풀로 붙였는데, 인쇄된 책에서는 접힌 부분을 보여 주기 위해서 여러 번 실어야 했습니다. 원본이 아니라는 문제의 기계적인 해결책이지요.

와크텔 저는 반복을 통해 이해하려는 노력과 관련이 있다고 생각했어요. 우리는 가끔 우리가 무엇을 아는지 이해하기 위해서 같은 말을 반복하니까요.

카슨 때로는 자기 생각을 두 번 이상 말하면서 귀로 듣는 것이 도움이 됩니다. 우리가 이 책을 만들 때 저도 그랬어요. 불완전한 방법에서 부수적으로 얻어지는 이득이지요. 하지만 미리 생각했다고 말할 수는 없습니다.

와크텔 당신은 오빠가 망명했을 당시 그의 결정을 이해하지 못했다고 말합니다. 오빠의 삶이 어땠을지 상상하려고 노력해 봤습니까?

카슨 코펜하겐에서 오빠의 부인과 친구들로부터 이야기를 들었습니다. 하지만 앞으로 절대 보지 못할 영화의 시놉시스를 부분 부분 읽는 것 같았어요. 앞뒤가 맞지 않았지요. 누가 "아, 그래요, 당신 오빠가 금을 밀수하던 시절에 알고 지냈지요"라고 말하는 겁니다. 저는 처음 듣는 이야기였어요! 그런 식이었지요. 정보의 작은 조각들. 어떤 패턴도 없었습니다.

와크텔 책 중간쯤에 이런 문장이 나옵니다. "당신을 괴롭히는 것 뒤에 비밀이 있다고 생각하면 항상 위안이 된다."

카슨 비밀은 ─ 말이 되는 것이라는 뜻이지요 ─ 조각이 아니라 답입니다. 그러니까, 솔직히 우리는 대부분 말이 안 되는 조각들의 모음입니다. 우리 각자에게 일관된 자아가 있고 다른 사람이 말할 수 있는 이야기가 있다는 것은 좋은 생각이지만, 허구입니다. 저희 오빠 같은 사람의 경우에는 정말 그런 허구를 직면하게 되죠. 오빠는 알려지고 싶어 하지 않았으니까요.

와크텔 분명 그것이 차이일 겁니다. 우리 모두 허구이고 파편이라 해도 일관성을 가진 것처럼 보이게 서사를 제시하려 애쓰니까요.

카슨 그렇습니다. 어느 순간 오빠는 그것을 포기한 것 같아요.

와크텔 당신의 어머니는 오빠를 자기 삶의 빛이라 말했고, 오빠는 어머니에게 가끔 엽서를 보내고 편지를 한 통 썼습니다. 어머니는 세상을 떠날 때까지 20년 동안 아들을 보지 못했지요. 두 사람의 관계에 대해서 이야기해 주시겠어요? 오빠의 부재가 어머니에게 어떤 영향을 끼쳤습니까?

카슨 어머니 인생을 망쳤지요. 오빠가 살았는지 죽었는지도 모른 채 돌아가셨어요. 어머니는 그 오랜 세월 동안 슬퍼하기만 했습니다. 그러면서도 오빠가 다시 나타나리라는 희망을 놓지 않았어요. 전 희망을 버렸죠. 하지만 어머니는 오빠가 돌아오리라는 생각을 버리지 않았고, 그래서 어머니의 삶은 틀린 삶이 되었습니다. 맞는 삶은 오빠가 문을 열고 들어오는 것이었겠죠. 오빠는 어머니의 귀한 아들이었어요. 오빠가 아기때 자른 머리카락도 간직하고 있었죠. 그런 슬픔을 어떻게 재야 할지 저는 모릅니다. 오빠 전화를 받았을 때 제가 그 이야기를 했어요. 오빠는 "그래, 그렇겠지"라고 말할 뿐이었습니다.

와크텔 어머니는 이미 돌아가셨었지요.

카슨 돌아가신 지 3년이 지났었지요. 저는 "엄마가 오빠 때문에 무척 아파했어"라고 말했습니다. 오빠는 "그래, 그랬을 거야"라고 했지요. 스스로에게도 어느 정도는 거리를 두고 있었던 거죠.

와크텔 결국 어머니와 더 이상 오빠 이야기를 하지 않게 되었다고, 그래서 마음이 놓였다고 하셨는데요. 왜죠? 오빠 이야기를 할 때는 어땠습니까?

카슨 대화를 할 때마다 머리카락 태우는 냄새가 퍼지는 것 같았다고 책에 썼습니다. 냄새가 빠질 데가 없었지요. 오빠의 이야기는 그날 하루를 어둡게 만들었고, 저는 그 문제에 해결책이 있다고 생각하지 않았습니다.

와크텔 하지만 당신 설명에 따르면 집 앞에 차가 와서 설 때마다 어머니는 창밖을 내다보셨고—

카슨 도로에서 자갈 소리가 들리면 오빠일지도 모른다고 생각하셨어요. 참 슬프지요.

와크텔 당신은 "왜 우리는 죽음 앞에서 얼굴을 붉힐까?"라고 묻습니다. 저에게는 놀라운 말이었어요. 그 질문의 대답을 찾았습니까?

카슨 아니요. 저도 놀랐어요. 카툴루스의 다른 시에서 발견했지요. 정확한 구절은 생각나지 않지만 카툴루스는 죽음에 대해서 이야기하고 있어요. 친구에게 바치는 애가인데 카툴루스는 얼굴을 붉힌다는 말을 씁니다. 수수께끼 같은 구절이에요. 라틴어나 그리스어를 번역할 때 말이 되지 않는 것 같지만 여전히 진실 같고 제가 파악해야 하는 뭔가의 핵심 같은 부분을 마주칠 때가 종종 있습니다. 그러면 저는 그것을 어떻게든 짜내어 넣고 제 스스로는 통제하지 못하지만 진실이 저절로 드러나기를 바랍니다. 저는 아직도 얼굴을 붉히는 것에 대해 생각 중입니다.

와크텔 같은 페이지는 아니었던 것 같지만 그 근처에 흥미로운 이미지가 있는데요, 타는 듯한 빨간색이 등장하는데….

카슨 음, **얼굴을 붉힌다**라, 좋아! 빨강 물감을 써야겠어, 라고 생각했죠. 저는 별로 교묘하지 않아요. 저는 그 책을 만드는 게 참 좋았어요, 그런 상황이긴 했지만요. 저는 새로운 페이지마다 기계적, 물질적으로 앞에서 하지 않은 뭔가 다른 것을 하려고 노력하자는 과제를 스스로에게 부과했습니다. 그냥 재미였어요.

와크텔 어떤 면에서는 그렇기 때문에 다음 페이지로 넘어갈 수 있었나요?

카슨 어떤 면에서는 네, 맞아요.

와크텔 기원전 7세기의 역사가 헤로도토스를 인용했는데요. 그는 역사는, 그 의문과 탐색은 지금까지 인간이 해 온 일 중에 가장 이상한 것이라고 말했습니다. 명확하거나 도움이 되는 설명을 주지 않으니까요. 그 점에 동의하십니까?

카슨 사람들은 헤로도토스를 최초의 역사가라고 부릅니다. 그가 발명한 것은 역사를 말이 안 되는 정보의 부스러기들로 보는 것이었습니다. 헤로도토스는 그 부스러기들을 모아서 건네주었죠.

와크텔 그리고 당신도 똑같은 일을 한다는 느낌이 들었고요.

카슨 네, 의미를 궁극적으로 통제하지 않고 그냥 모으는 거죠.

와크텔 하지만 헤로도토스는 또 역사가로서 모든 사람들이 하는 모든 말을 믿을 필요는 없다고 말합니다. 그는 "이집트인들이 했던 말은 참 쓸모없다. 그런 것들은 믿을 만하다고 생각하는 사람이 이용하게 놔두자"라든지 "나는 다른 사람이 한 말을 전해야 하지만 내가 믿을 필요는 없다"라고 말합니다.

카슨 헤로도토스는 유머 감각이 뛰어나요. 하지만 저는 그 말이 농담이 아니라고 생각합니다. 그는 사실만이 아니라 의견도 전하지만, 좋은 것과 나쁜 것으로 지나치게 구분하지 않습니다. 독자가 그렇게 하리라 믿어요. 놀라운 관용이죠.

와크텔 그것이 어떤 식으로든 당신의 탐색에도 반영되었나요?

카슨 저는 그 책에서, 또는 제가 쓴 모든 글에서 관용을 시도한다고, 최대한 내려놓고 독자가 의미를 파악하게 하려고 노력한다고 생각합니다.

와크텔 때로 그 의미는, 앞서 얼핏 말씀하셨듯이, 페이지와 페이지 사이의 틈에 있습니다. "나는 다른 사람이 한 말을 전해야 하지만 내가 믿을 필요는 없다"라는 말의 바로 다음 장에 편지의 일부가, 당신 오빠의 손 글씨로 쓴 "사랑해, 사랑해 마이클"이 나옵니다.

카슨 사람들이 뭐든 두 번씩 쓰는 게 참 이상하지 않아요? 왜 두 번씩 쓸까요? 전 모르겠어요.

와크텔 당신은 또 역사와 애가는 동족이라고 말합니다. 어떻게 연결되죠?

카슨 둘 다 이야기하는 방법, 어딘가 도달하지 못한 채 탐색하고 질문함으로써 —헤로도토스가 말한 것처럼— 사건이나 사람의 윤곽을 알려 주는 방법입니다. 두 가지를 동류로 만드는 것은 도달하지 않는다는 것입니다. 애를 쓰지만 도달하지 못하는 것 말입니다.

와크텔 『녹스』를 끝내고 뭔가가 변했습니까? 오빠를 보는 방식이든 애가와 탐구에 대한 생각 자체든 말입니다.

카슨 오빠를 보는 제 시선이 변했다고는 생각하지 않습니다. 이야기가 더 생겼지만 더 완전해지지는 않았어요. 애가는, 잘 모르겠습니다. 어려운 형식이에요. 대상의 위엄을 지키면서 자신의 지문을 남기지 않기는 어렵습니다.

와크텔 흥미로운 표현이군요. 제가 보기에는 애가에 대한 무척 적절한 설명 같습니다. 하지만 누구든 — 어쩌면 제가 애가를 추도 연설과 융합시키고 있는지도 모르겠군요 — 추도 연설을 하다 보면 연설에 자기 지문을 온통 묻히니까요. 망자에 대한 이야기 같지만 사실 망자에 대한 내용도 아니지요.

카슨 누군가를 위해 애가를 짓거나 추도 연설을 할 때 옳은 자리에 서기는 정말 어렵습니다. 하지만 저는 애가를 짓는 것이 아니라 이 책을 만들었기 때문에 옳은 자리에 서는 데 도움이 되었다고 생각했습니다. 왜냐면 어쨌든 만드는 것이 덜 자기중심적이니까요. 이유는 모르겠지만요.

와크텔 당신은 "형제는 절대 끝나지 않는다. 나는 그를 찾아 돌아다닌다"라고 말합니다.

카슨 오빠가 어떤 방이고 제가 그 안을 더듬거리며 돌아다니고 있다는 느낌이 들었습니다. 어둠 속에서 찾아다니는 거죠.

여기는 의자, 저기는 책, 저기는 스위치. 하지만 절대 평면도를 알아내지 못한 채 매일 그 방을 파악하려고 애쓰는 거죠. 시 역시 그랬습니다. 시를 해체하는 것 역시 캄캄한 과정이에요.

와크텔 이제 카툴루스의 시를 다르게 보나요? 물론 형제에 대한 애가로서 말입니다. 오빠의 죽음이 어떤 울림을 주었을지도 모르니까요.

카슨 네, 울림이 있습니다. 하지만 전 카툴루스의 시가 세상에서 가장 좋은 것들 중 하나라고 항상 생각했고, 지금도 그렇게 생각합니다. 그 작품은 번역 불가한 상태 그대로 놓여 있어요.

와크텔 음, 『녹스』에는 명쾌한 것이 별로 없습니다. 여전히 아주 개인적이고 내밀한 작업이지요. 왜 이 책을 공개하기로 결정했습니까?

카슨 그 책을 잃어 버렸었기 때문입니다. 한 7~8년 동안 저는 여러 사람에게 그 책을 보여 주었는데, 그러다가 예술과 패션 관련도서를 제작하는 독일 출판업자를 우연히 만났어요. 그 사람이 "제가 괜찮게 만들 수 있을 것 같은데, 시도해 보는 게 어떨까요?"라고 말했어요. 그래서 저도 좋다고 했고, 그가 독일로 책을 가져가더니 3년간 사라졌습니다. 이메일에 답장도 하지 않았고 전화도 없었기 때문에 이 책을 다시는 보지 못할 거라는 고뇌의 시간들이었어요. 그러던 어느 날 책이 페덱스로 배달됐습니다. 저는 이것을 영구적인 형태로 만들 때가 됐다고 생각했지요. 그래서 커리가 복제 책으로 만들 방법을 알아냈습니다.

와크텔 앞서 잠깐 이야기했지만 참 흥미로워요. 왼쪽 페이지에 라틴어 단어의 정의가 있는데, 당신은 거의 항상 녹스, 즉 밤이라는 단어가 들어가는 관용 표현을 추가합니다. 하지만 이 책의 주제인 프라터^{frater}, 즉 형제를 정의할 때는 녹스가 들어가는 관용 표현이 없습니다. 확실히 의도적으로 느껴지는데요.

카슨 그 항목에는 더할 수가 없었어요. 당당하거나 공정하지 않다고 느껴졌지요. 오빠가 원하던 대로 오빠의 주변에 경계를 치는 방법이었습니다. 오빠는 고귀하지 않았고 고귀해지고 싶어 하지도 않았어요. 프라터는 그것을 나타내는 일반적인 단어입니다.

와크텔 1998년에 나온 『빨강의 자서전』은 당신이 시로 쓴 첫 소설입니다. 또한 고대의 이야기, 헤라클레스와 괴물 게리온의 신화로 시작합니다. 그 이야기를 해주시겠어요?

카슨 헤라클레스는 사람들이 아마 토요일 아침 만화에서 보았을 인물입니다. 그는 여러 가지 과업을 수행한 것으로 유명한데, 과업 중 하나는 게리온이라는 괴물이 사는 섬으로 가서 마법의 빨간 소를 잡아 오는 것이었습니다. 그래서 헤라클레스는 그렇게 합니다. 게리온을 죽이고 소를 잡아 와요. 저는 그 이야기를 약간 바꾸었습니다.

와크텔 약간이라고요?

카슨 적당히 바뀌었지요.

와크텔 음, 신화 속의 게리온은 날개를 가졌고 당신이 만든 캐릭터도 마찬가지입니다. 그가 다르다는 사실을 나타내는 또 하나의 표식이지요. 무엇 때문에 게리온 이야기에 끌렸나요?

카슨 괴물이기 때문입니다. 우리는 모두 거의 항상 스스로 괴물 같다고 느낍니다. 하지만 그다지 알려지지도 읽히지도 않는 그리스 시인 스테시코로스가 이 신화에 대해서 쓴 글이 감질나는 파편들로 남아 있어요. 그는 사포처럼 매력적인 사랑 시를 쓰지는 않았지만 이 파편들은 정말 아름답습니다. 저는 스스로의 즐거움을 위해서 그것을 번역했는데, 원어에서 제가 흥미롭다고 생각했던 것들은 대부분 번역할 수 없었기 때문에 괴로웠습니다.

와크텔 무슨 뜻이지요?

카슨 그리스어와 영어의 차이 때문에 말할 수 있는 것과 말할 수 있는 방식에 장애물이 생깁니다. 게다가 대부분의 독자가 신화를 잘 모르기 때문에 맥락이 없지요. 제가 게리온에 대해서 이야기하면 독자들이 "아, 맞다, 날개 달린 그 빨간 녀석"이라고 말하지 않아요. 그래서 파편으로 남은 시를 이해할 수 있게 만들려면 수많은 설명이 필요하지만 저는 그렇게 하고 싶지 않았습니다. 그래서 다른 형태로 할 수 있겠다고 생각했어요. 그렇다면 다른 형식이 뭘까? 소설을 안 써 봤으니까 써 보자, 라고 생각했습니다.

와크텔 처음에는 산문 소설로 시작했나요?

카슨 네, 여러 가지 방법으로 시도했습니다. 산문을, 여러 종류의 산문을 써 보았고, 어느 날은 문장을 이리저리 만들어 보다가 긴 문장과 짧은 문장이 반복하는 대구를 썼는데, 괜찮은 것 같아서 계속 그렇게 써 보았지요. 꽤 괜찮았어요. 원래 썼던 산문은 문단 전체가 약간 무시무시했습니다. 저는 정말로 소설을 쓰고 싶었어요, 사람들이 공항에서 읽는 아서 헤일리 같은 소설 말입니다.

와크텔 아서 헤일리 소설이요?

카슨 남성적인 활력이 넘치는 어마어마하고 현실적인 소설 말이에요. 하지만 물론 저는 그런 소설을 쓸 수 없었습니다. 그래도 어쨌든 애를 쓰다 보니 결국 저절로 시가 되었고, 그게 확실히 옳았어요.

와크텔 『빨강의 자서전』에서 게리온과 헤라클레스는 현대의 연인입니다. 고대 신화의 어떤 면이 이런 해석에 영감을 주었습니까?

카슨 전혀 없어요. 신화에서는 헤라클레스가 섬으로 가서 게리온을 만나고, 죽이고, 그것으로 이야기가 끝납니다. 하지만 또 다른 고대의 원전, 예를 들면 『일리아드』에는 동성애적 애정이 약간 등장하는데, 그런 측면이 이야기에서 하는 작용이 흥미로웠습니다. 저는 게리온에게, 그의 인생에 재미있는 부분을 주고 싶었어요.

와크텔 정말 좋은 구절이 있어요. "그들은 수족관 밑바닥에 있는 두 마리 우월한 뱀장어들이었고 이탤릭체처럼 서로를 알아보았다." 둘 사이 이끌림의 본질이 무엇이라고 상상했습니까?

카슨 아마 서로의 낯섦이겠지요. 그래서 이탤릭체라는 말을 쓴 것 같아요. 다른 사람들은 전부 로만체지만 이 두 사람은 기울어진 모습으로 등장하고, 그것을 알아보지요. 자동으로 불이 켜지는 것처럼요.

와크텔 당신은 『남편의 아름다움』에서 사랑에 대한 또 다른 의견을 제시합니다. 이 책은 스물아홉 번의 탱고로 쓴 허구의 에세이인데요. 이야기 속의 아내는 두 사람의 상호작용을 전형적이라고, 혹은 이상적이라고 설명합니다. 어떤 면에서 이상적이지요?

카슨 아름다움을 바탕으로 한다는 점에서요. 아름다움은 다양한 방식으로 작용하는 낭만적 이상이니까요. 우리는 실제 존재하는 사람보다 자신이 만들어 낸 사람을 욕망합니다.

와크텔 존재하는 사람은 "아내의 몸보다 보로디노 전투에 대해 더 잘" 알기 때문이지요. 정말 날카로운 구절이에요!

카슨 하지만 부분적으로는 남편의 아름다움이 그것을 구성하지요.

와크텔 여기 묘사된 것은 복잡한 관계입니다. 남편은 거짓말하고 바람을 피우지만 부끄러워하지 않습니다. 그는 아내를 사랑한다고, 심지어는 그녀에게 어울리는, 가치 있는 사람이 되고 싶다고 말합니다. 남편에게 이것은 어떤 사랑인가요?

카슨 남편이 스스로를 완벽하거나 아름다운 행동의 주체로 이상화하고 있으니 그의 관점에서는 이상적인 사랑일지도 모르지만 저는 아내가, 혹은 이 소설이 남편의 관점을, 혹은 남편이 무엇을 구하는지 알고 있는지 잘 모르겠습니다. 서사 구조상 남편의 시점에서 상황을 구성하는 부분이 몇 군데 있지만, 외형만 드러나요. 대부분 남편의 말과 행동에 대한 것이지, 그의 생각에 대한 내용은 아닙니다.

와크텔 아내는 몇 년 동안 관계를 계속 유지합니다. 그녀에게는 어떤 사랑인가요?

카슨 절박하다고 생각해요. 저는 이런 사랑의 바탕은 ─ 헤라클레스와 게리온처럼 ─ 서로 이탤릭체임을 알아보는 순간이라고 생각합니다. 상대방이 없으면 이탤릭체가 될 수 없고, 따라서 관계를 최대한 이어나가야 하지요.

와크텔 상대방에게 나를 좌지우지할 힘을 주는 것이지만 말입니다.

카슨 그것이 바로 역설이죠, 안 그런가요? 하지만 절박하기 때문에 다른 방법이 없다고 생각해요.

와크텔 남편이 아름답기 때문에 사랑한다고 말하는 것이 부끄럽지 않다고 아내가 인정하는 부분이 새로웠습니다. 무슨 이유에선지 우리는 종종 아름다움이 우리에게 갖는 힘을 인정하기 꺼리지요.

카슨 이상하지 않아요? 서구 문화에서는 아름다움에서 사랑이 생겨나는 것이 큰 부분인데 말입니다. 그 사람이 설령 아름답지 않더라도 아름답다고 스스로를 설득하지요.

와크텔 당신은 각 탱고, 혹은 각 장의 서두에서 키츠의 시를 인용하는데, 그는 "아름다움은 진리요, 진리는 아름다움"이라고 썼습니다. 아름다움이 어떻게 진리를 말합니까?

카슨 저는 아름다움이 진리를 말한다고 생각하지 않아요. 그렇게 믿는 것은 크나큰 실수라고, 하지만 그러한 믿음에는 아주 큰 힘이 있다고 생각합니다. 삶에서 내리는 결정의 대부분, 특히 ─젊은 시절의 감정과 관련해서─ 삶의 초기에 내리는 결정은 아름다움과 진리를 동일시하고, 아름다운 사람이 옳기도 하다고, 아름다움에서 비롯된 감정이 당신을 진리로 인도한다고 생각합니다. 저는 일반적으로는 그렇다고 생각하지 않습니다.

와크텔 이 남편의 아름다움의 경우에는 확실히 그렇지 않지요.

카슨 맞습니다.

와크텔 자전적인 이야기라고 생각하고 싶지는 않지만, 『남편의 아름다움』에 당신의 경험이 일부 들어갔나요?

카슨 일부는요. 하지만 너무 자세한 내용을 넣지 않기 위해서 많이 고치고 미화했지요.

와크텔 첫 남편이 당신 노트를 가져갔습니까? 돌려주었나요? 그게 궁금해요.

카슨 그랬습니다. 결국에는 돌려줬지요.

와크텔 시인, 또는 아내는 가끔 "당신"이라고 지칭하는 사람에게 자기 이야기를 합니다. 특정한 "당신"인가요? "당신"은 누구입니까?

카슨 특정한 "당신"이 아니에요. 서정시의 일반적인 "당신"이죠. 저는 카툴루스가 로마인을 대상으로 발명했다고 생각하는데요, "당신"이란 때로는 이름이 드러나지 않고, 시가 만들어지듯이 만들어지는 페르소나, 말하자면 이상적인 청자입니다.

와크텔 카툴루스가 시작했나요? 확실히 아까 하신 말씀이 맞습니다. 서정시에서는 관습이지요.

카슨 카툴루스가 널리 썼어요. 아마 사포에게서 가져왔을 겁니다.

와크텔 『남편의 아름다움』 마지막 부분에서 아내는 아름다움에 대한 예전의 관점을, 처음에 했던 순수한 생각을 이후의 경험과 대조시킵니다. 예전에는 아름다움을 알아보되 욕망하지 않기를 원했는데 이제는 "붙잡아라, 아름다움을 붙잡아라"라고 충고합니다. 무엇이 변했지요?

카슨 이 문제에서 그녀가 서 있다고 생각하는 자리가 바뀐 것 같습니다. 이제 필요하지 않아도 붙잡을 수 있지요.

와크텔 욕망하고 싶지 않다는 것과 관련이 있군요.

카슨 네, 절박함을 없애는 것과 관련이 있습니다.

와크텔 어느 순간 아내는 욕망하고 싶지 않다는 것이 무슨 의미일까 생각합니다. 우리는 그것을 자유와 연관시킬 수 있지만, 반대로 포기하는 것처럼 느껴집니다.

카슨 일종의 죽음이지요.

와크텔 완전한 단념 같은 것이지요.

카슨 또는 자기 안으로 완전히 침잠하거나요. 그녀는 결국 그렇게 되고 싶어 하지 않았다고 생각합니다. 하지만 그녀가 결국 그렇게 될지 아닐지는 아직 열려 있다고 믿어요.

와크텔 2006년 작품 『파괴』에서 당신은 가장 오래된 기억이 꿈이라고 했습니다. 설명해 주시겠어요?

카슨 네, 물론이죠. 저는 꿈에서 잠을 자고 있었어요. 그러다가 우리 집 아래층으로 내려갔는데, 낮에 그랬던 것처럼 거실이 있었지만 완전히 바뀌어 있더라고요. 콕 집어서 말할 수는 없었지만 이상했습니다. 그 변화를 어떻게 설명해야 할지 모르겠어요. 어떻게 하면 바뀌었지만 똑같은 거실일 수 있을까요?

나중에 꿈을 다시 생각해 보니 저는 방이 미쳤다고, 같은 방이지만 내면이 미쳤다고 상상했던 것 같았어요. 아버지에게 일어난 일 때문에 그런 상상을 하게 된 것 같습니다. 치매에 걸려서 같은 사람이면서도 내면이 완전히 바뀌었거든요. 거실도 똑같이 이상해진 것 같았습니다.

와크텔 하지만 무서우면서도 뭔가 위로가 되는 느낌이 들었다고 하셨는데요.

카슨 아직 똑같은 거실이었으니까요. 그러니까, 아버지가 제정신이 아니라 해도 여전히 내 아버지이고, 아버지한테 계속 말을 하고 싶어지잖아요. 익숙한 것은 아무리 이상해져도 절대적으로 필요한 것 같습니다.

와크텔 당신은 시 「아버지의 낡은 파란색 카디건」에서 "아버지의 법은 비밀이었다"라고 합니다. 아버지는 어떤 분이었나요?

카슨 아주 조용했어요. 자신을 별로 설명하지 않았지요. 우리는 대화를 많이 하지 않았어요. 하지만 저는 한 사람으로서 아버지를 무척 좋아했습니다. 우리는 취향도, 지적 야망도 달랐지만 유머 감각이 똑같아서 바보 같은 농담을 좋아했는데, 아주 좋은 유대감이지요.

와크텔 그 카디건에서 위안을 얻습니까? 또는, 예전에는 위안을 얻었었나요?

카슨 네, 지금도 가지고 있어요. 겨울에 입어요. 저는 아버지를 따라하는 게 항상 좋았어요. 하지만 그 카디건을 특히 좋아했지요.

와크텔 어떻게 따라하지요?

카슨 아, 똑같은 부츠를 신고 아버지처럼 걸으려고 하거나, 네, 그냥… 모르겠어요…. 아버지는 남자답고 과묵했지요.

와크텔 은행가셨지요?

카슨 네, 온타리오 여러 지역에서 은행 지점장을 지냈어요.

와크텔 온 가족이 이사를 많이 다녀야 했군요.

카슨 네, 자주 이사를 다녔습니다. 모르겠어요, 어렸을 때 6~7번 정도 다녔을 거예요.

와크텔 힘들었나요?

카슨 힘들었을 거예요. 친구들과 헤어지기 싫었지만 서서히 집착에서 멀어지는 것 같아요. 좋은 일일지도 모르지요.

와크텔 정말 좋은 일이라는 사실을 힘들게 배운 사람의 말 같군요.

카슨 그럴 수도 있지요. 아무튼 저는 배웠습니다. 그래서 카원 선생님도 만나게 되었고요. 좋은 일이었지요.

와크텔 아버지와 대화를 많이 못했다고 하셨지만, 아버지는 수를 좋아했다고요.

카슨 아버지는 은행 지점장이었기 때문에 항상 냅킨에다가 계산을 했는데, 전쟁에서 총을 맞고 한동안, 1년 정도 포로수용소에 갇혀 있었던 것도 영향이 있었던 것 같습니다. 거기서 끔찍한 경험을 한 것은 아니었지만 그저 죽을 만큼 지루했고 왠지 모르지만 회계 교과서를 가지고 있었다고 해요. 그래서 회계 문제를 풀면서 시간을 보내셨지요. 그래서 아버지는 시간이 있을 때마다 냅킨에 대수 문제를 푸는 버릇이 생겼습니다. 우리 집이나 우리가 가는 레스토랑의 냅킨마다 아버지가 쓴 작은 숫자들로 뒤덮였지요. 저는 수학을 못했어요.

와크텔 아버지가 원래 엔지니어가 되고 싶었기 때문에 수학을 좋아하셨을까요?

카슨 그랬다고 생각해요. 엔지니어는 수학을 많이 쓰죠. 아버지에게는 수가 통제의 형태였어요.

와크텔 아버지처럼 말이 없고 남자다워지고 싶었다고 했지만, 오스카 와일드는 정반대인데요.

카슨 저는 오스카와 아버지가 다른 괴물로서 서로 존경했을 거라고 생각합니다. 하지만 네, 맞아요, 유형이 다르죠. 아버지는 더 심오한 모델이었어요. 저는 어쩌면 오스카 와일드가 저희 아버지 같은 사람이 되기 전의 반항기였을 거라고 생각합니다. 저도 반항기를 겪었지만 마음 깊은 곳에서는 항상 아버지처럼 되고 싶었어요.

와크텔 당신은 어머니와 무척 가까웠습니다.

카슨 그럴지도 몰라요. 유형은 달랐지만 가까웠습니다. 주변 사람들이 점차 사라지면서 가까워졌어요.

와크텔 오빠가 사라진 것 말씀이군요.

카슨 네, 아버지도 돌아가셨고요. 아버지는 돌아가시기 전에 사라진 셈이었지요. 우리는 소위 말하듯이 "귀중한 시간"을 많이 가졌습니다. 부득이하게 함께했지요.

와크텔 같은 유형이 아니었다고, 또 당신 어머니는 『빨강의 자서전』에 나오는 어머니가 아니라고 말씀하셨는데, 어머니는 어떤 사람이었습니까?

카슨 좌절한 사람이었지요. 아주 명석했어요. 고등학교 졸업반 때 라틴어 상을 받았고 대학에 진학할 실력이 있었지만 일을 해야 했지요. 외할아버지가 돌아가셔서 수입이 필요했기 때문에 어머니는 보험 회사에 비서로 취직했습니다. 지적 통로를 상실한 것이 어머니에게는 항상 좌절이었던 것 같아요. 우리는 아주 다른 삶을 살았습니다. 저는 지적 통로를 얻었고, 그래서 어머니는 제가 대단하다고 생각했지만 외로움도 느꼈던 것 같습니다. 어머니는 다른 운명이었다면 다른 사람이 될 수 있었기 때문에 약간 외로웠어요. 그래서 우리는 공통의 화제가 별로 없었지만 점차 평안을 찾았습니다.

와크텔 어머니가 당신 책을 읽었나요?

카슨 어머니는 주로 첫 페이지를 읽고 접어서 표시한 다음 전부 문 옆 책장에 꽂아 두었습니다. 사람들에게 자랑스럽게 보여 주셨지만 한 권이라도 끝까지 읽었는지는 모르겠어요.

와크텔 『파괴』에 어머니를 "일생의 사랑"이라고 표현한 구절이 있습니다.

카슨 아버지가 정신이 이상해지고 오빠가 사라진 세월 동안 어머니가 제 일생의 사랑이 된 것 같습니다. 우리는 너무나 많은 고난을 같이 겪었기 때문에 어머니는 저에게 가장 중요한 사람이 되었습니다.

와크텔 어머니는 가톨릭 신자였고, 당신은 성당에 나가는 것이 부분적으로는 습관이었다고, 습관이라고 했습니다. 아직도 성당에 다니나요?

카슨 아니요. 교황과 관련된 것을 견딜 수가 없어요.

와크텔 하지만 예전에는 다녔지요.

카슨 그랬어요. 어머니와 함께 성당에 나가면서 큰 위안을 얻었지요. 우리의 습관이었어요. 어머니는 신자였지요. 때로는 믿는 사람과 함께하면서 같이 행동하는 것만으로도 충분히 위안을 얻을 수 있으니까요.

와크텔 그리고 어머니 외투 냄새를 맡고요.

카슨 네, 외투 냄새를 맡고요!

와크텔 저도 생각나는 게 있어요. 캐나다의 겨울 때문인지는 모르겠지만….

카슨 네, 그 외투가 아직도 기억납니다. 가짜 모피 코트였는데,

신부님이 지루한 이야기를 늘어놓는 내내 저는 거기에 몸을 기댔지요.

와크텔 당신은 아주 어렸을 때 『성인들의 삶』이라는 책을 받았는데요, 흥미로운 반응을 보였습니다.

카슨 그 책을 먹고 싶었어요. 책장이 얼마나 감미로웠는지 아직도 기억나요. 특수 인쇄한 책이었는지 모르겠지만, 색이 그렇게 다양한 책은 별로 못 봤어요. 성인마다 머리에 왕관이나 화관을 쓰고 뭔가 복잡한 망토를 두르고 있었는데, 색이 전부 달랐고 사탕 같았지요. 그걸 입에 마구 집어넣고 싶었어요.

와크텔 성인전이었기 때문에 먹고 싶었다고 생각하세요?

카슨 딱히 그렇지는 않습니다. 그냥 우연이었던 것 같아요.

와크텔 당신은 「나의 종교」라는 시에서 "나의 종교는 전혀 말이 되지 않고 나에게 도움을 주지 않는다, 그래서 나는 그것을 따른다"라고 말합니다. 20년쯤 전에 쓴 시인데요. 하지만 신이라는 개념은 당신이 일부 작품을 통해서 깊이 고찰했던 주제입니다. 아직도 신이라는 개념을 쫓습니까?

카슨 그때만큼 직접적으로는 아니에요. 당시 저는 그러한 탐색에 대한 강의를 했고, 신비주의자들의 글에 흥미가 있었습니다. 여러 해 동안 탐색했지만 결국 종교는 제가 최선의 생각을 할 수 있는 곳이 아니었어요.

와크텔 신을 어떻게 생각합니까?

카슨 이제 신에 대한 생각이 없어요. 예전에는 있었을지도 모릅니다. 적어도 성스러운 분위기로서 불가지론이라는 생각 말입니다. 하지만 이제는 그 생각이 제 안에서 그렇게 확고한지도 잘 모르겠어요.

와크텔 『빨강의 자서전』에서 어떤 인물이 스스로 회의론자라고 생각하자 게리온이 "신을 의심하는 건가요?"라고 묻습니다. 그러자 그는 "더 정확히 말하자면 나 자신을 의심하는 분별력을 갖고 신을 믿는 거죠"라고 대답하지요.

카슨 오스카 와일드적인 순간입니다. 저는 확실히 신을 그 정도로 생각합니다. 저는 신이라는 개념에서 얄팍한 재담 이상을 끌어낼 수 없어요. 저에게는 그런 재능이 없습니다.

와크텔 당신은 관심이 일종의 기도라고, 우리는 스스로 어떤 사람인지 관심을 기울임으로써 자신의 경계에서 물러난 다음 예술 작품 창작으로 나아갈 수 있다고 말했습니다. 어떤 연쇄 작용인지 설명해 주시겠어요? 어떻게 작용하는지 더 자세히 듣고 싶습니다.

카슨 네, 설명할 수 있을지도 모르겠군요. 제가 언제 그 글을 썼는지, 당시에 무슨 의미였는지는 기억이 안 나지만, 제가 요즘 연구 중인 존 케이지는 그런 면에서 감탄할 만합니다. 그는 자기 안에서 완전한 정적과 집중이 가능한 곳으로 움직입니다. 혹은 움직이려고 합니다. 그는 이렇게 말해요. "나는 어떤 작품이든 작품을 시작하기 위해서 '나'를 전부 빼고 싶다." 그 것은, '나'를 전부 빼는 것은 아직도 계속되는 싸움입니다.

와크텔 당신에게 말입니까? 나를 제거하고 싶은가요?

카슨 네, 그래요.

와크텔 나는 작품 속에서 흔들리는 흥미로운 빛입니다.

카슨 하지만 그것을 흔들리는 빛 수준으로 유지하기는 어렵지요. 결국은 모든 것을 차지하고 유일한 사고 원칙이 되는 경향이 있어요. 저는 다른 것에 대해 사고하고 싶습니다. 인생은 짧아요.

와크텔 고전을, 특히 그리스어와 라틴어 번역을 통해서 그렇게 할 수 있지 않나요? 당신과 아주 멀리 떨어져 있으니까요.

카슨 네, 무엇이든…. 그러니까, 연필을 보면서도 그렇게 할 수 있지요. 무엇을 문제로 생각할지 선택하든 그것에, 그 문제에 정신을 집중하면 됩니다. 맞아요, 번역은 이상적인 과정입니다. 번역은 너무나 거대하기 때문에 하루를 전부 덮어 버리니까요. 하지만 아주 작은 것으로도 그렇게 할 수 있습니다.

와크텔 어떻게요?

카슨 음, 돌멩이를 보면서요. 중요한 것은 정신을 어디에 쏟느냐 하는 선택입니다.

와크텔 보고 있다는 사실을 잊을 정도로 돌멩이를 바라보는 거군요.

카슨 바로 그거예요. 좋은 표현입니다.

와크텔 당신은 『담수』(1995)에서 "나는 지루함을 피하기 위해서 무엇이든 할 것이다. 그것이 일생의 임무다"라고 썼습니다. 잘 되고 있습니까?

카슨 지금까지는요.

와크텔 쉽게 지루함을 느끼나요?

카슨 쉽게 지루함을 느낀다고 생각하지는 않지만, 저는 지루함이 무서워요.

와크텔 왜죠?

카슨 죽음과 바로 이웃한 상태라는 이유가 제일 크지요.

와크텔 어떤 사람들은 지루함을 일종의 휴경지, 창작 이전의 상태로 보는데요.

카슨 존 케이지는 그렇겠지요. 존 케이지는 지루함을 추구했지만 저는 그렇게 많이 진화하지 못했어요. 저는 지루함이 무섭습니다.

2011년 6월

인터뷰 제작―메리 스틴슨

도리스 레싱

Doris Lessing

2007년에 노벨 문학상을 받았을 때 여든여덟 살의 도리스 레싱은 최고령 수상자였고 106년의 노벨상 역사상 겨우 열한 번째 여성 수상자였다. 레싱은 깜짝 수상자라는 평을 받았는데, 너무나 오랫동안 수상 후보에 올라서 이제 기회가 지나간 것처럼 보였기 때문이다. 그녀는 노벨상 수상 소식을 듣고 달려온 기자들에게 격노에 가까운 반응을 보인 것으로 유명하다. 기자들이 레싱의 집 앞에서 소식을 전했을 때 그녀는 "아, 세상에"라고 말했다. 그러나 레싱은 작가로서 계속해서 도발적인 소설과 자서전을 발표했다. 노벨상 수락 연설(출판사 측에서 대신 발표했다)에서 그녀는 이렇게 말했다. "이야기꾼은 우리 모두의 마음 깊은 곳에 있습니다. 이야기를 만드는 사람은 항상 우리와 함께 있습니다. 우리가 갈기갈기 찢기고, 상처받고, 완전히 무너졌을 때도 우리를 다시 만들어 내는 것은 우리의 이야기입니다. 이야기꾼, 꿈을 만드는 사람, 신화를 만드는 사람이야말로 우리의 제일 좋은 모습을, 제일 창의적인 모습을 대표하는 불사조입니다."

도리스 레싱은 20세기의 위대하고 몽상가적인 작가이고, 놀라울 정도로 폭이 넓다. 1962년에 발표한 획기적인 소설 『황금 노트북』은 여성들의 관계와 정치, 선택을 탐구하는 보기 드문 책이었지만 소설을 쓰는 것, 그 어떤 이야기보다도 삶의 다양한 측면들을 포착하겠다는 굳은 결의에 대한 책이기도 했다. 페미니즘 운동이 활발해졌던 60년대 후반과 70년대보다 앞서 발표된 『황금 노트북』은 정말 강렬했다. 레싱은 당시 여자들의 생각과 감정, 경험을 적기만 해도 혁명적이라고 말했다. 그러나 도리스 레싱은 페미니즘 영웅 역할에 끊임없이 저항했다. 그녀는 톨스토이와 스탕달 같은 모범을 보면서 사회사를 쓰고 싶었고, 그 시대의 지성적·윤리적 추세를 기록하고 싶었다.

레싱은 1970년대 초에 『어둠이 내리기 전 여름』(1973) 같은 소설에서 묵시록적이면서도 우리 사회와 크게 다르지 않은 사회를 그렸다. 광기 또는 재난이 모퉁이 바로 저편에 놓여 있지만 때가 오기 전까지 레싱의 인물들은 아주 평범한 삶을 살 수 있다. 그리고 레싱은 세세한 부분을 잘 알았다. 사변적인 소설이든 노화나 혁명 열기에 대한 소설이든 레싱의 작품은 생생하고 설득력 있다.

내가 1990년대 초 토론토에서 도리스 레싱을 처음 만났을 때 그녀는 괴물 아이에 대한 기이한 이야기 『다섯째 아이』 (1988)를 쓴 직후였다. 그 후 레싱은 여러 해 동안 열여섯 권의 작품을 출판했는데 당시 70대, 80대였고, 발표한 작품 중에는 『다섯째 아이』의 후속편 『세상의 벤』(2000)도 있었다. 레싱은 런던의 스케치와 단편을 모은 『진짜』(1992)와 짐바브웨 여행 회고록 『아프리카의 웃음』(1994)을 썼다. 또 다른 미래 모험 소설 『마라와 댄』(1999)과 65세의 낭만적 열정을 독특한 방식으로 들여다보는 『사랑, 다시』(1996)도 있다. 레싱은 또한 주목하지 않을 수 없는 자서전을 두 권 발표한 다음 자서전이 끝난 곳 — 1960년대 초 — 에서 시작하는 소설 『가장 달콤한 꿈』 (2001)을 썼다. 이 소설의 중심은 "문제 많은 십대들을 돌보는 여자 사감"인데, 레싱은 1960년대 초의 자신이 바로 그런 사람이었다고 설명한다.

도리스 레싱은 1919년에 지금은 이란이 된 페르시아에서 태어났다. 부모님은 영국인으로, 간호사였던 어머니는 제1차 세계대전에서 다리를 잃은 환자와 결혼했다. 레싱은 현재의 짐바브웨인 남로디지아 영국 거류지의 가난하고 외딴 농가에서 자랐다. 레싱은 영국으로 이주한 직후 아프리카를 배경으로 한 첫 소설 『풀잎은 노래한다』(1950)를 출판했다. 당시 그녀는 한 팔에 두 번째 결혼에서 낳은 어린 아들을, 한 팔에 원고를 안고 영국에 온 것으로 유명하다.

도리스 레싱은 그동안 수많은 상을 탔다. 레싱은 영국제국 데임 작위를 거절했지만—그 칭호를 소화할 수 없었다—그보다 높은 명예 훈작은 수락했다. 그리고 2007년에 노벨상을 탔다. 도리스 레싱은 2013년에 아흔네 살의 나이로 세상을 떠났다.

10년 전, 레싱이 중편소설 네 편을 모은『그랜드마더스』(2003)를 출판하기 직전에 나는 웨스트햄프스테드 저수지 위 언덕 꼭대기에 자리 잡은 도리스 레싱의 집으로 그녀를 만나러 갔다. 그녀의 집은 높다란 3층짜리 저택으로, 무척 어지럽고 물건이 많았다. 깔개, 조각상, 그리고 사방이 책이었다. 레싱은 잡식성 독자였다. 소파 옆에는 넬슨의 전기가 있었고, 위층 욕실 바닥에는 러시아어 문법책과 사전이 있었다. 레싱은 세상을 떠날 때까지 그 집에서 살았다.

대화를 나눌 때 레싱은 에너지가 넘치고 쾌활했다. 고양이가 나에게 기대 자리를 잡자 레싱은 원래 낯선 사람을 별로 좋아하지 않는 고양이인데 나는 합격이라는 뜻이라고 말했다.

와크텔 첫 번째 자서전 『언더 마이 스킨』에서 설명한 어린 시절의 기억은 무척 강렬하고 물질성이 강한데, 당신은 그것이 어린 시절의 진실이라고 말합니다. 그 뒤 처음에는 페르시아에서, 그다음에는 아프리카에서 살았던 성장기의 설명을 보면 당신은 자신의 관점이 독특하다는 사실과 주변 어른들과 어떻게 다른지 어린 나이부터 알았던 것 같습니다. 모든 아이가 자신의 인식과 어른들이 시키는 생각과 감정 사이에서 그런 괴리감을 느낀다고 생각하나요, 아니면 당신의 경우에 특히 강했다고 생각하시나요?

레싱 모르겠습니다. 사람들에게 제일 첫 기억이 언제인지 물으면 "아, 글쎄요, 일고여덟 살 이전은 전혀 기억이 안 나요"라고 말할 때가 많아서 저는 항상 놀랍니다. 언젠가 아주, 아주 어릴 때 저는 혼자만의 결심을 했고, 어린 시절 내내 그 결심이 새로워졌던 기억이 납니다. 사람들이 ―분명 저희 어머니였을 거예요―진실이라고 말하는 것에 굴복하지 않고 제가 기억하는 것을 간직하겠다는 결심이었지요. 저는 말하자면 작은 사진들, 사건들을 잔뜩 모아둔 갤러리를 가지고 있었고, 그것이 사라지지 않도록 갈고닦았습니다.

와크텔 당신 마음속의 사진들―

레싱 네, 마음속 사진이지요. 예를 들면 제가 간직한 기억의 물질성입니다. 청소년기가 끝날 때까지 계속 그런 식이었어요.

어른들은 당신 말이 틀렸다고, 사실은 이러이러한 일이었다고 끈질기게 주장하지요. 아이들은 부모님의 말에 아주 쉽게 굴복하기 때문에 아마 부모님에게 들은 것을 자신의 기억으로 받아들이겠지요.

하지만 진짜 기억은 그 물질성만으로도, 어떤 감촉, 냄새, 소리, 맛 같은 것으로도 가짜와 구분할 수 있습니다. 아이들은 맛에 정말 민감해요. 음식 투정을 하는 것도 당연하지요. 우리는 음식 맛이 얼마나 강렬했는지 잊었습니다. 아이의 삶은 정말 감각적이지만 우리는 그것을 잊었지요.

와크텔 어른들의 이야기가 당신의 기억과 다르다는 사실을 언제 깨달았습니까? 그러니까 제 말은, 무엇 때문에 자신의 인식이 진실이라는 자신감을 갖게 되었는지 아시나요?

레싱 저는 무엇이 진실이고 무엇이 진실이 아닌지 아주 일찍부터 알았습니다. 저의 자아가 아주 거센 공격을 받았다고, 제 자신의 생각을 지키기 위해 싸워야 했다고 생각합니다. 그렇지 않다면 어떻게 설명하겠어요? 모르겠습니다. 확고한 자기 보존이지요. 하지만 그렇다면 그 공격이 무엇이었는지 묻지 않을 수 없습니다.

저는 아시리아인 유모가 있었는데, 제 어머니는 "사랑스럽고 상냥하고 귀여운 사람"이라고 설명했지요. 저는 그렇게 기억하지 않지만요.

와크텔 당신이 별로 좋아하지 않았다는 마르타인가요?

레싱 중동에서 일어난 수많은 전쟁을 피해 케르만샤로 온 아시리아 난민 마르타였지요. 그래서 유모가 되었습니다. 저는 그 불쌍한 난민이 두 영국인 아이의 유모로 뭘 하고 있었는지 이제야 자문해 봅니다. 그녀의 삶은 어땠을까요? 전혀 모르겠어요, 이제는 절대 알 수 없겠지요.

와크텔 기억력이 비상하신 것 같습니다. 기억이 당신을 속이지는 않나요?

레싱 아, 당연히 속이지요. 매일 일기를 쓰면서 예전에 쓴 내용을 들춰 보면 기억이 전혀 나지 않거나 기억과 전혀 다를 때가 있어요. 기억은 정말로, 아주 창의적으로 나를 속이지요.

그래서 저는 생각을 해보았습니다. 자서전 1권을 쓸 때 예전에는 기억의 현실에 대해서 —— 무엇이 진실이고 무엇이 아닌지 —— 단 한 번도 생각해 보지 않았다는 생각이 들더군요. 그래서 그런 생각을 하면서 정말 많은 시간을 보냈고, 어린 시절의 기억은 대부분 부모님이 들려주는 이야기에서 비롯된다는 결론을 내렸습니다.

하지만 저는 기억 속에 다른 일기장이 있었고, 그게 진실이라고 생각합니다. 아주 어렸을 때의 기억인데 탁자의 상판이 머리 위에 있다면 진짜 기억일 가능성이 높지요. 하지만 부모님이 심어 주는 기억은 전혀 명확하지 않습니다. 우리가 기억하는 것은 부모님이 했던 말이지요. 예를 들어 "아, 우리는 가끔 바닷가에 갔는데 네가 정말 좋아했단다"라는 거죠. 항상 "네가 아주 좋아했단다"예요. 아니면, "우리는 소풍을 자주 갔는데, 네가 이런 행동을 하고 저런 행동을 했어." 우리가 기억하는 것은 부모님의 말입니다.

와크텔 당신이 기억하는 내용, 떠오르는 내용에, 기억이 찾아오는 방식에 놀라시나요?

레싱 자서전을 쓸 때 많은 일들이 수면으로 떠올랐습니다. 하지만 생각해 보면 무슨 책이든 책을 쓸 때는 기억이 떠오르지요. 어린 소녀와 남동생의 모험 이야기 『마라와 댄』을 쓸 때 아주 어린 시절에 남동생을 무척 좋아했던 정말 강렬한 기억이 떠올라 깜짝 놀랐습니다. 그때는 동생이랑 전혀 사이가 좋지 않았으니까요. 저는 남동생을, 그 어린 동생을 정말 열렬히 예뻐했지만 그 감정이 얼마나 강렬했는지 전부 잊고 있었어요.

와크텔 아프리카에 대한 책, 『아프리카의 웃음』이라는 에세이집에서 당신은 관목 숲으로 가족 여행을 가서 별을 보면서 잠들었다고, 그때에도 어떤 순간을 붙잡아야 한다는 느낌이 들었다고 설명합니다. 이렇게 쓰셨지요. "시간이 한 손으로 모든 것을 주면서 또 한 손으로는 그것을 전부 빼앗아 간다는 사실을 나는 이미 알고 있었다." 그토록 어린 나이에 순간을 붙잡아야 했던 이유가 뭐라고 생각하세요?

레싱 모르겠습니다. 하지만 저는 항상 생각했어요. '붙잡아, 붙잡아, 붙잡아야 해, 사라질 거야.' 이유는 전혀 모르겠습니다. 이란에서, 온갖 국적의 난민들이 넘치던 아주 오래된 교역 도시에서 보낸 어린 시절이 분명히 영향을 끼쳤을 것이라고 생각합니다. 스페인 독감이 휩쓸고 지나갔지요. 제가 태어난 도시였습니다. 저는 아이들이 덧없고 위협적인 분위기에 영향을 받는다고 믿습니다. 저는 분명히 그랬어요.

와크텔 시간에 집착했다고도 말씀하셨는데요.

레싱 맞습니다. 저는 평생 그랬어요. 항상.

와크텔 머릿속에 어떤 순간들의 목록을 간직하고 "흐릿해져서 사라져 버리지 않도록 자주 점검"한다는 말씀을 하셨는데요. 마치 재고 목록에 대해서, 파일에 대해서 말하는 것 같습니다. 아직도 시간에 집착한다고 생각하세요? 이제 세상이 달라졌는데요.

레싱 이제는 일주일이 시작하자마자 끝나죠. 늙은이들한테는 흔한 일이에요. 그 이유는 저도 모릅니다. 하지만 어렸을 때는 시간이 한없이 늘어났던 것이 아주 또렷하게 기억나요. 매일이 끝이 없었고, 6주간의 여름 방학은 특히 그랬지요. 저는 유기체가 어떻게 시간을 다르게 가늠하는지 정말 모르겠습니다. 영국에 왔을 때는 ──겨우 서른 살이었지요 ──물론 시간이 어렸을 때보다 훨씬 빨랐어요. 하지만 지금과 비교하면 아주 느렸지요. 기하급수적으로 가속화되는 건데, 참 이상한 일이에요, 안 그런가요?

와크텔 남동생과 별들을 보며 잠들거나 했던 어린 시절 경험을 공유했습니다. 한순간도 놓치고 싶지 않아서 서로 깨워 주기로 약속했다고요. 하지만 세월이 지난 후 아프리카로 남동생을 찾아갔을 때 동생은 그때 일을 기억하지 못했다고요.

레싱 아무것도 기억 못했어요. 동생은 백인 운동의 열렬한 지지자였고 저는 흑인 운동의 열렬한 지지자였기 때문에 우리는 그때까지 기본적으로 사이가 좋지 않았고, 그래서 대화를 별로 하지 않았지요. 30년 뒤에 만났을 때 제가 "어쨌든 우리 둘다 그 놀라웠던 어린 시절을 기억하잖아"라고 말했지만 동생은 전혀 기억하지 못했습니다. 아무것도요. 최초의 기억이 열살, 열한 살 때라고 하더군요. 동생의 첫 기억은 요리사의 아들 — 흑인 요리사의 아들이지요 — 과 소총을 들고 관목 숲에 갔다가 별들을 보며 잔 것이라더군요. 옥수숫가루로 만든 케이크를 가지고 가거나 총을 쏘아 잡은 것을 요리해 먹었습니다. 동생은 그런 식으로 한 번에 며칠씩 나가곤 했다고, 그게 평생 최고의 기억이라고 말했습니다. 우리가 무엇을 했었는지 제가 자세히 이야기했지만 동생은 아무것도 몰랐습니다. 완전한 백지더군요. 정말 고통스러웠어요.

와크텔 그 일로 인해서 당신의 기억도 훼손되었습니까?

레싱 저는 동생과 무언가를 공유했다는 것이 좋았습니다. 나중에는 아무것도 공유하지 않았으니까요. 놀라운 경험들, 그런 경험이 정말 많았어요. 부모님이 아직 일어나지 않은 아주 이른 아침에 같이 나가곤 했습니다. 우리는 해가 뜨자마자 나갔어요. 관목 숲으로 달려갔지요. 숲에서 몇 시간씩 보내면서 온갖 동물들을 봤고 정말 놀라운 모험을 했어요. 제가 말했지요. "야생 돼지한테 쫓겨서 나무 위로 올라갔던 거 기억나니?" 우리는 너무 심하게 웃다가 나무에서 야생 돼지의 입속으로 떨어질 뻔했지만 동생은 전혀 기억하지 못했습니다. 아니 입속이 아니군요. 우릴 무는 게 아니라 짓밟았을 거예요.

와크텔 시간과 기억이라는 주제에 대해서 조금 더 이야기하고 싶은데요, 우리가 어떤 일들을 기억하는 이유와 관련해서 당신이 궁금하게 여기던 것이 있습니다. 당신은 "자신이 기억하는 것이 기억하지 않는 것보다 더 흥미로운지 어떻게 알까?"라고 묻지요. 무척 흥미로운 질문이라고 생각합니다. 어떻게 알까요?

레싱 저는 기억력이 좋지만 아주 큰 공백이, 전혀 기억나지 않는 몇 주가 있는가 하면 또 특별한 일이 하나도 없었던 주말을 기억하기도 합니다. 왜 그 주말을 기억할까요? 제 생각에는 —아직 불확실한 결론입니다—어떤 이유로든 의식이 특히 날카로워지면 아무 일도 없었던 주말이라도 기억한다는 것입니다. 중요한 이유가 있기 때문이 아니에요. 아주 중요한 것을 잊을 수도 있습니다. 관습적으로는 중요한 것을 기억한다고 생각하지요. 저는 반드시 그렇지는 않다고 생각합니다. 극적인 일을 기억할 수 있다고 생각해요.

와크텔 물론 그렇다면 왜 하필이면 그때 의식이 날카로워졌는지 알아내야겠군요.

레싱 아, 우주적인 사고로 들어가는군요. 저는 —모르겠어요 —태양의 플레어나 뭐 그런 것 때문에 가끔 더 기민해지는게 아닐까 생각했습니다. 아시겠지만 이게 정론은 아니에요, 제가 그냥 질문을 던지는 거죠. 왜 특정 기간에는 의식이 더 날카로울까요? 전쟁이 선포된 날이나 큰 공적 사건이 있었던 날처럼 당연히 기억하는 것들은 알기 쉽지요. 하지만 왜 전혀 중요하지 않은 때 정말 많은 것을 기억하고 다른 때는 아무것도 기억하지 못할까요? 분명히 해답이 있을 거예요.

와크텔 아프리카로 돌아갔을 때 당신은 기억의 장난에 대해서 골똘히 생각하면서 어릴 때가 아니라 어른이 되어서 알았던 장소들이 왜 이렇게 작아 보일까 생각했습니다.

레싱 정말 그랬어요. 저는 젊었을 때는 말하자면 아주 극적이고 중요한 이야기 안에서 산다고 생각합니다. 하지만 계속 그렇지는 않아요, 안 그런가요? 모든 것이 훨씬 더 단조로워지죠. 예를 들어 저는 전쟁의 온갖 장면들이 아주 생생하게 기억나지만 거기엔 아마 **공적 사건**이라는 제목이 달려 있겠지요. 제가 어떤 사람들과 그 기간을 보냈다는 것을 분명히 아는데 왜 아무것도 기억하지 못할까요? 아무것도 기억나지 않아요. 그들이 정말 그렇게 지루한 사람들이었을까요? 제가 지루한 사람이었을까요? 흥미로운 의문입니다.

와크텔 당신은 짐바브웨의 하라레 ── 그때는 남로디지아의 솔즈베리였지요 ── 로 돌아가서 클럽인지 바였던 식당에 찾아갑니다. 아주 흥미로운 일들이 일어났던 곳, 당신이 춤을 추었던 곳인데, 지금으로부터 10년, 15년 전에 다시 찾아가 보고 아주 허름하고 작아졌다고 생각했지요──.

레싱 지금은 하라레 클럽이 된 솔즈베리 클럽 이야기였던 것 같군요. 기분 좋은 베란다가 있는 작고 예쁜 건물이지요. 하지만 제가 젊었을 때는 그곳에서 항상 크고 극적이고 감정적인 일이 있었으니까요. 제가 결혼하기 바로 전해였어요. 아주 또렷하게 기억이 나지만, 얼마나 정확한지는 모르겠군요.

와크텔 "우리는 우리의 과거를 꾸며 낸다"라고 말씀하셨습니다. 의식적으로 과거를 꾸며 낸다고 생각하세요?

레싱 아니, 아니에요, 의식적으로는 아니죠. 우리는 항상 과거를 우리 구미에 맞게 재해석해요, 그렇죠? 우리는 항상 자신을 실제보다 더 나은 사람으로 기억합니다. 누구든 젊었을 때 쓴 일기를 읽으면 '세상에, 나 정말 이랬어?'라고 말하게 되잖아요. 맞아요, 우리는 그랬지만 그렇지 않았던 척하죠.

저는 이런 식의 미화가 특히 정치적이라고 생각합니다. 우리 세대도 모두 그렇죠. 저는 열렬한 공산주의자와 스탈린주의자들을 많이 아는데, 그 사람들은 "아, 그래, 한때는 공산주의에 약간 끌렸지"라고 말합니다. 그 말을 들으면 세상에나, 당신이 우리를 몇 년 동안이나 미치게 만들었잖아, 싶지요. 인간은 원래 그렇습니다.

와크텔 당신의 어린 시절 경험을, 당신이 보고 듣고 이해한 것에 대한 설명을 들으면 당신은 그때에도 아주 강렬하고 고독한 자아를, 관찰자의 자아를 가지고 있었다는 생각이 듭니다. 당신은 이렇게 씁니다. "사람들은 그것이 외로움이라고, 누구와도 공유할 수 없는 부분이라고 말하지만 그것은 우리 모두가 의지해야 하는 것이다. 나, 나 자신, 나 자신이라는 느낌. 결코 닿을 수 없는 관찰자." 이 강렬한 자의식 ─ 당신은 이런 자의식을 즐겼나요? 이 때문에 강하다는 느낌이 들었습니까? 아니면 그것 때문에 고립되었다고 느꼈나요?

레싱 아, 고립되지는 않았어요. 저는 어렸을 때 그런 사람이었고 지금도 그런 사람인 것뿐이에요. 이런 자의식은 일관적입니다. 사람들은 기억을 정체성이라고 생각하는 것 같지만 저는 자의식이 정체성이라고 생각해요. 제가 아는 한, 우리는 다른 정체성들도 가지고 있습니다. 신앙심 깊은 사람들은 그렇다고 말해요. 하지만 우리가 의지할 수 있는 것은 이것, 이 느낌밖에 없습니다. 이런 자의식 때문에 노인들은 거울을 보면서 "저건 내가 아니야"라고 말하고 방에다가 젊었을 때 사진을 걸어 놓기도 하는데, 저는 좀 한심하다고 생각해요. "하지만 당신이 보고 있는 사람은 절대 내가 아니에요. 나는 저기 있어요, 스무 살 때의 모습에요." 이렇게 말하는 거죠. 글쎄요, 현재 자신의 이미지와 아주 다른 자의식을 가지고 있지 않다면 그렇게 말할 수 없어요. 노인이라면 누구나 가지고 있는, 나이에 대한 대단한 농담이지요. 우리는 평생 너무 많은 모습으로 변했으니 지금 이것 역시 일시적일 뿐이라는 거죠. 내년에는, 또 5년 뒤에 살아 있다면 어떻게 될까요? 흥미로울 거예요.

와크텔 진정한 당신은 '특정 나이의 당신'이라는 생각이 드는 건가요?

레싱 아니요. 저는 시간과 동떨어진, 그 무엇과도 동떨어진 자의식을 가지고 있어요. 깊이, 아주 깊이 잠들었다가 어둠 속에서 깨면 지금 이곳이 어딘지는 몰라도 자기 자신은 있잖아요. 그런 느낌입니다. 네, 그게 정체성이에요. 분명 그럴 거예요.

와크텔 자서전 2권인 『그늘 속을 걸으며』에서 "어느 순간 내 젊은 시절이 평범하지 않으며 소설로 써도 되겠다는 생각이 들었다. 남아프리카를 떠나 영국으로 올 때까지는 내 삶이 얼마나 평범하지 않은지 몰랐다"라고 씁니다. 지금 생각하면 젊은 시절의 어떤 면이 가장 비범한가요?

레싱 지금요? 저는 백인의 지배 때문이 아니라 관목을 지독하게 착취했기 때문에 이제는 사라져 버린 아프리카 초원의 관목 숲에서 자랐습니다. 따라서 이제 거기에는 제가 기억하는 어린 시절의 그 무엇도 없지요. 새들과 동물들 — 전부 줄어들거나 사라졌어요. 저는 잃어버린 낙원을 기억합니다. 그런 다음 전쟁이 일어났는데, 그것도 평범하지 않죠. 저는 아무도 그때를 기억하지 못한다는 게 늘 신기해요. 그 지역의 비행 조건이 더 나았기 때문에 영국은 어마어마한 수의 공군을 그곳으로 보내 훈련시켰습니다. 그래서 남아프리카와 케냐, 오스트레일리아 전역에 공군 야영지가 무척 많았어요, 수십만 명이 있었죠. 일시 주둔하는 비행사들과 장기 주둔하는 지상 근무단이 있었습니다.

저는 이러한 사건에 대한 단편 「러브 차일드」를 썼습니다. 영국 공군 대원들한테 그런 짧은 주둔에 대한 이야기를 많이 들었어요. 잊힌 것이 참 놀랍습니다. 우리는 독일과 독일에서 일어난 일에 너무 집중하는 바람에 전쟁이 얼마나 널리 퍼졌었는지, 어디에서든 전쟁이 얼마나 놀라운 일이었는지 기억하지 못합니다.

와크텔 네, 당신의 단편에서 연합군은 인도에 주둔하면서 인도 폭동을 진압해야 합니다.

레싱　네, 전쟁이 막바지로 치달으면서 어마어마한 정치적 광분이 일어났습니다. 군대는 "인도의 자유를 억누르기 위해서 온 것이 아니다, 독일을 무찌르기 위해 연합하는 것이다"라고 말했지요. 당연히 인도 당국은 썩 좋아하지 않았지만 "연합했으니 시키는 대로 하라"고 말했습니다. 결국 하원에서 문제를 제기하여 영국군을 고국으로 돌려보냈습니다. 하지만 군인들의 반항적인 행동 때문에 한동안 상황이 좋지 않았지요.

와크텔　당신은 독특한 시각, 남로디지아 영국 정착민의 딸로서 말하자면 이중적인 생각을 가지고 있습니다. 당신은 "절대적으로 속해 있으면서도 절대적으로 속해 있지 않은" 느낌을 받았는데, 당신 표현대로 "작가로서는 아주 소중"한 경험입니다.

레싱　작가에게는 아주 좋습니다. 저는 인도 통치의 종말을 절대적으로 이해할 수 있어요. 저희 부모님 같은 사람들은 영국 제국의 미덕과 기능을, 신의 가르침에 따른 발전과 문명화를 정말 진심으로 믿었습니다. 그러므로 저는 그런 믿음을 잘 이해합니다. 인도 군인을 예로 들어 봅시다. 인도의 군인이었던 제 등장인물은 이제 아무도 가치 있다고 생각하지 않는 일을 하느라 평생을 보냈다고 말하지요. 저는 그런 사람들, 분개한 사람들을 만났어요. 남로디지아로 많이 왔지요. 그들은 의무를 다했을 뿐이지만 이제 아무도 알아주지 않습니다. 저는 그들의 시각을 이해해요. 하지만 물론 공감하지는 않지요.

이제 하라레가 된 솔즈베리에서 인도의 독립을 축하하는 사람은 여섯 명밖에 없었습니다. 우리끼리 케이프 와인을 마시며 인도 독립을 축하하는 축배를 들었지요. 다른 사람들은 인도 독립 같은 것을 원하다니 진짜 반역자라고 생각했을 거예요. 지금은 믿기 힘들죠, 안 그런가요?

와크텔 1947년이었죠.

레싱 네. 제가 아프리카를 떠나기 전이었습니다. 세상에, 진짜 놀라운 일이야, 인도제국이 끝나다니, 라고 생각하는 사람은 한 줌밖에 없었어요. 우리는 인도 독립을 축하하며 술을 마셨지만, 친구를 모두 잃고 싶지는 않았기 때문에 조용히 했지요.

와크텔 당신은 어머니와 어려운 관계였고 어머니를 "착하고 관습적이고 영국제국을 사랑하는 여인"이라고 설명합니다. 사실 당신은 어머니에게 안 맞는 딸이었다고 하셨는데요. 왜 그런가요?

레싱 네, 그랬어요. 저는 어머니에게 정말 미안합니다. 진심으로요. 어머니는 살면서 거의 아무것도 갖지 못했기 때문에 저 같은 딸을 둔 것이 어머니에게는 비극이었어요. 어머니는 끔찍한 삶을 살았지요. 어머니가 페르시아를 떠나 아프리카로 간 순간부터 인생이 완전히 잘못되었습니다. 어머니는 무능한 남편을 두었을 뿐 아니라 사사건건 싸우려 드는 딸과 무관심한 아들이 있었지요. 아들은 온화하고 예의 발랐지만 어머니를 쳐다도 안 봤어요. 저는 어머니와 싸웠지요. 어머니에게 우리는 항상 지옥이었을 거예요. 엄마가 원한 건 착한 영국 아이들이었습니다. 자신이 뭘 원하는지 정확히 알았어요. 우리가 어떤 학교를 다녔어야 하고 결국 어떤 사람이 되었어야 하는지 잘 알았지요. 우리 어머니의 입장에서 한번 생각해 보세요. 저는 똑똑했지만 열네 살에 학교를 그만두었습니다. 멍청해서 학교를 그만둔 것도 아니었어요. 저는 어머니가 원하는 사람이 되기를 거부했지요. 저는 항상 고분고분 따르라는 압박을 받다가 어리석은 결혼을 하고 집안을 떠났지요.

와크텔 왜 어리석은 결혼이지요?

레싱 어머니는 제가 로디지아 공무원과 결혼하기를 절대 바라지 않았습니다. 아마 제가 — 모르겠어요, 비꼬는 게 아니에요 — 영국 해군 장교나 육군 장교와 결혼해서 착한 영국 여자로서 영국으로 돌아가 제대로 살기를 바라셨겠지요. 그게 어머니가 원한 것입니다. 그런데 저는 또 그 결혼생활을 버리고 독일 난민과 다시 결혼했지요. 그가 나치에 반대한다는 사실이 우리 가족에게는 아무 의미도 없었어요. 우리 가족은 아주 예의 발랐지만 그를 절대 좋아하지 않았죠. 제가 어머니에게 그 모든 일을 겪게 한 거예요. 그런 다음 저는 모든 것을 버리고 아이 하나만 데리고 영국으로 왔습니다. 어머니에게 저는 비극이었어요. 미화할 수 없죠.

와크텔 하지만 당신에게는 어머니의 삶이 비극적이었죠.

레싱 비극적이었습니다. 어머니는 스스로도 분명 끔찍하게 여겼을 일을 아주 잘해냈어요. 저는 어머니를 존경합니다. 미안할 뿐이에요. 하지만 어머니가 여기로 오면 5분 내로 싸우리라는 걸 알지요.

와크텔 그럴까요?

레싱 네.

와크텔 자서전에서 지금 어머니를 만난다면 나이 많은 두 여자로서 서로에게 무슨 말을 할까 생각하는 부분이 있는데요.

레싱 아무 말도 못하겠지만, 단정하기는 힘들지요. 우리 두 사람 모두에게 세상이 너무 많이 바뀌었어요. 어머니는 세상을 어떻게 생각할까요?

와크텔 70대가 되어서야 어머니와 화해할 수 있었다고, 항상 어머니와 싸워야 한다는 느낌이 더 이상 들지 않았다고 하셨습니다. 어떻게 어머니를 이해하게 되었습니까?

레싱 그냥 나이가 들고 어머니가 어떤 삶을 살았는지 이해하면서 그렇게 되었습니다. 어머니는 아름다운 옷들을 가지고 남로디지아의 농장에 도착했지만 그곳은 관목 숲 한복판의 진흙 헛간이나 다름없었지요. 어머니는 무너졌습니다. 하지만 그것은 '마음의 병'이라고 불렸어요. 어머니의 마음은 잘못된 게 없었어요. 끔찍한 괴로움으로 고통받았지요. 이제는 잘 알겠어요. 하지만 어머니는 침대에서 일어나 삶을 이어 갔고, 저는 그 점을 존경해요. 어머니는 자기 삶을 증오했으니까요. 삶에서 어머니에게 즐거움을 주는 것이 아무것도 없었지요. 어머니는 관목 숲을 좋아하지 않았어요. 아버지와 남동생과 제가 좋아하던 것을 싫어했습니다. 아프리카인들을 싫어했어요. 그들과 잘 지내지 못했지요. 당시 백인 부인들의 특징이었어요. 하인들과 끊임없이 싸우면서 잔소리를 했는데, 지금 보면 우스울 지경이지요. 아주 바보 같아요. 하지만 그렇게 사는 것은 재미있지 않았어요. 말할 필요도 없이 불공평한 일이었죠. 시골에서 온 흑인이 백인 집에 하인으로 들어갔더니 백인 여자가 불평을 하는 거예요, 포크를 오른쪽에 놓지 않았다고, 물잔을 제대로 놓지 않았다고, 로스트비프를 내올 때… 모르겠어요. 아무런 상관도 없는 환경에서 중류층의 기준을 지키려는 끊임없는 싸움이었지요. 전국에서 그런 일이 벌어지고 있었습니다. 이 목소리, 간절하게 잔소리하는 높은 목소리는 백 미터 밖에서도 알아들을 수 있었지요. "한 번 말하면 알아들어야지, 도대체 몇 번이나 말해야 하는 거예요?" 종알종알 종알종알. 그런 건 정말 사람을 미치게 하죠.

와크텔 나이가 들자 당시 어머니가 어떤 상황이었는지 진정으로 알게 되었습니까?

레싱 네. 어머니는 덫에 걸렸어요, 안 그래요? 덫에 걸린 기분을 알려면 덫에 걸려 봐야 합니다. 제 이야기는 묻지 마세요, 대답하지 않을 거예요. 우리는 모두 각자의 삶에서 어떤 식으로든 덫에 걸립니다, 빠져나올 수 없는 상황에 놓이죠. 그래서 저는 어머니를 이해했습니다. 저는 제 어머니보다 더 지독한 덫에 걸렸던 여자는 알지 못해요. 어머니는 에너지가 아주 많았어요. 유능한 여자였죠. 정말 똑똑한 여자였어요. 하지만 엄마가 어디로든 가 버리면 좋겠다고 생각하는 두 아이 말고는 그 에너지를 쓸 데가 없었지요. 비극입니다.

와크텔 어머니는 당신의 글을 좋아하지 않았습니다. 아직도 어머니의 반응을 상상하면 머릿속에서 어머니의 목소리가 들리나요?

레싱 그래서 화가 난다기보다는 슬퍼요. "아, 얘야, 이건 너무 불공평해." 어머니는 『풀잎은 노래한다』 같은 책에 대해서 이렇게 말하곤 했습니다. 물론 좋아할 수가 없었지요. 백인들은 그 책을 질색했어요. 백인 운동을 하는 사람들에게 저는 반역자였고 검둥이의 연인, 카피르의 연인이었지요. 그러니 제 어머니가 어떻게 좋아할 수 있었겠어요?

와크텔 자서전은요? 자서전은 좋아하셨을까요?

레싱 아니요.

와크텔 영국제국 데임 작위를 제안받은 것은 어떻게 생각하셨을까요?

레싱 아, 정말 행복하게 여겼을 거예요.

와크텔 하지만 거절하셨지요.

레싱 전 영국제국의 데임이 될 수 없었습니다. 어쨌든 저는 더 높은 명예 훈작을 받았지만, 그게 뭔지 아직도 모르겠어요.

와크텔 말씀하신 것처럼 부모님을 이해하려면 단순히 나이만 먹는 게 아니라 정말로 성장해야 합니다. 당신은 중년이 되어서야 아버지를, 아버지가 어떤 사람이었는지, 끔찍한 전쟁이 아니었다면 어떤 사람이 되었을지 이해하지 못했음을 깨달았다고 말했습니다. 아버지에게 무슨 일이 있었습니까? 당신 아버지는 제1차 세계대전에서 부상을 당했고 그래서 어머니를 만났지요. 하지만 더 심오한 차원에서 아버지가 전쟁으로 인해 어떻게 바뀌었다고 생각합니까?

레싱 젊은 시절을 회상할 때 드러났지요. 아버지는 크리켓 국가 대표였습니다. 당구도 쳤고, 축구도 했어요. 또 뭘 했는지는 아무도 모르죠. 아버지는 남자였어요. 많이 걸어 다녔지요. 당시에는 8, 9킬로미터를 걸어서 댄스파티에 갔다가 다시 걸어 돌아오는 것을 아무렇지도 않게 생각했어요. 지금은 누가 그렇게 하겠어요? 하지만 그때는 그게 정상이었지요.

아버지가 참호에서 부상을 입었기 때문만은 아니었습니다. 확실히 아버지는 신경쇠약이었지만 그때는 그런 말을 쓰지 않았어요. 아버지는 아주, 무척 우울했지요. 아버지를 치료한 의

사는 확실히 무척 친절했습니다. 아버지의 상태를 과소평가하지 않았어요, 당시에는 그게 일반적인 반응이었는데도요. 의사는 아버지를 지지해 주었습니다. 포탄 충격이라는 거였지요. 사실 아버지는 우울했습니다. 육체적으로 활동적이던 남자가 다리를 절단했으니 우울했지요.

그 후 아버지는 페르시아로 와서 은행에서 일했습니다. 어머니는 페르시아에서 보낸 모든 순간을 깊이 사랑했어요, 사람들과 어울리는 것을 좋아했으니까요. 하지만 아버지는 고독을 좋아했고 파티와 흥겨운 뮤지컬을 보는 저녁 같은 것을 혐오했습니다. 아주 싫어했지요.

그래서 아버지는 관목 숲으로 달아났고, 거의 항상 아팠기 때문에 서서히 쇠약해졌습니다. 당뇨 때문에 하루에도 몇 번씩 인슐린 주사를 맞아야 했지요. 상상이 가세요? 인슐린은 솔즈베리에서 느린 기차를 타고 와서 우마차에 실려 농장으로 왔습니다. 냉장 시설도 없었어요. 시간을 맞춰야 하는 게 늘 문제였죠. 인슐린이 때맞춰 오면 얼른 냉장고에 넣었지요.

아버지도 아주 힘든 시기를 겪었지만 어머니만큼은 아니었다고 생각해요. 아버지는 아프리카를 사랑했지만 어머니는 아니었으니까요. 아버지가 농부로 조용히 실패하는 동안 어머니는 끔찍한 고통을 겪었습니다.

와크텔 자라면서 어떤 문학을 접했는지 이야기하신 적이 있는데요.

레싱 아, 그건 어머니께 감사해야 합니다. 어머니가 우리를 위해 영국에서 책을 주문했는데, 『빨강머리 앤』부터 정말 다 있었어요. 책장에 항상 책이, 고전이 꽂혀 있었고 나중에는 제가 직접 책을 주문했죠. 저희 어머니의 대단한 점이었지요. 당시 어린이 신문까지 있었어요. 동생은 관심이 없었으니 사실 저를 위한 거였습니다.

와크텔 책이 어떤 세계를 열어 주었습니까?

레싱 전부요. 그다음부터는 제가 특이한 방식으로 책을 직접 주문하기 시작했습니다. 저는 소설에서 어떤 책이 언급되면 그 책을 주문했어요, 뭘 주문해야 할지 몰랐으니까요. 그런 식으로 저는 책을 계속 주문했고, 그 책들을 읽으면서 깜짝 놀랐습니다. 책은 당연히 바다를 건너왔는데, 제 평생 제일 좋았던 날은 책이 도착하는 날들이었어요. 정말 많이 읽었지요. 그것이 제가 받은 교육이었습니다.

와크텔 당신이 아프리카를 떠났을 때로 돌아가 보고 싶은데요, 본인의 표현처럼 공산주의의 영향과 공산주의자들과의 접촉, 그리고 여러 해 동안 지속된 사회 참여 때문입니다. 시대정신 때문에 당연히 공산주의를 선택하게 되었다고 하셨는데, 그 시대정신이 기억나십니까? 무엇에 매료되었나요?

레싱 제가 영국에서 살았다면 달랐을 거예요. 영국에 와 보니 스페인 내전의 영향이 가장 컸으니까요. 제 평생 만난 사람들 중에 모든 것을 다 읽은 사람들은 공산주의자밖에 없었습니다. 당시 공산주의는 책을 읽는 문화였으니까요. 그들은 정치 지향적이었지요. 모든 것을 다 읽었고 제가 본 책을 다 읽은 사람들이었지요. 저에게는 그것이 무척 흥미로웠지만 「러브 차일드」에서 설명한 것처럼 이제 완전히 사라진 문화입니다.

30년대 후반에는 책을 읽고 음악을 듣고 여름학교에 다니는 젊은이들이 영국 전역에 넘쳐났습니다. 계급 문제는 아니었어요. 노동 계층이 아주 많았지요, 제가 만나 봐서 알아요. 회고록을 읽으면 정치적인 교육을 받고 군대에서 토론 모임과 정치 클럽을 꾸렸던 젊은 노동자들 무리가 항상 등장합니다. 전쟁후 선거를 통해 노동당을 당선시킨 것도 이 사람들이었어요.

와크텔 하지만 솔즈베리에서 그런 사람들을 어떻게 찾았지요?

레싱 근처 영국 공군 부대에 그런 사람들이 있었지요, 여자가 부족하고 일상이 지루한 젊은 남자들이요. 우리는 토론 클럽, 좌익 클럽 등 온갖 클럽을 만들고 강연도 했습니다.

와크텔 거기서 정치 교육도 받았습니까? 당신은 그들에게 배우고 그들은 당신에게서 배웠나요?

레싱 그 사람들도 책을 읽었어요. 제가 가르칠 필요가 없었지요. 저는 무지한 여자, 아주 무지한 식민지 여자였고, 따라서 저에게는 그 사람들이 크나큰 깨달음이었습니다.

와크텔 당신은 공산당에 가입한 것을 "평생 가장 신경증적인 행동"이라고 설명합니다.

레싱 당시 저는 공산당원들에 대한 환상이 완전히 깨진 상태였기 때문에 왜 그랬는지 정말 모르겠습니다. 사실 전 정치 집회에는 가지 않았어요. 공산당 작가 모임에만 참석했는데, 아주 흥미로운 인물들이 있었지만 모임이 없어지기 직전이었습니다. 겨우 2년 정도 하다가 없어졌죠. 모든 것이 끝나고 있었습니다.

영국으로 오니 문화가 전혀 달랐어요. 우선 공산주의자, 공산주의자였던 사람, 극렬한 반공주의자밖에 없었습니다. 그런 분위기였어요. 다들 전쟁에서 막 돌아왔지요. 사람들은 여기서 전쟁을 겪어서 폭격 외에는 다른 할 말이 없어서, 아니면 어딘가의 전쟁에서 막 돌아왔기 때문에 저에게 전쟁에 대해서 가르쳐 주었습니다. 이러한 분위기가 1956년경까지 이어지다가 갑자기 끝나 버렸습니다. 전쟁 이야기를 듣기 싫어하는 새로운 세대가 나타났으니까요. 저에게는 너무 놀라운 일이었기 때문에 당시에는 충격적이었지만, 지금 생각하니 좋은 일이었던 것 같군요.

와크텔 앞으로 나아가는 것이 좋은 일이라고요?

레싱 1982년에 짐바브웨에 갔더니 다들 밤낮으로 해방 전쟁 이야기만 했습니다. 백인이고 흑인이고 다른 이야기는 하질 못했어요. 집착에 가까웠지요. 3, 4년 뒤에 돌아가 보니 아무도 전쟁 이야기를 하지 않더군요. 새로운 세대였습니다. 마찬가지였어요. 불가피한 일이죠. 하지만 당시에는 참전 용사들이 보상도 받지 못하고 잊힌다고 생각하니 고통스러웠습니다.

와크텔 공산주의자들이 소련과 사회주의 이상을 동일시한 것이 잘못이었다고 생각합니까? 그때 당신은 소련의 범죄와 실패에도 불구하고 소련을 옹호해야 했는데, 소련에 그토록 휘말리지 않았다면 공산주의 이상을 지킬 수 있었을까요?

레싱 네, 그런 생각이 들어요. 참 흥미롭게도, 여러 해가 지난 후에 제가 그런 말을 꺼냈을 때 괴짜 한두 명만 빼면 그런 생각을 할 준비가 된 사람이 하나도 없었어요. 제 말의 골자는 좌파가 소련과 동일시하지 않았다면 더 나았겠지만 우리는 그렇게 하지 않았고, 부정하고 부패한 모든 것들, 거짓말과 재판과 비뚤어진 모든 것들과 스스로를 동일시했다는 것이었습니다. 지금은 참 말하기 쉬워요, 안 그런가요? 시간이 지난 뒤에 돌아보면 항상 쉽지요. 하지만 아마 당시에는 불가능했을 거예요. 소련이라는 것은 너무나도 크고 감정적인 사건이었으니까요. 노동당에는 소련을 증오하는 분위기가 있었어요, 항상 소련과 맞서 싸웠지요. 하지만 소련이라는 현상 자체가 일어나지 않았다고 생각해 보세요. 소련과 지나치게 동일시했던 좌파가 지금처럼 끔찍한 상황에 처하지는 않았을 겁니다 ─지금은 끔찍한 상황이지요.

와크텔 그런 다음 마오쩌둥의 중국이 등장했는데, 차세대의—

레싱 사람들이 중국에는 그렇게 말려드는 것 같지 않았습니다. 일부 그런 사람은 있었지요.

와크텔 사르트르처럼요.

레싱 소련만큼은 아니었지요. 마오쩌둥과 사랑에 빠진 사람들이 있었습니다. 아주 놀랍죠. 하지만 똑같지는 않았어요.

와크텔 하지만 당신은 결국 방어할 수 없는 입장에 처하게 되었지요.

레싱 중국에 대해서요? 맞아요. 공산주의 정권과 동일시하는 사람은 결국 방어할 수 없는 입장에 처하죠. 하지만 그때를 돌아보면 완전히 미친 사람을 보는 것 같습니다. 시대의 분위기 때문이에요. 하지만 모두가 환상에서 깨어났던 그 끔찍한 시절은 잊혔습니다. 우선, 우리 정부는 스페인 내전에 개입하지 않음으로써 사실상 나쁜 편을 지지했습니다. 개입하지 않는다는 것은 정당한 정부를 지지하지 않고 파시스트와 히틀러처럼 프랑코를 지지한다는 뜻이었지요. 프랑스와 영국은 개입하지 않고 관심을 끊었습니다. 이런 행동이 큰 분노를 일으켰어요. 당시 우리는 정부를 부끄럽게 생각했습니다. 지금은 정부가 너무 끔찍해서 오히려 부끄럽지도 않지요.

아무튼 스페인 내전이 일어났고, 그것은 현재 아무도 제대로 평가하지 않는 영향을 끼쳤습니다. 그리고 영국에 끔찍할 정도로 가난한 사람들이 있었는데, 다들 잊은 것 같아요. 이 모든 상황 때문에 공산주의자가 되기가 아주 쉬웠습니다. 전쟁이 임박했고 당시 우리 정부는 히틀러에게 맞서 일어나려 하지 않았어요. 이런 상황들 때문에 자기 나라를 증오하는 분위기가 형성되었는데, 지금은 또 다른 증오가 있습니다.

와크텔 거의 반대지요.

레싱 이제 우리 정부가 저속하다는 사실을 당연히 여기는 것 같습니다. 참 흥미로워요. 저속하지 않은 정부를 어디서 찾을 수 있겠어요? 그런 건 없습니다. 지금 우리는 이게 정상인 것처럼 살고 있지만 그 당시에는 애국심이, 조국에 대한 자부심이 있었기 때문에 그렇지 않았어요. 그런 애국심에 큰 타격을 입었고, 그래서 사람들이 쉽게 공산주의자가 되었지요.

와크텔 공산주의에 대한 믿음을 잃는 것을 사랑에 빠지는 꿈을 포기하지 못하는 사람과 비교하셨는데요. 그렇다면 무엇이 공산주의를 대체했다고 생각하세요? 당시 너무나 중요했던 혁명이라는 개념은 어떻게 되었을까요?

레싱 사람들은 여러 해 동안 혁명에 대해 이야기했습니다. 이제는 너무 멍청하고 유치해 보이지요. 혁명에 대한 이야기는 60년대까지 이어졌습니다. 무슨 혁명일까요? 아무도 정확히 말하려 하지 않았습니다. '혁명이여 오라'라는 일종의 주문이었어요. 하지만 이제 다 사라졌고, 그건 좋은 일이기도 합니다. 저는 혁명을 별로 지지하지 않으니까요. 세상에서 제일 어려운 일은 과거를 돌아보면서 당시의 정치적 분위기를 전달하는 것입니다. 너무 완벽하게 사라져요. 냉전도 이제는 지난 일이지만 당시에는 정말 끔찍했고 모든 것을 중독시켰지요. 하지만 사라졌어요. 이제 상상도 하기 힘듭니다.

와크텔 60년대에 대한 소설 『가장 달콤한 꿈』에서 등장인물인 공산당원 조니는 종교인이 됩니다.

레싱 눈치채셨는지 모르지만, 종교인이 된 공산당원이 정말 많습니다. 수많은 공산주의자들이 구루가 되었어요. 아주 우습죠. 물론 그 사람들은 아직도 다른 이들에게 이래라 저래라 하고 있고, 자기들이 옳다고, 고통받는 자라고 말한다는 점이 아이러니지요. 그런 점에서 아주 비슷한 것 같아요. 저는 현재 성인에 가까운 대접을 받는 옛 공산당원을 몇 명 알아요. 참 우습지요, 안 그런가요?

와크텔 지금 우리가 충성을 바칠 철학이 있을까요?

레싱 정치철학 말인가요? 없어요. 토니 블레어[인터뷰가 진행된 2003년 당시 영국 수상—옮긴이]같은 사람들의 딜레마를 보세요. 그 사람들은 중도 노선을 가지고 나와야 합니다. 아무 의미도 없어요. 철학자처럼 보이는 것뿐이지요. 미국은 어떤지 모르겠군요. 부시는 극렬한 우파지만 그의 철학이 뭔지 모르겠습니다. 어떤 식으로든 좋은 정치철학이 있는지 모르겠군요. 저는 실용주의가 왜 나쁜지 모르겠어요. 나라를 운영하는 합리적인 방식은 상황을 있는 그대로 보고 그에 따라 행동하는 것 같은데 말입니다. 그게 바로 실용주의인데, 보통 겁쟁이라고 욕을 먹지만 저는 아주 합리적이라고 생각합니다. 항상 슬픔과 눈물로 끝나는 정치철학이 도대체 왜 필요하겠어요?

와크텔 또 다른 운동이 당신을 내세웠는데, 꼭 당신의 선택이었다고 말할 수는 없지만, 바로 당신의 소설 『황금 노트북』이 여성 운동의 경전이 되었을 때입니다. 하지만 저는 이 책의 기원에 더 관심이 있습니다. 그 책을 쓰도록 부추긴 감정적인 압박이 있었다고 자서전에서 말씀하셨으니까요. "나는 교차로에 서 있었다. 나는 용광로 속이었고, 다시 만들어질 준비가 되어 있었다." 당신은 이제부터 감정적인 삶을 다르게 만들겠다고 결심했습니다. 그 이야기를 해주시겠어요?

레싱 네. 저는 모든 곳에서 공산주의가 붕괴하고 있었던 1950년대 말에 그 책을 쓰기 시작했습니다. 저는 이런저런 이유로 서로 다른 몰락 단계를 겪고 있던 사람들에게 둘러싸여 있었어요. 옛 공산주의자들은 모두 신경쇠약을 겪거나 종교에 귀의하거나 술을 마셨지요. 한 시대의 끝이 다가왔음이 분명했습니다. 그런 상황에 놓이자 무언가가 끝났음이 분명했는데, 그것은 바로 이데올로기였습니다. 『황금 노트북』 제일 첫 부분에서 저는 여러 가지 반대 쌍들 ——흑인/백인, 노인/청년, 남자/여자——을 제시합니다. 이것은 구획 나누기와 그 위험에 대한 책이에요. 정치뿐만 아니라——제가 어디에서 자랐는지 잊지 마세요——종교도, 아프리카의 수많은 종교도 문제였습니다. 일부 종교는 아주 활발했으니까요. 저는 지극히 종교적인 사람은 지극히 정치적인 사람처럼 심한 신경쇠약을 겪는 경향이 있음을 알아차렸습니다. 역시 이데올로기지요. 『황금 노트북』은 그런 문제에 대한 책이었어요. 당시 저는 비교적 젊은 여성이었고 모든 문제에, 성적·감정적 문제에 감정적으로 휘말렸습니다. 그런 상황이 이 책의 연료가 되었고——"연료"라는 말이 정확해요, 감정적인 게 아니지요——그래서 많은 관심을 받았어요. 아무도 믿지 않겠지만, 저는 그 책을 쓰면서 여성의 해방 같은 문제에 대한 책을 쓰고 있다는 생각은 조금도 하지 않았습니다. 저는 그냥 제 경험을 쓰고 있었어요. 동지들 모두가 항상 여자의 문제에 대해서 이야기하고 있었지요. 60년대에는 여성 운동이 아직 발명되지 않았었어요.

와크텔 무엇을 바꾸고 싶었습니까? 그 책을 쓸 당시 자신의 감정적인 삶이 달라지기를, 혹은 방향을 바꾸기 바랐다고, 그 책을 쓰면서 다른 어떤 책을 썼을 때보다도 더 많이 변했다고 말씀하셨는데요.

레싱 무엇을 바꾸고 싶었냐고요? 저는 제 감정적인 삶이 싫었어요. 그때 저는 마흔이 거의 다 되었었는데, 이런 말도 안 되는 방식으로 계속 살아가지 않을 작정이었습니다. 그 책 뒤에는 엄청난 감정적인 압박이 존재했어요.

와크텔 특히 무엇을 바꾸고 싶었습니까? 마흔이 거의 다 되었을 때라고 하셨는데, 이제 우리 두 사람이 보기에는 그렇게 많은 나이가 아니지요.

레싱 저는 열아홉 살에 결혼을 했어요. 아이를 세 명 낳았고, 결혼을 두 번 했고, 연인도 많았습니다. 저는 이제부터 다르게 살겠다고 결심했고 전체적으로 그렇게 했습니다. 하지만 사실은 제가 공산주의자라는 포장에서 벗어나 제 자신에 대해 쓰고 있었던 거예요. 공산주의라는 것은 포장, 사고방식이고, 아직도 우리 주변에 있지만 예전만큼은 아니지요. 공산주의는 또 물질주의 — 한 사람 몫의 고기를 늘리자는 것 —이고, 마르크스주의의 여러 가지 변종입니다. 변종이 상당히 여럿 있었으니까요. 이 포장은 무신론과 불가피한 진보에 대한 믿음을 지지했는데, 당시에는 정말 강력했지요. 세상 모든 것이 점점 더 좋아질 거라는 생각에 아무런 의문도 없었어요. 그 책을 쓸 때 저는 더 이상 그 무엇도 믿을 수 없었는데, 물론 제 의도대로 책이 나온 것은 아닙니다. 책을 쓸 때 예상과는 다른 일이 종종 벌어지니까요.

와크텔 하지만 당신은 어떤 의미에서는 결국 원하던 자리에 도달했습니다. 글을 써서 그 자리를 찾았지요.

레싱 그게 섬이라도 되는 것처럼, 제게 계획이 있었던 것처럼 말씀하시는군요. 아니, 전혀 그렇지 않아요. 저는 제가 있던 자리에서 제 자신에 대한 글을 썼고, 새로운 생각을 받아들일 준비가 되어 있었어요. 하지만 언제나 그렇듯 우리는 스스로 독특하다고 생각하지만 전혀 그렇지 않아요, 모두 같은 것을 하고 있으니까요. 60년대의 끝없는 추락이 시작되기 전, "아무래도 괜찮아"라는 생각이 특징이었던 때가 있었지요. 정말 대단하고 우스꽝스러운 인심이, 열린 자세가 널리 퍼져 있어서 젊은이들이 미국 어디든 여행을 가서 아무 집이나 문을 두드리고 "안녕하세요, 저는 행크 친구인데요. 좀 들어가도 될까요?"라고 말하면 "네, 어서 들어오세요"라고 대답하는 그런 분위기가 서구에 퍼져 있었는데, 저는 정말 멋지다고 생각했고 지금도 그렇게 생각합니다. 지속되는 동안에는 정말 대단한 문화였지요. 큰 대가를 지불했다는 것은 인정해요, 어딘가에 속해야 했으니까요. 정해진 복장을 해야 했지요. 청바지와 운동복, 팔꿈치에 구멍이 있으면 더 좋았고, 마오쩌둥 재킷에, 특정한 어휘를 쓰고 특정한 견해를 가지고 있어야 했습니다. 아주아주 획일적인 문화였어요. 그 부분은 전혀 좋지 않았지만 나머지는 좋았죠.

와크텔 당신은 『가장 달콤한 꿈』에서 그 문화에 대해 썼는데,

주인공 프랜시스는 그런 청년들에게 말하자면 사감 선생님입니다. 당신도 그랬지요. 어쩌다가 그렇게 되었나요?

레싱 아주 쉬웠어요. 저는 그때 집을 샀는데, 세계의 다른 지역과 달리 영국에서는 집을 소유하라는 압박이 엄청나기 때문이지요. 세계 어디서든 집을 빌릴 수 있지만 여기서는 집을 꼭 소유해야 했고, 저에게는 방이 무척 많은 집이 있었지요. 아들 피터는 집에 없을 때가 더 많았어요. 아시잖아요, 제가 원수였으니까요. 우습게도 피터는 다른 아이의 부모랑 지내고 다른 사람의 아이들이 저와 살았어요. 한동안 그런 식이었지요, 아주 흥미로운 시기였어요. 지금 생각하면 가장 놀라운 점은 거의 아무것도 묻지 않았다는 겁니다. 어떤 부모든 제게 전화를 걸어서 "6개월째 그 집에 살고 있는 우리 프레디는 어떻게 지내나요?"라고 물었던 기억이 없어요. 저도 피터가 지내는 집에 절대 전화를 하지 않았는데, 지금 생각하니 참 놀랍습니다. 다들 서로를 쉽게 믿었어요. 하지만 어쨌든 잘 됐잖아요, 안 그런가요? 그러니 괜찮아요.

와크텔 60년대의 어떤 점이 가장 좋았습니까?

레싱 저는 아이들을 아주 좋아했어요. 아이들은 대부분 큰 곤경에 처해 있었지요. 저는 사람들이 60년대를 미화한다고 생각해요. 당시 아이들은 결국 모두 전쟁을 겪은 경험이 있었어요. 가장 달콤한 꿈을 꾸는 모든 사람들이 전쟁에 큰 영향을 받았고, 사실 그것이 이 책의 주제입니다. 그 아이들은 다들 마리화나를 피웠고 ─ 저는 그건 별로 큰일이라고 생각하지 않아요 ─ 술을 마셨지요. 모두 경찰과 사이가 좋지 않았고, 신경쇠약을 겪고 있었죠. 무슨 일을 겪었는지는 아무도 모를 거예요. 이제 그 아이들 모두 아주 존경받는 시민이고 아무런 문제도 없지요.

와크텔 『가장 달콤한 꿈』의 주인공 프랜시스는 많은 면에서 무척 불안한 사람들에게 둘러싸여 있습니다. 광기와 신경쇠약에 대한 흥미가 당신의 다른 소설에서도, 예를 들면 『어둠이 내리기 전 여름』에서도 나타납니다. 당신은 정신이 이상해지거나 신경쇠약을 겪은 적이 없다고 썼지만 잠을 안 자거나 먹지 않으면서 미치려고 했던 경험이 있다고 이야기하지요. 글을 썼기 때문에 광기가 가라앉았다고 생각하세요?

레싱 네, 그렇게 생각합니다. 하지만 저는 항상 아이를 키우거나 뭐 그런 할 일이 있었어요. 저의 전 생애에 아버지처럼 미친 사람들의 그늘이 드리워져 있었습니다. 아버지는 무척 아팠어요. '우울증'이라는 말이 그때는 없었지요. 자신이 본 것을 어떻게 설명해야 할지 모르다니, 정말 안타까운 일이었어요. 그러나 이제는 아버지가 우울증이 심했다고 말할 수 있는데, 치료 한 번 받지 못했으니 참 안됐지요. 어떤 이유로든 저는 평생 정신병과 관련이 많았습니다.

와크텔 한 가지 아이러니한 점은 『가장 달콤한 꿈』에서 가장 문제가 많은 인물들이 심리치료사가 된다는 것입니다.

레싱 그게 요즘 추세예요. 여자의 일이지요. 아주 흥미로워요. 저는 적어도 — 세상에 — 지금 심리치료사가 된 사람을 스무 명은 알 거예요. 아주 비참한 삶을 산 사람들이지요. 심리치료사가 되기는 무척 쉬워요, 겪어 보았으니까요. 하지만 이제는 여자가 자격이 없어도 하는 일이 되었어요. 행운을 빌어야죠.

와크텔 당신은 더욱 심각한 어조로 특정 시기에 심리치료의 도움을 받았다고 하셨습니다. 그 경험이 당신의 글에 영향을 주었다고 말할 수도 있을까요? 예를 들어서 말입니다.

레싱 전혀 영향을 주지 않았습니다. 전혀요. 어머니가 영국으로 오시고 제가 침대 밖으로 나가지 않던 때에 아주 힘들게 그런 경험을 했지요. 그러다가 뭔가를 해야 한다는 깨달음이 갑자기 왔습니다. 당시 제 남자친구는 정신과의사였지만 아주, 아주 심하게 혹평을 하는 사람이었고, 저는 공격을 받고 있었어요. 혹평을 심하게 하는 여자 친구도 있었지요. 스트레스가 어마어마했어요. 그리고 그 기간 내내 저를 지지해 주었던 정말 좋은 심리치료사가 있었지요. 그녀는 정말 천재였어요. 저에게 지지가 필요하다는 사실을 알았지요. 저는 주변 모든 사람들에게서 스트레스를 받고 있었기 때문에 괜찮다는 말을 들을 필요가 있었는데, 그녀가 그렇게 해주었습니다. 정통 심리

요법은 아니었지요. 이제는 알아요. 제가 그때 했던 것은 친구를, 내게 괜찮다고 말해 줄 사람을 돈으로 사는 것이었지요. 치료가 대부분 그런 걸까요? 왜냐면, 아시겠지만 주변에 아픈 사람, 신경쇠약이나 그런 것을 겪는 사람이 있으면 정말 참을 수가 없거든요. 삶에 대한 불평을 사실상 견딜 수 없을 만큼 잔뜩 듣는데, 그래서 심리치료사가 필요합니다. 돈을 받고 다른 사람의 불행을 들어 주니까요.

⟨⟩

와크텔 잠시 아프리카로 돌아가 보고 싶습니다. 모든 작가에게 "신화"의 나라가 있다고 말씀하셨는데요. 응축된 진실이라는 의미의 "신화"죠. 당신은 1956년에 남로디지아로 처음 돌아갔지만 입국 금지 이민자가 되었다는 사실만 확인했습니다. 그런 다음 1982년에 지금의 짐바브웨로 돌아갔지요. 당신이 내내 가지고 있던 기억이 모두 들어 있는 그 신화의 나라와 당신이 실제로 본 나라가 비슷했습니까?

레싱 제 삶의 모든 것이 그랬듯이, 그 나라는 거기 없었습니다. 저는 "이 말도 안 되는 짓은 이제 그만둬야 해. 직접 돌아가 봐야 해"라고 말하던 친구와 함께 우리가 살던 농장으로 갔어요. 막상 가 보니 당연한 일이지만 옛집은 오래전에 화재로 소실

되고 진짜 소름 끼치는 자그마한 방갈로가 있었는데, 흑인들이, 흑인 아이들이 가득했지요. 아이들에게는 연필이나 종이 같은 것도 없었는데, 그 생각을 하면 저는 아직도 괴롭습니다. 짐바브웨가 어떤 곳인지 잘 보여 주는 일이죠. 그리고 누군가가 언덕 꼭대기를 잘라냈습니다. 6미터는 낮아진 것 같았어요. 정말 말도 안 되는 일이지요.

와크텔 자서전 첫 권인 『언더 마이 스킨』에서 당신은 "나는 이 책을 진솔하게 쓰려고 한다. 하지만 내가 여든여덟 살에 이 책을 쓴다면 얼마나 달라질까?"라고 말합니다. 이제 그때 말씀하신 나이에 가까워졌지요. 지금이라면 다르게 접근하겠습니까?

레싱 어쩔 수 없이 상실감이 들어가겠지요. 어쨌든 상실감이야말로 우리가 살면서 겪는 것 같습니다. 모든 것이 아무 이유도 없이 사라졌다는 느낌 말입니다. 제가 알아볼 수 있는 좋은 것은 하나도 남지 않았으니까요. 사실 인도제국에서 일하던 사람들처럼 이 모든 게 시간 낭비였을까? 라는 느낌이 듭니다. 글쎄요, 시간 낭비였을지도 몰라요. 네, 상실감과 낭비라는 느낌이 듭니다.

와크텔 『가장 달콤한 꿈』에 불안한 거식증 환자 실비아가 등장하는데, 그녀는 집안의 도움, 특히 할머니의 도움으로 변합니다. 실비아는 의사가 되고, 짐리아라는 아프리카 국가를 배경으로 하는 2부의 중심인물이 됩니다. 실비아가 아프리카에서 맞닥뜨리는 문제는 정말 압도적이고, 말씀하신 것처럼 "풍경에, 한 나라에, 역사에 새겨진 실수"입니다. 하지만 실비아는 직접적인 행동에서 목표를 발견합니다. 직접 실행함으로써, 그곳 사람들에게 베풂으로써 말입니다. 하지만 그럴 때에도 실비아는 폄하당하지요. 그리고 정부의 부패가 너무 심합니다. 국제 원조 기구들도 무능하고 타락했지요.

레싱 완전히 무능하지는 않아요. 흥미로운 점은 대규모의 노력, 대대적인 노력은 전부 돈 낭비라는 사실입니다. 하지만 작은 일들, 작은 노력들은 잘 통하는 것 같고 소중하지요.

저는 하라레에서 멀지 않은 곳으로 젊은 여성들을 만나러 갔습니다. 관목 숲에 헛간이 몇 개 있고 젊은 여의사가 있었는데, 신앙심이 어느 정도 있는 사람이었기 때문에 포교소에 살고 있었지만 실제 그곳 소속은 아니었지요. 그녀는 자기 돈으로 할 수 있는 일을 하고 있었어요. 몇 킬로미터 내에 진료소라고는 그곳밖에 없었지만, 나중에 알고 보니 시설이 미흡하다는 이유로 정부가 진료소를 폐쇄했고 이제 그곳에는 아무것도 남지 않았습니다. 전부 다 사실이에요.

저는 몇 년 전부터 짐바브웨에, 도시가 아니라 관목 숲 지역에 책을 보내는 단체에 참여하고 있습니다. 사방에 아무것도 없는 마을에 책을 가져다주면 사람들은 눈물을 흘리며 인사합니다. 마을 전체가 변할 수 있어요. 시민론 수업과 문학 수업도

하고, 서로의 책을 읽습니다. 책을 쓰기도 해요. 책 한 상자가 어떤 일을 할 수 있는지, 정말 놀랍습니다. 그런데 이 사업을 중단할 수밖에 없게 되었어요. 무가베 대통령이 이끄는 짐바브웨 아프리카 민족동맹애국전선의 깡패들의 손에 죽임을 당할 수도 있기 때문에 관목 숲으로 찾아가는 것이 위험해졌으니까요. 언젠가는 사업이 다시 살아날지도 모릅니다.

와크텔 타인과의 관계와 타인에 대한 책임 — 연결성 — 이 당신 책의 주제인데, 당신 삶의 주제이기도 한 것 같군요. 『가장 달콤한 꿈』에서 스스로 고립된 인물들은 치유를 받아야 합니다. 혼자라는 것이 문제지요. 프랜시스의 집은 호의가 넘치는 장소, 축복받은 곳으로 기억됩니다. 당신도 아직 그런 연결이 필요한가요?

레싱 저는 늙어 가고 있고, 예전 같은 에너지가 없어요. 저는 개인적으로 꽤 복잡한 삶을 살았지만, 그 이야기는 하지 않겠습니다. 이제 글 쓸 시간을 찾기가 점점 더 어려운데, 참 흥미로워요. 나이가 들면 세상 시간을 다 가질 줄 알았거든요. 하지만 그렇지 않았습니다. 그러니 지금, 젊을 때 시간을 잘 활용하세요.

와크텔 하지만 당신은 놀라울 정도로 생산적인데요.

레싱 예전에 비하면 아무것도 아니죠. 저는 항상 오전에는 여기서, 오후에는 저기서 싸워야 하는데… 아무튼 그건 또 다른 이야기지요.

와크텔 복잡한 삶에 대해서는 묻지 않겠지만 사랑에 대해서, 낭만적인 사랑에 대해서 묻지 않을 수가 없네요. 1996년 소설 『다시, 사랑』과 『그랜드마더스』에서 아주 다양하고 복잡한 사랑에 대해 썼으니까요. 『그랜드마더스』는 나이 많은 여성과 젊은 남성의 사랑에 대한, 역시 비관습적인 시선입니다.

레싱 그건 정말 금기시되는 주제입니다. 하지만 『다시, 사랑』을 쓰고 나서 편지를 정말 많이 받았는데, 일부는 참 우습게도 나이 많은 여성과 젊은 남성의 관계에 대한 편지였어요. 확실히 감히 이름을 말할 수 없는 사랑이지요. 그런 일들은 비밀리에 일어납니다.

와크텔 『다시, 사랑』을 쓸 때 개인적인 경험에 대해 쓰고 있다고 말씀하셨는데요.

레싱 정확히, 직접적으로는 아니지만 개인적인 경험을 이용했지요. 『다시, 사랑』에서 모든 사랑은 가 닿지 않아요 — 알아차렸나요? — 모두들, 예외가 없지요. 그것이 낭만적인 사랑의 본질이에요, 안 그래요? 닿지 않아야 하죠.

와크텔 하지만 『그랜드마더스』에서는 확실히 닿습니다.

레싱 그건 실화였어요, 다른 사람에게서 이야기를 듣고 언젠가는 쓰려고 오랜 세월 동안 간직해 온 이야기죠.

와크텔 당신이, 혹은 당신 안의 이야기꾼은 금지된 사랑이나 열정처럼 금기시된 주제에 매력을 느낍니까?

레싱 네. 금지된 것에 대해 쓰는 것이 더 흥미롭습니다. 조지 기싱처럼 현대의 결혼에 관한 작품을 쓰고 싶은 게 아니라면 말이지요. 저도 가끔 그런 작품을 쓰고 싶다는 유혹을 느끼는데, 이제 결혼이 흥미롭기 때문이에요.

와크텔 새 중편 모음집에 실린 「빅토리아와 스테이브니가」에 등장하는 젊은 흑인 여성은 중산층 자유주의 가족을 만나 존재하는지도 몰랐던 장소들과 미래를 발견합니다. 환상과 집착이 인물들의 삶을 좋으면서도 나쁘게 형성하는 것이 흥미롭습니다. 이 주제가 당신에게 특별한 울림을 갖습니까?

레싱 그런 식으로 생각해 본 적은 없어요. 이 소설 역시 미국에서 일어난 실화인데, 미국을 배경으로 하고 싶지 않아서 영국으로 바꿨습니다. 그러자 즉시 계급이 드러났지요. 배경이 미국이었다면 절대 그렇지 않았을 겁니다.

와크텔 그렇다면 인종에 대한 이야기라고 할 수 있을까요?

레싱 하지만 그렇진 않아요. 미국에서 들은 이야기는 백인 미국 남자와 가난한 흑인 여자의 사랑 이야기인데, 여자가 6년 뒤에 전화를 걸어서 "아이가 있어요"라고 말합니다. 여자는 남자의 가족들이 이 상황을 받아들이는 방식에 당황하지요. 그래서 저는 배경을 영국으로 옮겨야겠다고 생각했습니다. 자, 스테이브니 같은 가족이 있어야 해요. 영국에는 수많은 예가 있지요. 자유주의적인 중산층 가족으로, 좋은 대의는 무엇이든 받아들이지요. 하지만 이야기의 결말에 선택이 나와야 합니다. 그 여자는 어떻게 되었을까요? 그녀는 가난한 흑인 소녀로 영원히 남거나 중산층 가족의 일원이 되었을 텐데, 저는 후자의 가능성이 더 높다고 생각합니다. 하지만 제가 들은 실화에는 그런 선택이 없었습니다. 영국은 참 놀라운 방식으로 정체성을 지키지요.

와크텔 방금 이야기를 나눈 작품들에서 실화라는 사실 외에 특히 흥미를 느끼는 부분은 무엇입니까?

레싱 제가 몇 년 동안 간직했던 세 가지 이야기는 실화라서 흥미로웠습니다. 그런 이야기를 쓸 때는 누구에게 들었는지 항상 기억해야 해요. 그 사람을 통해 여과되기 마련이니까요. 그런 다음 다른 사람이 같은 이야기를 했다면 어땠을까, 상상합니다. 전혀 다른 이야기가 되죠. 특히 『그랜드마더스』의 경우가 그런데, 그 일을 아주 못마땅하게 생각하는 사람이 이야기를 한다고 상상해 볼 수 있으니까요. 그러면 제가 들은 원래 이야기와는 전혀 다른 이야기가 됩니다.

와크텔 소설집 맨 마지막에 실린 가장 긴 작품 「러브 차일드」에서 당신은 제1차 세계대전이 남긴 유산의 또 다른 면을 제시합니다. 하지만 낭만적인 집착에 대한 작품이기도 하지요.

레싱 네, 그래요. 말씀드린 것처럼 전쟁이 일어나지 않았다면,

군함이 더반과 케이프타운에 4, 5일 동안 정박하지 않았다면 일어날 수 없는 실화지요. 당연한 일이지만 짧은 만남이 참 많았어요. 이 청년은 자기 아이가 있다고 굳게 믿고 전쟁이 끝난 후 더반으로 돌아가지만, 여자를 두 번 다시 찾지 못했습니다. 그건 여자가 모습을 드러내고 싶지 않았다는 뜻이지요. 어쨌거나, 이해할 만한 일입니다. 하지만 남자는 계속 아이를 찾습니다. 자, 이건 낭만적인 집착이에요. 몇 년 동안이고 계속되지요. 그러므로 이 남자가 완전히 정신이 나갔다고 말할 수 있을 테고, 실제로 그랬을지도 모릅니다. 하지만 대부분의 사람들이 무언가에 대해서는 완전히 정신이 나가잖아요, 그렇지 않은가요? 이 일은 그저 더 잘 보였을 뿐이지요.

와크텔 슬픈 분위기로 끝납니다.

레싱 아주 끔찍하다고 생각했습니다. 남자는 "그게 사랑이라면…"이라고 말하지요. 물론 그건 사랑이었어요. 하지만 그는 아직도 지극히 행복했던 나흘이라는 꿈속에 있지요.

와크텔 우리는 기억에 대한 이야기로 대화를 시작했습니다. 어떤 사람들은 나이가 들수록 어린 시절의 기억이 더 또렷하고 가까워진다고 말하는데요, 당신도 그런가요?

레싱 아니요, 꼭 그렇지는 않아요. 또렷하게 기억해야겠다고 결심했기 때문에 또렷한 거지요. 그 둘은 달라요. 단기 기억을 점차 잃게 된다고 하는데, 저는 아직 그런 것 같지 않지만, 기꺼이 잃고 싶다고 말하겠습니다.

와크텔 당신은 몇 년 전에 삶의 어떤 단계의 마지막에 다다른 것 같다고, 이제 예상하지 못했던 것들, 절대 일어나리라 생각하지 않았던 일들이 외부에서 찾아오기를 바란다고 말하셨습니다. 이야기꾼으로서 당신의 호기심에 불꽃을 일으키는 것은 무엇입니까?

레싱 참 놀라워요. 저는 지금 아주 여러 해 동안 저에게 일어나지 않은 일에 대한 이야기를 쓰고 있습니다. 어떤 인물이 난데없이 나타나서 저를 사로잡았는데, 예상하지 못한 일이었기 때문에 매력적이에요. 이런 인물들은 어디에서 올까요? 『가장 달콤한 꿈』의 율리아는 어디에서 왔을까요? 저는 실제로 독일인 시어머니가 있었지만 한 번도 만난 적이 없고, 확실히 율리아 같은 사람은 아니었습니다. 그러니 율리아가 어디에서 왔는지 물어야 해요. 모습을 바꾼 제 자신일까요? 흥미로운 질문이에요. 상상해 보세요, 제가 정말 그렇게 단정하고 정리정돈을 잘하는 사람이 될 수 있을까요? 우리 집을 둘러보실 필요는 없어요.

와크텔 『가장 달콤한 꿈』의 집 꼭대기에 사는 가모장 같군요.

레싱 맞아요, 그러니 아주 흥미롭죠. 그 모든 인물들이 자기 안에 있지만 본인은 아무것도 모르다니 말입니다.

와크텔 최근에 걸어 들어온 이 인물이 마음에 드나요?

레싱 네, 마음에 들어요. 그에게 매료되었어요. 정말 좋아요. 저에게는 정말 깜짝 놀랄 일이에요.

2003년 7월

인터뷰 제작-샌드라 라비노비치

힐러리 맨틀
Hilary Mantel

나는 힐러리 맨틀이 야심찬 역사 소설 『울프 홀』로 맨 부커 상을 받았던 2009년에 아주 만족스러웠다는 말을 하지 않을 수 없다. 내가 맨틀을 발견했다고 주장할 수는 없지만 20년 넘게 작품을 찾아 읽었던 ─ 그리고 감탄했던 ─ 작가가 마침내 주류의 인정을 받은 것이다. 하지만 내가 생각하지 못했던 것은 『울프 홀』이 기존의 기록을 깨고 최다 판매 맨 부커 수상작 ─ 영국에서만 양장본 22만 부, 전 세계에서 150만 부가 팔렸다 ─ 이 되었을 뿐 아니라 영국 소설 중 가장 많은 문학상 후보에 올랐던 것이다. 『울프 홀』은 전미도서비평가협회상도 받았고 독서 모임에서 가장 많이 읽는 작품이 되었다. 『헨리 8세와 여섯 아내들』, 『천 일의 스캔들』부터 토머스 모어와 『사계절의 사나이』에 이르기까지 튜더 왕조 시대의 영국이 인기 많은 주제라는 사실은 나도 알고 있다. 그러나 맨틀의 소설에서 중심이 되는 토머스 크롬웰은 상대적으로 덜 알려진 인물이기 때문에 사람들은 종종 그를 유명한 4대 후손인 올리버 크롬웰 — 찰스 1세를 왕위에서 끌어내리고 처형한 다음 호국경으로 영국을 통치한 17세기 인물 — 과 혼동한다.

토머스 크롬웰은 1485년부터 1540년까지 살았다. 그는 헨리 8세의 해결사였고, 대장장이의 아들이었지만 출세하여 왕의 대신이자 기록보관관, 케임브리지 대학 학장, 영국국교회의 수장인 왕의 보좌관이 되었다. 『울프 홀』과 후속작 『튜더스, 앤 불린의 몰락』의 놀라운 점 중 하나는 토머스 크롬웰의 의식을 통해 이야기가 펼쳐지기 때문에 친밀하게 느껴진다는 것이다. 이러한 방식은 그렇지 않았다면 차갑고 가차없게 느껴졌을 사람에 대한 공감을 자아낼 뿐 아니라 우리를 사건의 한가운데로, 현재로 끌어들이기 때문에 우리는 무슨 일이 벌어질지 이미 알면서도 알지 못한다. 『튜더스, 앤 불린의 몰락』 역시 맨 부커 상을 수상하자 힐러리 맨틀은 (J. M. 쿳시와 피터 캐리 이후) 맨 부커 상을 두 번 수상한 최초의 여성 작가가 되었고, 코스타 도서상을 받았다. 한 권짜리 광범위한 장편소설로 시작한 작품은 분량이 많은 세 권짜리 프로젝트가 되었고, 놀라운 성공을 거둔 연극 두 편 — 영국 런던 웨스트엔드의 스트랫퍼드와 브로드웨이 — 과 BBC 텔레비전 미니시리즈로 제작되었다.

나는 바람이 거센 북잉글랜드 마을의 로마 가톨릭 교회에 대한 매력적이고 재치 있고 감동적인 소설『플러드』(1989)에서 힐러리 맨틀을 처음 만났다.『플러드』는 젊은 신부님, 수수께끼 같지만 매력적인 보좌신부, 변화를 일으키는 힘, 천사이자 악마다. 그래서 나는 맨틀을 보며 뮤리엘 스파크나 베릴 베인브리지, 바버라 핌 같은 작가를 떠올렸다. 그다음으로 사우디아라비아를 배경으로 펼쳐지는 불온하고 파국적인 악몽『가자 거리에서 보낸 8개월』(1988)을 읽었다. 외국에 거주하는 여성의 경험을 따라가는 이 소설은 엄청난 긴장감을 선사한다. 그런 다음 서사시 같은 소설『혁명 극장』(1992)이 나왔는데, 프랑스 혁명기를 배경으로 하는 야심차고 독특한 이 책은 선데이 익스프레스 도서상을 받았다.

나는 힐러리 맨틀의 책을 읽을수록 맨틀처럼 모험적인 소설가의 경우에는 각 작품이 전혀 다른 책임을 깨달았다. 그녀의 작품은 1950년대 남아프리카와 1970년대의 노포크를 배경으로 한『기후의 변화』(1994), 1960년대 수도원 학교의 여학생들에 대한『사랑의 실험』(1995), 1782년에 스스로를 전시하러 런던으로 갔다가 다음 해에 죽은 아일랜드 거인의 실제 삶을 바탕으로 쓴『거인 오브라이언』(1998), 그리고 악령과 오컬트, 친절한 심령술사와 그녀의 냉정한 조수, 학대와 그로테스크함, 그리고 아마도 가장 마음을 불편하게 만드는, 맨틀이 그리는 현대 영국에 대한 생생하고 불안한 소설 『검은색 너머』(2005)까지 아주 다양하다. 맨틀은 예리한 유머감각을 가진 풍자 작가이다.

내가 맨틀의 작품에서 항상 좋아하는 부분은 정치적 중요성뿐 아니라 특유의 뉘앙스와 복잡성이다. 그녀는 사적으로든 공적으로든 선과 악의 본질에 관심이 있다. 2003년에 맨틀은 다방면의 글을 계속 내면서 색다른 회고록 『유령을 포기하며』와 자전적인 단편집 『말을 배우다』를 썼다. 더비셔에서 보낸 어린 시절, 수녀원에서 받은 교육, 아프리카와 중동 생활, 아일랜드인 선조 등등이 등장하는 그녀의 자서전은 그 어떤 자서전과도 다르지만 그녀가 쓴 많은 소설이 어떤 맥락에서 나왔는지 보여 준다. 예상하지 못했던 내용은 지독한 병과 오진, 사람을 기진맥진하게 만드는 결과, 그리고 죽은 이와 상상 속 유령들에 대한 설명이다. 또 2003년 우리가 대화를 나눈 바로 그날 놀라운 일 ─ 자세한 내용은 뒤에 나와 있다 ─이 있었다.

힐러리 맨틀은 1952년에 북잉글랜드에서 태어났다. 그녀는 런던 정경대학과 셰필드 대학에서 법학을 공부했지만 건강상의 이유로 학업을 포기할 수밖에 없었고, 그래서 소설로 방향을 틀었다. 맨틀은 맨 부커 상을 수상한 후 데번의 해변 마을로 이사했다. 2014년에 그녀는 여성 기사에 해당하는 영국제국 데임 작위를 받았다.

여기 우리가 두 번에 걸쳐서 나눈 대화가 있다. 처음 만난 2003년에는 자서전 『유령을 포기하며』에 초점을 맞추었고, 2012년에 나눈 두 번째 대화에서는 『울프 홀』과 『튜더스, 앤 불린의 몰락』에 대해 이야기를 나누었다.

❧

와크텔 당신은 자서전이 일종의 나약함이라 생각했다고 말했습니다. 왜 그렇지요?

맨틀 고백하고 싶은 충동에 사로잡히는 것, 종이에 자기 과시를 늘어놓는 "불쌍한 나"를 전시하는 것, 남들 보는 데서 더러운 속옷을 빠는 것 ─ 그런 비유들 때문이지요. 저는 정말 그런 것에 뛰어들고 싶지 않았습니다. 오랫동안 열심히 생각하면서 이 책이 정말 꼭 필요할까? 내가 하고 싶어서 한다는 것 외에 조금이라도 가치가 있을까? 스스로에게 물어야 했습니다. 결국 저는 그럴지도 모른다는 결론을 내렸지요. 시도할 가치가 있었을지도 모르지만, 저는 남의 눈을 극도로 의식하는 책이 될까 봐 두려웠습니다.

와크텔 자기 삶의 이야기를 어디서부터 시작해야 하는지 모르겠다고, 단순한 연대기의 문제가 아니라고, 기억은 그런 식으로 작용하지 않는다고 하셨는데, 어떻게 방법을 찾았습니까?

맨틀 제가 자란 집 주변에 기억이 떼를 지어 몰려 있었나 봅니다. 할머니네 집이었는데, 북잉글랜드 밀타운의 테라스 스트리트였지요. 뒤뜰, 동네, 그런 것들이 가장 이른 기억의 배경이었습니다. 저는 세 살까지 아주 열심히 살았던 것 같아요. 주변에 어른이 많아서, 아이보다 어른이 많아서 그랬던 것 같습니다. 제 기억은 대부분 제 머리 위 어른들의 세계에 대한 것이었습니다.

와크텔 당신이 자란 집안과 대가족 이야기를 해주시죠.

맨틀 할아버지는 철도 노동자였고, 아일랜드 대가족 출신 할머니는 공장 노동자였지요. 어머니는 두 분의 외동딸이었습니다. 우리 다섯 사람, 그러니까 외할아버지와 외할머니, 엄마, 헨리 아빠가 같이 살았습니다. 남동생이 다섯 살 아래였기 때문에 저는 아주 오랫동안 외동딸이었습니다. 완벽하게 행복했지요. 나이 많은 사람들의 보살핌과 관심을 받는 것이 많은 면에서 얼마나 멋진 인생의 출발점이었는지 제대로 설명을 할 수가 없군요. 할머니의 언니 가족이 바로 옆집에 살았습니다. 우리 집은 안전하고 매력적이었고, 삶의 시작으로는 가장 좋았다고 생각합니다. 학교를 다니면서부터 다 망가졌지만요.

와크텔 학교에 들어간 것이 네 살 때 일어난 끔찍한 일인가요? 세 살까지 아주 열심히 살았다고 말씀하셨는데요.

맨틀 네. 그 뒤에 모든 것이 멈췄습니다. 어렸을 때 저는 정말 바빴어요. 하는 일이 정말 많았거든요. 사실 그중 하나는 할아버지를 따라하거나 제 나름대로 돕는 것이었는데, 저는 철도 노동자가 되기로 결심했었거든요. 네 살 때 저는 나중에 남자애로 변신할 거라고, 그러면 제 문제가 전부 해결될 거라고 굳게 믿었어요. 저는 군인을 동경했죠. 전 인디언 전사였고, 어른들이 돌아다니는 할머니네 거실에 세워 둔 작은 인디언 천막에서 정말 많은 시간을 보냈어요. 그리고 부업으로 낙타를 훈련시켰는데, 할아버지가 팔레스타인 군인이었거든요. 그래서 기관총 사격과 낙타 훈련이 제 삶에서 아주 중요한 자리를 차지했지요. 원탁의 기사가 되는 것도요. 그러니 상상이 되죠? 그렇게 살다가 갑자기 학교라는 기관에 집어넣어졌으니 실망이었지요. 학교에서는 종교, 독서, 산수, 저녁 식사 ― 그다음이 뭐였더라? ― 작문을 했고 그런 다음 이야기를 들었습니다. 너무 사소하고 너무 지루했어요. 그런 것들을 왜 해야 하는지도 몰랐죠. 저는 집에 있는 게 훨씬 도움이 되겠다고 생각했고, 학교에 강제로 가야 한다는 것을 이해 못했어요.

와크텔 그런 말씀을 하셨는데요, 학교에 한번 다녀보고 마음에 안 들면―

맨틀 네. 안 맞으면 그만두고 옛날 삶으로 돌아가는 것인 줄 알았어요. 교육이 왜 필요한지 전혀 모르겠더군요. 저는 알아야 할 것을 이미 다 아는 것 같았고, 모르는 건 누군가에게 물어보면 되니까요.

와크텔 특히 떠돌이 기사가 되고 싶었던 것 같은데요.

맨틀 저는 글을 그리 일찍 배우진 않았지만 아서 왕과 원탁의 기사 책이 하나 있었어요. 의욕 넘치는 어른들이 주변에 많았으니 읽어 달라고 할 수 있었지요. 어른들이 이야기를 여러 번 읽어 주었기 때문에 저는 대화까지 다 외웠습니다. 그래서 학교에 갔을 때 아이들이 절 화나게 하면 "그대, 미천한 시종이여!"라고 부르면서 결투를 신청하고 — "장갑을 던지게!" — 그랬지요. 상상이 되겠지만, 그래서 저는 정말 인기가 없었어요. 하지만 저에게는 화법일 뿐이었지요. 제 껍데기는 산수니 크레용 그림이니 시키는 대로 했지만 머릿속에서는 계속 기사처럼 살았습니다.

와크텔 당신은 어린 시절이 특별히 잘 맞는 사람 같지 않았다고 하셨는데요. 왜죠?

맨틀 맞아요. 전 그냥 노인으로 태어난 것 같았어요.

와크텔 하지만 설명하신 그런 열정들은 아이들의 특징인데요.

맨틀 네, 맞아요. 환상 같은 면이 있었지만, 그러한 열정이 어른의 삶의 행위규범을 가르쳐 준다는 점에서 저는 진지하게 받아들였어요. 그러한 열정은 예법과 개인 행위의 기준을 마련했고, 세상에 나의 자리가 있다고, 특히 기사로서 해야 할 일이 있다고 말해 줍니다. 괴물을 죽이고 아가씨를 구하는 것이지요. 어느 정도 어린애 같을지도 모르지만 기본적으로는 세상의 공정함, 법률, 정의를 실행하는 것과 관련이 있습니다.

물론 어린 시절의 세계는 아주 불공정하기 때문에 저는 불안과 좌절 속에서 살면서 무엇을 해야 하는지는 알았지만 너무 작고 힘이 없어서 행동에 옮길 수 없었습니다. 따라서 제 관심사는 좀 조숙했어요. 제가 학교에 다니면서 처음 깨달은 것은 일종의 계급 체계가 작용하고 있다는 것이었습니다. 엄격하고 작은 가톨릭 마을의 초등학교였어요. 특별히 부유한 아이는 없었지만 일종의 위계가 있었지요. 어떤 아이들은 그냥 멸시를 당했어요. 가톨릭교회의 피임 정책을 생각하면 참 우습게도 대부분 대가족인 아이들이 멸시를 당했지요.

여섯 살이 되자 우리는 칠판을 두 개 썼는데, 각각 똑똑한 애들과 멍청한 애들 용이었어요. 그 나이에 선택을 당하는 것인데, 제가 보기에는 어떤 편견이 작용하는 것 같았습니다. 그래서 저는 무척 불행하고 무척 불편했지요.

와크텔 당신은 똑똑한 쪽이었는데도 말이지요.

맨틀 음, 저는 교실의 똑똑한 쪽에 앉아 있었지만, 우연 같았어요. 제가 멍청이 취급을 받는다는 느낌이 자주 들었거든요. 부분적으로는 제 잘못인 것 같습니다. 제가 생각하기에 멍청한 질문을 받으면 그냥 대답을 하지 않았으니까요. 저는 정말 타협을 몰랐기 때문에 가만히 앉아서 멍하니 바라보았는데, 아마도 경멸스럽다는 표정을 하고 있었겠지요. 저는 사람들의 생각을 전혀 의식하지 못했습니다.

와크텔 어린 시절에 대가족이 불어넣어 준 어마어마한 자신감 때문인가요?

맨틀 제가 자신감 넘치는 아이였는지 잘 모르겠어요. 많은 면에서 좀 소심했지요. 하지만 핵심은 그렇지 않았습니다. 겉으로만 소심했지요. 취학 전 몇 년이 정말 중요했어요, 제가 설 자리를, 벗어날 자리를 주었으니까요. 하지만 또 저희 집안 일 때문에 사람들의 생각에 단련된 면도 있었습니다. 어머니와 아버지의 비정상적인 삶 때문이었는데, 우리 동네에서 수많은 말과 소문을 만들어 냈지요. 저는 딱딱한 껍데기 안으로 들어가는 수밖에 없었습니다.

와크텔 하숙생이 한 명 들어왔다가 눌러앉아 살게 되었을 때 어땠는지 이야기해 주시겠어요?

맨틀 제가 여섯 살 때 우리 가족은 할머니 집에서 나왔습니다. 둘째 남동생이 태어날 예정이라 방이 더 필요해서 부모님이 이사를 했지요. 제가 일곱 살 때 잭이라는 손님이 차를 마시러 왔어요. 한동안 계속 오더니 어느 날 차를 마시러 와서는 그대로 눌러앉았죠. 잭이 엄마와 함께 큰 침실을 썼고 아버지가 뒤쪽 침실로 옮겼어요. 3, 4년 동안 그렇게 살았는데, 어른들은 이제 어떻게 할 것이냐는 어려운 문제를 해결하지 못하는 것 같았습니다. 상상이 되겠지만, 서로 속속들이 아는 작은 마을에서는 크게 지탄받고 욕먹을 일이었지요.

와크텔 아버지가 왜 떠나지 않았는지 아십니까?

맨틀 아니요, 저는 그 일에 대해서는 정말 전혀 모르겠습니다. 어른들은 달리 어떻게 해야 할지 몰랐던 것 같아요, 아마 경제적으로요. 아버지는 철물점 직원이었습니다. 집안에 수입이 별로 없었죠. 그리고 우리가 가톨릭 신자였다는 사실과는 별개로, 당시에는 이혼이 무척 어려웠어요. 변호사를 선임할 돈도 없었고요. 하지만 모든 것을 고려한다 해도 정말 별난 상황이었습니다. 뭔가 폭발할 테니까요. 어떻게 그런 식으로 살 수 있을까요? 당연히 질투와 분노가 불거지고 결국 헤어질 수밖에 없죠.

하지만 실제로 일어난 일은 펄펄 끓는 것이 아니라 은근히 끓어오르는 것에 가까웠습니다, 분노와 허위 정보와 ─ 뭐라고 표현해야 할까요 ─ 뭔가를 감추는 분위기가 서서히 끓어올랐죠. 하지만 아이였던 저는 어머니의 말을 받아들일 수밖에 없었습니다. 다른 누구도 그 상황에 대한 정보를 주지 않았어요. 물론 어머니는 자기 행동이 완벽하게 정상적인 척하려 했지요.

와크텔 어머니에 대해서 이야기해 주세요. 당신 어머니는 열네 살에 학교를 그만두고 직물 공장에서 일을 해야 했습니다.

맨틀 맞아요. 직물 공장이 그 동네의 산업이었지요. 대부분의 여자와 많은 남자가 그곳에서 일했습니다. 어머니는 아주 똑똑하고, 아주 예쁘고, 재능도 많고, 예술적이고, 음악적이었습니다. 배우가 되었으면 잘했을 거예요. 하지만 그런 기회는 막혀 있었고, 어머니는 곧장 공장에 들어갔습니다. 돈을 벌어야 했지요. 그렇게 정식 교육은 끊어졌고, 어머니는 자기 삶이 끝난 것 같다는 생각에 무척 괴로웠던 것 같습니다. 어머니는 헨리 아버지와의 결혼이 시작하자마자 끝났다고, 끔찍하고도 끔찍한 실수를 저질렀다고 항상 말했습니다. 어머니는 그 결과를 감수했지만 자기 삶 전체를 망치게 두지는 않았지요. 어머니는 책과 두 번째 기회를 노리기로 했습니다.

와크텔 헨리 아버지는 어땠습니까?

맨틀 조용하고, 공부를 좋아하고, 내향적이었죠. "공부를 좋아한다"고 했는데, 아버지 역시 교육을 받지 못했지만 책을 많이 읽고 체스도 두었고 십자말풀이 광신자였어요. 그저 무척 조용하고 조심스럽고 수동적이었다고 생각합니다. 분명히 그랬을 거예요. 그렇지 않다면 그런 상황에서 살았다는 게 이해가 되지 않아요.

와크텔 지금 돌아보면 부모님의 결혼이 잘 되지 않은 이유를 알겠습니까?

맨틀 어머니의 말로는, 결혼 직후에 다른 여자가 아버지에게 보낸 편지 다발을 발견했는데, 약혼 기간에 만나던 여자였다고 해요. 자존심 강한 어머니는 용서하고 싶지 않았고, 그래서다 끝났다고, 자신이 속았다고 생각했던 것 같고, 돌이킬 수 없었던 것 같습니다. 물론 아버지 쪽 이야기는 듣지 못했지요.

와크텔 어렸을 때 당신은 부모님의 불행에 책임감을 느꼈습니다. 왜 그랬다고 생각하세요?

맨틀 네, 그랬습니다. 어쩌면 오랫동안 "외동딸"이었기 때문에, 제가 어른이라고 생각해서 똑같은 책임감을 느꼈기 때문일지도 모릅니다. 또 아주 어렸을 때부터 제가 없었다면 부모님이 더 자유로웠을 거라고, 두 사람이 책임감에 얽매이지 않고 그래서 삶이 덜 혼란스러웠을 것이라고 인식했기 때문일거예요. 그래서 저는 제 존재 자체가 부모님의 불행에 아주 큰요소였다고 생각했습니다. 네 살 때쯤 부모님의 상황이 썩 좋지 않다는 느낌을 강하게 받았으니까요.

와크텔 어머니가 아버지와 헤어지면서 당신과 남동생들을 맡은 후 당신은 아버지를 두 번 다시 보지 못했고 아무도 아버지의 이야기를 꺼내지 않았습니다. 죽은 것과 다름없었다고, 다만 죽은 사람들 이야기는 더 자주 한다고 말씀하셨지요.

맨틀 맞아요. 1963년에 저는 잭과 어머니, 두 남동생과 함께 다른 도시로 이사했습니다. 제가 열한 번째 생일을 맞이하기 직전이었지요. 서로의 길이 갈라졌고 저는 두 번 다시 헨리를 만나지도, 소식을 듣지도 못했어요. 그러다가 오늘 아침에, 인터뷰를 하러 출발하려는데 편지가 왔습니다. 맨체스터에 사는 여성이 보낸 것이었는데, 헨리가 죽었다고 알려 주더군요. 헨리는 1971년에 재혼을 했던 것 같아요. 상대방은 남편과 사별한 여자로, 첫 결혼에서 낳은 딸들을 데리고 왔다고 해요. 저에게 편지를 보낸 사람이 그 딸들 중 하나였어요. 그녀는 회고록을 읽으면서 제 아버지와 자신의 새아버지가 같은 사람이라는 것을 깨달았지요. 그녀가 헨리의 두 번째 결혼과 그 이후의 삶에 대해 알려 주겠다고 했어요.

저는 회고록이 세상에 나오면 무슨 일인가 생길 거라고, 무슨 소식을 듣게 될 거라고 예상했는데, 오늘 아침에 그 소식이 온 거예요. 저는 아직도 충격에서 벗어나지 못했어요. 물론 연락이 닿을 때까지는 그 이상 알 수 없지만요.

아주 친근한 편지예요. 아주 재치 있고 무척 섬세했죠. 빨리 이야기를 듣고 싶어요.

오랜 세월 동안 저는 배다른 형제자매가 있진 않을까 궁금했는데, 그렇지는 않은 것 같습니다. 헨리는 레디메이드 가족을 만난 것 같아요, 다른 아이에 대한 언급은 없어요.

세상을 떠났다는 소식은 좀 충격이었어요. 저는 왠지 살아 계실 거라고 생각했죠. 살아 계시면 77세일 텐데, 노구가 될 때까지 오래 살 것 같은 아주 날씬하고 튼튼한 사람이었어요. 그래서 저는 아직도 이 소식을 이해하려 애쓰고 있습니다.

와크텔 그동안 찾지 않았나요?

맨틀 네, 찾지 않았어요. 아마 어머니 때문에 저도 아버지에게 등을 돌렸었나 봅니다. 십대 시절 저는 아버지가 얼마나 무책임했고 어머니가 얼마나 불행했는지 길고 지루한 이야기를 끊임없이 들었고, 다른 쪽 이야기는 몰랐기 때문에 자연스럽게 엄마 편을 들었습니다. 하지만 아버지를 계속 좋아했어요. 좋은 아빠였으니까요. 어떤 면에서는 아버지도 어린아이였던 것 같아요. 아버지는 집안에서 일어나는 일에 책임을 지지 않았지요. 아버지는 말하자면 삼촌에 더 가까웠고, 어떤 면에서는 저를 교화한 것 같습니다. 아버지가 저를 도서관에 데려가거나 체스 두는 법을 가르쳐 주지 않았다면 아무도 저에게 가르쳐 주지 않았을 거예요. 그래서 아버지에게 많은 빚을 진 기분입니다.

20대가 되어 자유로워졌을 때는 제가 환영받지 못하는 침입자일지도 모른다는 걱정이 들었습니다. 재혼을 하셨을 거라고 생각했죠. 그리고 최근에 과거에 만났던 많은 사람들이 저를 찾았기 때문에 아버지도 나를 찾을지 궁금했는데, 오늘 받은 편지를 보니 헨리가 텔레비전에서 저를 한 번 보고 자기 딸이라고, 첫 아내를 무척 닮았다고 알아본 것 같지만 그걸로 끝이었던 것 같습니다. 제가 새아버지의 성을 따르고 작가로서 그 이름을 쓰는 것이 아버지에게 적의가 있어서가 아니라 제가 선택한 암시라는 것을 알았는지 모르겠어요. 아마 우리는 서로 당혹스러워서 만나지 못한 것 같습니다.

와크텔 당신과 남편은 둘 다 학부생일 때 결혼을 했고, 결혼 생활은 당신에게 안정감을 주었지만 그로 인해 가족과 멀어지게 되었습니다. 왜지요?

맨틀 어떤 논리로도 설명할 수 없어요. 어머니는 저에게 기대가 컸어요—제가 남자친구를 사귀는 건 신경 쓰지 않았지만 무슨 이유에선지 제럴드에게 등을 돌렸지요. 제럴드는 맨체스터 가톨릭 학교 출신의 아주 괜찮은 청년이었고 사회적 지위가 우리보다 훨씬 높은, 안정적인 전문직 집안 출신이었는데 말이에요.

우리 관계가 진지해지자 새아버지 잭과 어머니는 제럴드에게서 등을 돌렸고 집에 오지 못하게 했습니다. 글쎄요, 그건 오히려 실패의 지름길인데 말이에요, 안 그래요? 우리는 이미 결심을 했습니다. 어머니와 잭의 결정이 별로 바람직한 행동은 아니었지만, 어쨌든 그렇게 했어요.

그래서 우리는 결혼을 했습니다. 한 사람의 생활비로 두 명이 살 수 있다고들 말했고, 우리는 정말 그렇게 할 생각이었습니다.

와크텔 세월이 지나고 가족들과 어떻게 관계를 회복했습니까?

맨틀 시간이 좀 지나자 두 사람이 제럴드의 존재를 그냥 받아들인 것 같아요. 저는 어머니와 가깝다고 늘 생각했기 때문에 힘들었습니다. 저는 엄마를 아주, 아주 좋아했고 지금도 그래요. 그런 식으로 멀어지는 것은 부자연스럽게 느껴졌지요. 저는 잭과 원래 잘 지내지 못했는데 한층 더 멀어졌습니다. 세월이 지나면서 두 사람이 제럴드를 받아 주었지만 어머니가 제럴드를 한 사람으로 제대로 평가하게 된 건 아주 최근의 일입니다.

와크텔 단편 「백지 상태」에서 화자는 심각한 병에 걸린 듯한 어머니를 만나러 병원으로 가서 관계를 개선하려고 애쓰지요. 지금은 어머니와의 관계를 어떻게 보세요? 어머니가 당신의 회고록을 읽었나요?

맨틀 읽었지만 인정하지 않아요. 이야기를 들어 주는 가족마다 붙잡고 제 회고록에 대해서 광분하여 불평하지만 저에게는 그 이야기를 하지 않으려 하지요. 그래서 우리 사이에 침묵이 생겼고, 저는 그게 불편합니다.

저는 몇 달 전에 "회고록이 나올 건데 읽어 주시겠냐"고 편지를 썼어요. 저는 회고록이 대화의 물꼬를 터 주기 바랐고, 또 잭이 죽은 지 7년쯤 지났으니 우리가 이야기를 나누고 서로의 삶에 대해서 모르는 부분을 알아 가면서 서로의 기억을 채우기 바랐기 때문이었지요. 또 어머니가 가족의 뒷이야기를 알려 주었으면 했습니다. 저는 회고록을 어머니와 새아버지의 추억에 바치고 싶었지만 어머니가 원고를 읽고 싶지 않다고 했기 때문에 그렇게 하지 못했어요. 책이 나오자 어머니에게 한 권을 보냈고, 그 뒤로 우리는 그 책에 대해 이야기하지 않았습니다. 침묵이 어느 정도 흐른 후 제가 어머니에게 읽어 봤냐고 묻자 어머니는 안 읽었다고 했어요. 저는 다른 사람이 거짓말을 하도록 몰고 가면 안 된다고 생각하기 때문에 그 이야기를 하지 않는 것이 가장 좋은 방법이었죠. 회고록이 우리 가족에게 문을 열어 줄지도 모른다는 제 희망은 꺾였습니다.

와크텔 당신은 자궁내막증이라는 병에 걸렸고, 그 병이 당신의 삶을 훔쳐 갔다고 썼습니다. 어떻게 된 거죠?

맨틀 저는 열한 살 때 생리를 시작했는데, 정말 끔찍한 경험이었어요. 하지만 당시에는 그런 일에 대해서 아무도 말하지 않았고, 저는 생리가 원래 그런 거구나, 다른 사람들도 전부 똑같이 겪고 있구나, 내가 엄살이 심하구나, 라고 생각했습니다. 하지만 알고 보니 정상이 아니었고, 스물일곱 살이 되어서야 자궁내막증이라는 진단을 받았어요. 그래서 그렇게 아팠던 거죠. 하지만 진단이 나올 때쯤에는 이미 병든 곳이 많아서 수술을 받아야 했는데, 그건 아이를 가질 수 없다는 뜻이었으니 제 인생이 끝난 셈이었습니다.

와크텔 게다가 우울증이라는 오진도 받았습니다.

맨틀 맞아요. 제가 정신병에 걸렸다고 했습니다. 그렇게 아픈 데가 없다고 말이에요. 의학적으로는 알려진 바가 없다, 스트레스 때문이다, 라고 했지요. 제가 왜 스트레스를 받겠느냐고 했더니 너무 똑똑해서 오히려 제 자신에게 좋지 않다고 말했습니다. 저는 여자에게 어울리지 않는 것을, 법학을 공부하고 있었습니다. 자신에게 어울리는 자리가 어디인지 알아야 한다고, 옷가게에서 일하라고 하더군요. 그때는 ─ 70년대 초 이야기예요 ─ 젊은 여성들이 일상적으로 그런 취급을 받았습니다. 기존 의료계는 무서울 정도로 남성들밖에 없었고, 무서울 정도로 거만했어요.

담당 의사는 저를 심리치료사에게 보냈고, 심리치료사는 학생 진료소로 보냈고, 진료소에서는 끔찍한 부작용을 가진 아주 독한 진정제를 주었습니다. 저의 경우 드물게도 부작용이 정신 질환처럼 나타났습니다. 약에 꼼짝없이 매여서 제 자신에게 무슨 일이 일어나는지 제대로 파악하지 못하지요. 그저 약을 더 먹지 않으려고 노력할 뿐이에요.

와크텔 스물일곱 살에 수술을 받은 후 나았어야 했는데요.

맨틀 네, 하지만 낫지 않았죠. 저는 수술을 받으면 자궁내막증이 완전히 없어질 줄 알았지만 미세한 부분까지 완전히 제거하는 것은 불가능했습니다. 저는 의사들이 최선을 다했다고 믿지만, 사실 재발 위험이 있다고 경고를 했어야 해요. 저는 18

개월도 안 돼서 다시 엄청난 통증을 겪었고, 무슨 일인지 파악할 때까지 정말 무서웠습니다.

와크텔 당신은 약 때문에 체중이 늘었고, 신체적 변화가 성격을 어떻게 변화시키는지 썼습니다. 어떤 경험이었습니까?

맨틀 자궁내막증이 재발하자 저는 병증을 완화하거나 가능하면 완전히 없애 줄 약을 처방받았습니다. 저는 치료를 시작하고 9개월 만에 신데렐라에서 호박으로 변했지요. 치료를 시작할 때 47킬로그램이었는데 결국 80킬로그램까지 체중이 늘었습니다. 정말 놀라운, 계속 팽창하는 여자 같았어요. 지난주에 입었던 옷이 다음 주면 맞지 않았습니다. 저는 곧 스스로도 알아볼 수 없는 몸 안에 살게 되었어요. 치료를 끝낸 뒤에도 몸무게가 줄지 않았지요. 그러면 사람들이 당신을 보는 시선이 달라집니다. 우리 문화에서 뚱뚱한 여성은 일종의 비-인간이고, 사람들은 게으름뱅이다, 자제력이 없다, 과식한다, 별로 똑똑하지 않다, 하류층이다, 등등 온갖 추측을 하지요. 마지막 말에는 맞다고 손을 들 수 있겠지만요. 직접 겪어 보지 않으면 몰라요. 저는 양쪽 입장에 모두 서 보았습니다. 제가 젊고 날씬할 때는 여자애들이 전부 저를 질투했어요. 사람들은 섭식장애나 갑상선 문제가 있을 거라고 넌지시 비쳤죠. 그 사람들은 집요했습니다. 저는 항상 긴장하며 산다고 비난을 받았습니다. 제가 뭔가 불공정한 행위로 날씬함을 유지한다는 듯이요.

어쩌면 이것이 제가 회고록을 쓰고 싶었던 또 다른 이유일지도 모릅니다. 지금 이건 내가 아니라는 기분 말이에요, 아시죠. 저는 소파에 앉아서 감자칩을 먹고 맥주를 벌컥벌컥 마셔서 이렇게 된 게 아니라고 말해야 했어요. 어쩌다 보니 그렇게 되었다고요. 이제 저는 어렸을 때보다 사람들의 생각을 의식하니까요.

저는 또 제 삶을 형성한 병에 대해서 이야기하는 게 좋겠다고 생각했습니다. 자궁내막증은 알려질 필요가 있는 병이에요. 초기에 진단받으면 치료할 수 있지만 사람들이 잘 모르는 질환이죠. 저는 같은 고통을 겪는 사람들을 대신해서 여기저기 이야기하고 다녔지만, 그런 행동을 의미 있게 만들려면 맥락이 필요했습니다.

와크텔 회고록을 쓴 또 다른 이유는 자식이 없다는 문제에 대해 이야기하고 싶어서라고 했습니다.

맨틀 저는 아이가 없는 것에 대해 몇 가지 생각이 있는데, 그런 글은 본 적이 없어요. 사람들은 자식이 없는 것에 대해서 정말 많이 이야기를 하지만 저는 그런 이야기에 공감하지 않는다는 것을 알게 되었지요. 그래서 생각했어요, 이 뜨거운 주제를 시도해 보자. 이것으로 내가 뭘 할 수 있는지 한번 보자. 제가 보기에 아이가 없는 것에 대해서 이야기하는 것은 제가 아이로서의 자신에 대해서, 저에게 일어난 일들에 대해서 이야기해야 한다는 뜻 같았습니다. 독자에게 나의 희망과 두려움, 내가 삶을 보는 방식을 알려야 하는 거죠. 저는 그것을 포착하고 싶었던 것 같습니다.

와크텔 당신은 아이를 낳았다면 어땠을지 생각합니다. 로버트 루이스 스티븐슨의 소설에서 따와서 카트리오나라는 이름까지 붙여 주죠. 이 가상의 딸이 지금 당신의 삶에서 어떤 존재입니까?

맨틀 제럴드와 처음 만났을 때 우리는 겨우 열일곱 살이었는데, 그렇게 어린 남자애가 미래의 아이들에 대해서 생각한다는 게 일반적인 일은 아닌 것 같습니다. 하지만 우리는 곧 결혼하기로 결심했고, 제럴드는 "딸을 낳으면 이름을 카트리오나라고 지어도 돼?"라고 말했지요. 저는 좋았어요. 우리는 로버트 루이스 스티븐슨의 엄청난 팬이었으니까요. 이제 카트리오나는 존재감을, 육체를 얻었지만, 제가 집착하거나 환상을 품는 대상이 아니라 존재할 뻔했던 사람, 놓친 기회, 혹은 가지 않은 길로서였습니다. 저는 꿈에서 가끔 이 아이를 봅니다. 그러므로, 네, 카트리오나는 저에게 존재감이 있지만, 병적인 것은 아니에요.

와크텔 아이가 없는 것에 대한 당신의 생각을 표현하는 글이 없었기 때문에 당신이 직접 이야기하고 싶었다고 했는데요.

맨틀 임신 중에 아이를 잃은 여자들에게 일어나는 문제는 성공 윤리에 반하기 때문에 거론되지 않습니다. 그리고 아이가 없는 상태를 받아들이고 싶은 여자들이 그것을 어렵게 느낄 때도 있죠. 사회적인 분위기 때문에 두 손을 들고 "좋아. 난 아이가 없어. 엄밀히 말해서 선택은 아니지만 난 이 상황을 최대한 활용할 거야"라고 말할 수 없습니다. 그러기는 참 힘들지요. 어떤 면에서는 사회적으로 허용되지 않습니다. 하지만 저는 태어나지 않은 아이를 애도하며 남은 생을 보내지는 않을 생각이었어요. 제가 어떤 면에서는 그랬었다는 사실을 깨달았고 그런 부분이 회고록에도 드러난다고 생각하지만, 우리는 삶을 받아들이고 단순히 번식을 하기 위해서가 아니라 스스로가 되기 위해 존재한다는 사실을 알아야 합니다.

와크텔 회고록 제목이 『유령을 포기하며』인데, 글을 쓰는 것이 유령들에게 생명을 준다는 암시가 책 속에 등장합니다. 당신의 유령들은 지금 어디 있습니까?

맨틀 그 책에는 다양한 유령들이 있어요. 태어나지 않은 아이들, 놓친 기회들, 쓰지 않은 책들, 선택하지 않은 단어들, 아직 제가 아무것도 모르는 헨리 아버지, 몇 년 전에 세상을 떠난 새아버지 잭, 모든 가족, 모든 아일랜드인 가족, 제가 기억하는 가족, 이름밖에 없는 가족. 저는 그들이 제 안에서 강력하게 박동하며 흐르고 있음을 종종 의식하지만, 이제 더 이상 이어지지 않겠지요. 제가 마지막입니다. 그러므로 유령들은 이 책 안에 있어요. 이 책은 제가 그 유령들에게 바치는 기념물입니다.

2003년 10월

～

와크텔 튜더 왕조의 영국은 헨리 8세와 여섯 명의 아내, 종교 개혁, 참수, 화형 등 정말 풍성한 시대입니다. 지금까지 튜더 왕조 시대에 대한 책과 영화, 텔레비전 시리즈, 오페라가 셀 수 없을 만큼 많이 나왔지요. 왜 그 전투에 참가하고 싶었습니까?

맨틀 저는 항상 말해지지 않은 이야기를 의식합니다. 역사소설은 많은 면에서 회복, 재발견, 그리고 때로는 부활 프로젝트예요. 저는 토머스 크롬웰의 이야기가 말해지지 않았다고 생각했어요. 그는 헨리 8세의 통치에 중심이 되는 핵심 인물이죠. 크롬웰은 거의 10년 동안 헨리의 수석 대신이었는데, 아라곤의 캐서린, 앤 불린, 제인 시모어, 클리브스의 앤이 등장한 1530년대 격동의 10년이었죠. 아내들만으로도 소설 한 권을 쓸 수 있어요. 하지만 물론, 그보다 더 많은 일들이 있었습니다. 크롬웰은 모든 것의 대리인이었고 그 자체도 매력적인 사람이니까요. 아무도 그의 시점을 탐구하지 않았어요.

와크텔 얼핏 보기에 토머스 크롬웰 주변에는 로맨스가 많지 않습니다. 그런 그를 왜 그토록 심도 깊게 살펴보았나요?

맨틀 토머스 크롬웰이 황홀한 남자는 아니에요, 안 그런가요? 그의 사생활은 단단히 보호되고 숨겨져 있습니다. 그가 결혼을 했고 자식이 셋이었다는 것은 우리 모두 알아요. 1520년대 후반에 전염병으로 아내와 두 딸을 잃었지만 재혼을 하지 않았죠. 하지만 크롬웰은 헨리 8세에게 누구와 같이 잠자리에 들어도 되는지 말하는 사람입니다. 아주 흥미롭고 위태로운 자리예요.

와크텔 네, 하지만 그건 헨리 8세가 "나는 이 사람과 잠자리에 들고 싶다"라고 말한 다음이지요. 그는 상황을 조정해서….

맨틀 네, 맞아요. 크롬웰은 헨리 8세가 욕망을 채울 수 있게 해줍니다. 하지만 또, 앤 불린의 이야기를 자세히 보면 헨리 8세가 더 이상 앤 불린을 원하지 않을 때 더 복잡한 사연이 숨어 있었습니다. 앤은 정치적 부담이자 크롬웰에 대한 위협이 되었으니까요. 그러므로 그 이야기 전체가 개인적일 뿐 아니라 정치적인 문제입니다.

저는 또 크롬웰이 그리는 놀라운 궤적에 큰 인상을 받았어요. 대장장이의 아들이 에식스의 백작이 되다니, 어떻게 그런 성취를 이루었을까요?

와크텔 토머스 크롬웰을 언제 처음 알게 되었습니까?

맨틀 아마 학교에서 역사를 공부하다가 알게 되었겠지요. 저는 가톨릭 수녀원 학교에 다녔습니다. 역사 선생님은 진실한 사람이었기 때문에 편향적으로 가르치지는 않았지만 우리가 배우는 역사에는 어떤 가정들이 깔려 있었어요. 아주 관습적이었지요. 우리는 헨리 8세와 로마 가톨릭의 결별을 재난이자 비극, 이단으로 봐야 했습니다. 당연히 토머스 모어는 성인이고 토머스 크롬웰은 악당이었지만, 크롬웰의 어떤 면이 제 관심을 자극했습니다. 6학년 때 크롬웰의 수도원 해산에 대해 엄청난 에세이를 썼던 기억이 납니다. 아주 길었지요. 역사 선생님은 저를 잘 참아 주었습니다.

와크텔 당신은 신실한 가톨릭 신자였나요?

맨틀 저는 오래전에 말하자면 자유사상가가 되었지만, 자유사상을 대부분을 밀짚모자와 작은 남색 교복 아래에 숨겨야 했습니다. 하지만 왠지 역사에 대해서는 약간 느슨해져서 제가 생각하기 시작했던 것을 말해도 된다고 느꼈어요. 저는 수업 계획서를 보면서 관련 자료들을 읽기 시작했고, 초기 자본주의와 초기 프로테스탄티즘이 같이 작용하는 방식에 큰 흥미를 느꼈습니다. 그때 누가 저에게 토머스 크롬웰에 대해 더 많이 알려 주었다면 기뻤을 거예요.

저는 크롬웰에 대해서 계속 생각했어요. 그리고 장편 역사 소설 『혁명 극장』을 쓸 때—

와크텔 프랑스 혁명에 대한 소설이죠.

맨틀 맞아요, 네. 사실 그게 제 첫 소설이었어요. 저는 스스로 역사소설가라고 생각했고, 다음 책은 토머스 크롬웰에 대해서 쓸까, 생각했습니다. 하지만 삶이 나름의 논리에 따라 흐르면서 저는 현대소설도 썼습니다. 그런 다음 18세기 배경의 또 다른 역사소설 『거인 오브라이언』을 썼고, 비소설과 비평도 조금씩 쓰기 시작했는데 전부 혁명과 관련이 있었지요. 저는 아무것도 없는 상태에서 결과물이 어떤 모습이 될지 어떻게 들릴지도 모르면서, 발 디딜 곳도 모르는 새로운 역사적 시기에 대한 책을 시작할 에너지가 없다고 생각했습니다. 그러다가 그래, 지금 아니면 절대 못해, 라는 생각이 든 때가 왔지요.

와크텔 당시 무엇에 자극을 받았는지 아세요?

맨틀 저는 약간 현대적인 소설과 크롬웰에 대한 소설 제안서를 출판사에 제출했는데, 크롬웰 이야기가 나중에 나올 예정이었어요. 저는 현대소설을 먼저 써야겠다고 생각했죠. 조사도 필요 없고, 더 쉽고, 제 경험을 더 많이 이용할 수 있으니까요. 하지만 소설을 쓰기 시작하자 정말 죽을 만큼 무서웠습니다. 제 경험과 지나치게 가까웠죠. 쓰기 시작한 지 몇 주밖에 지나지 않았는데도 그 책에 대한 악몽을 꾸기 시작했어요. 그러던 어느 날 저에게 하루 휴가를 주기로 하고 토머스 크롬웰은 어떤지 한번 보자고 생각했습니다. 거의 아무 계획도 없이 처음두 문장을 쓰자마자 정말 너무 즐거웠어요. 도입부가 폭력적이라는 점을 생각하면 참 이상한 말이지만요.

와크텔 저도 그 이야기를 하려던 참이었어요. 어린 토머스 크롬웰이 아버지에게 맞는 장면이죠.

맨틀 네. 저는 그 책을 전부 알고 있다는 사실을 불현듯 깨달았죠. 우리는 크롬웰의 눈을 통해서 볼 테니까요. 제가 그 문단을 썼을 때 크롬웰은 바닥에 누워 있었고, 우리는 그의 눈을 통해 눈앞에 놓인 아버지의 장화를 보면서 구두창과 부츠를 연결하는 실과 매듭과 어린 토머스의 피를 보고 있었지요. 그래서 생각했습니다. 이건 정말 대단한데? 몇 문단 더 써서 어떻게 되나 보자. 저는 그런 식으로 글을 쓴 적이 한 번도 없었는데, 갑자기 이것이 바로 그동안 계속 하려고 애썼던 것이라는 느낌이 들었죠. 이게 내가 쓰려던 책이었어요. 어떻게 생각하면 제가 무의식적 차원에서는 준비가 되어 있었던 것 같습니다. 이제 그것이 제 앞에서 눈에 보이게 펼쳐지고 있었을 뿐이었지요. 그 이후로는 무엇 하나 쉬운 게 없었지만, 그 부분은 그랬어요.

와크텔 첫 문장은 "냉큼 일어나"인데, 3부작 전체가 바로 그것에 대한 이야기입니다. 크롬웰은 마룻바닥에서뿐 아니라 사회 계급과 삶에서 우뚝 일어서지요.

맨틀 네. 그게 절대적인 핵심이에요. 3부작의 끝부분에서 크롬웰은 사형대에 서서 눈앞에 다가온 죽음에 대해 생각할 것이고, "이제 일어나, 이제 일어나"라는 똑같은 생각이 머릿속을 스칠 테니까요. 저는 이 사실을 깨닫는 순간, 하! 간단하군, 이제 중간만 쓰면 되겠다, 생각했습니다.

와크텔 크롬웰 3부작에는 만져질 듯한 후각과 청각과 촉각이 있습니다. 당신에게 물리적 환경이 특히 중요했던 이유는 무엇입니까?

맨틀 크롬웰은 감각을 통해 세상을 경험하는 사람입니다. 그는 똑똑하고 배웠지만 지식인은 아니죠. 크롬웰의 관점은 썩 고귀하지 않고, 그는 추상적으로 생각하는 사람이 아닙니다. 그는 단단하고 세속적인 육체, 그리고 원하는 것을 물질적으로 붙잡는 큰 주먹을 가진 남자입니다. 여러 곳을 돌아다녔고 많은 언어의 소리를 압니다. 바다의 냄새와 풍경을 알지요. 직물의 품질을 잘 압니다. 그는 모직물 상인이었고 사치스러운 직물을 거래하는 베니스에 살았습니다. 크롬웰은 사람을 볼 때 무슨 옷을 입고 있는지 보고 즉시 평가합니다. 그는 직물의 품질과 늘어지는 모양을 알지요. 실제로 만지지는 않지만 말하자면 눈으로 천을 다루는데, 저는 책도 그래야 한다고 생각해요. 사람들이 무엇을 먹고 마시는지, 세상이 어떻게 스스로의 모습을 드러내는지 감각을 통해 알려 주는 거죠. 크롬웰은 한동안 이탈리아에서 지냈고, 그때를 절대 잊지 못합니다. 이탈리아의 소리와 모습, 아직까지 감각을 가득 채우는 햇빛 가득한 풍경들을요. 그는 자신이 춥고 비 오는 회색빛 영국에 살고 있다는 사실에 놀랍니다. 크롬웰은 커다란 몸 전체로 추위를 느끼는데, 항상 가장 맛있는 것들만 먹었던 몸이죠. 그의 삼촌은 요리사였고, 저는 아주 약간의 증거를 바탕으로 토머스 크롬웰 역시 요리를 할 줄 알았고 식탁에서의 즐거움을 소중히 여겼으리라 생각합니다.

와크텔 계급 상승을 이루었다는 점에서 크롬웰의 매력을 알겠어요. 그것이 당신이 그에게서 느낀 매력의 일부였겠지요. 하지만 당신의 크롬웰은 수백 년 동안 전해져 온 차갑고 무자비한 이미지와 맞지 않습니다. 어떻게 해서 크롬웰을 그렇게 매력적인 인물로 보게 되었나요?

맨틀 처음에 저는 대중적인 드라마와 픽션에서 보통 제시하는 것을 그대로 받아들였습니다. 전 그가 악마였다고, 하지만 흥미로운 악마였다고 생각했어요. 그러다가 전부 버리고 빈 종이에 쓰자, 편견을 버리려고 노력해 보자, 생각했습니다. 저는 기본 원칙으로 돌아가 정부 문서 요람과 크롬웰의 편지를 읽었습니다. 그러고 나서야 실제 그의 말을 통해 크롬웰을 만날 수 있었습니다. 저는 약간 다른 관점을 갖게 되었어요. 여기 무척 세련된 지성을 가진 남자가 있습니다. 그는 물론 말도 잘하고 글도 잘 쓰고 냉소적인 블랙 유머를 구사하는데, 저는 거기에 무척 매력을 느꼈습니다. 저는 크롬웰의 글을 연구하면서 그의 글을 통해 크롬웰이 무엇에 열중했는지 보기 시작했습니다. 그러면서 제가 느낀 것은, 맞아요, 크롬웰은 가차없는 사람이었지만 나라를 통치한 대부분의 위대한 사람들보다 더 가차없지는 않았습니다. 제 생각에 그는 큰 비전에 따라 움직이는 사람, 개인적인 야망뿐만 아니라 ─ 물론 저는 개인적인 야망 때문에 그를 존경하지만요 ─ 영국의 미래라는 더 큰 비전에 의해 움직이는 사람이었고, 사방에서 쏟아지는 극심한 반대에 대항하며 일을 해나갔기 때문에 자신이 가지고 있는 비전을 대부분 뚜렷하게 드러낼 수 없었습니다. 하지만 제가 보기에는 크롬웰이 급진적인 생각을 가졌던 것 같고, 그래서 매력적이었습니다.

와크텔 토머스 크롬웰이 의회를 통해서 그 후 300년 동안 그 누구보다 더 많은 입법을 추진했다고 읽은 적이 있습니다.

맨틀 네, 아마 사실일 거예요. 크롬웰은 정말 뛰어난 의회의 관리자였지만, 의회가 항상 왕이 바라는 대로 따른 것은 아니었습니다. 1534~1535년의 구빈법처럼 크롬웰이 성사시키지 못한 입법안도 일부 있었는데, 그 법안을 실행할 수 있었다면 시스템의 경제적 희생자를 보살피는 복지국가의 모습을 아주 미약하게나마 갖추었을지도 모릅니다. 크롬웰의 개혁이, 일자리를 창출하는 구빈법이 실행되었다면 소득세를 부과했을 것이고, 따라서 그는 하원에서 별로 좋아하지 않으리라 상상할 수 있었습니다. 왕이 하원까지 가서 이 법안을 옹호했지만 하원에서는 받아들이려 하지 않았고, 그래도 크롬웰은 포기하지 않았습니다. 그는 계속해서 입법안에 이런 내용을 몰래 끼워 넣었지만 헨리 8세의 정치적인 문제가 커지면서 크롬웰의 정치적 행보는 점점 더 힘들어졌습니다. 관습에 빠져서 꼼짝도 못하는 세상, 크롬웰이 살았던 위계적인 세상을 상상하기는 어려워요. 근대적이라는 말을 칭찬으로 여기지 않는 세상에서 근대적인 사람이 되는 것이 얼마나 어려울지 상상하기 힘들지요. 사람들은 모든 것이 항상 그랬던 모습 그대로이기를 바랐습니다. 그래서 토머스 크롬웰 같은 사람이 등장하여 모든 사람을 강력하고 심오하게 뒤흔들어 놓았는데, 저는 대의를 위해서였다고 주장하고 싶어요.

와크텔 3부작 중 두 번째 책인 『튜더스, 앤 불린의 몰락』의 배경은 1535년이고, 토머스 크롬웰은 50세입니다. 크롬웰은 감정을 잘 통제하고 겉보기에는 차분하고 합리적인데, 열정에 휩쓸리는 주변 사람들과는 대조적입니다. 크롬웰의 내면에서 열정의 증거를 보았나요?

맨틀 아, 네. 세 번째 권에서 그런 모습이 더 많이 보일지도 모르지만요. 때로 편지의 행간이나, 아니에요, **편지의 내용**에서 열정이 폭발하는 것을 볼 수 있습니다. 크롬웰이 이성을 잃는 것은 제인 시모어가 죽을 때밖에 없습니다. 그는 애도에 그치는 것이 아니라 분노하고, 제인의 하인들을 비이성적으로 탓합니다. 이것을 보면서 저는 강렬한 감정이 연관되어 있다고 생각하게 되었습니다. 어쩌면 크롬웰이 헨리의 세 번째 아내 이상으로서 제인을 아꼈을 겁니다.

와크텔 하지만 크롬웰이 화가 난 이유는 알 수 있지요. 제인 시모어는 헨리 8세에 의해 제거된 것이 아니라 아들을 낳고 산후 합병증으로 죽었습니다. 그러니 크롬웰이 시모어의 죽음을 바라지 않는 것은 아주 합리적이에요.

맨틀 네, 맞아요. 하지만 비이성적으로 남을 탓하는 것은 크롬웰답지 않습니다, 그게 제가 하고 싶은 말이에요. 그는 제인의 죽음을 유감스럽게 여길 정치적 이유가 있지만, 이때는 정말 감정적인 것 같습니다. 그러므로 네, 크롬웰은 보통 감정을 잘 통제하는 사람, 감정을 꽉 붙들어 매는 사람이지만 감정 없는 기계는 아니에요.

와크텔 『튜더스, 앤 불린의 몰락』에서 당신은 크롬웰이 어떤 여인숙 주인의 아내와 관계를 갖고 그 남편을 죽게 했다고 암시했습니다. 넌지시 빗댄 암시, 떠도는 소문에 가깝지만 아주 충격적이지요. 우리가 이것을 어떻게 생각해야 하나요?

맨틀 여인숙 주인과의 만남은 픽션입니다. 크롬웰은 아라곤의 캐서린이 빈사 상태인지 알아내라는 헨리 8세의 명에 따라 내륙 지방으로 가는 길입니다. 일행은 어느 여인숙에 하루 묵고, 크롬웰은 여인숙 주인의 아내와 잡니다. 다음 날 아침이 되자 그들은 떠났고 그 일은 끝났습니다. 제가 말하고 싶었던 것은 우스꽝스러운 소문이 퍼지게 마련이라는 것이었어요. 크롬웰이 그녀의 남편을 듣도 보도 못한 죄 ─ 만들어 낸 것이니까요 ─ 로 재판에 넘긴다는 소문 말입니다. 소문에 따르면 크롬웰은 여자를 런던으로 데리고 가서 집을 한 채 마련해 주었고, 남편은 감방에서 죽은 채로 발견되었는데 목을 맸다느니, 목이 졸렸다느니, 독살당했다느니, 몽둥이로 맞아 죽었다느니 말들이 무성했습니다. 당시의 소문은 이런 식이었죠. 그게 바로 요점이에요. 불린에 대해서 런던 전체에 돌던 소문도 이런 식이었으니까요. 제가 정말로 말하고 싶은 것은 거리의 사람들이 그런 소문을 들으면 눈곱만큼 들어 있던 사실마저 왜곡되고, 확대되고, 모두가 믿게 되고, 원래 어떤 사건이었는지 알아볼 수도 없다는 것입니다.

와크텔 헨리 8세의 궁정 귀족들은 크롬웰이 천한 출신이라고 헐뜯기 좋아했습니다. 크롬웰의 윗사람, 아랫사람, 동료들이 그를 어떻게 보았는지 간단히 이야기해 주시겠어요?

맨틀 네. 사실 크롬웰은 귀족 가문 출신이 아니었기 때문에 정파가 없었습니다. 윗사람도 아랫사람도 그를 불쾌하게 여기지요. 높은 귀족들은 헨리 8세에게 충고를 하는 것이 자신들의 특권이어야 한다고 생각합니다. 평민들은 크롬웰 같은 사람의 야망에 갈채를 보내는 대신 부자연스럽다고 생각합니다. 그때는 누구나 아버지의 뒤를 이었지, 사회 계층을 뚫고 출세하지 못했어요. 누구나 가족이 항상 하던 일을 계속했습니다. 그러므로 난데없이 나타난 크롬웰 같은 남자에게 왕이 귀를 기울인다면, 어떻게 된 일일까요? 그가 마법사였을까요? 크롬웰은 그렇게 동등한 지위의 아첨꾼들과 경쟁하고 위아래의 증오를 받았고, 따라서 책에서 그가 왕만이 유일한 친구라고 생각하는 이유를 알 수 있습니다. 참 대단한 친구죠! 그것도 좋죠, 헨리 8세에게 무슨 일이 생기지만 않으면. 하지만 왕에게 무슨 일이 생기면 어떻게 될까요?

와크텔 앞서 말씀하셨듯이 16세기 중반은 영국에서 사상적 충돌과 크나큰 정치적 변화가 일어난 시기입니다. 그즈음 영국 국교회가 로마가톨릭으로부터 분리되었지요. 그래서 바티칸의 교황이 아니라 헨리 8세가 영국국교회의 수장이 되었고, 법안이 통과하긴 했지만 갈등이 적지 않았습니다. 이 일로 인해서 영국은 얼마나 분열되었습니까?

맨틀 아주 좋은 질문입니다, 영국에서 강력한 복음주의 운동이 일어났지만 철저히 진압되었으니까요. 토머스 모어가 대법관으로 "이단"이라는 자들을 박해하는 동안은 확실히 그랬지요. 런던에는 로마가톨릭과의 결별을 받아들일 준비가 된 상당한 규모의 복음주의 공동체가 있었습니다. 다른 도시들, 특히 직물 도시들에도 복음주의 공동체가 있었지만 이스트앵글리아, 에식스, 남부의 일부 지역으로 가면 아주 제각각입니다. 왕국의 다른 지역들, 특히 북부처럼 복음주의 사상이 진정으로 침투하지 않은 곳도 있습니다. 그러므로 교회 분열이 일어나자 그런 사람들은 이해하지 못합니다. 물론 헨리의 분열은 정치적인 것이지 교리에 관한 게 아니에요. 그는 스스로 영국 국교회의 수장이라고 선언하지만 프로테스탄트 믿음을 도입하지도 않았고, 심지어는 몇 년 동안 영어 성경에 저항하기도 했습니다. 그러나 로마가톨릭과의 결별은 분열로 여겨집니다. 나이 많은 귀족들 대부분에게 로마가톨릭과의 결별은 이해할 수도 용인할 수도 없는 것입니다. 그들은 헨리의 새로운 교회가 무엇인지, 또 무엇이 될지 알지 못하지만 토머스 크롬웰이 적극적으로 관여하고 있기 때문에 자신들에게 크게 이득이 되지 않으리라 추측합니다. 물론 그 생각이 옳았지요.

그러니 많은 저류가 있었습니다. 토머스 크롬웰의 경우 어느 소속이었는지 말하기 힘듭니다. 크롬웰은 삶의 다른 측면도 그랬듯이 영적 삶도 그다지 드러내지 않았습니다. 그러나 그의 크나큰 대의는 영어 성경이었고, 헨리 8세를 설득하여 마침내 모든 교구 교회에 영어 성경을 비치하도록 합니다. 이것은 그가 영국에 남긴 위대한 유산 중 하나였고, 성공적이었습니다.

와크텔 토머스 크롬웰을 신자라고 생각하는지 물어볼 생각이었는데요.

맨틀 저는 그가 아주 넓은 의미에서 복음주의자였다고 생각합니다. 루터파였다고 생각하지는 않아요. 하지만 사람들은 저에게 반박합니다. 루터파 독일 대사들이 크롬웰에게 무엇을 믿느냐고 물은 적이 있는데, 그는 같은 방 저쪽 편의 헨리 8세를 향해 고갯짓을 하더니 "왕이 믿는 것을 믿습니다"라고 말했지요. 그 말이 반드시 사실은 아니었을지도 모르지만, 크롬웰은 복음주의적 신념과 헨리의 보수주의 사이에서 균형을 지켜야했습니다.

와크텔 16세기는 사람들이 세상을 보는 방식이 근본적으로 변한 전환점이었던 것 같습니다. 16세기 정신과 현재 우리가 세상을 보는 방식을 구별하는 것은 무엇입니까?

맨틀 어떤 면에서—작가라면 이런 문제에 있어서 특히 조심해야 하는데요—16세기의 은유 체계는 여전히 중세적입니다. 태양계를 보는 새로운 관점, 우주에 대한 새로운 관점을 발견한 시대, 위대한 항해와 탐험의 시대였을지도 모르지만, 그러한 것들이 길거리의 일반 사람들에게 전해질 때까지는 시간이 걸리기 때문에 일반인들은 한두 세대 동안 자신들의 세계관을 유지할 겁니다. 그러므로 그 시대 사람들이 쓸 수 있는 은유에 대해서, 그리고 그들의 감각이 우주를 인식하는 방식과 그들이 경험하는 방식에 대해서도 주의해야 합니다. 적어도 몇 마디 말로 그 사람들이 무의식적인 마음을 드러내게 만들 수는 없어요. 개인이 중요해지는 것 같다는 것은 진부한 말입니다. 인쇄기와 글의 확산 덕분에 우리는 사람들이 대법관이나 주교나 추기경이라는 위치에 동상처럼 고정되어 있던 이전 시대에는 불가능한 방식으로 그들에 대해서 알게 됩니다.

이제 개인적인 글들이 쏟아집니다. 아직 개인이 직접 쓴 것은 아니고 그런 개인을 관찰한 사람들이 쓴 것이지요. 영어로 쓴 최초의 전기는 울지 추기경의 하인이 가까운 관점에서 본 그에 대한 글일 것입니다. 마치 동상이 움직이면서 말을 하기 시작한 것 같지요. 동시에, 홀바인은 이름뿐이었을 사람들에게 개개인인 얼굴을 줍니다.

와크텔 화가 한스 홀바인 말씀이군요.

맨틀 네. 헨리 8세의 궁정 화가였던 홀바인은 여름휴가마다 왕과 동행했고 젊은 신사 숙녀들과 즐겁게 지내며 그림을 그렸지만, 누가 누군지 다들 알았기 때문에 불행히도 이름을 적지 않았습니다. 그것은 내부자들의 세계입니다. 그들은 후대가 아니라 자신들을 위해서 그림을 그렸지요. 하지만 개개인의 특징 묘사가 가치를 갖게 되었습니다. 예술가에게 적합한 주제가 되었지요. 홀바인은 종교 미술의 정해진 주제에서 벗어나 개인의 특징 관찰로 옮겨 가고 있습니다.

와크텔 『튜더스, 앤 불린의 몰락』에는 주요 인물이 두 명 더 등장합니다. 헨리 8세와 앤 불린이죠. 당신이 그리는 헨리 8세는 다면적인 인간입니다. 그를 어떻게 생각하는지 조금만 얘기해주세요.

맨틀 헨리 8세는 책으로 불러오기 어려운 인물입니다. 크롬웰이 처음 보았을 때 헨리 8세는 역광을 받아 트럼프 카드의 왕처럼 보였습니다. 밝은 색 옷을 입고 주변 모든 공간을 채우는 거대한 모습이었지요. 헨리가 움직이거나 말하기 전에는 잠시 모든 것이 멈춥니다. 그는 모든 인물과 같고 크롬웰 자신과도 같습니다. 헨리는 저에게 아직 진행 중인 작업이고, 결정을 내리고 판단을 하기가 거의 불가능한 인물인데, 너무나 쉽게 격해지고 너무나 변덕스럽기 때문입니다. 그는 겉보기에는 마음이 따뜻합니다. 헨리만큼 정정당당하고, 운동을 좋아하고, "안녕하신가, 잘 만났네"라고 말하고, 단단하고, 남성적인 사람은 없습니다. 내면에서는 들끓는 불안정함을 느낄 수 있지만 그는 뛰어난 정신을 가지고 있는데, 우리는 그 사실을 종종 잊는 경향이 있어요. 그는 뛰어난 교육을 받았습니다. 지적 흥미도 있고, 언어를 다루는 능력과 신학 지식을 자랑스러워합니다.

와크텔 시도 썼지요.

맨틀 헨리 8세는 시도 썼고 음악가이기도 했습니다. 달리 말하자면 교양 있는 사람이었지요. 헨리의 궁정에서는 그러한 특징이 마상 창 시합이나 테니스, 사냥을 잘하는 것과 모순되지 않았습니다. 당시 궁정 사람들은 르네상스적 인간이었습니다. 하지만 헨리는 지적 수준이 다른 사람들과 시간을 보내야만 할 때가 많았고, 그래서 울지 같은 사람들을 붙잡아 높은 관직을 줍니다. 토머스 크롬웰 같은 사람을 붙잡듯이 말입니다. 이들은 헨리에게 무언가를 말해 줄 수 있는 사람, 그가 가치를 알아본 사람들입니다. 물론 특히 크롬웰은 교회를 통해서 출세하지 않았기 때문에 그에게는 헨리가 야망의 중심이었습니다.

그러나 제가 한 생각은 — 제가 쓰고 싶었던 것 중 하나인데요 — 헨리 8세를 매일 대하면 어땠을까라는 것입니다. 무엇을 알게 될지, 헨리가 어떤 책략을 내놓을지, 그가 어제와 같은 사람일지, 어떤 이상한 요구를 할지 절대 알 수 없었습니다. 따라서 아주 능숙하고 아주 탄력적으로 대해야만 했지요.

와크텔 두 사람의 관계를 어떻게 설명하겠습니까? 한동안 헨리 8세는 크롬웰을 신뢰하는 것 같습니다.

맨틀 1540년 여름 크롬웰의 실각은 무척 갑작스러웠고, 캔터베리의 주교 토머스 크랜머는 왕에게 아주 용감한 편지를 썼습니다. 크랜머는 "그를 믿지 못한다면 이제부터는 누구를 믿으시겠습니까?"라고 물었지요. 저는 참 좋은 질문이었다고 생각합니다. 헨리는 크롬웰 같은 신하를 두 번 다시 찾지 못했으니까요. 그는 크롬웰이 죽은 직후 이 사실을 인정했고, 다른 사람들이 상황을 조종해서 "이제껏 가장 충직한 신하"에게 등을 돌리게 만들었다고 비난했습니다. 핵심은 크롬웰 혼자서는 아무것도 추진할 수 없었다는 것입니다. 모든 것이 헨리를 통해 그에게 전해졌고, 교황 자리를 기대할 수 있는 울지 추기경과 달리 크롬웰의 경우에는 헨리만이 그의 직위를 유지시키고 명예를 더해 줄 수 있었습니다. 크롬웰은 왕의 자리를 기대할 수 없었습니다. 결국 왕이 되려 한다는 죄목으로 처형을 당했지만요.

와크텔 『울프 홀』과 『튜더스, 앤 불린의 몰락』보다 크롬웰의 종말에 대해서 더 많이 이야기하시는 것을 보니 3부에 푹 빠져 있는 것 같군요. 하지만 당신은 처음 두 권을 쓸 때에도 그리 머지않은 미래에 출세 중인 이 남자, 정상을 코앞에 둔 이 남자가 급격히 몰락하리라는 사실을 알고 있었습니다. 앞선 두 권을 쓸 때 그 사실이 당신의 인식에 어떤 영향을 끼쳤습니까?

맨틀 제가 할 일은 크롬웰이 자신의 종말을 몰랐던 것처럼 당분간 그의 끝을 모르는 것이었습니다. 몰락 전까지 써야 할 것이 정말 많으니까요. 3권 앞부분에서 그는 급속도로 강력해집니다. 우리가 크롬웰이 몰락한 1540년에 도달했을 때에도, 상황이 결정적으로 크롬웰에게 불리하게 돌아선 듯한 그해 봄에도 헨리는 생각을 바꿔 그를 에식스 백작으로 임명했고, 크롬웰은 그 어느 때보다도 더 높은 지위에 올랐습니다. 작위를 오래 즐기지는 못했지만요.

하지만 크롬웰의 이야기는 몰락 이야기가 아닙니다. 출세에 출세를 거듭하다가 갑자기 몰락한 이야기이고, 몰락은 아마 3권의 마지막 장에 담길 것입니다. 저는 아직도 그의 상승에 관심이 있습니다. 하지만 크롬웰도 알았듯, 저 역시 이 모든 일이 얼마나 변덕스러운지 압니다. 『튜더스, 앤 불린의 몰락』에서 다룬 시기에도 로마제국 대사 샤퓌가 크롬웰과 나눈 대화를 보고하는데, "헨리가 하루아침에 당신을 공격하면 어떻게 할 겁니까?"라고 묻자 크롬웰은 "인내하며 신의 손에 맡기겠습니다"라고 대답합니다. 결국 그렇게 할 수밖에 없지요. 헨리의 궁정에서는 딱 한 번만 미끄러져도 치명적일 수 있습니다. 위험 부담이 너무 컸지요. 요즘 장관이 잘못을 저지르면 사과하고 사퇴해야 할 수도 있지만, 그때는 탑에 갇힐 수 있었지요. 단순히 잘못을 저지르느냐의 문제가 아니었습니다. 헨리를 계속 기쁘게 할 수 있느냐의 문제였지요. 어떻게 하면 그를 기쁘게 할 수 있을지 항상 추측해야 한다는 뜻이었습니다. 어떤 면에서는 헨리보다 한 발 앞서야 했지요.

와크텔 헨리 8세는 앤 불린과 결혼하고 싶어서 스페인 출신 아라곤의 캐서린과의 첫 번째 결혼을 무효화한 것으로 유명합니다, 아니 악명이 높습니다. 그는 앤이 후계자가 될 아들을 낳기 바랐지요. 이것이 『울프 홀』의 마지막 부분에서 벌어지는 일입니다. 앤 불린에 대해서 얼마나 아시나요?

맨틀 우리는 16세기 여성치고 앤 불린에 대해서 많이 압니다. 실제 생년월일은 몰라요. 1501년 즈음이라고 추측하는데, 그렇다면 죽을 당시 30대 중반이었다는 뜻입니다. 그녀의 가족에 대해서도 어느 정도 알려져 있습니다. 그녀의 아버지 토머스 불린이 유력 궁정 대신이자 외교관이었기 때문이지요. 프랑스 궁정에서 시녀로 지내며 완전히 프랑스화되었던 앤의 어린 시절에 대해서도 조금 압니다. 우리는 앤 불린의 영국 궁정 데뷔에 대해서, 노란 드레스를 입고 춤을 추었으며 가면을 쓰고 있었다는 사실을 압니다. 또 그녀의 언니 메리 불린에 대해서, 헨리가 앤에게 반하기 전까지 그의 정부였던 메리에 대해서 압니다. 그런 다음 왕이 앤에게 다가가면서 그녀가 기록에 등장합니다. 앤의 책들, 앤의 편지들이 일부 남아 있지요. 어떤 면에서 그녀는 그 시대의 많은 여성들은 가지고 있지 않았던 목소리를 가지고 있습니다. 또 우리는 다른 사람들의 눈을 통해 그녀를 봅니다. 매력이 넘치는 여성, 요즘 말하는 우아하고 세련된 여자, 판에 박힌 미인이 아니라 감탄할 만한 눈과 사람을 강하게 끄는 자석 같은 시선을 가지고 있고, 아주 섹시하고, 카리스마 있고, 용감하고, 야망이 크고, 대담한 술책을 쓰고, 판단력이 날카로운 여성이지요. 앤이 알았던 것, 적어도 그 당시에는 잘 알았던 것처럼 보이는 한 가지는 헨리를 조종하는 법,

두 사람의 뜻이 좌절되고 헨리가 이혼 허락을 받지 못한 몇 해 동안 헨리가 그녀에게 개인적으로, 또 성적으로 흥미를 잃지 않게 하는 법이었습니다. 이혼 문제는 몇 년이나 끌었지만 앤은 헨리를 계속 매료시킵니다.

『튜더스, 앤 불린의 몰락』에서 앤 불린의 하녀가 "아시잖아요, 왕비님은 매일이 자기 대관식 날과 같을 줄 알았어요"라고 말하는데, 물론 그렇게 되지는 않아요. 왕비라 해도 결혼 생활의 현실을 마주해야만 합니다. 그리고 앤은 운이 나빴어요. 그녀는 헨리에게 후계자를 약속했습니다. 앤은 헨리에게 후계자를 낳아 주었지만 딸이었어요. 그런 다음 두 아이를 유산하지요. 앤은 겁을 먹습니다. 사람을 마구 몰아세우고 잔소리가 많아졌지요. 앤은 쫓겼고 적을 만들었죠. 헨리 8세 궁정의 고관들은 앤을 결코 좋아하지 않았습니다. 그들에게 앤은 성녀 같은 캐서린을 몰아낸 건방진 여자일 뿐이었지요. 그들은 앤이 상징하는 것들을 좋아하지 않았고, 때가 되면 힘을 합쳐 그녀를 몰아낼 준비가 되어 있었습니다.

와크텔 당신은 『울프 홀』과 『튜더스, 앤 불린의 몰락』의 역사적 인물들에게서 우리 자신을 볼 수 있을지도 모른다고 말합니다. 당신은 어떤가요? 누군가에게서 당신을 봅니까?

맨틀 오, 아니에요. 저는 텍스트와 이야기에서 자신을 지우는 것이 작가의 일이라고 생각합니다.

와크텔 네, 하지만 그래도요. 크롬웰이 약간 있나요?

맨틀 제가 고귀하게 타고난 사람들보다 저 밑에서부터 올라와 출세하는 사람들에게 관심이 있다고 말한다고 큰 비밀을 털어 놓는 건 아니겠지요. 저는 헨리와 그의 아내들보다 푸주한의 아들 울지 추기경이나 대장장이의 아들 크롬웰이 더 흥미롭습니다. 항상 야망에 흥미가 있었으니까요. 저는 늘 그랬습니다. 그리고 16세기에는 야망을 악이라 생각했지만, 제 평생 야망은 미덕으로 여겨졌으니 다행이지요. 그때는 전혀 다른 세계였지만, 네, 저는 저 밑에서부터 위로 올라가는 사람들에게 공감합니다. 저는 또 크롬웰이 부럽습니다. 너무나 활발하고, 금방 활기를 되찾고, 쉽게 동요하지 않기 때문이죠. 모든 작가는 — 잘 알려져 있듯이 — 아주 쉽게 동요하니까요. 그리고 점점 작아지기만 하는 나의 자아와 너무나도 다른 사람에 대해서 쓰는 것은 즐거운 일입니다. 저는 크롬웰을 보면서 질투하고, 또 앞서 말했듯이 부러워합니다. 아, 왜 저는 조금 더 토머스 크롬웰 같지 않을까요?

2012년 6월

인터뷰 제작–메리 스틴슨

W. G. 제발트

W. G. Sebald

W. G. 제발트는 영어권에서 활동한 지 채 5년 ─ 1996년 『이민자들』 번역 후 2001년 『아우스터리츠』(독일어판과 영어판) 출판까지 ─ 도 되기 전인 2001년 12월 14일에 영국 노리치 자택 근처에서 자동차 사고로 세상을 떠났다. 그는 교사인 딸을 태우고 가던 중 커브를 그리며 차선을 여러 개 넘어 반대편에서 오던 트럭과 충돌했다. (딸은 크게 다쳤지만 회복했다.) 제발트가 동맥류를 앓았던 것으로 여겨진다. 그가 세상을 떠나기 전 『뉴욕 타임스』는 『아우스터리츠』를 그해 가장 뛰어난 책 아홉 권 중 하나로 꼽았다. 제발트의 사망 후 『아우스터리츠』는 전미도서비평가협회상과 『인디펜던트』지의 외국어 소설상을 받았다. 제발트는 널리 찬사를 받았고, 그의 작품은 명작으로 선언되었으며, 노벨상 수상감이라는 이야기도 돌았다. 이 모든

일이 너무나 빨리 일어났다.

나는 제발트의 죽음에 개인적인 슬픔을 느꼈다. 제발트는 쓸쓸함과 부재의 대가였고 ─ 홀로코스트에 관한 두 작품만이 아니라 『토성의 고리』(1995), 『현기증』(1990)처럼 더욱 암시적인 작품에서도 ─ 고요하게 아름다우며 뇌리를 떠나지 않는 산문의 대가였다. 그랬던 작가가 겨우 쉰일곱 살의 나이에 사라져 부재하게 된 것이다. 그러나 그의 작품들이 시대순으로 계속 번역되어 등장하면서 나는 우리가 대화를 나눌 때 그가 했던 말이 떠올랐다. 제발트는 알프스산 높은 곳에 위치한 고향 마을에 대해 설명하면서 겨울에는 땅이 얼어서 죽은 자를 묻을 수 없다고 말했다. 그래서 보통 처음에는 시신을 집 안에 ─ 한동안 거실에 둔 다음 한두 달 정도 나무 헛간에 ─ 둔다. 따라서 그는 죽은 자나 죽음에 대해 어느 정도 친밀감을, 그리고 그 이상을, "그 사람들은 진짜 사라진 것이 아니라 우리 삶 주변의 어딘가를 떠돌면서 잠깐씩 우리를 계속 찾아온다"는 느낌을 갖게 되었다고 말했다. 그러므로 『자연을 따라』(1988)와 『파괴의 자연사에 관하여』(1999) 같은 작품들은 그의 목소리를 특히 날카롭게 되살린다.

막스라는 이름으로 불리고 싶어 했던 빈프리트 게오르크 막시밀리안 제발트는 1944년 5월에 바이에른 알프스 알고이 지방의 베르타크에서 노동계급 가톨릭 집안의 아들로 태어났다.

역사적으로 묵직한 의미를 갖는 때와 장소였기 때문에 제발트는 자신의 삶을 잉태의 순간까지 거슬러 올라가 보고 싶어 했다. 제발트의 아버지는 1929년에 입대하여 1930년대에 직업군인으로 성공했으며, 1936년에 결혼했다. 제발트는 1943년 8월 휴가 중에 찍은 사진 — 호수에 "평화의 완벽한 상징" 백조가 비치는 식물원에서 찍은 부모님의 여유로운 모습으로, 아버지는 무릎까지 오는 가죽바지와 두꺼운 방수 재킷 차림이고 어머니는 단추 없는 외투 차림이다 — 을 설명하면서 자신이 그때 잉태되었다고 결론을 내린다. 다음 날 아버지는 드레스덴으로 발령을 받았다. 이틀 후 한밤중에 582 항공기가 뉘른베르크 공습을 재개했다(이것은 제발트가 계속 돌아가는 주제이다).

제발트의 아버지는 결국 프랑스에서 포로로 잡힌 채 종전을 맞이했고, 1947년이 되어서야 독일로 돌아왔기 때문에 제발트는 세 살까지 아버지를 보지 못했다. 그는 이렇게 썼다. "전쟁이 끝났을 때 나는 겨우 한 살이었기 때문에 개인적인 경험을 바탕으로 그 파멸적인 시기에 대한 인상을 가질 리 없다. 하지만 지금까지도 전쟁 당시의 사진이나 다큐멘터리 영화를 보면 내가 그 시대의 아이인 것처럼, 경험한 적도 없는 그 공포가 나에게 그림자를 드리운 것처럼, 그리고 내가 그러한 공포에서 절대 빠져나올 수 없을 것처럼 느낀다."

제발트는 여덟 살 때 가족과 함께 베르타크에서 19킬로미터

떨어진 존트호펜으로 이사하여 파울 베라이터 선생님을 만났는데, 그의 삶은 『이민자들』의 인물에게 반영되었다.

10년 후 제발트가 독일문학을 공부하러 프라이부르크 대학에 진학했을 때 두 가지가 그를 괴롭혔다. 물리적으로는 프라이부르크 대학에 사람이 끔찍할 정도로 많아서 학생 1,200명이 강의실을 가득 채웠고 세미나 정원은 150명이나 되었다. 또 지적으로 제발트는 교수진이 나치에 물들어 있다고 느꼈다. 그는 나에게 이렇게 말했다. "당시 높은 자리에 있던 이들과 야심 넘치는 젊은 강사들 모두 30년대와 40년대에 박사학위를 받았고, 독일문학은 어떤 식으로든 나치와 관련이 많은 학문이었습니다. 즉, 그들은 정권을 적극적으로 용서하고 지지했습니다. 독재적인 구조였고 우리에게는 진실의 일부만이 주어졌습니다."

제발트는 가족들처럼 미국으로 가야겠다고 항상 생각했지만 반전 운동이 한창이던 60년대에 미국은 그 광채를 잃었고, 맨체스터에 언어 교육 조교 자리가 있다는 이야기를 듣고 그곳으로 갔다. 그 후 제발트는 스위스에서 잠시 학생들을 가르친 다음 뮌헨의 괴테 인스티튜트에서 일했고, 그 일을 평생 직업으로 삼을까 고려하기도 했다. 삐딱하고 개인적이고 비판적이고 구슬픈 감수성을 가진 그가 전문가로서, 독일문화를 공식적으로 대표하고 홍보하는 일을 하는 모습을 상상하면 무척 신기하다. 그러나 제발트는 영국으로 돌아가서 학업을 계속했다. 제발트는 그 후 20년 동안 이스트앵글리아 대학의 유럽문학 교수였고 독일어로 학술 논문을 발표했다. 아델베르트 슈티프터부터 페터 한트케에 이르기까지 오스트리아 작가들에 대한 에세이집 『불행을 묘사하기』 같은 제목은 그의 유명한 우울함 ─ 스스로 지적하듯이 그는 토성의 영향 아래 태어났다 ─ 을 잘 보여 주었다.

1988년에 제발트는 학생들을 계속 가르치면서 첫 번째 창작 작품집 ─ 본인의 설명에 따르면 3부작 산문시인 『자연을 따라』 ─ 을 냈는데, 16세기 화가 마티아스 그뤼네발트, 18세기 식물학자 겸 탐험가 게오르크 슈텔러, 그리고 제발트 자신이라는 전혀 다른 세 사람에 대한 이야기였다. 나중에 제발트는 학술적인 글에서 문학으로 전환한 이유에 대한 질문을 받자 대처 시대 영국에서 교수로서 겪는 불쾌한 상황과 업무가 주는 압박으로부터 달아날 필요가 있었기 때문이라고 대답했다. 그러나 그 후 12년에 걸친 그의 비학술적 작품들 ─ "소설" 네 편, 시집 두 권, 에세이들 ─ 은 더욱 깊은 근원을 가진 조용한 열정을, 심지어는 집착을 드러낸다. 제발트는 앵글로-색슨 세계보다 유럽에서 훨씬 더 흔한 형식을 선택하여 픽션과 논픽션의 경계를 넘나드는 다큐멘터리 픽션이라는 장르를 만들었다. 제발트 본인의 것처럼 느껴지는 감성과 혼란스러운 목소리, 주로 몸이 좋지 않거나 이름 모를 병 또는 불안증에서 회복 중인 정체를 알 수 없는 페르소나가 들려주는 그의 작품들에는 평범한 플롯이 없다. 또한 설명도 없고 종종 흐릿한 흑백 사진이 등장하는데, 마치 다른 시대의 집들, 풍경들, 문서와 일기들, 가족들, 학교 아이들, 호텔 엽서들 같다.

나는 그의 책들 중『이민자들』만 영어로 출판되었던 1998년에 막스 제발트와 대화를 나누었다.

❦

와크텔　『이민자들』은 소설, 서사적 사중주, 혹은 분류 불가능한 작품 등 다양한 이름으로 불립니다. 당신은 어떻게 설명하겠습니까?

제발트　일종의 산문 픽션입니다. 앵글로-색슨 세계보다는 유럽 대륙에 더 많은 것 같은데, 대화가 거의 아무런 역할을 하지 않는 장르지요. 일종의 잠망경처럼 여러 면에서 모든 것이 연결되어 있습니다. 그러한 의미에서 이 책은 일반적인 픽션이 확립한 패턴을 따르지 않습니다. 자전적인 화자가 없지요. 그리고 이 책을 특별한 범주로 밀어 넣는 듯한 다양한 한계가 있습니다. 하지만 정확히 뭐라고 불러야 할지 모르겠군요.

와크텔　당신은 서로 연결되어 있고 공명하는 네 가지 삶의 이야기를 한데 모았지만 아주 신중하게 이야기를 들려주는 것 같습니다.『이민자들』에 네 가지 이야기를 같이 넣고 싶었던 이유는 무엇입니까?

제발트 패턴이 놀랄 만큼 비슷하기 때문입니다. 모두 자살에 관한 이야기, 더 정확히 말하자면 늦은 나이의 자살에 대한 이야기이고, 그런 경우는 상대적으로 드물지만 우리가 생존자 신드롬이라고 알고 있는 증상으로는 꽤 빈번합니다.

저는 장 아메리, 프리모 레비, 파울 첼란, 타데우시 보로프스키를 비롯해서 쇼아[1]가 삶에 드리운 그림자에서 벗어나지 못하고 결국 기억의 무게에 굴복한 많은 사람들의 사례를 통해 그러한 증상에 추상적으로는 익숙했습니다. 자살은 이 사람들 삶의 꽤 늦은 시기에, 은퇴할 나이에, 갑자기 어떤 공허함이 밀려올 때 일어나는 경향이 있습니다. 아시겠지만 전문직 종사자로서 삶의 의무가 뒤로 물러나면 갑자기 생각할 시간이 생깁니다. 제가 1989년, 1990년 즈음 장 아메리에 대해 연구할 때 ── 특히 아메리는 제가 자란 지역에서 멀지 않은 곳 출신이었기 때문에 더 관심이 생겼습니다 ── 특정 범주에 거의 정확히 들어가는 네 사람을 알고 있다는 생각이 떠올랐습니다. 그

---

1 Shoah ── 나치의 유대인 대학살을 뜻하는 히브리어.

래서 저는 그들의 삶에 몰두하면서 그들을 들여다보고 여행을 하면서 찾을 수 있는 모든 흔적을 찾으려 애썼고, 결국 그것에 대해 써야 했습니다.

책에 등장하는 이야기들은 이 네 가지 삶이 그리는 선, 또는 호를 거의 현실 그대로 따릅니다. 제가 바꾼 것 — 특정 벡터를 확장하고, 어떤 것들은 축소하고, 여기저기에 더하기도 하고 어떤 것들은 빼기도 했습니다 — 은 주변적인 변화, 사실의 변경이라기보다는 스타일의 변경이지요. 처음 세 편의 이야기에 등장하는 삶은 제가 알았던 사람들의 삶과 거의 일대일로 대응합니다. 네 번째 이야기에서는 두 명의 조연을 썼는데, 지금도 영국에서 작업 중인 화가와 제가 처음 영국으로 이주했을 때 맨체스터의 집주인입니다. 당시 집주인이 아직 살아 있었는데, 저는 본질적으로 다큐멘터리 픽션인 작품에 그가 있는 그대로의 모습으로 등장하기를 원하지 않았기 때문에 두 번째 조연은 그 사람이라는 것이 좀 덜 명백해 보이도록 만들었습니다. 하지만 제가 아주 잘 아는 이들이 실제 겪었던 똑같은 삶의 모습입니다.

와크텔 당신은 "마치 죽은 자가 돌아오고 있거나 우리가 그들과 합류하는" 것 같다고 말합니다. 당신은 이 개념에 천착하는 것 같은데요.

제발트 글쎄요, 이유는 모르겠지만 죽음이 아주 이른 나이부터 제 삶에 들어왔다는 것은 분명합니다. 저는 알프스의 아주 높은 곳, 해발 900미터쯤 되는 작은 마을에서 자랐습니다. 그리고 전쟁 직후였던 제 어린 시절에 그곳은 많은 면에서 무척 원시적이었습니다. 예를 들어 겨울에는 땅이 얼어서 팔 방법이 없었기 때문에 죽은 자를 묻을 수가 없었습니다. 해빙이 올 때까지 한두 달 정도 나무 헛간에 둬야 했지요. 우리는 죽은 자가 주변에 있음을 알면서 자랐고, 누군가 세상을 떠날 때 죽음은 집 안 한가운데에서 일어납니다. 죽는 사람은 거실에서 고통을 겪고, 죽은 뒤에도 매장하기 전까지 3, 4일 정도는 아직 가족의 일원이지요. 따라서 저는 아주 어릴 때부터 요즘 사람들보다 죽은 자나 죽음에 아주, 훨씬 더 익숙했습니다. 저는 죽은 사람들이 정말로 사라진 게 아니라고, 우리 삶 근처 어딘가를 배회하면서 잠깐씩 계속해서 돌아온다는 생각을 마음 깊은 곳에 항상 가지고 있었습니다. 그리고 저에게 사진은, 특히 우리와 더 이상 함께 있지 않은 사람들의 오래된 사진은 죽은 자가 내뿜는 방사물 같은 것입니다. 저는 죽은 자들이 이러한 사진들을 통해서 일종의 유령 같은 존재감을 갖는다고 생각합니다. 저는 그런 부분이 항상 흥미로웠습니다. 신비주의나 미스터리와는 아무 관련이 없지요. 사물을 바라보는 훨씬 더 원시적인 방식의 잔여물일 뿐입니다.

예를 들어서 코르시카 같은 곳에 가면… 물론 요즘은 예전과 같지 않지만 아주 최근에, 한 20년 전 코르시카 문화에서는 죽은 자가 산 자들의 삶에서 의심의 여지없는 존재감을 가지고 있었습니다. 사람들은 항상 죽은 자를 생각하며 바로 모퉁이 너머에 있다고 여겼고, 저녁이 되면 빵 부스러기를 먹으러 집으로 들어온다고, 북을 치고 피리를 불며 큰 거리에서 행진한다고 생각했습니다. 그리고 유럽 여러 지역의, 조상을 더욱 중요하게 여기는 문화들에서는 아마 1960년대까지 세상을 떠난 자들이 항상 존재했습니다. 물론 전후 알프스에도 그런 곳들이 있었지요. 이제 그런 문화는 모두 사라졌지만 어째선지 제 마음속에 남았고, 저의 이런 생각은 제가 나고 자란 지역에서 비롯된 것 같습니다.

와크텔 당신은 텍스트에 사진을 많이 넣습니다. 사람, 장소, 도시 풍경이나 경치인데, 뭔가를 생각나게 하고 뇌리에서 쉽게 떠나지 않지요. 이러한 사진들 때문에 이야기를 탐색하게 되는 것 같습니다. 당신이 사진이나 앨범을 보면 또는 누가 당신에게 뭔가를 보여 주면 그것이 당신을 어딘가로 데려갑니다.

제발트 음, 사진들은 출처도 다양하고 목적도 다양합니다. 하지만 대부분 30년대와 40년대에 중산층 사람들이 가지고 있던 앨범에서 나온 것이지요. 출처가 확실합니다. 텍스트에 삽입된 이미지의 90퍼센트는 진짜입니다. 이야기를 하기 위한 목적으로 다른 출처에서 가지고 온 것이 아니라는 거죠.

저는 텍스트 안에서 사진이 두 가지 목적을 가진다고 생각합니다. 첫 번째이자 명백한 목적은 증명이지요. 우리 모두 문자보다 사진을 믿는 경향이 있습니다. 사진을 무언가의 증거로 내놓으면 사람들은 보통 그 사실을 받아들이고 '음, 확실히 그랬겠군'이라고 생각하는 경향이 있습니다. 그리고 『이민자들』에서 가장 믿기 힘든 사진들은 믿기 힘들수록 사실을 더욱 뒷받침하는 것 같습니다. 예를 들어, 1913년에 화자의 종조부가 아랍식 복장으로 예루살렘에서 찍은 사진은 진짜입니다. 만들어 낸 사진도, 우연도 아니고, 나중에 발견해서 넣은 것도 아닙니다. 그러므로 화자는 사진을 통해서 자기 이야기를 정당화할 수 있습니다. 저는 사실주의 소설에서 이것이 항상 문제였다고, 또 이것이 사실주의 소설의 한 형태라고 생각합니다. 19세기 독일 전통에서는 저자가 자신의 접근 방식에 정당성을 부여하려고 항상 피나는 노력을 하면서 나는 여기서 이것을 가져왔다, 이러저러한 마을의 찬장 위에서 이 원고를 발견해서 이러저러하게 되었다고 말합니다.

제가 생각하는 사진의 또 다른 기능은 시간을 포착하는 것입니다. 픽션은 시간 안에서 움직이는 예술이고, 보통 결말을 향해 나아가는 경향이 있으며, 값이 점차 작아지는 그래프처럼 작용합니다. 그러한 서사 형태에서 시간의 흐름을 붙들어 두는 것은 아주, 아주 어렵습니다. 우리 모두 알고 있듯이 시간을 붙들어 두는 것이야말로 우리가 특정 형태의 시각 예술에 있어 무척 좋아하는 점입니다. 미술관의 작품 앞에 서서 16세기나 18세기에 누군가가 그린 아주 멋진 그림을 바라보지요. 시간과 멀어져 스스로를 시간의 흐름에서 떼어놓을 수 있다면, 그것은 어떤 의미에서 일종의 구원입니다. 사진도 그렇게 할 수 있습니다. 흐름을 막는 장애물이나 둑의 역할을 하죠. 저는 그것이, 독서의 속도를 늦추는 것이 긍정적이라고 생각합니다.

와크텔 어떤 비평가는 당신을 유령 사냥꾼이라고 설명합니다. 스스로 그렇게 생각하시나요?

제발트 네, 그렇습니다. 꽤 정확하다고 생각해요. 진짜 귀신이 아니라 이제 이 세상에 없는 사람들 ─ 친척이나 어렴풋이 아는 사람들일 수도 있고, 과거의 작가들이나 16세기에 작업했던 화가들일 수도 있습니다 ─ 의 삶이 제가 그들에게 관심을 가질 수 있다는 단순한 사실을 통해서 저에게 이상한 존재감을 갖는다는 묘한 느낌이지만요. 누군가에게 흥미가 생기면 상당한 양의 감정적 에너지를 투자하고 그 사람의 영역을 어느 정도 점령하기 시작합니다. 우리는 감정적 동일시를 통해서 또 다른 삶에 존재를 확립합니다. 시간적으로 얼마나 예전인지는 중요하지 않습니다. 그건 별로 중요하지 않은 것 같아요. 16세기의 어느 화가에 대한 정보가 아주 적다 해도 충분한 흥미를 가지면 당신이 그 삶에 존재하거나 그 삶을 현재로 가져올 수 있습니다.

제가 처음으로 썼던 작품 중 하나는 16세기 초 화가 마티아스 그뤼네발트에 대한 긴 산문시[『자연을 따라』]인데, 우리는 그에 대해서 그림 외에는 거의 아무것도 모릅니다. 그렇지만 저는 알지 못한다는 공백과 우리가 아는 아주 적은 사실만으로도 그 영역으로 들어가서 주변을 살펴볼 수 있었고, 어느 정도 시간이 지나자 무척 편안해졌습니다. 저는 현재보다 그 당시에 훨씬 더, 상당한 흥미를 느꼈는데요…, 그러니까 저에게는 리우데자네이루나 시드니에 가는 것이야말로 정말 이질적입니다. 그런 것에는 흥미가 생기지 않아요. 제가 지금 미국에 있다는 사실이 정말 이상하게 느껴집니다.

와크텔 『이민자들』에 등장하는 파울 베라이터는 당신의 옛 선생님입니다. 당신의 표현처럼, 아주 좋아하는 자신의 기억 너머로 가서 몰랐던 이야기를 발견한 것은 무엇 때문입니까?

제발트 저는 제가 어렸을 때 살던 도시 —일고여덟 살 때 우리 가족은 시골 마을에서 가장 가까운 소도시로 이사했습니다—의 초등학교에서 이 선생님에게 배웠습니다. 선생님은 몇 년 동안이나 박해를 받다가 1935년에 교직에서 쫓겨났고 1945년 이후 돌아와서 다시 예전과 같은 생활을 했지만, 전쟁이 끝난 후 제가 그 도시에서 자란 몇 년 동안, 즉 여덟 살부터 열여덟 살까지 아무도 그 사실을 언급하지 않았습니다. 모두가 알고 있었는데도요. 주민이 8천 명 정도 되는 작은 도시였어요. 다들 서로를 잘 알았지요. 선생님 본인은 물론 — 이것이 가장 착잡한 부분인데요 — 그 일을 절대 언급하지 않았습니다. 저는 어렸을 때 선생님을 무척 따랐기 때문에 — 그분을 정말 존경했습니다 — 진실을 알아내고 싶었습니다. 그런 단계에서는 탐사 보도 기사처럼 설명하고 싶을지도 모릅니다. 실마리를 하나 잡고 끌어당겨서 말하자면 어떤 색의 어떤 패턴이 드러나는지 보고 싶지요. 그리고 어려워질수록 — 이 경우는 어려웠습니다. 도시의 그 누구도 저에게 선생님과 같은 삶에 대해 이야기할 준비가 되어 있지 않았으니까요 — 더욱 흥미로워지고, 뭔가 숨겨진 것이 있음을 잘 알게 됩니다. 그럴수록 포기하고 싶지 않지요.

와크텔 왜 이야기를 하지 않으려 했을까요? 40년, 50년이 지났는데요.

제발트 네. 음, 아시겠지만 침묵의 공모가 아직도 지속되고 있습니다. 다른 나라 사람들은 상상도 하기 힘든 일이지요. 저는 그게 늘 이상했어요. 그곳에서 자랄 때, 이성적인 생각이 가능해지기 시작했던 열여섯 살이나 열일곱 살 때도 마찬가지였습니다. 전쟁이 끝난 지 15년도 안 되었을 때죠. 지금 돌이켜보면 1980년이 16~17년 전이지만 저에게는 어제 같습니다. 그러니 1960년 즈음의 제 부모님과 선생님에게는 1941년부터 1946~1947년까지가 어제 같았을 겁니다. 우리는 그토록 끔찍한 시대를 겪으면서 가장 끔찍한 방식으로 연루되었다면 그 이야기를 하고 싶은 충동이 있으리라 상상할지도 모릅니다. 하지만 저는 침묵의 공모가… 그런 분위기가 그냥 생겼다고 생각합니다. 결혼한 부부 사이에서도 마찬가지였을 거예요. 예를 들어 저는 부모님이 단둘이서 이런 일에 대해 이야기하는 모습이 상상도 되지 않습니다. 그건 아무도 들어가지 않는 금기의 영역이었어요. 저는 이렇게 저절로 만들어진 금기가 항상 가장 강력하다고 생각합니다.

와크텔 베라이터는 유대인의 피가 4분의 1 섞여 있으므로 아이들을 가르치도록 허락되지 않았고 마을 사람들에게 거부당했기 때문에 외국으로 갔습니다. 하지만 1939년에 독일로 돌아왔지요. 이유가 뭐죠?

제발트 실제 상황을 생각해 보면 그럴 만한 이유가 충분하다고 생각합니다. 당시 선생님은 22~23살 정도였을 겁니다. 일요일 오후에 브장송 근처에서 어느 가족과 함께 찍은 사진이 책에 실려 있는데, 그는 교직에서 쫓겨난 후 중산층 집안의 가정교사로 들어갔습니다. 사진 속의 그는 정말 마르고 야위어 보입니다. 이 사진만 봐도 그가 아주 괴로운 변화를 겪은 것이 분명하다고 결론 내릴 수 있습니다. 자, 1930년대 후반의 프랑스에서 젊고 ─ 어느 모로 보나 젊었지요 ─ 유대인의 피가 섞인 독일인 선생님이 매일 고용주들과 같이 식사를 한다고, 오전에 아이들을 가르친 다음에 식탁에 앉아서 오가는 대화에, 프랑스에서 으레 그렇듯 아주 긴 대화에 귀를 기울인다고 상상해 보세요…. 점심을 한두 시간 동안 먹으니 그 집안의 가장이 정치적 관점과 견해를 늘어놓을 기회가 아주 많을 겁니다. 그리고 저는 당시 프랑스 중산층의 생활이 무척 우파적이었다고 생각합니다. 뉴스를 통해, 라디오와 신문을 통해 당신은 이렇게 해야 한다, 우리는 이렇게 해야 한다, 라고 주장하는 독일의 메시지를 지지하는 경우가 아주 많았지요. 그러므로 프랑스로 갔다고 해서 탈출한 것은 아니었습니다. 아이러니하게도 이 모든 것들이 지난 몇 주, 몇 달 동안 중요하게 다루어졌습니다. 오늘자 『뉴욕 타임스』에 보르도에서 열린 모리스 파퐁[2]의 재판 기사가 실렸지요. 이 이야기와 관련이 있습니다.

그러므로 저는 그가 프랑스에서 무척 불편했으리라 생각합니다. 물론 1939년 늦여름이 되자 곧 중대한 상황이 닥치리라는 생각이 들기 시작했겠지요. 그래서 아마 자신이 제일 잘 아는 곳이라는 이유만으로 독일로 돌아갔을 겁니다. 또 책의 한

---

2 Maurice Papon, 나치에 부역하여 유대인을 아우슈비츠로 보낸 프랑스인.

두 군데에서 분명히 밝혔듯이, 저는 이 젊은 교사가 무척 전형적인 독일인이었다고 생각합니다. 말하자면 반더포겔 운동[3]으로 만들어진 이상주의자였겠지요. 농민의 아이들을 가르치러 오스트리아 북부로 갔던 젊은 비트겐슈타인처럼 이상주의와 교육적 열정 등등이 가득했을 겁니다. 그런 의미에서 독일로 돌아간 것은 전혀 놀랍지 않아요.

물론 의아한 것은 그가 독일 군대에 징집되었고—아리아인의 피가 4분의 3 섞여 있으면 군복무가 허락되었습니다—전쟁에서 살아남은 후 교사 생활을 처음 시작했던 도시로 돌아갔다는 점입니다. 저는 그것이 이 사람의 삶에서 더욱 수수께끼 같은 면이라고 생각합니다. 1945년에 독일로 돌아간 것이나 그곳에 머무르면서 자신이 겪은 그 끔찍한 일들을 억누르고 침묵한 것 말입니다.

와크텔 파울 베라이터는 은퇴 후 스위스로 가지만, 이제 자신이 살던 도시 사람들을 증오하게 되었는데도 그곳의 아파트를 팔지 않았습니다.

제발트 네, 무척 증오했지요.

와크텔 그 이유를 이해하시나요?

---

3 1901년 독일에서 시작된 '철새'라는 뜻의 청년 운동으로, 철새처럼 산과 들을 다니며 심신을 다지는 일을 목적으로 한다.

제발트 음, 다 이중구속의 본질 때문이지요, 안 그런가요? 심리학자들은 잘 알 겁니다. 부모님을 떠나고 싶으면서도 두 분만 남겨두면 당신을 경멸할까 봐 두려워서 감히 그렇게 하지 못합니다. 그런 패턴의 일종이지요. 그러니까, 어떻게 해도 잘못이라는 겁니다. 저는 이중구속이 거의 모든 삶을 어느 정도 지배한다고 생각합니다. 물론 그의 경우는 특히 더 지독한 이중구속입니다. 자신을 해치려는 국가에 소속되어 있으니 말입니다. 하지만 똑같은 경험을 한 유대계 독일인들의 이야기가 많습니다.

와크텔 베라이터의 친구는 "우리 갈망의 모순"에 대해서 이야기합니다.

제발트 네. 18세기까지 거슬러 올라가는 유대계 독일인 동화同化의 역사는 이런 양가감정으로 가득합니다. 예를 들어 실러와 레싱 같은 유대계 이름을 보세요. 유대인들은 계몽과 관용의 대변인이라고 생각했던 작가들에 대한 존경심에서 그런 이름을 썼습니다. 독일 유대인과 비유대인은 아주, 아주 밀접하게 동화되었습니다. 특히 유대인은 성을 통해 국가에, 국가의 지형에 동화되었습니다. 그들은 프랑크푸르트나 함부르거, 비너 같은 성으로 불렸어요. 사실 유대인들은 자신을 그러한 장소와 동일시했지요. 그러므로 이 모든 것을 버리고 잊기는 정말 어려웠을 겁니다.

저는 기본적으로 문화사와 사회사에 관심이 있는데, 18세기부터 현재까지 독일문화사에서 독일 내 유대인 소수자와 다수 인구의 관계는 어떤 형식으로든 가장 주요하고 중요한 대목입니다. 제가 상당히 어렸을 때 그랬던 것처럼, 자신이 자란 문화적 환경을 모자란 부분과 끔찍한 측면까지 전부 이해하고 싶다면 이 문제를 그냥 지나칠 수 없습니다. 저는 앞에서 예를 들어 제 고향에 만연했던 침묵의 공모에 대해 이야기했습니다. 저는 열아홉 살에 대학에 진학하면서 대학은 다를지도 모른다고 생각했습니다. 하지만 전혀 그렇지 않았어요. 분명 침묵의 공모가 1960년대 독일 대학 전체를 지배하고 있었습니다.

동시에, 제가 스스로의 뇌를 써서 생각하기 시작했던 그즈음에 중대한 전쟁범죄 재판들, 몇 개월 동안 계속된 프랑크푸르트의 아우슈비츠 재판과 뒤셀도르프의 트레블링카 재판을 비롯한 여러 재판이 진행되면서 저희 세대에게는 그 문제가 처음으로 아주 공적인 문제가 되었습니다. 매일 신문에 보도되었고 재판 과정 등등에 대해 긴 기사가 실렸지요. 그러므로 우리는 그 문제로 고뇌해야 했습니다. 실제로 일어난 일들의 증거, 절대 불확실하지 않은 증거가 있었어요. 그럼에도 그때 학생들은 대학 세미나에 앉아서 E. T. A. 호프만 같은 낭만주의 소설이나 읽으면서 그런 사건의 진정한 역사적 배경, 사회적 조건, 그런 사회적 조건이 초래한 심리적 복잡성에 대해서는 아무 말도 하지 않았습니다. 즉, 우리는 대학에서 순수하고 완전한 철학을 하고 있었고, 그것은 우리가 알고 싶은 것에 더 가까이 데려가지 않았습니다. 저에게는 항상 그랬습니다. 무언가를 숨기면 더욱 원하게 되는 법입니다. 모든 아이들이 잘 알고 있지요. 확실히 열여덟, 열아홉 살부터 항상 저는 그러한 일들에 대해서 알아내려고 무척 애를 썼습니다.

와크텔 당신 가족은 대부분 미국 이민을 선택했지만 당신은 결국 영국을 택했습니다. 왜죠?

제발트 역사적 우연입니다. 어렸을 때는 미국이 이상적인 나라였기 때문에 미국으로 가는 것이 제 야망이었습니다. 하지만 나중에 반미국적인 시기가 왔는데, 1960년대의 유럽에서 자랐다는 것이 부분적인 이유였지요. 당시 유럽에서는 모든 것이 반미였고, 그래서 미국으로 가고 싶다는 제 열망이 치료되었습니다. 유럽 대륙을 떠났던 스물한 살 때쯤 저는 어디로 가고 싶다는 뚜렷한 생각이 없었습니다. 결국 맨체스터로 가게 되었는데, 정말 우연이었어요. 저는 돈을 벌면서 공부를 계속할 수 있는 직업을 찾고 있었습니다. 그러다가 영국 대학에 교육 조교 자리가 있음을 알게 되었고, 몇몇 대학에 편지를 보냈는데 맨체스터가 긍정적인 답을 했습니다. 그래서 짐을 싸서 그곳으로 가면서 1, 2년이나 3년 정도 지내면서 박사 학위를 따야겠다고 생각했지요. 하지만 결국에는 영국에서 살게 되었는데, 알고 보니 살기 아주 좋은 나라였기 때문입니다. 지금도 마찬가지고요.

와크텔 맨체스터에서 공부를 마친 후 스위스와 뮌헨에서 살아보려고 했던 때도 있었습니다. 하지만 잘 안 됐지요. 이유가 뭐였죠?

제발트 스위스에서는 독일어를 쓰는 작은 도시 생갈에서 잠깐 살았습니다. 저는 어느 마피아 단원이 운영하는 사립학교에서 학생들을 가르쳤는데, 교사가 받는 월급이 한 달에 학생들에게 받는 돈보다, 심지어 한 달에 한 학생에게 받는 돈보다 훨씬 적었습니다. 조직 전체가 기이했어요. 저는 9개월 이상은 일할 수 없겠다는 사실을 첫날 바로 알았고, 실제로 그렇게 되었습니다. 또 독일어를 사용하는 스위스 지역은 아름답긴 하지만 정말 많은 사람들이 끔찍할 정도로 참견을 합니다. 일요일에 정원을 파면 경찰에 바로 신고해요. 저는 그런 식으로는 살 수가 없습니다.

또 뮌헨 근처에서 지냈던 해에는 독일문화원에서, 꽤 유명한 괴테 인스티튜트에서 일했습니다. 영국에서 박사 학위를 받은 다음 직장을 찾고 있었는데, 이런 일이라면 할 수 있겠다고 생각했지요. 하지만 알고 보니 너무나 전횡적인 일이었고 아무리 간접적이라 해도 외국에서 공적으로 독일을 대표하는 일이었습니다. 더 가까이에서 들여다보자 저와 어울리지 않는 일이라고 느꼈고, 차라리 영국으로 돌아가서 숨어 지내는 게 낫겠다고 생각했습니다.

와크텔 숨어 지낸다고요?

제발트 음, 제가 지금 살고 있는 동네는 정말 시골이에요. 영국 동부 노리치 근처의 작은 마을이지요. 저는 다른 도시에서 모든 상황의 중심에 있는 것보다 그곳에서 사는 것이 확실히 더 낫다고 느낍니다. 저는 가능하다면 주변부에 머무는 것이 좋아요.

와크텔 지금은 독일에 대해서 어떤 애착을 느낍니까?

제발트 글쎄요, 독일이 제 나라임을 압니다. 이렇게 오랜 세월이 지났는데도 말입니다. 독일을 떠난 지 이제⋯ 30년은 족히 넘었을 겁니다. 독일에서 산 세월보다 떠나 있었던 세월이 더 길지요. 물론 저는 변두리, 독일 남부의 변두리 출신입니다. 할아버지 댁은 오스트리아 국경에 거의 접해 있었지요. 저는 독일을 거의 몰랐어요. 독일을 떠날 당시 저는 제가 자란 지역을 알고, 프라이부르크를 알고, 뮌헨에는 한두 번 가 본 정도였습니다. 60년대 초반이나 중반에는 사람들이 별로 돌아다니지 않았어요. 따라서 저는 독일을 거의 몰랐지요. 프랑크푸르트도 함부르크도 몰랐고, 북부나 중부는 전혀 몰랐습니다. 저에게 하노버와 베를린은 완전히 낯선 곳이었지요. 그러므로 어떤 의미에서 독일은 제 나라가 아닙니다. 하지만 독일의 독특한 역사와 이번 세기, 더욱 정확히는 1870년 이후 역사의 잘못된 추락 때문에 제가 전부 내버리고 '음, 나랑은 아무 상관없어'라고 말할 수는 없다는 느낌이 듭니다. 저는 그 짐을 물려받았고, 좋든 싫든 지고 가야 합니다.

와크텔 그리고 여전히 독일어로 작품을 쓰지요.

제발트 저는 아직도 독일어로 글을 씁니다, 네. 두 언어로 글을 쓰는 작가는 거의 없습니다, 나보코프처럼 노련한 작가들도 마찬가지죠. 나보코프는 러시아어에서 영어로 옮겨간 후 영어로만 글을 썼습니다. 번역을 할 때는 러시아어를 계속 썼지만요. 하지만 제가 알기로 나보코프는 영어로 바꾼 뒤에는 러시아어로 글을 쓰지 않았습니다. 나보코프와 같은 전환은 아주, 아주 위험하고 괴로운 일입니다. 지금까지 저는 그런 결정을 피하려고 노력해 왔지요. 이 문제로 씨름해야 했던 작가는 별로 없습니다. 런던에서 수십 년 동안 살다가 취리히로 돌아간 엘리아스 카네티가 있는데, 영어를 완벽하게 했지만 제가 알기로 영어로는 한 줄도 쓰지 않았습니다. 저는 어떤 언어에서 정교한 수준에 도달하기가 무척 어렵다고 생각합니다. 말을 할 수는 있어도 그게 곧 글을 잘 쓴다는 뜻은 아니지요. 무척 다른 분야입니다.

와크텔 블라디미르 나보코프를 언급하셨는데요, 『이민자들』에 곤충 채집망을 든 남자, 채집망을 든 소년, 즉 나보코프에 대한 언급이 있습니다. 왜 나보코프가 이 책에 어른거리지요?

제발트 화가 이야기를 써야겠다고 생각했을 때 그 생각이 떠오른 것 같습니다. 아시겠지만 그 이야기에는 또 다른 이야기가, 화가의 어머니의 어린 시절 회상이 있습니다. 이 이야기들은 상당 부분 진실이며 실제 자료를 바탕으로 합니다. 저는 화가가 영국으로 이민 간 후 어머니가 추방당할 때까지 화가의 어머니가 쓴 노트의 일부를 가지고 있었습니다. 그녀가 약 18개월에 걸쳐서 쓴 노트였지요. 책을 읽어서 아시겠지만 화가 가족은 북부 바이에른, 프랑코니아 상부의 슈타이나흐라는 작은 마을에서 살다가 1900년경 가장 가까운 도시인 바트 키싱겐 온천 도시로 이사했습니다. 제가 개인적으로 뛰어나다고 생각하는 나보코프의 자서전 『말하라, 기억이여』를 보면 바로 그즈음 나보코프 가족이 바트 키싱겐에 여러 번 갔다는 일화가 나옵니다. 그래서 이야기 속에서 두 망명자가 서로 모른 채 지나치게 하고 싶다는 유혹이 정말 컸지요. 그리고 저는 알았습니다 ─ 제가 인공적으로 꾸민 것이 아니라 사실에 근거한 이야기입니다 ─ 제 종조부인 암브로스 아델바르트가 이타카의 요양소에 자진해서 들어갔었는데, 나보코프는 그곳에서 여러 해 동안 학생들을 가르쳤습니다. 그리고 나보코프의 글을 보면 알 수 있듯이 거기서 그는 시간이 나면 항상 채집망을 들고 나갔습니다. 그러므로 제가 써야 할 이야기에 나오는 두 장소가 나보코프와 관련 있다는 것이 아주, 아주 이상한 우연 같았습니다. 물론 저는 프랑스어를 쓰는 스위스에서 지낸 경험이 있기 때문에 라크 르 망, 몽트뢰, 브베, 바젤슈타트, 로잔을 아주 잘 알았습니다. 속속들이 알았지요. 물론 제가 그곳 학교에 있을 때 나보코프를 알지는 못했습니다, 그 정도까지는 아니었어요. 저는 나보코프가 거기 살고 있는지 몰랐고, 짐작이 가겠지만 만약 알았다 해도 감히 그를 만나러 가진 않았을 겁니다. 하지만 저는 그 지역을 잘 알았고 나보코프가 말하는, 산으로 올라갈 때의 즐거움을 알았습니다. 그래서 당연히 그렇게 해야 할 것 같았고, 또 계속 떠나지 않는 유령 같은 분위기를 만들어 낼 기회 같았습니다. 이미 사라졌지만 다른 형태로는 쉽게 얻을 수 없는 강렬함을 가진 유령의 형태로 나타나는 것을 말입니다.

와크텔 어느 평론가는 그것을 즐거움의 표시로 보았고 또 다른 평론가는 죽음의 암시로 보았는데요.

제발트 물론 둘 다입니다. 사람들은 텍스트에서 상징적 요소가 단일한 의미를 갖기를 항상 바라지요. 하지만 당연히 상징은 그렇게 작용하지 않습니다. 좋은 상징은 보통 다변적인 가치를 갖습니다. 상징은 여기 이 순간에 뭔가 중요한 것이 있다는 느낌을 주기 위해서 존재하지만, 그것이 무엇이고 중요한 것이 무엇인가는 전혀 다른 문제입니다.

제 생각에 이러한 유형의 텍스트에서 중요한 것은 불분명한 상징을 통해 고조된 감정을 표현하는 방식을 찾는 것입니다. 예를 들면 철도는 확실한 상징이지요. 누구나 알겠지만 국외 추방 과정에서 철도는 아주, 아주 눈에 띄는 역할을 합니다. 클로드 란즈만 감독의 영화 「쇼아」를 보면 ── 저는 이 영화가 그 끔찍한 사건을 가장 인상적으로 기록했다고 생각합니다 ── 각 에피소드 사이에 항상 기차가 나옵니다. 기차가 철길을 따라 달리고, 화차가 보이고, 신호등이 보이고, 폴란드와 체코 공화국과 오스트리아와 이탈리아와 벨기에의 철길이 보이지요. 국외 추방은 철도 시스템을 바탕으로 이루어졌습니다. 저는 또 초등학교 때 선생님이 철길에 집착했다는 이야기도 합니다. 그러므로 당연히 상징을 이용해야 했습니다. 물론 실제로 어떻게 이야기하느냐가 중요합니다. 텍스트에서 상징을 뚜렷하게 드러낼수록 그 독창성은 줄어들기 때문에 독자가 눈치채지 못하고 넘어가도록 아주 간접적으로 드러내려고 노력해야 합니다. 상징이 텍스트에서 어떤 반향이 되어 울리도록 노력하면 텍스트 전체가 중요성을 얻을 수 있습니다. 텍스트의 다른 이미지들 ── 철길은 당연하고요, 연기, 그리고 먼지도 분명한 상징이지요 ── 도 마찬가지입니다.

와크텔 주인공들이 나이가 들수록 기억에서 달아나기 더 어려워 보입니다. 어떤 의미에서는 대부분이 은둔이나 자살을 통해 굴복하지요. 기억이 왜 그토록 피할 수 없고 파괴적일까요?

제발트 저는 그것이 비중의 문제라고 생각합니다. 어떤 의미에서는 나이가 들수록 더 많이 잊지요. 분명 사실입니다. 삶의 광대한 부분이 망각으로 사라집니다. 그러나 마음속에 살아남는 것은 상당한 밀도를, 아주 높은 비중을 얻습니다. 물론 이러한 기억의 무게에 짓눌리면 가라앉아 버릴 가능성이 없지 않지요. 그러한 기억은 감정적인 짐이 되는 경향이 있습니다.

와크텔 당신의 종조부 암브로스를 생각하고 있었는데요, 그는 기억 때문에 너무나 고통스러워서 자발적으로 충격 요법을 받습니다. 정신과의사는 그가 "생각하고 기억하는 능력을 최대한 완전하고 복구 불가능하게 소멸"시키기를 원했다고 설명합니다. 왜 이렇게 극단적인가요?

제발트 많은 면에서 극단적인 이야기입니다. 이야기에서 암브로스 아델바르트와 그의 고용주의 아들인 코스모 솔로몬 사이에는 직업적인 것을 넘는 관계, 적어도 형제와 같거나 어쩌면 연인과도 같은 관계가 있었다고 암시됩니다. 두 사람의 이야기와 제1차 세계대전 이전의 중대한 몇 해 동안 그들의 관계가 펼쳐지는 방식은 역사를 거스르고 역사의 균열을 가로지르며 적어도 구원처럼 보입니다. 독자로서 우리는 상상할 수 있습니다. 텍스트는 절대 상상하라고 말하지 않고 절대 분명히 밝히지도 않지만, 우리는 독자로서 두 젊은이가 이스탄불과 사해에서 함께 지내며 지극히 행복한 시간을 보냈으리라 상상할 수 있습니다. 결국 암브로스를 끌어내린 건 그 시절의 무게라고 생각합니다. 지옥 같은 환경에서 행복한 시절을 상상하는 것만큼 끔찍한 것은 없다는, 오래된 단테의 개념이지요.

와크텔 당신 작품에서는 많은 등장인물이 기억에 대해 극단적인 행동을 취합니다. 대안은 없을까요? 기억을 안고 살아가는 방법이 있을까요? 당신 작품에 등장하는 막스 페르버는 육체적 고통이 심하면 결국 의식을 잃게 되므로 육체적 고통에는 한계가 있지만 정신적 고통은 끝이 없다고 말합니다.

제발트 음, 그렇습니다. 세상에는 수많은 정신적 고뇌가 존재하고, 우리는 그중 일부는 파악하고 또 일부는 해결하려고 애씁니다. 정신적 고뇌는 증가하고 있습니다. 저는 어떤 의미에서 육체적·정신적 고통이 증가하고 있다고 생각합니다. 예를 들어 뉴욕시에서 매년 소비하는 진통제의 양을 생각해 보면, 아스피린과 분말형 등 모든 진통제를 쌓아 놓고 스키를 탈수 있을 정도입니다. 우리는 정신적 고통의 일부를 목격하지만 사람들은 보통 침묵 속에서 또는 혼자서 고통을 겪습니다. 정신적 고통이 문제일 때는 전체가 아닌 극히 일부만이 드러납니다. 말하자면 우리는 그러한 고통을 의식하지 못한 채 살아가고, 운 좋게도 정신적 고통을 면한 사람들은 사방에 커다란 정신병원이 있고 늘 변하는 수의 일부 사람들이 그런 병원들을 영원히 전전하고 있음을 인식하지 못한 채 살아갑니다. 진화적 관점에서 볼 때 그것은 인간의 특징입니다. 우리는 여러 가지 이유에서 절망에 빠진 종족이지요. 우리가 환경의 본래 모습을 바꾸어 놓았기 때문입니다. 그리고 우리는 항상 스스로를 따라잡지 못합니다. 우리는 자신이 바깥으로 내몰리는, 혹은 스스로 그 바깥으로 달아나는 자연계와 우리 뇌세포가 만들어 내는 세계의 정확한 경계에서 살고 있습니다. 그 단층선이 우리의 육체적·감정적 구조를 통과하며 지나가지요. 그리고 이러한 지각의 표층 판상이 서로 맞닿는 곳이 고통의 근원이겠지요. 기억은 그러한 현상 중 하나입니다. 이로 인해 우리는 감정적 동물, 그러한 고통을 설명할 수 있는 존재가 됩니다. 저는 거기에서 벗어날 방법이 없다고 생각합니다. 우리가 할 수 있는 일, 대부분의 사람들이 성공적으로 할 수 있는 일은 그것을 억누르는 것밖에 없습니다. 야구를 하거나 축구 중계를 보면서 억누를 수 있다면 그것도 좋겠지요. 저도 모르겠습니다.

와크텔 당신은 무엇을 하시나요?

제발트 개를 산책시킵니다. 하지만 그런다고 진짜 벗어날 수 있는 것은 아니지요. 그리고 사실 저는 벗어나고 싶다는 큰 욕심이 없습니다. 저는 우리가 그 모든 일을 겪으면서도 고결함을 잃지 않도록 노력해야 한다고 생각합니다. 가능하다면 말입니다.

와크텔 당신의 종조부 암브로스는 ── 그의 일기를 인용하셨는데요 ── 젊은 나이에도 기억이 "말문을 막는 것" 같다고 말합니다. "멀어지는 시간을 돌아보는 것이 아니라 아주 높은 곳에서 땅을 내려다보는 것처럼 머리를 무겁고 어지럽게" 만든다고 말입니다. 어떻게 해서 그렇지요?

제발트 오페라글라스를 거꾸로 돌려서 보는, 그런 느낌입니다…. 아마 아이들은 누구나 쌍안경이 처음 생기면 그런 실험을 해볼 겁니다. 제대로 보면 대상이 확대되어 바로 눈앞에 있는 것처럼 보이고 방향을 바꾸면 신기하게도 대상이 더 멀리 있는 것 같지만 훨씬 더 정확하게 보입니다. 우물을 내려다보는 것 같지요. 저는 과거를 들여다볼 때마다 그런 현기증을 느꼈습니다. 그것은 난간 너머로 몸을 던지고 싶은 욕망, 혹은 유혹에 가깝습니다. 과거에는 정말 유혹적인 무언가가 있습니다. 제 경우 미래에는 거의 관심이 없어요. 미래에 좋은 일이 많을 거라고 생각하지 않습니다. 그러나 적어도 과거에 대해서는 어떤 환상을 가질 수 있습니다.

와크텔 당신의 환상은 무엇입니까?

제발트 우리는 18세기 후반에 뉴잉글랜드에 살았던 사람들이 요즘 사람들보다 더 즐겁게 살았을 거라고 생각하는 경향이 있습니다. 하지만 아이를 여덟씩 낳고 나무를 때서 부엌에서 그 아이들을 씻겨야 하는 여자들을 생각하면 우리가 쉽게 상상하는 것만큼 목가적이지 않았을지도 모릅니다. 그러므로 물론 과거를 바라볼 때는 자기 기만이 어느 정도 존재합니다. 비극적인 관점에서 과거를 재설계한다 해도 말입니다. 비극은 그래도 질서가 있는 패턴이고 무언가에, 어떤 삶 혹은 일련의 삶에 의미를 주려는 시도이니까요. 말하자면 세상을 보는 긍정적인 방식이지요. 사실 삶은 전혀 말이 되지 않는 빌어먹을 일들이 연달아 일어나는 것인데 말입니다.

와크텔 『이민자들』에서 당신이 막스 페르버라고 이름 붙인 맨체스터의 화가는 굴뚝이 빽빽한 검댕투성이의 맨체스터를 보고 자기 운명을 발견했다고 생각하고 "굴뚝 밑에서 봉사하기 위해" 이곳에 왔다고 느낍니다. 그는 왜 그렇게 먼지에 끌리나요? 먼지가 그에게 무슨 의미입니까?

제발트 우리는 '재는 재로, 먼지는 먼지로 돌아간다'는 성경 구절을 알고 있습니다. 따라서 먼지라는 알레고리의 중요성은 뚜렷합니다. 또 하나는 먼지가 침묵의 표시라는 것입니다. 이 책의 다른 이야기들에서는 먼지 털기와 청결을 다양하게 언급합니다. 물론 아시겠지만 어떤 의미에서 독일인과 유대인은 모든 것을 정결하고 깨끗하게 유지하는 것에 집착했습니다. 많은 면에서 아주 밀접한 동맹국이나 마찬가지인 그 둘이 공유하는 특징 중 하나입니다. 그리고 아델바르트의 이야기에서

화자가 도빌을 지날 때 일층의 거의 닫힌 덧문에서 여자의 손
이 나오더니 먼지떨이를 흔드는 에피소드가 있습니다.

깔끔하고 잘 손질되고 끊임없이 보살펴진 집에서 불편함을
느끼는 사람들이 있습니다. 저도 그런 사람입니다. 저는 그렇
게 차가운 질서가 유지되는 집에서는 항상 힘들었습니다. 크
리스마스나 이런저런 기념일 같은 날을 위해 일 년에 한두 번
만 개방하는 전형적인 중산층의 살롱, 일 년 내내 쥐죽은 듯한
침묵 속에 그랜드피아노가 서 있고 가구들은 먼지막이 커버로
덮여 있는 그런 곳의 차가운 질서 말입니다. 반대로 먼지가 내
려앉게 놔둔 집에 가면 어쩐지 마음이 편합니다. 언급하신 그
부분을 썼던 때가 또렷이 기억납니다. 런던의 한 출판사 사장
을 찾아갔을 때였지요. 그는 켄싱턴에 살았습니다. 제가 도착
했을 때 그는 아직 해야 할 일이 있었기 때문에 그의 아내가 저
를 아주 높고 크고 테라스가 달린 맨 위층의 서재 같은 곳으로
안내했습니다. 서재에는 책이 가득했고 의자는 하나밖에 없었
습니다. 그리고 사방에 먼지였지요. 몇 년에 걸쳐서 책들과 카
펫, 창틀에 먼지가 내려앉아 있었고 딱 문에서부터 앉아서 책
을 읽을 수 있는 의자까지만 눈을 치운 듯한 길이 나 있었는데,
아실 겁니다, 말하자면 누가 가끔 그 의자까지 걸어가서 자리
에 앉아 책을 읽기 때문에 깨끗해진 부분이었습니다. 제가 그
때 그 의자에 앉아서 보낸 15분은 평생 그 어느 때보다도 평화

로웠습니다. 그 경험으로 인해 저는 먼지가 아주, 아주 평화로운 무언가를 가지고 있다고 생각하게 되었지요.

와크텔 화가 막스 페르버가 먼지를 만드는 방법 중 하나는 물감을 여러 겹 바른 다음 벗겨내서 털어내고 다시 물감을 발라 벗겨내는 것입니다. 그리고 당신이 이 책을 쓰는 과정을 설명하는 부분을 보면, 쓰고 지우기를 반복하고 심지어는 쓴다는 미심쩍은 일 자체에 의문을 제기하는, 페르버와 똑같은 방법을 채택하는 것처럼 보입니다.

제발트 네, 글을 쓴다는 것은 침입적이기 때문에 미심쩍은 일입니다. 제가 이런 이야기들에 대해 알아내려고 노력할 때 그래야 했던 것처럼, 작가는 다른 사람의 삶에 침입합니다. 그리고 자신이 잘하고 있는지 아닌지 알지 못하지요. 일반적으로는 트라우마에 대해서 이야기하는 것이 좋다고 생각하지만, 항상 옳은 것은 아닙니다. 특히 사람들에게 기억을 떠올리게 하고 자신의 과거에 대해 이야기하게 만듦으로써 그 사람의 삶에 대해 침입하는 것은 아닌지, 그렇지 않았다면 피할 수 있었을 부수적 피해를 일으킬지 아닐지 확신하지 못합니다. 그러므로 여기에는 윤리적인 문제가 있습니다. 물론 글을 쓴다는 것 자체가 무언가를 만들어 내고 모순적인 요소들을 다듬는 일입니다. 글쓰기 자체가 허영으로, 자신도 잘 이해하지 못하는 동기로 가득하지요.

저의 경우 창의적인 글을 쓴 지 그리 오래 되지 않았지만 항상 어떤 식으로든 끄적거려 왔습니다. 그러니 습관적이죠. 제가 말할 수 있는 한 글쓰기는 신경증성 장애와 밀접한 관련이 있어요. 어떤 때는 글을 써야 하고, 어떤 때는 쓰지 않고, 그러다가 다시 또 글을 써야 하고, 집착적으로 글을 쓰지요. 어떤 면에서는 행동학적 문제예요. 물론 더욱 긍정적인 측면들도 있지만 그런 면들은 잘 알려져 있습니다. 잘 알려지지 않은 것은 이런 어두운 면이지요.

와크텔 이 책에서 누군가 다른 텍스트를 언급하면서 그 책이 가슴 아프지만 꼭 필요한 작품이었다고 말했던 것 같은데요, 저는 당신이 이 책에서 하는 일이, 따라서 이 책이 가슴 아프지만 꼭 필요하다고 느꼈습니다.

제발트 음, 그렇게 생각하는 사람이 있다니 기쁘군요. 저는 그런 반응을 보면 어느 정도 안심이 되지만, 그렇다고 해서 제가 글쓰기에 대해 가지고 있는 모든 의혹이 가라앉지는 않을 겁니다. 어쨌든 가장 중대한 문제는 언제나 자신을 둘러싼 문화와 씨름을 해야 한다는 것이고, 그 문제를 해결해야 합니다. 진지하게 글을 쓰는 것은 탈출로와 아주 비슷하니까요 — 전문직업이라는 일종의 수용소에 갇혀서 아무도 모르는 무언가를 하기 시작하는 거죠. 말하자면 헛간으로 가서…. 저에게, 제가 처음 제 글을 쓰기 시작했을 때, 글을 쓴다는 것은 아주 내밀한 일이었습니다. 누구에게도 읽어 주지 않았어요. 저는 작가 친구가 없습니다. 그러므로 저는 사생활을 무척 소중히 여겼는데, 지금은 사생활이 보장되지 않습니다. 그래서 이제 저는 본능적으로 사람들이 저에 대해 잊을 때까지 모든 것을 버리고 싶어요. 어쩌면 헛간에서 아무런 방해를 받지 않고 다시 일할 수 있는 입장을 되찾을 수 있을지도 모르지요.

1998년 4월

인터뷰 제작-메리 스틴슨

앨리스 먼로

Alice Munro

"캐나다의 체호프" 또는 "캐나다의 플로베르"라고 불리는 앨리스 먼로는 작가들의 작가로 불려 왔고, 캐나다와 전 세계의 많은 작가들이 그녀의 작품을 사랑하고 존경한다. 그러나 먼로는 독자들의 작가이기도 하다. 그녀는 지적으로, 심도 싶게, 연민을 가지고 글을 쓰면서 독자들을 이끌며 인물을 탐구하고, 우아하고 감동적인 방식으로 이해를 얻으려 애쓴다. 대단한 해결책을 얻으려는 것이 아니라 그저 상황을 파악하려는 것이다.

나는 『뉴요커』에 실린 앨리스 먼로의 단편을 볼 때마다 선물처럼, 나중에 친구들과 같이 먼로가 무엇을 하고 있는지 이야기를 나눌 수 있다는 확실한 즐거움으로 간직하곤 했다. 몇 해전 여름 픽션 호의 특별부록이 기억나는데, 서로 연결된 먼로의 단편이 세 편 실려 있었다. 멋지고 감동적인 세 편의 이야기는 그녀의 열한 번째 단편집 『런어웨이』(2004)에 실렸다.

먼로는 사실상 캐나다 단편 작가가 받을 수 있는 모든 상을 받았다. 첫 번째 단편집 『행복한 그림자의 춤』(1968)을 비롯해서 총독문학상을 세 차례 받았을 뿐 아니라, 전미도서비평가협회상, 트릴리엄 상, 두 차례의 길러 상을 받았다. 먼로는 펜/맬러머드 단편상과 레아 단편상을 모두 수상한 최초의 캐나다 작가였다. 2009년에는 상금 10만 달러의 맨 부커 국제문학상을 받았고, 2013년에는 캐나다인 최초로 상금 130만 달러의 노벨 문학상을 받았다.

앨리스 먼로는 캐나다 남서부 온타리오의 윙엄에서 1931년에 태어났다. 그녀는 웨스턴온타리오 대학에서 2년 동안 공부하다가 스무 살에 결혼하여 밴쿠버로 이주했다. 1976년에 먼로는 온타리오로 돌아와 클린턴에 자리를 잡았다. 2004년 10월, 나는 클린턴 조금 위쪽의 약간 더 큰 도시이자 여전히 "앨리스 먼로의 땅"인 고드리치의 베일리스 레스토랑에서 그녀를 만났다. 옛날 노래처럼 들리지 않는다면 나는 그곳을 "앨리스의 레스토랑"이라고 부를 텐데, 먼로가 자신을 찾아오는 기자들이나 전기 작가들뿐 아니라 친구들을 만나고 점심을 즐겨먹는 곳이다. 안쪽에 먼로의 전용 테이블이 있고, 그녀는 그 테이블에서도 늘 같은 자리에 앉는다. 내가 그녀를 만난 날 『런어웨이』가 길러 상 후보에 다시 올랐고, 결국 그 상을 받았다. 앨리스 먼로는 인터뷰를 꺼리는 작가지만 놀라울 만큼 솔직하고, 편안하고, 적극적이었다. 먼로는 글을 그만 쓸 생각이라고 말했지만, 그 후 세 권의 책을 더 냈다. 바로『캐슬 록에서 본 풍경』(2006),『너무 많은 행복』(2009),『디어 라이프』(2012)이다.

～

와크텔『런어웨이』라는 제목은 이 책에 실린 많은 이야기들과 어울립니다. 어떤 관계와 삶의 방식을 떠나서, 또는 향해서 비행기를 타는 여자들의 이야기지요. 이 단편들을 쓰면서 그런 저류를 느꼈습니까?

먼로 아니요, 느끼지 못했습니다. 저는 연결된 주제나 어떤 계획을 가지고 글을 쓰지 않습니다. 보통은 모든 이야기가 저절로 찾아오지요. 하지만 그 제목이 좋습니다, 이제는 아주 좋아요. 눈치채셨겠지만 단편 제목이 전부 한 단어입니다. 기억하실지 모르겠지만,『미움, 우정, 구애, 사랑, 결혼』이라는 전작과 반대지요. 그 제목은 아무도 기억을 못했어요. 사람들이 그런 제목을 기억하지 못한다는 사실은 알았지만 너무 마음에 들어서 고집을 피웠습니다. 그래서 이번에는 책 제목을 포함해서 각 단편의 제목들도 한 단어로 돌아갔습니다. 저는 한 단어의 힘에 대해서 생각했고, 아주 마음에 들었어요.

와크텔 1998년 단편집 『착한 여자의 사랑』에는 다른 남자 때문에 결혼 생활을 버리고 도망치는 여자에 대한 문장이 있는데요, 『런어웨이』의 주제와 일맥상통합니다. 당신은 이렇게 썼습니다. "그녀의 삶이 고꾸라지고 있었다…. 그녀는 도망치는 사람이 되고 있었다. 충격적이고 이해할 수 없을 만큼 모든 것을 포기한 여자. 사람들은 사랑 때문이라고 빈정대며 말할 것이다. 섹스라는 뜻이다." 이 여자들은 무엇으로부터 도망치나요? 관습과 기대인가요?

먼로 삶으로부터 달아난다고 생각해요…. 앞날을 내다보면 자기 삶이 어떻게 될지 뻔히 보이는 거죠. 그것을 딱히 감옥이라고 부르지는 않겠습니다. 그 여자들은 말하자면 예측 가능함으로부터 달아납니다. 살면서 일어날 일들만이 아니라 자신이 어떻게 될지의 예측 가능함으로부터요. 하지만 제 등장인물들 대부분이 계획을 세워서 달아난다고 생각하지는 않습니다. "어떤 단계가 되면 나는 이 삶에서 빠져나갈 거야"라고 말하지 않지요. 그리고 사실 저는 도망치는 사람은 어떤 일에 가장 열정적으로 달려드는 사람인 경우가 많다고 생각합니다. 지금은 '이거야!'라고 생각하지만, 나중에 더 많은 것을 원하죠. 삶에서 지금 당장 일어나는 일들보다 더 많은 것을 요구하는 겁니다. 물론 때로는 그것이 크나큰 실수이고, **항상 기대했던 것과**

약간, 혹은 많이 다르지요. 제 세대의 여자들은 젊은 나이에 결혼을 했기 때문에 특히 더 그런 경향이 있었습니다. 우리는 삶의 마땅한 모습에 대한 고정 관념을 가지고 결혼했고, 기혼이라는 안전한 지위를 얻기 위해 서둘렀어요. 그러다가 마흔쯤 되자 어떤 일이 생겨서 온갖 여자들이 자기 삶에 새로운 패턴이 생겨야 한다고 결론을 내렸습니다. 다음 세대, 또 그다음 세대의 여자들 — 제 손녀 세대 — 에게도 이런 일이 일어날지는 모르겠어요. 그들이 마흔 살쯤 되면 이미 너무 많은 일을 겪었을 테고, 그것으로 충분할지도 모르니까요. 사랑을 찾고 자극을 찾고 싶다는 소녀 같은 소망 없이 그냥 삶을 계속 이어 나가겠지요.

와크텔 소녀 같은 소망이요? 무슨 뜻이죠?

먼로 음, 여자들은 종종 젊은이다운 생각을 품습니다. 어딘가 변하지 않는 열정이나 삶의 다른 모든 것을 뛰어넘는 열정이 있으리라는 생각, 모든 것을 찢어 버리고 그것을 좇아서 어떻게든 계속해 나아가리라는 생각 말입니다. 저는 그런 것이 젊은 생각이라고 생각해요. 하지만 제 나이의 여자들은 중년이 되어서야 그런 청년 단계에 다다랐다고 생각합니다. 우리에게는 아이와 집과 남편과… 잘 짜인 삶이 있습니다. 하지만 삶에 그 이상의 무언가가 분명히 있을 거라는 목소리는 사라지지 않았지요!

와크텔 그리고 무모함에 끌렸습니다.

먼로 남자들의 무모함일까요, 아니면 자신의 무모함일까요? 둘 다, 네, 저는 둘 다라고 생각합니다. 자신이 무모한 일을 하고 있다는 생각 자체에 끌리죠! 당신이 이야기하는 인물, 「자식들은 안 보내」의 주인공은 떠나는 것에 생각지도 못한 응보가 있음을 깨닫습니다. 우리는 그녀가 이 사실을 어떻게 알아내는지도 발견하게 됩니다.

와크텔 모든 여자들이 그렇지요.

먼로 음, 도망치면 알게 됩니다. 그게 우리가 발견하는 것들 중 하나예요. 저는 달아난 여자들이 전부 후회한다고 생각하지는 않지만 많이 후회합니다. 어쩌면 그들이 삶에 대해서 알아내는 사실이 바로 그것일지도 모르지요. 어떤 길을 택하든 ——너무 진부한 말이라서 제가 지금 이 말을 하고 있다는 사실을 믿을 수가 없네요——어려움이 있고, 문제가 있고, 포기해야 하는 것과 그리워하게 되는 것이 있다는 사실 말입니다. 저는 그런 이야기를 정말 많이 썼어요.

와크텔 이런 여자들이 탈출하거나 변화하는 방법은 주로 남자인가요?

먼로 제 세대에는 확실히 그랬습니다. 다른 방법이 보이지 않았어요. 남자가 전통적인 방법이었습니다. 여자에게는 남자, 남자에게는 여자가 방법이었죠. 사랑에 빠지는 것은 여전히 삶을 바꾸고 크나큰 자극과 희망을 주는 큰, 아주 큰 방법 중 하나지요. 사랑은 여전히 우리가 가진 가장 중요한 것들 중 하나입니다.

와크텔 당신의 여러 단편에서 낭만적인 관계가 상황에 의해 좌절되고 성적 결합으로 이어질 듯 보였던 것이 전혀 다른 것으로 드러납니다. 그러나 감정적으로 중요한 일, 심지어는 삶을 바꾸는 일이 여전히 일어나지요.

먼로 네, 저는 이야기가 그렇게 흘러가면 좋겠어요. 변화는 자신이 생각했던 변화가 아니고, 전혀 예상하지 못한 일이 일어나는 것이 좋습니다. 마치 삶이 독립적인 마음을 가지고 있어서 우리를 붙잡아 예상치 못한 선물을 하는 것처럼 말입니다. 저는 항상 그렇게 되기를 바랍니다.

와크텔 사랑에 빠지는 것의 중요성에 대해서 말씀하셨습니다. 제가 직접 세어 보지는 않았지만 어느 평론가의 말에 따르면 가장 최근에 나온 당신의 책에서 부정不貞이, 결혼 생활 바깥에서의 낭만적인 만남이 아홉 편 중 일곱 편에 등장합니다.

먼로 나머지 두 편은 어떻게 된 걸까요?

와크텔 부정이라는 주제가 작가로서의 당신에게 무엇을 제공하나요?

먼로 작가들은 항상 부정에 대해서 써요, 아주 극적이니까요. 적어도 제 세대의 작가들은 그럴 거예요, 결혼 전에 모험을 별로 못했으니까요. 그리고 부정에는 특유의 사악함, 비밀, 복잡함, 스스로 이런 사람이라고 생각했는데 알고 보니 다른 사람이기도 했다는 발견이 있습니다. 죄 없는 삶과 죄를 지은 삶이라니, 세상에, 작가 입장에서는 소재가 가득하지요. 그게 과연 유행에 뒤처지는 때가 올까 의심스럽습니다.

와크텔 캐나다 작가 오드리 토머스는 "정말로, 진실로 여성의 성을 탐구하는" 작가는 당신밖에 없다고 말합니다. 미국 소설가 모나 심슨은 당신이 "여성의 성에 대해 이룬 성취는 필립 로스가 남성의 성에 대해 이룬 성취와 같으며, (두 사람이 아는 여성은 상당히 다르지만) 거의 같은 시기를 다룬다"고 말합니다. 이런 평가가 놀라운가요?

먼로 정말 놀랍습니다. 전혀 그런 식으로 생각하지 않았어요. 스스로는 제가 읽는 거의 모든 작가와 똑같은 방식으로 섹스에 대해서 쓴다고 생각합니다. 큰 흥미를 가지고 최대한 진실하려 노력하지요. 저는 사람들이 정말로 무엇을 겪는지, 무슨 생각을 하고 어떻게 느끼는지 생각하려고 애씁니다. 모든 작가가 그렇게 한다고 생각해요. 존 업다이크는 섹스에 대해서 많이 썼고, 또 누가 있죠? 우리 모두 섹스에 대해서 써요. 그것은 주요 주제일 뿐이고, 오랫동안 그래 왔습니다. 샬럿 브론테도 섹스에 대해서 썼지요. 제인 오스틴도 썼을 거예요. 섹스에 대해서 쓰지 않을 거면 미스터 다시 같은 주인공이 어디서 나오겠어요? 아니, 저는 그런 생각은 해본 적이 없습니다. 사실 저는 어떤 소설을 쓰고 있는지, 무엇에 대해 쓰려고 애쓰는지 전혀 생각하지 않아요. 지금도 말을 하면서 생각해 보려고, 설명을 내놓으려고 애쓰고 있어요. 하지만 저는 글을 쓸 때 제가 하고 싶은 이야기를 생각할 뿐입니다. 예를 들어 단편 「열정」에서 저는 여자와 한 가족의 관계에 대해서 이야기하고 싶었고, 그다음에는 그녀가 큰 문제를 가진 기혼자와 도망치는 놀라운 순간에 대해서, 그날 하루 동안 그녀가 남자의 문제를 이해하는 방법에 대해서, 그리고 도망치는 것이 섹스와 특별한 관련이 없다는 이야기를 하고 싶었습니다. 도망치는 것은 삶을 감당할 수 없다는 사실과 밀접하게 연결되어 있어요. 그래서 저는 그녀를 더 멀리 데리고 가서 다른 사람들을 이해하게 만들고 싶었습니다. 그런 다음, 물론, 결말에는 반전이 있습니다. 젊었을 때의 제 삶에서, 그리고 이 젊은 여자의 삶에서 돈은 정말 너무나 중요하니까요. 돈을 약간 갖는 것이 말입니다. 저는 감정에 대한 이야기처럼 보이는 것에 이런 요소를 넣고 싶었지만 처음부터 작정한 것은 아니었습니다. 그냥 '그다음에는 어떻게 되지?'라고 생각했지요. 그리고 자연스럽게 그렇게 되었지요. 결국 그녀는 다른 사람의 비극으로 인해서, 그리고 자신의 변덕과 모순으로 인해서 삶을 시작할 수 있었습니다. 그게 이 이야기의 마지막 문장이었던 것 같군요. 저는 이야기가 너무 억지스럽지 않게 예상치 못한 방향으로 흘러가는 것이 좋은데, 이 단편은 그랬던 것 같아서 마음에 들었습니다.

와크텔 그녀를 자신이 예상했던 것보다 더 멀리 데려간다고 하셨는데, 최초의 끌림은 성적인 것이고 그녀가 보기에는 자기 약혼자보다 그의 형이 더 매력적입니다.

먼로 여자의 경우는 그럴 때가 많다고 생각합니다. 문제가 있는 남자, 생각에 잠겨 있고 어둡고 불행하고 어쩌면 내가 행복하게 만들어 줄 수 있을지도 모르는 남자가 아주 매력적이죠. 그래서 그는 그녀에게 무척 매력적입니다. 그는 수수께끼로 가득하고, 또 나이가 더 많습니다. 그래서 그녀는 무슨 일인가 일어날 거라고, 성적 각성이 자기 삶에 대한 답일지도 모른다고, 바로 그날 그런 일이 일어나리라고 생각합니다. 정확히 그렇게 생각하는 건 아니지만 감정이 그녀를 그런 쪽으로 몰아갑니다. 남자가 그녀에게 운전을 가르쳐 주는데, 그것은 예상치 못한 보너스이고 따라서 상황은 우리 예상과 달라집니다.

와크텔 섹스에 대해 쓴다고 하니 생각나는 여담이 있는데요, 당신은 『뉴요커』에 실린 단편에 "에프"(F)로 시작하는 비속어를 처음 쓴 작가입니다.

먼로 네, 하지만 어떤 맥락에서 썼는지 기억나지 않아요.

와크텔 하지만 분명히 필요했지요, 『뉴요커』 편집장 윌리엄 숀을 설득해서 허락받았으니까요.

먼로 네, 저는 너무 순진하고 무지했어요. 윌리엄 숀에 대해서 몰랐습니다. 『뉴요커』를 아는 사람은 모두 숀 씨에 대해, 쓸 수 없는 주제와 쓸 수 없는 단어에 대한 그의 규칙을 알았습니다. 저는 몰랐어요. 숀 씨는 사람들이 만들어 낸 인물이라고, 『뉴요커』에 그러한 것들을 허락하지 않는 전설의 인물이라고 생각했지요. 하지만 그는 진짜였습니다. 대화 부분에서 그 단어가 나왔던 것 같아요. 저는 그 단어를 써야 했고, 굽히지 않았고, 그래서 『뉴요커』 측이 동의했습니다. 그 뒤 한동안 단편을 쓸 때마다 그런 일이 있었어요. 음모陰毛의 이미지가 등장하는 「이끼」라는 단편이 있는데, 숀 씨에게는 아주 위험한 이미지였지요. 이쯤 되자 저는 그가 진짜임을 알았습니다. 하지만 결국 숀 씨는 이번에도 져 주었습니다. 당시에는 훨씬 더 어려웠지요. 하지만 처음부터 이건 안 될 텐데, 라고 생각하면서 시작한 적은 없어요. 그럴 줄 몰랐기 때문에 저는 항상 놀랐습니다.

와크텔 D. H. 로렌스의 작품을 처음 읽었을 때 아주 불편했다고 말씀하셨는데요.

먼로 아 네, 정말 불편했어요. 아주 대단한 작가라고 생각했었지요. 로렌스는 아주 육감적인 작가이고, 아주 진지한 산문을 쓰지요. 다른 누구도 발견하지 못한 것들을 알아내려 애쓰고 있는 것 같았고, 저는 그가 위대하다고 생각했습니다. 하지만 로렌스가 알아낸 것 중 하나는 여자에게 의식이 없다는 것이었습니다. 이런 단편이 있어요 — 제목이 「여우」였나요? — 여자는 항상 발밑에 물이 찰랑이는 갈대와 같아야 한다고, 그래야 마음이라는 수면을 깨뜨리지 않는다는 것이지요. 로렌스는 여자가 항상 단일한 상태라고 생각하는데, 식물인간이라는 말과 아주 비슷하게 들립니다. 여자는 어쨌든 남자를 통해서 살고, 자신의 본성과 무의식, 남자가 필요로 하는 자기 육체에 남자를 붙잡아 둔다는 것입니다. 그러나 세상에서의 삶은 남자의 것이지요. 여자는 남자를 강하게 만들어 그가 세상을 가질 수 있게 합니다. 저에게는 절대 기분 좋은 생각이 아니에요. 사실은 정말 소름 끼치죠, 제가 너무나 존경하는 작가니까요. 로렌스의 생각은 제가 여자는 어때야 한다고 배운 것들과 너무 똑같고, 그것을 더욱 확장시킬 뿐입니다. 저는 그게 무서웠어요. 정말 그러면 어쩌지? 사실이면 어쩌지? 라고 생각했던 것 같아요. 그것이 우리가 따라야만 하는 성역할의 복음이었지만 저에게는 불가능해 보였습니다. 아시겠지만 여자는 성적으로 절정을 느껴서는 안 됐어요. 그건 잘못이었지요. 여자는 항상 준비되어 있고 떠다녀야 하는 거죠. 자신의 자아를 위해서는 아무것도 하지 않았어요. 여성의 자아라는 생각은 깊이 감추어야 했고, 그래서 저는 불편했어요.

　제가 읽은 작품들의 많은 부분이 불편했습니다. 여자에 대한 톨스토이의 생각도 마찬가지예요. 『전쟁과 평화』의 결말 기억하세요? 나타샤는 항상 어머니가 되고 싶었고 자기 아이들에 대해서만, 아이들의 병치레 같은 것만 생각했기 때문에 얼마나 행복한지 말입니다. 『안나 카레니나』는 더 심해요. 결말로 가면서 레빈은 큰 종교적 고뇌를 겪습니다. 나는 무엇을 믿는가? 어떻게 존재해야 하는가? 신과 인간에 대한 관계는 무엇인가? 레빈은 산책을 갔다가 숲에서 나오는 유모 키티와 아기를 만납니다. 키티는 아무 생각도 할 필요가 없어요. 그녀는 모든 것을 받아들이고, 레빈처럼 생각하는 마음이 없지요. 그것은 물론 그녀가 자연과, 그리고 신과 더 가깝다는 뜻입니다. 키티는 얼마나 훌륭한지, 레빈은 그녀를 존경합니다. 하지만 이런 태도 때문에, 그리고 안나가 브론스키와 살고 있고 불륜을 저지른 여자라서 티파티에서 다른 여자들과 어울리지 못하고 사교계에 나갈 수도 없는 것에 대해 레빈이 했던 말들 때문에 저는 무척 좌절했습니다. 안나는 농부의 어린 딸에게 읽는 법을 가르치지만, 사교계에서 쫓겨났기 때문에 그저 시간을 보내기 위해서지요. 안나는 톨스토이의 작품에서 가장 지적인 여자지만 역시 진정한 호기심은 없습니다. 가질 수가 없어요. 제가 이렇게 주절주절 떠드는 건 그게 너무 거슬렸기 때문이에요! 이 책이 요즘 여자들에게는 전혀 영향을 끼치지 않을 겁니다. 중세 시대 이야기라도 되는 것 같으니 말이에요. 하지만 저에게는 무척 현실적이었고, 저를 잡아서 끌어내리려는 발톱 같았어요.

와크텔 『런어웨이』의 많은 이야기가 무척 비참합니다. 폭력, 죽음, 자살, 상실의 위협이 종종 등장하지요. 당신 소설의 표면 아래에는 항상 이런 본질이 있긴 하지만, 혹시 작품이 점점 더 어두워지고 있다고 느끼진 않나요?

먼로 그런 것 같아요. 역시 의도적인 것은 전혀 아닙니다. 저는 사람들이 읽으면 기분이 좋아지는 아주 경쾌한 이야기를 쓰고 싶어요. 어쨌든 사람들이 제 이야기를 읽고 기분이 나아지기를 바랍니다. 제 글이 이런 내용이라고 해서 단편이, 혹은 픽션 전반이 우울해야 한다는 뜻이라고는 생각하지 않아요. 정말 그렇게 생각하지 않아요. 그런 픽션이 저를 우울하게 만들지 않으니까요. 나이가 들수록 이런 내용이 당신 삶에, 당신이 아는 것에 가까워질지도 모릅니다. 그럴 수도 있어요. 하지만 역시 제가 의도했던 건 아닙니다. 왜 그렇게 됐는지 지금 생각해 보고 있어요. 음, 어머니가 딸을 잃는 것으로 끝나는 단편에서 저는 사실 그런 일이 어떻게 일어날 수 있는지, 어째서 당연한 일에 가까운지 이야기하고 싶었습니다. 저는 비극적으로 보이는 일들이 사람들이 평범하게 하는 일일 수도 있다고 생각합니다. 그 단편에서 딸은 선택을 할 수 있어요 — 사람들이 알아차렸는지 모르겠군요 — 솔직하게 살지, 즉 어머니를 버릴지, 아니면 여러 가지 인습을 따르며 아주 복잡한 감정을 가지고 살아갈지 말입니다. 그것이 바로 우리 대부분, 어쩌면 모두가 부모님과 함께 사는 방식이지요. 하지만 그녀는 빠져나갑니다. 어머니가 끔찍한 사람이라거나 대단한 불만이 있어서가 아니라 — 물론 불만은 아주 많아요 — 다들 그렇게 하기 때문입니다. 딸은 그냥 떠나 버리고, 이것이 그녀의 어머니에게는 끔찍한 일입니다. 딸은 아마 이해하지 못할 거예요. 나이가 많이 들어야 자식과의 관계가 감정적으로 아주 중요해지기 때문입니다. 중년이 되면, 혹은 중년보다 약간 어릴 때는 부모님과의 관계가 대부분 귀찮습니다. 부분적으로는 귀찮고, 아주 어렵지요. 감정적으로 아주 만족스러운 관계는 아닙니다. 이 단편은 사실 그것에 대한 이야기예요. 정말 슬픈 이야기 같지만 저에게는 그렇지 않습니다. 슬픔이 존재하지만 그렇다고 해서 슬픈 단편이 되는 건 아니지요.

와크텔 『런어웨이』에 수록된 단편 3부작 — 「우연」, 「머지않아」, 「침묵」 — 의 일부이자 당신 작품에 계속 등장하는 주제는 믿음 같습니다. 주인공 줄리엣은 신의 존재를 놓고 부모님과 격렬한 말다툼을 벌입니다. 줄리엣의 딸은 신앙이 없는 집에서 자라지만 나중에 영적인 탐색을 떠나지요.

먼로 네, 하지만 제가 의도한 이야기의 중심은 그것이 아닙니다. 음, 물론 그것은 중요하지만, 젊은 줄리엣은 신의 존재에 대해 말다툼을 하고 어머니의 신앙을 인정하지 못합니다. 인정한다면 자신의 자아를, 아직 젊고 연약한 자기의 존재 자체를 부정하는 것일 테니까요. 저는 줄리엣이 그럴 수밖에 없다고 느끼지만 분명 줄리엣의 어머니는 그 때문에 고통을 받습니다. 나중에는 줄리엣의 딸이 그녀를 떠납니다. 제 생각에 줄리엣의 딸이 신앙을 찾는 것은 떠나고 싶고 자기 삶을 살고 싶다는 표시일 뿐입니다. 특별히 신앙을 찾는 것은 아니에요. 무엇이든 거기에 있는 것, 명확하게 배제되어 왔던 것을 찾습니다. 예를 들어 그녀의 집이 무척 억압적이고 섹스에 대해서 절대 언급하지 않았다면 그녀는 섹스를 추구했을 거예요. 그녀는 떠납니다. 너무 멀리 가 버려서 돌아오지 못하지요. 어쩌면 주인공인 그녀의 어머니가 별로 억압적이지 않아서 어머니로부터 달아나기가 더 힘들기 때문일지도 모릅니다. 하지만 여전히 너무 부담스럽지요.

와크텔 당신은 여러 장소에 대해서 쓰지만 소설의 배경을 계속 남서부 온타리오 근처로 설정합니다. 당신이 태어났고 인생의 대부분을 산 곳이지요. 그렇게 익숙한 곳인데 어떻게 뒤로 물러나서 허구적 가능성을 보나요?

먼로 저는 여기에 발견할 것이 더 많다고, 이미 일어난 변화와 제가 아는 것보다 더 많은 것이 있다고 항상 느낍니다. 제가 여길 다 안다고 절대 생각하지 않아요. 저는 특정 지역의 작가라는 말을 듣고 싶지 않고, 가끔 목가적인 세계, 말하자면 전원시

같은 것을 쓴다고 오해를 받으면 짜증이 납니다. 제가 이런 사람들에 대해 쓰는 것은 우연에 가까워요. 이 사람들이 어떤 집에 사는지 알고 그들의 삶에 대한 몇 가지 사실을 알기 때문이지만, 세계 어디에서나 찾을 수 있는 사람들과 특별히 다르다고 생각하지 않습니다. 그냥 아무 생각 없이 하는 일이에요. 더 이국적인 인물에 대해서는 이렇게 쉽게 쓸 수 있을지 모르겠습니다. 제 책에 등장하는 인물들은 거의 모두 제가 살아 봤던 곳에서 살았거나 살고 있습니다. 어쩌면 제 상상력이 부족한지도 몰라요. 알바니아에 대한 단편을 쓴 적이 한 번 있었는데, 그곳에 대해 쓰는 것이 참 좋았어요. 하지만 저는 보통 익숙하지 않은 인물이나 배경에 대해 쓰지 않습니다. 그렇게 하고 싶긴 하지만, 항상 먼저 써야만 하는 글이, 전혀 이국적이지 않은 것이 있어요.

와크텔 소도시의 삶이 어떻게 바뀌었나요?

먼로 아, 정말 많이 바뀌었습니다. 이제는 무척 관용적이죠. 제가 학교에 다닐 때는 다들 가난한 사람을 보면 비웃었어요. 이제는 문제가 있는 사람을 놀리면 안 된다는 것을 모두 알아요. 적어도 공개적으로는 비웃지 않습니다. 대놓고 그렇게 하지는 않지요. 하지만 제가 학교에 다닐 때는 그랬습니다. 또 종교가 무척 중요했지요. 소도시에서는 아무도 무신론자라고 말하지 않았어요. 하지만 이제는 그것도 용인됩니다. 그리고 섹스에 대한 규칙도 완전히 바뀌었어요. 요즘은 제 또래 여자들이 연인과 함께 살지요. 정말 놀라워요. 더 즐겁게, 훨씬 인정 많고 이해하는 삶을 살 수 있는 자유가 말입니다. 이제는 시를 좋아한다고 해도 다들 이해할 거예요.

와크텔 당신은 20년 넘게 브리티시 콜롬비아에서 살았고, 요즘도 밴쿠버섬에서 겨울을 보냅니다. 풍경이 달라지면 다른 이야기나 인물이 떠오르나요?

먼로 아니, 아니에요. 아시잖아요, 저는 글을 쓸 때 이야기 전체가 한 편으로 떠오르지 않는다고 생각합니다. 예를 들어 「자식들은 안 보내」를 쓸 때는 밴쿠버섬, 특히 미러클 해변이 떠올랐는데, 등장인물들을 어딘가로 가게 만들어야 했기 때문이죠. 그래서 그렇게 됐어요. 하지만 그러한 장소에서 특정한 이야기가 나오는지는 잘 모르겠습니다. 제가 하는 일을 꼼꼼하게 분석하지는 않으니까요.

와크텔 20년 넘게 멀리 떠났다가 ─70년대 중반이었죠─ 남서부 온타리오의 소도시로 돌아오니 어땠습니까?

먼로 확실히 제 글에 영향을 끼쳤습니다. 저는 이 지역에서 자라는 것에 대해서 썼고, 이제 이곳과는 끝이라고 생각했으니까요. 하지만 다시 돌아오자 모든 것을 전혀 다르게 보기 시작했습니다. 저는 현재의 있는 그대로를 보지 않고 많은 것들이 사회적 계층이나 사람들이 서로에게 행동하는 방식과 관련이 있다고 보았는데, 아이들은 원래 그렇게 보지 않지요. 그래서 모든 것을 다시 살펴보고 싶었고, 그래서 그렇게 했습니다. 제 개인적으로 놀랍고 예상치 못한 일이었어요. 하지만 관련된 여러 가지가 좋았습니다. 시골이 정말 좋아요, 그건 벗어날 수가 없어요. 그리고 겨울의 크로스컨트리 스키나 그런 것들이 좋습니다. 저는 남편과 살면서 우리 삶을 꾸리는 게 좋았고, 우리 집이 좋았고, 우리 뒤뜰이 좋았고, 모든 것들이 다 괜찮았어요. 또, 저는 독립적인 여성이 되었습니다. 거기서 자라며 한 번도 떠나지 않은 사람이 아니었어요. 사람들이 제 이야기를 하거나 저를 판단했다 해도 저는 몰랐습니다. 그러니 괜찮았어요.

와크텔 어떤 사회적 계층을 의식하게 되었습니까?

먼로 아, 저는 학교 다닐 때 겪었던 계층 문제에 대해서 더 쓰고 싶었습니다. 우리 가족은 윙엄 도시 외곽에 살았는데, 대공황 때문에 고생하는 사람들이 가득했지만 당시의 저는 몰랐지요. 제가 다니던 학교는 아주 거칠었어요. 저는 이런 모순에 대해서, 사람들이 사는 다양한 방식과 그 차이, 다리 건너 도시에서 조금 더 나은, 혹은 훨씬 더 나은 삶을 사는 사람들에 대해서 생각하지 않았습니다. 하지만 어렸을 때는 가난하든 부유하든 중요하지 않다고 생각해요. 돈이나 직업이나 그런 면에서 자신이 어떻게 자라는지, 주변에 어떤 규칙이 있는지 잘 몰라요. 그래서 저는 그런 부분을 다시 살펴보고 학교를 많이 묘사했습니다. 학교는 아주 끔찍하면서도 무척 흥미로웠으니까요. 일자리를 구하지 못해서 열여섯, 열일곱 살 때까지도 학교를 다니는 남자애들이 있었지요. 고등학교를 말하는 게 아니에요, 초등학교예요. 그런 남자애들이 거의 모든 걸 지배했지요. 육체적인 폭력이 많았는데, 저는 이 공동체의 가장자리에서, 말하자면 중산층 여자애로, 외동으로 자랐기 때문에 무척 놀랐습니다. 아마 너무 고통스러워서 그것에 대해 오랫동안 생각하지 않았던 것 같아요. 하지만 학교생활에 대해 쓰고 싶기도 했습니다. 놀라운 일들도 있었으니까요. 우리가 제일 좋아했던 것은 장례식 놀이였습니다. 한 명을 정해서 시체가 되고, 그 아이가 누워 있으면 우리가 꽃 — 사실 잡초였지요 — 을 꺾어서 시체에 한 다발씩 놓았어요. 전혀 무섭지 않아요, 감동적이죠. 다들 줄을 지어 차례로 죽은 사람 앞을 울면서 지나갔습니다. 문제는 돌아가면서 시체 역을 맡았는데, 인기 있는 아이들이 먼저 시체 역할을 하고 제 차례가 되면 다들 이 놀이에 흥미를 잃는다는 것이었습니다. 조문객도 꽃도 거의 없고, 아이들은 다른 놀이를 했지요. 우리는 그런 놀이들을 많이 만들었어요. 아, 정말 열심히 놀았지요. 선생님들은 아예 나와 보지도 않았어요. 쉬는 시간에는 문을 잠갔던 것 같습니다.

와크텔 폭력이라고 하셨는데, 폭력을 직접 겪었나요?

먼로 아, 네. 지붕널로 맞았던 기억이 나요. 저는 엄청난 겁쟁이였고 그런 일에 아주 서툴렀지만, 몇 가지를 배웠습니다. 다른 방식으로는 배우지 못했을 것들을 배웠어요. 사람들이 정말, 정말 힘든 삶을 살면 어떻게 되는지 말입니다. 재미로 때렸는지도 모르지만, 그 사람들은 겨울을 날 연료도 부족했어요. 온종일 침대에 누워 있거나 했지요. 체호프 소설에 나오는 마을과 비슷했습니다.

와크텔 외동이었다고 말씀하셨는데, 장녀라서 그렇지요. 그 당시에는….

먼로 네, 정말 이상하군요, 제가 "외동"이라고 말하다니. 첫째들은 그런 식으로 말하지요. 저는 외동이 아니었습니다. 집에 아직 어린 남동생과 여동생이 있었지만, 그때는 동생들을 안 쳤어요.

와크텔 당신은 경제적 문제, 사회적 기대, 가족의 의무 등 환경의 제약을 받는 단편 속 인물들에게 무척 공감합니다.

먼로 글쎄요, 저는 대부분 그런 사람들과 함께 자랐습니다. 예를 들어 저는 고등학교를 마치고 장학금을 받아서 대학에 갔지만 만약 장학금을 받지 못했다면…. 아시죠? 일자리를 얻으려면 도시로 가야 하고, 일자리를 찾을 때까지 2주 정도는 먹고살 수 있어야 합니다. 불가능한 일이죠. 요즘 사람들은 이런 것들을 잘 이해하지 못합니다. 저는 그게 딱히 불공평하다고 생각하지 않았고, 아직도 제 삶이 정말 흥미롭고 작가로서 좋은 삶이었다고 생각합니다. 제 주변에 십대 때부터 글을 쓰려고 했던 사람은 저밖에 없었기 때문에 자신감이 컸고, 저만큼 책을 많이 읽는 사람을 알지 못했기 때문에 제게 독자적인 재능이 있다고 생각했지요. 겨우 몇 년 뒤, 스물한 살, 스물두 살 때 제 첫 소설이 세상에 나왔습니다. 제가 만약 토론토의 자비스 칼리지에이트 고등학교에 다녔다면 경쟁에 대해 전혀 다른 생각을 갖게 되었겠지요!

와크텔 당시 무엇 때문에 열망을 추구할 수 있었습니까?

먼로 하지 말아야겠다는 생각이 안 들었어요. 자아가 커서 그랬겠지요. 처음엔, 여덟 살 때쯤 저는 영화배우가 되려 했고, 그 꿈이 2~3년 동안 이어졌습니다. 그런 다음 글에 빠져들었어요—지금 생각해도 영화배우가 되는 게 더 멋졌을 것 같으니, 약간 퇴보한 셈이지요. 아니, 저는 이야기를 꾸며 내고 싶었고 머릿속으로 이야기를 만들어 내고 있었습니다. 열한 살이 되자 이야기를 정말로 써야겠다고 생각했어요. 이야기는 그렇게 해야 합니다, 사라지기 전에 써야 해요. 사람들이 읽을 거라고 생각한 것도 아니고 책을—제 이야기가 실린 책을—낸다는 생각밖에 없었어요. 훨씬 뒤에, 서른 살쯤 되어서야 글을 못 쓸지도 모르겠다는 생각이 들었습니다. 그러니 자신감이 오래 가긴 했지만 순식간에 사라졌죠. 힘들었습니다. 제 생각에 스스로 이상하고 사회적으로 약간 소외되었다고 생각하는 환경에서 자란 아이들은 운이 좋으면, 또 나쁜 일이 너무 많이 생기지 않으면 발전할 수 있습니다. 저는 그 아이들이 자신에게 남은 대안적인 세계를 발전시킬 수 있다고 생각해요. 저는 운이 좋았지요. 아까 학교에서 맞았다고 말했지만, 먹을 건 항상 충분했어요. 아프면 병원에 데려다주었고, 어머니가 저를 시내 학교로 전학시켰기 때문에 아까 말했던 학교는 2년도 채 안 다녔습니다. 고등학교 진학도 허락받았지요. 당시 많은 아이들이 학업을 그만두고 일자리를 얻어야 했지만 저는 그렇지 않았습니다. 재능 있는 사람들은 때로 이기적인 것 같아요. 저는 가족을 돕기 위해 장갑 공장이나 스테드맨 백화점에서 일해야겠다는 생각이 전혀 들지 않았거든요. 안 그랬어요. 저는 마법 같은 삶을 살 거라고, 너무나 중요한 일을 할 거라고 생각했습니다.

와크텔 그것은 또한 ── 우리가 대화를 시작할 때의 주제로 돌아가서 ── 어떤 의미에서는 장녀로서 가족에 대한 책임감으로부터 벗어나는 것을 의미했습니다.

먼로 네. 저는 남은 평생 죄책감을 느낄 거예요, 집을 떠났으니까요. 저는 어머니를 돌보지 않았고, 동생들이 아직 꽤 어렸는데도 집안일을 하지 않았습니다. 떠나 버렸어요. 음, 대학을 다니면서 몇 달에 한 번씩 돌아와 대청소도 하고 집안일을 했지만, 그래도 — 당시에는 — 아무런 죄책감도 없이 떠났습니다. 부모님은 정말 좋은 분들이었어요. 가지 말라고 하지 않으셨죠.

와크텔 언제 죄책감이 찾아왔나요?

먼로 아, 안전해졌을 때요. 사람은 자신이 한 일을 만회할 가능성이나 기회가 있을 때는 절대 죄책감을 느끼지 않아요. 제가 집으로 돌아갈 수 있었을 때에는 죄책감을 느끼지 않았습니다. 하지만 자유로워지자마자, 누구도 저를 돌려보낼 수 없게 되자 죄책감을 느꼈어요. 그때가 되어서야 죄책감을 느낄 여유가 생겼고, 그 이후로 계속 느꼈지요. 죄책감을 느꼈다고는 하지만, 저의 선택에 만족합니다. 만약 집에 남아서 집안일을 돌봤다면 — 아무도 저랑 결혼하지 않았을 거예요, 저는 너무 특이했으니까요 — 너무 무서워서 떠나지 못했을 거예요. 또 어머니가 돌아가셨다면 너무 두려워서 세상에 나가지 못했을 겁니다.

와크텔 그것이 당신의 주제가 되었군요.

먼로 저의 주제가 되었습니다. 네. 작가는 아주 경제적이에요, 아무것도 낭비하지 않지요.

와크텔 그리고 어머니가 당신 주제가 되었군요.

먼로 그렇다고 할 수 있죠, 네.

와크텔 아버지는요?

먼로 음, 아버지와 어머니는 전혀 다른 영역입니다. 아버지는 밖으로 나갔고 저는 어머니와 함께 안에서 집안일을 했어요. 갈등은 늘 어머니와의 사이에서 일어났고, 저는 아버지를 그 바깥의 존재로 놔두었습니다. 나이가 더 들어서는 아버지와 관계가 아주 좋았는데, 아버지 역시 책을 많이 읽었고 돌아가실 때쯤 책을 쓰셨기 때문이지요. 우리는 정말 좋은 친구였고 아버지는 이해심이 많았어요. 제가 무슨 일을 해도 비난하지 않았지요. 사람들이 소설을 읽지 않고 소설이 어디서 나오는지도 모르는 마을에 살고 계시던 아버지는 저의 초기 책을 받아들이기 쉽지 않았습니다. 그리고 거친 말이나 섹스 같은 것들도 참아야 했지요. 하지만 아버지는 저를 탓하지 않았어요. 제 책을 좋아하셨죠, 맞아요.

와크텔 아버지에게도 책을 쓸 잠재력이 있다는 것을 알고 있었습니까?

먼로 나이가 들면서 깨닫기 시작했습니다. 어렸을 때는 아버지를 잘 몰랐어요. 아버지는 지역 잡지의 칼럼이나 그런 것들을 썼습니다. 그러다가 책을 쓰기 시작했고, 정말 열중했지요. 제가 병원에 마지막으로 찾아갔을 때 아버지는 파자마 차림으로 침대에 일어나 앉아서 "이러저러한 인물에 대해서 어떻게 생각하니?"라고 말씀하셨습니다. 그래서 저는 만약에 아버지의 수술이 성공적이지 못해도 제가 그 책을 꼭 출판하겠다고 말했고, 그렇게 했습니다. 그래서 정말 기뻐요. 아버지는 책을 내고 정말 크게 기뻐하셨지요! 하지만 아버지는 제가 책 쓰는 것을 보지 못했다면, 누군가 책을 쓰고 출판업자라는 사람이 존재하는 세상이 자신과 관계가 있다고 생각하지 않았을 거예요. 아버지는 저를 보고 누구나 할 수 있다고 생각했지요. 아버지에게 마거릿 로런스가 제 친구라고 말했던 때가 기억납니다. 도서관에서 그녀의 책을 읽고 오시더니 이렇게 말했지요. "앨리스, 마거릿 로런스는 정말 좋은 작가구나!" 아버지가 연관성을, 그런 것들이 비현실적이지 않다는 사실을 느꼈다는 뜻이었습니다. 그러니 당신도 써 볼 수 있겠다고 말이지요.

와크텔 딸들이 당신에 대한 글을 쓴다면 기분이 어떨지 모르겠다고 말씀하신 적이 있는데요.

먼로 제가 그런 말을 했어요? 딸이 저에 대해 이미 썼는데요!

와크텔 그러니까요, 회고록이죠. 기분이 어땠습니까?

먼로 솔직하고 너그러운 책이었기 때문에 운이 아주 좋다고 느꼈습니다. 저는 딸이 책을 쓸 때도 기분이 좋았는데, 무척 용감한 일이라는 것을 알고 있었기 때문이지요. 우리는 애써 부인하려 하지만 성공을 거둔 부모, 말하자면 유명인의 자식으로 자라는 것은 어렵습니다. 부모가 하는 일을 자신도 하고 싶다거나 그 일에 재능이 있을 때는 특히 그렇지요. 그래서 저는 딸이 정면돌파하기로 결심한 것이 아주 장하다고 생각했습니다. 또 남을 비판하면 남의 비판을 받아들일 줄도 알아야지요. 그래서 이렇게 되었어요! 딸과 저는 아주 좋은 친구예요.

와크텔 기억에 관한 이야기가 많습니다. 한 사람의 삶에서 나이가 많은 자아와 젊은 자아의 관계가 이야기를 형성하지요. 예를 들어 「열정」에서 그레이스는 40년 전 트래버스 가족과 시간을 보냈던, 그리고 그 집 아들 닐을 따라서 갔던 장소들을 다시 찾아갑니다. 과거를 반추하는 인물을 등장시키는 것이 어떤 면에서 흥미로운가요?

먼로 저는 그 이야기에서 그레이스가 결국 어떻게 되었는지를 보여 주고 싶기도 했지만 사람들이 과거의 무언가를 찾다가 실제로 발견한 것들, 예를 들어 변한 풍경이나 더 이상 같은 의미를 갖지 않는 집 같은 것들 또한 바라보게 만들고 싶었던 것 같습니다. 이야기 안으로 들어가는 좋은 방법이라고 생각했어요. 또 저는 과거에 대해 쓸 때 다른 사람들을 의식하는 경향이 있기 때문에 이야기의 시점을 현재로 정했습니다. 때로 과거에 대해서 쓰는 것이 훨씬 더 이해하기 쉽고 안전하다는 느낌이 있으니까요. 실제로 어떤 평론가는 제가 과거에서는 안전하기 때문에 과거를 소재로 선택한다고 말했습니다. 제가 과거를 더 안전하다고 느끼는 것은 아니지만 사람들이 과거는 더 유쾌하고 더 평온한 시대였다는 잘못된 향수를 가지고 있다는 사실은 알고 있어요. 세상에, 더 평온하다니요!

와크텔 그레이스보다 나이 든 여성이 등장하는 『런어웨이』의 또 다른 단편[「힘」]에서 그녀의 아이들은 "과거 속에서 살지 않도록 조심해요"라고 말하고, 주인공은 아니라고, 자신이 원하는 것은 "과거에 사는 것이 아니라 과거를 열어서 제대로 바라보는 것"이라고 말합니다.

먼로 그것이 분명 제가 하고 싶은 일이기도 하고, 계속 노력하고 있습니다. 하지만 어떤 느낌, 그녀의 아이들처럼 항상 앞으로 나아가야 한다는 느낌도 있어요. 그런가 하면 저는 또 제가 겪은 모든 경험에 너무 푹 빠져서 그 경험으로 뭔가를 할 때까지는 흘려보내고 싶지 않습니다. 단순히 이야기를 써서 팔고 싶다는 게 아니라 보고 싶어요. 제가 그 안에서 무엇을 볼 수 있는지 찾아내고 싶습니다. 그래서 현재의 자신을 절대 따라잡지 못하지요.

와크텔 지금은 어떤 시제로 살고 있습니까?

먼로 아, 지금은 현재에 살고 있고, 현재를 확실히 붙잡는 느낌으로 살고 있습니다. 미래에 살지는 않아요. 이유는 뻔하지요. 제게 미래가 얼마나 있을지 모르겠어요. 같은 이유로, 뻔한 클리셰 같지만, 저는 삶의 모든 조각을 최대한 음미하고 싶습니다. 항상 그렇게 하는 것은 아니지만 그렇게 하고 싶다는 생각은 의식하고 있어요. 이 역시 또 다른 의무에 가깝습니다. 저는 완벽하게 행복해야 해요. 어쨌든 제가 지금 죽어 가는 것도 아니고, 심장도 고쳤고, 이렇게 좋은 곳에 살고 있으니까요! 하지만 늘 그랬던 것처럼 여러 가지 일에 파묻혀서 초조할 때도 있어요. 삶이 크게 변하지는 않았습니다.

와크텔 지난가을에 이제 책을 내지 않겠다고 하셨지만 『런어웨이』가 나왔습니다.

먼로 지난가을에 그런 말을 했나요?

와크텔 2003년 10월 『가디언』에 실렸어요.

먼로 좋아요, 책을 내기 전에 그 인터뷰를 한 것이 분명하군요. 제 정신이 아니었나 봐요, 분명 그랬을 거예요! 하지만 저는 두 가지 현실을 살기 위해 노력하고 있는 것 같습니다. 책을 내는 것이 항상 두려우니까요. 이 모든 것에 책임을 지는 것이 두려워요, 그 뒤에 서 있어야 한다는 것이 말입니다. 전 계속 더 많은 글을 쓰고 싶어요. 하지만 그러면 당연히 책을 내게 되지요. 이야기가 충분히 쌓이면 전 책을 냅니다. 지금 책을 한 권 거의 끝냈는데, 솔직히 아마 2~3년 내에 이 책을 내고 나면 더 이상 출판은 하지 않을 거라고 생각해요. 더 이상 쓸 필요가 없는 순간, 더 이상 돌아다니면서 인터뷰를 할 필요가 없는 순간이 되면 도달할 수 있는 멋진 안정기 같은 것이 있다는 느낌이 듭니다. 항상 마냥 행복하겠지요. 그게 제가 생각하는 은퇴예요. 그렇게 될지 안 될지는 모르겠지만요.

와크텔 왜 그 말이 믿기지 않을까요?

먼로 절 오랫동안 알았으니 거짓말임을 아는 거겠죠. 하지만 이건 거짓말이 아니에요. 제가 오래전부터 가지고 있던 생각 이 있는데, 무언가를 열심히 할 필요가 없을 때, 뭔가를 위해 애쓰지 않을 때 생기는 행복이 있다는 겁니다. 모든 것이 편안 하고 만족스러운 곳이 있어요. 더 이상 무언가를 하려고 애쓰 지 않는 거죠. 글을 쓰려고 애쓸 때는 이건 불가능해, 못 끝낼 거야, 잘 안 될 거야, 끝내고 나면 정말 행복할 거야, 라고 항상 생각합니다. 그런 다음 결국 끝내지요. 왜 거기서 멈추지 않을 까요? 저도 모르겠어요….

와크텔 첫 단편을 발표하고 50년이 지났습니다. 35년 동안 책 을 내고 전 세계의 평론가와 독자로부터 절대 실망시키지 않 는 작가라는 찬사를 들었지요. 그것이 글쓰기에 도움이 되나 요, 방해가 되나요?

먼로 아, 방해가 되죠. 저는 이렇게 생각해요. 좋아요, 한번 두 고 보세요. 제가 언젠가는 무너질 텐데, 그때는 나이가 너무 많 아서 신경 쓰지 않기만을 바랄 뿐이에요. 아니면 아까 이야기 했던 그 안정기에 들어가야겠지요. 아, 그렇게 되면 뭘 해야 할 까요? 골프? 아니, 골프는 못 치니까, 모르겠네요. 긴 산책을 하 면서 여러 가지를 음미할지도 모르죠.

와크텔 그건 이미 하고 있잖아요.

먼로 네, 맞아요. 하지만 종종 딴 생각에 빠져요. 바로 그거예요. 생각하지 않는 것. 정말 이상적인 상태 아닌가요? 현재만 생각하고 느끼면서 뭘 해야 하는지, 혹은 어떤 일이 일어날지 생각하지 않는 것 말입니다. 그게 일종의 열반이 아닐까요? ⋯ 제가 당신한테 묻고 있어요! 제가 당신을 인터뷰하는군요!

와크텔 상상이 안 되는군요. 그래서 답을 못하겠어요.

2004년 11월

인터뷰 제작-리사 고드프리와 메리 스틴슨

J. M. 쿳시

J. M. Coetzee

존 맥스웰 쿳시는 우아하고 충격적이며 도발적인 작가다. 그가 2003년에 노벨 문학상을 수상했을 때 스웨덴 한림원은 "수많은 모습으로 외부인의 놀라운 참여를 그리는" 픽션을 쓴다고 찬사를 보냈다. 1999년작 소설 『추락』——이 책으로 두 번째 부커 상과 코먼웰스 작가상을 탔다——은 재미있지만 괴롭고 힘든 작품이다. 회고록인 『소년 시절』(1997)과 『청년 시절』(2002)이 보여 주듯이 쿳시는 그러한 작품을 가장 잘 쓴다.

J. M. 쿳시는 1940년 남아프리카공화국 케이프타운에서 태어나 남아프리카와 미국에서 교육을 받았다. 『야만인을 기다리며』(1980), 『마이클 K』(1983), 『페테르부르크의 대가』(1994)와 같은 소설들은 사실상 영국 및 국제 주요 문학상을 전부 수상했다. 쿳시는 또 뛰어난 비평가이기도 하다. 인간의 가치

에 대한 프린스턴 대학 태너 강연에 초청받았을 때 그는 윤리학을 미학과 혼합하여 일종의 중편소설 『동물로 산다는 것』 (1999)을 내놓았다. 쿳시가 쓴 픽션 속의 소설가는 동물권을 고찰하며 채식주의를 주장하고, "우리가 스스로 다른 존재가 된다고 상상할 수 있는 범위에는 한계가 없다"고 결론을 내린다. 나중에 쿳시는 이 소재를 소설 『엘리자베스 코스텔로』(2003)에도 포함시켰고, 『슬로우 맨』(2005)에서 다시 같은 주인공을 다룬다.

J. M. 쿳시는 미디어에 대한 불편함을 종종 드러냈고 과묵한 것으로 유명하다[이 책의 서문을 참조하기 바란다]. 그는 부커상을 받았을 때 런던으로 수상하러 가지 않았고 사실상 모든 인터뷰를 거절했다.

나는 「라이터스 & 컴퍼니」 프로그램 첫 시즌 때 토론토에서 쿳시를 처음 만났다. 1990년 소설 『철의 시대』가 출판된 직후였는데, 그해 가을 내가 읽은 최고의 책들 중 하나였다. 건조하고 주목하지 않을 수 없는 이 소설의 배경은 1986년의 남아프리카공화국의 어느 시골 마을로, 흑인들이 폭동을 일으키자 치안부대가 가혹하게 진압한다. 이야기의 중심은 암으로 죽어가지만 아직 삶을 놓을 준비가 되지 않은 노인 엘리자베스 커런이다. 정치 의식을 가지고 무엇을 보든 정치적으로 분노하는 그녀는 이렇게 말한다. "나는 영혼에 호의적이지 않은 시대에 살아 있는 영혼을 지키려 애쓰고 있다."

2000년 2월에 나는 남아프리카공화국으로 가서 그곳의 극적인 변화에 대한 특집 시리즈를 진행하며 작가들과 이야기를 나누었다. 쿳시는 언제나 그렇듯 인터뷰를 꺼렸지만, 그의 말에 따르면, 우리가 예전에 나눴던 대화의 긍정적인 기억 때문에 우리의 제안을 완전히 거절하지는 않았다. 그러나 자신의 작품이나 삶, 남아프리카공화국의 정치적 상황에 대해서는 이야기하지 않겠다는 단서를 붙였다. 글쓰기에 대해서는 이야기할 수 있었고, 그가 『추락』을 낭독하기로 했다.

나는 새로운 학기가 시작하는 더운 여름인 2월 오후에 케이프타운 대학 연구실로 J. M. 쿳시를 만나러 갔다.

2년 후인 2002년, 쿳시는 오스트레일리아로 이민을 갔고 애들레이드 대학의 명예 교수가 되었다.

⁓

와크텔 미국 평론가 어빙 하우는 소설 『야만인을 기다리며』의 서평에 이렇게 썼습니다. "남아프리카공화국에서 진지한 작가로 사는 것이 어떨지 상상해 보라. 끝없이 흘러나오는 떠들썩한 인종차별 뉴스, 증오에 찌든 사회에 삶을 저당잡힌 느낌, 지친 나머지 절망이 되어 버린 분노, 그리고 분노가 자기 작품을 압도하여 파괴할지도 모른다는 두려움을 말이다." 어빙 하우의 상상이 맞습니까? 그의 말이 당신을 잘 설명하나요?

쿳시 아니요, 저를 설명하지 않습니다. 하지만 그가 말하는 신드롬은 아주 잘 알겠군요. 저는 남아프리카공화국이 증오에 찌든 사회라고는 생각하지 않습니다. 증오가 많고 수많은 사람들이 증오에 찌들어 있지만, 전체를 감염시킬 만큼은 아닙니다.

와크텔 개인적으로 증오와 싸워야 했습니까?

쿳시 "싸움"은 조금 지나친 표현 같군요. 증오는 분명 우리의 어깨 뒤에 숨어 있는 위협이라고 생각합니다. 하지만 첨예하게 의식하면 충분히 막을 수 있다고 생각합니다.

와크텔 오늘날 남아프리카공화국에서 진지한 작가, 백인 작가로 산다는 것은 어떻습니까? 누가 듣고 있는지, 당신이 누구에게 이야기를 하고 있는지, 듣는 사람이 내국인인지 외국인인지 신경 씁니까?

쿳시 제게는 남아프리카공화국에서 작가로 산다는 것이 어떤지 비교할 기준이 없습니다. 이 나라에서만 작가 생활을 해봤으니까요. 지난 약 10년 동안, 특히 소위 말하는 "문학"에 대한 검열이 완화되었습니다. 그러나 기자와 미디어 전반에서 일하는 사람들을 지배하는 규제가 완화된 것은 아닙니다. 제 생각에 검열은 남아프리카공화국 작가들에게 가장 큰 걸림돌 중

하나였습니다. 1960년대와 70년대에 특히 그랬고, 80년대에는 조금 약해졌지요.

독자에 대해서는, 솔직히 저는 글을 쓸 때 독자를 지나치게 의식하지 않으려고 애씁니다. 예전에 특정한 누군가, 특정한 집단을 위해 글을 쓰려고 했던 제 경험에 비춰 볼 때 그런 태도가 글에 별로 좋지 않았기 때문입니다.

와크텔 초기 작품인 『나라의 심장부에서』에는 아프리칸스어와 영어가 섞여 있습니다. 적어도 남아프리카공화국에서 나온 원작의 경우 내레이션은 영어, 대화는 아프리칸스어지요. 이러한 분열이 어떤 긴장을, 당신의 배경에 대한 분열된 감각을 반영하는지 궁금합니다.

쿳시 "분열"이 딱 맞는 단어는 아니라고 생각합니다. 전반적으로 저는 혼종과 코즈모폴리터니즘을 아주 좋은 것이라고 생각하는 경향이 있습니다. 제 배경이 언어적으로 혼합되어 있는 것은 사실입니다, 그런 표현을 쓸 수 있다면 말이에요. 저는 상황에 따라 영어를 쓰기도 하고 아프리칸스어를 쓰기도 했지요. 그것이 아주, 아주 좋다고 생각했습니다. 그런 부분이 말씀하신 소설에 반영되어 있긴 하지만, 제 안의 분열이나 불화를 반영한다고 생각하지는 않습니다.

와크텔 상황에 따라 영어나 아프리칸스어를 썼다고 하셨는데요. 당신은 언어학을 공부했습니다. 영어와 아프리칸스어의 세계관이 다른가요?

쿳시 저는 영어에 특정한 세계관이 있다고 생각하지 않습니다. 이제 전 세계의 너무나 다양한 환경에서 사용하니까요. 사실 일부 사회언어학자들은 더 이상 하나의 영어에 대해 이야기하지 않습니다. 영어들에 대해서 이야기하지요.

아프리칸스어는 확실히 특정한 세계관을 가지고 있다고 생각합니다. 아주 확고한 세계관을 가지고 있지요, 지난 50여 년 동안은 특히 그렇습니다. 아프리칸스어는 아주 강렬한 사상적 각인을 강요받았습니다. 저는 1940년대와 50년대 초에, 그 무거운 사상적 억압이 시작되기 직전에 아프리칸스어를 사용하는 환경에서 살았습니다. 그러므로 저는 여전히 아프리칸스어에 대한 애정을 가지고 있고, 언젠가 아프리칸스어가 제자리로 돌아갈 날이 오기를 희망합니다. 즉, 국어로서 널리 통용되고 어떤 권위를 가진 언어가 아니라 방언으로, 수많은 사람들의 제2의 언어로, 남아프리카공화국의 풍경, 지리, 기후에 밀접하게 맞는 언어로 말입니다. 그날을 고대하고 있습니다.

와크텔 새 소설 『철의 시대』는 무척 건조하고 아주 강력합니다. 암으로 죽어 가는 나이 많은 여성의 이야기인데, 그녀는 자기 집 뒷골목에 등장한 집 없는 알코올중독자 흑인과 독특한 관계가 됩니다. 그녀는 정부를 증오하고 수치스러워하는 여자입니다. 그녀는 자신의 말을 찾아야 한다고, 다른 사람의 분노를 빌려 올 수는 없다고, 그렇다면 진실이 아니게 된다고 말합니다. 자신의 말이 왜 중요한가요?

쿳시 그것은 진정성의 문제입니다. 우리는 스스로 깨달아야 합니다. 소설 속의 여인처럼 작가라면 ─ 이 책은 그녀가 딸에게 보내는 긴 편지 형식입니다 ─ 자신의 인식을 다른 사람의 언어가 아니라 자신의 언어로 표현해야만 합니다. 자신의 언어만이 진정한 언어입니다. 빌려 올 수 없지요.

와크텔 죽음을 목전에 둔 그녀는 착한 것으로는 충분하지 않다고, 착한 사람은 많지만 시대가 영웅적 행위를 필요로 한다고 깨닫습니다.

쿳시 네, 그녀는 딜레마에 빠집니다. 그녀에게는 특히 힘든 딜레마인데요, 물론 주변에 영웅적 행위의 예가 많지만 그녀가 흉내 낼 수 없는 폭력이 포함되어 있기 때문입니다. 특히 그녀는 젊은 흑인 혁명가들, 십대 흑인 혁명가들의 영웅적 행위를 생각하고 있습니다. 그녀가 보기에 그들은 아직 인생을 살아보지 않은 아이들, 삶의 의미를 모르는 아이들입니다. 그녀가 이해하는 한 그 아이들은 죽음을 상상할 수 없기 때문이지요. 그래서 그녀는 그 아이들의 목숨을 건 무모한 행동에 대한 분노, 그리고 말씀하신 것처럼 착한 사람이 되어 사랑과 자비를 베풀며 사는 것이 남아프리카공화국의 역사적 상황에서는 충분하지 않다는 압도적인 깨달음 사이에서 괴로워합니다.

와크텔 『철의 시대』라는 제목의 이미지는 흑인 청년들로 대표되는 남아프리카공화국의 미래를 가리키는데, 거칠고 가혹한 그림입니다. 그녀는 "철의 시대가 돌아오기만을 기다리며, 지표 아래에서 떠다니는 선철(銑鐵)로 된 수백만의 사람들"의 이미지를 봅니다.

쿳시 그녀는 인간의 시대에 대한 옛 전설을 생각하고 있습니다. 황금의 시대, 은의 시대, 청동의 시대, 철의 시대 등등을 말입니다. 소설 속에서 그 순간 그녀는 모든 금속이 솔직히 진심으로 지긋지긋합니다.

와크텔 그녀는 더 부드러운 시대를, 진흙의 시대나 흙의 시대를 갈망하지요.

쿳시 이 소설에 절망적인 면이 있다면 부드러운 시대로 돌아가려면 한참이 걸릴 것이라는 그녀의 느낌, 내다볼 수 있는 미래는 금속의 시대일 거라는 느낌에 있습니다.

와크텔 당신도 엘리자베스 커런 같은 느낌이 듭니까?

쿳시 아니, 아닙니다. 엘리자베스 커런이 대표하는 세대는 지도자들에게 배신당한 후 무언가 행동을 취할 만큼 오래 살지는 않았지만 ⓐ 자기 세대가 배신을 당했고, ⓑ 배신을 당한 것에 대해 변명할 수 없다는 사실을 이해할 만큼은 오래 산 세대입니다. 너무 어리석었지요.

저는 엘리자베스 커런이 1910년, 1920년쯤 태어난 세대, 그들의 이름으로 아파르트헤이트라는 거대한 체제가 세워지고 그것을 막기 위해 충분히 노력하지 않은 세대를 대표한다고 봅니다.

와크텔 『야만인을 기다리며』와 『마이클 K』 같은 이전 작품들은 이름 없는 곳이 배경입니다. 알레고리적이지요. 하지만 『철의 시대』의 배경은 더 구체적이고 뚜렷한 남아프리카공화국입니다. 왜 그렇지요?

쿳시 저는 제 작품에 대해서 "알레고리"라는 말을 절대 쓰지 않았습니다. 그러므로 알레고리에 대해서는 이야기하지 않겠습니다. 다만 그게 제가 한 말은 아니라는 사실만 강조하겠습니다. 물론 『마이클 K』는 분명 남아프리카공화국에 대한 소설이지만 현재의 남아프리카공화국은 아닙니다. 미래의, 혹은 잠재적인 미래의 남아프리카공화국에 대한 소설이지요. 그러므로 저는 『철의 시대』가 『마이클 K』와 그렇게 다른지 잘 모르겠습니다. 저는 사실 두 책이 비슷하고 『야만인을 기다리며』와 대조된다고 생각합니다.

와크텔 『야만인을 기다리며』의 끝부분에서 주인공인 백인 하급 판사는 자신이 고수하는 자유주의가 전쟁을 일으키고 사람들을 고문하는 군인들보다 더 나을 것이 없다는 결론을 내립니다. 저는 이것이 어떤 식으로든 자유주의 전반에 대한 환멸을 드러내는 것이 아닐까 생각했습니다.

쿳시 물론 『야만인을 기다리며』는 아주 막연한 풍경을, "백인"과 "흑인" 같은 단어가 사실 아무 의미도 없는 환경을 배경으로 합니다. 말하자면 "자유주의"의 첫 글자가 대문자고 구체적인 역사적 바탕과 기원을 갖는다고 할 때, 주인공은 아무도 "자유주의" 같은 단어를 들어 본 적 없는 시대에 살고 있고, 대문자로 시작하는 자유주의가 정확히 무슨 뜻인지는 더더욱 모릅니다.

저는 이 판사가 인간적 가치를 가진 사람이라고 생각하려는 경향이 있습니다. 그가 인간의 가치에 환멸을 느낄까요? 그렇다고 생각하지는 않지만, 그는 권력이 자기 목적을 위해서 인간적 가치를, 그리고 인간적 가치의 신봉자들을 이용할 수 있다는 사실을 압니다. 인간의 가치를 믿고 그에 따라 행동하는 사람들은 때때로 이용을 당하기도 하는데, 그 사람들이 그 사실을 조금 더 인식해야 할 것입니다.

와크텔 인간의 가치라는 관점에서 보면 『야만인을 기다리며』의 판사는 『철의 시대』의 엘리자베스 커런과, 인간의 가치를 믿고 그 무익함을 인식하는 사람과 비슷합니다.

쿳시 제가 어떤 의미에서든 인간의 가치가 무익하다고 믿는다면 이런 책들을 쓰지 않았을 겁니다. 반대로 제가 인간의 가치가 모든 문제의 답이라고 믿는다 해도 이런 책들을 쓰지 않았겠지요. 저는 좋은 인간적 가치가 무엇이냐는 의문을 제기하기 위해서 이 책들을 썼습니다. 처음부터 답——인간의 가치가 전부라거나 아무것도 아니라는——을 정하지 않고 의문을 제기하기 위해서 말이죠. 우리는 인간의 가치를 진지하게 믿기만 하는 것이 아니라 인간의 가치라는 관점에서 행동해야 합니다. 문제는 그것으로 충분하냐는 것입니다.

당신이 미국인이고 미국 헌법을 굳게 믿는다면, 저는 당신이 궁극적으로 '충분히 많은 사람이 인간의 가치를 믿고 그에 따라 행동하면 그것으로 충분하다'고 말하리라 생각할 겁니다. 저는 회의적으로 반응하겠지요. 하지만 다행히도 당신은 미국인이 아니죠.

와크텔 제가 당신 소설을 읽으면서 놀란 부분은 너무나 많은 인물이 장애를 가지고 있다는 것입니다. 『야만인을 기다리며』의 야만인 소녀는 맹인입니다. 마이클 K는 언청이에 머리가 둔하지요. 『포』의 프라이데이는 말을 못합니다, 혀가 없어요. 왜 이런 인물들에게 흥미를 느끼나요?

쿳시 당신이 언급하지 않은 이 모든 인물들의 특징을 말하자면 특별히 언어적인 사람들이 아니라는 겁니다. 프라이데이는 극단적인 경우지요. 그는 아예 말을 하지 않습니다. 하지만 나머지 인물들 중에서도 말을, 단어를 크게 믿는 사람은 없어요. 모두 여러 가지 방식으로 가치에 대한 회의, 특히 말에 대한 회의, 실제 세계에서 말이 갖는 힘에 대한 회의를 드러냅니다. 참고로 말하자면 우리는 물론 실제 세계에서 소설이 갖는 힘에 대해서, 예술 전반의 힘에 대해서 이야기하고 있습니다.

이 사람들은 말 대신 자신의 몸을, 손상된 육체를 불쑥 들이 밉니다. 제가 보기에 이들의 손상된 육체는 정반대의 아주 언어적인 사람들을, 그들의 광포한 육체적 존재와 화자들의 광포한 육체적 존재를 끊임없이 상기시킵니다. 예를 들어 판사는 인간적 가치를 말하는 목소리에 그치지 않습니다. 그는 광포한 물리적 육체이기도 하고, 그가 휘말리게 된 여자의 광포하고 손상된 물리적 육체가 자신에게 미치는 지속적인 영향에 맞서야만 합니다.

와크텔 『철의 시대』는 뾰족한 끝에 서 있는 상태에 대한 소설입니다. 뒤를 돌아보고, 예언적 특징 때문에 앞을 내다보지요. 그러나 이 소설이 내다보는 미래는 확실히 불안정하고 어느 정도 불확실합니다. 남아프리카공화국의 변화에 대해 희망적이신가요?

쿳시 지금은 남아프리카공화국에서 영향력을 가진 사람들이 희망적이어야 하는, 역사적으로 아주 중요한 시기라고 생각합니다. 미래에 대한 희망과 자신감이 이 나라의 사회적·역사적 삶에서 가장 절박하게 필요하기 때문입니다. 그러므로 제가 희망적이지 않다고 해도 절대 그렇게 말하지 않을 겁니다.

와크텔 카뮈의 실존주의 같은 것인가요? 희망적이기 위해서 계속 글을 써야 하는?

쿳시 아닙니다, 그런 건 아니에요. 그렇게 웅장한 게 아닙니다. 말하자면 증권 거래와 더 비슷합니다. 경제적 미래를 믿는 사람들이 많을수록 그 미래가 실현될 확률이 더 크지요.

와크텔 그러니 희망적이어야만 하는 거군요.

쿳시 "반드시" 희망적이어야 한다는 게 아닙니다. 그냥 그게 좋은 생각 같다는 거지요.

1991년 1월

◦◦◦

와크텔 언어, 언어의 특징, 그 미묘함과 복잡함은 글쓰기의 소재입니다. 언어에 대해서 조금 이야기하고 싶습니다. 당신은 자라면서 아프리칸스어를 쓸 때도 있었고 영어를 쓸 때도 있었습니다. 무엇에 따라 달라졌습니까?

쿳시 저는 복합적인 환경에서 자랐습니다. 여러 면에서 복합적이지요. 어머니의 가족은 영국계는 아니었지만 집에서 영어를 썼고, 어머니의 자식들, 즉 형과 저는 영어를 말하며 자랐습니다. 그러나 아버지는 아프리칸스어를 썼고, 우리는 어린 시절의 대부분을 아프리칸스어 환경에서 살면서 집에서는 영어를 쓰고 공적으로는 아프리칸스어를 썼습니다.

와크텔 당신은 아프리카너 이름을 가지고 있지만 스스로 영국인이라고 생각했습니다. 적어도 회고록 『소년 시절』에서 묘사하는 당신은 거의 영어로 말하고, 때로 아프리카너 학교로 보내질지도 모른다는 두려움, 당신 표현대로라면 아프리카너의 삶에 편입될지도 모른다는 두려움 속에서 살았습니다. 왜 그랬나요, 그게 무슨 뜻이었나요?

쿳시 『소년 시절』의 역사적 배경이 남아프리카공화국에서 국가주의 정부가 권력을 잡은 직후인 1950년 즈음이라는 것을 기억해야 합니다. 영어 사용자와 새로운 지배 세력이 된 아프리카너 엘리트 사이의 양극화를 포함해 온갖 양극화가 깊숙하게, 공식적으로 장려되던 시기였습니다. 두 번째로 기억해야 할 것은 아프리카너와 아프리칸스라는 용어의 구별입니다. 적어도 저는 그것을 구별하고 싶습니다. 저에게 아프리칸스는 언어학적이고 문화적인 울림을 가진 순수한 언어학적 용어인 반면 아프리카너는 적어도 제가 쓸 때에는 정치적·사상적 의미가 무척 짙습니다. 그 차이는 말하자면 브리튼인이라는 말과 영국에서 왔다는 말의 차이와 같습니다. 제가 느끼기로 브리튼인이라는 말에는 어떤 사상적 의미가 담겨 있는 것 같은데, 아직도 그렇게 부르는 사람이 있다면 스스로 브리튼인이라 칭하는 사람은 그냥 영국에서 왔다고 말하는 사람과 아주 다릅니다. 당시 제가 생각했을 때 아프리카너의 삶으로 들어간다는 것은 무엇보다도 제가 다니던 학교의 반을 차지했던 아프리칸스 쪽으로 편입된다는 뜻이었고, 또 더욱 끔찍하게는 네덜란드 개혁파 교회와 국민당의 품으로, 독립적이고 유일한 백인 아프리카너 국가를 세우려는 당시의 문화적 십자군 전쟁의 품으로 끌려 들어간다는 의미였습니다.

와크텔 『소년 시절』에서 당신은 영어로 된 모든 것에, 언어만이 아니라 문학, 가치관, 그리고 영웅들에게도 자연스레 끌렸다고 설명합니다. 남아프리카공화국의 시골에서, 그리고 나중에는 케이프타운에서 자란 당신에게 영국 문화의 어떤 점이 그렇게 매력적이었습니까?

쿳시 정말로 제가 **자연스레** 끌렸다고 말했다면 그 말을 철회하고 싶군요. 저는 본성의 문제라고 생각하지 않습니다. 그것은 문화 변용의 문제입니다. 저는 어느 정도 책을 읽는 집안에서 자랐습니다. 어렸을 때 저는 책을 열심히 읽었는데, 제가 끌렸던 독서 문화는 영국 문화, 더욱 명확하게는 빅토리아 시대 후기와 식민지 및 제국 시대 영국의 잔재였습니다. 저는 그러한 정신에 둘러싸여 있었고 어떤 식으로든 그것과 거리를 둘 만큼 잘 알지 못했습니다. 그러므로 사실 빅토리아 시대 영국의 영웅들, 불타는 갑판에 서 있던 소년이나 그런 사람들이 가장 따라 할 가치가 있는 영웅 같았습니다.

와크텔 일종의 문화적 우월감을 느끼면서 영국의 모든 것을 받아들였나요? 또는 영국 문화에 대한 자연스러운 친밀감 때문에 주변화된 기분이었습니까? 아니면, 제 생각에는 둘 다 느낄 수도 있었을 것 같은데….

쿳시 50년대에 남아프리카공화국 시골 마을에서 자라면서 주변화된 기분을 느끼지 않기는 힘듭니다. 당시 상황을 지배하는 자들이 사람들에게 주변화된 느낌을 주려고 온갖 애를 썼고 이에 성공하면 무척 의기양양했다는 단순한 이유 때문이지요. 그들이 스스로에게 하는 이야기는, 20세기로 넘어오면서 일어난 보어 전쟁 이후 1948년 국가주의 정부가 집권할 때까지 그들이 자기 나라에서 주변화된 기분을 느꼈으니 이제 다른 사람들에게 주변화된 기분을 느끼게 할 차례라는 것이었습니다. 네, 그래서 저는 정말 주변화된 기분이었죠.

와크텔 하지만 문화적 우월감을, 더 풍성한 문화와 밀접한 관계라는 기분을 은밀하게 느꼈습니까?

쿳시 어렸을 때의 이야기인 만큼 너무 강조하고 싶지는 않습니다. 분명 저는, 이렇게 불러도 될지 모르지만, 아프리카너돔(아프리카너 민족주의)이 문화적 풍성함을 제공한다는 느낌은 없었던 반면 영국의 후기 제국주의 정신은 문화적으로 풍성하다고 느꼈습니다. 풍성하다는 것은 당시 영국에 대해 계속 사용할 수 있는 표현입니다. 그 풍성함의 다양성에 대해서는 약간 회의적이라 해도 말입니다.

와크텔 당신은 소설가로서 극찬을 받을 뿐 아니라 학자와 교사로서도 성공적인 커리어를 쌓았습니다. 학생들과 공부할 책을 선택할 때 무엇을 눈여겨봅니까?

쿳시 제가 교사로서 눈에 띄는 커리어를 쌓았는지 잘 모르겠군요. 평범한 커리어를 가지고 있다고 치고, 책에서 무엇을 눈여겨보느냐고요? 여전히 저를 흥미롭게 하고 자극하는 것을 찾는다고 대답하겠습니다. 그것이 제 학생들을 흥미롭게 하고 자극하는지는 잘 모르겠지만 말입니다. 물론 항상 그러기를 바라지만요. 책이나 작가에게 제가 이해하지 못한 무언가, 어떤 비밀이나 수수께끼, 단순한 인간으로서만이 아니라 작가로서의 저를 가르칠 무언가가 있어야 합니다.

와크텔 어떤 작가의 작품이 필수적이라고 생각하세요?

쿳시 필수적이라…. 저는 외부인으로서 북아메리카, 특히 캐나다에서도 이 질문이 충분히 어려울 것이라고 생각하지만 우리가 오늘 대화를 나누고 있는 이곳 아프리카에서는 숨겨진 의미가 가득한, 훨씬 더 문제적인 질문입니다. 우리가 정전正典에 대해서 말하는 것일 수도 있고, 너무나 중요해서 정전의 문제를 뛰어넘는 문학 작품이나 작가가 있느냐는 질문을 하고 있을지도 모릅니다. 그렇다면 지금 우리가 아프리카에서 대화를 나누고 있지만 결국 우리는 서구 문화권에 속하므로 성경이, 혹은 성경의 일부가 정전 이상의 의미에서, 절대적으로 근본적이라는 의미에서 필수적이라고 말해야 할 것입니다. 여기에 『일리아드』를 포함시켜야 할 것이고, 또 플라톤과 아리스토텔레스를 모른다면, 또는 플라톤과 아리스토텔레스가 무엇에 대해 이야기했는지 모른다면 ── 그리스 철학을 그 정도로 모른다면 ── 서구의 유대-그리스-기독교 문화를 전혀 모르는 것과 같다고 말해야겠지요.

와크텔 더 최근 작품에 대해서 이야기하자면요?

쿳시 아니요, 저는 최근 작품에 대해서 이야기하고 싶지 않습니다. 그렇게 하는 순간 정전에 대해서, 또는 단순한 정전에 지나지 않는 것에 대해서 이야기를 시작해야 할 텐데, 중요한 문제는 정전을 뛰어넘는 영역이 있느냐는 것이니까요.

와크텔 꼭 최근 시대일 필요는 없습니다. 어느 시대라도 좋아요. 누가 과소평가되었지요? 당신이 생각하기에 경시당하고 간과된 작가, 더 많이 인식되고 더 많이 읽힐 자격이 있는 작가들이 있나요?

쿳시 역시 의미심장한 질문이군요. 세기가 바뀌는 현재에는 결국 모든 작가가 과소평가되거나 충분히 읽히지 않는다는 느낌, 또는 이제부터 충분히 읽히지 않으리라는 느낌이 있으니까요. 감히 말하자면, 우리는 역사적으로 작가가 중요하다는 생각이 이상하거나 구식으로 느껴지기 시작하는 단계, 즉 역사 이후 시대로 접어들고 있거나 이미 접어들었기 때문입니다. 그러므로 X라는 작가나 Y라는 작가가 과소평가 받았다고 말하기보다 더욱 진지하게, 글쓰기 전반이 과소평가되고 있다고 말해야 할 겁니다. 저는 글을 연구하는 학문에서 모든 문화적 산물을 연구하는 학문으로 변모 중인 교육 기관의 핵심에서 이야기하고 있다는 말을 덧붙여야겠군요. 일부 문화적 산물은 본래 무척 덧없습니다.

와크텔 작가가 중요하다는 생각이 퇴색 중이라는 말씀을 들으니 흥미롭군요. 동시에, 어쩌면 연관이 있을지도 모르겠는데요. 작가들은 유명인사가 되고 있습니다. 이제 작가라는 말은 유명인사라는 의미가 더 크지요.

쿳시 네, 흥미롭습니다. 작가는 예전에도 유명인사였지만 보통 그들의 글과는 별로 상관없는 이유에서였습니다. 예를 들어 바이런은 당대의 엄청난 유명인사였고, 작가가 아니었다면 유명인사가 아니었을 테지만, 그렇다고 해서 글 때문에 유명인사가 된 것은 아니었습니다.

와크텔 과대평가된 작가가 있을까요?

쿳시 물론 과대평가된 작가들이 있지만 너무 많아서 지금 그 이야기를 하기는 힘들겠군요.

와크텔 무엇이 고전을 만드는지 말씀해 주실 수 있을까요?

쿳시 무엇이 고전인가라는 질문에 대해서는 어떻게 해서든 오래 살아남는 책이라는 호라티우스의 말보다 더 나은 대답을 할 수가 없군요. 사람들이 오랫동안 읽으면서 쓰레기 더미에 던지지 않은 것이라면 분명 그만한 이유가 있다는 뜻입니다.

와크텔 당신은 베케트, 카프카, 도스토옙스키, 포드 매독스 포드에 대한 글을 많이 썼는데, 얼핏 보기에는 무척 다르지만 모두 외부인이라고 볼 수 있습니다. 이 작가들의 글에서 공통적인 요소는 무엇인가요?

쿳시 네 명의 작가를 언급하셨는데, 저는 각각 다른 시기에 ─이렇게 말해도 될까요? ─여러 작가들에 대해서 썼고, 그 사람들이 우연히 거기에 포함되어 있었습니다. 네 사람은 외부인이었다고 할 수 있지만, 이유는 무척 달랐지요. 예를 들어 포드 매독스 포드는 그의 이름에 따라다니던 수많은 스캔들로 인해서 자신이 태어난 사교계에 남을 수 없었기 때문에 외부인이 되었습니다. 카프카는 타고난 외부인이었지요. 그는 어디를 가든 외부인이었고, 그런 성격은 19세기 말 오스트리아-헝가리의 아주 힘든 시기에 유대인으로 태어났다는 사실 때문에 더욱 복합적으로 변했습니다. 베케트는 기질과 선택에 따른 외부인이었다고 할 수 있을 겁니다. 그러나 베케트와 카프카는 냉정하고 동떨어진 이미지를 가지고 있지만 친구들에게는 그런 인상을 주지 않았다는 사실을 분명히 말해야 합니다. 카프카와 베케트가 놀랄 만큼 따뜻하고 친절하고 재미있는 인상을 주었다는 기록이 남아 있습니다. 언급하신 네 번째 작가 도스토옙스키는 역사적 상황 때문에 외부인이 되었습니다. 제 생각에 그의 인생을 결정한 외적 사건은 별다른 의도 없이 지하 학생 운동에 가담했다가 잡혀서 시베리아로 끌려간 다음 자신의 이름에 지우기 힘든 표시를 달고 돌아온 것이라고 생각합니다. 그러므로 언급하신 네 작가가 외부인이긴 하지만 공통점이 있는지 저는 잘 모르겠습니다.

와크텔 사뮈엘 베케트의 글은 감각적인 즐거움을 준다고 말씀하셨습니다. 어떻게 해서 그렇지요?

쿳시 사실 그렇습니다. 베케트와 조이스는 무척 다른 방식이긴 하지만 영어를 완전하고 뛰어날 만큼 잘 알았는데, 적어도 현대에는 그렇게 말할 수 있는 사람을 찾기 어렵습니다. 특히 『율리시스』를 썼던 시기의 조이스와 적어도 여전히 영어로 글을 쓸 당시의 베케트에게는 감식안이, 글쓰기의 완벽함 자체에서 느끼는 기쁨이 있고, 저는 그런 면에 감응합니다. 제가 젊었을 때는 더욱 강렬한 감응을 느꼈지요. 베케트는 아마 자기 글의 그런 면에 반감을 느껴 사실상 영어로 글 쓰는 것을 포기하고 프랑스어로 넘어갔을 것입니다. 더 활기차고 유혹의 가능성은 더 적은 언어가 필요했겠지요. 영어에는 그 독특한 역사와 관련된 유혹의 가능성이, 역사 때문에 얻을 수 있는 효과가 있으니까요. 영어는 게르만어지만 묵직한 로맨스어가 차례

차례 밀려들어와 덧씌워졌기 때문입니다. 따라서 어휘를 선택할 때 게르만어와 로맨스어를 가지고 놀 수많은 가능성이 있다는 뜻인데, 다른 언어에서는 불가능한 일이지요.

와크텔 그러므로 베케트는 프랑스어로 글을 씀으로써 활기, 정확성, 영어에는 없었던 질서를 선택한 셈이군요?

쿳시 네. 베케트 자신이 프랑스어로 옮겨 간 이유를 충분히 설명하지 않았으니 ─ 그는 이유를 설명할 필요가 없었습니다, 혼자만의 문제였지요 ─ 추측은 우리의 몫입니다. 제 짐작으로는 당시 ─ 우리는 지금 전쟁 후, 1945년 이후에 대해 이야기하고 있습니다 ─ 베케트가 영어에서 느꼈던 불필요한 유혹이 이제 필요 없다고 생각했을 것 같습니다. 언어를 가지고 충분히 놀았고 이제 옮겨 갈 때였던 것이지요.

와크텔 당신은 문학 비평에서 미국문학을 별로 언급하지 않습니다. 왜 그렇지요?

쿳시 저는 순전히 우연이라고 생각합니다. 저에게 의미가 아주 큰 미국 작가들이 많습니다. 허먼 멜빌, 월트 휘트먼, 윌리엄 포크너, 그리고 다른 면에서는 에밀리 디킨슨을 꼽고 싶군요. 제가 그 작가들에 대한 글을 발표한 적이 없다면, 음, 언젠가는 낼지도 모르지요.

와크텔 도스토옙스키와 톨스토이의 작품을 그들의 관점에서 읽었다고 하셨는데요. 어떤 관점이지요?

쿳시 완전히 설명하기는 힘들지만 한 번 시도해 보겠습니다. 도스토옙스키와 톨스토이 모두 기독교 작가지만 방식이 무척 다릅니다. 상관이 있을지는 모르지만, 저는 기독교를 믿지 않습니다. 그러므로·두 작가를 그들의 관점에서 읽는 첫 단계는 두 사람이 기독교 복음을 읽는 아주 다른 방식을 진지하게, 가능하다면 그들만큼 진지하게 받아들이는 것이겠지요. 독자에게 힘든 일은 아닙니다. 기독교적 요소를 제쳐놓고 두 사람의 작품을 읽어도 쉽게 압도당할 수 있으니까요. 그러므로 독자로서 그것이 큰 손해는 아니라고 느낄 겁니다. 기독교 작가로 읽지 않아도 정말 풍성하니까요. 질문으로 돌아가서, 제가 그들의 관점에서 작품을 읽으려 애쓴다는 것은 저의 종교적 입장, 혹은 종교적 입장의 부재에도 불구하고 두 작가가 서로 다른 방식으로 존재하는 종교적 세계에 들어가려고 모든 노력을 다한다는 뜻입니다.

와크텔 "톨스토이 또는 도스토옙스키"라고 말한 사람이 조지 스타이너였나요? 사람들이 왜 두 작가를 비교할까요?

쿳시 그렇게 말한 사람은 스타이너가 맞지만, 당신 질문에 대한 답은 모르겠군요. 두 사람을 비교하는 사람들이 존재하는 것은 사실입니다. 두 작가의 힘을 온전히 평가하는 사람들 중에도 말입니다. 둘 중 하나를 선택해야 한다면 정말 싫을 것 같군요. 저라면 선택을 최대한 피할 겁니다.

와크텔 당신은 고백적인 글의 특성에 대해, 특히 톨스토이와 루소, 도스토옙스키의 작품에 대해 썼습니다. 설명하신 것처럼 도스토옙스키는 스스로에게 진실을 말할 수 있는지 회의적이었지요. 자기기만에서 그토록 벗어나기 힘든 이유는 뭘까요?

쿳시 우리는 장 자크 루소와 도스토옙스키의 시간을 초월한 중요한 대화에 대해서 이야기하고 있습니다. 루소는 우리가 자신 앞에서만 솔직하고 ──가능한 결과를 고려했을 때── 용감해질 수 있다고, 자신에 대한 진실을 이야기하고 쓸 수 있다고 생각했습니다. 루소의 고백은 정말 그렇습니다. 루소 스스로 가장 부끄럽다고 생각하는 부분에 대해 가차 없이 솔직하고 정직해지는 연습이지요. 도스토옙스키는 자기 마음을 들여다보면서 글을 쓰는 것으로는 충분하지 않다고, 그 결과가 스스로에 대한 가차 없는 사실일 확률만큼 자신에게 유리한 거짓말일 확률도 높다고 말하면서 대화를 이어 갑니다. 저는 이 대결에서 도스토옙스키에게 전적으로 동감한다고 말해야겠군요. 그의 입장은 우리도 자기 욕망의 핵심을 모르고 더 나아가 우리의 욕망 자체를 완전히 파악하지 않는 것, 알 수 없는 핵심을 놔두는 것이 인간 욕망의 본질이라는 바탕에서 출발합니다. 아마도 그 핵심이, 스스로도 알 수 없다는 사실이 욕망에 생명을 주는 것이겠지요.

와크텔 하지만 알 수 없는 것과 자기기만은 약간 다른 것 같습니다. 자기기만이라는 것은 의식을 함축하는데, 스스로를 알 수 없다는 것에는 그런 의식이 없으니까요.

쿳시 자기기만은 당신이 스스로에 대해 진실을 말할 수 있다고, 스스로에게 솔직해지고 그것을 용감하게 적어서 다른 사람들에게 보여 줄 수 있다고 생각하는 것입니다. 적어도 도스토옙스키가 보기에 그것은 기만입니다.

와크텔 당신은 젊은 시절에 학자로서 언어가 사람을 나타낸다고, 또는 적어도 사람을 통해서 말한다고 생각했습니다. 언어가 작가를 얼마나 조종할까요?

쿳시 "조종"이라는 말을 얼마나 엄밀하게 쓰느냐에 따라 다릅니다. 가장 엄밀하게 쓸 경우, 저는 가치 있는 작가라면 언어에 크게 조종당하지 않는다고 말하겠습니다. 하지만 "조종"이라는 단어를 더 막연하게 쓴다면, 언어가 소위 말하는 특질을 가지고 있고, 지적 분석을 하지 않으면 작가의 귀를 멀게 하거나 무미건조하게 만들 수 있는 언어의 특질로부터 달아나기 쉽지 않다는 뻔한 말을 반복할 수 있겠지요. 프랑스어에는 표현의 특색, 언어의 특색만이 아니라 생각의 특색도 있습니다. 예를 들어 영어는 생각을 비틀고 언어를 비틀지 않는 한 그러한 특색을 가질 수 없지요. 그 반대도 마찬가지입니다. 바로 그렇기 때문에 문학 번역이 그 자체로 대단한 분야이고 그 자체로 대단한 예술인 것입니다.

와크텔 다른 언어로 글을 쓸 생각을 해보셨습니까?

쿳시 간단히 대답하자면, 그랬다면 정말 멍청한 짓이었으리라는 겁니다. 저는 아프리칸스어로 글을 꽤 썼지만 나중에 읽어보니 어떤 생명력도 없었습니다. 어쩌면 지금 아프리칸스어가 겪고 있는 위기, 스스로 무엇인지 — 국가주의 시절에 그랬던 것처럼 소수 유럽어가 되기를 열망하는지, 아니면 현재 주장하는 것처럼 강한 유럽 언어적 기반을 가지고 있지만 아프리카의 언어 중 하나인지 — 더 이상 알지 못하는 언어의 역사적 위기를 말해 주는지도 모르지요. 저는 이것이 현재 아프리칸스어가 직면한 위기라고 생각합니다.

와크텔 억압적인 사회와 위대한 문학 사이에 직접적인 관계가 있을까요?

쿳시 저는 억압적인 사회가 위대한 작가를 낳는다고 말하기가 아주, 아주 꺼려집니다. 반증이 너무 많아요. 그 대신 작가들이 아주 중요했고 현재 책을 쓰는 작가들이 상상도 할 수 없는 억압의 시기가, 그런 역사적 시기가 있었다는 말은 할 수 있습니다. 요즘 작가들이 하는 일은 정치적인 흥미와 우려에서 빗겨나 있기 때문입니다. 그러므로 우리가 이야기하는 시기는 1500년 즈음부터 1945년 즈음까지라고 할 수 있을 겁니다.

와크텔 흐음, 1989년이라고 하실 줄 알았는데요.

쿳시 글쎄요, 세계 사회에 뒤늦게 진입한 남아프리카공화국에서는 1989년이겠지요.

와크텔 소비에트연방과 동구권도요.

쿳시 네, 그렇습니다. 소비에트 블록에서, 문학적 취향만 놓고 보자면 19세기에서 시간이 멈추기를 바라는 사람들이 지배한 사회에서는 그랬습니다.

와크텔 당신은 서사적 즐거움을 좋아한다고 인정하셨지만, 또 어렵고 엄밀한 문학 이론에도 일가견이 있습니다. 책을 처음 읽을 때 어떤 식으로 읽나요?

쿳시 우리는 지금 소설에 대해서 이야기하고 있습니다, 그렇지요? 저는 이야기 때문에 소설을 읽고 그 사실이 부끄럽지 않습니다. 즐거움을 사상이나 분석과 구분하고 싶지 않아요. 사실 문학 교육의 궁극적인 결실은 이야기 때문에 책 읽는 것을 부끄러워하지 않는 사람들을 포함해 지적 즐거움을 누릴 수 있는 사람을 만들어 내는 것이라 말하고 싶습니다. 이야기 때문에 책을 읽는 것은 아무 생각 없는 재미가 아니라 지적인 즐거움을 찾는 것이기도 하니까요. 글을 쓰는 것은 즐거움과 밀접한 관련이 있고, 글쓰기에 대한 생각은 즐거움에 대한 생각과도 관련이 많습니다.

2000년 2월

인터뷰 제작-샌드라 라비노비치

이윤 리

Yiyun Li

이윤 리의 이야기는 놀라운 성공담이다. 그녀는 1972년 중국에서 태어났다. 아버지는 물리학자, 어머니는 교사였고, 이윤 리는 어렸을 때 소위 말하는 수학 천재였다. 리는 베이징대학에서 면역학을 공부했고 미국으로 가서 공부를 더 하고 싶다고 항상 생각했다. 그녀는 스물세 살에 그 꿈을 이뤄 아이오와의 대학원에 진학했다. 대학원 첫해는 외로웠다. 곧 남편이 될 남자친구는 아직 중국에 있었다. 그래서 리는 영어 실력을 키울 수 있겠다는 생각으로 글쓰기 강좌에 등록했고, 처음 쓴 단편으로 선생님에게 큰 칭찬을 받았다. 영어로든 중국어로든 글을 써 본 적 없었던 이윤 리는 무척 놀랐다. 리는 과학을 계속 연구해 대학원 학위를 받은 다음 아이오와 작가 워크숍에 등록하여 픽션 및 창작 논픽션에서 석사 학위를 두 개 더 받았다. 리는 학위를 마치기 전에『파리 리뷰』와『뉴요커』에 단편을 발표했고, 에이전트가 생겼고, 여섯 자리 숫자의 계약금과 두 건의 출판 계약이 생겼다. 책은 모두 영어로 쓰기로 했다.

이윤 리의 첫 번째 책이자 능숙한 단편집『천 년의 기도』는 헤밍웨이/펜 문학상과 상금 5만 유로의 프랭크 오코너 제1회 국제단편문학상을 포함하여 주요 문학상을 네 개나 받았다. 리는 또한 잡지『그란타』가 뽑은 35세 이하 최고의 미국 소설가들에 이름을 올렸다.

나는 첫 장편소설『부랑자들』(2009)이 나온 후 이윤 리를 처음 인터뷰했다. 야심차고 참혹하고 정말 뛰어난 작품『부랑자들』은 불안하고 요동치는 1970년대 후반 중국의 작은 신도시에서 벌어지는 내용이다. 그 후 리는 역시 감탄을 자아낸 단편집『골드 보이, 에메랄드 걸』을 발표했고, 그즈음 상금 50만 달러의 맥아더 지니어스 지원금을 받았다.

우리는 1989년 6월 4일에 일어난 톈안먼 광장 학살 사건 25주기이자 그녀의 두 번째 장편소설『고독보다 친절한』이 나온 2014년에 다시 대화를 나누었다. 이 작품 역시 실제 사건에서 영감을 받았지만, 중심인물들에게 상흔을 남긴 심리적 폭력에 초점을 맞춘다. 이윤 리는 톈안먼 사건 때 겨우 열여섯 살이었지만 자기 세대가 바리케이드 앞에 서 있다고 생각했다.

이윤 리는 현재 캘리포니아 오클랜드에 살고 있다.

와크텔 외조부는 당신의 어린 시절에 중요한 인물이었습니다. 할아버지가 같은 집에 살면서 당신과 언니와 방을 같이 썼지요. 지금 할아버지를 생각하면 어떤 이미지가 떠오릅니까?

리 할아버지는 멋진 조각이 새겨진 나무 지팡이를 항상 들고 다녔습니다. 80대 후반까지 지팡이를 쓰지도 않으면서 가지고 다녔어요. 지위를 나타내는 표시로 말입니다. 그것이 제가 항상 기억하는 이미지입니다.

와크텔 당신의 할아버지는 대단한 삶을 사신 것 같은데요. 세 번의 정권과 두 번의 세계대전, 두 번의 내전, 기근, 혁명을 겪었습니다. 할아버지 이야기를 조금 들려주시겠어요?

리 할아버지는 1897년에 중국 남쪽 상하이 근처에서 태어났고, 전통 학교에 다니면서 아시아의 경전과 시를 배웠습니다. 할아버지의 부모님은 선견지명으로 할아버지를 서양식 중학교와 고등학교에 보냈고, 할아버지는 학교를 졸업한 후 편집자가 되려고 시험을 쳤습니다. 어떻게 해서인지는 모르겠지만, 내전 때는 국민당군의 장교가 되었고, 두 아들 역시 같은 군대에서 공산군과 맞서 싸웠습니다. 아들들 중 한 명은 대만으로 건너갔고 나머지 한 명은 할아버지와 함께 중국 본토에 남았습니다. 전쟁이 끝난 뒤에는 다시 편집자로 일하셨지요. 20년 정도 더 일하다가 은퇴했습니다. 할아버지의 가정생활은 좀 기이했습니다. 첫 번째 부인은 ── 할아버지는 부인을 정말, 정말 사랑했습니다 ── 첫 아이를 낳고 사흘 만에 자살했습니다. 1년 정도 지나서 할아버지가 저희 할머니와 결혼을 했는데, 할머니가 30대 초반에 정신병에 걸렸습니다. 할머니는 평생 그 상태로 살다가 보호시설에서 돌아가셨지요. 할머니가 돌아가시고 저희 어머니가 아버지와 결혼한 후 할아버지는 남은 평생을 저희 가족과 살았습니다.

와크텔 할아버지가 개인적인 이야기를 당신에게 했습니까?

리 아니요, 언니와 저는 물론이고 부모님에게도 개인적인 이야기는 하지 않았습니다. 이런 이야기들은 전부 할아버지가 돌아가시고 나서 어머니가 할아버지의 젊은 시절 이야기를 들려주기 시작하면서 알게 되었어요.

와크텔 하지만 할아버지는 어린 시절 당신에게 이야기를 무척 많이 해주셨는데요.

리 할아버지는 세상 이야기를 정말 흥미진진하게 들려주었습니다. 산책을 나갔다가 만난 사람 이야기를 해주시곤 했지요. 할아버지는 항상 사람들에게 이것저것 물었기 때문에 저한테 그 사람이 살아온 이야기를 전부 해줄 수 있었습니다. 할아버지는 정치와 역사와 문화에 대해서, 자기 삶을 제외한 모든 것에 대해서 무척 많은 이야기를 해주셨지요.

와크텔 할아버지가 매일 아침 다섯 시에 일어나서 한 시간 동안 조깅을 하고, 시를 쓰고, 그림을 그렸다고 하셨는데요. 자신이 지은 시도 읽어 주었습니까?

리 제가 서너 살 때 할아버지가 우리에게 동양 시를 —— 할아버지 시가 아니라 그냥 동양 시를 —— 가르쳐 주려고 했습니다. 할아버지는 연기를 잘했기 때문에 시를 연기했는데 정말 재미있었어요. 저는 여기저기 기웃거리는 아이였기 때문에 할아버지 책장에 꽂힌 책을 전부 들춰 보았는데, 할아버지가 써서 책사이에 끼워 놓은 시들을 발견했지요. 한참 후에야 할아버지가 시인이었음을 진정으로 이해하게 되었습니다.

와크텔 할아버지는 반공주의자였습니다. 국민당 편에서 전쟁에 나갔고, 그 사실은 지켜야 할 비밀이었지만, 어쨌든 계속 마오쩌둥 의장을 비난했습니다. 그랬는데 어떻게 무사했지요?

리 할아버지는 무척 솔직했어요. 50년대 초였던 것 같은데, 할아버지가 새로운 정부인지 정권에 대해 참지 못하고 마오쩌둥 의장은 지옥의 왕이고 당 간부들은 지옥의 수호자다, 그런 말을 했습니다. 체포될 뻔했지요. 어떻게 빠져나오셨는지 모르겠습니다. 그 일 때문에 일찍 은퇴하신 것 같아요. 문화혁명 초기에 —— 어머니가 아버지와 결혼하기 전, 아직 할아버지 댁에 살 때의 일입니다 —— 홍위병들이 할아버지 댁으로 찾아왔습니다. 그런 이력을 가진 옛날 지식인이니 트집을 잡으려고 한 거죠. 무척 뛰어난 서예가였던 할아버지는 최고의 솜씨를 발휘해 "공산당을 따르자. 마오쩌둥 의장의 제일가는 자식이 되자"라고 써서 집에 걸어 두었습니다. 제가 들은 이야기로는 홍위병들이 이 붓글씨를 한참 쳐다보더니 할아버지의 글에서도 태도에서도 잘못된 점을 찾을 수 없었기 때문에 그냥 돌아갔다고 하더군요.

와크텔 젊고 예리한 선구자로서 당신은 할아버지가 마오쩌둥을 비난하는 것이 거슬리지 않았나요?

리 아주 어렸을 때부터 언니와 저는 삶에 두 가지 면이 있다고 부모님께 배웠습니다. 하나는 학교와 같은 공적인 공간에서의 삶이었는데, 우리는 거기서 배운 대로 따라 하기만 하면 되었습니다. 나머지 하나는 우리 집에서의 삶이었는데, 우리는 부모님과 할아버지가 나누는 이야기를 공적인 자리에서 하면 안 된다는 것을 어렸을 때부터 알았습니다. 그러니 제가 당황했을지도 모르지만 크게 거슬리지는 않았어요.

와크텔 할아버지는 습관과 믿음이 강한 사람이었고, 당신이 썼듯 평생 여러 일을 겪으면서도 특히 먹을 것에 대한 믿음은 변하지 않았습니다. 튼튼한 위장과 놀랄 정도의 행운을 가진 사람이었는데요. 할아버지에게 음식이 왜 그토록 중요했을까요?

리 할아버지의 인생을 보세요. 할아버지는 전쟁과 기근과 재난이 연달아 일어난 한 세기를 거치며 거의 백 년 동안 사셨는데, 아마 할아버지가 보기에 변함 없는 것은 음식밖에 없었을 거예요. 할아버지는 부인을 사랑했고, 두 번째 부인도 사랑했고, 그다음에는 사랑하는 여자와 결혼하고 싶었지만 할 수 없었어요. 수많은 감정을 겪으셨지요. 제가 아는 할아버지는 80대였는데 그때는 음식에서 느끼는 즐거움밖에 남아 있지 않았습니다. 정말 놀라웠어요. 저는 할아버지만큼 음식을 즐기지 않아요.

와크텔 당신은 어렸을 때 배급을 받았습니다. 밀가루, 쌀, 설탕, 소금, 기름, 두부, 달걀을 배급 받았지요. 그 사실이 음식과의 관계에 어떤 영향을 끼쳤습니까?

리 배급 식량은 저에게 아주 강한 인상을 남겼는데, 특히 달걀이 그랬습니다. 제 삶에서 달걀은 늘 정말 좋지만 절대 충분하지 않은 것을 상징합니다. 처음 미국에 왔을 때는 스크램블드 에그, 달걀 프라이를 즐겨 만들었기 때문에 항상 달걀을 먹었어요. 나이가 들면서 그런 갈망, 음식에 대한 갈망과 거리를 두게 되었고 요즘은 아주 간단하게 먹습니다. 저는 항상 굶주릴 가능성을 무척 의식합니다. 굶주림은 늘 저와 함께했던 경험이니까요. 그래서 저는 음식을 아주 실용적인 관점에서 본다고 생각합니다. 배가 고프면 안 되니까 배를 좀 채워야겠어, 라는 거죠.

와크텔 가장 극심한 굶주림을 경험한 것은 언제입니까?

리 중국에서 1년 동안 군대 생활을 할 때 먹을 것이, 든든한 음식이 충분하지 않았습니다. 중국 중부였는데 우리가 지내는 막사에는 불이 없었어요. 항상 감정적인 굶주림이 있었습니다. 몇 달 동안 한 번도 배가 부른 적 없는 기분이었어요. 우리는 항상 배가 고팠고 뜨거운 물이 부족했기 때문에 탈지분유 가루를 그냥 먹었습니다. 지나치게 달았어요. 구역질이 날 정도로 달았지만 다들 굶주림 때문에 먹었던 것 같습니다.

와크텔 할아버지는 당신이 태어나기 한참 전이었던 1958년부터 1961년 사이에 기근을 겪었습니다. 기근에 대해서 어떤 이야기를 해주셨나요?

리 이웃 사람에 대해서, 무척 존경받는 노인이나 존경받는 지식인에 대해서 이야기하셨습니다. "아, 그 사람은 길거리를 돌아다니다가 빵 반쪽을 든 꼬마를 보고 너무 배가 고파서 그걸 낚아채 달렸지." 할아버지는 존엄성을 잃는 것이, 꼬마에게서 먹을 것을 빼앗는 것이 굶주림보다 훨씬 나쁘다고 이야기해 주셨어요. 그런 다음 역사를 거슬러 올라가서 이런저런 왕조 이야기를 하셨지요. 기근 때문에 사람들이 아이를 잡아먹어야 했지만 자기 아이를 먹기는 어려우니 이웃끼리 아이를 바꿔서 잡아먹었다는 이야기였는데, 저는 정말 깜짝 놀랐습니다. 세 살 때 할아버지에게 이 이야기를 들었는데, 가장 이른 기억이 그즈음인 것 같아요. 저는 아주 포동포동했기 때문에 ─ 언니보다 포동포동했죠 ─ 기근이 일어나면 우리 가족도 통통한 옆집 아이와 저를 바꿀 거라고 굳게 믿었어요. 그래서 정말 무서웠던 것 같습니다. 하지만 지금 돌아보면 할아버지는 정말 웃겨요.

와크텔 당신은 너무나 극적으로 바뀐 중국의 전통을 할아버지를 통해 이해하며 자랐습니다. 당신의 세계는 무척 달랐지요. 당신은 1972년에 문화혁명의 그늘에서 태어났습니다. 어린 시절에 대해서, 어디에 살았고 어떻게 살았는지 얘기해 주시겠어요?

리 아버지가 베이징 핵 산업의 핵심 연구기관에서 일하셨기 때문에 저는 연구기관 복합단지에서 자랐습니다. 작은 마을과 아주 비슷했어요, 식료품점과 이발소, 학교, 탁아소가 있었지요. 모든 집의 아버지 또는 양친이 연구기관에서 일했습니다. 방 두 개짜리 아파트에서 언니와 저, 부모님, 할아버지가 살았는데, 삼대가 방 한 칸에 사는 집이 많았기 때문에 당시로서는 호사스러운 편이었어요. 중앙난방, 수도, 프로판가스 탱크가 있었는데 역시 배급이었습니다. 어느 정도 지위가 있어야 프로판가스 탱크를 가질 수 있었어요. 연구기관 경비원이었던 이웃 사람은 석탄 스토브를 써야 했습니다.

와크텔 당신이 특권을 누리고 있다는 사실을 알았나요?

리 네, 연구기관은 베이징 외곽에 있었는데, 울타리 너머 다른 마을에서는 아이들이 돼지와 당나귀와 말을 키워야 했으니까요. 우리는 그 아이들이 훨씬 힘들게 산다는 사실을 알았습니다. 어떤 면에서 우리는 시골 사람들 틈에서 사는 도시 아이들이었지요.

와크텔 꿀통 속에서 살고 있다고 배웠다고요.

리 네, 우리가 배워서 항상 불렀던 노래였을 거예요. 그런 거 있잖아요, "우리는 꿀통 속에 살고 있다네, 너무나 행복하다네." 어렸을 때 이런 언어를 처음 접하면 아주 구체적인 의미를 갖게 됩니다. 일곱 살 때 학교에서 돌아오던 길이 떠오르는데, 이른 오후였던 것 같아요. 봄이라 해가 빛나고 있었고, 저는 길을 따라 폴짝폴짝 뛰면서 이 노래를 불렀는데, 정말 더없이 행복한 기분이었습니다. 아주, 아주 행복했지요.

와크텔 20년 전에 일어난 톈안먼 광장 학살 사건이 당신 인생의 전환점이었습니다. 그때 진정으로 어른이 되었다고 하셨는데요. 어떤 기억이 납니까?

리 학살 전 2개월이 기억나요. 당시 대학생이던 언니가 가끔 시위를 하러, 또는 단식 중인 학생들을 도우러 광장으로 갔습니다. 학살이 일어나기 전 두 달 동안 뭔가 흥겨운 분위기가 있었어요. 모두들 이제 달라질 거라는 희망에 부풀었지요. 고등학생이었던 저는 단과대학이나 종합대학으로 가서 이야기를 듣거나 전단을 읽었습니다. 5월 언젠가 가장 친한 친구와 자전거를 타고 대학교에 갔던 기억이 나요. 친구는 "너도 알겠지? 이게 우리 시대의 중요한 순간이야. 이제 이게 우리의 삶이야" 라고 말했지요. 저는 그런 생각을 해보지 않았기 때문에 친구의 말에 아주 큰 인상을 받았습니다. 그리고 깨달았지요. 그래, 우리가 두 살만 더 많았으면 광장에서 활동을 하고 있었을 거야. 친구는 우리가 그 봄의 모든 순간을 의식적으로 살아야 한다고 말했고, 그래서 저는 그렇게 했습니다.

부모님은 두 분 모두 정부를 그다지 신뢰하지 않았습니다. 일찍부터 ─다들 상황이 바뀌리라는 희망에 차 있을 때부터 ─아버지는 결국 유혈사태가 일어날 거라고 말했어요. 어머니는 동의하지 않았고, 두 분은 논쟁을 벌였지요. 아버지는 이런 일들에 대해서 무척 비관적이었습니다. 상황이 고조되자 부모님은 언니와 저를 집에 가두었어요. 저희가 광장에 가는 것을 바라지 않으셨지요. 유혈 사태가, 학살이 시작되자 저는 부모님은 미리 알고 우리를 가두었다고 생각했습니다. 어머니와 아버지가 번갈아 가며 거리로 나가서 상황을 살폈지만 우리는 나가지 못하게 했어요. 학살 직후는 불안과 공포와 혼돈의 시기였고, 저는 그때부터 하루하루를 아주 의식적으로 살았던 것 같습니다.

와크텔 그 뒤에 다른 학생들과 함께 심문을 받았다고요?

리 사실상 모두가 그 당시 자신이 무엇을 했고 다른 사람들이 무엇을 했는지 보고해야 했습니다. 언니가 광장에 꽤 자주 갔었기 때문에 부모님은 언니를 더 걱정했던 것 같아요. 당시 언니는 의대생이었고 광장에 가서 단식 투쟁자들을 도왔기 때문에 아버지가 언니에게 보고서를, 자아비판이나 그런 것을 어떻게 쓸지 알려 주었습니다. 아버지는 이렇게 말했지요. "음, 알겠지만 그냥 갔다고만 쓰면 안 돼. 대신 '저는 인도적인 이유 때문에 광장에 가서 기절하거나 탈수 증상을 일으킨 사람들을 도왔습니다'라고 쓸 수 있겠지." 시스템을 우회할 방법은 아주 많았습니다. 그 정도로 극적이지는 않았지만, 고등학생인 우리도 마찬가지였습니다. 제 친구였던 열여섯 살짜리 남자애는 그날 밤 광장에 갔다가 많은 것을 보고 와서 모두에게 알렸는데, 몇 달 뒤 경찰이 그 애를 잡으러 왔습니다. 경찰은 그 애가 사람들에게 뭐라고 말했는지 정확히 알고 있었지요. 이 역시 저에게는 인생을 바꾸는 경험이었습니다. 그 아이는 같은 반 친구 스무 명에게 이야기를 했어요. 누가 그 아이를 고발했는지 우리는 절대 알지 못하겠지요. 제가 고발할 수도 있었으니 그 애에게 저의 결백을 절대 증명할 수 없다는 느낌이 들었습니다. 어쨌든 이런 일들을 경험하면 아주 극적으로 성장하게 되지요.

와크텔 그래서 당신이 고발한 것도 아닌데 그 친구를 피하기 시작했다고요?

리 맞습니다. 그냥 제가 고발한 듯한 기분이 들었어요. 제 성격이 그랬던 것 같습니다. 저는 제가 고발해서가 아니라 왠지 그냥 수치심이 들어서 그 아이를 볼 수가 없었어요. 그래서 그 애와 거리를 두기 시작했고, 멀어졌지요.

와크텔 열여덟 살이었던 1991년에 당신은 강제 재교육 때문에 어쩔 수 없이 진학을 미루고 군대에 갔습니다. 군대 생활은 어땠습니까? 어떻게 견뎠나요?

리 당시 저는 반항적이고 불만이 많아서 영어소설을 잔뜩 가지고 갔습니다. 왠지 다른 언어를 몰래 읽고 싶은 기분이었고, 문학 작품을 읽는 것 자체가 저에게 도움이 되었습니다. 저는 항상 책을 아주 많이 읽었어요. 그즈음에는 더욱 책벌레가 되고 있었지요. 문학 작품을 읽으면 동시에 두 곳에서 살 수 있고, 상상력을 약간 더 발휘하면 현실보다 작품 속의 세계에 더 오래 머물 수 있습니다. 제가 스트레스나 불행에, 혹은 군대에서 겪은 온갖 극적인 일에 대처하는 방법이었던 것 같아요.

와크텔 입대할 때 당신 어머니는 입에 지퍼가 있다고 상상하고 꼭 잠그라고 하셨습니다. 아주 강렬한 이미지군요. 하지만 당신은 어머니의 말을 듣지 않았습니다. 같은 부대 학생들에게 톈안먼 광장 학살의 진실과 자세한 내용을 일부 말했지요. 반응이 어땠나요?

리 부대 전체에 베이징 출신이 저밖에 없었기 때문에 아주 홍미로워했습니다. 저는 입대하면서 같은 부대원들 모두 톈안먼 광장 학살에 대해서 저와 같은 기분일 거라고 생각했는데, 알고 보니 무슨 일이 있었는지 아무도 몰랐습니다. 전 무척 놀랐고 분노했지요. 당시 열여덟, 열아홉 살이었으니 분노할 수 있는 나이였어요. 아니, 나이를 떠나 어쨌든 저는 분노할 수밖에 없었을 거예요. 저는 너무 분개해서 이야기를 멈출 수가 없었습니다. 그런 일이 일어났다는 사실을 모두가 인정하게 만드는 것이 제 목표나 마찬가지였습니다. 일부 부대원의 태도는 애매했어요. 당시에는 모두 무척 조심스러웠고 그런 일에 대해 공공연히 말하고 싶어 하는 사람은 아무도 없었지요. 하지만 저는 그 작은 곳에서 활동가가 되기로 결심하고 제 말을 듣고 입장을 정하도록 강요했고, 그래서 무척 불행했습니다.

와크텔 처벌을 받을까 봐 걱정했습니까?

리 그랬어요. 제 소설에 나오는 인물, 어떤 대의를 위해 기꺼이 목숨을 희생하는 인물과 가장 가까운 느낌이 든 적이 있다면 바로 그때입니다. 밤마다 걱정했어요. 베이징으로 돌아가지 못하고 군대에 남아야 할지도 모른다는 두려움이 기억납니다. 저에게는 그것이 악몽이었지요. 심리적인 문제였을지도 모르지만 두려움이 커질수록 저는 더 시끄러워졌습니다. 말을 멈출 수가 없었어요.

와크텔 소설 『부랑자들』의 배경은 마오쩌둥이 죽고 문화혁명이 끝난 후 2년 반이 지난 1979년입니다. 그때 당신은 무척 어렸습니다, 일곱 살 정도였지요. 중국 역사 중에서 이 특정한 시기에 끌린 이유는 무엇입니까?

리 역사적으로 1979년은 중국이 기술적·경제적 발전을 시작하고 서구에 문호를 개방한 해입니다. 중국은 1979년 때문에 지금 우리가 아는 중국이 되었지요. 개인적으로 저는 여섯 살, 일곱 살이면 작은 인간으로서 세상을 보기 시작한다고 생각합니다. 여러 가지 일에 대처하기 시작하지요. 제가 여러 가지를 인식하고 세상을 보며 당황하기 시작한 때에 대해서 쓰고 싶었고, 그래서 1979년에 대해 쓰기로 했습니다.

와크텔 이야기는 몇 달에 걸쳐서 진행되고 두 건의 처형으로 끝나는데, 실제 사건을 바탕으로 합니다. 이 소설에서 무엇을 탐구하고 싶었는지 말해 주시겠어요?

리 중국의 어느 지방 도시에서 한 여인이 마오쩌둥 의장과 문화혁명에 반대하다가 반혁명이라는 죄목으로 10년 동안 투옥되었습니다. 10년 후 재심이 실시되었는데, 여자는 감옥에서 뉘우치지 않고 일기와 편지, 에세이를 썼기 때문에 반혁명으로 사형을 선고받았습니다. 그녀가 죽기 전에 신장을 꺼내 이식했고, 처형 후 사체에 수없이 끔찍한 일을 자행했지요. 그러자 같은 시의 사람들은 그녀를 위해 시위를 벌였고, 몇 주 후 이번 시위를 주동한 여자 역시 사형을 선고받았습니다. 이것이 제가 역사에서 가져온 사례였습니다. 제가 볼 때 두 여인은 영웅이었습니다. 자기 목숨을 바쳤어요. 정의를 위해서, 민주주의라는 꿈을 위해서, 또 삶의 그 모든 장엄한 테마들을 위해서 가정생활과 아이들을 비롯해 모든 것을 희생했지요. 그러나 저는 두 여성보다 이 공동체에, 첫 번째 여인이 처형된 후 6주에서 8주 동안 이 공동체에서 일어난 일에 관심이 더 많았습니다. 제 목표는 가능한 모든 각도에서 사건을 바라보는 것이었기 때문에 노인들, 청년들, 시위에 적극 참여한 사람들, 시위에 반대한 사람들의 시선을 모두 넣었습니다. 저는 그저 그 시대와 그 세계를 이해하고 싶었어요. 일곱 살의 저는 이해하지 못했던 세계를 말입니다.

와크텔 당신이 아이였을 때 본 것은 수많은 비난이었지요.

리 네, 소설의 일부는 제 삶에서 가져왔습니다. 다섯 살에서 여섯 살 사이였을 거예요. 당시 처형이 많았는데, 처형을 실시하기 전에 각 공동체로 보내 의식을 거쳤습니다. 탁아소에서 나와 그런 곳에 갔던 기억이 나요. 어린아이는 처형의 결과를 이해하지 못합니다. 그저 축제 같은 행사였고, 평소와 달라서 신이 났지요. 예를 들어 한번은 죄수 네 명이 처형을 당했는데 그중 한 명이 여자였어요. 그녀의 머리 모양이 아주 또렷이 기억납니다. 어린아이는 그런 이미지들을 기억에 저장하지만 이해는 하지 못해요. 부모님은 그런 일들에 대해 이야기하지 않으려 했습니다. 그래서 우리는 성인이, 작가가 되면 그런 사건들로 돌아가 연구를 하지요. 당시 무슨 일이 있었는지 보려고요.

와크텔 부분적으로는 처형된 반혁명분자들이 여성이었고, 또 그중 한 명은 어머니였다는 사실 때문에 이 사건에 매료되었습니까?

리 네, 그렇다고 생각해요. 저는 소설을 쓰기 시작할 때부터 첫 번째 여자가 1장에서 처형된다는 사실을, 이미 실존 인물에서 전설로 변했기 때문에 진짜 그녀에 대해 절대 알지 못하리라는 사실을 인식하고 있었습니다. 하지만 두 번째 여자는 젊은 어머니였고 제가 젊은 어머니로서 정말 이해해야만 하는 것을 나타냈기 때문에 전 그녀에게 더욱 매료되었습니다. 아무리 더 고귀한 소명이라고 해도 어떻게 무언가를 위해 아이를 포기할 수 있을까? 그 여자의 두려움은 어디 있었을까? 죽음이 두려웠을까? 이러한 의문이 소설의 중심인물 중 하나인 두 번째 여자에게로 이어졌고, 그녀를 통해서 저는 사람들이 그런 일을 하는 이유를 더욱 잘 이해하고 싶었습니다.

와크텔 첫 장에서 처형되는 젊은 여성 구산은 말씀하신 것처럼 전설입니다. 어디에나 존재하지만 정확히 파악할 수 없지요. 그녀에 대해서 말씀해 주시겠어요? 당신은 그녀를 어떻게 보고 어떻게 이해하는지 말입니다.

리 우선, 소설 속 그녀는 일찍부터 아주 활동적인 홍위병이었고 끔찍한 일들을 저질렀습니다. 노인들에게 잔혹한 짓을 저질렀고 임신부의 배를 발로 차는 바람에 장애아가 태어나기도 합니다. 그러므로 그녀는 성인聖人이 아닙니다. 제 마음속에서는 영웅이 아니었어요. 그녀는 죽는 순간까지 현실의 한 인간이었지만 죽은 후 영웅이 됩니다. 저는 그녀를 영예로운 인물로 만들지 말자고 굳게 마음먹었습니다. 그녀를 영웅으로 만들면 반대편을 위한 프로파간다가 될 테니까요. 자, 이렇게 젊고 아름다운 여인이 자기 목숨을 포기하잖아요, 라고 말입니다. 저는 사람들이 훨씬 더 복잡한 동기를 가지고 행동한다고 생각합니다. 우리는 다른 인물들을 통해서 그녀를 알아 가야 했습니다. 그녀가 젊은 시절에 해친 사람들은 평생 분노나 증오를 가지고 살 거예요.

와크텔 구산의 끔찍한 투옥과 처형, 죽은 후까지 자행되는 폭행은 중심인물들의 여러 가지 시각을 통해서 여과되지만 전체적으로 잔인하고 비인간적인 사회를 상기시킵니다. 『부랑자들』에서 죽음은 무척 생생하고 적나라하지요. 사자에 대한 처우는 그 세상이 인간의 목숨에 어떤 가치를 두는지를 반영합니다.

리 아시겠지만 저는 그 사실을 아주 잘 알았고, 작가는 그런 것들을 피할 수 없습니다. 자세한 내용에서 눈을 돌려 버릴 수가 없어요. 실제 세계에서라면 그런 건 생각하고 싶지 않아, 그런 문제에 대해서 깊이 생각하기 싫어, 라고 말할 수 있습니다. 하지만 그 시대에 대해서, 그 사람들에 대해서 쓰고 싶다면 전체 그림 속으로 들어가야 합니다. 저는 독자들을 봐주지 않았고, 그 과정에서 제 자신도 봐주지 않았습니다.

와크텔 소설 속에서 동물들까지도 잔인하게 죽임을 당하지요.

리 네, 그것은 아주 의도적인 결정이었습니다. 당시에는 동물이 무척 많았어요. 우선, 1970년대에 소설 속 마을과 같은 작은 시에서는 동물이 실제로 인간과 공존했고 자기들만의 세계가 있었습니다. 저는 사람들이 동물을 다루는 방식이 서로를 다루는 방식과 그리 멀지 않다고, 스트레스를 받거나 특정한 상황에서는 특히 그렇다고 항상 느낍니다. 그래서 이 소설에 동물이 많이 나오는데, 대부분은 죽지요. 저에게 동물의 죽음은 인물의 죽음보다 훨씬 더 가슴 아픈 것 같습니다.

와크텔 구산의 아버지 구 선생은 당신 할아버지와 조금 비슷한 것 같은데요. 당신이 제일 좋아하는 인물이고, 소설 속에서 그 인물을 통해 살았다고 말했습니다. 그의 어떤 점에 가장 연관성을 느꼈습니까?

리 저희 할아버지는 훨씬 더 기탄이 없었습니다. 소설을 끝낸 다음에야 깨달았지만 구 선생은 철학과 역사를 아는 유일한 등장인물이었어요. 지식을 가진 사람이었지요. 구 선생은 사실 두 문화와 두 세계에 살고 있습니다. 중국의 작은 문화와 더 큰 문화 말입니다. 하지만 좁은 세계에 갇혀 있었기 때문에 이 사실은 도움이 되지 않습니다. 구 선생은 항상 분노를 억눌렀습니다. 옛 시절의 아름다움을 그리워했지요. 그는 몽상가였지만 꿈꿀 것이 하나도 없었고, 이런 특징들 때문에 좀 복잡한 인물이 되었습니다. 슬픈 인물이라고 말할 수도 있겠지요. 저는 소설을 쓰면서 구 선생을 무척 가깝게 느꼈고, 그가 죽었을 때는 울었습니다. 제가 정말로 그와 함께, 또는 그의 안에 들어가서 그 모든 여정을 겪고 그의 눈을 통해 모든 것을 본 기분이었거든요. 모르겠습니다. 스무 명이 등장하는 소설을 쓸 때는 그 세계에 파묻히기 위해 누군가의 입장이 되어야 할지도 몰라요.

와크텔 구 선생은 "살기 위해서 양심이 꼭 필요한 건 아니야"라고 말합니다. 자기 딸을 구하는 문제에 대해 하는 말이지만, 당신에게는 더 큰 의미를 갖는 생각이 아닐까 궁금했습니다.

리 어떤 면에서 구 선생은 역사와 자기 운명에 대해 무척 체념하고 있는데, 저는 그 부분을 의식했습니다. 사람들은 제 소설에 그런 운명론이 항상 새겨져 있다고 말했으니까요. 구 선생의 철학이나 운명론이 아마 그를 만든 저에게서 나온 게 아닐까 싶습니다.

와크텔 그런 면에서 당신은 운명론자입니까?

리 네, 그런 것 같아요. 저도 이렇게 말하는 게 싫지만, 그런 느낌이 듭니다.

와크텔 운명론이 당신의 삶과 일에 어떤 영향을 끼치나요?

리 아, 무척 좋은 질문이네요. 저는 운명론에 긍정적인 영향과 부정적인 영향이 있다고 생각합니다. 긍정적인 면은, 낙관주의나 희망에 절대 속지 않기 때문에 항상 약간의 의심을 안고 세상이나 사람을 탐구한다는 것입니다. 또는 사람들을, 자신을, 주변인들을, 낯선 이들을, 모두를 속속들이 알아보고 싶어 하지요. 저는 이것이 작가에게 좋다고, 픽션 작가가 해야 하는 일이라고 생각합니다. 그 무엇도 당연하게 여기지 않는 것 말입니다. 우리는 인간의 감정과 동기에 깊숙이 파고들어야 합니다. 그게 좋은 점이에요. 부정적인 면은 회의적인 사람으로 사는 것은 힘들다는 점입니다. 특히 어린 자식을 둔 엄마라면 더 힘듭니다. 저는 부모가 되려면 엄청난 낙관주의가 필요하다고 생각하고 낙관적인 어머니가 되려고 애쓰지만, 낙관주의가 저절로 우러나지는 않아요. 낙관주의를 억지로 강요해야 하지요.

와크텔 소설 『부랑자들』의 실제 부랑자에 대해서, 제목이 가리키는 인물들에 대해서 잠시 이야기하고 싶습니다. 후아 부부는 넝마주이지만 동정심 많고 고귀합니다. 가진 것이 없는데 왜 그렇게 인심이 좋을까요?

리 몇 년 전에 넝마주이 부부에 대한 아주 짧은 기사를 읽었는데, 그 사람들은 몇 년 동안이나 쓰레기를 모아서 버려진 아이 서른일곱 명을 키웠어요. 전부 여자애들이었죠. 그러던 어느 날 정부 관리가 나와서 "출생증명서가 없으니 이 아이들을 키울 수 없습니다"라고 했고, 아이들은 고아원으로 보내졌습니다. 하지만 부부는 희망을 절대 포기하지 않고 계속 똑같은 일을 했지요. 저는 『부랑자들』을 쓰기 시작할 때부터 그 사람들 이야기를 쓰고 싶다고 생각했습니다. 또 후아 부부가 어떤 면에서는 부차적인 인물이지만 저에게는 중심인물이라는 사실도 알았지요. 이 부부의 이야기가 소설 속으로 스며들었습니다. 저는 운명론자이기 때문에 약간 이해하기 힘들었지만, 두 사람이 그토록 오랜 세월 동안 딸 하나를 잃고 또 다른 딸을 키울 수 있었던 것은 희망 때문이었다고 진심으로 생각합니다. 저는 후아 부부에 대해서 쓰면서 그들에 대해서, 또 희망을 갖는 법에 대해서 많이 배웠다는 생각이 들어요. 그래서 소설 제목을 정할 때 그들에게서 제목을 따오고 싶었습니다.

와크텔 사람들은 현재의 중국은 1970년대의 중국이 아닌데 왜 그 시대에 대해서 써야 하는지 묻습니다. 왜 과거를 흘려보내고 웅장한 올림픽이나 현재의 강하고 부유한 중국에 대해서 쓸 수 없습니까? 이런 질문에 어떻게 답하시겠어요?

리 음, 대답할 말은 많아요. 우선, 저는 문학은 문학이라고 생각합니다. 문학이 프로파간다여서는 안 돼요. 제가 오늘날의 웅장한 중국이나 웅장한 올림픽에 대해서 쓰고 싶다 해도 아마 그 웅장한 표면 아래의 정말 어두운 무언가를 볼 겁니다. 저는 그 어떤 표면도 믿지 않고 그 아래로 들어가 그 밑에 무엇이 있는지 보는 것이 작가의 일이라고 생각합니다. 저에게 1979년과 2009년은 별반 다르지 않아요, 인간의 감정과 동기는 서서히 발전한다고 생각하니까요. 그렇기 때문에 우리가 디킨스나 제인 오스틴을 읽는 겁니다, 그들은 다른 사회에 살았지만 우리는 그 인물들을 여전히 이해하니까요. 그러므로 1979년은 단순한 설정에 가깝습니다. 저는 그 설정에 관심이 있지만, 만약 이 인물들을 2009년으로 옮긴다 해도 1979년의 인물들과 아주 비슷하게 행동할 거예요. 저는 기자가 아니고, 따라서 그것은 픽션 작가로서 저의 자유라고 느낍니다.

와크텔 당신은 약 1년 전에 10년 만에 베이징을 방문했습니다. 어땠습니까?

리 흥미로운 경험이었어요. 베이징에 가기 전에 다들 "아, 베이징도 중국도 정말 못 알아볼 거예요. 이제 새로운 나라가 되었어요"라고 말했는데, 부분적으로는 사실이었어요. 겉모습이 너무나 많이 변했으니까요. 겉보기에 베이징은 딴 도시가 되어서 길도 알아볼 수 없었고 저희 집도 찾을 수 없었습니다. 10년 동안 떠나 있으면 이런 일들이 일어나지요. 하지만 또 픽션 작가로서 저는 변한 것은 겉모습뿐이라고 진심으로 믿습니다. 저는 사람들과 이야기를 하면서 ─ 부모님이 사는 동네에 갔을 때, 옛 친구들을 만났을 때 ─ 그들이 별로 변하지 않았음을 깨달았습니다. 변한 것은 삶의 상태일 뿐이었지요. 그리고 저는 항상 이렇게 말해요. 20년, 30년 전에는 배급을 받으려고 줄을 섰지만 이제는 돈을 벌려고 주식 시장에 줄을 선다고요. 제가 보기에는 겉모습의 변화일 뿐입니다. 탐욕과 질투 같은 인간의 감정은 하나도 변하지 않았어요. 아직 거기 있습니다. 저는 사람들이 역사에 갇힌다고, 혹은 역사에 의해 결정된다고 생각해요. 변하지 않은 것들을 보면 저는 무척 안심이 됩니다. 어떤 면에서는 그런 부분들 때문에 우리가 문학 작품을 쓰는 셈이니까요.

2009년 6월

∽

와크텔 소설집 『골드 보이, 에메랄드 걸』에서 가장 긴 이야기는 ─ 사실 중편에 가까운데요 ─ 「여름의 마지막 장미」인데, 화자인 모얀은 당신 소설에 등장하는 여성이 대부분 그렇듯 고립되어 살면서 오랫동안 조심스럽게 유지해 온 ─ 혹은 겉보기에는 ─ 무관심한 태도를 가지고 있습니다. 이처럼 감정적으로 동떨어진 자세에 왜 그렇게 관심이 가나요?

리 저는 삶과 마찬가지로 픽션에서도 부분적으로는 드라마의 중심에 끌려요. 드라마의 중심을 보면 수많은 극적 감정과 순간을 경험할 수 있으니까요. 그것은 불꽃놀이와 같습니다. 폭발하지요. 하지만 저는 주변부 사람들이나 드라마의 중심에서 살고 싶지 않은 사람들에게 더 끌립니다. 제가 보기에 그런 인물들은 모두 무척 완고하고 진지하게 ─ 그런 사람들의 공통점입니다 ─ 살고 싶어 한다는 특징이 있습니다. 바깥에서 보면 동떨어진 삶처럼 보이겠지만, 그들의 진지함과 완고함은 따르고 싶지 않은 삶에 대한 반항입니다.

와크텔 당신의 픽션 대부분이 그렇듯이 이 이야기에는 크나큰 통렬함이, 이루지 못한 삶이라는 느낌이 있습니다. 반항이나 저항일 수도 있지만, 일종의 자기 박탈이기도 합니다. 그렇게 보여요.

리 자기 박탈이에요. 반면에 그들에게는 자기 보존이기도 하지요. 저는 제 인물 대부분의 중심에 이루지 못한 삶이 있다고 생각합니다. 그들이 어떤 종류의 삶을 살지 않겠다고 거부하는 이유, 혹은 스스로 고립되는 이유죠. 예를 들어 「여름의 마지막 장미」에서 그것은 모얀이 스스로를 지키고 자신의 고결함을 지키는 거의 유일한 방법입니다.

와크텔 왜죠?

리 모얀은 그녀가 키워진 방식과 세상과 연결되는 방식 때문에 사람들과 연결되어 있지 않을 때 가장 깊이 사랑합니다. 전 그녀가 이 사실을 알고 있다고, 그런 태도를 포기하고 싶어 하지 않는다고 생각해요.

와크텔 연결되어 있지 **않을** 때 가장 깊이 사랑한다고요?

리 음, 그래요. 소설에서 모얀은 이렇게 말합니다. "난 내 삶에 걸어들어온 사람을 누구 하나 잊지 않았다." 중편 전체에서 이 말을 두 번 ― 초반부와 맨 마지막에 ― 하는데, 우리는 모얀이 정말 그렇다는 것을 알게 됩니다. 그녀는 자기 삶에 들어온 사람들을 기억하고 사랑하지만, 그런 침묵 속에서가 아니면 그것을 표현하지 못합니다.

와크텔 모얀에게 중요한 영향력을 갖게 된 사람은 "누군가를 마음속에 허락하는 순간 너 스스로를 바보로 만드는 거야"라고 말합니다. 또 "아무것도 원하지 않으면 무엇도 너를 이길 수 없어"라고도 하죠. 이것은 소설 『고독보다 친절한』에서 인용하는 불교 격언 "아무것도 원하지 않는 것은 약점이 없다는 뜻이다"와 비슷한 울림을 갖습니다. 이것은 어떤 지혜인가요? 당신은 왜 이 말에 감응하나요?

리 원래 '아무것도 원하면 안 된다'는 불교의 가르침에서 나온 말입니다. 하지만 두 인물 모두 특정한 나이에, 원하는 것이 많은 십대 때 이런 가르침을 받습니다. 그때는 삶에 대한 희망이 넘쳐야 해요. 음, 저는 그들이 이러한 가르침을 너무 일찍 받아서 욕망을 덜 느끼게 되었다고 생각해요. 제가 자라면서 들은 가르침이라고 말해도 큰 과장은 아닐 겁니다. 그래서 저도 이 말에 감응하는 거예요.

와크텔 하지만 당신은 그 가르침을 뛰어넘었습니다. 당신은 아주 어렸을 때부터 중국을 떠나고 싶었다고, 미국에 가고 싶었다고 했으니까요. 당신은 이 가르침을 받아들여 결국 자기 박탈 상태에 이르는 것을 어떻게 피할 수 있었습니까?

리 아무것도 원하지 않는 것은 아주 어려운 일이고, 우리 모두 알고 있듯이 뭔가를 원하는 것은 아주 인간적인 일입니다. 저는 살면서 그런 가르침을 따르지 않은 것이 정말 행운이라고 생각합니다. 그렇지 않았다면 저는 그 무엇도 되지 못했을 테니까요.

와크텔 누가 그렇게 가르쳤나요? 누가 그런 교훈을 줬습니까?

리 특정한 사람이 그랬다기보다 대부분의 가르침이 그랬다고 생각해요. 아버지였을지도 모르지요. 하지만 대부분 소위 말하는 불교식 가르침의 문화 때문입니다. 역사 때문이기도 해요. 선생님들은 부모님과 마찬가지로 공산주의 체제에서 50년을 살았으니까요. 그들에게는 아무것도 원하지 않는 것이 자신을 지키는 아주 좋은 방법 같았습니다. 제 경우 자신을 지키겠다는 본능이 어렸을 때부터 무척 강했습니다. 무엇을 지키고 무엇을 포기할지 선택해야 했어요. 제가 어렸을 때부터 지킨 것은 글에 대한 사랑과 문학에 대한 사랑밖에 없을 거예요.

와크텔 「여름의 마지막 장미」에서 가장 가슴 뭉클한 순간은 어린 모얀이 병아리 두 마리를 애완동물로 소중히 키우는 장면입니다. 병아리들이 어쩔 수 없이 죽자 모얀은 빈 달걀 껍데기에 다시 집어넣으려고 합니다. 성인이 된 그녀는 이렇게 생각합니다. "그때 이후 나는 삶이 그런 것임을, 병아리가 달걀 껍데기 속으로 돌아가지 못하는 것처럼 우리의 하루하루 역시 돌이킬 수 없이 흘러가 버린다는 것을 알았다." 무척 기발한 은유이자 쉽게 뇌리를 떠나지 않는 장면입니다. 어디서 영감을 받았습니까?

리 어렸을 때 한 친구가 있었는데, 그 친구 가족은 매년 병아리를 샀고 저는 매년 병아리들이 죽는 것을 보았습니다. 하지만 친구가 품은 희망은 절대 죽지 않았어요. 언젠가 한 마리는 살아남아서 닭으로 자라리라는 희망 말입니다. 참 흥미로운 것 같아요. 그런 희망과 고통을 겪은 것은 그 친구이고 저는 관찰자였을 뿐인데도 친구를 보면서 병아리를 달걀 속에 다시 넣을 수만 있다면 얼마나 좋을까 생각했었거든. 제가 좀 조숙했나 봅니다. 아주 어렸을 때였던 것 같아요.

와크텔 「여름의 마지막 장미」에는 당신의 배경과 비슷한 부분이 있습니다. 예를 들어 모얀이 군 복무를 하거나 영문학을 좋아하는 것이 그렇지요. 그녀의 군 생활에서 가장 기억에 남은 것은 소속 소대가 산에서 보낸 한 달입니다. 모얀은 이렇게 말합니다. "그 전까지 나는 세상을 그만큼 사랑한 적이 없었다." 당신도 그런 경험을 했습니까?

리 네. 저는 자전적인 작가는 절대 아니지만 「여름의 마지막 장미」에서는 제 군대 경험을 많이 빌려다 썼습니다. 산악 행군은 정말 가혹했습니다. 하지만 그 이전이나 그 이후로 한 번도 보지 못한 방식으로 주변 세상을 볼 수 있었지요. 그러니, 네, 제 경험이기도 한 것 같습니다.

와크텔 자연에 감사하거나 자연과 연결되었다는 느낌을 받게 됩니까?

리 그리고 자신이 자연 속에 살고 있다는 사실도 깨닫게 되지요. 모얀은 행군 당시 아주 생생히 살아 있었습니다. 개똥벌레와 꽃과 빗방울을 보았지요. 항상 주변에 있었던 것들이지만 그 순간까지는 그녀의 삶이 자연과 연결되지 않았습니다.

와크텔 당신은 군 복무 당시 「여름의 마지막 장미」의 모얀처럼 영어 책을 읽었을 뿐 아니라 톈안먼 광장 사건 당시 보고 들은 것을 이야기하고 다녀서 문제에 휘말립니다. 톈안먼 사건 당일에 무슨 일이 있었는지 설명해 주실 수 있나요?

리 6월 3일은 토요일이었습니다. 친구와 수학 특수학교에 다녀오는 길이었는데, 거리에 버스들이 쓰러져 있고 사람들이 모여들었어요. 저는 집으로 가서 부모님께 상황이 별로 좋아 보이지 않는다고 말했고, 부모님은 그날 밤 언니와 제가 집 밖으로 나가지 못하게 했습니다. 어머니는 아버지에게 우리가 몰래 빠져나가지 못하게 지키라고 한 다음 무슨 일이 있는지 보러 거리로 나갔습니다. 이미 총격이 시작되었고, 어머니는 엄마 품에 안겨 죽은 아이를 보았습니다. 가장 어린 희생자였는데, 아마 일고여덟 살 정도였을 겁니다. 사람들이 죽은 아이와 그 애 엄마를 차에 태워서 군인들이 모여 있는 곳으로 갔어요. 자기들이 폭도가, 나쁜 사람이 아니라는 것을, 아이들이 죽임을 당하고 있음을 군인들에게 보여 주고 싶었던 것이지요. 열한 시쯤 어머니가 울면서 집으로 돌아와서 상황이 정말 좋지 않다고 말했어요.

다음날 부모님은 우리를 다시 집에 가두었습니다. 우리 집은 톈안먼 광장과 아주 멀었기 때문에 아버지가 사상자를 알아 보려고 가까운 병원으로 갔습니다. 무슨 일이 일어났는지 알고 싶었으니까요. 아버지는 자전거 보관소에 시체가 있었다고, 그래서 세어 보았다고 말했습니다. 대략 몇 명이나 죽임을 당했는지 어림잡아 보려고 하셨지요. 우리 동네에만도 시체가 오십 구나 있었어요. 도심에서 아주 먼 곳이었는데도요.

와크텔 그래서 어떻게 되었습니까? 며칠 뒤에는 어떻게 되었지요?

리 우리는 일주일 동안 학교에 가지 못했습니다. 지금 돌아보면 아주 이상한 시기였어요. 사람들이 전쟁신경증을 겪었던 것 같습니다. 거리로 나가면 사방에 탱크와 장갑차, 군인이 있었는데, 또 한편으로는 계속 살아야 했기 때문에 부모님이 밖으로 나가 장을 봐 왔습니다. 일주일 뒤 우리는 다시 학교에 나가기 시작했고, 다들 그 기나긴 한 달 반 동안 무엇을 했는지 보고해야 했습니다. 몇몇은 심문을 잘 넘기지 못했지요.

와크텔 당신은 뭐라고 말했습니까? 당신의 행동을 설명하거나 뭔가를 고백해야 했나요?

리 매일을 설명해야 했습니다. 행진이나 시위에 참여했는지 말해야 했지요. 우리는 고등학생이었기 때문에 심문을 통과하려면 어떻게 말해야 하는지 선생님들이 알려 주었습니다. 공식적인 입장을 따르지 않은 경우도 있었는데요, 우리 가족과 친분이 있는 분의 딸이 그랬습니다. 그녀는 무척 활동적이었고 자신이 다니던 대학의 주동자였는데 심문을 통과하지 못했지요. 감옥에 갈 정도는 아니었지만 대학에서 쫓겨났고, 아주 오랫동안 중국에서 공식 직업을 갖지 못했습니다.

와크텔 『고독보다 친절한』에 그 사람이 등장했던 것 같은데, 그 이야기는 나중에 하죠.

당시 보고 들은 것 중에 무엇이 가장 충격적이었습니까?

리 무장하지 않은 사람들이 군인의 총에 맞았다는 단순한 사실이라고 생각합니다. 소설이나 역사책에 나올 법하지 우리에겐 절대 일어나지 않을 일 같았지요. 무척 충격적이었습니다.

저는 사람들의 반응도 충격적이었습니다. 용감한 사람도 있고 옹졸한 사람도 있었지요. 학살 직후 시 정부에서 직통 전화를 열었고, 누가 시위에 참여했다거나 군인들에게 돌을 던졌다고 신고하면 본격적인 조사도 없이 체포되었으니까요. 군인들에게 체포된 많은 사람들이 고문을 당했습니다. 베이징 사람이라면 누구나 그런 사연이 있었고, 그것이 저에게는 새로운 배움이기도 했습니다. 어떤 사람들은 정말 영웅적이지만 또 어떤 사람들은 아주 비열해질 수 있다는 사실 말입니다.

와크텔 가장 최근에 발표한 소설 『고독보다 친절한』의 고등학생들은 학살 몇 달 후 톈안먼 광장에서 열린 축하 행사에 참석해야 합니다. 1989년 10월 1일, 중화인민공화국 탄생 40주년 기념일이었지요. 당신도 참석해야 했습니까?

리 네, 우리 학교도 갔습니다. 무척 민감한 시기였어요. 학살이후 4개월도 채 지나지 않았지요. 지금 돌아보면 축하 행사자체에 아이러니가 너무 많았습니다. 예를 들어 남자든 여자든 검정색과 흰색 복장은 금지되었어요. 색색의 옷을 입어야했지요. 검정색과 흰색은 애도를 뜻하는 색이기 때문에 입을수 없었습니다. 돌아보니 정부가 모든 전복적인 활동을 그토록 두려워하면서 그런 축하 행사를 개최했다는 것도 무척 흥미롭네요.

와크텔 몇 년 전 당신은 십 년 만에 중국에 다녀와 여행기를 발표했습니다. 새로이 번영한 나라 중국에서 1989년의 기억을 포기하지 않으려는 택시 기사를 만났고, 당신은 중국이 우리가 아는 현재의 나라로 성장한 것은 1989년의 일 덕분이라고 설명하지요. 어떻게 해서 그렇습니까?

리 1980년대를 보면 청년들이 많은 면에서 무척 이상주의적이었는데, 저는 당시 젊은 세대의 관심사가 민주적인 국가와 더욱 서구화된 경제 및 정치 체제를 갖는 것이었다고 말하겠습니다. 제 생각에 1989년의 사건은 당시 젊은 세대 전체의 꿈을 중단시켰고, 사람들은 중국에서 그 어떤 민주주의도 불가능하다는 사실을 깨달았습니다. 많은 사람들이 중국을 떠났지요. 하지만 모얀처럼 남기로 선택한 사람들은 더 이상 정치에 관심을 두지 않았습니다. 더욱 물질적이 되어 새로운 경제 체제에서 돈을 벌고 싶어 하죠. 그러므로 어떤 면에서는 좋은 일과 나쁜 일이 모두 일어났다고 생각합니다. 중국은 정말 많이 발전했어요. 이제 1989년과 같은 일이 절대 일어나지 않을 겁니다. 사람들이 물질적인 것에 관심이 더 많고, 따라서 정치적인 정서를 표현할 가능성이 더 적기 때문입니다.

저는 그 점이 흥미롭다고 생각합니다. 1980년대, 특히 부패에 대해서 이야기하던 88년과 89년에는 정부가 정말 심하게 부패했으니까요. 사람들은 부패에 대해 이야기하면서 더 나은 정부, 덜 부패한 정부를 바랐습니다. 저는 현재의 중국이 그 당시 이상은 아니더라도 똑같이 부패했다고 생각합니다. 지금 사람들 역시 부패에 대해 이야기하지만, 더 나은 정부나 덜 부패한 관리를 원해서가 아니라 부패한 사람들이 사라지고 자기들이 그 자리를 차지해서 부패의 이득을 얻고 싶기 때문이에요. 그러니 아주 큰 변화지요.

와크텔 중국 정부뿐 아니라 중국 국민들 역시 톈안먼 학살에 대해서 다시 생각하지 않으려 합니다. 정부의 억압과 잔학 행위에 대해 진지하게 생각하거나 설명하지 않으려는 이유가 무엇일까요?

리 부분적으로는 중국 내의 정치적 압력 때문이라고 생각합니다. 매년 6월 4일 즈음은 민감한 시기인데 ─ 예를 들어 중국 뉴스를 보면 그렇죠 ─ 제 생각에는 인권 운동가들이 모두 검열을 당하거나 전부 가택 연금 중이기 때문에 그와 비슷한 일이 유의미한 방식으로 다시 일어나는 것은 불가능합니다.

또 한편으로 지난 5년, 심지어 10년 동안 중국은 전진 기조를 채택하기 시작했더군요. 문화혁명과 1989년은 역사입니다. 우리는 전진해야 하고, 어떤 면에서 전진이란 그런 역사에 대해 더 이상 생각하지 않는다는 의미이지요.

와크텔 그렇다면 역사를 기억하지 못하는 젊은 세대만의 문제가 아니군요. 그 시기를 경험하거나 직접 살았던 사람들조차 역사를 지우고 싶어 하는군요.

리 네, 저라면 그렇게 말하겠습니다. 어쩌면 부모님 세대는 그 역사에 매달릴지 모르지만, 저희 세대만 해도 그런 일에 대해 이야기해서 좋을 게 뭐냐고 묻습니다. 전진하자는 거죠. 사람들은 비극에서 비극으로 무척 빨리 나아갑니다. 20년, 30년 전에는 상상도 못했던 방식으로 더 많은 부와 더 많은 힘을 손에 넣으려는 경쟁이 있으니까요.

와크텔 25년 전이죠.

리 네, 25년 전입니다.

와크텔 당신에게는 중요한 숫자인가요? 그 당시를 다시 생각합니까?

리 처음 미국에 왔을 때 매년 6월 4일마다 당시 사진들을 전부 보곤 했습니다. 톈안먼 학살 기록은 중국 안에서보다 밖에서 더 쉽게 접근할 수 있지요. 한 10년 동안 매년 그날이면 사진과 기록을 봤던 것 같아요. 이제는 제 삶의 일부가 되었고 기억하기 위해서 볼 필요가 없어졌기 때문에 그만두었습니다. 어떤 면에서, 특히 『고독보다 친절한』의 경우 그 사건을 더욱 직접적으로 다룬다고 생각하는데, 저는 이 소설을 쓰면서 실제 사건과 약간 거리를 두고 싶었습니다.

와크텔 『고독보다 친절한』은 1989년 — 톈안먼 광장 학살 몇 달 후 — 과 21년 후인 2010년 사이를 오갑니다. 이 소설은 인물들의 삶을 형성하는 심리적 폭력에 초점을 맞춰 학살의 영향을 간접적으로 다루지요. 이 이야기가 개인적·정치적으로 당신과 얼마나 관련이 있는지 이야기해 주시겠어요?

리 네.『고독보다 친절한』은 정치소설이 아니지만 정치적 배경을 가진 소설입니다. 1989년 톈안먼 학살 몇 달 후의 일이고, 중심인물 중 하나는──아까 알아보았다고 하셨는데요──샤오아이라는 사람입니다. 샤오아이는 당시 톈안먼 광장에서 시위에 활발히 참여했지요. 톈안먼 학살은 소설이 시작하기 두세 달 전에 일어났습니다. 하지만 샤오아이와 몇몇 이웃 어른을 제외하면 대부분 그 일에 대해 이야기하기를 꺼리는데, 중심인물 세 명이 특히 그렇습니다. 세 사람은 1989년에도, 21년 후에도 그 이야기를 하지 않으려 합니다. 제가 1989년의 일을 부인하려고 이 책을 쓴 것은 아니지만, 그것을 인정하지 않으려는 등장인물들의 심리에 매료되었습니다. 어느 시대든 부정적인 공간이 있는데, 그것은 인물에 대해 많은 것을 말해 줍니다. 정치적 환경은 세 인물 모두의 삶에서 부정적인 공간이기에, 대신 그들은 자신의 개인적인 삶에, 사적인 비극에 초점을 맞추려고 하지만 사실은 톈안먼 광장 사건의 커다란 그림자 속에서, 공적 비극의 커다란 그림자 속에서 살고 있습니다. 인정하지 않을 뿐이죠.

와크텔 그러한 그림자가 어떤 영향을 준다고 생각하십니까?

리 세 인물의 경우, 그리고 그들의 부모님과 이웃들의 경우 커다란 그림자는 운명론에 더 가깝습니다. 다시 운명론이네요. 중국에는 이미 불교나 도교, 5천 년의 역사에 따른 운명론이 있습니다. 하지만 이 크나큰 정치적 사건의 그림자 역시 불확실과 불안의 근원입니다. 그것은 삶이 무로 돌아갈 수 있다고 말했고, 저는 결국 세 인물이 그 그림자를 벗어나지 못했다고 생각합니다.

와크텔 『고독보다 친절한』의 중심 사건은 실제 사건 ─ 1995년 중국 대학생 주링의 독살 시도 사건 ─ 에서 따왔습니다. 그 사건은 아직도 해결되지 않았지요. 어떻게 된 일입니까?

리 제가 다니던 대학의 바로 옆 학교에서 일어난 일인데요, 주링이라는 학생이 중금속에 중독되었습니다. 처음에는 회복해서 학교로 돌아왔지만 다시 중독되어 곧 혼수상태에 빠졌습니다. 당시에는 정확한 진단이 나오지 않았어요. 중국에서 인터넷을 제대로 쓸 수 없었던 1995년의 일이었지만, 주링의 고등학교 때 친구가 우연히 인터넷에 접속해 전 세계에 도움을 청하는 메일을 보냈습니다. 베이징에서 어떤 여자가 중독되었는데 증상이 이러저러하다고 설명하자 하루 만에 수백 통의 답장이 와서 화학 물질에 중독된 것이라고 확인해 주었습니다. 그렇게 해서 주링은 목숨을 건졌지만 장애인이 되었지요. 하지만 체포되거나 기소된 사람은 아무도 없었습니다. 주링의 룸메이트 세 명 중 한 명, 혹은 세 명 모두의 짓이라고 다들 생각했었지만요. 실제 사건입니다.

와크텔 왜 아무도 기소되지 않았지요? 그 이유를 아세요?

리 가장 책임이 크다고 여겨졌던 사람이 명망 있는 가문 출신이었어요. 그녀의 할아버지가 공산당 고위 관리여서 사건 자체를 무마했던 것 같습니다. 사건은 봉인되었고, 아직까지 1995년 사건에 아무도 접근하지 못합니다.

와크텔 그 이야기의 어떤 면에 대해 쓰고 싶었습니까?

리 저는 심리적인 황폐함에 늘 관심이 있습니다. 중국에서 독살 시도 사건은 항상 일어나는 일인데, 대체로 저는 다른 사람에게 독을 먹이는 사람들과 그 이유에 관심이 있었어요. 독을 먹이는 것은 무척 수동공격적인 살해 방법입니다. 모든 살인은 계획적이지만, 독을 먹이는 것은 특별한 종류의 계획이에요. 그것은 아주 친밀한 범죄일 수밖에 없습니다. 독에 접근해야 할 뿐 아니라 다른 사람의 음식이나 음료수에 접근해야 합니다. 저는 독살이 물리적 폭력 이상임을 깨달았습니다. 그것은 심리적인 폭력이에요. 그래서 그것을 탐구하기 위해 이 소설을 썼습니다.

와크텔 당신 소설에서 독살을 당할 뻔하는 젊은 활동가 샤오아이는 실제 인물인 주링과 다릅니다. 이 소설은 네 사람의 삶의 궤적을 좇는데, 독자는 샤오아이의 시점을 보지 못하지만 그녀의 존재감은 여전히 강합니다. 샤오아이에 대해서 말씀해 주시겠어요? 그녀를 어떻게 보십니까?

리 존재감이 강한 인물이라고 말씀하시니 흥미롭네요. 어떤 면에서 샤오아이는 이야기의 중심입니다. 그녀는 독살 시도 이후 21년 동안 똑같은 상태였어요. 어떤 면에서는 이 독살 사건에서 유일하게 보호받는 인물이지요. 샤오아이는 세상을 이해하는 능력을 전부 잃었습니다. 시력을 대부분 잃었고 신체 기능도 대부분 잃었지만 정신적으로는 보호받았습니다. 샤오아이의 부모님과 이웃, 그녀 주변의 세 인물은 모두 보호받지 못했어요. 그들은 21년을 겪어 내고 견뎌 내야 했습니다.

제가 보기에는 그 점이 무척 흥미로워요. 결국 저는 독을 먹은 사람은 샤오아이이지만 그녀는 시대라는 더 큰 독을 겪지 않았음을, 시대가 다른 등장인물 모두에게 독을 먹였음을 깨달았습니다.

와크텔 샤오아이는 전혀 이상화되지 않습니다. 그녀는 열정적이고, 논쟁적이고, 대립적이지요. 사실 어떤 면에서 샤오아이를 보면 『부랑자들』의 첫 장에서 처형된 젊은 여성 구산이 언뜻 생각납니다. 구산은 앞선 시대의 정치적 급진주의자였고, 역시 헌신적인 부모와 멀어진 까다로운 딸이지요. 제 말이 맞나요?

리 네. 구산이 샤오아이보다 조금 더 이상주의적이지만요. 제가 보기에 샤오아이는 약한 사람을 이용하는 경향이 더 강합니다. 그리고 맞아요, 어떤 면에서 저는 착한 인물이나 영웅적인 인물에게 전혀 관심이 없습니다. 두 사람 모두 정치적 영웅이 될 수 있었지만 저는 항상 다른 면을 보고 싶었습니다. 예를 들어 구산은 왜 자기 아이를 기꺼이 포기했을까, 또 샤오아이는 왜 고아에게 그토록 가혹했을까, 같은 거죠.

와크텔 샤오아이가 무엇에 저항하는지 이해하기는 그리 어렵지 않습니다. 그녀의 아버지는 자기 아버지에게 배운 가르침을 고수합니다. 정치에 대해 말하지 말라는 것이지요. 그리고 어머니는 이렇게 말합니다. "모든 세대가 이 가르침을 배워야 해. 이 나라에서 공개적인 시위라니 절대 안 통해." 당신 역시 들었을 조심하라는 메시지와 비슷하게 들립니다.

리 아주, 아주 비슷해요.

와크텔 하지만 아버지가 "혁명은 평생 충분히 겪었다"고 말하자 샤오아이는 "우리 혁명은 전혀 다를 거예요"라고 합니다. 당신 세대 역시 그렇게 믿었나요?

리 저의 믿음은 아니지만 당시 톈안먼 광장 세대의 믿음이었다고 하겠습니다. 저는 그것이 옳다 그르다 판단하기 위해서 이 책을 쓴 것은 아니었습니다. 하지만 샤오아이가 그렇게 말을 하게 만들어서 그 말이 어떻게 들리는지 보고 싶었는데, 그녀는 아니라고 하지만 우리는 결국 모든 세대의 혁명이 같다는 것을 깨닫습니다. 샤오아이는 자기들의 혁명만이 중요하다고 말하지만 사실은 그렇지 않지요.

와크텔 당신은 샤오아이를 이상화하지 않을 뿐 아니라 무척 매력 없는 인물로 만들었습니다. 당신이 탐구하려던 복잡한 도덕적 문제는 무엇이었습니까?

리 역시 예전으로 돌아가게 되는데요. 1989년 6월 4일이 되기 며칠 전부터 시위 기간 내내 활동적이었던 어느 대학생이 거리를 두기 시작하더니 한번은 우리에게 왔습니다. 환멸을 느꼈던 것 같아요. 그는 "상황이 아주 뒤숭숭해"라고 말했지요. 학생 임원들이 이런저런 문제로 싸우고 있다고 말했습니다. 기부 받은 돈으로 고급 호텔의 방을 빌렸다고 하더군요. 그의 말을 들으며 저는 혁명가들 역시 모두 인간이라고, 그리고 다들 무척 매력적이지 않은 면을 가지고 있을 거라고 생각했습니다. 샤오아이가 그런 사람이라는 뜻은 아니에요. 샤오아이는 시위를 열심히 하고 싶었고 영웅이 되고 싶었습니다. 이러한 갈망은 자기보다 어린 여자애를 마음대로 조종하고 싶어 하는 것과 그리 멀지 않습니다. 샤오아이가 끌리는 것은 바로 그런 권력입니다.

와크텔 소설 『고독보다 친절한』에서 십대 친구들 중 모란이라는 인물이 당신에게 거짓말을 했기 때문에 깜짝 놀랐다고 말씀하셨는데요, 무슨 뜻인가요?

리 모란은 초고에서부터 등장했고 가장 먼저 등장한 인물 중

하나입니다. 그녀는 고독에 대해서 무척 까다로웠는데, 저는 모란이 고독하고 외로운 전형적 인물이라고 말씀드리고 싶어요. 그녀는 고독에 대해 이런저런 말을 했고 저는 그녀를 믿었어요. 그래, 이건 모란이 원하던 삶이야, 라고 생각했지요. 모란은 과거 때문에 다른 사람들과 가까운 관계를 맺고 싶지 않았고, 행복하지는 않았지만 그 상태로 평화로웠습니다. 제가 처음 소설을 쓰기 시작할 때 모란이 제게 그렇게 말했지요.

저는 이 소설을 쓰면서 항상 인물들을 약간 떠밀어야 했습니다. 저는 모란이 저에게나 자신에게, 아마도 자신에게 더욱 솔직하지 않았음을 깨달았어요. 저는 모란의 이야기를 계속 썼는데, 알고 보니 그녀는 사실 고독하지 않았습니다. 모란은 극단적으로 고립되고 외로웠습니다. 그녀는 사랑받고 싶었고 사람들을 사랑하고 싶었지만 그렇게 할 수 없었지요.

결국 모란은 자신이 고독한 것이 아니라 평생 격리 상태였음을 깨닫습니다. 바로 그때 저는 모란이 저와 자기 자신을 모두 속이고 있었음을 깨달았고, 우리는 가면을 벗었습니다.

와크텔 모란은 이 소설에서 가장 가슴 뭉클한 인물입니다. 우리는 모란이 열정적이고 따뜻하고 붙임성 좋은 아이에서 가족, 사랑, 공동체와 단절된 삶을 선택하는 사람으로 변하는 것을 지켜봅니다.

리 네. 모란은 독살 사건을 둘러싸고 벌어지는 모든 일들에 가장 면역이 없습니다. 말씀하신 것처럼 모란은 따뜻한 사람이었고, 선함을 믿었습니다. 사랑하고 사랑받는 것을 믿었지요. 십대 때 모란의 모든 믿음이 심판을 받습니다. 모란 자신이 심판을 받지요. 그녀는 도덕적 법정에 섰습니다. 모란은 독살 사건과 관련해서 자신이 많은 실수를 저질렀음을 깨달았고, 머릿속에서 개인적인 갈등을 해결하지 못합니다. 모란은 그러한 고통을 두 번 다시 겪지 않기 위해 삶에서 물러나야 했습니다.

와크텔 어떤 의미에서 모란은 당신 작품의 많은 인물들처럼 스스로 고아가 됩니다. 당신의 작품에는 여러 종류의 부모-자식 관계가 나오지만 끊어진 유대관계도 쉽게 눈에 띕니다. 거부당하고, 버려지고, 고아가 되고, 입양되는 아이들이 등장하지요. 당신의 인물들에게 가족사는 고통스러운 주제처럼 보입니다. 왜 그런가요?

리 모란이 스스로 고아가 되었다고 말씀하시니 정말 기쁘군요. 어떤 면에서 이 소설의 주제는 고아입니다. 모든 인물이 가족과 가족사의 감정적 짐에 대처할 수 있는 것은 아니기 때문이지요. 우리는 모두 가족 안에서 살기 때문에 저는 항상 가족이라는 것에 관심이 있습니다. 우리 모두 어딘가에서 왔습니다. 누구도 진정한 고아는 아니에요. 루위도 스스로 틈새에서 자라난 작은 풀 같다고 말했지만 자신이 부모에게서 태어났음을 알기 때문에 부모에 대해 생각하는 순간이 몇 번 있습니다.

와크텔 루위는 태어나자마자 입양 보내졌습니다.

리 네. 루위는 부모에게 버림받았지만 그래도 부모가 있었던 것은 사실입니다. 루위는 부모에 대해 생각하지 않으려 하지만 그렇다고 해서 부모가 존재하지 않았다는 뜻은 아닙니다. 우리 모두 부모에게서 태어나고, 부모도 그 부모에게서 태어나고, 가족사는 모든 인물의 기억이 됩니다.

와크텔 당신 소설의 몇몇 인물들은 친절에 무척 관심이 많은데, 당신도 그런 것 같습니다. 친절의 의미와 가치가 인물들이 세상에서 만나는 가혹함이나 잔인함과 대조를 이루니까요. 어떻게 해서 친절에 관심을 갖게 되었습니까?

리 친절은 세상과 삶에 대한 제 관심의 핵심인 것 같습니다. 저는 장밋빛 색안경을 쓴 적이 한 번도 없어요. 삶은 그저 삶일 뿐이지요. 늘 고난이 있습니다. 좋은 순간도 나쁜 순간도 있고, 저는 좋든 나쁘든 그 모든 순간을 피할 수 없다고 생각해요. 어쨌든 우리는 고통과 슬픔을 경험할 테니까요. 그것은 삶의 일부입니다. 하지만 친절은 우리가 베풀거나 베풀지 않겠다고 선택할 수 있어요. 타인뿐 아니라 자신에게도 친절한 사람들이 있습니다. 저는 자신에 대한 친절도 매우 중요하다고 생각해요. 결국 친절은 우리가 선택할 수 있는 것일 텐데, 선택이기 때문에 저는 친절에 대해 쓰는 것이 좋습니다.

와크텔 소설 『고독보다 친절한』은 또한 당신 고향 베이징에서 이십 몇 년 동안 일어난 변화를 추적합니다. 당신이 아는 베이징의 모습을 설명해 주시겠어요? 그곳에서 성장하던 당시 중요했던 분위기나 장소, 랜드마크 같은 것들에 대해서요.

리 제가 자랄 때 알던 베이징은 온갖 골목이 있는 1989년의 베이징입니다. 개발된 도시가 아니었어요. 역사의 아름다움이 있었지요. 어떤 나무를 봐도 수령이 오백 년은 됩니다. 골목을 따라 걷다 보면 이백 년 동안 자리를 지킨 돌이 보였지요. 제가 자라면서 아주 잘 알게 된 도시는 그랬습니다. 어렸을 때는 소설에 나오는 호수 근처가 주거 지역이었습니다. 우리는 학교에 다닐 때 호수 쪽으로 가서 거기 사는 사람들을 보았지요. 지금은 아주 섹시한 지역이 되었습니다.

와크텔 섹시하다고요? 관광객이 많은 곳인 줄 알았는데요.

리 관광객들에게는 베이징에서 가장 섹시한 곳이라고 해두죠. 다양한 외국인들과 온갖 술집이 있다는 뜻입니다. 그 근처에 나이트클럽이 모여 있어요. 호수 지역을 광고할 때 "섹시"하다는 표현을 쓰는 것 같더군요.

와크텔 모란과 보양은 중학생 때 자기들이 사는 도시에 큰 흥미를 갖게 됩니다. 두 사람은 건축과 역사에 대한 책과 일화를 수집하지요. 이것이 얼마나 특이한 행동인가요?

리 그 부분은 제 삶에서 빌려 왔던 것 같습니다. 저는 자라면서 베이징의 역사에 매료되었어요. 베이징은 풍성한 역사를 가지고 있지요. 보통 제 세대의 아이들은 모두 역사에 대해서, 이 질이나 저 궁에 대해서 뭔가를 알 거예요. 도시에서 자란다는 것은 그런 것이지요. 도시가 당신의 핏속에 흘러요.

와크텔 요즘 베이징에 가면 어떤가요?

리 달라요. 도시가 주름 제거 수술을 받은 것 같아요. 앞서 무엇이 다른지 물어 보셨지요. 골목이 대부분 사라지고 그 대신 마천루가 들어섰어요. 이제 더 이상 고향이라는 느낌이 들지 않는다고 말해야겠군요. 흔한 대도시 같아요. 베이징, 상하이, 뉴욕, 런던의 모습이 모두 있지요. 저는 대도시를 무척 좋아합니다. 하지만 베이징의 어떤 부분이, 아주 개인적이고 내밀한 부분이 사라졌어요.

와크텔 당신은 자녀들이 할아버지와 할머니를 만날 수 있도록 중국으로 데리고 갑니다. 아이들에게 특히 보여 주고 싶은 것은 무엇입니까?

리 아이들에게 제가 어디에서 왔는지 보여 주고 싶습니다. 아이들은 미국에서 자랐기 때문에 중국을 탑과 죽순이 있는 아시아 국가, 또는 플라스틱 장난감이 있는 아주 현대적인 국가라고 생각해요. 이것이 중국에 대한 두 가지 극단적인 인식이지요. 저는 아이들에게 중국의 실제 사람들을 보여 주고 싶습니다. 실제 사람들은 많이 바뀌지 않았어요.

와크텔 아직 대답하지 못한 의문이 있기 때문에 중국에 대해서 계속 쓴다는 말씀을 하셨는데요. 무엇을 생각하면서 한 말인가요?

리 저는 가족사에 대해서, 또 개인의 역사와 정치사가 교차하는 방식에 대해서 생각합니다. 그런 것들이 아직도 흥미로워요. 중국의 경우 백 년의 역사가 사람들의 삶을 크게 바꾸었는데, 그 거대한 그림자 속에 제가 아직도 탐험하는 작은 그림자들이 존재합니다.

2014년 5월
인터뷰 제작-샌드라 라비노비치

셰이머스 히니

Seamus Heaney

셰이머스 히니는 1995년에 아일랜드인으로서는 W. B. 예이츠 이후 두 번째로 노벨 문학상을 받았다. 나는 히니가 노벨상을 수상하기 전에 한 번 이야기를 나누었고, 몇 년 후 그의 70번째 생일이 지난 후에 다시 만났다. 아일랜드에서는 라디오와 텔레비전 특집, 다큐멘터리 영화, 그의 작품에서 영감을 받은 음악, 그의 작품이 실린 15개짜리 CD 박스 세트로 셰이머스 히니의 생일을 축하했다. 히니의 애독자가 워낙 많았기 때문에 그의 말을 들으려고 줄을 선 사람들을 "히니보퍼"라고 부르기도 했다. 그러나 컴 토이빈의 표현처럼 "셰이머스 히니는 그의 명성을 가볍고 쉽게 감당했다. 그는 아일랜드 문학의 주요 인물일 뿐 아니라 아일랜드의 감정적 삶, 꿈같은 삶, 실제 삶에서도 주요 인물이었다."

셰이머스 히니는 잉글랜드와 아일랜드의 통합을 주장하는 프로테스탄트들이 주로 모여 사는 북아일랜드의 가톨릭 집안에서 1939년에 태어났다. 그는 농장에서 자랐고 7남 2녀 중 장남이었다. 히니는 열한 살에 데리의 기숙학교 세인트 컬럼스 칼리지에 장학생으로 입학했다. 그런 다음 벨파스트에 있는 대학과 사범대학에 차례로 진학했고, 스물일곱 살에 첫 시집을 냈다. 1972년에 히니는 아내와 어린아이들과 함께 아일랜드공화국 남부 카운티 위클로의 시골집으로 이사했고, 위클로와 더블린을 오가며 지냈고 하버드 대학에서 20년 동안 매년 한 학기를 가르치기도 했다.

히니의 시는 자연계의 직접성과 물질성을 다룬다. 그는 가정적인 생활을 칭송하지만 그 너머 바깥세상도 의식한다. 「종착역」의 몇 구절은 그런 부분을 포착한다. 땅을 파던 히니는 도토리 하나와 녹슨 볼트 하나를 발견한다. 고개를 들면 공장 굴뚝과 산이 보인다. 히니는 이렇게 쓴다. "한 번 더 생각해야겠다고 생각한 것이 / 놀라운 일일까?" 잠시 후 그는 이렇게 말한다. "두 동이는 한 동이보다 옮기기 쉬웠다. / 나는 둘 사이에서 자랐다."

"둘 사이"란 정치적 상황만 나타내는 것이 아니라 세상을 향한 그의 태도도 반영한다. 그의 품은 넓었다.

셰이머스 히니는 아주 너그러운 사람으로, 인내심이 많고 적극적이었다. 2010년에 우리가 대화를 나누었을 때 더블린 스튜디오의 음향 기기에 문제가 생겼는데, 그는 놀라운 인내심을 보여 주었다. 그때 히니는 그의 마지막 책이 될 『인간 사슬』을 낭독했다. 셰이머스 히니는 이 시집으로 10,000파운드의 상금을 수여하는 포워드 시문학상을 수상했고, 그 외에도 수없이 많은 영예를 누렸다. 그는 2013년에 일흔네 살의 나이로 세상을 떠났다.

～

와크텔 당신은 북아일랜드 카운티 데리의 모스본 농장에서 태어났습니다. 그곳에서의 제일 첫 기억은 무엇입니까?

히니 글쎄요…. 가장 이른 기억은 모스본의 땅에, 카운티 데리의 흙에, 아니 땅 위의 마루에 제 발이 닿았던 것입니다. 저는 동네 목수가 만든 유아용 침대에 있었는데, 침대 바닥이 목재 널빤지로 되어 있었고 가장자리에 작고 매끄러운 판자들이 있었지요. 못으로 고정된 게 아니었어요. 아이들이 오줌을 싸거나 더한 짓을 할 수도 있으니 판자 한두 개쯤 뺄 수 있는 게 좋으니까요. 판자를 한두 개 뺀 다음 침대 바닥 아래 매끄럽고 차가운 시멘트 바닥을 디뎠던 기억이 납니다. 저의 늙은 발 안에 그때의 그 작은 발이 아직도 느껴집니다. 확실히 그것이 저의 첫 기억입니다. 우리 집은 초가지붕에 회반죽을 바른, 그 시대의 전형적인 길쭉하고 낮은 시골집이었습니다. 아일랜드 시골지역 고유의 건축 양식이지요. 우리 집은 동네 카운티 도로를 향하고 있었고 뒤로는 밭 하나 건너에 런던 미들랜드 스코티시 철도라고 불리던 철길이 있었는데, 1950년대 말인가 1960년대 초부터 쓰지 않았지요. 하지만 1940년대에는 기차가 다녔고, 캐슬도슨역으로 달려가는 증기기관차의 크고 강력한 소음이 밭을 건너 들려왔습니다. 이런 이야기는 끝도 없이 할 수 있어요.

우리 집 마당 건너 우사에는 암소들이 있었습니다. 헛간에는 말이 한 마리 있었지요. 헛간은 우리가 사는 집과 같은 지붕 아래 있었기 때문에 집 너머 헛간에서 말이 그르렁거리는 소리에 마음이 편해질 때가 많았습니다. 벽난로에 불은 없었지만 펌프에 물은 있었고, 근처에 우물이 몇 개 있었습니다. 초가지붕과 우물물, 말이 끄는 마차, 말이 끄는 쟁기 등등 그때를 돌아보면 정말 다른 시대였다는 느낌이 강하게 듭니다.

와크텔 당신은 9남매 중 맏이였습니다. 「40년대의 소파」라는 시를 보면 소파에서 동생들과 함께 승객과 검표원이 되어 놀던 기차놀이를 설명하면서 어린 시절의 가정생활을 떠올립니다. 하지만 시가 역사로 확장되면서 분위기가 어두워집니다. 가족의 놀이는 뒤로 물러나고 "유령 열차"와 "죽음의 곤돌라"

가 홀로코스트의 피해자들을 죽음을 향해 싣고 가면서 끔찍한 운명을 암시합니다. 순수함과 앎이 대치하는데—

히니 세월이 흐르면서 저는 당시 유럽에서 기차가 무척 불길한 탈것이었음을 깨달았습니다. 20세기의 가장 끔찍한 이미지는 아우슈비츠로 들어가는 열차의 이미지일 것입니다. 살면서 배우는 거죠.

와크텔 이 시에는 어울리지 않는 크리스마스 선물, 역사의 울림, 그리고 놀이, 환상, 상상력의 놀라움 등 너무나 많은 것들이 담겨 있습니다. 상상이 어린 시절의 경험에서 얼마나 많은 부분을 차지합니까?

히니 카우보이와 인디언은 물론이고 활과 화살을 든 로빈 후드와 기차도 있었지요. 어린아이는 누구나 그럴 겁니다. 우리는 모스본에서 말하자면 목가적인 삶을 살았습니다. 바르샤바나 런던, 버밍엄, 아니면 전쟁 때 폭격을 당했던 벨파스트에만 살았어도 세상에 대한 감각이 무척 달랐을 것이고, 어쩌면 더 방어적인 상상을 했을 겁니다. 저는 윌리엄 워즈워스가 기숙학교에 가기 전 어린 시절을 생각하면서 지은 그의 시를 종종 인용합니다. "내 영혼의 파종기는 공정했고 / 아름다움과 두려움이 똑같이 나를 키웠네." 사실 저의 두려움은 대체로 원시적인 두려움이었습니다. 워즈워스는 산에서 두려움을 느꼈고 저는 개구리와 쥐, 그리고 개구리 알에서 두려움을 느꼈는데, 저의 첫 시 「자연주의자의 죽음」에도 등장합니다. 사방에 그런 것들이 있었어요. 시골에서 자라는 어린이에게는 흔한 두려움이죠. 그러나 기숙학교에 들어갔던 열두 살까지 저는 전반적으로 아주 안정적인 시간을 보냈습니다.

와크텔 개구리 알의 어떤 점이 무서웠습니까?

히니 시에 쓴 것처럼, 언젠가 아마 亞麻 둑 쪽으로 내려갔는데 목에서 맥박이 뛰는 개구리 알들이 실제 존재로서 거기 있었습니다. 개구리들이 개골개골 울었는데 아주 불길한 울음소리였어요, 개골개골거리는 합창이었지요. 저는 그냥 무서웠습니다. 시에서는 약간 극적으로 바꾸어서 돌아서서 뛰었다고 썼는데, 물론 돌아선 것은 사실입니다. 저는 개구리 알이 무서웠습니다. 몇 살이었는지는 모르겠어요, 아마 여섯 살이나 일곱 살이었을 겁니다. 개구리 알의 괴상함, 개구리가 실제로 잔뜩 있다는 느낌, 개구리가 내는 소리가 무서웠습니다. 또 아마 둑의 악취 역시 역겨움에 한몫을 했지요.

와크텔 당신이 쓴 시와 산문에는 당신 주변의 땅이 자주 등장합니다. 어린 시절을 돌아볼 때 물리적인 환경이 얼마나 중요한가요?

히니 저에게는 정말 중요합니다. 그때를 생각하면 사실 개념보다는 감각이 떠오릅니다. 그 장소의 느낌이지요. 우리의 몸은 너무나 많은 것을 저장합니다. 예를 들면 말이 끄는 쟁기의 손잡이를 잡고 있던 감각이 기억납니다. 아버지가 제 손을 잡고 쟁기 끄는 것을 도와주셨지요. 쟁기날이 고랑의 작은 돌에 부딪히면 삑 소리가 나는 듯한 느낌이 손잡이를 타고 올라와 손으로 전해집니다. 저는 그때가 아직도 기억나지만, 드문 일은 아니라고 생각해요. 안 그렇습니까? 육체에 저장된 느낌은 기억에 무척 중요하고, 육체적 감각이 그 모든 기억을 불러올 수 있다고 생각합니다.

와크텔 당신의 시 「추종자」에 등장하는 말이 끄는 쟁기의 이미지가 떠오르는군요. 「땅파기」 같은 초기 시부터 최근 시까지 땅뿐만이 아니라 땅과 관련된 연장들이 너무나 생생하게 등장합니다.

히니 네, 맞습니다. 제 머릿속에는 대형 망치, 벽이나 말 목사리에 박아 넣는 쇠못 등 중세풍 연장들이 가득합니다. 제 안에는 그런 연장에 육체적·감정적으로 크게 감응하는 부분이 있습니다. 어떤 물건에 손을 올리거나 혀를 대면 더 잘 파악할 수 있는 것처럼 말입니다. 저는 마지막 시집에서 말뚝 박는 대형 망치에 대한 시를 썼는데, 육체적인 감각만을 포착하려고 애쓴 것은 아니었다고 생각합니다. 무자비하고 폭력적인 힘의 온전한 행사에 대한 시였지요. 이라크 전쟁 후에 쓴 시입니다. 이라크 전쟁에 대한 언급은 없지만, 생명이 없는 말뚝을 때린다 해도 대형 망치를 온전하고 무자비하게 휘두를 때 느껴지는, 죄를 짓는 감각에 대한 것입니다. 여기서 저는 억제되지 않은 분노, 가차 없는 잔인함에 대해서 이야기하고 싶었습니다. 그런 감각을 전달하면서 그 결과도 암시하고 보여 줄 수 있다고 생각합니다.

와크텔 당신의 아버지는 소떼를 몰았습니다. 아버지에 대해서 이야기해 주시겠어요?

히니 아버지의 일 ── 사실 아버지의 소명이었지요 ── 에는 먼 곳에서 열리는 장에 가서 소를 사서 돌아온 다음 다른 농부들에게 파는 것도 포함되었습니다. 동네 농부들에게 주문을 받은 다음 장에서 가축을 사서 몰고 돌아와 어느 정도 이윤을 남기고 팔기도 했지요. 말하자면 아버지는 소규모 농장의 농부와 가축업자 사이의 중개인이었습니다. 지금은 완전히 사라져 버린 문화지요. 요즘은 예전처럼 동네 사람들이 소떼를 몰고 중심가로 나가거나 매달 첫 번째 월요일이나 두 번째 화요일에 사람들이 잔뜩 모이는 그런 장날이 없습니다. 저희 아버지의 말년부터 그랬는데, 요즘은 그런 거래가 모두 경매장에서 이루어지고 훨씬 더 기업적이지요. 아버지는 장터마다 찾아다니면서 가축을 한 마리씩 사들인 다음 농장으로 몰고 왔죠. 아버지가 소를 아주 잘 봤기 때문에 괜찮은 가축을 원하는 사람들이 많이 찾았어요. 믿음을 샀던 것 같습니다.

와크텔 당신은 아버지를 농촌에 대한 자부심을 가진 강건하고 조용한 시골 사람이라고 설명했습니다. 말은 별로 없는 분이 셨겠군요?

히니 네, 말수는 적었습니다, 맞아요. 저는 아버지가 말이라는 것 자체를 일종의 허세로 생각했다는 이야기를 자주 했습니다. 아버지는 좋은 의도와 좋은 감정이 지나치게 많은 말을 의심했습니다. 직관적인 전달이 진짜라고 생각했지요. 아버지는 뭐든 과장되었다 싶으면 피하는 경향이 있었습니다.

와크텔 과장되었다는 게 사실은 그냥 말을 한다 정도의 뜻 아닌가요?

히니 그렇습니다. 모든 말이 어느 정도는 과장이지요, 맞아요.

와크텔 1986년에 아버지가 돌아가시자 당신은 이 세상의 지붕이 떨어져 나갔다고 표현했습니다. 아버지의 죽음이 당신에게 구체적으로 어떤 의미였는지 설명해 주시겠어요?

히니 그때 제가 마흔일곱 살이었을 겁니다. 어머니는 1984년에 돌아가셨고 아버지는 2년 후에 돌아가셨지요. 흔한 경험일지도 모릅니다. 다음 순서는 제 자신이고, 나이를 생각할 때나 부모라는 존재를 생각할 때 이제 제 머리 위에 아무도 없지요. 우연히도 몇 년 뒤 ─ 1988년, 1989년이었어요 ─ 저는 글을 아주 많이 썼는데, 이때 쓴 시들이 나중에 『스퀘어링스』라는 시집이 되었습니다. 굉장히 자유로운 시집인데, 폐허가 된 낡은 집의 지붕 없는 벽과 문간에 서 있는 거지와도 같은 영혼의 이미지로 시작합니다. 저는 그 이미지에, 지붕이 없는 공간과 여기 이 땅에 서 있는 존재, 무한한 공간과 자신 사이를 가르는 것 하나 없는 영혼-육체라는 이미지에 사로잡혔던 것 같습니다. 어린 시절에 형성된 모든 생각이, 그전까지 제가 삶과 죽음이나 지상에서의 삶과 내세에서의 삶의 의미에 대해 가지고 있던 모든 종교적 이미지가 뒤흔들렸습니다. 제 세대, 특히 아일랜드 가톨릭교도는 영혼이란 얼룩 하나 없는 작고 하얀 손수건과 같은데 그것을 우리가 죄로 물들인다는 이미지를 가지고 있습니다. 하지만 더욱 중요한 것은 온 우주가 신의 지배를 받는다는 생각, 신이 우주뿐만 아니라 바로 나에게도 관심을 쏟는다는 생각입니다. 나는 거대한 대양의 작은 물방울 하나, 큰 그림의 작은 얼룩과 같습니다. 그럼에도 불구하고 신은 나를 지켜보는데, 애정 어린 눈으로 지켜볼 뿐 아니라 나쁜 짓을 하지 않도록 감독한다는 뜻이기도 합니다. 그리고 우리 세대는 삶이 끝나면 두 번의 심판을 받는다는 생각을 아주 어렸을 때부터 받아들였습니다. 우선, 삶이 끝나면 내세로 끌려가 심판을 받습니다. 우리의 삶을 샅샅이 살펴서 상이나 벌, 혹은 속죄라는 판결을 내리지요. 그런 다음 이 세상의 모든 시간이 끝나면 최후의 심판에서 더욱 큰 규모로 판결을 받습니다. 이런 가르침을 받은 사람은 영원히 그 흔적을 갖게 되는 것 같습니다. 아무리 세속화되어도 생애 초기부터 확립된 의식의 좌표가, 상상 속 모든 것들에 반짝이는 테두리가 항상 존재하지요. 어쩌면 부모님이 돌아가셨을 때 영혼이 끌려가고 지붕이 떨어져 나가고 무한함에 노출되는 듯한 느낌도 이와 관련해서 설명할 수 있을지 모릅니다.

와크텔 나이가 들면서 아무리 세속화된다 해도 이러한 어린 시절의 종교적 토대가 너무나 강력하다고 말씀하셨는데, 당신도 어렸을 때 하느님을 믿었습니까?

히니 당연히 믿었지요. 이제는 제가 무엇을 믿는지 모르겠지만, 십대 후반이나 이십대 초반까지는 확실히 아일랜드 가톨릭 조직의 일부였습니다. 저의 경우 어느 단계에서 성사 문제, 예를 들면 실체변화라는 개념 때문에 힘들었습니다. 그러나 은총을 통해서 가치를 얻을 수 있고 다른 사람들을 위한 가치를 얻을 수 있다는 생각, 자기 부정에 영적 의미가 있고 초자연적 경제성이라는 것이 있다는 생각이 저에게는 강렬하게 다가왔습니다. 물론 우리는 존 키츠가 말한 것처럼 의심 속에서 살고, 믿음뿐 아니라 의심을 가지고 살 수도 있지만 그 모든 생각이 흔들렸던 것 같습니다. 저는 종교적인 분위기를 떠나 대학에서 어른이 되면서 다시 두 세계 사이에 존재하게 되었습니다. 제가 가톨릭교, 중세, 초서의 세계, 단테의 세계에 속해 있음을 알면서 동시에 프로이트 이후, D. H. 로렌스 이후의 세계에 살았지요. 고해성사를 하러 가서 부도덕한 죄를 고백하지만 동시에 로렌스에 대한 에세이를 쓰면서 그가 표현하는 삶의 감각적 현실과 암흑의 신들을 칭송했습니다.

와크텔 섹스를 말이지요.

히니 네, 섹스요, 맞습니다. 섹스를 비롯한 온갖 것들 말이지요.

와크텔 어렸을 때 살던 집에 대한 설명을 들어 보면 읽을거리를 쉽게 접하기 힘들었을 것 같은데요. 시에 처음 흥미를 느낀 것은 언제입니까?

히니 음, "운문"으로서의 시였지요. 저는 일찍부터 암송에 익숙했습니다. 어렸을 때 집에서 작은 콘서트를 열곤 했는데, 학교에서 배운 시를 암송했어요. 그리고 크리스마스와 부활절에 아버지와 어머니의 친구 분들이 오시면 나이 지긋한 손님들 앞에서 노래를 부르곤 했습니다. 조금 크자 어른들이 시를 암송해 보라고 시켰지요. 저는 로버트 서비스의 「댄 맥그루의 총」, 「유콘의 저주」, 「샘 맥지의 화장」, 그리고 서비스와 비슷한 시를 썼던 아일랜드 작가 퍼시 프렌치의 작품을 많이 알았습니다.

하지만 영문학과 영시라는 과목에 빠져들기 시작한 것은 중등학교에서였을 겁니다. 제 안의 무언가가 언어에 반응하여 살아났습니다. 뭔가가 깨어났거나 뒤흔들렸지요. 특히 존 키츠, 제라드 맨리 홉킨스 같은 시인들 때문이었습니다. 대학에 가서는 언어를 더욱 의식적으로 즐기게 되었지만 저는 항상 시가 조심스러웠습니다. 시가 뭔지 잘 몰랐어요. 시를 조심스럽게 대한 것이 옳았다고 생각합니다. 시가 무엇인지 제대로 아는 사람은 하나도 없으니까 말입니다. 문학을 전공하는 학부생이 다들 그렇듯 저도 시를 썼지만, 스물세 살이었던 1962년이 되어서야 제 안에서 **무언가**가 시작되었습니다. 제가 자주 하는 이야기인데, 비슷한 배경을 가진 아일랜드 시인 패트릭 캐버나의 시를 읽었을 때 시작되었지요. 놀라운 에너지가 갑자기 터졌습니다. 수레에 실린 돼지 사체들이나 외양간의 수소들, 헛간 등 저만 안다고 생각했던 주제를 다룬 테드 휴스도 마찬가지였습니다. 허락을 받은 기분이었습니다. 물론 저는 퀸스 대학에 다니면서 현대시 강의를 들었고, 엘리엇도 오든도 읽었습니다. 하지만 저는 현대시가 도시적이고 반어적이며 초연하다는 기본 입장도 억지로 받아들여야 했어요. 말하자면 저는 독자로서 엘리엇의 시를 들었지만, 그의 목소리가 다른 목소리들처럼 진정으로 제 내면 깊이 들어오거나 제 안의 뭔가를 깨우지는 않았습니다. 그렇게 1962년에 시를 쓰기 시작한 뒤 저는 시에 몰입했고 더 많은 기억을 찾아 과거로 돌아갔습니다.

와크텔 당신은 학부생 때 불확실하다는 뜻의 인세르투스Incertus라는 이름으로 시를 쓰다가 방금 말씀하신 것처럼 테드 휴스나 패트릭 캐버나, 로버트 프로스트에게서 시골 생활 경험을 믿어도 된다는 일종의 확인을 받았습니다. 허락을 받았지요. 당신은 또한 이 세상에서 북아일랜드만큼 경계심과 현실성에 자부심을 느끼는 곳은 없을 거라고 말씀하셨는데, 그러한 태도가 당신 작품에 어떤 영향을 주었다고 생각하시는지 궁금합니다.

히니 제 스스로 분석하기는 아주 힘들겠지요. 저는 스스로 경계심이 크고 약간 회의적이라고 생각하는데, 그 점을 기쁘게 생각합니다. 본래 기질이라고 말할 수 있겠지요. 그리고 시를 쓴다는 행위 자체가 그것을 허락합니다. 저는 글을 쓴다는 행위 자체에 자기를 잊고 자신을 초월하는 면이 있다고 생각합니다. 시를 쓸 때는 확실히 그렇게 되지요. 자기 안의 무언가에 대해 아무 말 없이 곰곰이 생각하는 것, 자신이 스스로를 지켜보고 있다는 사실을 잊는 것, 그것이 바로 시의 소망이자 성취입니다. 요즘은 많은 사람들이 화면 앞에서 그런 경험을 하는 것 같아요. 컴퓨터 화면은 넋을 잃게 만드는 장치입니다. 화면이 비추는 빛이 최면을 걸지요. 제가 화면 앞에 앉아서 시를 쓴다는 뜻은 아닙니다. 저는 아직도 만년필대와 이어져 있습니다. 처음에는 흰 종이와 번득이는 잉크로 쓰다가 화면에 입력해서 종이로 출력한 다음 그것을 손보는 게 좋습니다.

와크텔 당신은 한동안 북아일랜드 문단에서 활동했습니다. 1960년대와 1970년대에 북아일랜드에서 시를 쓰다가 1년 동안 캘리포니아로 떠났지요. 그런 다음 북아일랜드로 돌아와서 교직을 그만두고 남부로, 아일랜드공화국으로 이주했습니다. 이 일이 『아이리시 타임스』 1면에 보도되었지요. 1972년에 아일랜드공화국으로 이주한 이유는 무엇이었습니까?

히니 캘리포니아에서 보낸 1년이 저에게 무척 큰 의미였다는 말을 해야겠군요. 베트남 전쟁과 저항문화가 한창이던 1970년, 1971년이었습니다. 격렬한 시위가 있었지요. 해변 지역 전체가 저항문화 구역이었습니다. 블랙 팬서, 하레 크리슈나가 있었고, 사람들은 헐렁한 옷을 입고 다니고, 불법 약물도 유통되었지요. 캠퍼스에 온갖 향기와 온갖 수사가 떠돌고 온갖 시위가 일어났습니다. 많은 시인들이 참여했어요. 제가 캘리포니아에 갔던 해에 로버트 블라이가 버클리 약간 북쪽의 인버네스에 있었습니다. 게리 스나이더, 로버트 덩컨도 있었지요. 벨파스트로 돌아온 저는 우선 영문과로 돌아갈 수 있다는 생각에 힘을 얻었습니다. 학장이 마지막으로 한 말은 "돌아오신다면 환영입니다"였으니까요. 그것이 마음에 안정을 주는 일종의 낡은 담요였다면 그해 내내 제 마음속에서 자라던 소명도 있었습니다. 저는 퀸스 대학에서 1년 더 가르친 다음 세 번째 책을 마쳤고, 이제 스스로 작가라고 선언할 때가 됐다는 느낌이 들었습니다. 그래서 좋아, 해보자, 라고 생각했지요. 하지만 곧장 아일랜드공화국으로 이사할 계획은 아니었습니다. 1972년

초여름에 저는 아내 마리와 함께 자동차를 타고 북부의 카운티 데리, 카운티 타이론, 카운티 앤트림을 돌아다니며 둘러보았습니다. 그러다가 당시 토론토 대학에서 학생들을 가르치던 친한 친구 앤 새들마이어에게서 편지를 받았어요. 앤은 아일랜드공화국 더블린 남쪽 카운티 위클로에 시골집이 하나 있었습니다. 존 싱의 오래된 영지에 있었지요. 앤은 존 싱을 연구하는 학자였고 그의 작품을 편집했습니다. 그녀는 편지에 이렇게 썼습니다. "두 사람이 학계를 잠시 떠나기로 하고 집을 찾고 있다는 소문을 들었어요. 카운티 위클로에 제 집이 있어요." 그래서 부활절이 되자 마리와 저는 아이들과 함께 앤의 집에 가 보았고, 거기서 살아 보기로 결정했지요. 저는 사직서를 냈고, 우리는 8월에 짐을 꾸리고 자동차에 실어 글랜모어 코티지로 내려간 다음 그곳에서 4년 동안 살았고, 퀸스 대학이나 북부로 돌아가지 않았습니다. 그러므로 우리 가족의 이주는 앤의 박애주의와 우리 삶의 생장점이 뒤섞여 낳은 행복한 결과였죠.

와크텔 아일랜드 이주 후 정치적 상황을 보는 시각이 바뀌었습니까? 이주가 당신 가족에게 어떤 영향을 주었나요?

히니 정치나 그런 면에서 큰 영향을 주었다고 생각하지는 않습니다. 북부에 살았더라도 제 태도는 똑같았을 겁니다. 저는 아이들이 저와 비슷한 어린 시절을 보내기 바랐던 것 같습니다. 산울타리 안에서 자라고, 눈높이에서 새둥지를 보고, 나뭇

잎과 꽃도 보는 그런 느낌을 나누고 싶었어요. 그리고 제 내면에는 시골집에서의 검소한 삶을 즐기는 면이 있었습니다. 어린 시절에서 비롯된 것이겠지요. 하지만 북부에서 달아나려는 뜻은 아니었습니다. 우리는 벨파스트에서 북아일랜드 분쟁이 일어나기 전까지와 마찬가지로 아주 편하게 살았습니다. 겁이 났다거나 어딘가에서 쫓겨났다거나 그곳을 박차고 나오려고 한 게 아니었어요. 선택안과 선택의 자유, 다른 것을 받아들이는 문제와 큰 관련이 있었습니다. 어떤 의미에서 그것은 제가 의도적으로 결정한 최초의 선택이었습니다. 저는 우리 부부가 장학금 세대였다는 말을 종종 합니다. 우리는 중등학교도 대학도 사범대학도 장학생으로 갔고, 그런 다음 학생들을 가르치고 약혼을 하고 주택담보 대출을 받고 집을 사고 가족을 꾸렸습니다. 캘리포니아에서 보낸 1년은 그 컨베이어 벨트에서 처음으로 내린 경험이었고, 아일랜드로 돌아온 우리는 더 멀리 내렸습니다. 자유였지요.

와크텔 북아일랜드 분쟁이 당신의 일부 작품에서 언급되긴 하지만 중심으로 등장하는 일은 거의 없습니다. 시인이 자기 시대의 정치에 대해 어떤 책임이 있다고 생각하십니까?

히니 그것은 1969년부터 1989년까지 제가 지겹도록 대답해 온 질문입니다. 제가 쓴 거의 모든 산문과 대부분의 시가 그 질문에 대한 내용이지요. 1930년대 영국 시인들은 특히 책임감을 느꼈습니다. 스펜더, 오든, 루이스 맥니스 — 맥니스는 물론 아일랜드 시인이지만 당시 영국 시인 세대에 속합니다 — 는 스페인 내전, 파시즘의 대두 등등에 대처해야 했습니다. 그들은 서정 시인이었고 개인적인 주제가 있었지요. 그들의 개인적인 주제는 사랑, 에로스, 섹스, 시간, 어린 시절이었지만, 당시 대규모 전쟁이 일어났고 그에 대한 책임감도 있었습니다. 공산주의가 사상으로 꽃을 피우고 있었어요. 이 땅의 불행한 사람들을 위해 노력한다는 매력은 심오하고 도덕적이며 저항하기 힘들지요. 그렇다면 서정 시인은 무엇을 해야 했을까요? 자아와 아름다움이라는 서정적 주제에 계속 매달려야 했을까요, 아니면 더 큰 의무를 다해야 했을까요? 제가 공부한 대학에서는 이 시인들이 프로파간다와 정치를 모두 포용하는 실수를 저질렀다는 것이 정론이었습니다. 제 마음속에서, 그리고 일부 선생님들의 마음속에서 프로파간다와 정치에 대한 혼동이 있었다고 생각합니다. 예술이나 시와 관련해서는 정치적이라는 것이 나쁜 말이라고 가르쳤지요. 우리의 위대한 모범인 W. B. 예이츠는 시를 통해 **의견**을 드러내는 것에 거세게 반대했지만, 의견을 전달하는 것을 절대 두려워하지 않았습니다. 저는 예이츠의 수사법과 실제 행동이 약간 다르다는 사실을 나중에야 깨달았습니다. 세월이 흐르면서 저는 우리가 쓰는 글에 북아일랜드 분쟁 문제 — 폭탄 테러, 살해, 동시대 얼스터주의 실제 풍경 ──를 통합시키는 법을 배워야 했다고 생각하게 되었습니다. 벨파스트의 유리창을 흔드는 자동차 폭탄 테러는 모스본과, 지나가는 기관차의 커다란 소음과 거리가 멉니다. 1972년의 피의 일요일이나 피의 금요일과 거리가 멀어요. 우리는 그런 문제를 다루는 방법을 몰랐습니다. 여러 해가 지난 후 저는 「정거장 섬」이라는 시에서 사람들이 입을 열게 만드는 방법을 찾았습니다. 이 시는 말하자면 시인/주인공과 여러 유령들 사이의 대화입니다. 북아일랜드 분쟁 당시 죽임을 당하거나 19세기 아일랜드에서 살았던 유령들인데, 다른 사람을 지나치게 편드는 것에 대해 경고하면서 그 누구의 목소리도 아닌 자기 자신의 목소리가 되라고 말했던 제임스 조이스의 유령도 있지요.

와크텔 지금 돌아보면 당신이 옳은 길을 걸어왔다는 기분이 드나요? 작품에서 그 당시를 많이 다루어야 했다는 뜻은 아닙니다. 때로는 타협하기 무척 힘든 길이었다는 생각이 들어서요.

히니 글쎄요, 제가 쓴 작품 중에서 솔직하지 못했다는 생각이 드는 것은 없습니다. 모두를 만족시키지 못했을지는 모르지만 저는 이 일을 계속할 만큼 만족했고, 작가에게는 그것이 최선이라고 생각합니다. 정직하게 쓰는 것, 주제와 자신의 태도와 자신이 어떤 사람인지에 대해 정직하게 쓰는 것 말입니다. 솔직히 적성이나 예술은 거짓으로 만들어 낼 수 있는 것이 아니라 상상의 진실한 반응이에요. 의지를 가지고 만들어 내는 것이 아니라 자기 내면 더욱 깊은 곳의 무언가로부터 저절로 우러나는 것이지요. 제 책에 실린 작품은 오해를 받는 글이든 아니든, 그저 그런 글이든 아니든, 좋은 글이든 나쁜 글이든, 그런 과정을 거쳐서 나왔다고 생각하기 때문에 고치거나 없애고 싶다는 생각은 없습니다.

와크텔 그때 이후, 그리고 더욱 최근에 너무나 많은 일이 일어났지요. 좋은 쪽으로 말입니다. 지금은 어떤 기분입니까? 북아일랜드의 미래를 어떻게 생각하세요?

히니 저는 새로운 제도가 중요하다고 생각하지만 두 공동체가 대단히 우호적인 모습은 한참 동안 못 봤습니다. 중요한 것은 새로 설립된 지역 의회에서 양측이 적어도 대화할 방법을, 이데올로기적이거나 당파적인 분노에 다시 매몰되지 않을 방법을 찾는 것이겠지요. 저는 그런 면에서는 징조가 그럭저럭 괜찮다고 생각합니다. 극악무도한 반목에서 서로 경계하며 속 좁고 지저분하게 앙갚음을 하는 정치로 바뀌었으니 발전한 셈이지요. 그러므로 네, 저는 희망을 가지고 있습니다. 그리고 확실히 40년, 50년 전보다는 지금 전망이 훨씬 좋습니다. 여러 가지가 발전했지요. 작은 변화가, 한 사람 한 사람 가슴속에서 일어나는 작은 변화가 아주 중요합니다. 그리고 제도가 아주 잘 굴러가는 단계는 아닐지라도 일단 제도를 세웠다는 것, 적어도 보행 속도 정도로는 움직이고 있다는 사실은 큰 성취이며 큰 변화입니다.

와크텔 당신 작품에는 풍성한 이미지가 너무나 많습니다. 어떤 방식으로 시를 쓰기 시작하는지 궁금하군요.

히니 거의 항상 기억에서, 잊고 있던 뭔가가 살아 있는 선물처럼 떠오르면서 시작합니다. 로버트 프로스트는 『시선집』 서문에서 이렇게 말했습니다. "거인처럼 우리는 항상 경험을 앞으로 내던져 언젠가 우리가 목적하는 글을 쓰고자 하는 날을 대비해서 미래를 닦는다." 저의 경우도 대체로 비슷합니다. 기억이 떠오를 때 운이 좋으면 그 기억이 다른 것과 저절로 교차됩니다. 그러니까 예를 들어 모스본의 소파에서 하던 기차놀이에 대한 시가 있어요. 운 좋게도 이 시는 1940년대에 어느 행복한 가족이 소파에서 하던 그리운 놀이에서 그치지 않았습니다. 우리가 점차 자라면서 중부 유럽과 영국의 일부 사람들처럼 끔찍하고 비극적인 삶을 살지 않아서 얼마나 운이 좋은지 깨닫는 것과 교차됩니다. 뒤를 돌아보면 우리가 존재조차 몰랐던 그림자를 인식할 수 있습니다. 저는 그런 유형의 시가 정말 좋아요. 기억에서 자극을 받지만 기억의 내용보다 더 많은 것을 전달하는 시이지요. 하지만 저는 기억이 없으면 앞으로 나아가지 못할 것 같습니다. 뮤즈들의 어머니는 기억의 여신 므네모시네여야 해요.

와크텔 1995년 노벨 문학상 수상 연설에서 당신은 시가 "모든 의미에서 삶에 진실"하다고 칭송했습니다. 삶에 진실하다는 구절의 의미가 뭐라고 생각하셨나요?

히니 우선, 예를 들어 프로스트 같은 시인에게 시는 실제를 설명합니다. 다큐멘터리 같은 특성을 가지고 있지요. 하지만 우리가 그런 의미에서만 삶에 진실할 수 있는 것은 아닙니다. 도덕적 직관, 윤리적 판단, 여러 가지 상상을 실현하면서 삶에 진실할 수도 있지요. 월리스 스티븐스의 후기 시 「코네티컷의 강 중의 강」처럼 삶에 진실할 수도 있고, 초기의 정말 짧은 서정시 「수사슴들이 쿵쾅거리며…」처럼 삶에 진실할 수도 있습니다. 수사슴들이 쿵쾅거리며 무엇을 했는지는 잊었군요. 아니면 아주 요란하고 장난스러우면서도 우아하고 언어 유희 그 자체인 「아이스크림의 황제」처럼 삶에 진실할 수도 있지요. 존 애슈버리 같은 현대 미국 작가를 예로 들자면, 많은 이들이 그의 시를 어려워했고 아마 지금도 어려워할 텐데요, 그의 시는 변덕스럽고, 논리적이지 않고, 채널을 돌리듯 말을 바꾸면서 한 문장에서 다음 문장으로 갈팡질팡 나아갑니다. 하지만 요즘 사람들의 마음도 그런 식으로 이리 뛰고 저리 뛰기 때문에 그의 시 역시 삶에 진실합니다. 요즘 세상은 그래요, 주의를 집중하는 시간이 짧아졌지요. 세상은 소리의 작은 파편으로, 떠들썩한 함성으로 가득합니다. 이제 지구상의 누구에게도 침묵이 거의 없습니다. 조용히 산책할 수 있는 곳을 찾으려면 노력이 많이 들지요. 애슈버리는 우리가 살고 있는 새로운 세상의 삶에 대한 진실성을 보여 줍니다. 그러므로 저는 시가 소설과 같은 방식으로, 즉 일어난 일을 알린다는 뜻에서 진실한가의 문제가 아니라 현실의 본성에, 우리가 상상한 것과 견딘 것, 도덕적인 것과 상상한 것의 균형에 진실한가의 문제라고 생각합니다. 아마 이런 뜻으로 그렇게 말했을 겁니다.

와크텔 노벨상 수상이 당신의 삶을 어떻게 바꾸었는지 궁금합니다.

히니 그 질문에 대한 대답은 정말 모르겠군요. 그러니까, 초청의 빈도나 우편물의 압박이라는 면에서는, 그리고 수많은 일을 거절해야 한다는 면에서는 물론 바뀌었습니다. 아일랜드는 작은 나라이기 때문에 문학 행사에서만 저를 초청하는 것이 아닙니다. 예를 들어서 9월에 저는 국제 노인학자 컨퍼런스에서 연설을 해야 합니다. 아무튼 그런 부분은 바뀌었지만, 제가 어떤 사람이라는 스스로의 감각이나 작가로서의 제가 크게 바뀌었다고는 생각하지 않습니다. 제가 앞으로 할 일이 아니라 지금까지 한 일에 대해서 노벨상을 받았다고 생각해요. 저는 1995년에 상을 받았습니다. 노벨상을 받을 당시 저는 이미 무척 바빴고, 세상에 노출되어 있었으며, 꽤 유명했고, 속속들이 검증되었습니다. 우리는 북부 작가로서 북아일랜드 분쟁을 겪었고, 분쟁을 겪은 시인 세대 ── 마이클 롱리, 데릭 머혼 등 등 ──의 일원으로 살면서 항상 속속들이 알려졌습니다. 우리는 정치적 검증을 당했고, 압력을 받았고, 인터뷰를 했습니다. 노벨상을 받으면서 생긴 관심이 우리가 이미 겪었던 관심보다 더 첨예하거나 혹독했다고 생각하지 않기 때문에 제가 노벨상을 받았을 때의 느낌은 그게 전부였습니다. 진실은 이런 화환을 목에 걸면 사람들이 다르게 본다는 것입니다. 그것은 또 다른 문제이며, 그 사람들의 문제입니다.

와크텔 2006년에 뇌졸중을 겪으셨는데, 죽을 뻔한 경험은 아니었다고 하셨습니다. 그럼 무엇이었나요?

히니 음, 어느 날 저녁에 친구들과 파티를 하고 다음날 아침 카운티 도니골의 숙소에서 일어났는데, 침대에서 나올 수가 없었습니다. 움직일 수도 없었고, 아무것도 할 수 없었어요. 좌반신이 마비되었지요. 다행히도 좋은 친구들이 함께 있었는데 물리치료사였던 친구가 와서 차분하게 상태를 물어 보았습니다. 구급차가 금방 와서 저를 한 시간 거리의 병원으로 곧장 옮겼고, 가는 길에 혈액 순환에 좋은 수액을 맞았습니다. 병원에 도착한 저는 하루 반 동안 집중치료실에 들어갔는데, 아주 좋은 일이 일어났습니다. 왼쪽 엄지발가락이 움직였지요. 그러자 사람들이 저를 구급차에 태워서 북부 도니골에서 190킬로미터 떨어진 더블린으로 옮겼습니다. 더블린의 종합병원에 일주일 동안 입원했었지요. 그런 다음 4주 동안 아주 좋은 재활병원에 다녔고, 그게 전부입니다. 저는 재활병원에서 균형 잡는 법과 걷는 법을 배우고, 몸을 재정비하고, 알약과 주의사항을 받았습니다.

와크텔 언어 능력도 무사하고 정신적인 영향도 전혀 없었던 건가요?

히니 네, 그런 면에서 아주 운이 좋았지요. 언어 능력도 기억도 잃지 않았고, 아무 흔적도 없이 회복했습니다. 하지만 한동안은 마비가 풀리지 않을까 봐 무서웠어요. 정말 복이 많았지요. 하지만 그 경험으로 인해서 상당히 많이 변했습니다. 그 후 1년 동안 낭독, 강연 등등 모든 약속을 취소했더니 효과가 좋았습니다. 그때부터 초청을 수락할 때 더 신중하게 되었고, 제가 길에서 얼마나 많은 시간을 보내는지, 방식을 어떻게 바꾸어야 하는지 깨달았지요.

와크텔 뇌졸중을 앓고 난 후 「기적」이라는 시를 썼습니다. 뇌졸중이 당신 삶에 어떤 울림을 가져왔는지 설명할 수 있나요?

히니 「기적」은 중풍을 앓는 남자가 실려 오자 예수님이 고쳐주시는 성경 이야기입니다. 환자의 친구들은 사람들이 너무 많이 몰려들어서 치유자인 예수님께 다가갈 수 없었기 때문에 환자를 지붕 위로 끌어올려 기와를 치우고 천장을 통해 남자를 그리스도의 발치로 내립니다. 제가 비슷한 일을 겪고 친구들의 소중함을 배운 그날 아침을 떠올려 주는 이야기입니다.

와크텔 시집 제목 『인간 사슬』은 그러한 연대와 그 힘을 보여 줍니다.

히니 네, 저는 그 시에서 일어난 일을, 몸이 마비되자 친구들이 데리고 가서 지붕에서 내려 주는 것을 생각하면서 제목을 정했습니다. 그리고 마지막 시집이 나온 뒤에 손자들을 얻었기 때문에 손자들에게 주는 시도 몇 편 있습니다. 제가 아일랜드 작가로서 받은 유산, 초기 아일랜드 책들, 필사본, 아일랜드 필사 시의 번역에 대한 시도 있어요. 제 첫 시집에는 「땅파기」라는 시가 있었는데, 이 책에는 12세기 아일랜드어를 번역한 필사에 대한 시가 있습니다. 경험, 상상, 문학, 삶이라는 다른 영역들이 서로 연속되고 조금씩 영향을 주고받으며 서로 지탱한다는 느낌이 있지요. 그것이 『인간 사슬』이라는 제목에 들어 있습니다.

와크텔 뇌졸중에 걸렸다가 회복한 경험 자체가 당신이 스스로의 글을 보는 방식에 어떤 영향을 주었다고 생각하십니까?

히니 영향을 주었는지 잘 모르겠습니다. 그러니까, 이상하게 들릴지도 모르지만 「기적」 같은 시 몇 편을 그 경험에서 건졌다는 점에서는 제 작품에 더 좋은 영향을 끼쳤지요. 하지만 저는 뇌졸중 경험을 전시하고 싶지 않습니다. 그 뒤에 쓴 시가 두세 편 있지만, 저는 그 전에도 필멸의 운명을 강하게 인식하고 있었다고 생각합니다. 저는 비가도 꾸준히 썼고, 일흔 살쯤 되면 어쨌든 마지막이 다가오고 있다는 느낌이 들지 않을 수 없지요.

와크텔 저는 당신이 북부와 남부, 북아일랜드와 아일랜드공화국 사이에 끼어 있을 뿐 아니라 시인으로서의 자세 역시 바로 발밑의 땅과 천상의 것 혹은 몽상적인 것 사이에 끼어 있다는 생각이 듭니다. 제 말이 맞는 것 같나요?

히니 시는 스스로의 발견을 도와주는데, 지난 20여 년 동안 시는 제 자신이 땅에 뿌리박고 있다는 생각을 고쳐 주었습니다. 저는 어렸을 때부터 안타이오스라는 인물을 저와 지나치게 동일시했는데, 땅에서 태어난 거인 안타이오스는 땅에서 힘을 얻고 땅에 내팽개쳐지면 새로 태어납니다. 하지만 그는 하늘에서 태어난 영웅 헤라클레스에게 졌습니다. 헤라클레스는 안타이오스에게 대적할 방법은 그를 땅으로 던지는 것이 아니라 번쩍 들어 올려 근원으로부터 멀어지게 하는 것임을, 그렇게 하면 그가 힘의 근원을 잃는다는 사실을 깨닫습니다. 저는 우리 모두에게 헤라클레스와 안타이오스가 있다고 생각합니다. 몽상가만이 아니라 일종의 비평가도 있는 거죠. 황홀함을 느낄 능력뿐 아니라 분석적인 지성도 있습니다. 켈트족 시문집에서 클론맥노이즈 수도원 위 하늘에 갑자기 배가 나타난 이야기를 읽은 다음에 제 시에 그런 생각이 들어갔습니다. 이것은 아주 놀라운 이야기지만 담담하게 서술됩니다. 작가는 다음과 같이 간단하게 기록합니다. 그해에 클론맥노이즈의 수도사들은 머리 위 하늘에서 배를 보았는데, 닻이 교회 문인지 제단 난간에 걸려서 배가 움직이지 못했습니다. 수사들과 수도원장이 모여 있던 땅으로 작은 선원이 밧줄을 타고 내려와 닻을 풀려고 했지만 여전히 풀리지 않자 수도원장이 수사들에게 말했지요. "우리가 도와주지 않으면 이 사람은 여기에 빠져 죽을 것이오." 그래서 그들이 선원을 도와 교회 문인지 제단 난간인지에 걸린 닻을 풀었고, 배는 다시 나아갈 수 있었습니다. 작은 선원은 교회 문에서 ── 수사들이 보기에는 ──그 놀라운 배로 다시 올라갔습니다. 그러나 선원은 교회 바닥에서 놀라운 것을 보았다고 생각했지요. 저는 이 이야기를 통해서 무언가를 발견했다고 생각했습니다. 완벽한 균형 같았지요. 제가 보기에는 이 이야기에 모든 것이 담겨 있었습니다. 이 작은 선원을, 아래로 내려와 필요한 것을 찾은 다음 다시 올라간, 성공한 오르페우스의 알레고리로 볼 수도 있습니다. 지하 세계에서 필요한 것을 구해 모두가 행복해지는 거죠. 모두 좋은 경험을 했습니다. 땅에서 놀라운 일이 일어나고, 하늘에서 필요한 일이 일어나고, 각자 제 갈 길을 갑니다. 제 생각에 시는 우리가 새로운 인식을 향해 나아가도록 도와주는데, 때로는 바로 이것이 새로운 시를 만들어 낼 때 얻는 크나큰 미덕입니다. 계단의 층계참과 같지요. 우리는 계단을 올라가든 내려가든 층계참에 도달할 수밖에 없는데, 그곳은 전혀 다른 차원입니다. 운이 좋다면 우리를 조금 다른 차원으로 데려갈 시를 쓸 수 있지요.

2010년 5월

인터뷰 제작-메리 스틴슨

토니 모리슨

Toni Morrison

토니 모리슨은 1993년에 여성으로는 여덟 번째로, 또 아프리 카계 미국인으로는 처음으로 노벨 문학상을 받았다. 스웨덴 한림원은 그녀가 "환상의 힘과 시적 표현이 특징적인" 소설에 서 "미국 현실의 근원에 생명을" 주었다며 찬사를 보냈다. "모 리슨은 언어 자체에, 그녀가 인종이라는 차꼬로부터 해방시키 고자 하는 언어에 파고든다. 그리고 시와 같은 광채로 우리에 게 말을 건다."

『뉴욕 타임스』는 토니 모리슨을 "미국의 국민 소설가에 가 장 가까운 사람"이라고 설명했다. 모리슨의 소설이 오프라 북 클럽에 두 편이나 선정되자 이 사실은 더욱 강조되었다. 모리 슨의 1977년 소설 『솔로몬의 노래』는 1996년 제2회 오프라 북클럽에 선정되자마자 백만 부가 팔렸고, 그 후 1997년 소설

『파라다이스』역시 북클럽 추천 목록에 추가되었다. 1998년에 오프라 윈프리는 모리슨의 퓰리처상 수상작 『빌러비드』(1987)를 영화로 제작했다. 좀 더 최근에 실시된 『뉴욕 타임스』설문 조사에서 『빌러비드』는 지난 25년간 가장 뛰어난 소설에 이름을 올렸다.

토니 모리슨은 앨라배마 출신 노예의 손녀이다. 사남매 가운데 둘째인 모리슨은 1931년에 태어나 클로이 아델리아/앤서니 워포드라는 세례명을 받았지만, 대학 때 직접 선택한 성인의 이름 앤서니에서 토니라는 별명을 따 와서 이름으로 삼았다. 모리슨은 미국 중서부의 여러 인종의 노동자들이 섞여 사는 동네에서 자랐고, 역사적으로 흑인이 주로 다녔던 워싱턴 D.C.의 하워드 대학에 진학한 다음 코넬 대학에서 공부했다. 토니 모리슨은 1960년대 중반부터 랜덤하우스 출판사에서 편집자로 일하다가 자기 소설을 쓰기 시작해서 『솔로몬의 노래』로 전미도서비평가협회상을 수상했으며 그 외에도 많은 상을 받았다. 곧 모리슨은 출판사를 그만두고 글쓰기에 집중했고 하버드와 예일에서, 그리고 70번째 생일까지 여러 해 동안 프린스턴에서 학생들을 가르쳤다.

나는 1992년에 토니 모리슨이 『재즈』로 토론토 국제작가축제에 참가했을 때 처음 대화를 나누었다. 노벨상을 타기 전이었지만 그녀의 강렬한 존재감은 이미 전설적이었다. 그때 내가 깊은 인상을 받은 부분과 모리슨의 글을 읽으며 가장 강렬하게 연상한 것은 감각적으로 언어에 접근하는 방식과 그 울림, 재즈 리듬에 대한 사랑, 그리고 작품에 드러난 크나큰 열정과 엄청난 폭력이었다.

우리는 토니 모리슨이 『러브』(2003)를 발표했을 때 다시 이야기를 나누었고, 『고향』(2012)을 출판했을 때는 뉴욕에서 다시 만났다. 『고향』은 한국전쟁에서 고국을 위해 싸우고 트라우마를 겪은 후 인종차별적인 미국으로 돌아온 참전 용사를 중심으로 전개된다. 주인공은 온갖 박해를 겪지만 따뜻한 마음과 힘을 되찾고 여동생을 구해서 고향으로, 그가 항상 증오했던 조지아의 작은 마을로 돌아간다.

내가—당시 모리슨이 겪은 비극에도 불구하고—어떻게 희망적인 결말을 끌어낼 수 있었는지 묻자 그녀는 그렇게 끝내려고 계획한 것은 아니었지만 "세상은 너무 아름다워요. 정말 아름답지요. 색과 모양과 계절들만이 아니라… 모든 것이 무척 웅장해요. 제가 『고향』의 결말에서 받아들이게 된 부분은 그런 면이었다고 생각합니다"라고 대답했다.

༺

와크텔 당신은 삼십대에 첫 소설 『가장 푸른 눈』을 썼는데, 당신이 읽고 싶지만 세상에 나와 있지 않은 책을 쓰고 싶었다고 말했습니다. 당시 어떤 책이 없었는지 말해 주실 수 있나요?

모리슨 그때 저는 경멸스럽고 우스꽝스럽게만 그려지는 페르소나가 있다고 생각했습니다. 단순히 말해서 저는 젊은 흑인 여성이 배경이나 우스꽝스러운 인물이 아니라 이야기의 중심으로 등장하는 책을 읽어 본 적이 없었습니다. 나중에 알게 되었지만 제가 찾아봤으면 한두 권은 발견할 수 있었겠더군요.

어쨌든 당시 저는 그런 내용의 읽을 만한 책을 원했기 때문에 그런 책을 썼습니다. 그래서 그런 책이 존재하게 되었지요. 출판은 생각하지 않았기 때문에 완성하기까지 아주, 아주 긴 시간이 걸렸지만, 저는 이렇게 시작한 프로젝트를 절대 그만두고 싶지 않았습니다.

와크텔 당신은 랠프 엘리슨과 리처드 라이트 같은 작가들의 작품을 읽었습니다. 그들을 존경했지만 진짜 자기 목소리로 말하고 있다는 느낌은 들지 않았다고요.

모리슨 네, 저는 그들의 작품이 아주 중요하고 저에게 영향을 끼쳤다고 느꼈지만 그들이 이야기하는 대상은 의도한 독자층이나 백인들이지 저는 분명 아니라고 생각했습니다. 인종 문제인지 젠더 문제인지는 몰랐어요. 그때는 그런 용어로 생각하지 않았지만 두 작가 모두 저에게는 설명이 필요 없는 것들을 설명하고 있다는 사실은 알았습니다. 그들이 이야기하는 대상이 저라면 어땠을까 생각했어요.

이런 생각이 제가 『가장 푸른 눈』을 쓴 방식에 많이 반영되었습니다. 저는 항상 독자가 저 같은 사람이라고 가정했고, 따라서 언어나 관습을 끊임없이 설명할 필요가 없었어요. 그래서 더 자유로워진 느낌이 들었을 뿐 아니라 작가라면 그렇게 써야 한다고 느꼈습니다. 제가 그런 생각을 하게 만든 것은 인종적인 요소였지요. 톨스토이라면 자신이 러시아인들을 향해 작품을 쓰고 있는지 의문이 들지 않았을 테니까요. 하지만 저는 그런 문제를 생각해야 했습니다. 톨스토이는 계급이나 그런 문제에 대해서 다른 의문을 느꼈을지 모르지만, 저는 인종 문제가 바로 떠올랐습니다.

또 하나는 좀 골치 아픈 문제였는데요. 제가 우리 문화를 고상하게 꾸미려 애쓰지 않았다는 것이었습니다. 결점을 감추지 않았다는 뜻이지요. 그래서 저는 백인 독자뿐 아니라 흑인 독자들과도 여러 번 마찰을 겪었습니다. 독자들은 왜 그 문제에 대해서 써야 하느냐, 우리는 훨씬 더 긍정적인 이미지를 바란다고 말했지요. 저는 그런 질문이 저에게는 가장 모욕적이고 지나친 요구라고 항상 생각했습니다. 그 질문에 숨겨져 있는 것이 문제였으니까요. 누구를 위한 긍정적인 이미지일까요? 독자들이 그런 질문을 할 때 염두에 두는 것은 타자, 주류, 백인 세상입니다.

저는 그런 사람들은 신경 쓰지 않는다고 대답했습니다. 제가 이런 글을 쓰는 것은 나의 계몽과 당신의 계몽을 위해서라고요. 저는 우리가 "있는 그대로 말하는 사람들"이라고 생각했지만 아니었나 봐요. 걱정스러운 것은 그런 일이었습니다. 저는 대규모 흑인 공동체들로부터 크게 항의를 받았습니다.

와크텔 힘들었나요?

모리슨 아니요, 어쨌든 많은 사람들이 제 책을 읽어서 깜짝 놀랐어요. 제 책이 쉽지 않다고 항상 생각했거든요. 고통스러울지도 모른다고, 사람들이 원하는 것과 달리 설탕을 입히지 않았다고 생각했지요. 그래서 사람들이 제 소설을 별로 읽지 않으리라 생각했기 때문에 제 소설을 오독하거나 오해하는 것은 그다지 놀랍지 않았습니다. 애틀랜타나 조지아 같은 곳에서는 서점과 도서관 책장에서 제 책을 빼 버리기도 했어요. 흑인들이 그랬지요.

와크텔 이유를 말하던가요?

모리슨 비슷한 이유죠. 『솔로몬의 노래』 때 그랬습니다. 대부분의 흑인들 사이에 아주 강력한 보수적 분위기가 있어요. 제가 무정부주의적이라거나 반항적이라는 뜻은 아닙니다. 그 사람들은 바깥 세상에 내보일 만한 자신들의 이미지를 찾고 있던 거예요. 그것은 단순한 검열이 아니라 예술의 죽음, 국가가 통제하는 예술, 프로파간다입니다.

와크텔 『솔로몬의 노래』에는 흑인 살인 사건의 범인이 처벌받지 않으면 백인을 죽여서 복수하는 흑인 남성 비밀단체 세븐 데이즈가 등장하는데요, 독자들이 여기에 충격을 받았다고 생각하십니까?

모리슨 음, 그것 때문에 백인들이 못된 편지를 써서 저에게 보냈지요. 아직 학생이었던 [흑인 영화감독] 스파이크 리가 『솔로몬의 노래』의 세븐 데이즈라는 설정을 가져다가 각본을 써도 되겠느냐고 편지를 보내기도 했습니다.

와크텔 스파이크 리는 그때도 반항아였군요?

모리슨 네. 저는 거절했습니다. 스파이크 리를 생각하니 그 시절이 떠오르는군요.

와크텔 당신의 시작점으로 돌아가 보고 싶습니다. 당신은 중서부 오하이오주에서 비합리적인 것들 — 유령이나 징조, 초자연적 힘의 출현 — 을 존중하는 분위기 속에서 자랐습니다. 아침 식탁에서 어머니가 꿈 이야기를 하셨지요.

모리슨 네, 철저히 현실적이고 빈틈없는 사람들이지만 힘든 상황과 압박 속에서 살아갈 방법을 찾다 보니 그렇게 되었지요. 그들은 마법 같은 세계를 받아들였습니다. 어머니는 꿈 얘기를 할 때 절대 꿈이라고 말하지 않았어요. "어젯밤에 이런 생각을 했는데—"라고 하셨지요. 어머니는 그곳이, 자기 꿈속이 편했습니다. 꿈에 의지했고, 어머니의 세상에 악몽이라는 말은 거의 존재하지 않았어요.

저는 꿈이 뭔지 알았고 물론 우리 모두 꿈을 꾸었습니다. 꿈이 좀 무섭다는 느낌도 있었지만 어쨌거나 꿈은 저의 것이었습니다. 다른 데서 오는 게 아니라 제 소유였지요. 제가 생각하는 꿈의 세계는 여전히 말로 표현할 수 없습니다. 하지만 그런 식으로 꿈이 진정한 나의 것이고 내 마음의 작용이라고 배우자 혼자만의 비밀 세계를 가진 기분이었고 나중에는 분명히 표현할 수 있을 것 같았습니다. 물론 어른들의 꿈 이야기를 듣는 것이 얼마나 흥미진진했을지 상상이 되겠지요. 저는 꿈 이야기를 통해 어른들의 내면과 연결되었고, 제 꿈 역시 손으로 만질 수 있을 것 같고 가치 있게 느껴졌습니다. 어떤 의미에서 저는 그런 꿈들을 정말 갖고 싶었습니다.

와크텔 할머니가 당신에게 꿈에 대해서 묻고 숫자로 해석했다고 하셨는데, 꿈만이 아니라 현실적인 면도 있었다는 것이 좋군요.

모리슨 네, 할머니는 숫자 맞추기를 했어요. 꿈을 꾸고 나서 꿈의 내용에 숫자가 매겨져 있는 해몽 책을 보았지요. 할머니에게 꿈 이야기를 하면 짜릿했습니다. 할머니는 큰 흥미를 보이면서 완전히 집중했지요. 가끔 실제 삶과 관련해서 어떤 의미인지도 이야기해 주셨지만, 주로 꿈을 바탕으로 숫자 맞추기를 했고 할머니가 2개월 정도 계속 이겼기 때문에 저는 말하자면 연패를 했어요. 저도 한 번은 이겼었지요. 그런 다음 제가 꿈을 꾸지 않게 되었고 할머니도 흥미를 잃고 아마 다른 아이에게 가서 어떤 꿈을 꾸었냐고 물어봤을 거예요.

와크텔 유령을 진심으로 믿는 사람들에게서 유령 이야기를 들으며 자란 것이 당신에게 어떤 영향을 주었다고 생각하세요?

모리슨 글쎄요, 덕분에 저는 다른 사람들이 무서워하는 온갖 이야기들을 덜 무서워하게 되었지요. 우선, 생각할 수 없는 것을 생각할 수 있었습니다. 또, 비자연적인 힘뿐만 아니라 자연의 힘에서 경고를 알아차릴 수 있었어요. 저는 사람이 사는 세상이 좋았습니다. 어렸을 때는 사물의 보이는 모습 뒤에 또 다른 것이 있다는 생각이 좋았어요. 하지만 대학을 멀리 가면서 그런 것들을 전부 무시하게 되었습니다, 거부했지요. 저는 부모님과 조부모님들과 부모님의 친구들이 이상한 사람들이라고, 그렇게 어리석어서는 안 된다고 생각했습니다. 그러나 글을 쓰기 시작하면서 그런 세상을 온전한 의미에서 살아 있는 세상으로 인식하지 않는 한 의미 있는 글을 쓸 수 없음을 깨달았어요. 이 세상에 우리만 살고 있는 게 아닙니다. 이제는 그것을 가리키는 다른 언어가 있어요. 유령은 가장 원시적이고 기초적이지요. 뮤즈는 가장 우아한 형태고요.

저는 알아요, 누구나 비슷한 경험이 있습니다. 할 수만 있다면 양손을 침대 밖으로 내밀고 잘 사람은 거의 없어요.[1] 침대 밑에 뭔가 있다는 사실을 알지요. 그건 바꿀 수 없습니다. 그리고 어떤 지하실에 내려가면 소름이 돋는다는 사람들도 있어요. 저는 그게 무엇이든 상관없지만 그 느낌을 재현할 수만 있다면 이 세상에서 사람들 사이에 가장 흔한 정서로 이용할 수 있습니다.

그렇기 때문에 저에게는 이런 기법을, 독자가 어느 정도 참여할 수 있는 방식을 이용하는 것이 중요합니다. 제가 유령이나 영혼 같은 것들에 대해서 말하면 이런 말들은 낯설지 않은 것을 재현하기 때문에 독자의 상상력에 다가갈 수 있어요. 아주 익숙한 것을 재현하는 말이지요.

와크텔 당신 말을 듣고 있으니 약간 소름이 끼치네요.

모리슨 소름이 끼치는 건 좋은 거예요. 우리가 뚫고 지나가지 못하도록 뭔가가 추한 얼굴을 일부러 내미는 것과 같으니까요. 추한 괴물 뒤에는 더없는 기쁨이 있습니다. 그러므로 우리는 그 괴물에게 더 나은 얼굴을 보여 달라고 말할 수 있습니다. 일종의 도전이에요. 괴물은 항상 도전이지요. 아름다움을 숨기는 가장 좋은 방법은 가장 역겨운 얼굴 뒤에 숨기는 것입니다.

---

1 침대 밖으로 팔이나 다리를 내밀고 자면 귀신이 잘라 가거나 침대 밑으로 끌어내린다는 이야기가 있다.

그것만 뚫고 지나가면 멋진 것을 찾을 수 있어요.

와크텔 당신 소설이 바로 그렇습니다.

모리슨 네. 제 소설은 모두 무언가를 찾기 위해서 괴물을 뚫고 지나갑니다.

와크텔 오하이오 로레인에서 보낸 어린 시절이 당신 글의 원천이라고, 자전적인 이야기가 아닐 때도 마찬가지라고 말씀하셨습니다. 왜 그곳이 시작점인가요?

모리슨 저는 로레인 사람들을 떠올릴 때 진실하고 진정한 감정을 느끼는 것 같습니다. 로레인은 클리블랜드에서 서쪽으로 40킬로미터 정도 떨어진 조그마한 산업 도시인데, 이리 호숫가 외에는 사실상 추천할 만한 게 아무것도 없습니다. 미국 전역에서 흘러들어온 노동자들, 멕시코인들, 가난한 백인들, 흑인들 등등이 가득한 도시죠. 이 중서부의 작은 산업 도시에서 계급 차이는 컸지만 게토가 없었어요. 저는 로레인에서 보낸 어린 시절을 이용해서 제 상상력에 옷을 입힙니다. 소설의 무대가 카리브해라고 해도 저는 어느새 로레인에 가 있어요.

와크텔 고향을 떠나야 한다고 항상 생각했었나요? 고등학교에 들어갈 때쯤 되면 빠져나와야 한다는 것을 깨닫게 되는 그런 곳인가요?

모리슨 맞습니다. 저는 절대 그곳에 남고 싶지 않았어요.

와크텔 왜 그렇죠?

모리슨 저는 공부를 잘했습니다. 책을 많이 읽었기 때문에 항상 A를 받았지만, 제가 아주 똑똑하다는 생각은 하지 않았어요. 나이가 들수록 언니를 빼면 대화—예를 들면 시에 대해서 말이에요—를 나눌 수 있는 젊은 사람이 거의 없었습니다. 저는 명석하고 뛰어난 흑인들이 있는 곳으로 가고 싶었고, [워싱턴 D.C.의] 하워드 대학이 그런 곳이라고 생각했지요.

사실 제가 하고 싶었던 것은 책을 읽는 것뿐이었는데, 대학에 가면 더 많은 책을 읽고 그것에 대해 이야기를 나눌 수 있으리라 생각했습니다.

와크텔 대학에서 만난 사람들은 모두 명석했나요?

모리슨 충분히 명석했습니다. 교수진이 정말 대단했어요. 그래서 더 좋았습니다. 저는 학교에 다녔어요. 그러다가 졸업할 때가 되자 무엇을 해야 할지 전혀 몰랐습니다. 영문학을 전공했는데 뭘 해야 할까요? 교사 자격증이 없으니 공립학교에서 아이들을 가르칠 수도 없었고, 교사가 되려면 교육 대학을 다녀야 했습니다. 저는 그 대신 코넬 대학원에 진학했지요.

와크텔 당신이 출판 일을 시작한 뒤 아프리카계 미국인 작가들이 많이 나왔고, 당신은 랜덤하우스 출판사에서 그 작가들의 책을 편집했습니다. 그리고 첫 소설 『가장 푸른 눈』을 발표한 후 소설을 계속 썼지요. 하지만 지난 10년 동안 당신은 책을 한 권 끝낼 때마다 마지막 책이라고 말씀하셨습니다. 퓰리처상 수상작인 『빌러비드』를 쓴 뒤에도 그랬고요. 왜 항상 마지막 책이라는 느낌이 들까요?

모리슨 너무 힘들어요. 이렇게 살 수는 없다고 스스로에게 말하지요. 몇 년이나 걸려요. 할 일이 너무 많고 가야 할 곳도 너무 많아요.

글 쓰는 일은 항상 소모적이고, 글이 잘 안 써지면 비참해집니다. 글이 잘 써지면 정말 신나지만요. 저는 자기 기준이 아주 높습니다. 같은 책을 또 쓰고 싶지는 않아요.

저는 또 다른 의문에 대해서 생각하고 있어요. 사람들이 당연히 여기는 것을 비판하고 싶습니다. 다른 무언가를 할 언어가 필요한데, 그게 정말 오래 걸립니다. 힘들고 멋진 작업이지만, 한 권을 끝내고 나면 이런 식으로 또 다시 5년을 보내지는 않겠다고 생각하지요. 저는 정원을 가꾸고 싶고 친구들도 만나고 싶습니다. 아시겠지만 잃는 게 많아요. 연락도 끊기고 친구들은 두 번째로 밀려나지요. 그래서 다시는 책을 쓰지 않겠다고 항상 말하는 겁니다.

와크텔 그러다가 어떻게 되나요?

모리슨 그러다가 잠깐 기다려 봐, 라고 생각하지요. 우선 저는 책에 대해서 생각하지 않을 때의 자신을 별로 좋아하지 않습니다. 저라는 사람 자체가 아니라 제 정신 상태 말이에요. 저는 무언가를 하고 있을 때의 정신 상태가 더 흥미롭습니다. 『빌러비드』를 쓴 직후에 머릿속에서 무슨 일이 일어나고 있었는데, 저는 시간이 있으니까 괜찮아, 나중에 해도 돼, 라고 생각했지요. 하지만 그 생각은 점점 더 크고 깊어졌어요. 아니, 점점 더 이상해졌지요. 그래서 그것을 만지작거리기 시작했습니다.

와크텔 『빌러비드』는 실제 사건에서 시작되었습니다. 당신은 자식들이 다시 노예가 되는 꼴을 보느니 차라리 죽이려 했던 여자의 이야기를 읽었고, 거기서 이 책이 시작되었지요. 『재즈』는 당신이 『할렘의 죽은 자들의 책』에서 본 열여덟 살 소녀의 사진에서 시작되었다고 알고 있는데요. 그녀는 파티에서 전 남자친구의 총에 맞았지만 그를 보호하려고 범인이 누군지 말하지 않았습니다. 그 사진과 이야기의 어떤 점이 당신의 상상력을 사로잡았습니까?

모리슨 그 소녀가 사랑에 대해서 줄리엣처럼 순진한 생각을 가지고 있었기 때문입니다. 너무나 젊고 심오하고 낭만적이라서 자기 목숨을 위협한 사람이 달아나도록 두지요. 『빌러비드』의 어머니 세서의 행동과 비슷해 보였습니다. 어떤 의미에서는 스스로를 파괴하는 여자들, 진정한 사랑의 대상을 자신의 외부에서 찾는 여자들이지요. 그 대상이 자기보다 크고 자기 목숨보다 더 중요합니다. 세서의 경우에는 자기 자식들이었지요. 세서는 자식이 그 무엇보다 중요했고, 너무나 중요했기 때문에 모두 죽일 수 있습니다. 자신에게 그런 권리가 있다고 생각하면 그것이 진정으로 소유하는 방법이지요.

와크텔 자식들이 노예가 되는 모습을 보느니 죽이는 것이 말입니까?

모리슨 네. 아이들이 그렇게 살아서는 안 되니까요. 아이들이 어떻게 살지 내가 결정하겠다는 거죠. 물론 세서는 잠시 머뭇거리며 의문을 느낍니다. 세서는 『빌러비드』의 마지막 부분에서야 자신이 자기 삶의 중심이 될 가능성을 생각하기 시작합니다. 할렘에서 20년대에 일어난 실제 사건을 바탕으로 한 『재즈』의 소녀도 마찬가지예요. 어떤 이유에선지 ── 우리는 사랑 때문이라고 생각하겠지요 ── 자기를 죽이려고 했던 남자가 잡힐까 봐 치료도 받지 않았습니다. 이 역시 자아 또는 사랑의 대상을 남/녀 관계로, 사랑하는 관계로 전치시킨 경우였어요. 저는 그런 것에 관심이 무척 많습니다.

　우리는 오직 자신만을 사랑하는 진저리 나는 나르시시즘과 자신만 빼고 누구든 사랑하는 순교 사이에서 어떻게 균형을 잡을까요? 그 사이에서 우리가 ── 여기서 우리는 여자라는 뜻인데, 제가 특히 여성 문제에 관심이 많기 때문에 이렇게 말했지만 분명 여자에게만 한정되지는 않겠지요 ── 우리 몸을 지배하고 자신 속에서 살고 자유롭게 자신을 사랑하면서 다른 사람들에게 사랑을 나눠 줄 방법이 분명 존재할 겁니다.

　노예제도 때문이든 도시의 요건 때문이든 역사적으로 믿을 수 없을 정도의 위협을 받아 온 흑인들, 흑인 **여자들**이 어떻게 하면 그렇게 살 수 있을까요? 사람들이 대도시로 이주하면서 놀라운 일이 일어났을 때 대도시에는 어떤 약속과 자유, 유혹이 있었습니다. 『재즈』는 그것에 대한 이야기입니다.

와크텔 두 사건에 대한 기사를 읽었을 때 당신이 소설로 쓰게 되리라 생각했습니까?

모리슨 아니요, 아니에요. 마거릿 가너 사건[『빌러비드』]을 훨씬 먼저 읽었는데, 어떤 이미지들이 반복구처럼 계속 떠올랐습니다. 『재즈』의 소녀 이야기도 그랬지요. 하지만 당시에는 제가 결국 그 기사들에서 고찰하고 싶은 무언가를 끌어내리라고는 생각지 못했습니다. 몰랐어요, 그런 건 절대 모르는 일이에요.

와크텔 더 큰 사랑을 위해서 자신을 포기하는 여자들인가요?

모리슨 네, 그건 좋은 일이지요. 우리 여자들이 하는 좋은 일들 중 하나예요. 타인을 돌보고 다른 사람의 안위를 진심으로 걱정하는 거죠. 제가 관심이 있었던 것은, 자신을 완전히 버리면서 다른 누군가를 걱정하지 않으면 스스로 아무 가치가 없다고 느끼는 마음이었습니다. 그러면 자기 걱정은 언제 할까요? 하지만 마음속에 자신의 편안함, 자신의 안위 외에는 아무것도 없고 자신에게만 몰두하는 사람이 되어서도 안 되지요. 이 두 가지를 연결하는 것이 어렵습니다.

제가 쓰려던 책에 『빌러비드』라는 제목을 붙이려고 했는데

이 이야기 ─『재즈』─도 같이 들어갈 예정이었습니다. 누가 진정 사랑을 받느냐에 대한 이야기였으니까요. 자신일까요? 우리 안에 스스로를 사랑하고 절대 실망시키지 않는 부분은 어디에 있을까요? 우리는 왜 그런 부분을 무시할까요? 우리는 매 순간 그 부분을 질식시키지만 그것이 우리의 핵심임을 알고 있습니다. 바로 그 부분이 우리의 눈 속에, 뱃속 저 깊은 곳에 앉아 있어요. 그 부분이 바로 우리 자신, 진짜 자신입니다. 항상 그 자리를 지키는 존재, 늘 자신을 사랑하고 아무런 판단도 하지 않는 존재 말입니다. 하지만 우리는 항상 그 존재를 잠재우고 외부의 다른 대상에게 에너지를 쏟습니다. 하지만 저는 둘 다 사랑할 수 있다고 생각하고, 정말 그럴 수 있기를 바랍니다.

다음 책도 이런 생각의 연장선상에 있지만 배경은 더욱 최근, 말하자면 70년대가 될 거예요. 저는 70년대가 무척 흥미로운 시대라고 생각합니다. 추구하는 것은 같겠지만 상황과 언어는 달라지겠지요. 70년대 이후에는 여자들이 훨씬 더 많은 선택을 할 수 있었으니까요.

하지만 선택지가 더 많다 하더라도 여자들은 여전히 제 발등을 찍는 것 같습니다. 미국이라는 자본주의 사회에서 여자들은 놀라운 방식으로 서로를 해칩니다. 믿을 수 없을 정도예요. 여자들은 자진해서 일종의 자학을 하면서 스스로 이상해 보이게 만들고, 자기 몸을 자르고, 몸매를 개조하고, 형상을 바꾸는데, 다른 이의 시선을 위해서입니다. 그 시선은 여성들에게 이렇게 말하죠. 네 얼굴이 이렇고 체중이 이렇고 몸매가 이러면 괜찮아, 라고요. 말도 안 되는 일이에요. 그런데도 우리는 아주 만족합니다. 걷지 못하도록 전족을 하는 것과 다름없지만 그래도 우리는 맞추고 싶어 해요. 그런데 뭘 위해서 맞추는 걸까요?

와크텔 여자들이 그런 일에 공모하는 이유가 뭐라고 생각하십니까? 여자들이 왜 그럴까요?

모리슨 모르겠습니다. 저는 이 문제에 대한 책과 기사를 읽어봤지만 소설가로서 제가 궁금한 것은 진정한 사랑의 대상을 대체하려는 충동, 절대 자기 안에서 찾으려 하지 않는 충동은 무엇일까라는 겁니다. 사회화 때문일 수도 있고 교육 때문일 수도 있지만, 우리 자신 외에는 아무도 그것을 멈출 수 없어요. 미디어가 강화해도 상관없고 미용업계에서 의사들이 강화해도 상관없어요. 남자들이 그런 것을 좋아해도 상관없어요. 남자는 쉽게 부서뜨릴 수 있는 크레용 같은 여자, 또는 어린애처럼 보이는 여자를 좋아하지요. 우리가 바꾸어야 합니다. 다르게 생각해야 해요. 중요한 것은 자기혐오, 수치심, 우리가 사랑해야 하는 것들에 대한 죄책감입니다. 정말 무서운 일이에요.

이것이 바로 제가 하는 일의 숨은 영역입니다. 다른 일도 많지만 저에게는 이 문제가 정말 심각해요. 『빌러비드』에서 베이비 석스는 숲에서 설교하면서 스스로를 사랑해야 한다고 말하는데, 이것은 당신의 손, 당신의 간, 당신의 심장, 당신의 신장, 당신의 피를 사랑하라는 뜻입니다. 전부 사랑해야 해요. 여자들은 자기 몸의 소유권을 다른 사람에게 빼앗겼었지만 재즈 시대가 되자 허가를, 자유를, 그러한 구속과 억압과 자기억압, 자기검열로부터의 육체적인 자유를 탐닉하기 시작했습니다. 아주 복잡한 문제인데, 흑인뿐 아니라 여자들이 문제를 해결하거나 내면과 외면 사이에서 타협하는 방법을 생각하면 특히 극적입니다. 그 놀라운 눈, 가장 푸른 눈 ─ 누가 가치가 있고 가치가 없는지 우리를 판단하는 눈 ─ 은 결코 우리가 아닙니다.

와크텔 『재즈』에 대해서 이야기하고 싶군요. 20년대에 연기가 자욱한 지하 가게에서 들을 수 있었던 재즈가 소설 전체에 퍼져 있어서 정말로 들리는 것만 같습니다. 음악에 대한 구체적이고 감각적인 반응은 어디서 왔나요?

모리슨 어머니가 노래를 했고, 이모와 외삼촌들도 노래를 잘했습니다.

와크텔 하지만 당신 어머니는 연기가 자욱한 재즈가 아니라 성가대에서 노래를 하셨는데요.

모리슨 아니요, 불렀어요. 어머니는 「카르멘」, 블루스, 재즈, 영가, 찬송가 등을 전부 불렀습니다. 정말 대단하고 결점이 없는 가수였지요. 하루 종일 노래를 했어요. 그때는 그런 사람이 많았지요. 사람들이 거리에서 노래를 부르던 시절이었어요. 돌아다니면서 사람들의 노래를 듣는 문화가 아직도 있습니다. 우리는 항상 음악을 들어요. 저의 다른 소설에서도 소리가 중요하지만 『재즈』의 구성에서는 음향이 특히 중요했습니다. 단어의 선택, 이 단어가 아니라 저 단어를 선택해서 반복하는 것 말입니다. 그 시대와 어울리면서 힘도 있고 소리도 적절한 단어를 찾아야 했지요.

와크텔 이 책에 음악이 엮이는 방식을 보면 거의 등장인물과도 같습니다. 그리고 당신은 도시를 아름답고 꿈같은 존재로, 무척 낭만적으로 그려냅니다.

모리슨 그때는 그랬습니다. 지금 우리는 도시가 사회의 쓰레기와 극빈자들의 집이라고 생각합니다. 하지만 도시라는 개념 자체를 생각하면 수많은 사람들, 수많은 계급, 수많은 집단, 다양성, 흥분, 가능성, 약속, 음탕함과 위험이 있는 장소가 떠오릅니다. 그래서 사람들은 도시로 갔고, 도시는 사랑스러웠습니다. 도시는 그렇게 진화했어요. 저는 부자든 빈자든, 원주민이든 현지인이든 모든 사람들이 도시에 대해서 이야기하던 방식을 재창조하려고 노력했습니다. 사람들은 지금과 달리 진정한 대도시, 진정으로 세련된 도시에 대해서 이야기했는데, 이는 바람직한 기민함과 정교함, 민감성을 암시했지요. 낭만적이었어요.

와크텔 도시가 일종의 피난처였나요? 당신이 설명하는 20년대에 사람들은 북쪽의 뉴욕시로, 특히 할렘으로 와서—

모리슨 재건 시대[2] 이후의 공포와 황폐함을 피하려 했지요. 마을 전체가 불타고, 린치가 일상적으로 일어나고, 고용계약 형태의 노예로 살던 곳에서 도망쳤습니다. 남북전쟁 이전과 같은 의미의 노예제도가 아니라 소작제도였는데, 이 때문에 사람들은 빚더미에 올라앉았습니다. 그리고 백인노동자들은 다른 노동자들과 하나가 되는 대신 꼬임에 넘어가 백인으로서 얻을 수 있는 작은 이익을 손에 넣기로 했습니다. 땅이 없으면 먹고살 수가 없었어요. 경제 불황이 여러 차례 닥치면서 사람들은 일자리가 있는 도시로 떠나기 시작했습니다.

와크텔 그리고 도시에는 사람들이 있었습니다. 다른 사람들을 발견하는 진정한 기쁨이 있었지요.

모리슨 자신과 똑같은 사람들이 있었습니다. 도시에 가면 자신과 똑같은 사람이 500명은 있었고, 그 안에서 안전함과 일자리가 있을지도 모른다는 가능성을 느꼈습니다.

---

2 남북 전쟁이 끝나고 남부 연맹의 여러 주가 합중국에 재편입되던 시기.

와크텔 하지만 『재즈』의 주인공 바이올렛은 북쪽으로 와서 인생을 망쳤다고 말합니다.

모리슨 네. 도시는 유혹적이고 힘을 주는 피난처입니다. 하지만 그래 봤자 여전히 도시이고, 유혹이 틀릴 수도 있지요. 길이 아주 깔끔하게 닦여 있지만 압박감이 정말 큽니다. 도시가 제공할 수 있는 것에는 한계가 있어요. 등장인물들은 자연의 삶과 도시의 삶 사이의 충돌을 느낍니다. 바이올렛은 성장할 가능성이 있었지만 계속 성장하지 못했을지도 모르고, 제가 보기에는 바이올렛과 조 모두 무언가로부터 달아나고 있었어요. 어딘가에서 벗어나려 애쓰고 있었지요. 두 사람은 오랫동안 어떻게든 피했지만 마지막까지 피하지는 못합니다. 과거가 그들을 따라잡았지요.

와크텔 바이올렛과 조는 부모를 잃었습니다. 이 부분에서 엄청난 상실감이 전해지지요. 『재즈』는 일종의 삼각관계를 바탕으로 하는데, 삼각형의 세 꼭짓점 모두 어머니를 잃습니다.

모리슨 네. 모두 인종 폭력이나 추방으로 부모님을 잃습니다. 한 명의 예외도 없지요.

와크텔 그처럼 크나큰 상실이 그들에게 어떤 영향을 끼치는 건가요?

모리슨 가족을 빼앗겼다는 느낌, 채워야 한다는 느낌을 갖게 되지요. 예를 들어 그들은 아이를 낳지 않기로 결정합니다. 바이올렛은 어렸을 때 강제 퇴거를 당했고, 그 끔찍한 경험을 반복하고 싶지 않아요. 그래서 그들은 도시가 제공하는 "행복한 삶"으로 빈자리를 채우려 하지만 그래도 공허함은 사라지지 않습니다. 그들은 흥미롭고 나쁘지 않은 삶을 이루지만 바이올렛은 모성애에 배신당합니다. 바이올렛의 남편 조는 갑자기 젊은 여자와 격정적인 열정에 빠져듭니다. 가족을 빼앗긴 상실감은 그들이 가장 약할 때, 쉰 살이 다 되어서 덮쳐 오고, 이제 그것을 해결해야 합니다. 그들이 해결을 하든 못하든 문제는 점점 커지고 있고, 그들은 그런 일들을 아주 빨리 해결하는 도시에 살고 있습니다. 그러므로 도시에는 놀랍고 신나는 가능성들이 있지만 좋지 않은 점도 있습니다.

와크텔 책이 시작하자마자 끔찍한 일이 벌어집니다. 조가 만나던 젊은 여자를 총으로 쏜 다음 두 가지 이상한 일이 일어나지요. 하나는 점점 커지는 집착입니다. 조뿐만 아니라 그의 아내 바이올렛까지도 죽은 여자에게 집착하면서 이상하게 그녀와 하나가 됩니다. 벽난로 선반에 그녀의 사진이 놓여 있고, 그녀는 두 사람을 계속 따라다닙니다. 이 부분에서 저는 유령이, 『빌러비드』의 아이가 떠올랐습니다. 죽은 자가 산 자에게 미치는 힘을 보여 주는 또 다른 예지요. 이런 경험을 잘 아십니까? 무언가에 홀린 적이 있습니까?

모리슨 아니요. 이런 책을 쓰는 것으로 충분해요, 그 이상 겪고 싶지는 않군요. 하지만 생각해 보세요. 우리는 사진을 간직하거나 벽에 걸고 사진 속 얼굴들을 보면서 손으로 쓸어 보기도 하고 소중히 여기지요. 카메라가 없을 때는 그림을 걸어놓습니다. 우리는 다음 세대에게 물건을 물려줘요. 왜 그렇게 할까요? 이런 행위에는 뭔가 유령 같은 느낌이 있어요. 궁극적으로 우리는 죽은 자들에 대해서 아주 조심스럽게 행동합니다. 물건 자체는 아무것도 아니지만 사람들은 물건을 소중히 여기고 그것을 통해 감정을 전달합니다. 사진은 사진일 뿐이지만 우리가 생명을 주기 때문에 살아 있는 것이 되지요.

조와 바이올렛은 자신들이 어떻게 살든 이 젊은 여자에게 초점이 맞춰진다는 사실을 알 만큼 똑똑합니다. 조는 그녀를 사랑했고, 그녀에게 총을 쏘았고, 심장의 구멍과도 같은 그녀의 존재를 떼어놓을 수 없으니까요. 바이올렛은 문제가 무엇이든 이 여자에게 있다는 것을 압니다. 이 여자는 누굴까요? 무엇을 가지고 있었을까요?

와크텔 『재즈』의 끝부분에서 당신은 희망을 보여 줍니다. 사랑이 우리를 구원할 수 있다는 느낌이 있어요. 증오와 분노, 심지어는 광기로 가득한 사람들 ─바이올렛은 정말 미치기 직전인 것 같습니다─ 이지만 용서와 사랑을 통해 상처를 치유할 수 있음을 깨닫습니다. 오해하지 마세요, 저는 그게 좋아요. 저는 아름다운 화해가 이루어진다고, 당신이 그것을 가장 감동적인 방식으로 설명한다고 생각합니다. 하지만 저를 괴롭히는 부분이 있어서 묻지 않을 수가 없군요. 50대 부부인 조와 바이올렛 사이에서 사랑과 친밀함이 다시 불붙는 계기는 젊은 여자의 살해입니다. 그렇게 좋은 여자는 아니었지만요. 바이올렛조차 조를 용서합니다. 그녀는 자기 내면이 아닌 외부에 사랑을 가지고 있고, 그것을 조에게 베풉니다. 어떻게 그럴 수 있을까요?

모리슨 그렇게 해야 합니다. 정말 하기 어려운 일이에요. 당신에게 동의하는 사람을 사랑하는 것이 아닙니다. 도움이 되는 환경에서 사랑하는 게 아니에요. 힘들 때, 정말 힘든 상황에서 사랑하는 것입니다. 전쟁 때든, 국경을 넘을 때든, 바이올렛과 조의 이야기든 마찬가지입니다. 원수를 사랑하는 것, 또는 성경에서 말하는 대단한 사랑을 하는 것은 항상 "불가능"합니다. 늘 "불가능"해요. 그렇기 때문에 중요합니다. 저는 쉬운 상황에서의 사랑이 아니라 중요한 사랑, 어렵고 어려운 사랑에 대해서 말하고 있는 거예요.

와크텔 『재즈』의 마지막 부분을 보면 화자 ── 파악하기 힘든 목소리를 가지고 있기 때문에 우리는 "나"라는 무명의 인물이 누구인지 확신하지 못합니다 ── 는 사랑의 본질에 대해 잘 알고 있는 것 같은데요, 여기에 아름다운 통렬함이 있습니다. 책 앞부분에서 어느 인물이 사랑이라는 수수께끼를 풀어 보려고 하자 화자는 "행운이 함께 하기를. 그리고 사랑의 비밀을 알 게 되면 꼭 내게도 알려 주기를"이라고 말합니다. 하지만 끝부 분에서 화자는 부부의 공공연한 사랑을 부러워합니다. 화자가 가질 수 없는 것이지요. 저는 그런 수수께끼나 모호함이 좋았 지만 여기에는 또 뭐랄까요, 기다림과 소극적인 느낌이 있습 니다.

모리슨 네, 이 화자는 모든 것을 아는 척하지만 한계가 있습니 다. 처음에는 힘도 있고 모든 것을 아는 것처럼 이야기를 시작 하지만 내러티브에서 실수를 저지릅니다. 예측이 빗나가고, 인 물들이 화자의 손아귀에서 빠져나가죠. 인물들은 모두 해변으 로 가서 흥미진진한 삶을 삽니다. 화자는 자신의 한계만이 아 니라 상상력의 힘을 배우고, 자신이 사랑의 육체적인 표현을 갈망한다는 사실을 깨닫습니다. 사랑을 주고받는 마지막 장면 들은 전부 다정하니까요. 외투에 묻은 실을 떼어 주거나 커피 잔을 건네면서 닿는 손끝 같은 것들 말입니다. 거기에는 편안 한 안정감, 서로의 몸이 부드럽게 닿을 때 느끼는 놀라운 위안 만 있을 뿐 관능적인 느낌은 없습니다.

와크텔 의도적으로 이렇게 썼습니까?

모리슨 네, 아주 의도적이었어요.

와크텔 화자는 당신이지만 당신이 아니라 종이 위에서 독자에 게 말은 거는 목소리이고, 뭐 그런 건가요?

모리슨 네, 맞습니다.

와크텔 아주 감동적이군요. 바이올렛은 ── 중년 여성이죠 ──
자신이 죽여 버린 자기 안의 소녀에 대해서, 자신이 정말 어떤
사람이었는지에 대해서 이야기합니다. 당신은 당신 안의 죽은
소녀에 대해서, 소녀를 되살리려 애썼다고 이야기했습니다. 당
신에게 글쓰기란 그런 의미인가요?

모리슨 그건 제가 선택한 방식입니다. 제가 만약 신학자였다
면 영혼이라고, 정신이라고 불렀겠지요. 그게 무엇이든 상관없
습니다. 저는 우리가 '나'라고 말할 때 가리키는 대상, 분명히
인식할 수 있지만 억압된 존재를 이용했을 뿐입니다. 그 존재
는 때로 세상이라는 힘에 의해 입막음당하고, 무시되고, 가치
를 인정받지 못합니다. 가족이라는 힘, 사회적인 힘, 문화적인
힘에 의해서 말이지요. 그 존재는 잠들어 있고, 그 존재를 품고
있는 사람 외에는 아무도 되살릴 수 없다는 의미에서 죽은 존
재입니다.

　인간에게는 그렇게 할 수 있다는 것이 중대하고 아주 중요
한 것 같아요. 사람들은 그것을 힘의 부재와 혼동하지요. 하
지만 아닙니다. 또는 모든 욕구의 충족과도 혼동하지만, 그것
도 아니에요. 그것은 고요하고 만족스럽고 어쩌면 아주 연약
한 것입니다. 그것이 무엇이든 제 안에 존재해요. 제 안에서 그
사람이나 사물, 개념, 생각을 찾아내는 것이 제 작품의 많은 부

분을 차지합니다. 자존감이 만들어지거나 파괴되는 장소 역시
제 내면임을 알고 있습니다. 그것이 저의 인식이나 느낌, 믿음
이에요.

1992년 12월

⌒

와크텔 소설 『고향』에서 우리는 한국전쟁을 마치고 돌아온 프
랭크 머니라는 인물을 만납니다. 그 시대와 배경을 선택한 이
유는 무엇인가요?

모리슨 미국인들은 50년대를 일종의 황금기라고 생각합니다.
전쟁 직후 모두가 돈을 벌었고, 제대 군인 원호법 덕분에 군인
들이 대학에 갔고, 텔레비전은 ─ 저도 모르겠군요 ─ 행복한
이야기로 가득했어요. 도리스 데이의 영화 같았지요. 하지만
저는 그렇게 생각하지 않습니다. 50년대의 실상이 감춰져 있
다고, 사실은 그렇지 않았다고 생각해요. 저는 50년대에 젊은
여성이었고, 그 시대를 다 안다고 생각했습니다. 하지만 잠깐,
외국에서 엄청나게 큰 전쟁을 치렀잖아, 라는 생각이 들었지
요. 미군 약 58,000명이 죽었습니다. 사람들은 그것을 전쟁이
라고 부르지도 않았어요. "치안 활동"이라고 불렀지요.

매카시즘도 있었습니다. 모두가 공산주의를, 러시아를 두려워했지요. 그리고 어마어마한 인종 폭력도 있었어요. 에밋 틸은 1955년에 살해당했습니다. 또 베트남 전쟁 때까지 많이 알려지지는 않았지만 힘없는 사람들을 대상으로 의학 실험을 실시했지요. LSD를 투약한 군인들, 죄수들, 수많은 흑인들에게 실험에 참여하면 무료 의료 보장을 받을 수 있다고 했습니다. 매독 실험 기억하세요? 여러 해 동안 흑인 남자들이 찾아가면 일부에게는 약을 주고 일부에게는 위약을 주어 매독을 치료하지 않으면 어떻게 되는지 알아냈습니다. 50년대에 그런 일들이 일어났고, 세계 어딘가에서는 아직도 이런 일들이 벌어지고 있어요.

이런 중대한 일들이 우리 역사에서 지워진 것 같습니다. 제 소설에 등장하는 한국전쟁 참전 용사는 작은 고향 마을 — 소도시라고 할 수도 없었어요 — 로 돌아가는데, 전장과도 같은 여정이지만 그 과정에서 50년대에 벌어지던 모든 일들이 드러납니다.

와크텔 프랭크 머니라는 인물은 미국으로 돌아와 힘든 시간을 보내는데, 전쟁이 남긴 트라우마와도 관련이 있습니다. 게다가 말씀하신 것처럼 흑인인 프랭크는 국가를 위해 봉사했지만 어떤 인정도 받지 못합니다. 다시 이류 시민이 되지요. 그는 또한 남자라는 것이 무슨 의미인지 고민하는 것처럼 보입니다. 프랭크는 무슨 고민을 하고 있습니까?

모리슨 저는 전쟁에서 살아남은 젊은 남자에 대해 생각해 보고 싶었습니다. 우리는 그가 안전하다고 생각하겠지만 그렇지 않습니다. 참전 용사 대부분이 전쟁 경험에 대해 아무 말도 하지 않는다는 사실은 흥미로워요. 자기들끼리는 이야기하지만 외부인에게는 거의 말하지 않습니다. 모든 경험을 자기 안에 고스란히 가지고 있을 겁니다. 프랭크는 트라우마 ─ 그때는 폭탄성 쇼크라고 불렀지요 ─ 가 생겨서 술을 마십니다. 그러다가 멋진 여성을 만나지만 잘 안 되지요. 동료의 죽음을, 전쟁에서 자신이 저지른 흉포한 짓을 해결하지 못했기 때문입니다. 그러다가 여동생을 구해 달라는 부탁을 받고 어쩔 수 없이 미국을 횡단하여 여동생에게 갑니다.

와크텔 프랭크의 여동생 이신드라 역시 1950년대 미국에서 가난한 흑인 여성으로서 정체성 문제를 겪고 있고, 백인 의사가 실시하는 의학 실험에 자기도 모르게 참여했다가 거의 죽을 뻔하지만 프랭크와 고향 마을의 여인들 덕분에 회복합니다. 이신드라 ─ 시이^{Cee}라고 불리지요 ─ 를 그토록 약하게 만든 것은 무엇이었습니까?

모리슨 그들의 고향은 작은 마을입니다. 부모님은 하루에 열일곱 시간씩 일하고, 무척 적대적인 할머니는 사실상 모든 사람에게 화가 나 있지만 근시안적인 어른들이 종종 그러듯이 가장 힘없는 대상을 골라서 앙갚음합니다. 그래서 시이는 이미 태아처럼 약한 상태죠. 그녀는 모든 것으로부터 보호가 필요하고, 오빠가 시이를 보호해 줍니다. 오빠가 떠나자 그녀는 아무 힘도 없이 세상에 남겨집니다. 시이는 일을 합니다. 하지만 다른 직장을 구하고 싶어 하지요. 그래서 다른 일을 얻습니다. 모든 상황이 아주 좋아 보입니다. 그녀는 아무런 자원도 없지만 많은 것들을 이뤄내지요. 그녀는 책이 끝날 때쯤 엄청나게 성장하는데요, 부분적으로는 마을 여자들의 "심술궂은 사랑" 때문입니다. 마을 여자들은 그녀를 보살피고 경고도 해주지만 그녀를 보고 싶어 하지는 않습니다. 이런 구절이었던 것 같아요. "그들은 눈물이나 울음을 말없이 경멸하며 바라보았다." 그들은 모든 것을 꿰뚫어 보는 눈을 가지고 있습니다. 흐느끼거나 징징대는 것을 좋아하지 않았지요. 이런 식으로 말합니다. "뚝 그쳐. 조금 아플 거야. 뚝 그쳐. 이걸 마셔. 아니, 이렇게 해." 시이는 그들 덕분에 낫고, 이제 마을 여자들에 대해 한 번도 생각해 본 적 없는 방식으로 생각하게 됩니다. 제가 어렸을 때 이웃 사람들이 무슨 말이든 거리낌 없이 했던 기억이 납니다. "그 립스틱 지워. 네 아버지에게 일러 줘야겠다." 어머니도 같은 생각이었지요. 마을 여자들이 전부 지켜보고 있었는데, 그래서 무척 초조하고 답답한 기분이 들었습니다. 신경을 쓰기 때문에 지켜본다는 사실을 나중에야 깨달았지요. 시이는 이것을 배웁니다. 그리고 자기 앞가림하는 법을 배우지요.

와크텔 시이는 경험을 통해서, 또 말씀하신 것처럼 주변 여자들을 통해서 정체성을 만들어 갑니다. 나이 많은 동네 여자들의 거친 사랑뿐 아니라 놀라운 인심도 목격하지요.

모리슨 그 여자들은 설교를 하지도 않고 듣지도 않지만 마음속 깊은 곳에서는 기독교적입니다. 그저 모든 것을 받아들이고 돕지요. 시이는 못 배웠다고 생각도 못하는 것은 아님을 깨닫습니다. 마을 여자들이 정말로 가르쳐 준 것은 그런 깨달음이에요. "너도 생각할 수 있어." "아, 그가 그런 짓을 하고 있는지는 몰랐어요." 그녀가 의사에 대해서 말합니다. 그러자 여자들이 답하죠. "불행은 미리 알리고 찾아오지 않아."

오빠가 도착해서 시이를 구한 다음 두 사람은 부모님의 집으로 돌아가고, 시이가 아이를 낳을 수 없게 되어 상심하자 오빠가 그녀를 위로합니다. 시이가 말합니다. "아니. 난 울고 싶으면 울어도 돼. 비참해. 비참하게 놔둬." 하지만 그녀의 말은 이제 울음 따위는 필요 없다는 뜻입니다. 프랭크의 여동생은 새로운 사람이 되고, 프랭크는 이를 보면서 자기 내면의 문제를 남의 탓으로 돌리던 장벽을 허물게 됩니다.

와크텔 당신은 아버지가 조지아의 고향을 무척 싫어했지만 매년 찾아갔다고 말씀하셨습니다. 왜 그러셨지요?

모리슨 알 수 없지요. 아버지는 고향인 조지아 카터즈빌에 대해서 이야기했습니다. 저는 아버지가 그곳에서 사업가 두 명이 린치 당하는 장면을 목격했다는 사실을 뒤늦게 알게 되었습니다. 아버지의 동네에서 두 사람이 살해당했고 — 목 매달렸지요 — 그래서 아버지는 열네 살 때 그곳을 떠났습니다. 아버지는 부분적으로는 그 사건 때문에 조지아가 절대 고향이 될 수 없다고 생각했던 것 같아요. 하지만 고향에 친척들이 있었기 때문에 매년 돌아갔습니다. 반면에 앨라배마 출신으로 여섯 살 때 고향을 떠난 어머니는 그곳을 에덴동산이라 생각했지만 한 번도 돌아가지 않았어요. 옛날이 참 좋았다고 생각하셨죠!

와크텔 당신은 1930년대와 1940년대에 오하이오 로레인에서 자랐고, 가난한 편이었다고 설명합니다. 그 시대에 가난한 편이었다는 것은 무슨 뜻인가요?

모리슨 아버지가 일자리를 찾고 있었고 당시 "구호" 자금이라고 부르던 것을 받았다는 뜻입니다. 요즘은 생활지원금이나 푸드스탬프라고 부르죠. 저는 "구호"라는 말이 좋아요. 상황을 추스릴 때까지 잠깐 쉰다는 것처럼 들리거든요. 우리는 가끔 집세를 내지 못해서 강제 퇴거를 당하기도 했습니다. 어머니가 현관에 붙어 있던 퇴거 통지서를, 그렇게 하면 뭐가 달라지기라도 한다는 듯이 찢어 버렸던 기억이 나요. 어머니는 격분했고, 우리는 다른 곳으로 이사를 했습니다. 하지만 사실 사람들은 "가난"을 너무 나쁘게만 생각해요. 가난한 것이 가장 좋은 상태가 아니라는 것은 저도 알지만, 그때는 다들 가난했습니다. 나쁜 사람들은 배부른 자본가들이었어요. 우리가 보기에 그 사람들은 제정신이 아닌 듯했어요. 우리는 모든 것을 서로 나눴습니다. 로레인은 노동계급의 도시, 강철 도시, 조선소가 있는 도시였고, 흑백분리가 없었다는 사실을 기억해야 합니다. 그곳 사람들은 폴란드와 이탈리아, 멕시코에서 이민을 왔지요. 캐나다에서 흑인들도 왔습니다. 19세기에 미국에서 캐나다로 도망쳤다가 돌아온 사람들이었지요. 그러므로 대부분 노조에 가입한 노동자들이 뒤섞여 있었습니다. 여러 종파의 교회가 많았지만 고등학교는 하나밖에 없었어요. 따라서 당시 언론에서 항상 이야기하던 것처럼 크게 분열되고 말고 할 겨를이 없었습니다. 호숫가 저택 사람들은 다른 세상에 살았고, 우리는 그들을 부러워하지 않았습니다. 그 사람들은 그냥 달랐어요. 그들의 저택과 잔디밭을 보면서 감탄하긴 했을 거예요. 하지만 우리는 다 같이 해결했습니다. 옆집에 살던 체코 사람들은 어머니에게 양배추로 싼 쇠고기 요리를 주었습니다. 서로 요리법을 교환했지요. 인종과 종교는 다들 달랐지만, 『고향』에 나오는 마을 여자들 같았습니다.

와크텔 당신의 아버지와 어머니는 인종에 대한 태도가 달랐습니다. 그 이야기를 조금 해주시겠어요?

모리슨 아, 아버지는 백인을 증오했어요. 이를테면 아버지는 보험회사 직원이 보험료를 받으러 와도 집 안에 들이지 않았습니다. 반면에 어머니는 항상 사람들을 개개인으로 판단했습니다. 어머니의 첫 번째 질문이나 관심은 그 사람이 어떤 사람이냐는 것이었습니다. 어머니에게 백인이니 흑인이니 하는 것은 중요하지 않았어요. 하지만 아버지는 백인에게 확고하게 적대적이었습니다. 공장에서는 백인들과 함께 일했지만 집에는 절대 들이지 않았지요.

와크텔 어렸을 때 어머니와 아버지의 그런 태도를 어떻게 이해했습니까?

모리슨 어렸을 때는 아무 생각도 없었어요. 아버지는 남자고 어머니는 여자라고만 생각했습니다. 두 분은 달랐어요. 어머니는 항상 이야기를 했지만 아버지는 거의 말이 없었지요. 그냥 달랐어요. 저는 나중에야 아버지의 태도에서 특이한 점을 깨달았습니다. 저는 방과 후에 남의 집 청소하는 일을 했는데, 집주인이 심하게 불평을 했어요. 제가 일하는 방법을 잘 몰라서 그랬을 거예요. 저는 진공청소기나 오븐이 달린 멋진 레인지를 본 적이 없었거든요. 집주인이 저에게 가르쳐 주려고 했던 것 같지만, 열두 살이었던 저는 집주인의 말을 듣는 대신 그것을 모욕으로 받아들였습니다. 그래서 어머니에게 주인 여자가 못되게 군다고 말하자 어머니는 "그럼 그만두렴"이라고 말했습니다. 하지만 꼭 알아야 하는 부분이 있는데, 저는 일주일에 2달러를 받아서 1달러는 어머니에게 드리고 1달러는 제가 가졌기 때문에 이 수입을 잃고 싶지 않았어요. 아버지에게 말씀드리자 이렇게 대답했습니다. "가서 일을 하고, 돈을 받고, 집으로 와라. 네가 그 집에 사는 것도 아니잖아." 일을 계속하면서도 그게 저의 진짜 모습이 아님을 아는 것은 크나큰 위안이었습니다. "네가 그 집에 사는 건 아니잖아, 이 집에 살지." 저는 그때 이후 직장에서 문제가 생긴 적이 한 번도 없었습니다. 개인적인 문제가 아니었으니까요. "그게 진짜 네 모습은 아니야"라는 거죠.

와크텔 당신은 여러 가지 일들을 감정으로 기억한다고 말씀하셨습니다. 로레인에서 보낸 어린 시절 중 가장 기억에 남는 감정은 무엇입니까?

모리슨 무서움입니다. 저에게는 유령 이야기를 하고 또 하는 것이 일종의 오락이었습니다. 가스등 그림자가 얼핏 보면 정말 기괴해 보이는 집에 살았는데도 말이에요. 그런 공포스러운 감각이 있었습니다. 유령이나 악마, 우리를 잡아갈지도 모르는 어떤 것 말이에요.

하지만 또 다른 것도 있었어요. 설명하기 어렵지만 서로 익숙하고, 이해하고, 당연히 함께한다는 생각과 애정이라고 할 수 있을 것 같네요. 아버지, 언니와 함께 누런 삼베 자루를 들고 걸어가던 기억이 납니다. 화차에서 떨어진 석탄을 주으려고 철길로 가는 길이었지요. 철길에 나가 보면 온갖 사람들이 똑같이 석탄을 줍고 있었어요. 석탄 조각들을 집으로 가지고 가서 불을 피웠지요. 이것은 우리가 석탄을 살 형편이 안 된다는 뜻이었지만 저는 그런 생각은 하지 않았습니다. 석탄을 줍는 게 재미있다고만 생각했어요. 그리고 물론 텃밭이 정말 중요했습니다. 우리는 텃밭에서 나는 것으로 먹고살았어요. 네, 닭도 있었는데, 제가 닭을 잡아서 가족들과 같이 먹었습니다. 전혀 다른 삶이었어요. 그때 저는 아주 편안하고 무척 사랑받는 느낌이었습니다. 아주 엄격한 교육을 받긴 했지만요. 말썽을 피우면 전혀 달라졌죠!

와크텔 얼마나 나쁜 행동을 했는데요?

모리슨 말과 관련된 일이었기 때문에 기억에 남아 있는 사건이 있어요. 저는 세 살쯤 되었을 때 언니와 함께 조약돌로 보도에 글자를 쓰곤 했습니다. "고-양-이"라든지 우리 이름, "너 미워" 같은 말들을 썼지요. 우리 집에서 한 블록 떨어진 울타리에 어떤 단어가 검정 페인트로 크게 적혀 있었는데, 우리는 그 글자를 따라 쓰기로 했습니다. 우리는 "에프"(f)를 쓴 다음 "유"(you)라고 썼지요. 그러자 어머니가 고함을 지르며 계단을 내려오더니 "가서 빗자루 가져와. 물도 한 통 가져오고. 너희 대체 왜 그러니?"라고 말했습니다. 그래서 우리는 울면서 글자를 지웠습니다. 어머니는 그 단어를 절대 소리 내어 말하지 않았고 무슨 뜻인지도 말해 주지 않았습니다. 저는 열세 살쯤 되어서야 그 뜻을 알았어요. 동물에 대해서 한 말이었지만요. 아무튼, 그때 저는 말의 힘에 대해서 두 가지 사실을 배웠습니다. 말은 어머니를 완전히 기겁하게 만들 수 있었지요. 또 조약돌로 보도에 글자를 쓰는 것만으로도 아주 폭발적인 반응을 일으킬 수 있었습니다. 제가 당시에 그렇게 생각한 것은 아니지만 이 일이 오래도록 기억에 남았고, 어떤 면에서는 그래서 작가가 되었을지도 모릅니다.

와크텔 교회가 아주 많았다고 하셨는데요. 어머니는 아프리카 감독교회파 감리교 교회에 다녔고 성가대에서 노래를 불렀지만 당신은 열두 살 때 가톨릭으로 개종했습니다. 어떻게 된 일이죠?

모리슨 친척들 중에 가톨릭 신자들이 있었어요. 대부분 클리블랜드에 살고 있었지요. 성당 건물이 아주 인상적이었습니다. 가톨릭교회에 다니는 친척들은 미사를 보러 갔고 소소한 축일이 많았어요. 잘 모르겠습니다. 그냥 큰 인상을 받았어요. 제가 어머니에게 개종 이야기를 꺼내자 어머니도 반대하지 않았습니다. 이렇게 말씀하셨지요. "어떤 교회에 가고 싶든 그게 교회라면 괜찮아." 그래서 저는 가톨릭으로 개종했습니다. 아주 진지했어요. 몇 년 동안 매일 성당에 나갔지요.

와크텔 성당에 다니는 것이 당신 행동에 영향을 끼쳤습니까?

모리슨 그랬던 것 같습니다. 그만둘 때까지는요. 제가 신앙에 끌렸는지 예술에 끌렸는지 잘 모르겠습니다. 그래도 어머니가 노래를 할 때는 어머니 교회에 갔어요. 정말 멋진 목소리였으니까요.

와크텔 어머니가 당신에게 끼친 영향을 어떻게 설명하시겠습니까?

모리슨 글쎄요. 사이가 나쁜 시기도 길었습니다. 어머니가 우리 집에 와서 "소금이 도대체 어디 있니?" 같은 말을 하면 저는, '무슨 뜻이에요? 나도 소금 있어요. 지금 저한테 뭐라고 하시는 거예요?'라고 생각했지요. 누구나 겪는 단계죠! 하지만 어머니는 86세까지 사셨고, 부모님 두 분 모두 방식은 달랐지만 저에게 정말 중요한 존재였어요. 어떻게 표현할 수 있을지 모르겠군요. 제가 부모님의 좋은 점만 닮았다면 그게 바로 제가 생각하는 최고의 모습일 거예요.

와크텔 아버지가 세상을 떠났을 때 당신은 "땅이 흔들리고, 영혼이 흔들리는 경험, 그가 사랑했던 소녀가—당신이지요—그와 함께 죽었다"라고 말했습니다.

모리슨 그 이후 저는 고향을 떠났습니다. 어머니와 언니, 많은 친척들이 살고 있었지만 저는 2년 동안 돌아가지 않았습니다. 저는 우리 마을이 대체 왜 그대로인 거지? 이제 아버지가 없으니 사라져야 하는 거 아니야? 라고 생각했습니다. 저는 아버지가 사랑했던 딸, 자랑스러워했던 딸이었습니다. 제가 대학에 다닐 때 아버지는 출근할 때마다 조끼 주머니에 제 편지를 넣어 가서 사람들에게 보여 주었습니다. 제 첫째 아이가 태어날 때도 곁에 계셨지요. 제가 대학교에 입학했을 때 아버지는 저를 하워드 대학까지 태워 주었습니다. 아버지는 과묵한 사람이었지만 늘 곁에 있었어요. 아버지가 돌아가시자 저는 '아버지가 그렇게 좋아했던 그 딸은 어디 갔지?'라고 생각했습니다. 어쩌면 그 아이도 돌아오겠지요. 저도 모르겠어요.

와크텔 당신은 고등학교를 마친 후 하워드 대학에 다니기 위해 오하이오에서 워싱턴으로 갔습니다. 대학 진학이 당연한 일이었습니까? 아니면 금전적으로 힘들었나요?

모리슨 금전적으로 힘들었지만 어머니가 적극적으로 응원해 주었습니다. 우리 집안에서 대학에 진학한 사람은 한 명밖에 없었는데, 삼촌 한 분이 1년 정도 오하이오 주립 대학에 다녔던 것 같아요. 우리 마음속에서는 하워드 대학이 하버드 대학이나 다름없었습니다. 흑인 대학 중 최고였지요. 그리고 저도 열심이었습니다. 아프리카계 미국인 선생님을 만난 적이 없었기 때문에 흑인 지식인들을 정말 만나고 싶었어요. 우아하고 뛰어난 오벨린 대학에 갈 수도 있었지만 집에서 겨우 10킬로미터 거리였기 때문에 가고 싶지 않았습니다. 어머니가 전화를 걸어 집으로 와서 설거지를 하라거나 그럴 수도 있잖아요. 그래서 저는 최대한 멀리 갔습니다. 그래서 기뻤고요. 저는 하워드 대학에 가서 기뻤습니다. 정말 멋진 경험이었어요.

와크텔 하지만 워싱턴 자체는 약간 충격이었습니다.

모리슨 아, 맞아요. 어머니와 아버지가 설명해 주셨지만 저는 한 번도 본 적이 없었어요, "유색인"과 "백인"이라는 표지판 말이에요. 흑인 여성은 정해진 화장실만 쓸 수 있었는데, 제가 보기에는 무슨 연극 같았어요. 정말 이해가 안 갔지요. 제가 뭘 알았겠어요? 저는 버스에서 표지판을 하나 훔쳐서 어머니에게 보냈습니다.

와크텔 뭐라고 적힌 표지판이었지요?

모리슨 "유색인"이요. 그건, 표지판 자체는 절대 상처가 되지 않았어요. 저는 정말 신나고 재미있고 똑똑한 흑인들과 같은 캠퍼스에 있었지요. 그리고 많은 사람들이 저기 어딘가를 맴돌면서 우리 삶을 어렵게 만들려 애쓰고 있었지만 그들은 중심이 아니었어요. 저는 그들의 눈으로 세상을 보지 않았습니다. 저는 여러 가지 이야기를 듣고 깜짝 놀랐지만 이야기일 뿐이라고 생각했던 것 같아요. 하지만 실제로 그랬지요. 머리카락이 달랐기 때문에 가게에서 모자를 써 볼 수 없었습니다. 워싱턴에서 그런 일이 수없이 일어나고 있었어요.

하지만 워싱턴의 흥미로운 점은 중산층에 흑인 인구가 있었다는 것입니다. 정부에서 일하는 사람들이었지요. 제 친구의 아버지는 문지기였는데, 제가 대학으로 돌아가서 학생들을 가르칠 때 1년에 7,000달러 정도를 받았을 텐데 그 분은 20,000 달러를 벌었습니다. 팁 때문이었지요. 그 사람들은 돈이 되는 직업을 가지고 있었습니다. 일부는 정부 일을 했고, 일부는 종업원, 일부는 문지기였습니다. 그 사람들은 우리 오하이오 사람들보다 금전적으로 훨씬 나았어요. 아무튼 그랬습니다. 할아버지 대부터 항상 좋은 벽돌집에 살던 사람들을 볼 수 있었지요. 워싱턴에서 중산층 흑인을 많이 보았기 때문에 흥미로웠습니다.

와크텔 흑백 분리 도시였지요.

모리슨 네. 하지만 백인은 워싱턴에 살지 않았어요. 백인들은 워싱턴에서 나라를 운영하거나 가게를 운영했지만, 사는 곳은 알렉산드리아였습니다. 하지만 당시 도시에는 정말 우아하고 인상적인 흑인들이 있었어요. 이제는 바뀌었지요, 아주 많이 변했어요.

와크텔 제가 알기로는 아프리카계 미국인 대학인 하워드에서도 피부색이 중요했습니다. 종이가방 테스트에 대한 이야기가 있었는데요. 그게 뭐지요?

모리슨 피부색이 옅을수록 더 좋았지요. 보기에 더 좋다든지 백인들이 못되게 굴지 않는다든지, 뭐 그런 이유로 말입니다.

저는 고등학교를 다른 지역에서 다녔기 때문에 확실히는 모르지만, 종이가방 테스트는 피부가 종이가방색보다 더 진하면 나쁘고 종이가방과 같거나 옅으면 좋다는 거였어요. 백인의 피가 더 많이 섞였다거나 그런 거죠.

와크텔 하워드에 실제로 그런 제도가 있었나요?

모리슨 그랬던 것 같아요. 반 친구들이 어떤 여학생 동아리는 피부색이 옅고 어떤 동아리는 짙다는 이야기를 했던 기억이 납니다. 그래서 제가 첫 소설 『가장 푸른 눈』을 쓰게 되었어요. 인종의 위계와 경계선을 받아들이기 시작하면 같은 인종 내에서도 상처가 됩니다. 일단 받아들이면 끝장이에요. 『가장 푸른 눈』에서 사람들은 소녀가 흑인이라서 못생겼다고 생각하고, 따라서 이 소녀에게는 아무런 자원이 없습니다. 저는 하워드에서 그런 현실을 맞닥뜨렸어요.

와크텔 저는 당신의 소설 『자비』를 읽으면서 사회 분열 요소로서 계급과 인종의 차이에 대해서 생각했습니다. 소설의 배경은 당신이 "인종 이전의 미국"이라고 부르는 17세기 후반입니다. 그 시대에서 무엇을 보고 싶었습니까?

모리슨 이 나라에서 인종차별이 어떻게 만들어졌는지 살피고 싶었습니다. 인종차별은 사회적 구성체이지만 법적 제도이기도 합니다. 가난한 백인이 가난한 흑인과 정치적으로 절대 공모하거나 어울리지 못하게 만들지요. 그러면 상위 계층이 불안정해질 수 있으니까요. 정치적 변화를 위해 흑인과 백인이 힘을 합치면 심각한 문제가 생길 겁니다. 그러므로 흑인과 백인을 분리해야 했고, 그래서 버지니아에서 법을 만들었습니다. 흑인은 절대 무기를 휴대할 수 없고, 백인은 흑인에게 상해를 입히거나 살해했다는 죄목으로 체포, 기소, 유죄 판결을 받지 않는다는 내용이었지요. 베이컨의 반란 당시 이미 이런 법이 있었습니다. 한 집단은 이미 특권을 가지고 흑인을 자유롭게 죽일 수 있었고 흑인은 무력했습니다. 이 제도는 엘리트 보호를 위해서 만들어졌고 세월이 지나도 계속 살아남았습니다. 모든 제국, 모든 국가는 노예를 토대로 이득을 얻었습니다. 그리스, 로마, 러시아, 영국, 모두 마찬가지예요. 농장일꾼, 농노 등 다른 이름으로 불렸지만 다들 정상적으로 출세할 수 없는 사람들이었습니다. 주인의 소유물이었지요. 몇몇은 출세하기도 했지만 노예제도 자체는 일반적이었습니다. 이 나라에서 평범하지 않았던 것은 바로 인종차별이었고, 노예제도가 기능을 하려면 인종차별이 필요했습니다.

고용계약을 맺은 백인 하인은 흑인 노예와 함께 플렌테이션에서 일했습니다. 주인이 원하면 고용 계약을 승계할 수 있었지만 백인 하인은 도망칠 수 있다는 점이 달랐습니다. 피부색 때문에 티가 나지 않으니까요.

와크텔 『자비』에서 흑인 노예는 주인의 빚을 갚기 위해 자기 딸을 포기하는데, 그녀에게는 끔찍한 결정입니다. 그녀는 오로지 갓난 아들과 헤어지지 않기 위해서 그런 결정을 내립니다. 당신은 어머니로서의 고통에 대해서 쓴 적이 있는데요 ― 저는 『빌러비드』를 생각하고 있습니다 ― 그 소설의 어머니는 아이를 죽임으로써 구할 수 있다고 믿고 극단적인 행동을 취합니다. 이러한 모자 관계에서 무엇을 탐구하고 싶었습니까?

모리슨 어머니가 아이를 위한다는 명목으로 내리는 결정에 대해 생각해 보고 싶었습니다. 『빌러비드』에서 주인공은 딸을 죽이고 다른 자식도 전부 죽이려고 합니다. 다음 세상에서 모두 다시 만날 수 있다고 생각하지요. 아프리카 사람인 그녀로서는 그 무엇도 빼앗은 것이 아닙니다. 그녀는 자신이 생각했을 때 끔찍한 삶, 자식들이 살기 바라지 않는 삶으로부터 아이들을 멀리 떠나보낼 뿐입니다. 제가 둘 중 하나를 선택해야 하는 상황들을 상상해 보니 그녀가 옳았는지 아닌지 결론을 내릴 수 없었습니다. 예를 들어서 아이가 납치당해서 섹스 클럽의 희생양이 되리라는 사실을 안다면 ― 저도 모르겠습니다, 아직도 모르겠어요. 그래서 저는 그러한 결정에 대해서 아주 좋은 의견을 가지고 있을 사람을, 죽은 아이를, 빌러비드를 불러와야 했습니다.

와크텔 당신은 마거릿 가너라는 여성과 관련된 역사적 사건을 통해서 그 세계로 들어갈 수 있었습니다.

모리슨 네. 제가 신문에서 마거릿 가너의 기사를 읽으면서 흥미로웠던 부분은 기자의 반응이었습니다. 기자는 가너가 완전히 정신 나간 사람이 아니라서, 다시 그 상황에 처해도 똑같이 하겠다고 차분히 말했기 때문에 무척 놀랐습니다. 저는 정말 신기하다고 생각했지요. 아시겠지만 제가 이 책을 썼던 1980년대에 페미니즘 운동이 일어났는데, 페미니즘의 진지한 주장에는 우리가 아이를 가질 필요가 없다는 것도 있었습니다. 모성의 책임으로부터 자유로워질 수 있다는 것이었지요. 저는 아이를 갖고 그 아이들을 책임지는 것이 자유를 뜻하던 때도 있다는 생각을 했습니다. 하지만 마거릿 가너는 아이들을 자기 마음대로 할 수 없었습니다. 다른 사람들이 아이들을 새끼 동물처럼 사고, 팔고, 다른 곳으로 데려갈 수 있었어요. 아무도 그녀의 생각을 묻지 않았지요. 하지만 마거릿 가너는 "이 아이들은 내 자식이고 내가 결정해요"라고 말했습니다. 그것은 자유를 향한 부르짖음이었어요. 마거릿 가너가 붙잡히자 절도죄와 살인죄 중 무엇을 적용할지 문제가 되었습니다.

와크텔 가너와 아이들의 소유권이 백인 소유주에게 있었으니까요.

모리슨 네, 맞습니다. 노예제 폐지론자들은 그녀가 살인으로 재판받기를 원했습니다. 그러면 그녀가 이 아이들의 생명에 책임이 있다고 주장할 수 있으니까요.

하지만 이것이 그녀에게는 해방이었습니다. 상황에 따라 모든 것이 다르니까요. 배를 타고 멀리 이동하여 노예가 된 『자비』의 어머니에게는 자식들이 있었고, 자기 주인들이 치한임을 알았습니다. 주인들은 그녀를 추행했고 그녀의 딸에게 눈독을 들이고 있었지요. 그녀는 그들이 아들은 괴롭히지 않을 것이라 생각합니다. 그들은 딸에게 눈독을 들이고 있었고, 딸은 어른 여자의 신발을 신겠다고 고집을 부렸습니다. 그래서 어머니는 딸을 돈이 아니라 인간으로 보는 남자를 보자 그에게 딸을 보내 버립니다. 하지만 물론 딸에게는 이유를 말하지 않았지요.

와크텔 그런 식으로 가족이 헤어지는 것은 노예제도가 끼친 영향 중 하나입니다. 미국 노예의 후손들에게 그러한 이별이 얼마나 중요합니까?

모리슨 대단히 중요하지요. 노예는 가족이 함께 지내도록 허락받지 못할 때가 더 많았습니다. 특히 같은 언어를 쓰면 확실히 그랬죠. 예를 들어 백인들은 노예들이 모두 코사어를 말하는 것을 바라지 않았고, 노예들이 조직화하지 못하도록 여러 언어를 쓰는 노예들을 섞었습니다. 노예는 재산이었으므로 미국으로 온 뒤에 가족을 꾸릴 수 있었습니다. 노예는 가축처럼 번식을 해야 했고, 자기 아이가 어디에 있는지, 아이들의 아버지가 어디에 있는지도 몰랐습니다. 정말 괴롭지요. 그래서 모임이나 교회, 부족, 공동체를 만드는 것이 훨씬 더 중요했습니다.

와크텔 1980년대에 힘든 인종 문제가 생기리라 예상할 수 있었다면 아이들을 다르게 키웠을 거라고 말씀하신 것을 읽었습니다. 어떤 식으로 말이지요?

모리슨 저는 인종 문제가 정말로 존재한다고 생각하지 않았기 때문에 아이들에게 경고를 해주지 않았습니다. 저는 제 아들들이 엘리베이터에 타면 먼저 타고 있던 백인 여자가 내린다는 사실을 한참 지나서야 알았습니다. 경찰이 항상 제 아들들을, 특히 둘째를 불러 세우는 이유를 한참 지나서야 깨달았지요. 다행히도 아들들은 운전면허증을 항상 가지고 다녔고 마약 같은 건 없었습니다. 하지만 경찰은 항상 그렇게 불러 세웠지요. 아이들은 UN 학교에 다녔는데, 저는 좋은 생각인 줄 알았지만 아니었습니다. 저는 80년대가 60년대와 비슷하다고 생각했지만 그렇지 않았습니다. 80년대에는 인종 문제가 더 심각해지고 있었고, 말로는 더 나아지는 것 같았지만 전혀 그렇지 않았습니다.

와크텔 당신은 아들 슬레이드와 함께 동화책을 여러 권 썼습니다. 아들과 함께 일하는 것은 어땠습니까?

모리슨 아, 정말 좋았어요. 저는 어린이에게 맞는 아이디어를 절대 내지 못할 거예요. 슬레이드와 제가 같이 앉아서 이솝 우화에서 어떤 부분이 싫었는지 생각하던 때가 기억납니다. 슬레이드가 이런 말을 했지요. "왜 베짱이한테 화를 내지? 베짱이는 여름 내내 음악을 연주했는데." 그래서 우리는 이솝 우화를 때로는 시로, 또는 풍자적이고 재미있는 이야기로 다시 썼습니다.

저는 동화책이 바보 같다고, 언어 수준이 너무 낮다고 생각했습니다. "달려, 질, 달려." 같은 거죠. "죄의 대가는 죽음이다"라는 문장으로 시작했던 옛날 선집이 생각납니다. 여섯 살짜리 아이가 빠져들 만한 문장이지요.

그래서 저는 언어를 끌어올려서 뭐랄까 날아다니게 만들고 싶었어요. 아이들은 언어를 정말 좋아하니까요. 아이들은 항상 언어를 만들어 냅니다. 아이들이 우리의 말을 반드시 알아듣는 것도 아니죠. 아이들은 언어를 이해하기 위해서 우리의 표정을 읽고 뉘앙스를 파악하기 위해서 조심스럽게 귀를 기울여야 합니다. 그리고 아이들은 어떤 언어든 배울 수 있습니다. 언어에 무척 익숙해요. 저는 아들 슬레이드의 이솝 우화 해석을 믿어야 했습니다.

와크텔 2010년 말에 아들 슬레이드를 암으로 잃었습니다. 그렇게 믿기지 않는 일을 어떻게 견디세요?

모리슨 아, 견딜 수 없어요. 『고향』의 제사에 저는 슬레이드의 이름을 넣었습니다. 사람들이 저에게 물었지요, "이름 다음에 무슨 말을 넣고 싶으세요?" 그래서 제가 말했습니다. "제 느낌을 표현할 언어를 아직 찾지 못했습니다. 절대 찾지 못할지도 모르지만, 상관없어요." 미국인들은 모두 행복이 필요한 것 같지만 저는 전혀 관심이 없습니다. 사람들은 슬프기 때문에 약을 먹지요. 하지만 슬레이드의 죽음은 지금 저라는 사람의 일부입니다. 제 아들이 저를 묻은 게 아니라 제가 아들을 묻었지요. 그뿐입니다. 저는 그 일을 절대 잊지 못할 거예요. 잊으려고 애쓰지도 않아요. 이제는 제 삶의 일부입니다.

와크텔 슬레이드가 병에 걸렸을 때 당신은 『고향』을 쓰고 있었으니 이 책을 슬레이드에게 바친 것도 놀랍지는 않았습니다. 하지만 책 마지막 부분에서 당신이 프랭크에게 희망을 주었기 때문에 저는 당신이 더 행복한 결말을 바랐던 것이 아닐까 생각했습니다.

모리슨 당시에는 제가 그런 결말을 낼지 몰랐습니다. 화해하리라는 것은 알았지요. 다만 그 화해가 아름다울지는 몰랐습니다. 저는 프랭크가 그럭저럭 견디다가 결국에는 물러날지도 모른다고 생각했지만 아름다운 결말이 되었습니다. 그 결말은 아름다웠습니다. 『고향』의 맨 앞에 나오는 시와 같았어요. 시는 "이것은 누구의 집인가?"로 시작해서 "왜 내 열쇠가 이 자물쇠에 맞는가?"라고 끝납니다. 저에게 중요한 것은 인물들만이 아니라 삶이라는 것에 정착하는 것입니다.

  몇 주 전에 인터뷰를 했는데, 제 나이 — 곧 여든한 살이 되지요 ─ 가 되면 무엇이 좋으냐는 질문을 받았습니다. 저는 "일이 좋지요"라고 말했습니다. 그런데 그거 아세요? 제가 그렇게 생각하는지 저 자신도 몰랐어요. 저는 이렇게 말했습니다. "세상은 너무나 아름답습니다. 정말 아름답지요. 색과 모양과 계절들만이 아니라 전부요." 또 이렇게 말했어요. "빛에 반응하는 바다 속 작은 세포가 인간의 눈이 될 때까지 6천만 년이 걸린다고 하더군요." 저에게 이 세상은 정말 놀랍고 정말 멋져요. 예전에 저는 만약 이 강가에 산다면 얼마나 좋을까, 또만약… 라고만 생각했습니다. 하지만 아니, 아니, 아닙니다. 전부 정말 대단해요. 『고향』의 끝에서 결국 저는 그런 결론을 내리게 되었다고 생각합니다.

2012년 5월

인터뷰 제작─샌드라 라비노비치와 메리 스틴슨

메이비스 갤런트

Mavis Gallant

가끔 외국으로 이주한 뒤 시야에서 사라져 버린 듯한 캐나다
인들이 있는데, 메이비스 갤런트 역시 그런 사람들 중 하나로
25년 동안 모습을 감추었다. 메이비스는 1922년 캐나다 몬트
리올에서 영국인 아버지와 미국인 어머니 사이의 외동딸로 태
어나 다소 특이하게 자랐다. 그녀는 네 살 때 프랑스계 가톨릭
기숙학교로 보내졌는데, 그곳에서 영어를 쓰는 프로테스탄트
는 메이비스밖에 없었다. 그녀가 열 살 때 아버지가 세상을 떠
났다. 그때 아버지는 겨우 서른한 살이었고, 자신이 태어난 영
국으로 돌아가서 죽었다. 메이비스는 아버지가 돌아가시고 3
년이 지난 후에야 그 소식을 들었다. 그 3년 동안 메이비스는
아버지가 돌아오거나 사람을 보내서 자신을 데려가기를 계속
기다렸다.

메이비스는 캐나다와 미국에서 열여섯 번이나 전학을 다녔다. 그런 다음 열여덟 살에 몬트리올로 돌아와서 여러 가지 직업을 거쳤고, 6년 동안 『몬트리올 스탠더드』의 특집 기사를 쓰기도 했다. 메이비스는 일을 하면서 정치적 통찰력이 생겼고, 세상과 특히 유럽에 대해서 열린 마음을 갖게 되었다. 나와 대화를 나눌 때 메이비스는 자신이 만나 본 사람들 중에서 전후 유럽 난민과 망명자들이 가장 흥미로웠다고 말했다. "난민들의 반히틀러 운동이 저에게는 일종의 계시였어요, 물론 정치적 계시였지요. 아무리 이야기를 들어도 질리지 않았습니다. 그들은 몬트리올 최초의 진정으로 교양 있는 부르주아지였어요." 이 경험이 씨앗이 되어 메이비스는 유럽에 매료되었다.

메이비스 갤런트는 스물여덟 살이었던 1950년에 신문사를 그만두고 유럽으로 이주하여 파리에 정착했고, 평생 그곳에서 살았다. 그즈음 메이비스는 『뉴요커』에 단편을 처음 실었고, 그 후 50년 동안 『뉴요커』를 통해 총 백 편이 넘는 작품을 발표했다. 또한 메이비스는 파리에 사는 내내 일기를 썼고, 1968년에는 프랑스 학생운동에 대한 글을 발표했는데, 처음에는 『뉴요커』에 실렸다가 『파리 비망록』(1986)이라는 책으로 나왔다. (갤런트는 일기를 편집하던 중 세상을 떠났는데, 나는 그녀의 일기가 꼭 출판되기를 바란다.)

메이비스 갤런트는 50년대 초부터 소설과 단편을 출판했지만 캐나다에서는 단편집 『15구에서』(1979)가 나온 70년대 후반에야 진정으로 **발견**되었다. 나는 항상 메이비스 갤런트의 글을 존경했다. 그녀의 글에는 완벽에 가까운 무언가가 있다. 모든 단어가 옳다. 하지만 한동안 나는 주로 유럽 난민, 지식인, 파리의 방랑자인 그녀의 인물들에게 감정적인 거리감을 느꼈다. 그러나 인터뷰를 앞두고 그녀의 책을 다시 읽으면서 나는 갤런트가 얼마나 좋은 작가인지 다시 한번 감탄했고, 또 단편을 무척 즐겁게 읽었다. 나는 그녀의 책마다 넘치는 재치에, 그 넓이와 깊이에 큰 인상을 받았다. (갤런트는 단편집 10권, 소설 2권, 희곡 1편을 발표했다.)

갤런트는 글뿐만 아니라 자기 글에 대해서 이야기하기 싫어하는 것으로 유명했다. 정치 이야기는 괜찮지만 자기 작품에 대한 이야기는 절대 안 될 일이었다. (이 책의 서문을 참조하기 바란다.) 그러나 내가 2008년에 그녀를 만나러 파리에 갔을 때 갤런트는 그녀의 독특한 삶, 글쓰기에 바친 삶에 대해 이야기를 나누는 것에 더욱 열린 자세를 보여 주었다. 그녀는 너그럽고 솔직하고 따뜻했다. 이야기에 어찌나 몰두했는지 내가 질문을 끝내기도 전에 대답을 시작할 때도 있었고, 단편의 시작점, 첫 부분의 이미지, 실제 사건, 작품을 쓴 계기가 된 지인이나 다른 사람에게 들었던 이야기를 아주 적극적으로 밝혀 주었으며, 그밖에 세세한 부분까지 모두 이야기해 주었다.

메이비스 갤런트는 6년 뒤인 2014년에 아흔한 살의 나이로 세상을 떠났다.

⁓

와크텔 당신은 어린 시절에 아이의 삶이 힘든 것은 당연하다고 생각했다고요.

갤런트 당시에는 그랬습니다. 부모님께 맞고 자랐다거나 그런 뜻은 아니지만요. 딱 두 번 아버지에게 엉덩이를 맞았는데, 두 번 모두 제 뇌리에 새겨졌어요. 아버지의 얼굴이 하얗게 질렸으니 아버지도 좋아서 때리는 게 아니라는 것을 알았지요.

와크텔 어떤 행동 때문에 맞았습니까?

갤런트 아버지는 영국인이었지만, 아무튼 캐나다 교육에서는 두 가지가 용납되지 않았습니다. 노골적인 반항과 오만함이었지요. 저는 반항적이지는 않았지만 오만하게 굴었을지도 몰라요. 저는 큰외삼촌을 별로 좋아하지 않았는데, 여름이면 캐나다 우리집으로 와서 작은외삼촌과 함께 지냈습니다. 제가 식사 시간에 물끄러미 보고 있으면—저는 어린애였어요—큰외삼촌이 폭발하곤 했지요. 저는 미소를 지었어요. 그게 오만함이죠. 다른 사람들은 저를 못 봤습니다. 아무도 못 봤어요. 부모님에게는 감히 그런 행동을 못했지요. 어머니는 가끔 느닷

없이 화를 냈고, 제 어깨를 때리거나 했어요. 제가 말했죠. "흠! 예방주사보다는 안 아프네." 저는 그런 식으로 말대꾸를 했지만 아버지에게는 절대 말대꾸하지 않았어요. 아주 침착하고 조용한 분이었으니까요.

그러니 도대체 제가 무슨 짓을 했기에 아버지가 손찌검을 했나 싶겠지요. 음, 우리는 맥길 대학 맞은편 셔브룩가에 살았습니다. 학교가 끝나고 저는 맞은편 길을 따라 집으로 돌아가고 있었어요. 신호등이 모퉁이에 있었기 때문에 아버지는 모퉁이에서만 길을 건너라고 했습니다. 그런데 제가 길 건너편의 아버지를 보고 찻길로 달려든 거예요. 아버지는 모퉁이로 가라고 손짓을 했지만 저는 못 본 척했고, 차가 브레이크를 밟으며 섰습니다. 1920년대 중반 즈음이었는데, 요즘 사람들이 그 시절의 자동차를 보면 아주 우습겠지만 사람을 죽일 수도 있었어요. 새시가 모터보다 더 무거웠거든요. 차가 때 맞춰 브레이크를 밟긴 했지만, 아버지는 제가 차에 치이는 줄 알았어요. 제가 다가가자마자 아버지는 길거리에서 엉덩이를 때리는 손짓을 취했습니다. 세상에, 온 세상 사람들이 다 보는 길거리에서 말이에요.

저는 옷을 잔뜩 껴입고 있었어요. 겨울이었지요. 요즘도 여자애들이 어릴 때 레드리버 외투를 입는지 모르겠군요. 이제는 다른 옷을 입을지도 모르지요. 하지만 당시 퀘벡에서는 프랑스어를 하든 영어를 하든 모든 애들이 레드리버 외투를 입었어요. 처음에는 프랑스계 아이들이 입었지만요. 아주 근사했지요. 황동 단추와 빨간 울 장식띠가 달린 남색 외투였어요. 빨간 벙어리장갑도 꼈어요. 저는 아직 어려서 장갑에 긴 줄을 달아서 소매 안에 넣고 다녔어요, 아니면 5분마다 장갑을 잃어버릴 테니까요. 그리고 빨간 레깅스를, 새빨간 니트 레깅스를 입었어요. 거기에 토크라고 부르는 모자를 썼는데, 술이 어깨까지 내려오는 털모자였어요. 술을 내리는 방향이 정해져 있어서 반대쪽으로 내리면 안 되었지요. 저는 그걸 전부 껴입고 있었어요. 치마에 레깅스를 입고, 바지도 두 벌이나 껴입었습니다. 하나는 흰색이었는데 구급차에 실려 갈지도 모르니 언제든지 얼룩 하나 없이 깨끗해야 했습니다. 그 위에 무릎까지 내려오는 블루머를 입었어요. 그렇게 껴입었으니 고문을 당해도 별 문제 없었을 거예요.

하지만 모욕감이 너무 컸어요. 사람들이 보고 있다는 모욕감 말이에요.

그리고 두 번째로 맞았을 때는 좀 심했어요. 일곱 살인가 여덟 살 때였는데, 저는 바닥에 앉아서 종이 인형을 가지고 제가 만들어 낸 이야기를 연기하고 있었죠.

와크텔 어떤 면에서는 당신의 주인공들이었군요.

갤런트 제 주인공들이었어요, 네. 그때 손님이 찾아왔습니다.

부부였지요. 제가 손님들이 지나다니는 길목에 앉아 있었기 때문에 아버지가 물건을 치우라고 했지만 못 들은 척했어요. 그게 제 수법이었지요. 아버지가 두 번인가 세 번 치우라고 말했는데, 손님들이 '이 약해 빠진 인간은 따귀라도 한 대 때려서 비키게 하지 않고 뭐하는 거지?'라고 생각하는 게 정말 보였습니다. 아버지가 말했어요. "마지막으로 하는 말이야." 그런 다음 "네 물건들 좀 치워 주겠니?"가 아니라 "네 물건들 치워"라고 하셨지요. 저는 그래도 못 들은 척했어요. 그러자 아버지가 제 팔을 잡고 밖으로 끌어냈고, 저는 계단에서 엉덩이를 맞았는데 이번에는 보호해 줄 겨울 외투도 없었어요. 아버지는 정말로 화가 났지요. 때리는 걸 좋아하지도 않으셨어요. 저는 울면서 위층으로 달려갔고 너무 이른 시간이었지만 흐느끼면서 잠자리에 들었습니다.

　하지만 잊히지 않는 것은 아버지의 표정이었어요. 두 번 다 하얗게 질리셨죠.

와크텔　당신은 어머니보다는 아버지에게 더 공감하시는 것 같습니다….

갤런트　존경한다는 게 맞는 표현일 거예요. 10분마다 화를 내는 사람을 진심으로 존경할 수는 없으니까요. 아버지는 보통 무슨 일이 있어도 완벽하게 침착했습니다.

와크텔　그리고 공통점이 있었지요. 한참 후에도 사람들이 거리에서 당신을 불러 세워서 아버지를 닮았다고, 외모도 성향도 비슷하다는 이야기를 했다고 들었습니다.

갤런트 제가 미국에서 캐나다로 돌아왔을 때 ─ 아마 아시겠지만 저는 미국에서 청소년기를 보냈어요 ─ 열여덟 살이었는데, 그때는 정말 놀랄 만큼 닮았었어요. 성별만 빼면 말이에요. 한번은 제가 비버 홀 힐을 걷고 있는데, 어떤 남자가 저를 불러 세우더니 아버지의 이름을 대면서 "혹시 누구누구 씨의 여동생 아닌가요?"라고 물었습니다. 당시 아버지는 이미 돌아가신 후였고, 저는 그 이야기를 하고 싶지 않았기 때문에 이렇게 말했어요. "아 네, 그렇긴 한데…." 소식을 잘 모른다는 듯이 얼버무렸지요. 그리고 가던 길을 계속 갔습니다. 아버지 이야기가 나오면 감정이 북받쳤거든요.

와크텔 당신은 확실히 독특하게 자랐습니다. 겨우 네 살 때 프랑스계 수도원 학교에 들어갔지요.

갤런트 제가 유일한 프로테스탄트였고요.

와크텔 영어를 쓰는 사람도 당신밖에 없었습니다. 어떤 경험이었습니까? 향수병에 걸렸나요? 프랑스어를 못 알아듣지는 않았습니까?

갤런트 분명히 그랬을 거예요. 저는 기숙생이었는데, 정말 말도 안 되는 일이었지요. 왜 그랬는지 모르겠어요. 수도원은 우리 집과 같은 거리에, 셔브룩가에 있었어요. 저도 대답을 해 드

릴 수가 없군요:

와크텔 이유는 말할 수 없다는 거군요. 그렇다면 느낌은 어땠나요?

갤런트 분위기가 좋지 않았어요. 그래서였을지도 몰라요. 강렬한 느낌을 받았던 기억은 없어요. 아이들은 생각보다 빨리 적응하죠, 정말 심한 취급을 당하지만 않으면 말입니다.

　아주 엄격한 수도원이었던 기억이 납니다. 당시에는 다 그랬어요. 생 루이 곰자그^{St Louis de Gonzague}라는 곳이었는데, 원래는 예수회 남학교였어요. 남자 이름이니까요. 보통 여학교에는 성녀의 이름을 붙이지요. 원래 남학교였다는 사실은 다 커서 알게 되었는데, 그래서 그렇게 경직된 분위기였구나, 싶었습니다. 그곳에는 여성스러운 것이 하나도 없었어요. 장난감을 다 빼앗겨서 정말 가슴이 미어졌지요. 절대 잊히지 않는 기억이 있습니다. 아버지가 데리러 오셔서 주말 동안 집으로 돌아갔다가 제 물건이 조금씩 사라지고 있다는 사실을 깨달았어요.

와크텔 집에 있던 장난감이 점점 사라졌다고요?

갤런트 네, 우리 집에서 말이에요. 저는 진짜 사람 같은 인형이 여러 개 있었어요. 아직 의자로 기차를 만들어서 인형을 태우고 휘파람을 불면서 —휘, 휘!— 놀던 나이였습니다. 그런데 그걸 다 줘 버린 거예요.

와크텔 그리고 어머니는 네 살 때 당신을 수도원 학교에 넣고

가 버렸습니다. 돌아오겠다고—

갤런트 어머니는 "금방 올 거야"라고 말했습니다.

와크텔 그걸로 끝이었군요!

갤런트 모르겠어요. 어머니도 돌아가셨고, 아버지도 돌아가셨고, 할머니도 돌아가셨고 —— 다들 돌아가셨어요. 물어볼 사람이 없어요.

와크텔 하지만 그 당시에 어머니가 설명을 해주셨지요?

갤런트 저는 제대로 된 대답을 듣지 못했어요. 아이들에게 맞는 대답을 들었겠죠. 어느 순간이 되자 저는 다 포기했습니다. 대답을 듣지 못한다는 사실을 깨닫자 더 이상 묻지 않았어요.

고아 소녀 애니처럼 보이기는 싫군요, 사실 그렇진 않았으니까요.

와크텔 아니, 그렇게 들리지는 않아요. 복잡할 뿐이지요.

갤런트 사실 복잡하지요. 그 시절에는 모든 아이들이 부모님의 대답을 듣지는 못했어요.

와크텔 당신 삶에서 아버지가 사라진 것은 특히 가슴 아픕니다. 아버지가 돌아가셨다는 소식을 바로 듣지 못했으니까요. 당신은 열 살 때 아버지가 영국으로 갔다는 이야기를 들었습니다. 그런 다음 열세 살이 되어서야 ——

갤런트 어머니의 친구가 말해 주었습니다. "알고 있니?"였는지 "너 아직도 모르니?"였는지, 뭐 그렇게 말했어요. 저는 신경 쓰지 않는 척했지요. 예방주사보다는 안 아팠죠. 나중에 엉엉 울었지만요.

와크텔 어머니가 왜 말해 주지 않았다고 생각하세요?

갤런트 있잖아요, 어머니는 돌아가셨어요. 저는 어머니가 편히 쉬시길 바랍니다.

와크텔 그런다고 해결되지는 않잖아요. 네, 어머니는 돌아가셨지요. 하지만 전 우리가 여러 가지를 계속 지고 간다고 생각합니다.

갤런트 저는 어느 정도 나이가 들자 절대 잊지 않겠다고 결심했습니다. 그리고 절대 잊지 않았어요, 그건 확실하죠. 하지만 또 제가 그 생각에서 벗어나지 못하면 앞으로 살아나가지도, 독립하지도 못하리라는 사실을 알고 있었습니다. 허름한 자동차에 매달린 깡통처럼 계속 끌고 다닐 거라고 말이지요. 저는 잘 해냈어요. 자기 어린 시절에 완전히 만족하는 사람이 얼마나 되겠어요?

와크텔 독립적인 삶을 꾸릴 힘을 어디에서 찾았습니까? 열여덟 살 때 어머니가 계시던 뉴욕을 떠나 몬트리올로 혼자 돌아가서 기자 생활을 시작했고—

갤런트 저는 그런 삶을 원했어요. 저널리즘을 사랑했지요. 글에도 썼듯이 저는 기자로 일한 시절을 절대 시간 낭비라고 생각하지 않았어요. 그 경험을 사랑했습니다. 저는 자유도 좋았어요. "음, 조사를 좀 해야겠어요"라고 말하면 아무도 "도대체 무슨 조사를 하겠다는 거예요?"라고 하지 않았지요. 제가 "음, 내가 쓰기로 한 그 기사 있잖아요"라고 하면 다들 "아, 맞다, 그렇죠"라고 했지요. 그러고 나서 일을 아주 빨리 끝내는 거죠. 알리바이를 만들어야 하니까요. 그런 다음 퇴근을 했지요.

제 흥미를 자극하는 것에 대해 쓸 수 있다는 점이 좋았습니다. 대신 기사를 할당하는 담당자에게 흥미로운 제안을 해야 했지요. 저는 아이디어를 거부당한 적이 거의 없어요. 기독교나 유대인에 대해서 부정적인 기사는 쓸 수 없었습니다. 그런 건 퇴짜를 맞았어요. 왕실에 대한 기사도 안 됐지요. 왕실은 건드릴 수 없었어요. 저는 군주제에 열렬히 반대했습니다. 다른 나라의 군주제는 상관없었지만 저는 군주제 때문에 캐나다가 식민 상태를 벗어나지 못한다고 생각했어요.

와크텔 당신은 열여덟 살 때 몬트리올로 돌아갔고, 2년 후에 결혼을 했습니다. 스무 살이었으니 미성년이었지요.

갤런트 네, 저는 미성년자였어요. 끔찍했지요. 그는 몰랐어요.

와크텔 남편 말인가요?

갤런트 네, 그는 퀘벡에서 해당 법률을 얼마나 엄격히 지키는지 전혀 몰랐습니다. 퀘벡은 여전히 나폴레옹 법전을 따랐는데 미성년자가 법적으로 허락되지 않은 일을 하려면, 그리고 부모님이 없는 경우 — 돌아가신 경우 — 에는 삼촌을 일곱 명 모아야 했어요.

와크텔 일곱 명의 삼촌이라니, 성경이나 동화책에 나올 법한 이야기군요.

갤런트 저는 삼촌이 두 명밖에 없었지요. 하지만 그건 자식을 열넷씩 낳던 시절에 캐나다도 아닌 프랑스에서 만든 법이었어요. 저는 외삼촌이 두 명 있었고 아버지의 유일한 형제는 제1차 세계대전 때 죽었습니다. 이름이 에릭이었다는 것밖에 몰라요. 외가 쪽에는 제 나이 또래의 사촌이 한 명 있었지요. 따라서 저는 삼촌 세 명도 모을 수 없었어요. 심지어는 두 명도 모을 수 없었죠. 그래서 저는 다른 사람에게 부탁해서 "담당자 귀하…"로 시작하는 편지를 썼습니다. 그 사람은 자신에게 그런 권한이 있다고 쓰지도 않았어요. 그저 제가 존 도미니크 갤런트와 결혼하는 것을 승낙한다고 "담당자"에게 말했을 뿐이지요. 그걸로 끝이었어요. 제가 조심해야 했지요. 하지만 그는 몰랐어요. 제가 사실대로 말하자 그는 이렇게 말했죠. "나한테 말할 수도 있었잖아. 그러면 우리가…." 제가 말했죠. "어디로 갈 수 있었겠어?" 전쟁 중이었기 때문에 국경을 넘어 버몬트로 가서 결혼을 할 수는 없었어요. 하지만 그런 이유 때문에 제가 결혼을 하지 말았어야 할까요? 정말 말도 안 되는 일이었어요.

와크텔 당신은 스물여덟 살에 유럽으로 이주했는데요, 그런 식으로 새로운 사람이 되려면 무엇이, 어떤 상상력이나 내적 자원이 필요할까요? 당신은 1950년에 캐나다를 떠나면서 일기와 노트를 전부 없앴습니다.

갤런트 대부분 없앴지요. 일기는 없앴지만 그 일부는 이미 픽션이 되어 있었어요. 그리고 대화, 대화로만 이루어진 글을 많이 간직했는데, 다른 문화와 다른 언어에 적응하면서 캐나다와 뉴욕에서 사람들이 어떤 식으로 말하는지 잊을까 봐 두려웠기 때문입니다. 제가 쓴 기사의 대화를 많이 간직했어요. 잊을까 봐 두려웠지요.

와크텔 하지만 당신이 캐나다를 떠나면서 과거와 선을 긋고 새롭게 시작했다는 느낌이 있는데요.

갤런트 아, 그렇습니다.

저는 열여덟 살에 몬트리올로 돌아갔어요. 고향이었으니까요. 다른 곳으로 가고 싶다는 바람도 희망도 없었지요. 민족주의 같은 것 때문이 아닙니다, 애국심도 아니에요. 저는 캐나다인이었습니다. 그뿐이었어요. 다른 무언가가 되고 싶다는 욕망이 없었습니다. 저는 두 가지 언어를 하는 것이 장점이라고 생각했고, 일을 해야 한다는 것도 알았습니다. 돈이 없었으니까요.

그래서 면접을 두세 번 봤어요. 국립영화위원회National Film Board에도 갔지요. 신문사에서 일하는 사람을 만나서 제가 물었습니다. "몬트리올에서 제일 좋은 신문이 뭐죠?" 그녀는 "『몬트리올 스탠더드』예요. 주간지인데 아마 제일 좋을 거예요"라고 말했지요. 그녀는 정오쯤 나오는 타블로이드 신문사에서 일하고 있었습니다. "하지만 거기선 당신 나이의 사람은 받지 않아요. 경험이 아주 많은 사람을 받죠." 그리고 이렇게 덧붙였습니다. "여자가 일을 얻는 건 정말 힘들어요." 그래서 나는 그 신문사로 갔습니다. 미리 전화도 하지 않았어요. 그냥 불쑥 가서 말했지요. "저는 신문사에서 일하고 싶어요. 하지만 여자들 일은 하고 싶지 않습니다." 그래서 저는 복도에 선 채로 저를 고용할 수도 없었을 사람에게 면접을 봤습니다. 그 사람이 말했지요. "당신은 너무 어려요. 스물한 살이 되면 다시 와요. 그동안 경험 좀 쌓으시고요."

저는 신문사로 갈 발판 삼아서 영화위원회에서 일했는데, 그곳이 싫었어요. 그곳은 정말 여자를 원하지 않았고, 기계적인 일만 시켰지요. 그러다가 스물한 살이 되자 저는 『몬트리올 스탠더드』에 다시 찾아갔고, 그들은 3개월 동안 시험 삼아서 저를 받아 주었습니다.

와크텔 당신은 약 60년 전 장 폴 사르트르가 몬트리올에 왔을 때 그를 인터뷰했습니다. 사르트르는 어땠나요?

갤런트 전쟁이 끝난 후였는데, 사르트르는 캐나다 상황을 잘 몰랐습니다. 지금은 그렇지 않지만 당시 퀘벡에서는 사르트르를 적그리스도라고 생각했어요. 사르트르가 기자회견에 참석했는데, 몬트리올의 프랑스계 언론은 그에게 절대적으로 반대했지요.

기자들 모두 사르트르의 기자회견이 열린 호텔 몽 로열에 줄지어 서 있었습니다. 프랑스어를 하는 기자가 열두 명 정도 있었어요. 저는 기자들 중에서 유일한 여자이자 유일한 영어 사용자였지만 저도 프랑스어로 말했습니다. 아주 어렸을 때부터 프랑스어를 했으니까요. 저는 기자회견에 갈 때 눈에 띄려고 항상 빨간 외투나 재킷을 입었습니다. 기자들 모두 사르트르에게 무척 적대적이라는 것을 쉽게 알 수 있었어요. 개인적으로는 그렇게 생각하지 않을지라도 적의를 보여야 했지요. 자칫 잘못해서 공산주의 지지자로 찍히면 프랑스어로 글을 쓰는 그 사람들이 어디로 갈 수 있었겠어요? 그래서 기자들은 사르트르를 공격했습니다. 그 이후 사르트르는 캐나다에 가지 않았고, 캐나다 사람 만나는 것을 별로 좋아하지 않았지요.

저는 기자들이 질문을 다 끝낼 때까지 기다렸습니다. 저는 그의 소설 ─『구토』─ 을 읽었었는데, 드디어 새로운 게 나왔군, 이라고 생각했던 기억이 납니다. 정말 새로웠어요. 앙트안이라는 인물이 르아브르 공원에 앉아서 거의 정신이 나갈 때까지 나무를 바라보는데, 당시에는 정말 새로웠기 때문에 저는 전율을 느꼈습니다.

사르트르는 예의가 발랐고, 제가 본 남자들 중에 제일 못생겼어요. 그때 저는 아직 남자의 외모를 볼 나이였지요. 하지만 그는 아주 공손했고, 가정교육을 아주 잘 받았고, 본능적으로 친절했어요. 저는 기자들이 모욕을 끝내고 떠날 때까지 기다렸다가 그에게 다가갔습니다. 사르트르가 나를 봤다는 사실을 알았지요. 사르트르는 여자를 좋아했어요. 그는 사시였지만 멀쩡한 한쪽 눈을 이리저리 굴렸지요. 저는 그에게 다가가서 글쓰기에 대해서 멍청한 질문들을 던졌어요. 아무에게도 말하지 않았지만 그때 이미 픽션을 쓰고 있었거든요. 사르트르는 인내심이 대단했습니다. 저를 보면서 생긴 건 괜찮은데 바보구나, 생각했을 거예요. 저는 "앙트안 안에 당신이 얼마나 들어 있나요?"라고 물었죠. 그는 우리가 만드는 모든 인물 안에 우리가 들어 있다고 차분하게 설명했습니다. 사르트르는 우리가 "다정한 남자"라고 부르던 그런 사람이었어요. 저는 생각을 좀 하고 싶어서 신문사로 걸어 돌아갔습니다. 조금 전에 정말 대단한 사람을 만났음을 알았고, 이런 생각을 했어요. 이런 말을 하면 제가 정말 자만심 덩어리로 보일 테니 말하기가 어렵네요. 하지만 전 진짜 좋은 작가라면 자기보다 젊은 사람에게 사르트르처럼 말해야 한다고 생각했습니다. 그리고 생각했지요. 언젠가 아이들이 나에게 다가오면 잘해 줘야지, 젊은 사람을 절대 냉대하지 않을 거야. 그러다가 한 시간쯤 지나자 미쳤구나, 싶었죠. 내가 저 정도 나이가 되었을 때 나라는 사람이 살아 있다는 걸 누가 알기나 할까? 왜 그런 생각을 하는 거야? 하지만 사르트르에게는 그런 영향력이 있었습니다.

와크텔 당신은 존재하지도 않는 사람을 설명하면서 평생을 보내는 것이 이상하다고 말씀하신 적이 있습니다. 어떻게 보면 말이 안 되지요. 자신에게는 그토록 생생하고 복잡한 인물들을 살려 내는 일에 평생을 바치는 것이 당신에게는 어떤 의미로 말이 된다고 생각하세요?

갤런트 작가들은 그런 식이라고 생각합니다. 등장인물이 찾아와요. 무대와도 같지요. 커튼이 열리고 전화가 울리죠. 누군가 수화기를 들고 말합니다. "그 부인은 여기 안 계십니다." 당신은 이 여자에 대해서, 방으로 들어와 전화를 받은 사람에 대해서 다 알아요. 심지어는 그 인물이 한두 번밖에 등장하지 않을 수도 있어요. 혹은 영화 속 사진과 비슷할 때가 더 많습니다. 영화에는 등장하지 않지만 계속 생각나고 그 사람들에 대해서 다 알지요. 그 사람들도 이름이 있어요. 모든 게 다 있죠. 저는 항상 인물이 가지고 온 이름을 그대로 써요, 결국 글에는 등장하지 않더라도 말입니다. 제가 중간에 이름을 바꿔 버리면 이야기를 만들 수가 없으니까요. 이야기를 끝까지 쓴 다음 앞으로 돌아가서 이름을 바꿔야 하는데, 그렇게 되면 인물도 조금 바뀌지요.

와크텔 어떤 인물을 거부하거나 쓰지 않기로 결정할 때도 있나요? 아니면 인물들 안에서 항상 무언가를 발견할 수 있나요?

갤런트 인물이 너무 많으면 솎아냅니다, 맞아요. 이야기 자체가 바뀌지요. 너무 많이 등장시키면 안 되니까요. 전 혼란스러운 글은 읽기 싫어요.

와크텔 그렇군요. 저는 당신의 일기 중에 파리의 어느 가게에서 아름다운 아프리카 여인을 보면서 상상을 펼치는 과정을 보고 깜짝 놀랐습니다.

갤런트 네! 작은 식품점이었는데, 여자가 아기를 안고 들어왔어요. 겨울이었고, 파리는 늘 그렇듯 추웠지요. 그녀는 아주 예뻤고, 면으로 된 아프리카 의상에 터번을 두르고 있었어요.

제가 말을 걸었지요. 우리는 직원을 기다리고 있었어요. 제가 말했습니다, "부 나베 파 프루이?"(안 추워요?) 그러자 여자는 아마 살면서 제가 본 가장 아름다운 미소를 지으며 말했습니다. "쉐 라 프티트."(조금요.) 그래서 저는 마음속으로 이야기를 꾸며 냈습니다. 그녀는 무신경한 사람과 결혼한 거예요. 좋은 남자라면 그 추운 겨울날 맨발에 샌들 바람으로 여자를 내보내지 않을 테니까요. 야비한 사람과 결혼한 거죠. 그런 남자는 혼을 내줘야 해요. 하지만 미소가 어찌나 반짝이던지. 그 여자에게서는 코코넛오일 향이 났어요. 그게 기억납니다.

와크텔 그녀에게 영감을 받아서 단편을 썼나요?

갤런트 그 여자는 너무나 수수께끼 같아서 이야기를 만들어 낼 수가 없었어요. 그리고 프랑스어를 아주 잘하는 것도 수수께끼 같았지요. 특이한 억양이 전혀 없었어요. 그녀가 프랑스에서 뭘 하고 있는지 도무지 파악할 수가 없었지요. 하지만 달리 입을 옷이 없는 것은 분명했어요. 있었다면 다른 옷을 입었겠지요. 게다가 아기를 안고 있었는데, 애가 울지도 않았습니다. 전 지어낼 것이 너무 많은 사람에 대해서는 쓰지 않아요.

와크텔 어떤 장면을 얼핏 보고 단편을 쓴 적도 있다고 말씀하셨는데요. 예를 들어서 「용서」가 그런 작품이지요.

갤런트 아, 얼핏 본 장면 말이지요! 맞아요.

와크텔 당신은 프랑스 남부에서 등장인물인 바버라, 앨릭, 그리고 세 아이가 기차에서 내리는 장면을 보았는데, 심지어는 이야기에 그 장면을 쓰지도 않았습니다.

갤런트 그 장면은 필요 없었어요. 하지만 그들이 기차에서 내리는 장면을 보긴 했지요. 전쟁 직후라서 계단이 좀 높았어요.

와크텔 그리고 「이슬람 아내」도 그렇지요. 당신은 이야기의 결말에 등장하는 이미지를, 니스의 마세나 광장에서 산책하는 인물들을 보았습니다. 얼핏 떠오른 이미지에서 그 인물이 어떤 사람인지 퍼즐처럼 풀어나가시는 건가요—

갤런트 아니요, 이미 풀려 있어요. 풀린 채로 찾아오죠. 하지만 제가 가진 정보를 전부 쓰지는 않습니다. 기자였기 때문인지도 몰라요. 인터뷰를 하러 다른 사람의 자택을 찾아가면 안으로 들어서자마자 분위기를 파악하니까요. 그랬던 기억이 납니다. 그릇에 담긴 사과 향기가 나는지, 담배 냄새가 나는지 알아요. 그런 부분을 포착해서 뭔가 추측할 수는 있지만, 기사에 써서는 안 됩니다, 그러면 픽션이 되어 버리니까요.

와크텔 당신은 마지막 장면의 이미지를 가지고 「이슬람 아내」를 쓰기 시작했습니다.

갤런트 여자는 전쟁이 끝난 후 남자와 함께 마세나 광장을 산책하고 있습니다. 원래는 헤어질 생각이었던 남편을 다시 받아 주려는 참이에요. 남자가 말하지요. "항상 당신을 사랑했어." 충동적인 말일지도 몰라요, 남자들은 그런 면이 있으니까요. 남자는 지난 6년간 있지도 않았던 이야기를 하지요. "내가 사랑한 건 당신이야, 난 항상 당신을 사랑했어." 그러면 우리는 본능적으로, 여자는 본능적으로 ─ 제가 꼭 그렇다는 것은 아니에요 ─ 이렇게 말하겠지요, "꺼져."

와크텔 하지만 대부분의 여자는 그런 면에서 물러요.

갤런트 그렇죠. 그녀는 삶이 또 크게 흔들리는 게 싫은 거예요.

와크텔 『15구에서』에 실린 작품을 포함해서 당신의 단편 대부분이 그렇듯 「이슬람 아내」의 배경은 당신이 너무나 능숙하게 포착하는 환경입니다. 유럽이라는 배경, 전쟁 전이나 전쟁 중, 전쟁 직후의 남프랑스 해변 호텔 말입니다.

갤런트 전쟁 전 이야기는 다른 사람들에게 들은 거예요, 당시에는 제가 유럽에 없었으니까요. 대화를 나누면서 들은 이야기입니다. 사람들은 이야기를 하면서 예전에 어떻게 살았는지 드러내요. 계속 그렇게 살 수 없어서 아쉬워하지요.

와크텔 「이슬람 아내」에서 네타는 자기보다 어린 사촌 잭과 결혼을 하고, 잭은 그녀에게 자유를 주지만 그것은 네타가 바라거나 네타에게 필요한 것이 아닙니다. 잭은 온갖 여자들을 끌어들입니다. 그는 지적이고 심오한 네타와 어울리지 않는 것 같지만, 네타는 잭에게 열정적으로 얽매여 고통스러워합니다. 이렇게 쓰셨지요. 정말 대단한 구절이에요. "잭은 안정적인 믿음을 위해서 정착했지만 네타의 신은 더 거칠고 비밀스러웠기에 그녀는 기적과 계시를 원했고, 일 분에 한 번씩 기도를 드리고 싶었다." 어떤 계시인가요? 네타는 무엇을 찾고 있습니까?

갤런트 아마 자기 내면의 무언가겠지요. 자신이나 삶에 대한 계시일 수도 있는데, 그런 것은 분명 연인에게서 얻을 수 있습니다. 연인이 스무 명이면 스무 가지 다른 것을 배우지요. 하지만 네타가 그럴 것 같지는 않군요.

와크텔 그녀는 정말 흥미롭고 드문 인물입니다. 그녀에게서 당신 자신의 모습이 많이 보인다고 말씀하신 것을 읽었기 때문에 특히 그런지도 모르겠군요.

갤런트 그 작품이 처음 번역될 때 아주 신중하게 읽으면서 그렇게 말했었지요. 전쟁이 끝나고 사람들이 돌아올 때 의사도 돌아와서 네타에게 결혼해 달라고, 같이 살자고, 뭐든 그녀가 원하는 대로 하자고 하는데요—

와크텔 잭이 떠났으니까요. 그는 미국으로 갔습니다.

갤런트 잭은 미국으로 갔고 돌아올 기미도 없지요. 네타는 "고객과는 안 돼요, 손님과 그럴 수는 없어요"라는 식으로 대답합니다. 농담으로 넘겨 버리려고 하지요. 그러자 의사는 "음, 기억을 이길 사람은 없지요"라고 말합니다. 그리고 네타와 잭 사이의 성적 끌림을 암시하면서 이렇게 말합니다. "당신은 이상한 시간에 사라지곤 했지요." 네타는 "네, 우린 그랬어요"라고 대답합니다. 의사가 "잭한테 너무 엄격하게 굴지 말아요"라고 말하고, 네타는 "제 자신에게 엄격한 거예요"라고 대답해요. 몇 년이 지나서 다시 읽으니 저도 그렇게 말했을 것 같더군요.

와크텔 당신 자신에게 엄하다고요?

갤런트 네, 작품을 잘 쓰려면 자신에게 엄격해야 합니다. 제가 생각할 때는 스스로에게 엄격하지 않으면서 자신에게 맞는 방식으로 살아갈 수 있는 사람은 아무도 없어요. 저는 제 작품에 무척 비판적입니다. 그래서 이렇게 느린 거예요. 물론 심하게 느린 편은 아니겠지요, 이렇게 많은—

와크텔 작품이 나왔으니까요. 하지만 스스로에게 지나치게 엄격하다고 생각하시나요?

갤런트 아니요, 지나치지는 않아요. 하지만 단 한 번이라도 "이 부분은 그냥 넘어가자"라고 말해 버리면 다 소용없어져요. 말하자면 세미콜론을 쉼표로 바꾸지 않고 그냥 넘어가 버렸다면 말이에요. 까다롭죠, 맞아요. 하지만 저는 다른 방식을 몰라요.

와크텔 잭이 미국으로 떠나고 네타는 프랑스에서 제2차 세계대전을 힘겹게 버텨냅니다. 그리고 어느 순간 이렇게 말하지요. "난 사람에게 가질 수 있는 느낌의 한계를 발견했어. 뭔가 다른 걸 발견했어. 섹스와 사랑은 공통점이 하나도 없다는 사실이야. 우연일 뿐이지…." 그런 다음 이렇게 말합니다. "남자는 태어날 때부터 이 사실을 알고 있지만 여자는 우연히 배우나 봐." 정말 그렇게 생각하시는지 궁금했습니다.

갤런트 아, 맞아요.

와크텔 네타는 씁쓸해하지 않습니다. 그녀는 섹스와 사랑에 공통점이 없다는 사실을 깨달아서 다행이라고 말합니다.

갤런트 그러면 자유로워지니까요.

와크텔 전쟁이 끝나고 몬트리올에서 파리로 이주할 때 앞으로 어떤 사람들을 만나게 되리라는 생각이 있었습니까?

갤런트 아니요, 전혀 몰랐습니다. 제가 아는 건 전쟁 때 몬트리올로 이주한 프랑스인들에게 들은 이야기밖에 없었는데, 그 사람들은 광적인 애국자였고 캐나다가 폭격을 당하지 않았다고 분노했으니까요. 저는 캐나다가 전쟁을 쉽게 겪었다는 생각을 별로 좋아하지 않습니다. 쉬운 전쟁이 아니었어요. 우선 인구도 적은데 그토록 많은 사람들을 잃었고, 전쟁 때문에 우리 삶에 아주 깊고 빠져 나오기 힘든 참호가 생겼습니다. 기혼자는 아침마다 오타와에서 전보가 올까 봐 두려움에 떨어야 했고, 정오까지 전보가 오지 않거나 "전보가 도착했습니다"라는 전화가 오지 않았다고 해도 그것으로 끝이 아니었습니다. 누군가를 잃는다고 해서 끝나는 것도 아니었어요. 그런 상황에서는 새로운 삶을 시작할 수 없기 때문에 영향이 아주 컸습니다. 저는 그런 상황에서도 일을 잘했지만, 평생 일을 하겠다는 특이한 생각을 가지고 있었기 때문이었어요.

와크텔 캐나다 출신으로서 유럽에서 가장 의외였던 점은 무엇입니까?

갤런트 돈에 대한 태도요. 캐나다 사람들은 스스로 돈 걱정이 많고 아주 이기적이라고 생각하지만 저는 그렇지 않을 수도 있음을 깨달았어요. "이건 누가 내지?"라는 말을 듣고 충격을 받은 적이 아주 많으니까요. 또 돈에 대한 이야기, 유산에 대한 이야기도 정말 많이 들어요. 어머니가 "그래, 다들 정말 사랑스러운 사람들이지만, 돈 문제는 조심해"라고 말했던 기억이 납니다. 절대 잊지 않았어요. 나이가 들면서 종종 이렇게 생각했지요. 사람들 말을 듣자, 그래, 돈에 대해서는 나도 호락호락하지 않잖아. 그래서 힘들었습니다, 아시겠지만 캐나다인은 인색하기로 유명하니까요. 저는 '글쎄, 우리가 그렇게 나쁜 건 아닌데'라고 생각했습니다. 우리는 두 세대에 걸쳐 극심한 경제공황을 겪었어요. 사람들은 자식들이 성공하지 못할까 봐 크게 걱정했습니다. 그러면 공황이 또 닥칠 테니까요. 그리고 재산을 가진 사람들은 일종의 광기가 있었어요. 정말 말도 안 되는 일이었죠. 저는 그 무엇도 소유하고 싶지 않았습니다. 사람들은 젊을 때 돈을 아껴서 주택 담보 대출금과 이차 담보 대출금을 내고 뒤늦게 여행을 다니기 시작하지요. 여행은 아직 그게 재미있을 때, 3등석이나 4등석을 아무렇지 않게 타고 다닐 수 있을 때 다녀야 해요. 저는 스페인에서 4등석을 타고 다녔습니다. 널빤지가 드문드문 깔린 자리인데 공간을 충분히 확보하면 누울 수 있어요, 앉는 것보다 편하죠.

와크텔 당신은 스페인 내전 때문에 스페인을 좋아했습니다. 스페인에는 낭만이 있다고 생각했지요.

갤런트 저는 1952년에 스페인에 갔는데 제가 읽은 글, 특히 픽션과 비슷한 점은 하나도 없었습니다. 아무것도 없었어요. 헤밍웨이의 책과는 전혀 달랐어요. 저는 스페인 사람들이 그 상황에서 절대 빠져나오지 못할 거라고 생각했어요. 사람들은 소극적이었고, 오후에 너무 더워서 밖으로 나가지 못할 때면 느릿느릿 집으로 돌아가서 덧문을 닫았고, 잠시 후에는 시에 스타가 끝나고 사람들이 느릿느릿 일터로 걸어가는 소리가 들렸습니다. 저는 "세상에, 이 사람들은 절대 회복하지 못할 거야"라고 말했습니다.

와크텔 스페인이 프랑코 정권과 그 억압을 절대 극복하지 못하리라 생각하셨다고요?

갤런트 네, 그랬어요. 음악도 들리지 않았고, 일요일 아침 콘서트와 영화 몇 편만 기억이 납니다. 스페인이 아직 명작을 만들기 전이었지요.

와크텔 당신은 항상 자신의 방법대로, 이래라저래라 하는 말을 듣지 않고 살고 싶었습니다. 그러한 삶이 캐나다에서는 불가능했지만 파리에서는 가능했다고 생각하세요?

갤런트 네, 만약 제가 캐나다에서 직업을 포기하고 글을 써서 먹고살다가 유럽에서 그랬던 것처럼 파산했다면 ─저는 아주 여러 번 파산했어요─ 불가능했을 거예요. 프리랜서로 글을 써서 먹고 살기는 아주 힘듭니다. 기복이 심하니까요. 제가 해냈다는 게 놀랍습니다. 어떻게 해냈는지 모르겠어요. 스페인에서는 특히 돈이 없었지요.

와크텔 어쩔 수 없이 옷을 판 적도 있었다고 들었는데요.

갤런트 제 옷을 팔았어요. 뉴욕에 에이전트가 있었는데, 그가 제 단편을 잡지에 팔아놓고 아무도 사지 않는다고 거짓말을 하면서 돈을 가로챘습니다. 저는 『뉴요커』를 보다가 제 단편이 실려 있어서 깜짝 놀랐어요. 제가 유럽으로 간 지 1년 정도 지났을 때라 『뉴요커』와의 편지 왕래도 끊겼지요. 저는 갑자기 제 글이 마음에 들지 않나 보다, 그래도 그렇다는 말은 해줄 수 있을 텐데, 라고 생각했습니다. 저는 작가이자 『뉴요커』 픽션 편집자인 윌리엄 맥스웰과 꽤 친했는데, 그 사람답지 않다고 생각했지만 그냥 제가 그 사람을 잘 몰랐나 보다 생각했어요.

그때 저는 마드리드의 미국 도서관에 앉아서 잡지를 읽고 있었어요. 『뉴요커』가 있었는데, 제가 최근에 쓴 단편이 실려 있었지요. 믿을 수가 없었어요. 그래서 윌리엄 맥스웰에게 편지를 보냈습니다. 왜 돈을 주지 않느냐고 물은 게 아니라 왜 교정지를 보여 주지 않았냐고 물었어요. 잡지를 읽어 보니 몇 가지 바뀐 부분이 마음에 들지 않았거든요. 저는 이런 답장을 받았습니다. "당신 주소를 알게 돼서 정말 다행이에요. 에이전트 쪽에서는 당신이 카프리에 살고 있다면서 우체국 이름을 주소로 알려주더군요. 그래서 그쪽으로 편지도 보냈고 교정지도 보내려고 했어요. 수표는 에이전트에게 보냈습니다. 단편 세 편의 원고료는 받으셨나요?" 한 편도 아니고 세 편이었어요! 에이전트는 제가 이제 막 작가가 되어서 경제적으로 쪼들리고 있다는 것을 잘 알았는데 말이에요.

와크텔 프리랜서로 사는 것이 캐나다보다 파리에서 더 쉬웠다고 말씀하셨는데요.

갤런트 사람들이 제 어깨 너머로 흘끔거리며 엿보는 캐나다에서는 그렇게 살지 못했을 거예요. 힘든 시기도 있을 거라고 예상했거든요. 그리고 월급을 포기하는 것도 힘들었지요. 사람들 말처럼 저는 여자치고 월급을 많이 받았거든요. 제가 그만두려고 하자 신문사에서 주급을 75달러로 올렸는데, 신문사쪽에서 계속 말한 것처럼 여자에게는 대단한 금액이었습니다. 저는 주급 30달러로 시작해서 급료가 서서히 올랐어요. 신문사에서는 저를 놓치기 싫었기 때문에 주급을 75달러로 올렸지요. 자기들이 저를 가르쳤다고 생각했어요. 저는 6개월 전에 통지를 했는데, 그 정도면 괜찮았지요.

저는 정말 자유로워진 기분이었습니다. 비행기를 타고 대서양을 건너던 기억이 나요. 열여섯 시간이 걸렸죠. 소음이 큰 프로펠러 비행기였어요. 귀가 터질 것 같았죠. 아는 사람이 하나도 없는 도시로 가면서 느낀 그 자유로움이 정말 좋았습니다.

2007년 12월
인터뷰 제작–샌드라 라비노비치

제이디 스미스

Zadie Smith

제이디 스미스는 케임브리지 대학교 재학 시절에 『하얀 이빨』
을 쓰기 시작했다. 그녀는 수석으로 졸업하는 동시에, 알려진
바에 따르면 선인세 50만 달러를 받았다. 소설은 제이디가 겨
우 스물네 살 때 출판되었다. 문화와 세대가 교차하고 다양한
인종이 살고 있는 현대 런던에 대한 방대하고 생생한 이야기
『하얀 이빨』은 첫 소설 상을 세 개나 받았다. 바로 휫브레드 상,
코먼웰스 상, 가디언 상이다. 『하얀 이빨』은 텔레비전 미니시
리즈로 제작되었고 20개가 넘는 언어로 번역되었으며 백만 부
이상 팔렸다. 정말 대단한 시작이었다.

제이디 스미스는 1975년에 런던 북부에서 영국인 아버지와
나이가 훨씬 어린 자메이카인 어머니 사이에서 세 아이 중 첫
째로 태어났다. 어렸을 때는 책벌레였고, 2003년부터 1년 동안

하버드 대학의 래드클리프 고등연구소 연구원으로 있었다.

나는 제이디 스미스의 서른 번째 생일 직전이자 세 번째 소설 『온 뷰티』(2005)가 출판되었을 때 그녀를 처음 만났는데, 이역시 다양한 문화와 세대에 대한 방대한 이야기로, 이번에는 대부분 뉴잉글랜드 보스턴 지역이 배경이고 주인공인 하워드 벨시가 예술사 교수이기 때문에 부분적으로는 캠퍼스 소설이다. 제이디 스미스는 이야깃거리가 많은 작가이고 감성과 시대, 지성 사이를 쉽게 넘나든다. 『온 뷰티』는 맨부커 상 후보에 올랐고 오렌지 상을 받았다. 제이디 스미스는 이렇게 큰 성공을 거둔 데다가 아주 젊지만 놀라울 만큼 겸손하고 관심이 많고 사려 깊었다. 나는 바로 그때 그녀가 책이 나올 때마다 이야기를 나누고 싶은 작가임을 깨달았던 것 같다. 사실 지난 가을 토론토 국제작가축제에서 「라이터스 & 컴퍼니」가 25주년을 축하할 때 제이디 스미스가 참가하겠다고 해서 나는 전율을 느꼈다.

제이디 스미스는 뛰어난 에세이 작가이다. 다음에 만났을 때 우리는 글쓰기와 독서, 스미스의 독서 중독, 그리고 가족에 관한 책 『생각 바꾸기』에 대해서 이야기를 나누었다. 대화를 나누면서 스미스는 당시 쓰고 있던 "19세기 양식에 가까운 방대한" 소설에 대한 불안을 드러냈기 때문에 — 이전 작품들을 자신의 것이 아니라고 부인하지는 않았지만 가끔은 부끄럽다고, 아주 조금밖에 모르는 사람의 작품이라고 말했다 ─ 다음 소설 『NW』(2012)의 독특함이 별로 놀랍지 않았다. 런던 북서쪽 공영주택 단지에서 어린 시절을 보낸 네 사람에 대한 소설 『NW』는 시간, 인종, 계급, 우정에 관한 책이다. 이야기의 거의 절반은 번호가 매겨진 단편이다. 집중력이 조금 더 필요한 책이지만 ─ 클리셰가 말하듯 ─ 그러한 노력을 풍성하게 보상한다.

우선, 다음은 우리가 에세이에 대해서 나눈 대화이다.

⌐⌐⌐

와크텔 에세이집 『생각 바꾸기』의 첫 번째 에세이는 20세기 아프리카계 미국인 작가 조라 닐 허스턴이 쓴 『그들의 눈은 신을 보고 있었다』와의 첫 만남을 설명합니다. 먼저 그 이야기를 해주시죠.

스미스 제가 십대 초반이었을 때 어머니는 항상 절대적인 선의에서 미국 흑인 소설을 강권했고, 저는 토니 모리슨과 앨리스 워커의 초기작을 통해 최고의 독서를 경험했습니다. 하지만 얼마 후부터 어머니가 왜 계속 미국 흑인 소설만 권할까 의구심이 들었던 것 같아요. 그래서 조라 닐 허스턴의 작품을 받았을 때도 읽기가 꺼려졌지만, 책에 설득되었습니다.

그 소설은 사실 자신과 딱 맞는 일생의 남자를 찾는 여자의 단순한 사랑 이야기이고, 주인공은 세 남자를 거친 후 그런 남자를 찾습니다. 하지만 이 책은 1920년대 후반, 1930년대 초반에 미국에서 흑인 여성으로 산다는 것에 대한 이야기이기도 합니다. 억압된 의식에서 진정 자유로운 의식으로 깨우치는 이야기죠.

와크텔 세 시간 만에 다 읽고 눈물을 흘렸다고요. 그 책이 왜 그렇게 큰 영향을 주었을까요?

스미스 이제는 그 책을 너무 여러 번 읽었고, 가르치기도 하고 공부하기도 했기 때문에 정확히 기억하기가 힘듭니다. 저에게는 정말 훌륭한 작품이 되었으니까요. 제가 처음에 보였던 반응은 개인적인 것이었다고 생각해요. 주인공이 실제로 저와 비슷했다는 게 아니라 ── 우리는 다른 우주에서 왔습니다 ── 그녀의 유전적 유산이 저와 비슷했고, 그녀의 머리카락과 제 머리카락, 그녀의 눈과 제 눈, 그녀의 피부와 제 피부가 비슷했습니다. 평소와는 다른 독서 경험이었는데, 저는 스스로 그런 경험을 얼마나 원했는지 깨닫지 못했어요. 그러니 아마 안도감에 가까웠을 겁니다.

와크텔 당신은 『그들의 눈은 신을 보고 있었다』를 읽을 때 열네 살이었습니다. 그즈음 또 무슨 책을 읽었나요? 어떤 글에 흥미를 느꼈습니까?

스미스 사실 제가 오늘 아침 집을 나설 때 남편은 『제인 에어』를 평생 처음으로 읽고 있었는데, 그 모습을 보면서 ⓐ 남편이 『제인 에어』를 예전에 읽었어야 했다, ⓑ 나는 열네 살쯤 『제인 에어』를 읽었다는 사실이 떠올랐습니다. 나보코프는 평생 열한 살부터 열다섯 살까지만큼 책을 많이 읽는 시기는 없다고 말했는데, 저는 전적으로 동감합니다. 그러므로 제가 그 질문에 답하는 것은 불가능에 가까워요. 그때 어떤 책을 읽었는지 돌이켜 보면 거의 모든 책이 그 시기에 들어가니까요. 놀라울 만큼 유익한 시간이었습니다.

생각나는 대로 이야기하자면 우선 저는 빅토리아 시대 소설을 많이 읽었고, 어머니의 책장에 꽂힌 책을 다 읽었습니다. 『우리 몸, 우리 자신』처럼 아이에게는 적절하지 않은 책과 어머니가 가지고 있던 다양한 페미니즘 소설을 많이 읽었어요. 어머니의 장서는 절충적이었는데, 부분적으로는 교육을 특별히 많이 받지는 않았다는 이유도 있었고 — 아버지도 마찬가지였습니다 — 책등에 펭귄이 그려져 있으면 좋은 책이라고 생각하셨기 때문에 차고에 물건을 늘어놓고 파는 집을 지나다가 그런 책을 보면 사오시곤 했습니다. 물론 당시에는, 1970년대 중반과 1980년대에는 펭귄이 정말 양질의 책을 나타내는 표시였습니다. 그래서 우리 집에는 초록색 펭귄과 파란색 펭귄, 주황색 펭귄이 그려진 책들이 있었고, 저는 그런 책들을 읽으며 자랐어요. 어린 시절 교육으로는 꽤 괜찮았습니다.

와크텔 당신은 『그들의 눈은 신을 보고 있었다』를 설명하면서 영혼이 담겨 있다는 표현을 썼지만 영혼이 무엇인지 정의하기는 어렵다고 인정했습니다. 무엇이 허스턴의 소설에 영혼을 주는 걸까요?

스미스 저에게 영혼이 담겨 있다는 것은 진실하고 자연스럽다는 뜻입니다. 둘 다 모두 문학에 대해서 쓰기에는 아주 어색한 말이지요. 예술에 "자연스러움" 같은 것은 없습니다 — 자연스러워 보이는 교묘함이 있을 뿐이에요. 하지만 허스턴은 이를 믿을 수 없을 만큼 잘 해냅니다. 그것은 그녀가 귀에 담았던 언어, 그녀가 자란 플로리다 이턴빌의 언어였습니다. 잘난 척하는 것은 아니지만 당시 많은 흑인 독자들이 이 책을 고통스럽다고 생각했는데, 아마 자신들의 언어를 너무나 정확하게 포착해서 그것을 이해하거나 제대로 감상하지 못할 사람에게 노출했기 때문일 겁니다. 하지만 지금 그 책을 읽어 보면 사랑과 애정과 존경이 가득하다는 것은 의심의 여지가 없어요. 심상이 너무나 풍부하고 너무나 직접적이지요. 대화를 자연스럽게 쓰는 사람은 많지 않습니다. 샐린저도 자연스러운 대화를 썼지만 '흑인의 말' — 그런 말이 있다면 — 에서 저는 누구도 조라 닐 허스턴을 따라갈 수 없다고 생각합니다.

와크텔 어머니와 그 책에 대해서 이야기를 나누었습니까?

스미스 네, 제가 허스턴의 엄청난 팬이 되자 엄마가 기뻐했던 것 같아요. 어머니는 제 에세이를 읽고 기뻐하셨습니다. 어머니는 자식들이 하늘에서 뚝 떨어졌다고 생각하는 경향이 있거든요. 우리가 어째서 이런 사람이 되었는지 이해를 잘 못하세요. 그래서 자신이 우리에게 큰 영향을 주었다는 생각에 좋아하셨습니다.

와크텔 『그들의 눈은 신을 찾고 있었다』를 읽고 어머니를, 또는 어머니의 삶을 다르게 보게 되었습니까?

스미스 그랬습니다. 저는 백인 문화에서 흑인 여성으로 산다는 것 — 저와 같은 혼혈이 아니라 어머니처럼 흑인으로 사는 것 — 이 어떤지 전혀 몰랐던 것 같아요. 어머니에게 신혼여행 이야기를 들었습니다. 부모님은 모로코와 파리로 신혼여행을 갔는데, 파리에서는 호텔 방을 잡을 수가 없었대요. 그래서 집으로 돌아와야 했지요. 어디를 가든 거절당했습니다. 아파트를 구할 때도 어머니가 전화를 걸어서 방이 아직 있는지 확인하고 바로 갔지만 벌써 나갔다는 대답을 들었다고 합니다. 어머니는 여러 가지로 실험해 보다가 최대한 전화를 걸자마자 찾아가기로 하고 길모퉁이에서 전화를 건 다음 2분 만에 찾아갔지만 마찬가지였습니다. 다들 항상 방이 없다고 했어요.

제가 자란 영국은 공공연한 인종차별이 없었기 때문에 그 이야기를 듣고 정말 놀랐습니다. 그리고 어머니가 흑인 미국 작가들에게 느끼는 유대감을 더욱 이해하게 되었지요. 하지만 저로서는 우리는 영국인이고 그들은 미국인이라는 느낌이 있었어요. 공동체의 역사가 너무나 다르지요. 하지만 어머니에게는 역사, 그리고 아마도 모욕이라는 관점에서 유대감이 있었습니다.

와크텔 참 놀라운 이야기군요. 1970년대 초반이었나요? 파리와 런던에서?

스미스 네, 참 놀랍죠? 1970년내 중반, 제가 태어나기 직전이에요. 하지만 저는 최근에 비슷한 이유로 남동생과 함께 파리의 클럽에서 입장을 거부당했어요. 그들은 제 남동생이 교외에서 온 악당이라고 생각했지요. 그러니까 그렇게 드문 일은 아닙니다. 1970년대에도 제 부모님이 살던 지역에는 창문에 "아일랜드인, 흑인, 개 출입금지" 같은 포스터가 붙어 있었어요. 영국 사람들은 기억할 거예요. 정말 엄청났어요!

와크텔 당신은 토니 모리슨과 앨리스 워커를 이미 읽었는데, 조라 닐 허스턴의 책은 다르게 다가왔습니까? 그 책에 당신을 특히 사로잡은 무언가가 있었나요?

스미스 인종 문제만은 아니에요. 부분적으로는 스타일의 문제죠. 저는 아주 공식적인 3인칭 목소리가 등장하는 영국 소설에 익숙했어요. 숨이 막힐 듯하고, 적어도 아주 고정적인 목소리죠. 허스턴의 소설은 아주 밀접한 1인칭의 목소리와 3인칭의 목소리 사이에서 이야기한다는 점이 무척 특이했습니다. 영국 소설에는 그런 게 별로 없지요.

그리고 더 근본적으로 생각했을 때, 아이가 뭔가 하고 싶은 일이 있는데 그 일을 하는 사람들 중에 자신과 비슷한 사람이 별로 없을 경우, 누가 그 일을 유능할 뿐 아니라 뛰어나게 해냈다는 사실을 발견하는 것은 크나큰 기쁨입니다. 따라서 당시 저에게는 그것이 큰 의미였어요.

와크텔 반대로 카프카에 대한 에세이는 자신이 소속된 공동체를 비롯해서 그 어떤 공동체와도, 심지어 인간과도 동일시하지 않았던 사람을 보여 줍니다. 그러한 소외감이 당신의 마음을 흔들었습니까?

스미스 사실 조라도 비슷했습니다. 그녀는 본능적으로 혼자 지내는 것이 자연스러웠고, 팬들이 별로 읽고 싶어 하지 않았던 자서전을 보면 사실 꽤 보수적인 사람입니다. 우리가 생각하기에 당시 흑인 공동체가 느꼈을 법한 것과 의견이 다른 경우가 많기 때문에 그녀 혼자 튀었지요. 그녀는 공동체를 대표하는 것이 아니라 자신이 원하는 것을 쓰겠다고 굳게 결심했습니다. 예를 들어 그녀가 쓴 『스와니의 치품 천사』에는 백인이 잔뜩 나오기 때문에, 흑인 독자들에게는 어마어마한 충격이었어요. 하지만 제 생각에 조라는 인간의 일부인 흑인만이 아니라 인간 전체를 다루겠다고 결심했던 것 같습니다. 그런 점에서 카프카와 비슷한 점이 있다고 생각해요.

　하지만 말씀하신 것처럼 카프카는 더 극단적입니다. 그는 자신이 인간이라는 종과 공통점이 많다고 느끼지 않아요. 다들 그렇겠지만 제가 카프카를 좋아하는 것은 정체성의 정치나 공동체 논의를 떠나서 산문이 뛰어나고 그게 중요하기 때문입니다. 문장을 어떻게 만드느냐가 중요하죠. 조라 닐 허스턴은 **자기만의** 뛰어난 문장을 만들었고, 카프카 역시 **자기만의** 문장을 만듭니다. 저에게는 그것이 다른 모든 것보다 제일 중요한 것 같아요.

와크텔　당신은 카프카가 말하자면 존재론적 예언자이고 그가 이야기하는 소외가 21세기의 문제라고 생각합니다.

스미스　저는 그 에세이를 통해서 카프카가 **오로지** 존재론적 예언자라는 생각에 의문을 제기하고 싶었습니다. 저는 카프카를 그가 느꼈던 일상의 진부함으로 돌려보내고 싶었어요. 그를 문학의 바깥에 존재하는 사람으로, 우리와는 다른 작가로, 혹은 우리와는 다른 인간으로 생각하기 쉬우니까요. 제 생각에 그것은 실수이고 낭만화입니다. 그렇다고 해서 카프카가 쓴 작품의 비범하고 초월적인 면을 지우는 것은 아니에요. 하지만 제 생각에 카프카는 머릿속에 두 가지 생각을 동시에 담으려 애쓰기 때문에 매력적입니다. 그는 아주 무미건조하고, 아주 크고, 아주 우아하고, 아주 잘생긴 남자지만 우리는 카프카를 생각할 때 이 모든 면을 제외시켜 버리지요. 우리는 카프카를 특이한 추방자로 여기지만 사실 그는 위풍당당했습니다.

와크텔 존재론적 예언자라는 생각으로 돌아가자면, 그것은 카프카가 자신으로부터의 소외라는 현대적 감각을 포착한 방식과 관련이 있습니다. 한 자리를 잃었지만 다른 자리를 완전히 얻지 못하는 이민자의 문제적인 동화^{同化}말입니다.

스미스 정말 그렇습니다. 그런 의미에서 카프카는 예언자예요. 그는 그 당시에 분명 피할 수 없었던 결과를 예언했지요. 즉, 사람들이 자신이 태어나지 않은 곳에서 살면서 자신이 태어나지 않은 문화에 소속감을 느끼기 시작하고, 이로 인해 불안을 경험할 것이라고 말입니다. 카프카는 천 년이 넘도록 그런 식으로 살아 온 공동체 출신이었기 때문에 잘 알았어요. 저는 유대교가 문화가 된 종교에 대해서, 신성함에 가까운 공동체에 대해서 우리에게 가르쳐 주는 교훈이 바로 그것이라고 생각합니다. 그것은 우리 모두가 과거를 돌아보며 배운 사실입니다.

와크텔 남편인 닉 레어드와 함께 카프카에 대한 뮤지컬을 만든다는 이야기를 읽은 적이 있습니다.

스미스 제 일생의 골칫거리예요. 언젠가 그런 작업을 해야겠다는 생각이 떠올라서 아마 십 년쯤 전에 어딘가에서 언급했던 것 같은데, 상상 속의 뮤지컬이 저를 계속 쫓아다니는군요. 진짜 할 수 있으면 저도 좋겠지만 지금은 시간이 없습니다. 끝내지 못한 일이 너무 많아요. 그때 생각했던 건 오페레타였어요. 화려한 카프카 뮤지컬을 아무도 두려워하지 않을 때였죠.

와크텔 어떤 식으로 접근할지 생각해 보았습니까?

스미스 저는 『서푼짜리 오페라』 같은 작품을 정말 좋아합니다. 뮤지컬이라는 형식을 아주 좋아해요. 제일 좋아하는 것은 요즘 같은 극 뮤지컬이 아니라 1930년대, 1940년대의 영화 뮤지컬이지요. 저는 오페레타를 이용하면 흥미로운 방식으로 카프카의 삶을 이야기하면서 그의 소설을 통합할 수 있겠다고 생각했습니다. 한번 두고 보도록 하죠. 정말 실현될지도 모르니까요.

와크텔 당신에게 깊은 인상을 남긴 또 다른 소설은 조지 엘리엇의 『미들마치』입니다. 나이가 들수록 더 좋아진다면서 "어른을 위해서 쓴 몇 편 안 되는 소설 중 하나"라는 버지니아 울프의 유명한 말을 인용하셨습니다. 『미들마치』를 선택한 이유는 무엇인가요?

스미스 저는 이 책 『생각 바꾸기』를 쓰면서 제가 청소년기와 성인 초반에 어떤 책을 읽었는지 이야기하고 싶었는데, 『미들마치』도 그중 하나였어요. 정말 대단한 소설이지요. 너무나 다양하고 방대해서 초점이 여러 곳으로 분산됩니다. 『미들마치』는 영국이 항상 추구했던 사회소설인 동시에 영국소설의 사촌격인 대륙소설처럼 뛰어난 철학소설입니다. 『미들마치』에는 모든 면이 전부 담겨 있는 것처럼 보이는데, 저로서는 믿기 힘든 환경에서 쓰였지요. 최근에 엘리엇의 전기를 여러 권 읽었는데, 그녀가 끔찍하게 힘든 청소년기와 아주 힘든 성인기를 거쳐서 이 책을 써냈다는 사실이 항상 놀랍습니다. 그녀는 평생 이 정도의 작품을 쓸 자유나 시간, 정신적 평화가 절대 없었을 것 같은데도 해냈어요. 옥스퍼드나 케임브리지에 다니거나 남성 작가들처럼 교육을 받지도 않았지만 엘리엇은 모든 것을 혼자서, 도움이 되는 친구들을 통해서 배웠습니다. 엘리엇은 혼자서 스피노자를 번역했어요. 정말 놀랍지요.

와크텔 조지 엘리엇은 역시 스피노자를 번역했던 조지 헨리 루이스와 같이 살았습니다. 누가 먼저 번역을 시작했었죠?

스미스 엘리엇이 먼저였던 것 같아요. 두 사람은 뒤늦게 만났고 어느 정도는 서로의 구원자였습니다. 하지만 사회적으로는 서로의 저주이기도 했지요. 두 사람이 같이 살기로 한 이후 아무도 그들의 집을 찾아오지 않았으니까요. 그들은 런던의 수치였습니다.

와크텔 루이스가 유부남이었기 때문인가요?

스미스 네. 엘리엇은 아주, 아주 힘든 삶을 살았지만 책에는 그런 고난이 전혀 드러나지 않습니다. 저는 버지니아 울프가 뛰어난 장편 에세이 『자기만의 방』에서 했던 말을 항상 생각합니다. 여성 작가의 작품이 존재하지 않거나 존재해도 뛰어나지 않은 이유는 글을 써서 책을 내려는 노력 자체가 너무 힘들기 때문에 화, 실망, 분노를 억누를 수 없어서라는 겁니다. 조지 엘리엇과 제인 오스틴 같은 작가의 놀라운 점은 어쨌든 그 모든 억압을 극복하면서도 더 높은 차원의 예술을 성취했다는 사실입니다.

그렇기 때문에 『미들마치』는 저에게 의미가 큽니다. 재치 넘치고, 정말 광범위하고, 개성이 넘치고, 균형이 잘 잡힌 작품입니다. 맞아요, 나이가 들수록, 또 다시 읽을 때마다 느낌이 바뀌지요. 저는 열다섯 살 때 『미들마치』를 처음 읽었는데, 특히 어린 소녀에게 도로시아는 말하자면 영웅적인 인물이었습니다. 이십대 후반이나 삼십대 초반, 또는 그 이후에 다시 읽어 보면 도로시아가 점점 더 우스꽝스럽게 느껴지고 많은 부분에서 젊은 조지 엘리엇의 풍자적 초상임을 깨닫게 됩니다. 종교에 대해서 너무나 진지하고, 유머감각이 너무나 부족하고, 잘못된 대상에게 너무나 헌신적이지요. 열다섯 살 때는 전부 있는 그대로 받아들였고 풍자를 깨닫지 못했습니다.

와크텔 결혼 상대를 잘못 선택했다고만 생각하지요.

스미스 도로시아는 결혼 상대를 잘못 선택했지만 믿을 수 없을 만큼 고귀하고 헌신적이고 멋지다고 생각하죠. 그것도 전부 맞는 말이지만, 도로시아는 또한 지극히 독단적이고 타협을 이해하지 못하고 타인의 나약함을 존중하지 않습니다. 이 소설이 흥미를 갖는 부분은 바로 그런 면입니다. 사람들은 완벽하지 않고 흠이 있지만 그래도 이해하고 사랑할 수 있다는 거죠. 도로시아는 맨 마지막이 되어서야 그것을 깨닫습니다. 하지만 저는 겨우 열다섯 살이었어요. 저에게는 도로시아가 본보기였고, 그런 사람이 되고 싶었지요.

와크텔 조지 엘리엇은 생각이 의미를 가지려면 삶과 분리되어서는 안 된다고 믿었고, 말씀하신 것처럼 17세기 철학자인 스피노자를 번역했습니다. 스피노자의 저작을 자신의 글에 어떻게 적용했을까요? 또는 스피노자가 엘리엇의 글에 어떤 영향을 끼쳤을까요?

스미스 엘리엇은 자연과학에 관심이 있었는데, 제 생각에 그녀는 스피노자 덕분에 자연을 합리적으로 볼 수 있었습니다. 그녀는 신앙심이 지나치게 깊은 감리교 집안 출신이었지만 종교에 등을 돌리는데, 무척 힘들고 외로운 일이었지요.

스피노자는 그녀에게 세상을 합리적으로, 일신교의 신이나 종교 원칙에 대한 복종과 관계없이 신성을 내포한 것으로 볼 기회를 주었습니다. 그것이 엘리엇이 선택한 해석이었고, 『미들마치』에서 신성 자체를 보여 줍니다. 이 책은 위대한 인간 정신을 계속 보여 주는데, 바로 인간은 흠이 있고 죄가 있다 해도 거룩하다는 생각입니다. 저는 이 생각이 엘리엇에게 정말 중요했고 예술의 원동력이었다고 생각합니다. 세상을 그렇게 긍정적으로 느끼다니 저는 상상도 할 수 없습니다. 저와 같은 시대의 작가가 엘리엇처럼 세상을 느낄 것 같지는 않아요. 그녀가 살던 시대와 경험이 특수했던 것인데, 그런 입장을 취할 수 있는 시대가 있었다는 사실을 상기시켜 주기 때문에 즐겁게 읽을 수 있습니다.

와크텔 『미들마치』에 아주 유명한 구절이 있습니다. "우리가 평범한 인간 삶의 모든 면을 예민하게 보고 느낄 수 있다면, 풀이 자라는 소리와 나람쉬 심장이 뛰는 소리를 듣는 것과 마찬가지일 것이다. 침묵 저편의 그 굉음 때문에 우리는 죽을지도 모른다." 이 구절이 왜 오래도록 당신 마음에 남았습니까?

스미스 솔직히 철학적 향수 때문이라고 생각합니다. 이 구절은 우리가 온전한 공감을 느낀다면, 다른 사람들의 속마음을 이해할 수 있다면 신이 그들을 사랑하듯 사랑할 수 있다는 뜻이니까요. 이 위대한 19세기 소설이 우리에게 보여 주려는 것이 바로 그것입니다. 자신과 다른 사람들, 아주 다양한 사람들, 서로 다른 사람들과 공감하게 만들지요.

제가 생각할 때 현대의 픽션, 특히 1960년대 이후의 픽션은 누군가의 마음을 알면 온전히 공감할 수 있다는 가정, 그 사람이 될 수 있다는 가정에 의문을 제기해 왔습니다. 저 역시 그러한 가정이 반드시 옳다고 생각지는 않아요. 하지만 멋진 생각이고, 엘리엇이 그것을 믿었으며, 그러한 가정이 우리 모두

가 사랑하는 19세기 소설 『미들마치』에 믿을 수 없을 만큼 큰 힘을 주었다고 생각합니다. 하지만 포스트모던 시대의 사람들에게는 공감이 반드시 "옳은" ── 더 나은 표현을 찾을 수가 없군요 ── 행동으로 이어진다는 생각이 믿기 힘든 것 같아요. 우리는 타인의 삶에 대해 어마어마한 양의 정보를, 거의 끊임없이 흐르는 정보를 가지고 있지만 그렇다고 해서 타인에게 더 잘하는 것 같지는 않으니까요.

그러므로 제가 엘리엇에 대한 에세이를 쓰면서 다른 작가들도 그녀처럼 쓰면 좋겠다고 생각한 것은 아니었어요. 가능한 일이 아니니까요. 하지만 저는 엘리엇이 걸어간 길이 무척 매혹적이고 잘 통했다고 말하고 싶었고, 어떻게 하면 현대 작가들이 다른 방향으로 나아가면서도 그녀처럼 사람들을 매혹시킬 수 있을지 생각해 보고 싶었습니다.

와크텔 당신은 현대가 소설을 쓰거나 읽기 좋은 시대는 아니라고 말합니다.

스미스 아시겠지만 어떻게 보느냐에 따라 달라요. 저는 가끔 말도 안 될 정도로 희망에 부풀지만, 가끔은 지금과 같은 형태의 소설이 계속 나오리라는 생각을 이제 접어야 하나 싶기도 합니다. 오늘 아침에 그래픽노블을 읽었는데 정말 좋았어요. 제가 이번 달에 읽은 소설 스무 권보다 더 생생한 아이디어들이 30쪽 안에 다 들어 있는 것 같았습니다. 때로 흥미로운 내러

티브 형식은 예상을 벗어나요. 적어도 제게는 그렇습니다. 요즘 미국의 그래픽노블은 아주 대단해요.

와크텔 저도 그렇게 생각합니다. 그래픽노블의 솔직함이야말로 가장 심오하고 대담한 것 같아요.

스미스 정말 그래요! 에이드리언 토미네의 그래픽노블을 읽었는데, 옛날 책이지만 이번에 처음 읽었습니다. 열 편의 단편을 모아 놓은 책인데, 하나하나 아주 생생해요. 제가 그 정도로 생생하고 흥미로운 단편집을 낼 수만 있다면 뭐든 하겠어요.

와크텔 그래픽노블은 『미들마치』 같은 19세기 소설의 대척점에 있는 것 같습니다. 『미들마치』 같은 책도 그립다고 말씀하셨지만요.

스미스 참 재미있어요. 이 에세이집을 내면서 그러한 관심을 끝내려던 것은 아니었지만, 지난 관심사에 대한 기록이라는 점은 분명합니다. 지금의 저를 만든 책들에 경의를 표하고 싶었습니다만 앞으로 바라는 책, 읽고 싶은 책은 전혀 다를 것 같습니다.

와크텔 작가가 자기 작품을 보면서 느끼는 실망에 대해서도 쓰셨는데, 대부분 자기 배반으로 귀결되는 것 같습니다. 그 이야기를 해주시겠어요?

스미스 그건 참 이상한 느낌이에요. 저는 아주 어렸을 때부터 글을 쓰기 시작했고, 어릴 때는 으레 그렇듯 누구나 비슷하게 느낀다고 생각했습니다. 하지만 다른 작가들을 만나면서 (전에는 작가를 만나 본 적이 없었어요) 자기 작품을 흠모하고 자신이 선택한 단어가 하나하나 빠짐없이 정말 환상적이라고 생각하며 죽는 날까지 자기 작품을 옹호할 작가가 많다는 사실을 깨달았어요. 그런 작가도 있지만 제 자신에게서는 그런 자신감을 찾을 수가 없습니다. 동시에 늘 이런 이야기를 해서 좋을 것도 없어요. 사람들은 제가 겸손을 떤다고 생각하니까요. 하지만 저에게 글쓰기는 아주 고통스러운 경험입니다. 나이가 들면 고통이 줄어들기를 바라지만, 썩 나아지는 것 같지는 않습니다.

와크텔 첫 소설 『하얀 이빨』을 다시 읽으려다가 말 그대로 속이 안 좋아졌다고 말씀하셨는데요. 그 이유가 뭐라고 생각하십니까?

스미스 누구든 자신이 스물한 살 때 쓴 글을 억지로 읽으면 그렇게 될 거라고 생각합니다. 무척 힘들지요. 대학 시절로 돌아가 그 시절에 쓴 에세이를 읽으며 즐거워하는 사람은 아마 없을 거예요. 저의 경우 대학 시절에 쓴 에세이가 아니라 소설을 읽은 것뿐입니다. 하지만 자기 작품에 대한 타인의 높은 평가를 존중하는 것이 중요해요. 그것을 무시하면 안 됩니다.

와크텔 하지만 『온 뷰티』를 읽을 때는 조금 나았다고요.

스미스 책을 쓴 시점과 다시 읽는 시점이 가까울수록 조금 낫지요. 하지만 저는 아주 짧은 논픽션을 읽을 때가 가장 즐거워요. 제가 통제할 수 있는 영역이니까요. 논픽션은 적어도 관점이 **옳을** 수는 있는데, 그런 경우에는 기분이 참 좋더군요. 하지만 소설은 옳을 수가 없어요. 늘 대부분의 사람들에게, 또는 절반의 사람들에게는 틀린 것이지요. 그 사실이 정말 고통스러워요.

와크텔 당신은 스타일과 작가의 관계가 미학적 선택과 윤리의 관계와 비슷하다고 설명합니다. 작가의 스타일이 진실을 말하는 방식이라는 뜻인데, 어떻게 해서 그렇지요?

스미스 제가 가르치는, 저보다 어린 학생들의 이야기를 들어보면 특정한 목소리를 갖는 것을 걱정합니다. 하지만 제가 보기에 작가는 특정한 스타일을 가질 **수밖에** 없어요. 피부색과 마찬가지죠. 밖으로 나가서 돈을 주고 살 수 있는 게 아니에요. 자신을 표현하는 방법일 뿐이지요. 스타일은 그 사람이 하는 모든 것에 내포되어 있습니다. 10년 전, 제가 글을 쓰기 시작하면서 처음으로 작가들을 만났을 때 각자 자기 책과 **비슷하다는** 생각이 무척 강하게 들었습니다. 대학생 때는 감히 생각도 하지 못했던 일이지요. 작품을 더 친밀하게 받아들이기 위해서 작품과 작가를 결별시키니까요. 우리는 작가에게 관심이 없었어요. 절대 작가를 보지 않았지요. 저는 작가를 전혀 고려하지 않았습니다. 당시 우리가 말하고 다니던 것처럼 **텍스트**만 고려

했어요.

그러다가 작가들을 만나 보니 그들의 인품이 작품에 드러난 감성과 비슷해서 흥미로웠습니다. 저는 너무나 놀랐어요. 원래 그렇게 생각하던 일반 독자들에게는 멍청하고 당연한 말처럼 들릴지 모르지만, 저는 학문적으로 너무 깊이 집중하느라 인간과 책 사이에 밀접한 관련이 있다는 사실을 잊었던 것 같습니다. 모든 책이 자전적이라는 뜻은 아니지만 — 사실 보통은 정반대죠 — 그 목소리의 무언가, 감성의 무언가가 그들이 쓰는 방식과 밀접하게 연관되어 있었고, 저는 이 사실을 인정하게 되면서 비평을 쓰는 것이 전혀 다른 경험임을 깨달았습니다. 저는 대학 때 사랑하는 책들에 대해서 아주 학술적이고 전문용어가 가득한 — 솔직히 말해서 재미는 전혀 없는 — 에세이를 썼어요. 하지만 이제 제가 정말 사랑하는 책에 대해서 정말 쓰고 싶은 방식으로 쓰면서 봐요, 이런 관계가 있어요, 라고 말할 수 있게 된 것은 정말 크나큰 해방이었습니다. 작가와 텍스트는 서로 어우러지고, 사실 둘의 관계는 정말 중요합니다.

와크텔 윤리보다는 인품의 문제에 가까운 것 같군요. 우리가 윤리적으로 반대할 만하다고 생각하는 작가들도 있으니까요. 예를 들어서 T. S. 엘리엇의 반유대주의라든가 필립 라킨의 여성혐오….

스미스 저에게 그런 것들은 표상적일 뿐이에요. 당신 생각에 동의하지만, 그건 사실 스타일의 문제가 아닙니다. 라킨의 스타일은 이 세상에서 가장 윤리적인 편에 속해요. 라킨이 편지에 쓴 말이나 저녁 모임에서 누군가에게 했다는 말은 별개이고, 그의 문장이 만들어진 방식이나 그의 시가 믿는 것이 저에게는 믿을 수 없을 만큼 중요한데, 때로는 구분하기가 아주 힘들지요. 라킨은 인종차별주의자나 여성혐오자였을지도 모르고 종종 공격적이지만, 제가 보기에 라킨의 중요한 부분 ― 죽음에 관한 시, 시간에 관한 시 ― 은 저에게 아주⋯ **윤리적**이라는 단어는 맞지 않아요. 그렇게 표현하면 어떤 관점을 강요하는 것처럼 들리는데, 제 말뜻은 그게 아니니까요. 제가 말하는 윤리는 아주 넓은 의미입니다. 라킨의 어떤 시들은 산다는 것이 무엇인지 저에게 보여 주는데, 그것은 글이 할 수 있는 가장 중요한 일이지요.

와크텔 제 생각도 다르지 않습니다. 작품이나 스타일은 인품의 표현, 작가가 세상에 존재하는 방식의 표현이죠.

스미스 뛰어난 스타일이 작가라는 인간의 가장 좋은 면을 나타내는 게 아닐까요? 제가 쓴 글이 통한다면, 글을 잘 썼다면, 그 에세이나 픽션에 드러난 것이 저의 가장 좋은 모습입니다. 제 에세이에 대한 당신의 질문을 듣자 그 에세이보다 멍청한 기분이 드니까 말이에요. 에세이 내용의 절반은 기억이 안 나요. 에세이는 모든 면에서 저보다 더 똑똑합니다. 4페이지 안에서 제가 모든 것을 원하는 대로 구성하고 제 자신의 가장 좋은 면을 표현할 수 있었으니까요. 저의 나머지 부분, 진짜 인간적인 면은, 작품 뒤에서 말하자면 끌려가고 있어요. 이 때문에 사람들이 작가를 만나면 실망한다고 생각해요. 어떤 면에서는 작가가 작품보다 못나 보이니까요. 실제로 작가가 더 못났을지도 모른다고 생각하지만, 아무튼 작가와 작품은 사실 연결되어 있지요.

와크텔 글쓰기가 당신에게 무엇을 해줍니까? 당신이 글을 쓰는 이유가 무엇인지 말할 수 있나요?

스미스 저는 글을 별로 많이 쓰지 않아요. 매일 글을 쓰는 사람도 있고, 그런 사람에게는 글쓰기가 삶의 일부입니다. 하지만 저는 몇 달, 최근에는 몇 년씩 픽션을 쓰지 않을 때도 있습니다. 저에게 글쓰기는 매일의 생존이 달린 문제가 아니에요. 작가들이 글을 쓸 수밖에 없다고 이야기하는 것을 들은 적이 있지만, 제가 할 수밖에 없는 일은 독서뿐입니다. 저는 매일 책을 읽지 않으면 정말 불행해요. 저에게 더욱 효과적인 질문은 독서가 저에게 무엇을 해주느냐일 거예요. 제가 정말로 중독된 행위는 독서니까요. 글쓰기는 말하자면 독서에 대한 열정의 부산물입니다.

와크텔 좋아요, 그럼 독서가 당신에게 무엇을 해주지요?

스미스 저는 독서에 완전히 중독되었습니다. 무엇도 제 독서를 막을 수 없어요. 저는 얼마 전에 아기를 낳아서 모유를 먹이고 있는데, 제가 항상 책만 읽는다는 사실을 깨달았습니다. 남편이 "아기한테 가끔 **말을 걸어야** 하는 건 알지?"라고 가르쳐 주었지요. 그렇지 않으면 말하는 법을 배우지 못할 테니까요! 아기는 제 무릎에 가만히 앉아 있는 것에 익숙해졌고, 제가 책장을 넘기면 움찔 놀라지요. 그것이, 책장을 넘기는 소리가 제 딸의 어린 시절 기억이 될 거예요. 모르겠어요, 독서는 제가 다른 존재가 되게 해주거나 다른 곳의 다른 사람들 사이에서 살도록 해주고, 저는 좋은 문장에서 큰 즐거움을 얻습니다. 그보다 더 행복한 건 없어요. 저는 보통 오전 내내 책을 읽은 다음 오후에는 뭔가를 쓰려고 최선을 다합니다. 오전의 할 일은 **항상** 해내지만 오후의 할 일은 거의 절대 못해요.

와크텔 『생각 바꾸기』를 아버지의 영전에 바쳤는데요. 아버지에 대한 당신의 글을 보면 전혀 감상적이지 않은 애정이 느껴집니다. 아버지에 대해 이야기해 주시겠어요?

스미스 음, 저는 아버지에 대해서 잘 몰랐던 것 같아요. 그래서 항상 아버지에 대해서 쓰는 거예요, 조금이라도 알아내려고요. 아버지는 일반적으로 제 또래의 딸을 둔 사람보다 나이가 훨씬 많다는 점에서 특이했습니다. 제가 태어났을 때 아버지는 쉰 살이었고, 그래서 항상 **늙은** 아버지였지요.

아버지가 들려주는 이야기는 뭔가 특이했습니다. 아버지는 킬번 하이 로드에서 엘라 피츠제럴드의 노래를 들었고, 「카사 블랑카」를 영화관에서 봤고, 제2차 대전에 참전했고, 비슷한 나이대의 사람들보다 약간 젊게 살았습니다. 그러므로 저에게 아버지는 약간 소설 속 인물 같은 느낌이 있었어요. 저는 어떻게 해서 이렇게 나이 많은 사람이 제 아버지가 되었는지 이해하지 못했고, 아버지가 돌아가실까 봐 항상 걱정했습니다. 그런 생각은 부정적인 면도 있지만 아주 어린아이가 그런 생각을 한다는 것은 흥미로운 면도 있습니다. 저는 아버지가 사라질지도 모른다거나 저와 아주 먼 세대라는 생각이 강했고, 그덕분에 약간 시대에 어긋나는 취향을 갖게 되었어요. 저는 아버지가 사랑했던 영화들을 사랑하는데, 물론 1930년대와 1940년대 영화입니다. 또 아버지가 사랑했던 유행가도 다 알고 있는데, 1920년대 노래들이니 아버지가 아니었다면 몰랐겠지요.

아버지는 큰 좌절을 겪은 사람이었습니다. 열두 살에 학교를 그만둔 다음에는 교육을 제대로 받지 못했습니다. 제가 보기에 아버지는 똑똑했고 교육을 더 받고 싶으셨던 것 같은데, 그래서 세월이 흐르면서 우리 사이가 좀 멀어졌습니다. 아버지는 70대 후반의 남자로 백인이고, 영국인이고, 교육을 받지 못했고, 흑인 딸이 있었지요. 우리가 같이 거리를 걸어가면 재미있는 한 쌍으로 비춰졌습니다. 그래서 저에게 아버지는 항상 수수께끼 같았고, 제가 글쓰기에 흥미를 가지게 된 것도 아버지 때문이라고 생각해요. 우리 집에 살았던 이 남자가 어떤 사람이었는지 알아내고 싶었어요. 그 생각에서 많은 것이 나왔겠지요.

와크텔 "사이가 멀었다"는 것은 싸웠다는 뜻인가요?

스미스 제가 십대 때 아버지와의 관계가 좀 힘들었던 것 같아요. 아버지가 친구 아버지들과 너무나 달랐기 때문에 저는 아버지가 없는 것처럼 굴기 시작했거든요. 제가 나이가 들고 특히 아버지가 늙고 약해지면서 모든 것이 바뀌었습니다. 나이 많은 부모를 둔 자식이라면 다들 그렇듯이 제가 아버지를 돌봐야 하기 때문에 아버지에게 화를 내거나 기분 상해 봐야 소용없다는 사실을 깨달았으니까요. 싸운 것이 아니라 각자의 삶이 너무나 달랐기 때문에 사이가 멀어졌습니다. 아버지는 자식들을 모두 공부시키려고 애를 썼지만 그렇게 하고 나면 가족들 사이가 좀 어색해지잖아요. 아버지는 노동자 계급의 억양을 썼지만 저는 이제 쓰지 않아요. 아버지는 책을 별로 읽지 않았지만 저는 책을 많이 읽었지요. 제 생각에 노동자나 이민자는 자식들이 다르게 살기 바라기 때문에 교육을 시킵니다. 그렇게 해서 자신이 바라던 것을 이루지만 그것을 항상 알아볼 수 있는 것은 아니에요. 이상한 관계지요.

와크텔 케임브리지에 진학하면서 억양이 하룻밤 사이에 바뀌었습니까?

스미스 아니요, 이제 전혀 기억이 안 나요. 저는 남동생이 둘인데, 우리는 말투가 다 달라요. 부분적으로는 어렸을 때 어울리던 친구들 때문이겠지요. 부모는 자신이 아이들에게 가장 큰 영향을 끼친다고 생각하지만 사실 거의 아무런 영향도 끼치지 않습니다. 아이들에게 영향을 끼치는 것은 친구들, 그리고 어디에 가서 무엇을 하느냐입니다. 막냇동생은 거리에서 많은 시간을 보내는 아이였기 때문에 "길거리 아이들"처럼 말하고, 바로 아래 동생은 그 정도는 아니었으니 중간이고, 저는 집에서 조지 엘리엇을 읽었으니 ─제가 어떻게 되었는지는 모르겠군요. 우리는 같은 집에서 자랐지만 사람들은 아마 셋 다 **계급**이 다르다고 할 겁니다. 참 흥미로워요, 사람들은 출신이 같으면 사람도 같다고 생각하니까요. 하지만 우리 셋은 무척 달라요. 옷도 다르게 입고, 생각도 다르고, 정치관도 다르지만 모두 한 집안 출신이죠.

와크텔 당신은 어른이 된 후 아버지에게 제2차 세계대전 때의 군복무 경험에 대해서 물었습니다. 아버지가 먼저 이야기를 꺼낸 적이 없었기 때문이었지요. 아버지가 왜 이야기하지 않았는지 아시나요?

스미스 모르겠어요. 사람들은 참전 용사가 전쟁 이야기를 하지 않는다고 종종 말합니다. 저는 그 경험이, 노르망디 상륙이 어떤 경험이었을지 정말 상상도 가지 않아요. 영화는 봤지만 그 상황에 놓인 아버지를 상상하기란 불가능합니다. 아버지가 어떻게 살아남았는지 모르겠어요. 저에게는 놀라울 뿐이에요. 하지만 아버지는 한마디도 하지 않았습니다. 아버지에게는 젊은 아내와 어린 자식들이 있었고, 때는 1980년대였어요. 2차 세계대전은 아주 멀게만 느껴졌지요. 아버지가 우리를 이해시킬 수 있었을지 모르겠습니다.

하지만 어른이 된 저는 알고 싶었고, 아버지는 정말 흥미롭고 유창하게 이야기했습니다. 제가 더 흥미로운 이야기로 넘어가려고 하자 크게 저항했지만요. 아버지는 대체로 하찮은 이야기라고 생각했던 것 같습니다. 저는 이야기를 들으면서 하찮다고 생각하지 않았지만, 확실히 대단한 영웅이 잔뜩 등장하거나 하는 그런 이야기는 아니었지요.

와크텔 당신의 설명에 따르면, 당신 아버지는 사소한 부분에 초점을 맞추었습니다.

스미스 아주 우스운 순간이 있었어요. 저는 해안에 상륙한 직후의 이야기를 듣고 싶었는데 아버지는 펜을 사러 갔던 이야기만 하려고 했지요. 하지만 정말 아버지다웠어요. 작은 세부 사항에 집착하셨거든요. 아버지는 벨젠 해방에 일조했고, 저는 그것이 펜을 사는 이야기보다 흥미롭다고 생각했지요. 하지만 펜 이야기에 빠져드는 것이 더욱 아버지다웠습니다. 아버지의 이야기를 들어서 좋았어요. 그 일을 기록했다는 아주 단순한 면에서 좋았지요. 이제 아버지가 무엇을 했는지도 알고, 제가 그 이야기를 딸에게 보여 줄 수도 있으니까요. 아버지가 절대 할 것 같지 않은 일이었기 때문에 저는 아버지가 아주 자랑스럽습니다.

와크텔 아버지가 그 후에 일어난 사건 때문에 펜을 사러 간 이야기에 초점을 맞췄다고 생각하시나요?

스미스 네, 아버지는 초보다운 실수를 저질렀습니다. 차를 마시려고 작은 불을 피웠다가 독일군에게 발각되는 바람에 총격이 쏟아져 사람들이 죽었지요. 아버지도 부상을 당했어요. 아버지의 잘못이었습니다. 그런 책임감을 짊어진 청년을 생각해 보세요. 제 세대에도 멍청한 짓을 저지르면 일이 꼬일 수 있지만, 그때에 비하면 그 결과가 미미합니다. 아버지는 그런 일에 준비가 되어 있지 않았어요. 겨우 열일곱 살이었는데 그런 경험을 했으니… 아버지가 그 이야기를 절대 하지 않았기 때문에 저는 몰랐습니다. 아버지가 왜 다리에 유산탄을 맞았는지 몰랐어요. 아직도 그 일을 어떻게 느껴야 하는지 모르겠습니다. 아버지는 그 끔찍한 일에 책임이 있지만, 그건 책임의 본질을 어떻게 생각하느냐에 따라 달라요. 한편으로는 끔찍한 사고이기도 하니까요. 하지만 아버지는 저에게 이 이야기를 하면서 울었습니다. 분명 그 세월 내내 마음에 담고 있었을 거예요. 전 몰랐어요.

와크텔 아버지의 이야기를 듣고 아버지를 보는 시선이 어떻게 달라졌습니까?

스미스 저는 동생들에게 그런 말을 했어요. 어린 시절의 우리는 아버지를 자랑스러워하면서 아버지에게 관심을 가질 방법을 절실히 찾고 있었다고요. 하지만 우리 눈에 아버지는 세상에서 제일 지루한 사람 같았습니다. 이런 식으로 말하면 안 되겠지만, 아버지는 이미 끝난 사람이었어요. 아무 흥미도 없는 것 같았고 그 무엇도 **좋아하지** 않았지요. 아버지가 좋아하는 것은 옛날 영화밖에 없는 듯했기 때문에 저는 아버지와 공통의 관심사를 갖고 싶어서 옛날 영화에 집착했습니다. 저는 어딘가에 존재할 **관심사** 많은 중산층 가족이라는 개념에 푹 빠졌어요. 책을 정말 좋아하고 저녁 식탁에서 흥미로운 이야기를 나누는 가족 말입니다. 저는 그런 가족의 일원이 되고 싶었어요. 『온 뷰티』는 제가 그런 가족의 일원이 되는 환상을 보여 주는 것 같습니다. 하지만 자라면서 그런 가족도 나름대로 문제가 많다는 사실을 깨달았지요.

저는 아버지가 다른 유형의 사람이길 바랐습니다. 그래서 말년의 아버지에게 이런저런 것들을 물어보다가 그 놀라운 이야기를 들었고, 제가 사실은 아주 흥미로운 사람과 평생 살았지만 너무 멍청해서 알아차리지 못했음을 깨달았습니다.

와크텔 당신의 작품에 당신 아버지가 여러 번 등장합니다. 『하얀 이빨』이나 『온 뷰티』의 환상에서만이 아니지요. 당신은 아버지와 비슷한 연배의 한웰이라는 남자가 등장하는 단편을 여러 편 썼습니다. 아버지와 비슷한 배경을 가진 인물인가요?

스미스 아버지와 아버지 세대의 가족에서 영감을 받아서 쓴 단편들입니다. 아버지는 자기 아버지와 이상한 관계였어요. 할아버지 역시 알 수 없는 사람이었는데, 할아버지가 돌아가셨을 때 아버지는 임종을 지키지 않았어요. 그래서 흥미로웠습니다. 그래서 단편도 썼지요.

한웰은 저희 아버지와 관련된 사람들의 시리즈가 되었습니다. 제 작품 중에서 가장 쓰기 쉬웠고, 픽션이라는 면에 가장 충실했어요. 제가 쓴 단편들 중에서 유일하게 복잡하지 않다는 평가를 얻었지요.

와크텔 삶에 대한 아버지의 실망과 슬픔이 들어 있기 때문에 흥미롭습니다.

스미스 네. 저는 상황이 곤란해지면 농담을 하는 경향이 무척 강한데, 제 소설도 그렇습니다. 많은 영국소설이 그렇듯이 제 소설도 유머에 기대어 어려운 문제들을 피하는 것 같아요. 하지만 한웰 시리즈를 쓸 때는 그렇게 하고 싶지 않았고 ― 그럴 필요를 느끼지 못했지요 ― 그래서 잘 됐습니다. 제가 글을 쓴 지 얼마 안 돼서 전혀 모르겠지만, 그 시리즈가 과도기가 될지도 몰라요. 저에게는 한웰 시리즈가 다른 종류의 글쓰기, 제가 하고 싶었던 다른 종류의 일 같습니다.

와크텔 희극을 좋아하는 것이 당신과 아버지의 공통점 중 하나 아닌가요?

스미스 네, 맞아요. 아버지는 유머 감각이 뛰어났고 저는 그런 면을 정말 높이 평가했어요. 우리는 같은 것을 재미있다고 생각했죠. 아버지는 부조리를 좋아했습니다. 「군 쇼」The Goon Show 를 무척 좋아하셨지요. 아시겠지만 「군 쇼」는 아주 지적인 코미디면서도 슬랩스틱이고 우스꽝스러워요. 저도 무척 좋아합니다. 아버지 역시 몬티 파이튼의 엄청난 팬이었고, 저도 그들이 아주 뛰어나다고 생각했어요. 이 공통점이 저에게는 큰 의미였지요.

믿으실지 모르지만 저는 『하얀 이빨』을 쓸 때 젊고 아주 진지한 여자였습니다. 아주 진지한 책을 쓰고 있다고 생각했는데 정말 우스운 결과물이 나와서 무척 놀랐어요. 제가 그런 작가가 될 줄은 몰랐죠. 하지만 어린 시절에 본 여러 가지 희극적인 것들의 영향을 받았겠지요.

저는 『하얀 이빨』을 끝낸 다음 휴가를 갔는데 거기 같은 학교 친구들이 많이 있었고, 제 원고를 읽어 주었어요. 역사적인 오류나 말이 안 되는 부분이 많다는 것은 저도 알지만, 다들 똑똑한 친구들이었기 때문에 잘못된 철자와 틀린 사실관계를 가르쳐 주었습니다. 그런데 어떤 여자애가 원고를 다 읽더니 저에게 "있잖아, 넌 동세대랑 치명적으로 다른 것 같아"라고 말했어요. 그래서 저는 웃었지요. 정말 그렇다고 생각해요! 이제 동세대와 조금 더 가까워지고 있다고, 취향이 바뀌었다고 생각하지만 스물한 살 때는 확실히 무슨 일에 대해서든 아주 엉뚱한 생각을 가지고 있었어요. 예술과 소설, 다른 모든 것의 모든 개념과 모든 유행에 대해서 말이에요. 이 역시 부분적으로는 아버지의 영향이지요.

와크텔 영국의 코미디는 대부분 계급에 대한 것입니다. 당신 아버지는 자기 삶에 발전 가능성이 별로 없었던 것을 계급과 관련지어서 생각했습니까?

스미스 네, 그랬어요. 전 아버지가 옳았다고 생각합니다. 저는 이제 영국에서도 계급이 더 이상 대화 주제가 아니라는 사실에 끊임없이 놀랍니다. 대처 수상이 머리를 잘 쓴 일 한 가지는 이제 우리나라는 민주적이기 때문에 계급에 대해서 이야기하는 것조차 속물적이라고 암시한 것이었습니다. 제가 들어본 것 중에서 가장 뛰어난 이중 사고예요. 최근에 텔레비전 뉴스 프로그램을 보고 있었는데, 누군가가 용감하게도 다음 토리당 정권의 주요 인물들이 거의 모두 이튼스쿨에 다녔다는 사실을 언급했습니다. 그러자 청중석에서 노동자들이 분개하며 일어서더니 우리는 그런 이야기를 하지 않는다고, 그건 중요하지 않다고, 이제 우리 모두 동등하다고 말했지요. 정말 믿을 수 없을 만큼 비뚤어졌어요. 하지만 제 아버지 세대는 정치 의식이 있었고 계급이 중요하다고 느꼈습니다. 계급이 우리가 삶에서 할 수 있는 일을 제한한다면 계급은 중요해요. 이튼스쿨을 나온 소년들의 앞에 놓인 가능성과 정치인들이 자기 자식들은 보낼 생각도 없는 학교를 나온 소년들, 텔레비전 프로그램의 그 청중들 앞에 놓인 가능성은 다른 것이 현실이고, 이 사실은 매우 중요합니다.

아버지에게는 열세 살 때 학교에 갈 형편이 되지 않았다는 사실이 무척 중요했습니다. 아버지는 교복을 살 돈이 없었는데, 아마 2.6파운드 정도 했을 거예요. 아버지는 2.6파운드 때문에 인생을 놓쳤습니다. 이것이 계급 문제가 아니라면 뭐라고 불러야 하는지 저는 정말 모르겠군요. 그것은 비극이었고, 제 아버지 세대의 많은 이들이 겪었습니다.

와크텔 확실히 능력 문제는 아니었지요. 말씀하신 것처럼 당신 아버지는 학교에 합격했으니까요.

스미스 저는 우리 세대가 실력주의의 마지막 세대라는 느낌이 가끔 들지만, 그렇지 않기를 바랍니다. 저는 케임브리지에 다녔지만 한 푼도 내지 않았어요. 이제는 불가능한 일입니다. 지금은 등록금이 3, 4천 파운드나 하고 대출도 받아야 한다는 것 같아요. 사람들은 "음, 교육을 받고 싶으면 돈을 내야지"라고 말하지요. 그런 말을 하는 사람들은 돈이 없는 게 어떤 것인지 몰라요. 돈이 없으면 진짜 없는 거예요. 그렇게 큰돈을 빌리는 게 무서우니 대출을 받을 수도 없지요. 1993년에 등록금이 그 정도였다면 저는 케임브리지에 가지 않았을 거예요. 돈을 빌릴 생각은 안 했을 테니까요. 음, 그건 우리 몫이 아니야, 여기까지가 끝이야, 라고 생각했을 겁니다. 지금 영국 교육계가 어떻게 되어 가는지 보면 가슴이 아파요. 예를 들자면 앨런 베넷 같은 사람들을 만들어 낸 실력주의가 사라졌다는 뜻이니까요. 이제는 그런 일이 불가능합니다. 이제 요크셔의 노동계급 소년이 영국 최고의 대학에 가는 것은 불가능해요. 그럴 형편이 안 되니까요. 정말 비극적이에요.

와크텔 그러면 대학에 입학하고 장학금을 받을 수 있었던 것은 그때 잠깐뿐이었나요?

스미스 네. 슬픈 일이고 계급의 문제지만, 저에게 묻는다면 요즘 영국 사람들 대부분이 그것을 받아들이게 되었다고 말하겠습니다. 우리는 미국 모델을 추구하고 있고, 저는 이제 그것을 막기 위해 할 수 있는 일이 있다고 생각하지 않아요.

와크텔 지난번에 이야기를 나눴을 때 가족은 골치 아픈 문제라고 말했습니다. 최근에 아기를, 첫 아이를 낳으셨지요. 부모가 되니 가족을 보는 방식이나 느끼는 방식이 바뀌었습니까?

스미스 아시겠지만, 다들 그렇듯 모든 면에서 바뀌었습니다. 최근 들어 어머니에 대한 공감이 부족했었는데, 이제 더 공감하게 되었어요. 어머니와 저는 꽤 격한 관계이고, 어머니도 외할머니와 격한 관계예요. 서른다섯 살이 되어 딸까지 낳고 보니 아이를 갖는 것이 그렇게 쉽지 않은 일임을 깨달았습니다. 어머니는 겨우 스무 살이었어요. 정말 어리고 순진했고, 서른 살 많은 남자와 결혼을 했지요.

다른 사람의 경험을 제대로 평가하기 시작하면 더 공감하게 되는 것 같습니다. 저는 가정생활과 가족의 감정에 대해서 터무니없는 말들이 얼마나 많이 오가는지 깨닫고 정말 놀랐어요. 저는 아기를 낳으면 다른 사람, 더 멋진 사람이 된다고, 연민이 넘치고 자아가 사라진다는 말을 끊임없이 들었는데 전부 말도 안 되는 얘기였습니다. 제가 보기에는 아이를 갖는 것 자체가 무척 자기중심적인 행동 같아요. 저는 언제나처럼 자기중심적이고 기분 나쁜 사람이고, 이제 **아이가 생겼**지만 제가 바라던 것처럼 이기심이 사라지지는 않았습니다. **제대로 된 직업**을 가진 사람은 다를지도 모르지만 저는 이상하게도 연속적인 느낌이 들었어요. 제 삶은 항상 의자에 앉아서 책을 읽고 가끔 타이프를 치는 것이었는데, 이제 아이의 침을 묻히고 있을 뿐 지금도 똑같아요.

와크텔 우리는 인생 경험을 이해하면 작품에 영향을 끼치거나 반영된다는 이야기를 나누었습니다. 아이를 낳은 경험이 당신의 글에 영향을 끼치리라 생각하십니까?

스미스 제가 글을 쓰는 것은 오로지 미래를 안전하게 만들기 위해서입니다. 저는 결혼을 했기 때문에 30년이 지나도 건재한 결혼 생활에 대한 책을 쓰지요. 저는 무언가를 하기 전에 그것을 미리 경험하거나, 경험하지 **않거나**, 인생을 허구적으로 경험하는 한 가지 방법으로 그것에 대한 글을 쓰려고 항상 노력해 왔습니다. 저는 아이를 낳고 키우는 것은 그런 식으로 조작할 수 없는 경험, 진정한 경험, 진짜일 것이라고 상상했던 것 같아요. 삶이 달려들 것이라고 말입니다. 하지만 그 역시 사실이 아니었어요. 우리는 거의 모든 것을 조작할 수 있습니다. 적어도 저는 그럴 수 있어요, 슬픈 일이지만요. 따라서 저는 아이를 낳았다고 해서 큰 변화가 생길지 잘 모르겠습니다. 저는 이미 아이를 낳아 본 기분이에요.

와크텔 문학 이외의 분야에서 당신이 본보기로 삼은 사람 중 하나는 캐서린 헵번입니다. 에세이집 제목 『생각 바꾸기』는 영화 「필라델피아 스토리」에서 헵번이 연기한 트레이시 로드의 대사에서 따왔지요. 캐서린 헵번의 어떤 면이 당신에게 영감을 주나요?

스미스 어렸을 때 저는 '말괄량이 여자애'라고 불릴 만한 아이였고 아직도 그렇습니다. 그게 무슨 뜻이든지 말이에요. 저는 여성스러운 것에 별 흥미가 없었고, 제 눈에 흥미로워 보이는 여성을 찾아다녔습니다. 공주나 분홍색 같은 것과 상관없이 살아가는 방식을 찾아다녔지요. 캐서린 헵번이 바로 그런 여자 같았어요. 그녀는 아주 매력적이고 대담하며 지적이었습니다. 헵번은 ──여자답다는 단어를 쓰고 싶군요.

저는 아주 어렸을 때 그 나이에 읽으면 안 되는 책들을 읽었는데, 그중 앨리스 워커의 에세이에 여성주의자와 여자다움 등 제가 흥미를 느꼈던 개념들이 정의되어 있었던 기억이 납니다. 저는 절대로 소녀가 되고 싶지 않았어요. 제가 생물학적 여성이어야 한다면 ──어렸을 때 그렇게 인식했습니다 ──소녀가 아니라 여자가 되고 싶었고, 그런 의미에서 캐서린 헵번은 확실히 여자였습니다. 자기 생각을 가진 성인 말입니다. 그래서 저는 헵번의 영화들을 사랑했지요.

어른이 된 지금 현대 사회를 둘러보면 제가 2010년에 여덟 살이 아니라서, 소녀가 아니라서 정말 다행이라는 생각이 듭니다. 그건 정말 악몽이니까요. 제가 열 살 때는 극단적인 여성성이 하나의 선택지였지만 쉽게 무시할 수 있었는데, 그때에 비하면 지금은 정말 악몽이에요. 이제 선택지는 하나밖에 없습니다. 모든 잡지와 모든 TV 프로그램에 가짜 육체와 가짜 가슴과 새로 만든 얼굴을 가진 색색의 인형들밖에 없어요. 저는 살아남지 못했을 거예요. 완패했겠죠. 하지만 30년 전은 지금보다 조금 더 편했고 훌륭한 옛날 영화들과 훌륭한 역할 모델들이 있었는데, 헵번이 그중 하나였습니다. 그녀는 정말 대단한 사람 같았고, 저는 여자도 그런 존재가 될 수 있음을 알고 싶었습니다.

와크텔 당신은 캐서린 헵번이 최후의 위대한 스타라고, 가장 마지막이라고 말합니다. 헵번은 그 시대에도 독특하긴 했지만 그 이후로 그런 스타가 없는 이유가 뭐라고 생각하세요?

스미스 여배우의 문제가 아닙니다. 저는 항상 여배우들을 보면서 이렇게 생각해요. 누가 처음부터 끝까지 철저히 말도 안 되는 허튼소리가 아닌 각본을 써 주면 정말 잘하겠다고요. 제가 영화를 자주 보는 편은 아니지만 영화관에 가 보면 여배우가 선택할 수 있는 플롯이 별로 없습니다. 대부분 결혼, 아름다움, 아이를 갖는 것에 대한 내용이죠. 요즘 여자들에게 그 외의 다른 일은 별로 일어나지 않는 것 같아요.

와크텔 「필라델피아 스토리」에서 캐서린 헵번 캐릭터가 깨닫는 사실은 당신이 『미들마치』에 대해 말한 것과 일맥상통한다는 생각이 드네요. 다른 사람의 약점을 존중하는 것 말입니다.

스미스 정말 그래요. 트레이시 로드의 특이한 점은 권력 의지가 무척 크다는 것입니다. 처음 그 영화를 보았을 때 저는 정말 어렸던 것 같은데, 개인적으로 충격을 받은 느낌이었습니다. 제가 트레이시 로드만큼 매혹적이거나 멋지지는 않았지만, 스스로를 잘 통제할 수 있다고 생각했고 반드시 통제하고 싶었어요. 살면서 필요한 것은 강한 의지를 갖는 것밖에 없다고 생

각했습니다. 트레이시는 확실히 그렇게 생각했지요. 영화에서
위선자에다가 죄인이자 아내를 두고 바람을 피운 아버지가 트
레이시에게 설교를 하면서 "넌 몸매도 좋고 똑똑할지 모르지
만 인생에는 그보다 더 많은 게 필요한 법이야"라고 말하는 장
면에서 저는 정말로 화가 났습니다. 저는 이렇게 생각했죠. 당
신 대체 뭐야? 꺼져. 꺼져 버려.

이 영화에서 제대로 평가하기 힘든 것은 ⓐ 이 남자는 위선
자에다 공간이 아까울 정도로 한심하지만 ⓑ 그의 말도 옳다
는 것입니다. 그것이 이 영화의 가장 중요한 점이에요. 이 두
가지가 동시에 옳을 수 있습니다. 정말 나쁜 놈이지만 그의 말
이 맞을 수도 있지요. 트레이시가 다른 사람에게 공감하면서
마음을 열 필요가 있다는 것은 사실이고, 재능이 뛰어나고 놀
랍고 아름다운 것만으로는 충분하지 않다는 것도 사실입니다.
친절함이 필요하지요. 저는 어렸을 때 이 영화를 보면서 마음
속에서 이 두 가지 사실을 어떻게 정리해야 할지 몰랐습니다.
저는 생기 넘치는 트레이시에게 면박을 준다는 점에서 그녀의
아버지가 여성혐오자라고 생각했습니다. 하지만 지금 그 영화
를 보면 실수 연발 희극일 뿐이에요. 다들 죄가 있고 결점이 있
지요. 이 영화는 그 사실을 제대로 평가합니다.

와크텔 헵번이 문학적인 모델은 아니었을지 모르지만, 당신은
펜을 들고 무언가를 써야 할 때마다 「필라델피아 스토리」의 유

명한 대사 "어떤 사람에 대해서 결론을 내려야 할 때 같은 건 없어"가 길잡이 역할을 해준다고 말씀하셨습니다. 이 대사에서 어떤 영감을 얻으시나요?

스미스 제가 바로 그것을 간절히 바란다고 생각해요. 살다 보면 믿을 수 없을 만큼 어려운 일이지요. 사람들이 아이를 낳아서 키우면 매 순간 서로를 판단한다는 느낌이 듭니다. 어쩔 수 없다는 생각이 들 정도예요. 역겹고 이기적이지요. 자신이 아이를 키우는 방법이 친구나 이웃이 아이를 키우는 방법보다 더 좋다고 결론을 내려요. 그렇게 자신이 항상 **승자**인 불공평한 비교는 역겹지만, 정말이지 제가 어느새 항상 그렇게 하고 있더라고요.

특히 글쓰기에서 그러한 존재 방식 ─자신이 항상 이야기의 주인공이 되는 것─은 재난과도 같아요. 다른 사람을 단순하게 희화화하는 것도 재난이지만, 소설에서는 사람들의 알 수 없는 면을 그대로 전달하는 것이 아주, 아주 어렵습니다. 하지만 제 생각에는 그것이야말로 모든 소설 작가들, 적어도 좋은 작가들이 간절히 바라는 것입니다. 형편없는 코미디언처럼 "그 여자는 원래 그래"라고 말하면서 사람을 속단하지 않는 것 말이에요. 우리 모두 속단을 내릴 수 있고, 그것이 바로 우리가 매일 저지르는 멍청한 짓이니까요. 정말 어려운 것은 20년 동안 같이 산 사람이 본질적으로는 당신의 소유물이 아니고, 당

제이디 스미스 671

신이 알 수도 없고, 수수께끼 같다는 사실을 직시하는 것입니다. 저는 그것이 흥미로워요. 그것을 꼭 소외로만 표현할 필요는 없지요.

저는 프랑스 소설이 그런 면에 무척 뛰어나다고 항상 생각합니다. 당신이 결혼식장에서 나란히 걸어 나오는 사람이 지하철역에서 스쳐 지나는 사람만큼 낯선 사람이라고 암시하는 것 말이에요. 그런 깨달음이 무서울지도 모릅니다. 하지만 우리가 다른 사람을 속단할 수 없다는 깨달음은 또한 자양분 — 제가 자양분이라는 말을 쓰다니 믿을 수 없지만 쓰고 있어요! — 이 됩니다. 사람들은 우리를 끊임없이 놀라게 하고, 세상에 대한 우리의 지식은 늘 한계가 있고 제한적이지요. 우리는 우리의 무지를 계속 고백하고, 자신의 무지를 계속 인식하고, **매일** 그것과 맞서야 합니다. 그것을 가장 순수하게 해낸 사람들은 우리가 현재 칭송하는 2천 년 전의 위대한 철학자들이지요. 우리는 대부분 그 순수함에 범접할 수 없지만 어쩌면 내가 이 사람을 알지 못할지도 몰라, 희화화하거나 속단할 수 없는 면이 있을지도 몰라, 이 사람에게 내가 관여할 수 없는 불가침의 영역이 있을지도 몰라, 라고 말하면 그 사실을 되새기는 데 도움이 됩니다.

2010년 2월

와크텔 2012년에 발표한 소설 『NW』의 배경은 대부분 당신이 자란 런던 북서부 윌즈덴입니다. 그 동네에 대한 가장 이른 기억은 무엇인가요?

스미스 저는 아주 어릴 때부터 그 동네에서만 지냈습니다. 제 어린 시절 내내 어머니가 그 지역에서 사회복지사로 일했고, 그래서 아마도 저의 첫 기억은 어머니가 담당하는 청소년 그룹에 가서 어울렸던 것이에요. 어머니는 항상 일을 했고 저는 달리 갈 곳이 없었기 때문에 그곳에서 시간을 보내야 했습니다. 꽤 어렸을 때부터 크고 건장한 문제아들과 어울렸던 기억이 있어요.

와크텔 당신은 공영 주택 단지에서 살았는데 그곳이 무척 좋았다고 말했습니다. 당신이 살던 동네를 어떻게 설명하시겠습니까?

스미스 네, 우리는 아주 좋은 공영 주택에서 살다가 길 위쪽 아파트로 이사했고, 어머니는 아직도 거기 살고 계세요.

저는 최근에 공영 주택 단지를 다룬 뛰어난 영국 다큐멘터리를 보았는데, 수없이 많은 작은 차이들—예를 들어 층계참이 막혀 있는지 들여다보이는지—이 무척 중요할 수 있다고 하더군요. 그러한 차이가 중대한 사회적 결과를 가져올 수 있다고 밝혀졌는데, 저희 집의 경우에는 막혀 있기 때문에 위험한 층계참이었습니다. 그리고 건물 높이가 낮았는데, 그것도 영향이 있다고 해요. 맞은편 공영 주택은 25층짜리였지요. 흥미로운 동네였어요. 제가 살 때는 자메이카와 아일랜드 사람들이 많았습니다. 지금은 훨씬 더 다양해졌지요.

와크텔 인종이 뒤섞인 것이 바람직했나요?

스미스 저처럼 생긴 아이들이 많았어요. 인종이 뒤섞이면 흔히 나타나는 결과죠. 네, 바람직했어요. 저희 부모님은 개성이 강한 사람들이었습니다. 저희 집안의 자메이카 여자 대부분은 아일랜드 남자와 결혼했어요. 저도 아일랜드 남자와 결혼했으니 그 조합이 제 DNA 어딘가에 깊이 새겨져 있나 봅니다.

와크텔 런던 북서부의 또 다른 동네 킬번도 등장합니다. 이 동네의 낙관적인 비전에 대해 쓰셨는데요. 그런데 뭐가 잘못된 거죠?

스미스 전 아무것도 잘못되지 않았다고 생각해요. 런던의 일관성 중 하나가 끊임없는 변화라고 생각할 뿐입니다. 1880년대에 토지가 딸린 사랑스러운 교외 빌라를 갖고 싶었다면 음, 킬번이 20년 정도는 그랬지요. 그러다가 변했어요. 철도가 들어오고 지하철이 들어왔습니다. 킬번에서는 모든 것들이 끊임없이 변했어요. 그 시대에는 말 그대로 킬번에서 옥스퍼드 스트리트로 양을 몰고 갈 수 있었지요. 그러므로 그것은 완전히 다른 삶을 바탕으로 한 비전이지만 비극적인 실패라고 생각하지는 않습니다. 제가 좋아하는 런던의 특징이에요. 항상 변할 수 있지요.

와크텔 실망하는 것은 다른 나라에서 온 사람들이겠군요.

스미스 어머니가 종종 그랬어요. 항상 불평이 많았지요. 하지만 제가 "그럼 자메이카로 돌아가는 건 어때요?"라고 말하면 끔찍한 반응을 보였어요. 어머니는 더할 나위 없이 영국적인 사람입니다. 여왕 같은 목소리를 가졌어요. 완벽하지요. 사람들에게는 다른 집 잔디가 훨씬 더 푸르다고 생각하는 면이 있는 것 같아요.

와크텔 소설 『NW』의 몇몇 인물은 자신이 사는 동네와 양가적인 관계입니다. 예를 들어 제가 생각한 인물은 케이샤인데요, 나중에는 내털리라는 이름으로 통하지요. 그녀는 어렸을 때부터 자신이 뭔가 다른 것을 원한다고 인식합니다. 그녀의 야망은 어디에서 나오나요?

스미스 저는 케이샤를 보면서 재능이 무엇인지, 뭔가를 잘한다는 것이 무엇인지, 또 만약 그런 게 있다면 재능이 주는 권리가 무엇인지 생각하면서 흥미로웠습니다. 케이샤는 자신이 똑똑해서 걱정입니다. 다들 케이샤에게 똑똑하다고 말하고 똑똑하기 때문에 어떤 권리가 있다고 생각하는데, 이것은 흥미롭지만 문제가 많은 생각입니다. 왜냐면, 그렇다면 그런 능력이 없는 사람은 권리가 없거나 기회를 가져서는 안 된다는 뜻일까요? 저는 케이샤가 그런 문제를 걱정한다고 생각합니다. 누군가의 의지력이나 재능이나 능력은 어디서 나올까요? 순전히 우연이에요. 일종의 선물이죠. 하지만 문제는 그 사실에서 어떤 결론을 내리느냐입니다. 자신에게 주어진 모든 것을 받을 자격이 있다고 생각하는 사람이 많습니다. 특별히 축복을 받았다고 생각하지요. 저도 그런지는 잘 모르겠습니다.

와크텔 케이샤, 즉 내털리는 아주 명석한 학생이고 결국 변호사가 되지만, 자신의 피부색을 불편하게 생각합니다. 가끔 자신이 어떤 사람일까 생각하지요. 그녀의 자아의식은 왜 그렇게 파악하기 힘들까요?

스미스 저는 변호사에 대해 조사하면서 젊은 흑인 남자 변호사와 이야기를 나누었는데, 무척 호기심을 끄는 사람이었습니다. 자신이 어떻게 변호사가 되었는지 설명했지요. 흔한 이야기였어요. 그 역시 런던 북서부 출신이고, 시험에 합격했고, 열심히 노력했고, 옥스퍼드에 들어갔고, 그곳 생활이 아주 힘들었다는 이야기였지요. 저는 그런 다음 법률 회사에 처음 들어갔을 때 무엇이 힘들었는지 설명을 듣고 싶었습니다. 파악하기 힘들 때도 있으니까요. 소설에 등장하는 중립을 지키는 문제의 아이디어도 그 변호사에게서 얻었습니다. 그가 겪은 일이었으니까요. 그는 처음 몇 번 법정에 갈 때마다 판사가 자신을 질책한다는 것을, 결과가 좋지 않으리라는 사실을 깨달았습니다. 그의 평범한 말투와 평범한 존재가, 그가 흑인이라는 사실이 판사에게는 공격적으로 보인다는 사실을 깨달았지요. 그에게는 큰 충격이었습니다. 다른 사람들이 자신을 어떻게 보는지 깨달았지요. 따라서 그는 법정에서 어떤 태도를 취해야 할지 연구해야 했습니다. 저는 소설에서 이 사소한 예를 여러 가지 방식으로 확장했어요.

영국 법조계 체제는 매력적입니다. 정보를 알고, 시험에 합격하고, 법정에 가는 것이 전부가 아니죠. 복잡한 저녁 식사 모임에도 참석해야 합니다. 법조계 안에 사교계가 있어요. 그러므로 사실상 영국 법조인으로 인정받을 수 있는 부류의 사람이 정해져 있는데, 알고 보면 그 범위가 아주 좁습니다. 따라서 제가 만난 이 젊은 변호사는 성공하기 위해서 ─결국 성공했어요─ 자신을 왜곡해야 했습니다. 그는 우울증도 겪었고 처음과는 다른 사람이 된 느낌이라고 말했습니다. 저는 그 부분이 흥미로웠어요. 주류에 속하지 않는 사람들은 때로 살아남기 위해서 자신을 억누르고 적응시켜야 합니다. 하지만 그것은 일종의 재능이기도 해요. 어쨌든 그의 경우에는 그랬다고 생각합니다. 적응력이 뛰어나다는 것이 장점이 되었으니까요. 변호사에게는 유용한 특성이기 때문에 저는 내털리/케이샤에게 그런 특징을 일부 주었습니다.

저는 흑인의 실존주의 소설을 써야겠다는 생각이 처음부터 있었어요. 흑인소설을 보면 모든 인물이 아주 확고한 정체성을 가진 경우가 아주 많습니다. 늘 믿을 수 없을 만큼 자신감 넘치는 흑인 여자들이 나오는데, 늘 무척 현명하고 사방에 지혜를 나눠 주죠. 네 맞아요, 우리는 어느 정도 지혜가 있어요. 하지만 항상 지혜로 가득한 것은 아닙니다. 어떤 영화에서든 흑인 여자는 영적 지혜가 넘치는 샘이죠. 그래서 저는 다른 모든 이들과 마찬가지로 유색인도 실존적 위기를 겪고 위태로운 자아의식을 가지고 있다는 사실을 소설에 반영하고 싶었습니다. 저는 정체성 소설을 쓰면서 정체성을 골치 아픈 문제로 등장시키고 싶었습니다.

와크텔 그것은 무척 파악하기 힘든 문제이고, 직업과만 관련이 있는 것도 아닙니다. 내털리는 평생 자신이 어떤 사람인지, 또는 자아라는 것이 존재하는지의 문제로 끊임없이 돌아갑니다. 그러니 실존주의적 문제가 맞군요.

겉모습만 보면 내털리는 남들이 부러워하는 삶을 사는 것처럼 보입니다. 좋은 직업이 있고 매력적인 남편과 두 아이가 있어요. 하지만 그녀는 어떤 집착에 휘말리고— 무엇인지는 밝히지 않겠습니다—그로 인해 모든 것이 위태로워집니다. 내털리가 그렇게 된 이유는 무엇인가요?

스미스 이 책을 쓸 때 저는 모두가 쫓는 성공이 어떤 면에서는 무척 고립적이라는 생각에도 흥미를 느꼈습니다. 제 경험을 봐도 마찬가지예요. 저는 여러 사람들과 어울리며 자랐고 대학에 가서도 여러 사람들에게 둘러싸여 지냈습니다. 하지만 어른이 된 후의 삶은 끊임없는 소외의 과정입니다. 혼자서, 혹은 한두 사람과 함께 다른 사람들과 최대한 멀리 떨어진 집에 살고, 자동차에 타면 다른 사람이 타지 못하게 꼭 잠그지요. 이것이 개인적인 여행, 사립학교, 열두 명밖에 들어가지 못하는 식당 등등으로 확장됩니다. 우리 모두 그런 것들을 열망한다고들 합니다. 하지만 정말 그럴까 하는 생각이 들었습니다. 정말 부유한 사람들과 함께 지내 보면, 카프리나 베니스 비엔날레에 가 보면, 이 거룩하고 고립된 사생활을 위해서 너무나 오랫동안 싸워 온 외롭고 따분하고 우울해 보이는 사람들 —제 눈에는 그렇게 보였어요—밖에 보이지 않으니까요. 그렇게 힘든 싸움 끝에 드디어 원하던 곳에 도착하면 밖으로 나가지도 않고 틀어박힌 채 아내와 서로 얼굴만 보고 있고, 세월은 계속 흘러갑니다. 제가 보기에 중산층 이성애자들의 삶은 그 활동 반경이 점점 믿을 수 없을 만큼 좁아지다가 결국 자신과 배우자, 자식, 개만 남는 것 같았어요. 우리가 이처럼 확고하고 고립된 경제 단위를 구성하도록 시스템 자체가 만들어져 있고, 저는 사람들이 그 안에서 외로움을 느낀다고 생각합니다.

와크텔 내털리가 느끼는 소외감의 일부는 공영 주택 단지에서 도망쳤다는 죄책감 때문인가요?

스미스 그것도 분명 한 부분을 차지한다고 생각합니다. 누구든 성공해서 다른 사람들을 남겨두고 떠나면 그 사실이 마음이나 양심에 스트레스로 남고, 그래서 결국 다른 관계를 맺게 되는 것 같아요. 그런 죄책감을 원하는 사람은 아무도 없습니다. 앞으로 나아감으로써 어린 시절의 기반을 잃는다는 느낌을 받고 싶은 사람은 아무도 없지만, 그것이 바로 실력주의 출세에 따르는 대가 중 하나입니다.

와크텔 내털리의 절친한 친구 리아는 자신의 뿌리에서 크게 벗어나지 않은 인물 중 하나입니다. 리아는 고향 동네에서 행복하게 살고 있지만 남편은 다른 지역으로 가고 싶어 합니다.

스미스 제 생각에 리아에게는 이 동네가 그녀의 자아의식을 결정하는 곳입니다. 다른 환경에서 살아가는 자신은 상상도 할수 없지요. 저는 제 동생이 프레너미frenemy, 즉 친구이자 적이라고 부르는 관계를 그리고 싶었습니다. 가까우면서도 아주 적대적인 관계죠. 여자들 사이에도 있고 남자들 사이에도 있지만, 저는 여자이기 때문에 여자들의 버전에 더 익숙합니다. 저는 니체의 책 마지막 부분에서 "우리는 비교의 시대에 살고 있다"라는 구절을 발견했어요. 저에게는 너무나 진실하게 들렸습니다. 내가 잘 살고 있는지, 다른 사람들보다 잘 살고 있는지, 적어도 그 사람들보다는 잘 살고 있는지 결론을 내리기 위해서 다른 사람들이 어떻게 살고 있는지 알아야 할 것만 같은 말도 안 되는 욕구가 있잖아요. 옆집에서 무슨 일이 있는지, 친구들이 언제 무엇을 하는지 아무 관심 없이 산다는 것은 불가능한 일 같습니다. 그래서 리아와 내털리는 정말 악의적인 관계가 되고, 각자의 삶을 살 수 없게 되지요. 하지만 바로 그거예요. 두 사람은 결국 그런 비교 없이는 살 수가 없지요. 내털리의 자아의식의 일부는 적어도 내가 리아는 아니잖아, 라는 생각이고 리아의 자아의식의 일부는 적어도 내가 내털리는 아니잖아, 라는 생각입니다. 안타깝지만 저는 이것이 친구들 사이에서 드문 역학은 아니라고 생각해요.

와크텔 하지만 리아는 마음 한구석에서 내털리를 부러워하는 것 같습니다. 두 사람은 서로를 너무나 잘못 생각하고 있는 것 같아요. 물론 모든 사람의 겉모습은 오해하기 쉽고 내면은 흔들리는 젤리처럼 연약하지만 말입니다.

스미스 네. 하지만 저는 그것이 바로 우리가 나이를 먹으면서 우정에 대해 배우는 사실이라고 생각합니다. 우정은 믿을 수 없을 만큼 복잡하고, 많은 노력과 기술이 필요해요. 만약 제가 남편과 말다툼을 하다가 남편이 저에게 끔찍한 사람이라고 말하면 저는 "그래, 마음대로 생각해"라고 하겠지요. 하지만 친구에게 끔찍한 사람이라는 말을 듣는 건 최악이에요. 그러면 "네가 정말 실망한 것 같은데…"라고 말을 꺼내지요. 친구 관계에는 뭔가 특별한 것이 있습니다. 성적인 것도 아니고 예를 들어 혈육과 같은 강점도 없기 때문일지도 몰라요. 친구의 비난을 받는 것은 최악의 일입니다. 친구와 말다툼을 하고 2주 동안 말을 하지 않으면서 내가 먼저 전화를 걸어야 하나 고민할 때는 형언할 수 없을 만큼 힘들지요.

그렇기 때문에 저는 항상 가족 관계와 우정에 관심이 많았습니다. 그런 관계는 어떤 핵심을 건드리는 것 같아요. 어떤 의미에서 그런 관계는 아주 순수하고, 저에게는 어떤 면에서 낭만적인 관계보다 훨씬 더 친밀한 관계입니다.

와크텔 인종 차이 역시 『NW』를 구성하는 일부인데, 당신은 "대부분의 인간 문제는 계급이나 돈에 대한 것"이라고 말합니다. 최근에는 인종의 중요성이 더 커졌나요?

스미스 아니요. 인종 문제라고 결론을 내리는 것은 항상 유혹적입니다. 한참 전에 9·11 참사 기념일에 대한 글을 요청받고 뭐라고 쓸지 오랫동안 생각했습니다. 저는 다른 문화권의 사람들이 서로를 진정으로 이해하기란 불가능하다는 글을 읽었는데, 그런 생각이 지난 몇 년 동안 크게 유행했지요. 당시 크리스마스 즈음에 제가 우리 아파트 아래층으로 내려갔더니 벽에 다윗의 별과 십자가가 섞여서 걸려 있고 건물 로비에는 크리스마스트리가 서 있었지요. 그것을 보자 유대교와 기독교만큼 근본적으로 다른 종교가 있을까? 라는 생각이 들었습니다.

텍스트의 차원에서 유대교인과 기독교인보다 근본적으로 반목할 수 있을까? 그것은 우리가 절대 극복할 수 없고 받아들일 수 없는 근본적인 문화 차이여야 했습니다. 우리 건물에 사는 사람들이 전부 신앙이 없는 것도 아니에요. 사실 그건 중요하지 않지요. 신앙심이 아주 깊은 유대교인도 있고 기독교인도 있었지만, 경제적 수준이 높았기 때문에 그러한 차이로 부딪치지 않았습니다. 경전에 대한 말다툼 없이 친밀하게, 많은 면에서 매일 따로 또 같이 지낼 수 있습니다. 그 사람들이 놀이터에서 모세오경에 대해 논쟁을 벌이지는 않아요. 하지만 이렇게 평형을 이루기까지 수백 년이 걸립니다. 시간과 적당한 환경, 적당한 경제적 환경이 필요하지요. 관련된 모든 이들이 평형을 갈망한다는 전제하에서 말입니다. 저는 이것을 강조하고 싶어요. 저는 어떤 책에서는 아브라함이 이런 행동을 하고, 어떤 책에서는 저런 행동을 하고, 또 다른 책에서는 또 다른 행동을 했다고 주장하기 때문에 우리가 절대 함께 살 수 없다는 생각을 믿지 않습니다. 그건 정말 말도 안 되는 일이고, 그렇다는 사실이 계속 증명되고 있다고 생각해요. 하지만 저변에 깔린 경제적 문제를 다루고 싶지 않을 때는 그것이 유혹적이고 쉬운 해결책이지요.

와크텔 이 책에서 당신이 택한 전략 중 하나는 등장인물의 피부색을 반드시 언급하지는 않는 것입니다. 백인의 경우만 제외하고요.

스미스 처음부터 그런 전략을 세운 것은 아니었지만, 반 정도 썼을 때 그렇게 되었습니다. 재미있었어요. 저는 재미있다고 생각했고, 그래서 이 전략을 고수하기로 했습니다.

제가 우리 집으로 들어가면서 아, 저기 내 흑인 어머니와 놀랄 만큼 다문화적인 가족이 있네, 라고 생각하지는 않잖아요. 저는 그렇게 생각하지 않습니다. 그러니 소설에서는 왜 그렇게 해야 하나 싶었어요.

와크텔 자메이카 킨케이드가 생각나는군요. 그녀는 아침에 일어날 때 정말 힘든 것은 하루를 어떻게 마주할까, 침대에서 어떻게 빠져 나갈까, 라는 것이지 아참, 나는 흑인이지, 라는 생각이 아니라고 말했습니다.

스미스 맞아요. 인종차별의 문제가 아니라 익숙함의 문제입니다. 백인은 수천 년 동안 스스로를 중심 주체로 여겨 왔어요. 그러므로 자신이 우주의 중심이 아니라는 사실에 익숙해지기까지 오랜 시간이 걸리지요. 우리는 우리가 사는 행성이 우주의 중심이 아님을 깨닫기까지 오랜 시간이 걸렸어요. 이런 깨달음은 시간이 걸리게 마련입니다. 우리가 스스로를 주변으로 분산시키고 다른 사람들 역시 스스로 주변부가 아닌 중심으로 여긴다는 사실을 깨달으려고 노력해야 합니다.

와크텔 공영 주택 단지에서 벗어나 신분 상승을 이루는 내털리가 흑인이고 뒤에 남게 된 리아가 백인이라는 사실이 중요한가요?

스미스 아니요. 저는 내털리의 경우 운이 좋았다고 생각합니다. 문제는, 운이 어디에서 생기는 걸까요? 운을 어떻게 두둔할 수 있을까요? 운이 좋았다고 생각할 수도 있고, 타고난 우월함이라고 생각할 수도 있습니다. 그리고 만약 타고난 우월함이라 해도, 그렇다면 공영 주택 단지의 다른 주민들은 그런 우월함을 탐내면 안 된다는 뜻일까요? 모든 사람들이 결국 내털리처럼 된다는 뜻은 아닙니다. 아마 가능하지 않을 테고, 바람직하지도 않지요. 그러나 모두에게 기회가, 접근권이 주어져야 합니다. 리아도 접근권이 있지만 내털리와 관심사가 다를 뿐이에요. 하지만 이 책에 등장하는 다른 사람들, 특히 남자아이들에게는 똑같은 접근권이 없고 똑같은 가능성도 주어지지 않아요. 저는 그것이 우려할 만한 문제라고 생각합니다.

와크텔 공영 주택 단지 출신이라고 낙인찍히는 소년들은 여자들보다 상황이 훨씬 좋지 않습니다. 그들이 남자라는 사실과 관련이 있을까요? 어느 등장인물이 이런 말을 합니다. "나도 열 살까지는 괜찮았어… 열 살까지는 너희 가족도 나를 받아주었지. 열네 살이 되니 너희 엄마가 나를 보고 피하시더라." 따라서 그는 흑인 공동체와 백인 공동체 양쪽에서 거부당했다고 느낍니다.

스미스 저는 그렇게 느끼는 흑인이 많다고 생각해요. 저는 남동생이 둘 있는데, 우리 셋 다 영국에서 자랐지만 동생들이 십대가 되자 저와는 분명 상황이 달라 보였습니다. 확실해요. 저는 평생 경찰에게 검문을 당한 적이 없지만 제 동생들은 끊임없이 검문을 당했지요. 젊은 흑인 남성들은 직접적인 변화를 겪는데, 물론 믿기 힘들 만큼 고통스럽고 완전히 불공평한 일입니다. 정말로 한없이 피상적인 우연들—제가 동생들보다 피부색이 약간 더 옅고 코가 좀 더 매부리코라는 사실—이 어떤 식으로든 삶에 영향을 끼쳐요. 그래서는 안 되지만, 현실은 그렇습니다. 게다가 아주 단순하게 흑인 남자아이가 특정 나이가 되면 선생님들이 그 아이들 곁에 가면 초초해합니다. 학교에서 교사와 여학생의 관계는 남학생과의 관계와 다른데, 그건 또 다른 문제예요. 그러므로 저는 흑인 남자아이들이 가진 기회는 다르다고, 기회가 더 적은 경우가 많다고 느낍니다. 저는 이 책을 쓰면서 제 눈에 보이는 삶을 있는 그대로 쓰려고 노력했습니다. 수치가 증명해 주겠지만, 영국에서는 흑인 여성이 흑인 남성보다 직업적으로 훨씬 더 큰 성공을 거두지요.

와크텔 책은 리아의 이야기로 시작하는데, 케이샤와는 달리 의식의 흐름에 가깝습니다. 케이샤의 이야기는 더욱 단편적이지요. 언어를 줄거리나 설명을 전달하는 수단만이 아니라 그 자체로 처음 의식하게 된 것은 언제입니까?

스미스 제 삶에서요, 아니면 이 소설에서요?

와크텔 당신 삶에서요.

스미스 우리 가족의 특성이에요. 제 남동생은 래퍼였고 지금은 코미디언입니다. 다른 남동생은 지금도 래퍼죠. 우리 집에서는 어떤 식으로든 항상 재치 있는 이야기가 오갔고 다들 언어에 관심이 많았습니다. 저에게 이야기란 항상 언어입니다. 저는 그것이, 다른 유형의 문장들이 늘 흥미로웠습니다. 저에게 있어서 『하얀 이빨』의 문장들은 『사인 장사꾼』이나 『온 뷰티』와 무척 다르고, 『NW』의 문장들 역시 다릅니다. 글을 구성하는 기본 요소로 자신의 흥미를 끌어야 해요. 자기가 보기에도 흥미롭게 만들어야 하지요. 저는 문장을 구성하는 다양한 방법들을 알고 있기 때문에 『NW』는 쓰는 것이 재미있었습니다. 문장이 다르면 사람들이 받는 느낌도 다르다는 것을 깨닫고 즐거웠어요. 어떤 문장은 사람들을 말 그대로 불쾌하게 만듭니다. 사람들이 특정한 문장 형태를 보고 크게 화를 낼 수 있다는 사실이 놀라워요. 정말 분개하지요. 따옴표가 없는 문장을 보면 정말 미친 듯이 화를 내요! 저는 언어가 아직도 그런 힘을 가지고 있다는 사실이 좋습니다.

와크텔 『NW』에서 우리는 시간이 움직이는 방식도 더욱 의식하게 됩니다. 리아의 생활을 읽을 때는 거의 실시간으로 보는 듯한 느낌입니다. 무엇을 노렸습니까?

스미스 이 책 역시 많은 부분이 가족이나 다른 사람들과 어울린 경험에서 나왔다는 생각이 들었습니다. 저는 혼자 책을 읽는 시간도 많고 사람들과 함께 보내는 시간도 많았습니다. 여자 친구들이 많이 하는 이야기가 있었는데, 결국은 책에도 실렸지요. "점점 더 빨리 나이 드는 기분이야. 열두 살은 끝이 없는 것 같았는데 서른네 살이 되고 5초쯤 지났나 싶었더니 어느새 서른다섯 살이야. 12초만 지나면 서른여섯 살이 되겠지. 못 견디겠어. 점점 빨라져." 저는 이 생각을 진지하게 받아들이고 싶었습니다. 뒤로 갈수록 점점 속도가 빨라지는 책을 쓰는 거죠. 사람들은 30대, 40대가 되면 시간이 무섭고 숨 막힐 정도로 빨리 흐른다고 느끼니까요. 또 어떨 때는 ──작가의 경우에 특히 그럴지도 모릅니다 ── 어린 시절이 무한하게, 영원히 지속되는 공간처럼 느껴집니다. 우리는 시간을 통제할 수 없었기 때문에 부모님이 이제부터 여름 방학이라고 말하면 방학이 언제 끝날지 전혀 몰랐습니다. 그래서 한없는 시간처럼 느껴졌지요. 저는 시간이 다가오고, 점점 줄어들고, 가끔 느려지고, 가끔 빨라지는 감각을 재현하고 싶었습니다. 실제 경험이 그러니까요.

와크텔 시간의 경계를 벗어났다는 느낌을 받은 적이 있습니까?

스미스 네, 사실은 있어요. 아주 따분한 이유, 아마도 신경학적인 이유 때문이었겠지만요. 저는 큰 사고를 당했다가 시간이 느려지는 듯한 경험, 정상적인 흐름에서 완전히 벗어나는 듯한 경험 ─ 이언 매큐언이 『차일드 인 타임』에서 그런 설명을 했던 것 같아요 ─ 을 했습니다. 완벽하게 합리적인 과학적 설명이 가능할지도 모르지만 저는 그 경험이 늘 신기했어요.

와크텔 당신은 열다섯 살까지의 삶이 그 이후의 어떤 경험보다 생생하다고 말했습니다. 시간이 느려지는 것과는 조금 다르지만, 왜 그렇다고 생각하세요?

스미스 작가들이 타고나는 면일지도 모른다고 생각합니다. 아주 흔한 일이라고 생각해요. 작가들과 이야기를 나눠 보면 다들 작품을 통해서 그 시기로 돌아갈 뿐 아니라 그 시기에 고착되는 것 같습니다. 그래픽노블 작가나 만화가는 더욱 그렇지요. 작가는 어린 시절의 부당함을 아주 민감하게 느끼는 것 같습니다. 대부분의 사람들은 그런 경험을 극복하고 앞으로 나아가지만 작가들은 절대 잊지 않아요. 드문 경우일지도 모르지만, 실제로 그런 경우를 몇 가지 알고 있어요. 에머슨이 그런 경우였죠. 제 어린 시절은 아주 아름답고 밝았는데, 그렇다고 말하기가 아주 곤란스러워요. 어린 시절이 얼마나 비참했는지 고백해야 할 것만 같으니까요. 하지만 제가 기억하기로는 아주 강렬하고 즐거운 시절이었습니다. 따라서 즐거움에 대해 써야 할 때 아주 유용해요. 그런 경험이 있으니까요.

와크텔 『NW』는 우리가 시간 속에서 차지하는 위치, 과거가 우리에게 갖는 영향력, 현재를 살면서 앞으로 나아가려고 애쓰는 것에 대한 이야기입니다. 그것을 균형이라고 부른다면 당신의 삶의 균형은 어떤가요? 어느 시제가 우세한가요?

스미스 저는 제가 예전에 썼던 글과 사이가 멀어진 기분이 듭니다. 제 자신의 글로부터 소외된 것 같고 다시 읽을 때마다 깜짝 놀라지만, 또 대부분의 사람들처럼 미래를 생각하면 무척 두려워요. 그러니 현재의 어딘가에서 꼼짝 못하고 있는 셈이겠지요. 저의 구원은 현재 하고 있는 일에, 지금 쓰고 읽는 것에 존재한다는 생각이 듭니다. 그것이 제가 땅에 발을 붙이게 만드는 것 같아요.

2012년 10월

인터뷰 제작—메리 스틴슨

감사의 말

이 책을 출판하자는 것은 댄 웰스의 아이디어였다. 웰스의 출판사 비블리오아시스는 2015년에 캐나다 출판계에서 뛰어난 성과를 거두었는데, 웰스는 그전에 나에게 연락을 해왔다. 나는 그를 만났을 때 몬트리올에서 영어 시집 시리즈를 계속 출판하겠다는 댄 웰스의 의지에 큰 인상을 받았다. 그러므로 웰스가 출판한 시집이 총독문학상을 받으면서 그가 리도 홀(캐나다 총독 관저)에 서게 된 것도, 또 다른 책 두 권이 스코샤뱅크 길러 상 최종 후보에 올라 갈라에 참석하게 된 것도 신성한 정의가 살아 있다는 표시일 뿐이다.

나는 비범한 작가들을 인터뷰하는 특권을 누린 것도 자랑스럽지만 「라이터스 & 컴퍼니」 프로그램 뒤에서 20년 넘게 일한 우리의 작은 팀이 무척 자랑스럽다. 공동 기획 프로듀서 샌드라 라비노비치는 25년, 협력 프로듀서 낸시 매킬빈은 22년, 프로듀서 메리 스틴슨은 20년 동안 이 프로그램과 함께했다. 정말 놀라운 선물이다. 그들이 없었다면 이 책뿐만 아니라 프로그램 자체도 없었을 것이다. 지난해 말에 낸시가 은퇴하자 케이티 스웨일스가 그녀의 열정을 이어받았다.

이 인터뷰집은 지난 25년을 돌아보는 책이므로 나는 그동안 프로그램 총괄 제작자 자리를 거쳐간 앤 깁슨, 수전 펠드먼, 버니 루트, 타라 모라에게 감사의 말을 전하고 싶다.

담당 편집자 캐럴 클라인의 우정과 통찰력이 없었다면 이책은 나오지 못했을 것이다. 우리의 세 번째 공동 작업이었던이 책에서도 클라인은 알아듣기 힘든 말에서 의미를 찾아내는눈부신 능력을 보여 주었다. 나는 또 마이클 온다치, 나디아 실바시, 잡지 『브릭』의 편집자들, 나의 담당 에이전트 재키 카이저, CBC의 헤더 콘웨이, 국제작가축제의 제프리 테일러와 크리스틴 새러치오티스의 응원에도 감사를 표한다. 원고 준비를도와준 이언 고드프리, 크리스 앤드리체크, 앨러나 애블린, 제니퍼 워렌에게도 감사의 마음을 전하고 싶다.

가족과 친구의 사랑과 응원에 공개적으로 인사할 기회를 갖는 것은 흔한 일이 아니다. 아카데미 시상식이 아마도 최고의모델은 아닐지라도 원형이라고 할 수는 있을 것이다. 말린 &프랭크 캐시먼, 아비바 & 에릭 존벅, 지니 웩슬러, 버니스 아인

슈타인, 마지 멘델, 마르타 브라운, 트리시 윌슨, 린 스미스, 베스 해던, 게일라 리드, 앤디 와크텔, 바버라 니콜, 그리고 아낌없이 베풀어 주는 셰리 사이먼에게 감사의 인사를 전한다.

이 책은 어떤 면에서는 과거를 돌아보지만 바라건대 미래를 향한 손짓이기도 하다. 나는 공영 방송의 가치를 믿는 나라에서 살고 있어서 정말 다행이라고 생각하며, 청취자들이 보내 주는 반응을 항상 영광으로 생각한다.

조너선 프랜즌

조너선 프랜즌, 『인생 수정』*The Corrections*, 김시현 옮김, 은행나무, 2012

____, 『자유』*Freedom*, 홍지수 옮김, 은행나무, 2011

____, 『스물일곱 번째 도시』*The Twenty-Seventh City*, Picador Modern Classics,
2013

____, 『강진동』*Strong Motion*, Picador, 2001

____, 『혼자가 되는 법』*How to Be Alone*, Farrar, Straus and Giroux, 2007

____, 『불편 지대: 개인사』*The Discomfort Zone: A Personal History*, Picador, 2007

____, 『순수』*Purity*, 공보경 옮김, 은행나무, 2018

에드위지 당티카

에드위지 당티카, 『숨결, 눈길, 기억』*Breath, Eyes, Memory*, Vintage, 1998

____, 『크릭? 크랙!』*Krik? Krak!*, Soho, 1996

____, 『뼈의 농사』*The Farming of Bones*, Abacus, 2000

____, 『이슬을 터뜨리는 사람』*The Dew Breaker*, Vintage, 2005

____, 『형제여, 나는 죽어 가네』*Brother, I'm Dying*, Vintage, 2008

____, 『위험하게 창작하다: 일하는 이민 예술가』*Create Dangerously: The*

Immigrant Artist at Work, Vintage, 2011

『등대의 클레어』*Claire of the Sea Light*, Vintage, 2014

오르한 파묵

오르한 파묵, 『내 이름은 빨강』*My Name Is Red*, 이난아 옮김, 민음사, 2009

____, 『이스탄불』*Istanbul*, 이난아 옮김, 민음사, 2008

____, 『순수 박물관』*Museum of Innocence*, 이난아 옮김, 민음사, 2010

____, 『내 마음의 낯섦』*A Strangeness in My Mind*, 이난아 옮김, 민음사, 2017

____, 『하얀 성』*The White Castle*, 이난아 옮김, 민음사, 2011

____, 『검은 책』*The Black Book*, 이난아 옮김, 민음사, 2014

____, 『새로운 인생』*The New Life*, 이난아 옮김, 민음사, 2006

____, 『눈』*Snow*, 이난아 옮김, 민음사, 2005

제라르 드 네르발(Gerard de Nerval), 『동방 여행』*Journey to the Orient*, Antipodes Press, 2012

알렉산다르 헤몬

알렉산다르 헤몬, 『브루노의 문제』*The Question of Bruno*, Pan MacMillan, 2001

____, 『어디에도 없는 사람』*Nowhere Man*, Vintage, 2009

____, 『라자루스 프로젝트』*The Lazarus Project*, Riverhead Books, 2008

____, 『사랑과 장애물들』*Love and Obstacles*, Riverhead Books, 2010

____, 『내 인생들의 책』*The Book of My Lives*, Picador, 2014

앤 카슨

앤 카슨, 『달콤쌉쌀한 에로스』*Eros the Bittersweet*, Princeton University Press, 2014

____, 『남편의 아름다움: 스물아홉 번의 탱고로 쓴 허구의 에세이』*The Beauty of the Husband: A Fictional Essay in 29 Tangos*, 민승남 옮김, 한겨레출판, 2016

____, 『빨강의 자서전: 시로 쓴 소설』*Autobiography of Red: A Novel in Verse*, 민승남 옮김, 한겨레출판, 2016

____,『녹스』*Nox*, New Directions, 2010

____,『안티고닉』*Antigonick*, New Directions, 2015

____,『빨강 선생님』*Red Doc>*, Knopf, 2013

____,『타우리안들 틈의 이피게네이아』*Iphigenia among the Taurians*, University of Chicago Press, 2014

____,『파괴』*Decreation*, Knopf, 2005

____,『담수』*Plainwater*, Vintage, 2015

도리스 레싱

도리스 레싱,『황금 노트북』*The Golden Notebook*, 안재연·이은정 옮김, 뿔, 2007

____,『어둠이 내리기 전 여름』*The Summer Before the Dark*, Vintage, 2010

____,『다섯째 아이』*The Fifth Child*, 정덕애 옮김, 민음사, 1999

____,『세상의 벤』*Ben, in the World*, Harper Perennial, 2001

____,『진짜』*The Real Thing*, Harper Collins, 1992

____,『아프리카의 웃음』*African Laughter*, Harper Perennial, 1993

____,『마라와 댄』*Mara and Dann*, Harper Perennial, 1999

____,『사랑, 다시』*Love, Again,* Harper Perennial, 1997

____,『가장 달콤한 꿈』The Sweetest Dream, Harper Perennial, 2002

____,『풀잎은 노래한다』*The Grass Is Singing*, 이태동 옮김, 민음사, 2008

____,『그랜드마더스』*The Grandmothers*, 강수정 옮김, 예담, 2016

____,『언더 마이 스킨』*Under My Skin*, Harper Perennial, 1995

____,『그늘 속을 걸으며』*Walking in the Shade*, Harper Perennial, 1998

힐러리 맨틀

힐러리 맨틀,『울프 홀』*Wolf Hall*, 하윤숙 옮김, 올, 2010

____,『튜더스, 앤 불린의 몰락 』*Bring Up the Bodies*, 김선형 옮김, 북플라자, 2015

____,『플러드』*Fludd*, Henry Holt&Co., 2000

____,『가자 거리에서 보낸 8개월』*Eight Months on Ghazzah Street*, Picador, 2003

____,『혁명 극장』*A Place of Greater Safety*, 이희재 옮김, 교양인, 2015

____, 『기후의 변화』*A Change of Climate*, Picador, 2003

____, 『사랑의 실험』*An Experiment in Love*, Picador, 2007

____, 『거인 오브라이언』*The Giant, O'Brien*, Henry Holt&Co., 2007

____, 『검은색 너머』*Beyond Black*, Picador, 2006

____, 『유령을 포기하며』*Giving Up the Ghost*, Picador, 2004

____, 『말을 배우다』*Learning to Talk*, Harper Perennial, 2005

필리파 그레고리, 『천 일의 스캔들』*The Other Boleyn Girl*, 허윤 옮김, 현대문화센터, 2008

로버트 볼트(Robert Bolt), 『사계절의 사나이』*A Man for All Seasons*, Vintage, 1990

W. G. 제발트

W. G. 제발트, 『이민자들』*The Emigrants*, 이재영 옮김, 창비, 2008

____, 『아우스터리츠』*Austerlitz*, 안미현 옮김, 을유문화사, 2009

____, 『토성의 고리』*The Rings of Saturn*, 이재영 옮김, 창비, 2011

____, 『현기증. 감정들』*Vertigo*, 배수아 옮김, 문학동네, 2014

____, 『자연을 따라. 기초시』*After Nature*, 배수아 옮김, 문학동네, 2017

____, 『파괴의 자연사에 관하여』*On the Natural History of Destruction*, Modern Library, 2004

____, 『불행을 묘사하기』*Die Beschreibung des Unglücks*, Residenz Verlag, 1985

블라디미르 나보코프, 『말하라, 기억이여』*Speak, Memory*, 오정미 옮김, 플래닛, 2007

앨리스 먼로

앨리스 먼로, 『런어웨이』*Runaway*, 황금진 옮김, 곰, 2013

____, 『행복한 그림자의 춤』*Dance of the Happy Shades*, 곽명단 옮김, 뿔, 2010

____, 『캐슬 록에서 본 풍경』*The View from Castle Rock*, Knopf, 2006

____, 『너무 많은 행복』*Too Much Happiness*, Vintage, 2010

____, 『디어 라이프』*Dear Life*, 정연희 옮김, 문학동네, 2014

____, 『미움, 우정, 구애, 사랑, 결혼』*Hateship, Friendship, Courtship, Loveship, Marriage*, 서

정은 옮김, 뿔, 2007

_____,『착한 여자의 사랑』*The Love of a Good Woman*, 정연희 옮김, 문학동네, 2018

J. M. 쿳시

J. M. 쿳시,『추락』*Disgrace*, 왕은철 옮김, 동아일보사, 2004

_____,『소년 시절』*Boyhood*, 왕은철 옮김, 문학동네, 2018

_____,『청년 시절』*Youth*, 왕은철 옮김, 문학동네, 2018

_____,『야만인을 기다리며』*Waiting for the Barbarians*, 왕은철 옮김, 들녘, 2003

_____,『마이클 K』*Life and Times of Michael K*, 왕은철 옮김, 들녘, 2004

_____,『페테르부르크의 대가』*The Master of Petersburg*, 왕은철 옮김, 책세상, 2001

_____,『동물로 산다는 것』*The Lives of Animals*, 전세재 옮김, 평사리, 2006

_____,『엘리자베스 코스텔로』*Elizabeth Costello*, 왕은철 옮김, 들녘, 2005

_____,『슬로우 맨』*Slow Man*, 왕은철 옮김, 들녘, 2009

_____,『철의 시대』*Age of Iron*, 왕은철 옮김, 들녘, 2004

_____,『나라의 심장부에서』*In the Heart of the Country*, 왕은철 옮김, 문학동네, 2010

_____,『포』*Foe*, 조규형 옮김, 책세상, 2003

이윤 리

이윤 리,『천 년의 기도』*A Thousand Years of Good Prayers*, 송경아 옮김, 학고재, 2011

_____,『부랑자들』*The Vagrants*, Random House, 2009

_____,『골드 보이, 에메랄드 걸』*Gold Boy, Emerald Girl*, 송경아 옮김, 학고재, 2011

_____,『고독보다 친절한』*Kinder Than Solitude*, Random House, 2014

셰이머스 히니

셰이머스 히니,『인간 사슬』*Human Chain*, Farrar, Straus and Giroux, 2010

_____,『스퀘어링스』*Squarings*, Arion Press, 2003

토니 모리슨

토니 모리슨,『솔로몬의 노래』*Song of Solomon*, 김선형 옮김, 들녘, 2004

____, 『파라다이스』*Paradise*, 김선형 옮김, 들녘, 2001

____, 『빌러비드』*Beloved*, 최인자 옮김, 문학동네, 2014

____, 『재즈』*Jazz*, 최인자 옮김, 문학동네, 2015

____, 『러브』*Love*, 김선형 옮김, 들녘, 2006

____, 『고향』*Home*, Knopf, 2012

____, 『가장 푸른 눈』*The Bluest Eye*, 신진범 옮김, 들녘, 2003

____, 『자비』*A Mercy*, 송은주 옮김, 문학동네, 2014

제임스 반 데르 지(James Van Der Zee), 『할렘의 죽은 자들의 책』*The Harlem Book of Dead*, Morgan & Morgan, 1978

메이비스 갤런트

메이비스 갤런트, 『파리 비망록』*Paris Notebooks*, Macmillan of Canada, 1986

____, 『15구에서』*From the Fifteenth District*, G.K. Hall, 1986

제이디 스미스

제이디 스미스, 『하얀 이빨』*White Teeth*, 김은정 옮김, 민음사, 2010

____, 『온 뷰티』*On Beauty*, 정회성 옮김, 민음사, 2017

____, 『생각 바꾸기』*Changing My Mind*, Penguin Books, 2010

____, 『NW』*NW*, Penguin Books, 2013

____, 『사인 장사꾼』*The Autograph Man*, Vintage, 2003

주디 노시전(Judy Norsigian) 『우리 몸, 우리 자신』*Our Bodies, Ourselves*, Atria Books, 2008

조라 닐 허스턴, 『그들의 눈은 신을 보고 있었다』*Their Eyes Were Watching God*, 이미선 옮김, 문예출판사, 2014

____, 『스와니의 치품 천사』*Seraph on the Suwanee*, Harper Perennial Modern Classics, 2008

조지 엘리엇, 『미들마치』*Middlemarch*, Harper Perennial, 2015

이언 매큐언, 『차일드 인 타임』*The Child in Time*, Anchor, 1999

지은이/옮긴이 소개

엘리너 와크텔 Eleanor Wachtel

1947년 몬트리올에서 태어났다. 맥길 대학에서 영문학을, 시라큐스 대학에서 저널리즘을 공부한 후 특파원으로 활동했으며, 대학에서 부교수로 여성학을 가르치기도 했다. 2015년에 〈캐나다에서 가장 영향력 있는 여성 100인〉에 선정되었다.

1987년 문학평론가로 라디오 방송을 시작한 이래 CBC 라디오 프로그램 'Writers & Company'를 1990년부터 30년 가까이 진행하고 있다. 이 라디오 프로그램에서 방송된 작가 및 저명인사와의 인터뷰를 엮어 『작가라는 사람』과 『오리지널 마인드』가 출간되었으며, 2011년에는 뉴욕 페스티벌 어워드에서 '월드 베스트 라디오 프로그램'으로 선정되는 등 오랜 시간 동안 많은 청취자들의 사랑을 받고 있다.

조너선 프랜즌 Jonathan Franzen

『인생 수정』으로 전미 도서상 수상, 퓰리처상, 전미도서비평가협회상, 펜/포크너 문학상 최종 후보에 올랐다. "위대한 미국 소설가"라는 칭호와 함께 『타임』의 표지를 장식했다.

에드위지 당티카 Edwidge Danticat

아이티 출신 소설가. 25살에 첫 소설인 『숨결, 눈길, 기억』을 발표했으며, 『미즈』 매거진이 뽑은 〈21세기를 위한 21명의 페미니스트〉 중 한 명으로 선정되었다.

오르한 파묵 Orhan Pamuk

터키 이스탄불 출신으로 2006년 노벨 문학상을 수상했다. 동양과 서양 문화 사이의 충돌, 미술과 문학에 대한 흥미를 담아내는 것이 특징이다. 『새로운 인생』은 터키 문학사상 가장 많이 팔린 소설이라는 기록을 세웠고, 『내 이름은 빨강』은 프랑스 최우수 외국문학상 외 많은 문학상을 수상했다.

알렉산다르 헤몬 Aleksandar Hemon

고향인 사라예보에서 벌어진 전쟁으로 인해 1992년 미국으로 망명했다. 정착 3년 후부터 영어로 쓴 소설을 발표했고, 『어디에도 없는 사람』으로 전미도서비평가협회상 최종 후보에 올랐다.

앤 카슨 Anne Carson

시인, 에세이스트, 번역가, 오페라 대본 작가이자 고전 학자. 2001년에 발표한 작품 『남편의 아름다움』으로 T.S. 엘리엇 상을 받은 최초의 여성 작가가 되었다.

도리스 레싱 Doris Lessing

영국 현대문학에서 빼놓을 수 없는 작가이며 인종 차별, 여성들의 삶 등의 주제를 다루었다. 1953년에 발표한 『다섯』으로 서머싯 몸 상을 수상, 2007년에는 노벨 문학상을 수상했다.

힐러리 맨틀 Hilary Mantel

법학을 공부하다 건강상의 이유로 방향을 틀어 소설가가 되었다. 2009년에 발표한 역사 소설 『울프 홀』로 부커 상을 수상했으며, 속편인 『튜더스, 앤불린의 몰락』으로 두 번째 부커 상을 수상했다.

W. G. 제발트 W. G. Sebald

독일의 시인, 소설가, 에세이스트. 2001년에는 유대 소년의 이야기를 다룬 『아우스터리츠』로 세계적인 극찬을 받았으나, 같은 해 12월 14일 교통사고로 세상을 떠났다.

앨리스 먼로 Alice Munro

"캐나다의 체호프"로 불리며 노벨 문학상, 부커 상, 오 헨리 상 등 수많은 상을 휩쓸었다. 일상의 단면에 대한 통찰력 있는 묘사와 인물에 대한 깊이 있는 탐구로 유명하다.

J. M. 쿳시 J. M. Coetzee
남아프리카공화국 출신의 소설가, 에세이스트, 번역가, 언어학자. 자신의 삶을 반영하듯 남아프리카 공화국의 역사와 사회상을 소설에 담아내는 것으로 유명하다. 2003년 노벨 문학상을 수상했다.

이윤 리 Yiyun Li
1972년 중국에서 태어나 스물세 살에 아이오와 대학원에 진학했다. 영어 실력을 키우기 위해 글쓰기 강좌에 등록한 것을 계기로 집필 활동을 시작하여, 첫 책인 『천 년의 기도』로 헤밍웨이/펜 문학상을 비롯한 네 개의 주요 문학상을 수상했다.

셰이머스 히니 Seamus Heaney
미국의 시인 로버트 로웰로부터 "예이츠 이후 가장 중요한 아일랜드 시인"이라는 평가를 받았으며, 실제로 1995년에 아일랜드인으로서는 예이츠 이후 두 번째로 노벨 문학상을 받았다. 이 외에도 휘트브레드상, T. S. 엘리엇 시 문학상, 포워드 시 문학상 등 다수의 주요 문학상을 수상했다.

토니 모리슨 Toni Morrison
노예라는 굴레를 끊기 위해 딸을 살해한 흑인 여성의 이야기를 다룬 『빌러비드』로 퓰리처상, 미국도서상, 로버트 F. 케네디 상을 수상했고, 또한 2006년 『뉴욕 타임스 북 리뷰』가 선정한 "지난 25년간 최고의 미국소설"로 선정되었다. 1993년에는 흑인 작가 최초로 노벨 문학상을 수상했다.

메이비스 갤런트 Mavis Gallant
대부분의 삶을 프랑스에서 보낸 캐나다 작가. 외국에 살고 있다는 점 때문에 캐나다에서 큰 주목을 받지 못하다 1970년대 후반이 되어서야 문학적 재능을 인정받기 시작했다. 단편소설과 소설, 희곡, 에세이 등을 발표했으며 2004년 펜/포크너상 외 많은 문학상을 수상했다.

제이디 스미스 Zadie Smith
케임브리지 대학 시절 발표한 글들로 문단의 주목을 받았다. 첫 소설 『하얀 이빨』은 완성 전부터 출판사들의 계약 경쟁이 벌어진 것으로 유명하다. 2010년에 뉴욕 대학교 문학과 종신 교수로 임명되었다.

옮긴이 **허진**

서강대학교 영어영문학과와 이화여자대학교 통번역대학원 번역학과를 졸업했다. 옮긴 책으로는 엘리너 와크텔의 인터뷰집 『작가라는 사람』(전2권), 『오리지널 마인드』, 지넷 윈터슨의 『시간의 틈』, 도나 타트의 『황금방울새』, 마틴 에이미스의 『런던 필즈』와 『누가 개를 들여놓았나』, 할레드 알하미시의 『택시』, 나기브 마푸즈의 『미라마르』, 아모스 오즈의 『지하실의 검은 표범』, 수잔 브릴랜드의 『델프트 이야기』 등이 있다.

인터뷰, 당신과 나의 희곡 : 세계적인 작가 15인을 만나다

지은이 엘리너 와크텔 | 옮긴이 허진

발행인 유재건 | 편집인 임유진 | 펴낸곳 엑스북스 | 등록번호 105-91-96264호

주소 서울시 마포구 와우산로 180 (4층 402호)

대표전화 02-334-1412 | 팩스 02-334-1413

초판 1쇄 발행 2019년 2월 28일

엑스북스(xbooks)는 (주)그린비출판사의 책읽기·글쓰기 전문 임프린트입니다. 이 도서
의 국립중앙도서관 출판예정도서목록(CIP)은 서지정보유통지원시스템 홈페이지(http://
seoji.nl.go.kr)와 국가자료공동목록시스템(http://www.nl.go.kr/kolisnet)에서 이용하실 수
있습니다. (CIP제어번호: CIP2019003107)

ISBN 979-11-86846-46-9 03800